Е. О. КОМАРОВСКИЙ

ЗДОРОВЬЕ РЕБЕНКА И ЗДРАВЫЙ СМЫСЛ ЕГО РОДСТВЕННИКОВ

Я полагаю, что мы пришли после других для того, чтобы делать лучше их, чтобы не впадать в их ошибки, в их заблуждения и суеверия.

П. Я. Чаадаев

Издание 2-е, переработанное и дополненное

Москва, 2012

КЛИНИКОМ ЭКСМО

ББК 57.3
К63
УДК 616-053.2

Серия «Библиотека доктора Комаровского» основана в 2007 году

Художники *М. М. Осадчая, А. В. Павлюкевич*

Книга выходит в авторской редакции

Комаровский Е. О.

К63 Здоровье ребенка и здравый смысл его родственников. — 2-е изд., перераб. и доп. — М.: Эксмо, 2012 — 592 с., ил. — (Б-ка доктора Комаровского).

ISBN 978-5-904684-01-3.

Новое дополненное и переработанное издание замечательной книги знаменитого детского врача Евгения Олеговича Комаровского. Доступная, увлекательная и очень полезная информация, адресованная будущим и уже состоявшимся родителям.

Ребенок вообще, его образ жизни, его родственники и его болезни в частности. Простые решения, казалось бы, сложных задач. Ответы на вопросы о том, что такое хорошо и что такое плохо, рекомендации, позволяющие принять правильные решения, и советы, способствующие укреплению нервной системы мам, пап, бабушек и дедушек.

Настоящее издание дополнено новыми главами, ряд материалов существенно переработан. Кроме того, читателям предлагается подборка избранных статей и рассказов автора.

ББК 57.3

ISBN 978-5-904684-01-3

Е. О. КОМАРОВСКИЙ

ЗДОРОВЬЕ РЕБЕНКА И ЗДРАВЫЙ СМЫСЛ ЕГО РОДСТВЕННИКОВ

Я полагаю, что мы пришли после других для того, чтобы делать лучше их, чтобы не впадать в их ошибки, в их заблуждения и суеверия.

П. Я. Чаадаев

Издание 2-е,
переработанное и дополненное

Москва, 2012

КЛИНИКОМ ЭКСМО

ББК 57.3
К63
УДК 616-053.2

Серия «Библиотека доктора Комаровского» основана в 2007 году

Художники *М. М. Осадчая, А. В. Павлюкевич*

Книга выходит в авторской редакции

Комаровский Е. О.

К63 Здоровье ребенка и здравый смысл его родственников. — 2-е изд., перераб. и доп. — М.: Эксмо, 2012 — 592 с., ил. — (Б-ка доктора Комаровского).

ISBN 978-5-904684-01-3.

Новое дополненное и переработанное издание замечательной книги знаменитого детского врача Евгения Олеговича Комаровского. Доступная, увлекательная и очень полезная информация, адресованная будущим и уже состоявшимся родителям.

Ребенок вообще, его образ жизни, его родственники и его болезни в частности. Простые решения, казалось бы, сложных задач. Ответы на вопросы о том, что такое хорошо и что такое плохо, рекомендации, позволяющие принять правильные решения, и советы, способствующие укреплению нервной системы мам, пап, бабушек и дедушек.

Настоящее издание дополнено новыми главами, ряд материалов существенно переработан. Кроме того, читателям предлагается подборка избранных статей и рассказов автора.

ББК 57.3

ISBN 978-5-904684-01-3

СОДЕРЖАНИЕ

Часть вторая. ОБРАЗ ЖИЗНИ ВАШЕГО РЕБЕНКА

Часть третья. БОЛЕЗНИ ВАШЕГО РЕБЕНКА

НЕБОЛЬШОЕ, НО ОЧЕНЬ ВАЖНОЕ ПРЕДИСЛОВИЕ

...и вот когда попросили принести самое прекрасное из того, что есть на всем белом свете, ворона принесла свое дитя...

Притча

Научно-популярную литературу почти никто и никогда не читает от начала до конца — как роман. Применительно к книгам с информацией о детях, проблемах и болезнях это особенно актуально. Зачем читать о правилах питания беременной женщины, когда у ребенка запор? Открываем главу про запор, получаем необходимые сведения и с чувством глубокого удовлетворения пытаемся претворить в жизнь советы и рекомендации.

Автору, конечно же, очень хочется, чтобы вы прочитали все по порядку. Но, поскольку надежды на это невелики, для предотвращения последующих недоразумений позволю себе краткую инструкцию-информацию для тех, кто готов приступить к чтению (варианты — просмотру, перелистыванию, изучению).

1 Книга состоит из трех основных частей:

- Часть первая — посвящена двум наиболее ответственным этапам в жизни ребенка и его родителей — беременности и первому году жизни.
- Часть вторая — ребенок старше года, естественно, не сам по себе, а во взаимосвязи с папой-мамой, дедами-бабами, школами-садиками, окружающей средой и системой здравоохранения.

- Часть третья — болезни, больницы, врачи, лекарства; что делать обязательно, чего не делать никогда.

2 Все, что вы прочитаете, следует рассматривать, прежде всего, как информацию к размышлению. Ни одна живая душа на всем белом свете не может любить вашего ребенка и понимать вашего ребенка так, как вы. Совсем другое дело состоит в том, что, понимая, любя и даже при этом думая, размышляя, соображая, так вот, при всех этих условиях далеко не всегда удается добиться успеха.

3 Успех применительно к процессу ухода и воспитания — понятие относительное: смотря с какой колокольни смотреть. С точки зрения педагога, не вылезающий из больниц вежливый победитель городской физико-математической олимпиады — несомненный успех. Абсолютно здоровый малолетний бандит (если его отмыть и запретить разговаривать) порадует детского врача отменной работой внутренних органов и прекрасными анализами.

4 Золотая середина — одновременный и обильный бальзам на душу родственников, врачей и педагогов — это ребенок умный, воспитанный и здоровый. Встречается сие явление крайне редко, но, реализуя некую программу ухода и воспитания, мы по крайней мере должны знать, к чему стремиться.

5 Реальный уровень здоровья или нездоровья конкретного ребенка зависит от четырех факторов:

- наследственности, т. е. того, что досталось от мамы и папы;
- окружающей среды (экология + бытовые условия);
- системы здравоохранения;
- процесса ухода и воспитания, т. е. взаимоотношений ребенка и его родственников.

6 Вышеупомянутые уход и воспитание представляют собой некие совершенно определенные действия, некий комплекс мероприятий. Но ***основной парадокс состоит в следующем: 100% взрослого населения знают, КАК ДЕЛАТЬ ДЕТЕЙ, но 99,9% не знают при том, ЧТО ПОТОМ ДЕЛАТЬ С ДЕТЬМИ***.

7 **Главная задача этой книги — устранить парадоксальность ситуации, в доступной форме предоставить читателю возможность самому определить, что с ребенком делать надо и чего нельзя делать никогда.**

ЗНАКОМСТВО

Большая или меньшая степень уважения, питаемая к автору, зависит от большего или меньшего сходства его идей с идеями читателя.

Гельвеций

Автор — не профессор и даже не доцент, а просто детский врач — самый обыкновенный, окончивший обыкновенный медицинский институт. И написана эта книга для людей обыкновенных, живущих обыкновенной человеческой жизнью. Что *теоретически* создает условия для будущего взаимопонимания[1].

Эту книгу автор адресует родителям — тем, которые родителями уже стали, и особенно тем, кто только собирается стать ими. Это не учебник, не сборник рецептов и инструкций, не энциклопедия и, упаси боже, не руководство по диагностике и лечению!

1 Фраза «не профессор и даже не доцент» вовсе не свидетельствует о моем негативном отношении к профессорам и доцентам. Хотя определенная часть читателей откажется, по-видимому, получать информацию от человека, не обремененного степенями и званиями. Жаль, конечно. Но вот уже более 25-ти лет я имею самое прямое отношение исключительно к практической медицине, к лечению детей. Санитар, медбрат, врач-реаниматолог, заведующий отделением областной больницы. Теперь вот веду прием в своем консультативном центре. Чего только не пришлось увидеть за эти годы... Десятки больниц. Сотни врачей. Тысячи детей, тысячи мам, пап, бабушек, дедушек. Тысячи, дающие мне возможность и моральное право писать эту книгу, не будучи ни профессором, ни доцентом.

Скорее всего, это среднего размера путеводитель, который должен помочь вам избежать многих проблем.

Главное — чуть-чуть здравого смысла, чуть-чуть логического мышления — и мы договоримся обо всем.

Произведений на аналогичную тему написано во всем мире преогромное множество. Неудивительно, что, потратившись на приобретение очередного «труда», будущие или уже состоявшиеся папа и мама хотят прежде всего узнать, **в чем состоят особенности этого труда и есть ли они вообще**.

Таких особенностей три:

Первая особенность — возможность выполнения рекомендаций. Ведь сотни книг, посвященных уходу за детьми и воспитанию детей, написаны таким образом, что сам процесс общения с ребенком воспринимается в отрыве от реальной жизни. Не учитываются такие «мелочи», как пришедший с работы голодный папа, магазины и поликлиники, исчезнувшая горячая вода, сломавшийся утюг, особо мудрая свекровь, очередная беременность, сокращение штатов, количество дней до зарплаты и т. п.

Вторая особенность состоит в том, что, имея высшее медицинское образование, автор и сам не всегда и не все понимает в умных произведениях, рассчитанных на «широкую читательскую аудиторию». Поэтому он очень и очень старался сделать так, чтобы книга была максимально доступной, но не примитивной.

Третья особенность, пожалуй, главная — я не просто говорю «делайте так» — я пытаюсь убедить вас в том, что именно так делать и надо.

Следует отметить, что современные родители довольно редко принимают на себя весь груз ответственности за здоровье ребенка. Якобы государственный подход к этому вопросу состоит в том, что за здоровье ребенка «вообще» якобы отвечает участковый врач. Но ответы на большинство «детских вопросов» даются на семейных советах, где маме и папе — как лицам наименее опытным — отводится малозначительная роль. С одной стороны, это вполне понятно. С другой — именно мама и папа всегда оказываются «крайними», если дитя болеет или плохо себя ведет. Тут уж родственники, знакомые и, разумеется, бабушки-дедушки не преминут заметить, что надо было слушаться старших.

В связи с вышеизложенным, **обращаю внимание** мамы и папы на следующие моменты:

- *оглянувшись по сторонам, вы легко убедитесь в том, что ни вы сами, ни ваши друзья не отличаются железным здоровьем. Поэтому произнесенная свекровью или тещей фраза: «Я троих вырастила» не является сколько-нибудь весомым аргументом;*
- *что бы ни советовали вам друзья, родственники и знакомые, запомните главное: не спать ночами, бегать по аптекам и больницам будете вы и только вы!*
- *вы ведь прекрасно знаете: переделывать (перевоспитывать, переучивать) намного сложнее, нежели поступать правильно с самого начала. Поэтому не доводите своего ребенка до такого состояния, когда только самые решительные меры позволят вам преодолеть возникшие сложности.* ***Лучше уж с самого рождения выбрать правильное направление: это и проще, и дешевле, и приятнее;***
- *если же с самого рождения не получилось — не знали или думали, что знаете, не хотели, не понимали — помните: взяться за ум никогда не поздно, но чем раньше, тем проще.*

* * *

Здоровье наших детей в большинстве случаев не устраивает ни родителей, ни педиатров[1]. И это вдвойне неприятно с учетом того, что по количеству детских врачей мы оставили далеко позади не только Бангладеш, но и Соединенные Штаты Америки.

Вывод прост: ***ни количеством, ни качеством педиатров проблемы здоровья детей решить нельзя. А нельзя, скорее всего, потому, что упомянутое здоровье в гораздо большей степени зависит от мамы и папы, чем от всех педиатров вместе взятых.*** Говоря другими словами, родители вполне могут сделать так, чтобы их дитя болело мало, а если уж все-таки болело, то имело возможность сопротивляться болезням и выздоравливать с минимальными потерями[2].

Вот тут и становится понятной роль педиатра, к которой необходимо стремиться всегда, везде и при любых обстоятельствах, — роль консультанта. И в этой роли **педиатр нужен не столько ребенку, сколько родителям ребенка**!

1 Педиатр — врач, занимающийся оказанием лечебной и профилактической помощи детям. Поскольку книга все-таки имеет отношение к медицине, то без «особо умных» специальных слов обойтись вряд ли удастся.

2 Потери, как вы понимаете, могут быть самые разные — от потери здоровья до потери времени. Про финансовые затраты мы уже и не говорим.

В этой книге мы постараемся помочь маме и папе усвоить главные принципы ухода и воспитания, главные правила оказания помощи при болезнях. Но реализовывать их на практике вам придется самим — тут уж помощи ждать не от кого. Правда, принципы автора и жизненная позиция родителей могут не совпадать, поэтому, чтобы быть откровенным до конца, сообщаю следующее:

- *автор является категорическим и последовательным противником педиатрического и педагогического экстремизма во всех его проявлениях.* Поэтому заранее обречены на провал всякие попытки найти в этой книге рецепты по поводу того, как купать в проруби новорожденных или брать в горы трехмесячных детей, как закапывать в нос мочу или учить годовалого ребенка читать, двухлетнего — играть в шахматы, а трехлетнего — готовить к будущей семейной жизни;

- *автор убежден, что рождение и воспитание детей не является главным и единственным предназначением человека.* И рождение, и воспитание представляют собой лишь одну (возможно, самую большую и важную) сторону многогранника[1], которая ни при каких обстоятельствах не должна перекрывать другие его стороны — любовь, дружеское общение, работу, книги, домашних животных, увлечения (вязание, рыбалку, новую прическу, автомобиль, огород);

- ***никто, ничто и никогда не сможет поколебать уверенности автора в том, что счастливый ребенок — это, прежде всего, ребенок здоровый и только потом уже умеющий читать и играть на скрипке. Счастливый ребенок — это ребенок, у которого есть и мама, и папа, находящие время не только для того, чтобы этого ребенка любить, но и для того, чтобы любить друг друга.***

1 Автор на самом деле знает, что у многогранника сторон нет — одни лишь грани, но сути дела это не меняет.

Вот, собственно говоря, и все. Ежели устраивает — читайте дальше, нет — извините...

К
Б
А

ЧАСТЬ ПЕРВАЯ

НАЧАЛО ЖИЗНИ ВАШЕГО РЕБЕНКА

У полосатого удава и детеныши в полоску.

Африканская пословица

1.1. БЕРЕМЕННОСТЬ

Сколько мы перемучались из-за того, что не случилось, но лишь могло бы случиться.

Томас Джефферсон

Человек — это Царь Природы, но в то же время он ее часть. Часть, которая нарушила Главный Закон Джунглей[1] и возвысилась над всеми остальными, создав при этом себе и всем, оставшимся внизу, массу неприятностей. В основе этих неприятностей — постоянные и, к сожалению, вовсе не бесплодные попытки борьбы с законами Природы. Кто возьмется утверждать, что человек как биологический вид создан неправильно? Никто[2]! Следовательно, передающаяся от поколения к поколению наследственная информация достаточно хороша, а от возникающих отклонений Природа пытается всеми силами избавиться самостоятельно, несмотря на активное противодействие ей современной медицины.

Появившийся на свет человеческий детеныш уже владеет совокупностью наследственных (генных) признаков, которая называется **генотипом**[3]. Но родившийся хозяин генотипа не имеет возможности самостоятельно распоряжаться своим богатством. Под влиянием окружающей среды генотип превращается в **фенотип** — совершенно определенную совокупность внешних признаков.

1 Не высовываться!

2 Заметим: непринципиально, кем этот вид создан — Богом или эволюцией.

3 Читателям, возмущенным обещанием автора изъясняться попроще и не употреблять особо «умных» словечек, сообщаю: слово «генотип» входит в учебную программу по биологии обычной средней школы.

При одном и том же генотипе можно получить преогромное количество фенотипов — здесь все зависит от:

1 ***среды обитания*** (климат, город, деревня, поблизости завод или, наоборот, сосновый бор, подвал, десятый этаж, пыль, химия, радиация и т. д.);

2 ***родителей***, точнее от условий, которые они создадут своему ребенку.

Со средой — тут уж как кому повезло. А родители — это, между прочим, мы с вами и есть.

Суть приведенных рассуждений очевидна: с точки зрения Природы (генотипа), здоровье родившегося ребенка очень мало отличается от здоровья его предшественника, появившегося на свет 20 или 30 тысяч лет назад и не знавшего, что такое паровое отопление, адаптированная молочная смесь, стерильная соска, кипяченая вода и многое, многое другое, но при этом, ухитрившегося не только выжить, но и дать потомство. А этим самым потомством мы с вами, между прочим, и являемся. И **наша главная задача — не позволить ребенку растерять здоровье, которым его Природа уже наградила.**

Приступать к решению поставленной задачи надобно как можно раньше — лучше всего уже во время беременности.

* * *

Беременность не возникает сама по себе, без предшествующих ей половых контактов[1].

Отсюда следует, что все остальные признаки — отсутствие месячных и, напротив, присутствие рвот, тошнот и стремительно меняющихся взглядов на окружающую действительность — являются всего лишь следствием одного из наиболее интересных, значительных и широко распространенных проявлений человеческого бытия, а именно — половой жизни.

Вероятность того, что эта книга попадет в руки человека, не знакомого с тем, от чего беременность возникает и как она проявляется, очень невелика. Ну а коль скоро мы до этого договорились, условимся: при наличии сомнений (подозрений) следует обратиться к врачу, который, отвечая на подобные вопросы, зарабатывает себе на жизнь и называется гинекологом.

1 Исключения, правда, бывают (читай «Новый завет»), но они очень редки.

Мы не ставим своей целью обсуждение причин беременности (когда, после чего, зачем, от кого и т. п.). И автора, и читателей беременность, разумеется, интересует, но, прежде всего, с позиции ребенка — как жить будущей маме, дабы потом родить и при этом свести к минимуму потребности в детском враче.

Порядок, при котором одному и тому же человеку доверено наблюдение за беременной, принятие родов и последующее наблюдение за ребенком, к огромному сожалению, совершенно не принят[1]. И в этом нет ничего хорошего. Потому что точки зрения гинеколога и педиатра довольно часто не совпадают: то, что хорошо для мамы (и гинеколога), не всегда хорошо для ребенка (и педиатра).

[1] По крайней мере, в обозримом для автора географическом пространстве.

Итак, самая обычная женщина, достигшая детородного возраста, решила этот возраст не упустить. Эта самая обычная женщина самой Природой подготовлена к вынашиванию ребенка и родам.

И Природа, и человеческое естество, и законы логики, да и вообще элементарный здравый смысл не в состоянии объяснить, почему беременная должна не уставать, побольше спать, не поднимать больше одного килограмма и т. п. Ведь эта самая женщина несколько тысяч лет назад в аналогичной ситуации продолжала бы жить по законам племени — ну кто бы перестал готовить еду или перемещаться вслед за оленями только потому, что кому-то там мешает живот или его, видите ли, тошнит... И надо задуматься самой. Представить своего мужа в виде большого лохматого и не слишком хорошо пахнущего самца, а себя — в виде озабоченной «интересным положением» самки, которая просто должна в процессе беременности, во-первых, не дать этому самцу переметнуться к другой, а во-вторых, сохранить оптимизм и, к чему скромничать, красоту.

Самое главное правило —

БЕРЕМЕННОСТЬ — НЕ БОЛЕЗНЬ!

Однако очень и очень многие женщины именно так рассматривают это состояние. Во многом им помогают гинекологи — редко какой визит к врачу не заканчивается рассуждениями об узком тазе, кривой матке, воспалении придатков и вообще: как это вас, девушка, угораздило... Да еще и подруги наговорят про адовы муки роддома. Опять-таки — надо сдать много-премного анализов и обойти много-премного специалистов. Могу клятвенно заверить, что еще ни разу не встречал человека, посетившего большое количество врачей, сдавшего большое количество анализов и не обнаружившего при этом какой-нибудь дремавшей в нем хвори. Тем более что у нас принято бегать по врачам после того, как беременность стала свершившимся фактом, а не до того, как...

Кстати, сам факт беременности в большинстве случаев порождает множество других проблем — сексуальных, материальных, наконец, квартирных.

И нет ничего странного в том, что стрессовое состояние — удивительно частый спутник беременности. Ведь очень трудно противостоять обильному наплыву негативной информации. Для этого надо иметь очень-очень крепкие мозги или не иметь их вообще. И то и другое — редкость, поэтому **желательно запомнить**:

- *слушать надо прежде всего себя — двигаться, если хочется двигаться, спать, если хочется спать, есть, если хочется есть, и заниматься с мужем любовью, если хочется ею заниматься;*
- *если вы хотите ребенка и при этом **уже** беременны, то никакие обнаруженные врачами болезни не должны вызывать у вас отчаяния. Констатируйте в глубине души тот факт, что надо было раньше махать руками, но не стремитесь себя спасать, поскольку трудно найти методы лечения, одновременно полезные и ребенку, и маме;*
- *любое лечение беременной женщины должно проводиться только тогда, когда без этого **однозначно** нельзя обойтись (кровотечение, явная угроза срыва, нефропатия, выявленный сахарный диабет, ревматизм или другие страсти).*

Вы живете в стране, где количество проверяльщиков и тех, кто учит, как надо лечить, почти равно количеству тех, кто действительно лечит. Тот, кто лечит, прекрасно знает, что за назначение 10 лекарств при насморке никто его не будет ругать — ведь по поводу каждого их этих 10 лекарств защищена, как минимум, кандидатская диссертация. Беременность — это всегда риск. Очевидный риск для самой беременной и не менее очевидный риск для врача, который, учитывая оценку его труда обществом, рисковать не собирается[1]. И надо иметь очень много мужества, чтобы не назначить, не послать

1 К вопросу об оценке врачебного труда. В первом издании книги «Начало жизни вашего ребенка» (подробнее об этой книге — на с. 573) автором было отмечено, что на момент написания указанных строк месячный труд специалиста с дипломом о высшем медицинском образовании оплачивался так же, как 1 (один) час работы проститутки. Мне очень хотелось исключить это сравнение из второго издания книги. Потом хотелось исключить из третьего, потом из пятого... Прошло уже 10 лет, но своей актуальности оно (сравнение), к сожалению, не утратило по сей день. Хотя определенные сдвиги есть. И могу торжественно заявить (переписать): «На момент написания указанных строк месячный труд специалиста с дипломом о высшем медицинском образовании оплачивается так же, как 2 (два) часа работы проститутки».

на консультацию, не уложить в стационар, не начать стимулировать, не запретить. Надо оторваться от бумажек и найти время, чтобы спокойно поговорить, объяснить и, в конце концов, **сознательно** разделить риск пополам. Но ведь проверяют врача не по отзывам пациентов, а по качеству исписанных им «документов»! А коль скоро какой-либо диагноз в карточке записан, то обязательно надо лечить: а вдруг какая неприятность, тут уж учителя и проверяльщики по всей строгости спросят: как это вы, батенька, не назначили? И ведь действительно иногда случаются неприятности — у одной из 100, но назначают всем — на всякий случай. Помогите врачу быть с вами честным и откровенным — не требуйте от него уникальных лекарств и вашего немедленного спасения, не кричите: «Мы готовы на все!», выясните все-таки, а что будет, если не делать ничего, и что опаснее — лечить или не лечить. Я, по вполне понятным причинам, не называю конкретные болезни, не в этом суть. Просто беременная должна попытаться взглянуть на себя глазами врача, к которому она пришла. Она должна понять то, что понимает любой врач: **беременность — это нормальный физиологический процесс, и чем меньше мы будем вмешиваться в нормальные физиологические процессы, тем лучше будет нам всем!**

А если не совсем нормальный? Так подумать надо, настолько ли мы мудры, чтобы Матушке-Природе мешать, если она чуть-чуть споткнулась. А если совсем не нормальный — тогда лечиться, но помнить при этом замечательный афоризм, родившийся в среде практикующих врачей: *«То, что бывает редко, — бывает очень редко; то, что бывает очень редко, — не бывает никогда».*

* * *

Переходим теперь к конкретным рекомендациям.

1.1.1. КОГДА ЛУЧШЕ ЗАБЕРЕМЕНЕТЬ?

К огромному-преогромному сожалению, планирование беременности до настоящего времени не является всеобщим правилом. Но если ваша семья в своей эволюции достигла того, что, во-первых, может позволить себе беременность в определенный момент, а во-вторых, может сделать эту беременность реальным фактом, то следует знать: ***чем выше к моменту зачатия уровень здоровья будущих папы и мамы, тем здоровее будет ребенок.***

Поэтому желательно **ДО ТОГО:**

- проверить состояние своего здоровья и, если надобно, подлечиться;
- посетить стоматолога[1];
- по возможности отказаться от приема любых лекарственных препаратов; единственное исключение — попить фолиевую кислоту (хорошо бы в течение месяца до зачатия). Фолиевая кислота (витамин B_9) оказывает профилактическое действие в отношении многих пороков развития будущего ребенка — особенно это касается неполадок в развитии нервной системы[2];
- хорошенько отдохнуть (оптимально — провести отпуск не на диване, а на природе);
- «завязать» с разными вредностями (курением, употреблением горячительных напитков, бдениями у телевизора);
- максимально ограничить контакты с бытовой и садовой химией;
- несколько ограничить сексуальную активность.

Многих волнует время года, месяц, день и даже конкретный час. Насчет дня и часа ничего сказать не могу (это лучше выяснить у астрологов), а в отношении времени года замечу следующее. Максимальный уровень здоровья конкретного человека приходится на осень (сентябрь-октябрь): достаточное количество свежих овощей и фруктов, летний отдых (солнце, воздух, вода, физические нагрузки). С другой стороны — очень хорошо, когда ребенок рождается осенью: легче организовать закаливание, впереди зима (сложнее будет перегреть). Опять-таки очень хорошо, когда первое полугодие жизни ребенка приходится на зимние месяцы — еще действует доставшийся от мамы иммунитет ко многим вирусам, следовательно, заметно меньше вероятность заболеть.

1. До рождения ребенок формирует свой скелет из кальция и фосфора матери. Поэтому в связи с нехваткой кальция и фосфора у нее могут начать «портиться» зубы. Если они уже не очень хороши, то желательно привести свой рот в порядок заранее, дабы потом, будучи беременной, не бегать еще и к стоматологам.

2. Если у вас и ваших кровных родственников нет и не было проблем с нервной системой, подойдет стандартная профилактическая доза — 0,4—0,5 мг в сутки. Если в роду кто-то страдал или страдает неврологическими расстройствами, если вы больны диабетом или у вас имеется избыточный вес — не помешает около 1 мг. В стандартной таблетке фолиевой кислоты, как правило, 1 мг.

Логика, скорее всего, состоит в том, что при отсутствии у будущих родителей серьезных проблем со здоровьем планировать зачатие следует на январь-февраль, дабы осенью родить. Ну а если здоровье не в порядке — «делать» ребенка осенью.

Особый вопрос — возраст будущей мамы. Понятно, что в 18 лет вы будете поздоровее, чем в 35. Но **главное все-таки в том, чтобы вы рожали ребенка для себя, а не в качестве подарка бабушкам и дедушкам.** Поэтому лучше быть мамой в 30 лет, чем кукушкой в 18.

И еще. Даже заводя щенка, люди, как правило, думают о том, где он будет спать, что он будет есть и кто с ним будет гулять.

Рожденному вами ребенку именно вы и только вы обязаны обеспечить существование, достойное человека...

1.1.2. ЧТО ЕСТЬ И ПИТЬ?

На протяжении многих тысячелетий ваши предки ели примерно одну и ту же пищу, и те, кто не мог эту пищу переварить, давно уже вымерли.

Каждый пищевой продукт содержит в себе определенные белки, которые перевариваются другими, тоже совершенно определенными белками (ферментами). Есть белки родные, к которым мы привыкли генетически, — их употребляли в пищу наши предки (крупы, мясо, яблоки, рыба и т. п.). Есть белки, которых наши предки не видели в глаза, — цитрусовые, кофе, какао.

Задумайтесь над тем, где брала апельсины ваша прапрабабушка? Мы их, тем не менее, с удовольствием едим, и ничего с нами не происходит. Потому что все, в кишечнике толком не переваренное (полностью нерасщепленное), нейтрализуется потом замечательной перерабатывающей фабрикой, которая называется печенью.

На печень беременной нагрузка предостаточная — именно печень и есть главный борец с токсикозами[1], нейтрализатор выделений плода и т. п. Давайте ее беречь. Если вы хотите, чтобы ваш ребенок не страдал от того, что ему нельзя съесть мандаринку или шоколадку, то не надо, будучи беременной, поглощать эти самые мандаринки и шоколадки (недопереваренные частицы до того, как нейтрализоваться печенью, пройдут через плод, вызовут ответные реакции, а у дитя потом будет на эти продукты аллергия).

1 Токсикоз беременных — общее название всевозможных болезненных состояний, возникающих во время беременности, осложняющих течение беременности и прекращающихся после беременности.

Проще говоря, **избегайте всего того, чего не ела ваша прапрабабушка.** Здоровее будете.

Не надо есть[1]**:**

[1] Обратите внимание на интонацию — не категорически «нельзя», а просто, тихо и по-человечески «не надо».

- жирное (варите бульоны — снимайте жир, уважайте «синих птиц» — тощих куриц и голодных домашних зайцев — кроликов);
- какао и его производные (шоколад, шоколадные конфеты, шоколадное масло);
- кофе;
- цитрусовые — включая лимоны, которые всем советуют брать с собой в роддом;
- очень острое, очень кислое, очень соленое;
- поменьше консервов;
- грибы;
- горох;
- свежие дрожжевые изделия;
- клубнику, малину, землянику;
- всякие вкусности с масляными кремами.

Надо бы:

- овощи, особенно зеленый лук, картофель и огурцы;
- фрукты: груши, яблоки, абрикосы;
- ягоды: виноград, черешню, вишню, арбузы;
- фруктовые, фруктово-ягодные соки и пюре, морсы;
- молочные продукты: прекрасно — творог и кефир (ряженка, йогурт, простокваша), просто обычное молоко от обычной коровы;
- мясо (нежирное), рыба нормальная (не сушеная вобла и не селедка);
- изюм, курагу;
- компот из сухофруктов;
- чай: черный некрепкий, зеленый, травяной, с добавлением фруктов.

В организации питания беременной самое главное все-таки — безопасность продуктов. Поэтому перед тем, как купить и съесть, **задумайтесь**:

- где хранился данный продукт и какова вероятность того, что в этом предполагаемом месте соблюдались элементарные санитарные нормы?
- каковы шансы на то, что наш с вами соотечественник положил в колбасу, котлетку или пирожок свежее и качественное мясо?
- что это вообще за «мясной рулет», стоимостью в три раза ниже, чем просто килограмм мяса?
- что надо было сделать с этим большим и красивым яблоком, дабы оно стало таким большим и красивым?
- почему этот тропический фрукт никак не гниет вот уже третий месяц?
- а как вам творожок, якобы без консервантов, со сроком хранения шесть месяцев?
- сколько раз пришлось заморозить и разморозить эту креветку-рыбку-птичку до того, как вышеупомянутое животное оказалось в вашем холодильнике?

Помните:

- лучше пареное, вареное и печеное, чем жареное и копченое;
- лучше недоесть, чем переесть;
- если нельзя, но очень хочется, то можно, лишь бы перехотелось;
- если сомневаетесь: можно или нельзя? — ну его;
- не надо много есть на ночь;
- вообще много — не надо;
- если обстоятельства, традиции и окружающие не позволяют обойтись без спиртного (например Новый год в разгар беременности), то либо красное виноградное вино (типа кагора), либо шампанское (и то и другое — чуть-чуть)[1];
- при нехватке сладкого возникает сонливость;
- поправляются не столько от количества еды, сколько от ограничения двигательной активности;

1 Если честно, то обстоятельства, традиции и окружающие ни при чем — просто самой очень хочется, правда?

- при нормальном самочувствии никаких оснований для того, чтобы меньше пить, нет. Если же возникли сложности (отеки, нефропатия), обязательно согласуйте с гинекологом режим питья (что? сколько?);
- хотите мел — грызите на здоровье (цветные мелки и штукатурку — не надо), но оптимальнее все-таки — кальция глюконат или (еще лучше) кальция глицерофосфат — 3 таблетки в день плюс творог — и вам, и ребенку хватит вполне;
- очень-очень желательно принимать комплексные витамины для беременных (они отличаются от других поливитаминов обязательным присутствием витамина D и микроэлементов). Следует отдавать себе отчет в том, что употребление во время беременности витаминов необходимо не столько дитю, сколько маме. Развивающийся плод найдет в вашем организме все необходимое и заберет себе. Основной вопрос — хватит ли вам того, что останется. Поэтому суть приема витаминов — забота именно о вашем здоровье и о вашей красоте — вашей коже, зубах, ногтях, волосах, сосудах и т. д.

1.1.3. ГИГИЕНА

- мыть руки, а за пределами родного дома использовать влажные и дезинфицирующие одноразовые салфетки;
- более активно и чаще, чем до беременности, чистить зубы;
- ванна не желательна, оптимально — душ, хоть раз в день, и не надо особо горячий;
- снова мыть руки.

1.1.4. ЧТО НОСИТЬ?

- то, что не давит и не жмет; то, что подчеркивает; то, что ему (мужу) нравится;
- то, в чем не холодно и не жарко;

- чем меньше синтетики, тем лучше;
- каблук — да, но сантиметра три, не больше — нам только упасть не хватало.

1.1.5. ЧТО ДЕЛАТЬ С МУЖЕМ?

- помнить, что он тоже человек;
- относиться к нему с пониманием;
- поощрять, не забывая говорить «спасибо»;
- напоминать, что в семье, главой которой он является, скоро станет на одного человека больше, следовательно, он станет еще главнее;
- при нем не скулить и очень, очень постараться, чтобы ваша беременность не вызывала у него чувства собственной неполноценности — совсем не обязательно (если удастся, конечно), чтобы он знал, как сильно вас тошнит, — вам ведь легче не станет, а он будет дергаться, все это, рано или поздно, выйдет боком;
- как это ни печально, но беременность — не повод для того, чтобы муж уходил на работу голодный и неглаженый (не надо нам, чтоб его где-нибудь прикармливали и гладили).

1.1.6. ЧТО ДЕЛАТЬ С СОБОЙ?

- руководствоваться, прежде всего, своими инстинктивными желаниями. Для того, чтобы плод нормально развивался, вы должны много двигаться — чем активнее работает сердце мамы, тем активнее кровоток через плаценту, тем больше достается ребенку всяких нужных штучек, растворенных в вашей крови. Не теряйте чувства меры — утверждение автора о том, что двигательная активность беременной — это хорошо, вовсе не означает поощрение занятий атлетизмом, парашютным спортом и скалолазанием;

ЧТО ДЕЛАТЬ С СОБОЙ?

- не любить себя больше, чем раньше (беременность — не болезнь!!!);
- следить за собой и быть в форме (глазки, губки, щечки, ногти, прическа) и упаси боже думать, что уж теперь-то он никуда не денется;
- не надо долго пребывать на солнышке, а если быть — обязательно в шляпке;
- если хотите в солярий[1], то знайте: для плода он не опасен, но для кожи будущей мамы — это эксперимент с непредсказуемыми последствиями;
- поменьше аэрозолей (дезодоранты, лаки для волос), и вообще — чем меньше химии будет вас окружать, тем лучше (стиральные порошки, дихлофосы, минеральные удобрения, средства от комаров и т. п.);
- работа или учеба имеют огромное положительное значение, поскольку дают возможность поменьше думать о беременности;
- обращаю внимание: **любая** инфекция беременной принципиально опасна для плода. Конечно, не простудиться ни разу за девять месяцев очень сложно, но сознательно искать приключений, шастая по магазинам, гостям и кинотеатрам, совсем не обязательно. Знайте, что наиболее опасная для беременной женщины болезнь — краснуха (краснушный вирус очень плохо влияет на плод). Избегайте посещений детских больниц и поликлиник. Все потенциально опасные в плане поноса продукты исключить категорически (опять-таки следить за тем, что вы едите, и мыть руки);
- не надо **самой** лечить таблетками всякие недомогания, простуды и расстройства желудка — подробнее об этом чуть ниже;
- поменьше путешествуйте в поздних сроках беременности: самолет и поезд — не самая лучшая альтернатива роддому.

Совершенно отдельный вопрос — многочисленные комплексы упражнений для беременных. Автор убежден, что женщина, готовая к систематическим упражнениям, найдет время для того, чтобы купить (вариант — взять в библиотеке или у подруг) литературу по этому во-

1 Вы, тем не менее, должны знать, что в 2009 г. Всемирная организация здравоохранения подвела итог многолетним исследованиям и сделала вывод: пользование солярием повышает риск онкологических болезней кожи.

просу, написанную специалистами. Врачу-педиатру занимать место рисунками и претендовать на оригинальность, по-видимому, не стоит.

Главное, тем не менее, понять, что ***любые гимнастические упражнения глубоко вторичны в сравнении с важностью именно образа жизни*** (свежий воздух, двигательная активность). Как это ни парадоксально, но мне неоднократно приходилось сталкиваться с ситуацией, когда будущая мать 12 часов лежит на диване, затем 15 минут занимается гимнастикой, после чего 11 часов 45 минут опять-таки лежит на диване, теша себя мыслью о том, что делает все возможное для подготовки к родам.

1.1.7. СЕКС... СЕКС? СЕКС!

- с точки зрения христианской религии — смысла не имеет (при беременности, разумеется);
- *опасен* при угрозе срыва (сокращения матки во время оргазма);
- *категорически запрещен по медицинским показаниям* бывает очень редко;

Для того чтобы перечислить состояния, при которых половая жизнь беременной женщине запрещена, с избытком хватает пальцев одной руки.

Перечисляю, без особо подробной расшифровки, но очень прошу: если услышите подобные диагнозы из уст медицинских работников — отнеситесь к этому весьма серьезно и потребуйте аналогичной серьезности от супруга.

Итак, нельзя:

1. при разрыве плодных оболочек;
2. при преждевременных схватках;
3. при несостоятельности шейки матки, или, еще более научно, — истмико-цервикальной недостаточности. Этот диагноз наиболее актуален. С вероятностью почти 100% о нем можно говорить, если в прошлом у женщины был выкидыш в сроке от 3 до 6 месяцев. Но и при первой беременности имеются совершенно конкретные симптомы, которые можно обнаружить в кабинете у гинеколога.

- любые рассуждения касательно того, что делать «этого» ну никак нельзя, обосновываются, прежде всего, этическими (сомнительно этическими) и религиозными соображениями;
- никаких обоснованных физиологических запретов не существует — вне зависимости от сроков беременности!!! Но всегда найдутся любители запугать, запретить, предупредить, дескать, смотрите, доиграетесь. Играйте на здоровье! «Это», в конце концов, даже полезно;
- это полезно потому, что:
  - постоянно меняющийся уровень половых гормонов в крови беременной женщины создает весьма благоприятные условия для постоянной новизны ощущений;
  - с учетом женских перемен в настроении и многочисленных «выяснений отношений» — замечательный повод для того, чтобы помириться;
  - секс для женщины — прекрасный способ отвлечься от самых разнообразных нарушений самочувствия (всех этих токсикозов, тошнот, болей в пояснице и т. д.);
  - когда еще получится не думать о последствиях;
  - возможность получить от собственного мужа не только доказательства любви, но и совершенно конкретные и очень полезные вещества, содержащиеся в семенной жидкости (например простагландины — особые гормоны, которые, кстати, повышают эластичность шейки матки);
  - во время оргазма в кровь выбрасывается гормон окситоцин, вызывающий сокращение маточной мускулатуры. И этот же гормон, но в несравнимо больших количествах, образуется в процессе родовой деятельности. Регулярная выработка окситоцина *до родов* сопровождается весьма положительными эмоциями и способствует уменьшению количества эмоций отрицательных непосредственно *во время родов.*
- если он настаивает на этом чаще, чем вы, то следует чередовать разъяснительную работу с эпизодическими контактами (совсем отлучать от тела нельзя — конкурентки не дремлют);

- если вы настаиваете на этом чаще, чем он, — ситуация самая драматичная и на сто процентов не разрешимая, возможны действия в трех направлениях:
  - ваш внешний вид;
  - его питание;
  - ограничение вашего «скуления».
- если вам хочется одинаково — сколько хочется;
- разнообразие вариантов позволяет не давить будущей маме на живот (если не знаете как, посмотрите телевизор в течение недели: научитесь обязательно).

1.1.8. ЛЕКАРСТВА И БЕРЕМЕННОСТЬ

С сожалением приходится констатировать: *беременная женщина болеет нисколько не реже, чем женщина не беременная*. Поскольку беременность — не болезнь, а всего лишь временное и совершенно конкретное состояние человеческого организма женского пола, очень трудно за столь непродолжительное время (каких-то девять месяцев) перестроиться. Перестроиться настолько, чтобы в корне изменить собственное отношение к лекарствам вообще и к их глотанию в частности.

Принципиальные основы риска использования фармакологических средств при беременности состоят в том, что стремительно размножающиеся клетки плода очень чувствительны к любым (!) внешним воздействиям. Малейшие нарушения развития этих клеток, особенно в первые три месяца беременности, могут привести к достаточно серьезным врожденным дефектам развития органов плода и, соответственно, будущего ребенка.

Любые лекарственные препараты, принятые беременной женщиной, проникают через плаценту и могут оказывать влияние на плод. Сей факт вовсе не свидетельствует о том, что все лекарства влияют плохо, но еще раз повторю — влияют! А как — это уже совершенно другой разговор. Другой потому, что ни сама беременная, ни окружающие ее родственники в подавляющем большинстве случаев не имеют ни малейшего представления о том, можно ли простуженной беременной глотнуть аспирин. А самое печальное в том, что, опять-таки, ни беременная, ни ее специалисты-родственники этого не понимают, не понимая, принимают ответственные, но изначально неправильные решения, а потом расхлебывают это все оставшуюся жизнь.

Способность конкретного лекарства воздействовать на плод зависит от множества разнообразных факторов — свойств самого препарата, его дозы и длительности применения, срока беременности, состояния здоровья беременной вообще и состояния плаценты в частности. Даже изначально очень опасные для плода препараты могут не вызвать никаких вредностей, и наоборот.

Любые описания побочных эффектов какого-либо препарата лишь говорят об ***увеличении вероятности*** *возникновения проблем, но вовсе не свидетельствуют о том, что проблемы обязательно наступят.* Как раз скорее всего не наступят — уж слишком много резервов вложил Создатель в человеческий организм. Но ни один беременный представитель рода человеческого, при условии, что он находится в здравом уме, не будет сознательно создавать себе проблемы, увеличивая риск возможной дефективности у собственного потомства!

Допустим, по собственной, простите, бестолковости или по наущению злой свекрови вы, находясь в беременном состоянии, съели таблетку тетрациклина. А потом прочитали, что этого делать нельзя категорически, что очень строго противопоказано, что у ребенка будут плохие зубы и желтый цвет лица. В этой ситуации немедленно перечитайте предыдущий абзац! Ибо, скорее всего, ничего этого не будет, и нечего оставшиеся до родов дни (месяцы) нервничать, бросаться на запуганную свекровь и вообще наполнять собственную, а значит, и детскую, кровь адреналином. Успокойтесь. Истерики и самобичевания влияют на ребенка не меньше, чем вышеупомянутый тетрациклин.

Глобальные теоретические основы использования лекарств при беременности состоят в следующем:

- серьезные человеческие заболевания люди не лечат самостоятельно! Этим занимаются специально подготовленные товарищи, коих именуют врачами;
- беременные люди-человеки тем более не должны лечиться самостоятельно;
- тот факт, что врач знает, что беременной можно, а чего нельзя, мы принимаем за аксиому;

- из вышеизложенного вытекает логический вывод: назначать беременной лекарства может только врач;
- «несерьезные» болезни — чихнули, кашлянули, шмыгнули носом, заболела голова, температура 37,5 °С, першит в горле, бурчит в желудке и т. д. и т. п. — лечатся не потому, что без лекарств нельзя выздороветь. Просто совсем неохота страдать;
- стремление беременной облегчить себе жизнь может, мягко говоря, выйти боком... Если изначально терпимый симптом не проходит или становится нетерпимым — обратитесь к врачу. Пусть ваши страдания облегчает врач.

Никогда не забывайте о том, что механизмы воздействия лекарства на плод очень сложно изучать. Для того, чтобы определить, можно ли данный препарат назначать беременной или нельзя, ученые мужи:

- изучают механизмы воздействия препарата на ткани человеческого организма;
- проводят эксперименты на животных;
- наблюдают за беременными любительницами самостоятельного лечения.

Эксперименты над беременными, разумеется, не проводят. С животными свои сложности. Оказывается, что из 1600 лекарств, коими пичкали несчастных животных, почти 800 вызывали появление у детенышей бедных зверюшек аномалии развития. Но!!! Лишь 30 из этих препаратов оказались опасными для человека. С другой стороны, страшный препарат талидомид (снотворное, применявшееся в некоторых странах Европы в 50—60-е годы прошлого века), вызывающий жуткие уродства у человека, килограммами поедался экспериментальными крысами без каких-либо последствий. Напротив, адреналин, пенициллин и дигоксин опасны для животных, но неопасны для человека.

Вот и получается, что эксперименты экспериментами, но полной уверенности нет, ибо есть лишь теория и единичные практические наблюдения.

И очень-очень хочется попросить всех беременных ни в коем случае не рассматривать себя и своего будущего ребенка в качестве субъектов экспериментальной деятельности.

Конкретные ценные указания

- Если терпимо — терпите.
- Если плохо — к врачу.
- Предыдущие пункты тем актуальнее, чем меньше срок беременности. Особая осторожность в первые 3 месяца!
- Любой приобретенный вами лекарственный препарат в ***обязательном*** порядке должен иметь инструкцию по применению. И в этой инструкции ***обязательно*** должен быть пункт, описывающий возможность или невозможность использования данного лекарственного средства при беременности. Если инструкции (на вашем родном языке) нет — это неправильное лекарство, недостойная вашего внимания фирма-производитель или, что редко, но вполне возможно, лекарство, вообще не разрешенное к применению в стране, где вы имеете счастье обитать.
- Изучив инструкцию — сделайте правильные выводы.

Ваш участковый терапевт, в отличие от гинеколога, может и не знать о вашей беременности. И если уж вы пришли к нему с жалобами на кашель, порадуйте доктора этой информацией *до того*, как он начнет выписывать рецепты.

Если вы не знали о том, что беременны, и, по стечению болезней или обстоятельств, чего-то там глотали — обязательно обсудите этот вопрос с врачом.

Повторяюсь в силу особой важности вопроса. Если терпимо — терпите. Если не терпится — отправляйтесь к врачу: пусть лучше у врача голова болит по поводу того, чем вас лечить.

1.1.9. ЧТО ДЕЛАТЬ БУДУЩЕМУ ПАПЕ?

Прежде всего не утверждать: «Все, что надо, я уже сделал».

Несмотря на то что беременность — не болезнь, вам все-таки необходимо пересмотреть свое отношение к супруге. Поскольку вы никогда не сможете испытать то, что в процессе беременности испытывает ваша жена, то и никогда не сможете до конца понять и объяснить себе разные ее капризы. Поймите и осознайте: количество вредных раздражителей у беременной достаточно велико (хождения по врачам, беседы с подругами, нарушения самочувствия). Поэтому *увидьте свою главную задачу в том, чтобы не стать дополнительным стрессовым фактором.*

ЗОЛОТЫЕ ПРАВИЛА БУДУЩЕГО ПАПЫ:

- *поменьше рассуждайте по поводу того, кого вам больше хочется — мальчика или девочку. Пол ребенка определяется отцовским сперматозоидом, поэтому, в случае чего, нечего на зеркало пенять...;*
- *не надо расстраиваться в связи с тем, что вам стали уделять меньше внимания — то ли еще будет, когда вы действительно станете папой;*
- *поинтересуйтесь бытом — посетив магазин или выкрутив белье, вы никак не уроните своего мужского достоинства;*
- *найдите время, чтобы спокойно обсудить ваши совместные действия — где будет стоять кроватка, что и когда надо купить, что делать, пока супруга будет находиться в роддоме*[1]*;*
- *не покупайте ей всякие вкусности, которые не желательны к употреблению (см. выше). Будет очень разумно и благородно, если вы не будете при жене есть то, чего ей нельзя, но хочется;*
- *не поощряйте просто ничегонеделание жены (диван, телевизор). Лучше прогуляйтесь с ней на свежем воздухе, сядьте где-нибудь в парке на лавочке и вслух почитайте эту книжку;*
- *соизмеряйте свой сексуальный пыл с ответными реакциями супруги и не дуйтесь в случае чего; помните, что беременная женщина меньше склонна прощать в сравнении с просто женщиной;*
- *курить в квартире совсем не обязательно;*
- *если во сне вы имеете привычку ворочаться, крутиться и при этом еще и дергать ногами, то желательно последние недели беременности поспать отдельно;*
- *беременность, в конце концов, длится всего девять месяцев*[2]*.*

1 Я совершенно сознательно не фиксирую внимания на вопросах, связанных с подготовкой к встрече младенца (сколько, чего, почему, зачем?). Прочитайте еще несколько глав, и все будете знать сами.

2 Пусть вас утешит: муж слонихи — слон — должен терпеть аж 22 месяца!

* * *

Очевидная суть этой главы:

в большинстве случаев беременность протекает нормально. И вести себя при беременности надо нормально. И помнить, что, хоть медицина у нас и бесплатная, за здоровье конкретного человека отвечает не врач, а сам конкретный человек. И не морочить самой себе голову, выискивая болезни. Подавляющее большинство сложностей порождаете вы сами, нервничая и переживая понапрасну.

Не создавайте себе дополнительных проблем. Своевременно станьте в поликлинике на учет, обойдите врачей и сдайте анализы до того, как живот не позволит вам войти в автобус.

Успокойтесь, ради бога! Не вы первая, не вы последняя, простите за банальность. Родим, никуда не денемся.

Итак, поехали в роддом.

1.2. РОДЫ И РОДДОМ

Не беда появиться в утином гнезде,
если ты вылупился из лебединого яйца!

Ханс Кристиан Андерсен

Готовить себя к пребыванию в роддоме необходимо, прежде всего, психологически. Как бы вы ни были богаты и здоровы, удачные роды все-таки лотерея, правда, с очень значительными шансами на выигрыш.

Тем не менее одной психологической подготовкой здесь не обойдешься. Поэтому следует заранее приготовить ряд вещей, которые поедут в роддом вместе с вами. Ниже — ориентировочный список, но вы ведь понимаете — точно все, что может вдруг понадобиться, перечислить невозможно, да и у родственников будет возможность передать недостающее, дабы полностью удовлетворить вновь возникшие или неожиданно возросшие потребности. Если что-то окажется лишним — опять-таки родственники не дадут пропасть...

Итак, берем с собой:

Бумаги разной степени ценности:

- документы (паспорт, обменная карта из поликлиники, контракт на платные роды, полис медицинского страхования, анализы и паспорт мужа, если роды совместные);
- мелкие деньги (для неожиданных покупок и стимуляции активности работников);
- блокнот и пишущие принадлежности (для ведения дневника, написания записок родне и запоминания докторских рекомендаций);
- телефонная книжка или список нужных телефонов (друзья, подруги, коллеги, родственники, начальники);
- книга для чтения, например «Здоровье ребенка и здравый смысл его родственников».

Вещи для мамы:

- одежда (моющиеся тапочки, халат, пара ночных рубашек, носки, трусы, лучше одноразовые, бюстгальтеры, лучше специальные — для кормящих мам);
- посуда (тарелки, блюдца, чашки, ложки, вилки, как вариант — одноразовые, нож);
- средства гигиены (полотенца, гигиенические салфетки — сухие, влажные, дезинфицирующие; мыло в мыльнице или жидкое, гель для душа, шампунь, зубная паста и щетка, прокладки гигиенические maxi, прокладки одноразовые в бюстгальтер, расческа, туалетная бумага);
- минимально необходимая косметика, ножницы, гигиеническая помада, крем для рук, лица, тела, для профилактики трещин сосков;
- одноразовые пеленки для осмотров да и малышу пригодятся.

Вещи для дитяти:

- подгузники;
- пеленки тонкие (5—7 штук);
- пеленки фланелевые (3—5 штук);
- одежда — шапочки (1—2), ползунки (5—7), распашонки-рубашечки (3—5);
- присыпка и детский крем (или масло);
- ватные палочки.

Техника:

- мобильный телефон + зарядное устройство;
- фотоаппарат, видеокамера (разумеется, с запасными батарейками, пленками, заряженным аккумулятором);
- фен;
- часы.

Что еще может пригодиться:

- одноразовые пакеты для мусора;
- накладки на унитаз;
- настольная лампа;
- электрочайник;
- шоколадки и баночки с кофе для дарения окружающему медперсоналу.

Медикаменты, но точный список (или отсутствие списка) — это уже строго индивидуально и требует отдельной предварительной беседы с конкретным врачом конкретного роддома.

Роды — явление для современной женщины редкое, однако естественное и протекающее чаще всего нормально. Шансы родить плохо не очень велики, с точки зрения статистики, хотя основания для волнения у вас, конечно же, есть. В то же время, дойдя до приемного покоя роддома, вы уже в очень малой степени способны влиять на ситуацию.

Главное — не паниковать, пытаться слушать то, что вам говорят, и по возможности более точно выполнять инструкции человека, который роды принимает.

Поменьше инициативы. Лишние мозги — главная помеха, когда речь идет о родах (неудивительно, что женщины с высшим образованием и интеллигенция вообще рожают труднее).

Подробно расписывать правила поведения во время родов мы не будем (литературы по этому вопросу предостаточно). Ведь роддом интересует нас как место, с которого начинается жизнь ребенка, а интересам последнего, собственно говоря, эта книга и посвящена.

Очень и очень многое из того, что происходит в роддомах, не является однозначно правильным. Но нет резона начинать дискуссию, потому что — еще раз повторю — мы с вами не можем влиять на ситуацию и рожать, скорее всего, будем в обыкновенном государственном роддоме.

Нельзя не упомянуть о том, что в очень-очень недалеком прошлом любая женщина, осмелившаяся родить за пределами роддома, вызывала чувства жалости и гневного недоумения общественности. В настоящее время ситуация начала меняться — по крайней мере, государственный роддом перестал быть тем единственным и безальтернативным местом, где ребенок имеет право появляться на свет.

С одной стороны, появились не государственные, т. е. не теоретически бесплатные, а практически платные роддома, с другой — существенные подвижки имеются в самих роддомах: пускают желающих пап — посмотреть и поболеть, организуют «палаты совместного пребывания», где ребенок находится вместе с мамой сразу после родов.

В некоторых крупных городах возникли «клубы по интересам», готовящие беременных к родам на дому, естественно, под присмотром медицинских работников.

Происходящие перемены имеют свои плюсы и минусы. В родильном зале, вместо помощи роженице, откачивают потерявших сознание отцов; в «палате совместного пребывания» лежат не мать и дитя, а пять матерей и пять детей и т. п.

Здравый смысл состоит, по-видимому, в возможности выбора. И если у беременной нет проблем со здоровьем (не узкий таз, подтвержденное ультразвуковым исследованием нормальное положение плода и т. п.), то почему бы и не рожать дома, где уютнее, где меньше стрессов? И если после родов есть силы и настроение быть вместе с ребенком, то почему бы и нет? Но зачем это, если новоиспеченной маме плохо, если послеродовая депрессия, если ребенок беспокойный?

В любом случае, где бы мы ни рожали и какие бы эксперименты над нами ни проводили, **наша конечная цель одна: поскорее попасть домой вместе с ребенком.**

Ведь дома ответственность за малыша полностью ложится на плечи родителей, которые имеют возможность действовать не в соответствии с инструкциями и приказами Министерства охраны здоровья, а в соответствии с логикой и здравым смыслом. В то же время неделя, проведенная в роддоме, может оказать на маму весьма негативное воздействие, поэтому некоторые вещи все-таки необходимо знать.

* * *

Итак:

1 Одна из наиважнейших задач — сохранить грудное молоко. Его количество зависит не от размеров груди, а от нервной системы матери. Старайтесь, очень вас прошу, старайтесь не нервничать. Это очень трудно, потому что вам много расскажут «хорошего» и о вас, и о вашем ребенке, да еще соседки по палате поделятся своими страхами. Если очень страшно, **знайте: женщин, которые родили и за все время пребывания в роддоме ни разу не услышали о какой-нибудь собственной или детской ненормальности, просто не существует.** Может, где-нибудь такие женщины и есть, но у нас их нет. В то же время **почти все больные и ненормальные рано или поздно возвращаются домой, становясь нормальными и здоровыми.**

2 Чем раньше приложат новорожденного к груди, тем лучше (оптимально — прямо в родзале) — этот факт убедительно доказан физиологами и врачами. Во-первых, само раздражение соска во время сосания способствует сокращению матки, что, непосредственно после родов, очень важно. Во-вторых, первые капли молока — *молозиво* — содержат в себе вещества, «запускающие» развитие иммунной системы и нормального пищеварения, препятствующие возникновению в дальнейшем аллергических реакций и кишечных расстройств.

Тем не менее в сотнях роддомов детей приносят для первого кормления на вторые-третьи сутки, а то и позже. Мотивируется это усталостью матери, слабостью ребенка, возможностью некоторых врожденных болезней, при которых прикладывание к груди опасно, а для уточнения диагноза требуется время. На самом деле реальные причины для того, чтобы не кормить сразу после родов, имеют место очень-очень редко. Пути решения проблемы — доверительная беседа *будущих родителей* с врачом, принимающим решение о времени первого кормления, — педиатром роддома. *Всегда следует помнить, что не кормить сразу — решение менее рискованное и менее ответственное, а оплата труда врача-педиатра никоим образом не стимулирует его к принятию ответственных решений.*

Поэтому, если в родильном зале вам дали ребенка для кормления, то либо с вашим малышом все в полном порядке, либо вас окружают прекрасные специалисты, а и то и другое — просто замечательно. Если же ребенка не дали, то это вовсе не повод для беспокойства. Причины могут быть самые разные. Акушеры-гинекологи, например, дежурят круглосуточно всегда и во всех роддомах, а неонатологи[1] — не всегда и не во всех. Акушер-гинеколог не всегда хочет рисковать и принимать решение о кормлении, которое должен принимать педиатр.

1 Неонатолог — педиатр, специалист по новорожденным.

В конце концов, **не нервничайте**, пожалуйста, — не дали и не надо: миллионы детей, которых принесли кормиться лишь на вторые или третьи сутки, живут себе, радуя родителей.

1. **Не переживайте**, если малыш неохотно или вяло сосет — врачу об этом, конечно, сообщите, но сами **не паникуйте**. Если, с вашей точки зрения, его унесли ненаевшимся, то поверьте — умереть от голода ему не дадут.
2. На второй-третий день после родов ваш ребенок обязательно пожелтеет — может, сильно, может, чуть-чуть. **Не нервничайте** — так должно быть, и это называется «физиологическая желтуха новорожденных».
3. В первые дни после рождения ребенок в весе не прибавляет, а, наоборот, теряет его — может, сильно, может, чуть-чуть. **Не нервничайте** — так и должно быть.
4. Не надо особенно волноваться в связи с тем, что вы не можете влиять на то, когда и сколько времени его кормить, во что его одевать, кто у него соседи по палате. **Не нервничайте! Почти невозможно испортить нормальное живое существо за неделю.**
5. Вы, скорее всего, услышите много страшных слов, таких, например, как «асфиксия», «обвитие пуповины», «нарушение гемоликвородинамики», «энцефалопатия» и т. д. и т. п. Все эти состояния излечиваются и нечасто дают ощутимые последствия.

Возможно, упомянутые слова будут относиться именно к вашему ребенку, но, придя домой, вы не обнаружите в нем никаких болезненных черт. Конечно, можно возмутиться и спросить: а зачем тогда пугать только-только родившую женщину, зная, что у нее может исчезнуть молоко, нарушиться сон, пропасть аппетит и прочее? Не обижайтесь, пожалуйста. Новорожденный ребенок малопредсказуем. И каждый врач знает: ни о каких стопроцентных гарантиях речь не идет. Это ж кому хочется услышать: было все хорошо, так они довели! А они не доводят. Они получают то, что вы им родили, — не лучше и не хуже. И стремятся сразу вам сообщить, мол, не все хорошо, чтоб потом от вас же не выслушивать.

И мы все, всё общество, в этом виноваты, потому что привыкли всегда и во всех собственных бедах искать крайних. Кто хоть когда-нибудь возмущался по поводу высокой температуры в палате для новорожденных? Никто и никогда! А упаси боже будет холодно — растерзают. Хотите тепла — нате! И дома вы обнаружите у ребенка опрелости — зато было тепло! Не простудился...

Как это природа умудрилась придумать биологический вид, рожающий детенышей, которые могут существовать только при температуре не ниже 22 градусов[1]?

Таким образом, родильнице[2] предстоит решить **три главные задачи**:

1 не нервничать;

2 отдыхать (вариант — спать);

3 заниматься собственной грудью[3].

Действия папы, который в томительном ожидании бегает вокруг роддома, более разнообразны и заключаются в следующем:

1 Готовиться к встрече — еще раз убедиться, все ли куплено, убрать в доме, запастись продуктами, привлечь бабушек или подруг, дабы хоть в первый день после возвращения домой мамочка не думала о кухне.

2 В отношении продуктов, передаваемых в роддом, помнить: все, чего нельзя было во время беременности, нельзя и во время кормления грудью[4].

3 Обязательно и регулярно передавать жене записки (лучше письма и подлиннее), содержащие признания, восхищения, восхваления и благодарности. Спрашивать: «Чего изволите?» и, по возможности,

1 Именно такая минимальная температура должна быть в палате новорожденных роддома в соответствии с инструкциями.

2 Именно так называется находящаяся в роддоме женщина, которая уже родила. Та, которая не родила, называется роженица. О, великий и могучий русский язык!

3 О женской груди и молоке позже и подробнее в отдельной главе.

4 Кстати, рекомендации врачей в отношении питания родильницы прекрасно иллюстрируют различие во взглядах гинекологов и педиатров. Гинекологи требуют давать шоколад, чтобы мама побыстрее восстановила силы, а педиатры, наоборот, давать шоколад не разрешают, поскольку знают, что ребенку подобное восстановление сил выйдет боком.

все пожелания осуществлять. Успокаивать. Самому знать, что на третий-пятый день после родов у женщины, в связи с разными гормональными сдвигами, может необоснованно испортиться настроение.

4 Об одежде для младенца, транспорте, цветах, шампанском и конфетах подумать заблаговременно.

5 В день, когда надо забирать мать и дитя, ни в коем случае не опоздать ни на секундочку!

* * *

После того, как автомобиль выедет за ворота роддома, начнется совершенно новый этап в вашей жизни. И не важно — этот ребенок первый или пятый, мальчик или девочка.

Теперь уже только от вас — от мамы и папы — зависит здоровье малыша, которое, как мы уже договорились, является основой его будущего счастья.

1.3. ВАШ НОВОРОЖДЕННЫЙ

— Мне только два дня.
Нет у меня
Пока еще имени.
— Как же тебя назову?
— Радуюсь я, что живу.
Радостью — так и зови меня!

Уильям Блейк

Название главы при кажущейся простоте требует расшифровки. Начнем с определения, ибо сам термин **«новорожденный»** — понятие растяжимое. Если новобрачные перестают быть таковыми по окончании медового месяца, то для новорожденного срок, отведенный медицинской наукой, и того меньше и составляет, согласно указаниям Всемирной организации здравоохранения, всего 28 дней. **28 дней от момента рождения, еще точнее — с момента перерезания пуповины и отделения плода от матери.**

Это во-первых. Во-вторых, слово **«ваш»** является ключевым для понимания сути происходящего. Ведь выписываясь из роддома, вы, наверное, думали, что ребенок *ваш* уже пять, семь или десять дней (кому как повезет со сроками выписки). Но трезво сопоставив факты, вы *должны согласиться с тем, что в роддоме «ваш» ребенок совсем вашим не был.* Вы кормили, когда его приносили или когда разрешали покормить; вы не могли влиять на то, какие лекарства ему дают, каким шприцем делают ему прививку, от какой женщины и каким молоком его подкармливают.

Я вовсе не хочу сказать, что его неправильно приносили кормить, давали ему плохие лекарства, кололи нестерильным шприцем или подкармливали молоком женщины, съевшей перед этим килограмм шоколада. Я просто хочу подчеркнуть: к принятию каких-либо решений касательно младенца вы прямого отношения не имели и никакой ответственности за эти решения, разумеется, не несли. Совершенно естественно, что нельзя назвать своим то, чем (кем) вы не владеете и не распоряжаетесь. В подтверждение этих слов привожу определение из толкового словаря русского языка:

«ВЛАДЕТЬ — *иметь своей собственностью, держать в своей власти, управлять*»[1].

1 Словарь русского языка /Сост. С. И. Ожегов. М.: Русский язык, 1984 г.

Получив от медсестры роддома плотно упакованный сверток с вашим собственным детищем, вы, наконец, вступаете в реальное владение им.

Условия, в которых будет находиться доставленный из роддома ребенок, во многом определят его будущее здоровье.

К глубочайшему сожалению, в широких народных массах прочно укоренилась уверенность в том, что новорожденный очень слаб, подвержен многочисленным хворям и вообще жизнь его просто висит на волоске. Основой столь распространенных убеждений являются люди старшего поколения (включая и медработников).

Их основные «жизненные» тезисы состоят в следующем:

— вам что, для ребенка жалко?! (вариант — «Все лучшее детям!»);

— плачет, бедненький;

— у него пятки холодные (вариант — холодный нос);

— сквозняк!

Самое интересное, что эти же люди говорят: «Нет, вы только посмотрите — у Ивановых пятеро, все бегают раздетые и голодные, и хоть бы что! А наш...»

Отсутствие какой бы то ни было логики сразу бросается в глаза, особенно с учетом того, что все знают — любимые дети болеют чаще.

Новорожденный ребенок — существо действительно нежное, но не столько нежное, сколько неожиданное. Его неожиданность состоит прежде все в том, что вы даже приблизительно не можете определить, каковы его способности, что он может, чего хочет, чего боится. Руководствуясь собственным опытом, вы уверены в том, что он хочет того же, чего и вы, боится того же, чего и вы, но не может того же, чего и вы, потому что слабенький, маленький и вообще человеком его можно назвать лишь с учетом того, что его папа и мама — человеки.

На самом же деле это совсем не так, и знать возможности и умения своего новорожденного ребенка вы просто обязаны.

Понятно, что новорожденные весьма отличаются друг от друга, как состоянием здоровья, так и степенью доношенности. Рассуждать об умениях новорожденного, не уточнив, о каком, собственно, новорожденном идет речь, — дело неблагодарное, ибо между здоровым доношенным младенцем и малышом, родившимся семимесячным, — дистанция огромного размера. Поэтому договоримся сразу — предметом нашего обсуждения станет именно здоровый, родившийся в срок новорожденный, поскольку физиологические особенности детей недоношенных — тема специфическая, требующая акцента не столько на «умениях», сколько на отличиях от нормы и вытекающих отсюда особенностях ухода.

Стартовая оценка умений, а соответственно и состояния здоровья новорожденного, проводится медицинскими работниками непосредственно в родильном зале. Итог этой оценки каждый родитель сможет обнаружить в документах, полученных при выписке из роддома, где прочитает, например: «родился 8—9 баллов по Апгар».

Не все знают, кто такой или что такое «Апгар»; многие уверены в том, что это некая аббревиатура и безуспешно пытаются ее расшифровать. Поясним: Апгар — это фамилия такая, с ударением на первой букве «А». Принадлежит она (фамилия) женщине, американскому анестезиологу. Апгар предложила шкалу, в соответствии с которой пять основных признаков здоровья (нездоровья) новорожденного — а именно сердцебиение, дыхание, мышечный тонус, рефлексы и окраска кожи — оцениваются по трехбалльной системе: получают 0, 1 или 2 балла. Так в сумме и набирается максимум 10.

Но оценивать по Апгар — это дело людей в белых халатах. А рядовому среднестатистическому родителю как быть?

Вот прибыли из роддома домой, вот собрались на семейный совет, приступили к осмотру малыша. Имеем новорожденного. Врачи сказали, что все в порядке. Но одолевают сомнения. Красный какой-то, глаза в разные стороны, ручонками машет странным образом, ножками дергает, губки выпячивает, головой вертит и вообще орет...

Столпившиеся у кроватки родственники выдвигают самые разнообразные и вовсе неутешительные версии, повергающие в уныние молодых родителей и отнюдь не способствующие нормальной лактации у матери.

Отметим следующее: если вы с ребенком попали домой в периоде новорожденности, то, скорее всего, ваш малыш здоров, он нормален, такой, как все, или почти такой, как все. Какие-либо недостатки у него, может быть, и есть, но, если уж домой вас отпустили, то недостатки эти устранимы и в домашних условиях, а следовательно, ничего особо страшного нет[1].

Отношение к тому, что вы увидите, развернув пеленки, может быть самым разным и зависит от того, кто смотрит (мама, папа, бабушка, дедушка, старший братец и т. д.), в который раз смотрит (это первый ваш ребенок, второй, третий и т. д.), какой ценой он вам достался (девять месяцев скитаний по больницам, десять лет лечения от бесплодия, тяжелые роды и т. п.) и еще от многих других факторов.

Вы, разумеется, не очень хорошо знаете, каким должен быть новорожденный (если, конечно, вы не окончили медицинский институт, но и это не гарантия). Находящиеся рядом с вами многоопытные специалисты-родственники тоже не очень хорошо знают. Поэтому **не пытайтесь давать оценку тому, что вы увидели у малыша, сравнивая его с собой.** Очень многое, что вы посчитаете плохим или неправильным, на самом деле таковым не является. Еще раз повторю: если вы с ребенком дома в периоде новорожденности, то ничего особо плохого и особо неправильного нет.

В оценке состояния ребенка родителями, как правило, прослеживаются две четкие тенденции: одни глубоко убеждены в том, что большей красоты им в жизни видеть не приходилось, другие все свои усилия направляют на поиск недостатков, подлежащих немедленному искоренению. Постарайтесь прежде всего отбросить подальше ненужные эмоции. Маме это, разумеется, очень трудно, но отец просто обязан

1 Поясняю: если ребенок действительно серьезно болен, его лечение продолжается в специальных отделениях патологии новорожденных или в отделениях для недоношенных детей. В этом случае попасть домой в первые 28 дней после рождения — т. е. в периоде новорожденности — не всегда удается, а если удалось, значит, самое страшное, по-видимому, уже позади.

не ныть, не кричать: «Я боюсь что-нибудь ему сломать» и поменьше делиться с женой своими опасениями по поводу того, что младенец худой (толстый), лысый (волосатый), вялый (беспокойный), тихий (шумный), бледный (красный) и т. д. и т. п.

С учетом вышеописанной и очень типичной ситуации (когда гнетут сомнения) постараемся рассказать о том, как все-таки должно быть, ибо самый надежный способ избежать стрессов — вовремя получить информацию. Есть и второй способ — попросить родственников воздерживаться от комментариев, дабы ненужные стрессы не создавать, но в рамках отечественной ментальности это задача практически нереальная.

Начнем с органов чувств. На самом деле, по издавна заведенным правилам, оценкой работы органов чувств врач осмотр ребенка заканчивает, но именно это волнует родителей больше всего — что дитя видит, что слышит, что чувствует.

Зрение. И глазной нерв, и мышцы, двигающие глазное яблоко, у новорожденного полностью не сформированы. Дитя ощущает лишь сам свет как таковой, т. е. отличает день от ночи, но понять, что перед ним размахивает руками именно бабушка, — не в состоянии. Упомянутая незрелость глазодвигательных мышц формирует физиологическое, т. е. совершенно нормальное для периода новорожденности, косоглазие.

Специфика именно новорожденного — мигательный рефлекс. Суть: сколько бы вы ни размахивали различными предметами возле его глаза — не мигает, а вот на яркий и внезапный пучок света — реагирует.

Слух. Сразу после рождения несколько снижен (полость уха заполняется воздухом постепенно), но к тому моменту, как ребенок окажется дома — он слышит почти как взрослые. Но не понимает и поэтому не реагирует. Если же звук достаточно громкий — вздрагивает, при этом может изменяться глубина и частота дыхания, реагируют мимические мышцы лица.

Обоняние. На резкие запахи дитя явно реагирует (как правило, изменением частоты дыхания), но отличить одеколон папы от духов мамы не в состоянии.

Вкус. Вот с этим — уж точно все в порядке. Сладкое действует успокаивающе, малыш облизывает губы, делает глотательные движения. Соленое и горькое не любит. Прекращает сосать, кривится, плачет.

Поскольку вкус и обоняние развиты у новорожденного очень даже неплохо, то вполне возможны, и это надобно обязательно учитывать, его отрицательные реакции на «невкусные» лекарства и средства гигиены, коими пользуется кормящая мать.

Осязание. Развито хорошо, но неравномерно, поскольку у новорожденного неравномерно распределены нервные окончания. Прикосновения к лицу и конечностям он воспринимает более активно, чем поглаживание спины. Ну а реагирует вполне цивилизованно — плачет от холодного и твердого, успокаивается от мягкого и теплого.

Итак, с органами чувств мы разобрались. Теперь понемножку обо всем остальном, не менее важном.

Кожа. Прекрасно кровоснабжается, самые мелкие сосуды (капилляры) шире, чем у взрослых (относительно, разумеется). Существенно недоразвиты потовые железы. С этими двумя факторами связана значительная чувствительность новорожденного к повреждающим факторам, особенно к перегреву. Но есть и заметный плюс — очень высокая восстановительная способность: заживает все очень быстро, естественно, в том случае, если устраняется повреждающий фактор.

Мышцы. Специфическая особенность — повышение мышечного тонуса, но сами мышцы недоразвиты, особенно мышцы конечностей. Да и общая мышечная масса новорожденного ребенка заметно отличается от взрослого человека и составляет всего 22—25% от веса тела, тогда как у папы с мамой — не менее 40%.

Дыхательная система. Легочное дыхание, как известно, у плода отсутствует в принципе, обмен газов осуществляется посредством так называемого плацентарного кровообращения. Сразу же после рождения ребенок делает первый вдох, верхние дыхательные пути и легкие заполняются воздухом, — малыш начинает дышать по-человечески. Важная особенность новорожденного — узость и носовых ходов, и гортани, и трахеи, а покрывающие их изнутри слизистые оболочки очень нежные и активно кровоснабжаются. Слизистые оболочки верхних дыхательных путей легко повредить ковыряниями в носу, легко пересушить. При сухости и запыленности воздуха в большом количестве вырабатывается защитная слизь, а коль скоро все ходы узкие, то нередко возникают проблемы, когда слизь накапливается в дыхательных путях. Чихнуть новорожденный может, а вот высморкать нос — уж никак. Знать это важно именно потому, что малыш, разумеется, может дышать по-человечески (т. е. носом и без хрюканья), но только в том случае, если любящие родственники создадут ему человеческие условия — чтоб пыли было поменьше, чтоб не переусердствовать с обогревателями, чтоб вовремя проветрить и увлажнить детскую комнату.

Нормальная частота дыхания для новорожденного ребенка колеблется в пределах 40—60 дыхательных движений в минуту.

Сердечно-сосудистая система. Сразу же после рождения прекращается плацентарное кровообращение. Работа сердца и сосудов новорожденного существенно изменяется. Наполняются кровью легкие, перестают функционировать и закрываются некоторые сосуды и отверстия (через них у плода осуществлялся кровоток в обход легких). Сердце новорожденного — один из самых здоровых органов, оно весьма устойчиво и к нагрузкам, и к нехватке кислорода. Частота сердечных сокращений колеблется от 110 до 140 ударов в минуту, и колебания эти происходят постоянно — практически любое внешнее воздействие серьезно изменяет частоту пульса.

Система пищеварения. Ребенок рождается с очень хорошо развитыми жевательными мышцами и относительно большим языком. Это делает возможным длительное и активное сосание. А вот слюнные железы еще незрелые, и самой слюны немного. Органы пищеварения растут очень быстро. Так, в первый день жизни ребенка его желудок вмещает около 20 мл молока, через неделю — уже 50 мл, а к концу периода новорожденности — больше 100 мл. Поскольку организм новорожденного ребенка ориентирован именно на молоко, то ферменты желудка и кишечника по качественному и количественному составу ориентированы на успешное переваривание именно молока. В первые 10—20 часов жизни кишечный тракт практически стерилен, но он очень быстро заполняется микробами. Размножающиеся в кишечнике бактерии изменяют внешний вид кала — поначалу он коричневый, затем зеленовато-желтый, еще через несколько дней — светло-желтый, кашицеобразный, с кисловатым запахом.

Система выделения. Уже при рождении в мочевом пузыре ребенка есть небольшое количество мочи. В первые три дня жизни мочеиспускание относительно редкое — 4—5 раз в сутки: это вполне нормально. Но количество «хождений» по малой нужде стремительно возрастает и на второй неделе жизни составляет от 15 до 25 раз в сутки. Объем мочевого пузыря у новорожденного от 50 до 80 мл, но накапливать мочу в таком количестве дитя не умеет — 10—15 мл «собралось» и достаточно — пора менять пеленки. Что же касается самих почек, то они хоть и способны вполне успешно выполнять свои функции, но к моменту рождения недоразвиты. В связи с этим характеристики мочи новорожденного (удельный вес, реакция, содержание белка) — отличны от норм взрослого человека.

Нервная система новорожденного имеет целый ряд особенностей, это, пожалуй, именно та система организма, что претерпевает самые большие изменения именно в течение первых месяцев жизни. И рефлексы, и возбудимость, и реакции на окружающее меняются постоянно. Мышечный тонус больше выражен именно в мышцах, сгибающих ручки и ножки. Некоторые признаки, абсолютно ненормальные для взрослых, вполне естественны для новорожденных. Так, например, дрожание мышц конечностей (так называемый тремор) очень нежелателен для разволновавшихся бабушек, но для новорожденного — это норма. Сухожильные рефлексы (те, что врач-невропатолог определяет с помощью молоточка) у новорожденного не постоянны, ну разве что коленный определяется практически всегда и у всех.

Но есть и совершенно особые рефлексы, их так и называют **«физиологические рефлексы новорожденных»**. Упомянутые рефлексы обусловлены незрелостью головного мозга новорожденного, они имеются у всех здоровых детей, но по мере того, как мозг «созревает», они угасают и к 4—5 месяцам исчезают. Эти рефлексы может обнаружить у своего дитя каждый родитель и убедиться тем самым в его (дитя) нормальности. Примеры:

Хватательный рефлекс. Если взрослый поднесет к внутренней стороне ладони малыша свой палец, то дитя обхватывает его и будет крепко держаться. Так крепко, что ребенка несложно поднять вверх над поверхностью стола.

Рефлекс объятия. Возникает при ударе по столу, на котором лежит ребенок, при внезапном громком звуке, при похлопывании малыша по ягодицам или бедрам. Состоит рефлекс из двух фаз. В первой — ребенок откидывается назад, разворачивает плечи, а руки разводятся в стороны. Во второй фазе он сводит руки на груди.

Рефлекс ползания. Если малыша уложить на животик и ладони взрослого приставить к ступням, ребенок отталкивается.

Рефлексы опоры и автоматической ходьбы. В вертикальном положении (дитя держат под мышки) ребенок упирается ножками в пеленальный столик. А если его немного наклонить вперед, возникают движения, напоминающие ходьбу.

Перечисленными рефлексами список не ограничивается, но для родительских экспериментов этого перечня вполне достаточно.

* * *

Приведенная информация позволяет нам составить вполне определенное впечатление об умениях новорожденного младенца. Малыш, хоть и кажется слабеньким и беспомощным, умеет, на самом деле, очень много. **Главное умение — способность отличать хорошее от плохого и сообщать об этом родственникам.** Плакать и звать на помощь, когда голоден, когда испытывает дискомфорт, когда болит что-то; успокаиваться и вести себя вполне прилично, когда все устраивает. Умеет сосать и глотать, умеет справлять нужду, отличать день от ночи, тишину от шума, вкусное от горького, мягкое от твердого — не так уж и мало для человека, возраст которого определяется днями.

Совершенно уникальной отличительной чертой новорожденного является его способность приспосабливаться к условиям окружающей среды.

Ребенок, которого вы принесли из роддома, очень незначительно отличается по способностям отстаивать свое право на жизнь от точно такого же малыша, появившегося на свет где-нибудь в пещере много-много веков тому назад. Дети и до настоящего времени благополучно появляются на свет в юртах, чумах и вигвамах (пустынях, джунглях, горах, тайге, тундре и т. д.).

Новорожденный мало чего боится, потому что ко всему может приспособиться, если ему немного помочь.

Когда же приспосабливаться не к чему (сытно, чисто, тепло, не дует и т. п.) — приспособительные системы просто отключаются.

Если в течение первых двух-трех месяцев жизни вы создадите для ребенка комфортные условия, то в дальнейшем существовать без таких условий ему будет очень и очень трудно.

А жизнь человеческая все-таки не очень коротка. И на пути вашего малыша рано или поздно появятся сквозняки и лужи, жаркое солнце и мокрый снег с дождем, необходимость посещения детского сада (школы). Кто, оглянувшись по сторонам, может быть абсолютно убежден в том, что не придется нашим детям мерзнуть в окопах и стирать в проруби белье...

Постараться восстановить потерянное можно, разумеется, и в три года, и в двадцать лет. Но разумно ли терять то, что уже есть? Не только не разумно, но и глупо, поскольку быть здоровым не только приятнее, но и проще, и дешевле...

* * *

Дорогие папа и мама! Вы молоды, полны сил и планов.

Вы, конечно же, не хотите:

- чтобы ваш ребенок болел;
- чтобы он орал по ночам;
- чтобы устраивал истерики в городском транспорте;
- чтобы всякое падение заканчивалось вывихом или переломом;
- чтобы превращались в трагедию мокрые ноги, случайный сквозняк, порция мороженого, апельсин, стакан холодной воды, сопливый соседский ребенок;
- чтобы популярная медицинская энциклопедия заменила вам все сокровища мировой литературы.

Вы, конечно же, не хотите:

- обзванивать знакомых в поисках хорошего врача, а потом ломать себе голову над тем, что, сколько и в каком виде ему преподнести;
- бегать по аптекам в поисках особо ценных лекарств и по магазинам в поисках особо ценных продуктов;
- лечить осложнения лечения;
- видеть мир через окно больничной палаты или слышать его крик: «Мамочка, забери меня отсюда!»

Но при этом вы наверняка очень хотите:

- спать по ночам;
- не бояться ежеминутно и ежечасно за его жизнь;
- смело ходить в гости и путешествовать;
- видеть его здоровым и счастливым.

Вы надеетесь, что скоро он вырастет, и вы снова легко найдете время для театров и друзей, для любимых книг и увлечений, друг для друга, наконец.

Ваши мечты вполне осуществимы! Но остановитесь и подумайте, просто и спокойно подумайте, отбросив в сторону страхи и эмоции.

Ваш новорожденный здоров. Он не дышал в течение многих лет атмосферой города, не пил, не курил, не переносил множества разных болезней, не стоял в очередях, не нервничал, не толкался в городском транспорте.

Весьма вероятно, что в вашей семье он сейчас самый здоровый. Тысячи поколений предков передали ему множество приспособительных реакций. И не надо относиться к малышу снисходительно, недооценивать его.

Родители просто обязаны предпринять целый ряд мер для того, чтобы не растратить напрасно здоровье, подаренное ребенку Природой. Некоторые из этих мер носят неотложный характер.

Вернувшись из роддома, вы находитесь на распутье — **три дороги перед вами**:

I — традиционный путь — кстати, традиционный не с точки зрения медицины, а с точки зрения общественного мнения;

II — волнующий и полный приключений путь педагогического экстремизма;

III — путь логики и здравого смысла, представляющий собой тропинку, которая петляет, приспосабливаясь к окружающей местности, плавно огибает бытовые и материальные преграды, стремясь *кратчайшим путем* привести к намеченной цели.

Автор, как вы уже догадались, предпочитает третий путь и искренне надеется взять вас с собой в это путешествие[1].

* * *

Но прежде чем приступить к рассмотрению конкретных рекомендаций, мы должны обратить внимание на одно исключительно важное обстоятельство: *основные принципы ухода за ребенком, относящиеся к одежде и температурному режиму, купанию и гулянию, кормлению и сну, не меняются с возрастом. Новорожденный не исключение.*

Само собой разумеется, что каждому возрасту присущи свои особенности (и мы, конечно же, обратим на них внимание), но принципы постоянны.

1 «Единственная моя ошибка, что подозреваю родителей в способности логично мыслить», — так сказал знаменитый педиатр и педагог Януш Корчак. Как хочется, чтобы читатели этой книги стали исключением...

1.4. ПРИНЦИПЫ УХОДА ЗА РЕБЕНКОМ И ИХ ВОПЛОЩЕНИЕ В ЖИЗНЬ

Обстоятельства переменчивы, принципы — никогда.

Оноре де Бальзак

Надо, чтобы вы руководили принципами, а не принципы вами.

М. М. Жванецкий

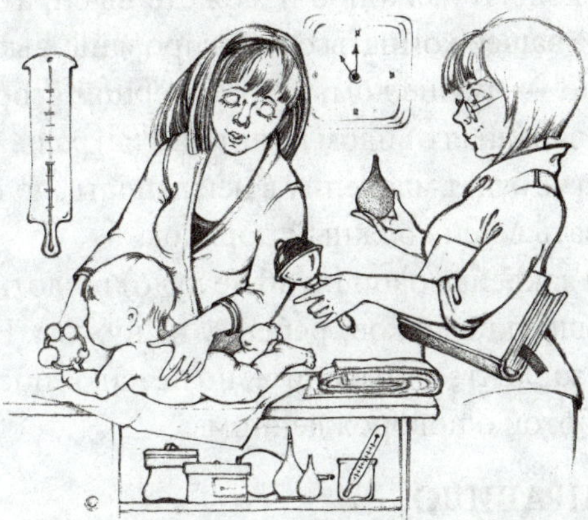

Уход за ребенком осуществляется в двух направлениях — создание оптимальной среды обитания и непосредственное обеспечение потребностей.

С точки зрения родственников малыша, его важнейшей потребностью является питание, и оспаривать это просто бессмысленно. Но нельзя переоценивать значимость правильного вскармливания без решения других детских проблем. Поэтому мы с вами поступим следующим образом: поговорим сейчас обо всем, кроме еды, отложив последнюю на закуску (закусим в следующей главе).

1.4.1. ДЕТСКАЯ КОМНАТА

С грустью необходимо отметить, что детская комната для очень многих наших соотечественников — до сих пор понятие теоретическое. Вариант, при котором в одной комнате с ребенком находятся только мама и папа, считается вполне замечательным, но суть не в этом. Принципиально важен тот факт, что необходимые ребенку условия никогда и ни при каких обстоятельствах не могут оказаться неподходящими для других членов семьи (проще говоря: что полезно ему — полезно и вам).

Если у вас имеется возможность выбора комнаты (с чем очень хочется вас поздравить), то желательно, чтобы эта комната не была проходной и имела выход на балкон. Если вы настолько благополучны, что имеете несколько балконов и можете выбирать стороны света, на которые окна вашей комнаты ориентированы, выберите юго-запад, но не это важно — лучше комната с северной стороны, но с видом на сад, чем юго-западная с видом на автомагистраль. Чем больше будет комната, тем легче будет младенцу в ней дышать, но тем труднее будет вам поддерживать в ней должный порядок.

Тщательная заклейка окон (чтоб не дуло) и плотная подгонка дверей (чтоб не было сквозняков) ребенку не нужны. Если этого боятся папа и мама, то заклейте и подгоните, но не надо собственную хилость прикрывать заботой о новорожденном.

ВАЖНОЕ ПРАВИЛО:

В комнате должно быть минимально возможное количество накопителей пыли (ковров, мягкой мебели, книг, ненужных вещей).

Вы должны знать, что очень многие микробы, быстро погибающие в воздухе или во время мытья, способны неделями и месяцами сохраняться в источниках домашней пыли — это стафилококки, стрептококки, дифтерийная палочка, сальмонеллы (список неполный, но и этого, думаю, хватит)[1].

Таким образом:

- чем меньше ковров — тем лучше;
- книги — только за стеклом;
- потерпите с мягкими игрушками;
- количество развешенных по стенкам сувениров — умеренное;
- на шкафах, в углах и под кроватями нет склада ненужных вещей.

1 Для сведения: стафилококки вызывают огромное количество болезней — от воспаления легких и поноса до менингита; стрептококки — ангину, скарлатину, ревматизм, рожистое воспаление; дифтерийная палочка — дифтерию; сальмонеллы — тяжелейшие кишечные инфекции.

Понятно, что от очень многого отказаться нельзя, поэтому:

- все имеющиеся в детской комнате накопители пыли (мягкая мебель, например) должны постоянно и систематически приводиться в порядок с помощью пылесоса;
- желательно стремиться к тому, чтобы поверхность всех предметов могла быть подвергнута влажной уборке;
- если по причине отсутствия кладовок вы просто вынуждены использовать шкаф как хранилище не очень нужных вещей (они лежат на нем, покрываясь пылью), то вымойте их, сложите аккуратно и накройте полиэтиленовой пленкой.

Не помешает, а в некоторых случаях даже будет полезен (увлажняет воздух) аквариум, особенно если вы умеете за ним ухаживать и не имеете привычки издеваться над рыбами, заставляя последних поглощать сухой корм. Чучело скоропостижно скончавшегося любимого попугайчика или шкуру медведя, побежденного дедушкой в неравной борьбе, лучше разместить в комнате у того же дедушки.

В детской комнате нам понадобятся:

КРОВАТКА — оптимально деревянная, еще лучше, когда дерево обработано лишь механически, без применения лаков, пропиток, красителей и тому подобной химии. Очень хорошо, если можно регулировать высоту дна и боковин. Матрац должен быть ровным и плотным. **Подушки не нужны никакие** (вне зависимости от мягкости и размеров).

ПЕЛЕНАЛЬНЫЙ СТОЛИК — вещь очень желательная, хотя можно, конечно, пеленать ребенка и на диване, и на журнальном столике, и в его собственной кроватке. Специально приобретать столик, как правило, нет необходимости — в доме всегда найдется стол, без которого можно полгода обойтись. Прекрасно, если маме не приходится наклоняться, пеленая дитя (это по поводу высоты столика).

Рядом с пеленальным столиком хорошо бы расположить ТУМБУ ИЛИ ПОЛКУ ДЛЯ ХРАНЕНИЯ ДЕТСКИХ ВЕЩЕЙ: шапочек, пеленок, распашонок, подгузников и т. п. Поскольку пеленальный столик будет использоваться нами в качестве места, где мы будем приводить ребенка в порядок (вытирать, протирать, стричь, присыпать, смазывать, обрабатывать), то непосредственно на нем или рядом с ним (на тумбе, например) надо бы разместить АПТЕЧКУ и всякие там БАНКИ (с ватой, сосками, пустышками) и БУТЫЛКИ (с водой, маслом).

КОМНАТНЫЙ ТЕРМОМЕТР — штука нужная и полезная. Только, главное, не изгаляйтесь, идя по пути красоты и размеров. Надежность — прежде всего. Обычный спиртовой термометр оптимален. Повесьте невдалеке от детской кровати на высоте примерно 1,5 метра от пола.

ГИГРОМЕТР — это прибор, измеряющий и показывающий влажность воздуха. Точный гигрометр — вещь довольно дорогая, но нам особой точности не надо: вполне подойдут недорогие электронные часы, снабженные датчиками измерения комнатной температуры и относительной влажности воздуха.

Несколько месяцев вы, скорее всего, будете спать с ребенком в одной комнате, поэтому необходим небольшой СВЕТИЛЬНИК (лампочка 25 или 40 W), который можно будет легко и быстро включить (желательно не вставая с кровати), не рискуя что-либо опрокинуть.

1.4.1.1. ВОЗДУХ В ДЕТСКОЙ КОМНАТЕ

Почти во всех книгах и учебниках, посвященных уходу за детьми, обращается внимание на тот очевидный факт, что у младенца несовершенны механизмы регуляции температуры тела, в связи с чем существует большой риск переохлаждения. Из этого, в общем-то, абсолютно правильного положения, зачастую делаются абсолютно неправильные выводы[1]. Защите ребенка от переохлаждения уделяется первоочередное внимание, вплоть до того, что покупка электрообогревателя представляет собой одно из наиболее обязательных действий при подготовке к встрече новорожденного. Если, как мы уже упоминали, температура воздуха в палате новорожденных роддома должна, в соответствии с инструкциями, быть не ниже 22 °С (как правило, она выше), то всего боящиеся родители любой ценой будут стремиться к тому, чтобы ниже этой цифры она (температура) никак не опустилась. Автор посетил сотни новорожденных в первые дни после их выписки из роддома, и чувство нехватки воздуха было наиболее постоянным и наиболее типичным из всех чувств, которые ему приходилось испытывать после кратковременного пребывания в детской комнате.

1 Выводы эти, как правило, делают не авторы книг и учебников, а родители.

Панически боясь холода, родители зачастую и не задумываются о том, что упомянутое нами несовершенство механизмов терморегуляции чревато не только переохлаждением, но и перегревом.

Обмен веществ у новорожденного протекает очень интенсивно и сопровождается выработкой значительного количества тепла. От этого тепла организму ребенка необходимо избавляться. Сделать это можно двумя путями — через легкие и через кожу (непосредственный перенос тепла при контакте двух сред с разной температурой плюс испарение пота).

Воздух, вдыхаемый человеком (новорожденный — не исключение), достигая легких, нагревается до температуры тела. Т. е. ребенок вдыхает воздух с температурой 18 °С, а выдыхает, соответственно, 36,6 °С. При этом, разумеется, определенное количество тепла теряется. Если температура вдыхаемого воздуха 23 °С, то очевидно, что потери тепла заметно снижаются. Но терять тепло надо! И ребенок активизирует второй путь потерь — через кожу. Необходимо образовывать пот[1], который не только мокрый, но и соленый — значит, теряются вода и соли, а запасы и того и другого у новорожденного очень незначительны.

Даже при небольшой нехватке жидкости существенно нарушается работа всех систем и органов. И последствия этих нарушений вы обязательно обнаружите, развернув ребенка. Организованный в роддоме перегрев (лишь бы вы не сказали, что простудили) прежде всего виден на коже вашего новорожденного — она ярко-красная, в тех местах, где скапливается пот (в паху, например), — опрелости[2]. Малыша пучит, и у него болит животик (густые из-за нехватки жидкости кишечные соки с трудом способны переваривать еду), во рту — белые пятнышки: молочница[3] (густая из-за нехватки жидкости слюна не выполняет своих функций), в носу — сухие корочки, затрудняющие дыхание (иногда даже сосать не может), и т. д.

Регуляция температурного режима новорожденного может быть осуществлена посредством решения двух задач:

1 температура воздуха в детской комнате;

2 одежда ребенка.

Обе эти задачи должны быть решены немедленно, в первые же сутки после возвращения из роддома. Чем дольше вы будете собираться и решаться, тем хуже будет вам и вашему младенцу, тем большие усилия понадобятся впоследствии для того, чтобы наверстать упущенное.

1 Потовые железы у новорожденного развиты плохо, т. е. он самой Природой приспособлен к потере тепла именно посредством дыхания.

2 Опрелость — воспаление кожи, возникающее, главным образом, в ее складках.

3 Молочница — воспаление слизистой оболочки полости рта, вызванное дрожжеподобными грибками.

ДЕТСКАЯ КОМНАТА

Исключительно важно (!!!) не путать и не смешивать такие понятия, как «холодно ребенку» и «температура воздуха, которым дышит ребенок».

Оптимальная температура детской комнаты составляет 18—19 °С.

Чем выше, тем хуже. Но на всю жизнь — и вашу, и детскую — необходимо запомнить важнейшее правило, позволяющее принять верное решение при наличии сомнений[1]:

ЛУЧШЕ ПЕРЕОХЛАДИТЬ, ЧЕМ ПЕРЕГРЕТЬ

Только так и не иначе, потому что нельзя, ни в коем случае нельзя забывать о том, что перегрев ребенка не менее, а, как правило, значительно более опасен, чем переохлаждение!

Природные условия обычно позволяют создать оптимальный температурный режим (18—19 °С), но бывают исключения, и они совсем нередки. Ребенок может родиться в жаркое время года, в стране с жарким климатом, в городе, где работники теплосетей склонны с повышенным рвением относиться к своим обязанностям, и т. д.

Уберечь ребенка от перегрева при высокой температуре в помещении (выше 22 °С) можно, действуя в трех направлениях:

1. одежда, точнее ее минимальное количество;
2. достаточное поступление в организм ребенка жидкости, помимо молока (вода);
3. ванна.

По всем этим направлениям мы в дальнейшем основательно пройдемся.

Еще один фактор — не менее значимый в сравнении с температурой в детской комнате — **относительная влажность воздуха.**

Актуальность этого параметра исключительно высока именно для детей, и связано это все с теми же, ранее упоминавшимися нами особенностями терморегуляции младенцев. Выдыхаемый воздух имеет температуру тела и влажность 100%. Чем суше вдыхаемый воздух — тем

1 Воплощать это правило в жизнь необходимо, разумеется, не в пять лет и не в десять, а с момента рождения.

больше жидкости тратит организм ребенка на его увлажнение, а к чему приводят дополнительные потери воды — мы уже сообщили.

Большинство читателей этой книги живет в весьма специфических климатических условиях, когда не менее шести месяцев (с октября по апрель в лучшем случае) имеет место отопительный сезон, а принципиальной особенностью практически всех отопительных систем является высушивание воздуха в жилых помещениях.

Оптимальная относительная влажность воздуха в детской комнате — 50—70%.

Обогрев воздуха, как правило, приводит к тому, что его влажность в среднем раза в два ниже рекомендуемой. И чем больше родственники дитяти озабочены риском замерзания, чем активнее детская комната нагревается — тем суше воздух, тем выше вероятность возникновения проблем со здоровьем у малыша: пересыхание слизистых оболочек дыхательных путей (покашливание, хрюканье носом), проблемы с кожей, сгущение крови и т. д.

Вывод очевиден: ***контроль над влажностью воздуха в помещении и поддержание ее на должном уровне — важнейшая родительская задача.*** Частая влажная уборка, открытые емкости с водой, пульверизаторы, декоративные фонтанчики, аквариум — варианты ее решения. Современные технологии делают достижение цели менее трудоемким. Родственники дитяти должны, по крайней мере, знать о том, что существует такая несложная, не особо дорогая и весьма эффективная штуковина, которая называется *бытовой увлажнитель воздуха* (они бывают паровые и ультразвуковые; вторые тише и безопасней).

* * *

А сейчас давайте обратим внимание на такое удивительное с бытовой точки зрения явление, как сквозняк[1].

«СКВОЗНЯК — *сквозной ветер, струя воздуха, продувающая помещение насквозь»*[2].

1 Автору почему-то кажется, что у большинства читателей нет кондиционеров и установок искусственного климата. Открытая форточка — наиболее распространенное техническое устройство для снижения температуры воздуха в помещении. Разговор о сквозняке в этом случае может оказаться вполне уместным.

2 Определение из Словаря русского языка С. И. Ожегова, М.: Русский язык, 1984.

Интересно, кому первому пришла в голову мысль касательно того, что Природа может создать биологический вид, для которого струя воздуха представляет собой грозную опасность?

Люди дорогие! Это мы с вами сквозняков боимся, потому что родители наши оберегали нас всеми возможными способами от этих самых сквозняков. Но ребеночек тут при чем? Палку, конечно, перегибать не надо, но постоянные возгласы: «Закройте скорее дверь!» не ведут ни к чему хорошему. Ребенок боится незнакомого. И нельзя прожить жизнь, ни разу не встретившись со сквозняком. Так лучше познакомиться с ним в младенчестве, перестав бояться, чем взрослым и солидным дядей кричать на весь автобус: «Закройте окно, сквозит!»

С момента возвращения из роддома не обращайте внимания на то, открыта или закрыта дверь в комнату, где находится ребенок. Не имеет значения, с точки зрения его здоровья, где расположена кровать и попадает ли на нее воздух из приоткрытого окошка. Для пятилетнего ребенка, уже испорченного стремлениями его уберечь, имеет. А для новорожденного — нет.

1.4.2. ОДЕЖДА

Родители должны добиться следующего:

1 не дать ребенку замерзнуть;
2 сделать так, чтобы уход за одеждой (стирка, глажка, сушка) занимал как можно меньше времени.

Прежде всего отметим, что *чем меньше химии и синтетики будет ребенка окружать, тем лучше*. Натуральные ткани — лен, хлопок. Белый цвет оптимален: меньше красителей — раз, скорее видна грязь — два, не линяет при стирке и вываривании — три.

ПЕЛЕНКИ нужны всякие. Главное: не экономить на их размерах при покупке и (или) самостоятельном изготовлении. Дети имеют тенденцию расти довольно быстро, и нет ничего хорошего в том, чтобы через два месяца после рождения начинать заново делать приобретения. Тонкие пеленки наиболее употребимы и нужны будут постоянно в относительно больших количествах. Более плотные (байковые) пеленки понадобятся для прогулок, их нужно меньше.

Вопрос о количестве пеленок определяется в зависимости от того, как решена проблема ПОДГУЗНИКА. Подгузники бывают многоразовые и одноразовые. *Многоразовый подгузник представляет собой небольшую, чаще всего марлевую пеленку, которая должна первой принять на себя кал и мочу младенца, не дав им поразить всю остальную одежду.* В какой-то степени это ему (подгузнику) удается, но лишь в какой-то степени. Кое-что на остальные пеленки все-таки попадает, и они нуждаются в стирке (застирывании). Совершенно другое дело, когда речь идет о современных одноразовых подгузниках. Последние сохраняют сухой вид довольно долго — внутренний слой пропускает мочу, а наружный, напротив, мочу не пропускает, оставляя пеленки сухими и чистыми, что многократно уменьшает потребности в пеленках, простынках и других предметах детской одежды.

1.4.2.1. ОТДЕЛЬНО ПО ПОВОДУ ОДНОРАЗОВЫХ ПОДГУЗНИКОВ

На территории бывшего СССР одноразовые подгузники традиционно называют «памперсами». Теоретически это неправильно, ибо само слово «памперс» не является синонимом понятия «одноразовый подгузник», а представляет собой всего лишь совершенно конкретную торговую марку фирмы Procter & Gamble. Практически же Pampers от Procter & Gamble были не только первыми одноразовыми серийно выпускаемыми подгузниками вообще, но и первыми одноразовыми подгузниками, появившимися в продаже на территории СНГ. Так что традиция имеет свои реальные корни. Тем не менее автор просто обязан отметить тот факт, что, произнося в дальнейшем слово «памперс», он имеет в виду именно одноразовые подгузники в целом, а не торговую марку.

У каждого человека, реально столкнувшегося с уходом за новорожденным именно сейчас, когда тысячи магазинов продают сотни самых разнообразных подгузников, имеется свое к ним отношение, и это отношение удивительно часто служит поводом для семейных конфликтов.

Интересен факт, с которым автору приходится сталкиваться неоднократно: бабушки (ваши мамы) подгузники-памперсы, как правило, не любят, а вот прабабушки (ваши бабушки) относятся к ним очень даже благосклонно. И этому, странному на первый взгляд, явлению есть довольно простое объяснение, уходящее своими корнями в специфические психологические законы.

Бабушкина логика проста, но признаться в ней сложно. Мол, если я стояла, простите, попой кверху и с утра до ночи стирала, то неплохо и тебе, девочка, испытать, каково это мне было тебя растить. А ты, цаца, хочешь и дитя вырастить, и не стирать, и не гладить с утра до ночи? Очевидно, что в отношении внуков (внучек), т. е. вас, подобной логики чаще всего не наблюдается, оттого и настроены прабабушки более мирно.

Особую угрозу распространению памперсов представляют бабушки-врачи. Они пишут про развитие какого-то особого «парникового эффекта», про то, что яичкам очень нужен холод, а повышенная температура им (яичкам) противопоказана (дедушки-врачи про это не пишут), договорились (дописались) уже до того, что использование памперсов приводит к бесплодию... Откуда наши врачи взяли эту информацию, не ясно. Но всегда приятно обвинить заморские памперсы в наших местных проблемах, особенно учитывая тот факт, что не менее 15% супружеских пар являются бесплодными. Заметьте: по поводу «парникового эффекта» от четырех пеленок на ребенке и двух обогревателей в детской комнате никто и ничего не пишет.

Суть и идеология одноразовых подгузников состоят в следующем:

ПАМПЕРС НУЖЕН НЕ РЕБЕНКУ!
ПАМПЕРС НУЖЕН МАТЕРИ РЕБЕНКА!

Уход за кожей младенца прекрасно может быть осуществлен при использовании обычных марлевых подгузников. Но ведь совершенно однозначен тот факт, что в первые месяцы после родов здоровью, отдыху и образу жизни матери должно уделяться внимания не меньше, чем уходу за ребенком. Памперсы — один из способов решения этой задачи.

И именно поэтому, с точки зрения автора, человек, придумавший одноразовые подгузники, совершил подвиг. При наличии памперсов пеленки стираются по мере естественного загрязнения, что уменьшает их количество (и необходимое, и подлежащее стирке) в несколько раз. Если в вашем присутствии кто-нибудь и когда-нибудь скажет, что памперсы — это плохо (якобы не гигиеничны, якобы давят, якобы способствуют раздражению кожи и т. п.), знайте: либо у этого человека была прислуга, которая занималась стиркой[1], либо он памперса никогда не видел в глаза. Запомните: даже *если по каким-то вашим соображениям обычные марлевые подгузники лучше памперсов, то это может быть справедливым лишь по отношению к ребенку. По отношению к тем, кто за ребенком ухаживает, это однозначно и категорически неправильно.* Небольшие неудобства, доставленные ребенку, меньше отразятся на здоровье семьи в сравнении с многими часами, которые проведут его родители за стиркой и у гладильной доски.

1 Кстати, прислуга не обязательно должна быть со стороны (работник наемного труда). Нередки случаи, когда в качестве прислуги молодой папа рассматривает собственную жену или тещу, а молодая мама — свекровь.

В отношении одноразовых подгузников есть лишь две действительно существующие проблемы — цена и умение ими пользоваться.

Первая проблема (изыскание средств) целиком зависит от вас. Уверяю — все, что вы сбережете на собственноручной стирке, вы же и потратите на восстановление здоровья. В этой книге мы не раз еще коснемся вещей, которых покупать не надо[1]. Но на собственном здоровье не экономьте. Распространите среди своих друзей, родственников и сослуживцев лозунг: «Памперсы — лучший подарок!», и финансовые сложности решатся сами собой. Для тех, кто впервые отправляется на поиск-приобретение одноразовых подгузников, сообщаю, что они, как правило, бывают универсальными, значительно реже предназначенными отдельно для мальчиков и для девочек, а также разных размеров в зависимости от веса ребенка. И вес и пол указаны на упаковке.

[1] Вот, например, маленькую ванночку покупать не надо — подробности чуть ниже, в главе про купание.

Теперь про ***правила использования***.

- При стандартно-хорошей (с точки зрения среднего нашего человека) температуре в детской комнате — а это 24—25 °С — ребенок в одноразовом подгузнике будет страдать. Неминуемы опрелости, раздражение кожи под памперсом. Несложно понять, что *памперсы являются уникальным барометром, позволяющим с уверенностью ответить на вопрос: перегрели вы ребенка или нет?* При нормальном температурном режиме покрытый одноразовым подгузником участок тела по цвету не отличается от остальных. А если отличается, то это не памперс виноват, а любящие родственники. Правила понятны — поддерживать должный температурный режим, а если это невозможно (июльская жара) — памперсы не использовать вообще или использовать эпизодически: например, только в ночное время.
- Все *хорошее должно иметь свое начало и свой конец*. Еще раз подчеркиваю: памперс — это для мамы! Если после родов вы силы восстановили, если чувствуете себя неплохо, если имеете, в конце концов, стиральную машину-автомат — не увлекайтесь.
- *Не используйте памперс в то время, когда ребенок не спит.* Поскольку по мере взросления спит ребенок все меньше и меньше, то и продолжительность общения с памперсом все время должна уменьшаться.
- Особая осторожность необходима, если ребенок заболел и у него высокая температура — ведь памперс покрывает около 30% поверх-

ности тела и препятствует отдаче тепла. *Поэтому при температуре тела выше 38 °С памперс лучше не использовать.*

Таким образом, необходимое количество пеленок и подгузников зависит от того, как будет решен вопрос с памперсами. Бессмысленно говорить о том, сколько их (пеленок и подгузников) надо. Цифра определяется, прежде всего, вашим финансовым положением. Ясно ведь, что иметь возможность стирать не каждый день — очень хорошо, но для этого необходимы запасы: по крайней мере, тонких пеленок должно быть никак не меньше 20, а пеленок потолще — 10—12.

РАСПАШОНКИ и ПОЛЗУНКИ — заменители пеленок. В сочетании с пеленками они нужны для того, чтобы, с точки зрения родителей, ребенок был больше похож на человека. Никакой естественной потребности в них нет, по крайней мере, для новорожденного. Возможно, что от дополнительной стирки распашонок и ползунков кто-то и получает удовольствие, но мне таковых встречать не приходилось. Спать вполне можно в пеленках, а распашонки и ползунки понадобятся позже — тогда, когда малыш в промежутках между кормлениями захочет подрыгать ногами, а температура воздуха в комнате (ниже 18 °С) не позволит держать его совсем голеньким.

Автор ничего не имеет против ползунков и распашонок — автор против сочетания их с пеленками. Надо выбрать что-то одно, и вполне возможно, что полный отказ от пеленок более рационален.

С момента рождения ребенка одевают, используя распашонки и ползунки. И в этом нет ничего плохого, поскольку стирка и сушка занимают меньше времени и сил, движения младенца ничем не ограничены, нет угрозы, что среди ночи он распеленается в прохладной комнате.

Отказ от пеленок позволяет использовать мужчин для одевания (раздевания) малыша. Многолетний опыт показывает, что отец, освоивший искусство пеленания, должен быть занесен в Красную книгу. Что же касается распашонок и ползунков, то мужчины, в силу своей природной сообразительности, очень быстро догадываются, куда надо засовывать ноги, куда — руки и куда — голову.

Утверждения о том, что без пеленок дитя хуже спит, дрыгается и само себя будит, довольно далеки от истины. Так говорит тот, кто после трех месяцев пеленания попытался уложить ребенка спать без пеленок. Еще один довод сторонников пеленок— необходимость тугого пеленания для обеспечения ровности ног. Это — печальное заблуждение, никакой научной почвы под собой не имеющее. Ровность ног зависит от наследственности, рационального питания и своевременной профилактики рахита путем назначения витамина D. И я не припомню такого случая, чтобы кривую ногу сделали ровной, туго ее обмотав.

Поэтому будьте последовательны и осуществляйте выбор — либо пеленки, либо распашонки и ползунки — сразу же после возвращения из роддома. С точки зрения здоровья, этот выбор не принципиален. Решайте сами — что проще, что удобнее, что дешевле. Лично я советую вам ориентироваться на время года. Если ребенок «летний» (родившийся летом) и в комнате тепло (выше 20 °С), лучше сразу от пеленок отказаться. Ну а «зимнему» будет в пеленках поуютнее.

ШАПОЧКА. **При температуре выше 18 °С не нужна вообще**. Понадобится обязательно для прогулок в холодное время года и после купания. Многочисленные разговоры о необходимости беречь уши являются исключительно разговорами, никакой логической основы под собой не имеющими. Ясно ведь, что коль скоро ушная раковина и слуховой проход постоянно защищены от воздействий перепадов температуры, влаги и влияния движущегося воздуха (того же сквозняка), то первый же контакт с водой и ветерком закончится какой-нибудь болячкой — отитом (воспалением уха), например.

* * *

По мере роста ребенка количественный и качественный состав одежды будет существенно меняться, но главное все-таки — это одежда в первые месяцы жизни. Нельзя предугадать все, что может понадобиться. В июле шестимесячному ребенку вполне хватит маечки и трусиков (подгузников), а в феврале уже понадобятся ползунки, кофточка и комбинезончик. Для нас с вами важно понять ПРИНЦИПЫ ОДЕВАНИЯ, а ответить на остальные вопросы любой здравомыслящий человек вполне сможет самостоятельно.

Главный принцип мы уже изложили, но для надежности повторим еще раз — **лучше переохладить, чем перегреть**.

Далее: **лучше накрыть, чем закутать.**

Объясняю: если ребенок спит в детской комнате, вы запеленаете его при помощи всего двух предметов одежды: подгузника (памперса) и тонкой пеленки. Всем остальным — более теплой пеленкой, полотенцем, одеялом — его нужно будет прикрыть. Но родителям всегда непонятно: сколько же надо всего остального? Как определить, холодно ребенку или жарко?

Наиболее весомый критерий — внешний вид кожи: она должна быть бледно-розовой[1]. Красная — значит, перегрели, и в следующий раз необходимо использовать меньше одежды (в меньшее количество закутывать, меньшим количеством накрывать). Особенность здорового ребенка состоит в том, что на холод он очень бурно реагирует— громко кричит, двигается. Если вы запеленали ребенка и он спокойно уснул — ни о каком холоде речь идти просто не может. Но ежели вам очень страшно за него — накройте лишней пеленкой, только не нервничайте.

[1] Существует еще один важный критерий, читайте о нем в главе 5 — раздел «Чем, как и в каких количествах поить».

Одежда всегда имеет меньшее значение по сравнению с температурой воздуха в комнате.

При температуре ниже 18 °С перегреть ребенка практически невозможно — как бы вы его ни кутали, лишнее тепло уйдет в процессе дыхания.

При температуре от 18 °С до 22 °С — одной-двух пеленок и подгузника вполне достаточно.

При температуре выше 22 °С здоровый ребенок не замерзнет вообще, а вот перегреть его легко.

Очень много заблуждений существует по поводу того, какой должна быть температура кожи малыша — не та температура, что показывает термометр, а на ощупь — ручки, ножки, нос, уши и т. д. **Совершенно неправильно, когда прохладные и бледные пятки рассматриваются в качестве угрозы здоровью или как признак болезни!**

В любом теплокровном организме, как мы уже выяснили, постоянно происходят два процесса — теплообразования и теплоотдачи.

В нормальном организме эти процессы находятся в состоянии равновесия, которое составляет порядка 36,4—36,9 °С (в подмышечной впадине), однако возможны индивидуальные колебания (т. е. бывают люди — и дети, и взрослые, — для которых вполне нормальна температура тела, скажем, 36,3 °С или 37,2 °С).

Когда в помещении, где находится ребенок, прохладно, а ребенок здоров, его организм реагирует совершенно определенным образом — уменьшает потери тепла. Достигается это довольно легко — сокращаются сосуды кожи, уменьшается интенсивность циркуляции в них крови и, таким образом, уменьшается теплоотдача. Кожа при этом прохладная на ощупь, что свидетельствует о нормальной теплорегуляции.

Если в комнате 18 °С, а у голенького малыша розовые и теплые пятки — значит, вы его уже успели испортить: он не умеет сохранять тепло, а следовательно, может быстро переохладиться и заболеть.

1.4.3. СТИРКА

Прежде всего, не ищите сами себе работу — если капля мочи попала на краешек простыни, то в этом нет ничего особенно страшного. Сполосните проточной водой упомянутый краешек, а постираете, когда это действительно понадобится.

Интенсивность и частота стирки зависит от кожи ребенка — если повреждений нет, то и в повышенном рвении нет необходимости. В любом случае **нельзя стирать детские вещи вместе со взрослыми.** Нежелательно использовать и обычные стиральные порошки — с биосистемами, ароматическими добавками, химическими нейтрализаторами жесткости воды и т. п. Благо в настоящее время выбор порошков, специально предназначенных для младенческого гардероба, более чем достаточный. Упомянутые порошки и (или) измельченное детское мыло — на этом перечень моющих средств можно закончить.

При организации «постирочного» процесса особое внимание следует обратить на предметы одежды, испачканные каловыми массами (на русском языке они называются закаканными). Использование одноразовых подгузников сводит количество таких вещей к минимуму, но инциденты возможны. Именно эти, особо пострадавшие вещи, желательно прокипятить, и для этой цели неплохо иметь специальную посуду (ведро, кастрюлю). Для стирки-кипячения закаканной одежды часто использую обычное хозяйственное мыло, но это скорее дань традиции, нежели реальная необходимость. Качественный современный стиральный порошок с биосистемой — в этом случае вполне цивилизованная альтернатива (это уж точно не опаснее хозяйственного мыла), но вне зависимости от выбора первоочередное внимание должно уделяться тщательному полосканию.

Обязательное проглаживание не является таким уж обязательным при здоровой коже, но в первый месяц жизни малыша и при любых кожных болезнях обойтись без него (проглаживания) нельзя. В целом, если ребенок здоров, то проглаживание одежды необходимо для удовлетворения потребностей взрослых в красоте.

1.4.4. СОН

1.4.4.1. ПОДГОТОВКА ПОСТЕЛИ

Матрац, как мы уже говорили, должен быть относительно плотным и, разумеется, ровным. Возможные варианты действий (если купленный матрац указанным требованиям не удовлетворяет):

1. прямоугольный лист поролона толщиной 2—3 см;
2. сложенное в соответствии с размерами кроватки одеяло, покрывало и т. п. (толщина та же — 2—3 см).

Подготовленный матрац необходимо вложить в большой полиэтиленовый пакет. Обратите внимание — именно вложить в пакет, а не прикрыть сверху клеенкой или полиэтиленовой пленкой. Как бы плотно вы ни накрыли, рано или поздно матрац станет мокрым (дети удивительно изобретательны).

Вам, конечно, очень хочется, чтобы кроватка ребенка была похожа на вашу, чтоб на матраце лежала, например, беленькая и чистенькая простынка. Даже при наличии памперса ребенок будет иметь неограниченные возможности эту простынку запачкать — младенцы обоих полов имеют тенденцию «пускать слюни» и срыгивать. Что же касается мальчиков, то в их способностях мочиться самыми разнообразными способами и в самый неподходящий момент вы не раз убедитесь[1]. Поэтому лучше использовать не простыни, а тонкие пеленки, которые в 2—3 раза меньше по размеру, а следовательно, в 2—3 раза легче стираются, отжимаются и высушиваются.

Еще раз подчеркнем, что никакие подушки не нужны, включая подложенные под головку ребенка пеленки.

[1] Двухмесячный сын моих приятелей обладал уникальным талантом пускать струю через собственную голову (в положении лежа на спине).

1.4.4.2. КАК СПАТЬ?

Выбор, собственно, невелик: на спине, на боку, на животе.

На чем остановиться?

С одной стороны, ряд ученых обращают внимание на тот факт, что в положении на животе дети спят крепче и реже просыпаются. Личный опыт и наблюдения автора показывают, что малыш, с момента рождения спящий на животе, раньше начинает держать головку; во время движений дополнительно массажирует сам себе живот, у него легче отходят газы. При плотном матраце и отсутствии подушки всякие разговоры о возможности задохнуться просто бессмысленны. Несправедливо и утверждение о том, что без подушки лежащий на боку ребенок свернет себе шею. Если обмотать его десятком пеленок, может, и свернет, а если пеленок одна-две — никогда. Во время сна на животе голова повернута в сторону, и сторону эту необходимо каждый раз менять. Некоторые дети лучше всего спят в среднем положении — между на боку и на животе — с подложенной под бочок и сложенной в несколько раз пеленкой.

С другой стороны, *все без исключения современные медицинские руководства даже не рекомендуют, а категорически утверждают*:

**ребенок первого года жизни
должен спать только на спине.**

На чем же основано столь категорическое требование?

В медицинской литературе неоднократно описан так называемый «синдром внезапной смерти младенца». Суть этого страшного и совсем не редкого[1] явления состоит в следующем. Здоровый ребенок умирает во время сна, и на вскрытии никаких признаков болезни не обнаруживается.

До настоящего времени медицинская наука не в состоянии однозначно ответить на вопрос, из-за чего это происходит. Первопричина — внезапная остановка дыхания, а вот почему дыхание останавливается?.. Статистика лишь указывает на факторы, увеличивающие вероятность развития синдрома, но сами механизмы не ясны совер-

1 По данным зарубежных авторов, от 20 до 30% детей, умирающих в возрасте от одной недели до одного года, погибают именно от синдрома внезапной смерти младенца.

шенно. Чаще — мальчики, чаще — в возрасте 2—3 месяца, чаще — зимой. Неблагоприятные факторы: недоношенность, ребенок из двойни, мама моложе 18 лет, меньше года интервал между беременностями, курение матери, мягкая кровать, перегревание.

Тем не менее *фактором, статистически достоверно повышающим вероятность синдрома внезапной смерти младенца, является сон на животе.*

Медицинская наука, убедительно доказав взаимосвязь сна на животе и синдрома внезапной смерти младенца, до настоящего времени не имеет ответа на вопрос: чем, собственно, эта взаимосвязь обусловлена.

Родители должны знать, что в ответ на сжимание ноздрей очень многие малыши, особенно в первые три месяца жизни, не пытаются освободиться, и у них возникает остановка дыхания на 10—15 секунд. Неудивительно, что сжиманию ноздрей могут способствовать подушка и мягкий матрац. Кроме этого, самый незначительный насморк в сочетании с температурой в комнате выше 23 °С и сухостью воздуха приводит к образованию плотных корочек слизи, которые в свою очередь перекрывают носовые ходы и приводят к остановке дыхания.

Убедить людей в том, что недопустимы подушки, недопустимы мягкие матрацы (а ведь именно мягкими, да еще и кривыми матрацами сплошь и рядом комплектуются детские кроватки!), очень сложно. Убедить людей в том, что ребенку нельзя спать в комнате с теплым и сухим воздухом — еще сложнее. Проще написать в средствах массовой информации о том, что сон на животе увеличивает вероятность синдрома внезапной смерти.

Ребенок в положении на животе крепче спит.

НО!!!

если есть подушка;

если в комнате сухо и тепло;

если матрац мягкий и кривой;

если родители курят;

если есть хоть одно из этих если — ***спать на животе категорически нельзя!!!***

1.4.4.3. СКОЛЬКО СПАТЬ?

Здоровый ребенок сам знает, сколько ему необходимо спать. Никогда не мешайте ему расти и отдыхать — именно этим он во сне и занимается. Когда придет пора для других дел — еды, например, — малыш вам об этом решительно напомнит.

1.4.4.4. УКАЧИВАНИЕ

У детей очень слабый вестибулярный аппарат (орган равновесия). При качании быстро возникает ощущение головокружения, а в некоторых случаях ребенок просто теряет сознание. На народном языке это называется «укачали». Малыша, привыкшего к качанию, отучить исключительно сложно. Поэтому очень важно не начинать, поскольку укачивание, мягко выражаясь, не очень полезно для ребенка и не очень приятно для родителей[1].

1 Вполне возможно, что выработанная в раннем детстве привычка к головокружению способствует возникновению вредных пристрастий. Ведь по своей сути укачивание такая же вредность, как курение или алкоголизм.

1.4.5. ПУПОК

Именно пупочная ранка принципиально отличает новорожденного от детей постарше. Из-за риска инфицирования до ее заживления нежелательна общая ванна, вообще нежелательно, чтобы в незаживший пупок попадала вода[2]. При выписке из роддома в обычные сроки (пятый — седьмой день) пупочная ранка полностью зажить не успевает. Традиционно принято обрабатывать пупок раствором бриллиантового зеленого (зеленкой). И делать это надо ежедневно до тех пор, пока ранка не станет полностью сухой. Никогда не ковыряйтесь в детском пупке спичкой, обмотанной ватой. Возьмите пипетку и капните в пупок 1—2 капли зеленки, после чего подождите, пока высохнет. Если имеются небольшие кровянистые выделения, приложите на пару

2 Вполне возможно, что, по науке, новорожденный — это ребенок от момента рождения до 28 дней. Но что в этой информации для родителей? Да ничего! Ведь уход за малышом в 20 дней и в 40 совершенно одинаков. Другое дело, незажившая пупочная ранка, когда нужны особые предосторожности. И, с точки зрения здравого смысла, новорожденный перестает быть новорожденным после того, как зажил пупок — последнее связующее звено между ребенком и организмом его матери. Поэтому один младенец перестает быть новорожденным в 7 дней, а другой — в 14. Но главное — все они разные. И родители в своих действиях должны ориентироваться не на календарь, а на сигналы, которые подает Природа.

минут ватный тампон, смоченный перекисью водорода (перед тем, как капать зеленку).

Пупок новорожденного может стать причиной некоторых болезней, которые, к счастью, довольно редки. Тем не менее родители должны знать ситуации, при которых только врач способен к принятию адекватных решений: кровотечение или выделение гноя из пупочной ранки, краснота кожи вокруг пупка, пупок, мокнущий более трех недель после рождения. У очень многих детей первого года жизни имеется пупочная грыжа (выпячивание в области пупка, появляющееся, чаще всего, при крике). В подавляющем большинстве случаев она не представляет никакой опасности, не требует никакого лечения и проходит сама по мере роста ребенка и укрепления мышц брюшного пресса.

1.4.6. КОЖА

Детская кожа очень нежна и весьма склонна к возникновению всевозможных болячек.

Главная и наиболее частая причина повреждения кожи у маленьких детей — нарушение температурного режима (перегрев).

Поэтому помощь и профилактика сводятся к достаточно простым действиям, которые заключаются в:

- оптимизации температурного режима и предотвращении перегрева;
- поддержании оптимальной влажности воздуха в помещении;
- обработке поврежденных участков кожи;
- купании.

Изменения на коже, с медицинских позиций, очень разнообразны и имеют огромное количество всевозможных названий.

Родителям надо знать, что поврежденный участок кожи может быть либо мокрым (выделения тканевой жидкости), либо сухим (трещины).

Основной принцип обработки — сушить мокрое (присыпки) и увлажнять сухое (масла).

Любая (!) одежда препятствует восстановлению целостности кожи, поэтому необходимо максимально использовать любую возможность подержать малыша голеньким.

Не стоит обрабатывать зеленкой (йодом, марганцовкой, синькой и т. п.) первый же попавшийся вам детский прыщ. После того, как вы удовлетворите свои малярные наклонности, ни один профессор не разберет, что там было на самом деле.

Обязательно следите за НОГТЯМИ — и детскими, и своими. Выделите для ребенка специальные ножницы. Не надо особенно переживать, что вы ему не так и не то отрежете. Но если уж очень страшно, то, хотя бы в первый раз, попросите старших, более опытных и менее нервных товарищей (прекрасный повод для бабушки проявить себя). Помните два правила:

1. лучше стричь чаще, но не очень коротко;
2. на ручках — по кругу, на ножках — ровно.

Все процедуры, имеющие отношение к уходу за здоровой кожей, необходимы один раз в день — после купания.

1.4.7. КУПАНИЕ

В этом процессе можно выделить два направления — эпизодическая обработка ребенка после того, как он удовлетворит свои естественные потребности, и гигиеническая ванна.

Общие ванны возможны только после полного заживления пупка.

Кипяченая вода при здоровой коже не нужна[1]. Для обработки ребенка, запачкавшего себя и пеленки, всегда оптимальна проточная вода

[1] Автор логично подразумевает, что воду вы берете из крана или колодца, а не из лужи, реки или пруда.

температурой 34—37 °C[1], вполне допустимо прямо из крана, особенно если в вашей квартире есть такой кран, а в нем есть вода. Еще раз подчеркиваю: следите, чтобы вода не попадала в незаживший пупок. Прекрасная альтернатива воде — влажные гигиенические салфетки.

При нормальных условиях существования новорожденного — чистый прохладный влажный воздух, недопущение перегрева, обусловленного избытком одежды, — пупочная ранка при должном уходе полностью заживает на 10—14 день жизни. До этого момента общие ванны ребенку не нужны. Гигиена тела поддерживается обработкой кожи ребенка мягкой губкой, смоченной теплой водой или гигиеническими салфетками. При отсутствии перегрева выделения кожи незначительны, и первые две недели жизни без мыла вообще можно обойтись. Если же такая необходимость возникла[2] — только «Детское» и тщательно смывать.

[1] На самом деле можно и 20 °C, просто теплой водой легче отмыть то, чем он себя запачкал.

[2] Автор, если честно, не знает, что надо делать с новорожденным, дабы возникла потребность купать его в мыле в первые недели жизни.

После мытья — не вытирать, а промокать!

Необходимо отметить, что *правильно организованное купание представляет собой один из наиболее действенных способов сохранения здоровья ребенка.*

Именно поэтому мы выделим купание и комплекс связанных с ним вопросов в отдельную главу.

1.4.8. ГУЛЯНИЕ

Какой бы замечательной ни была детская комната, малышу все-таки необходим свежий воздух, и чем больше, тем лучше, потому что это для него совершенно естественно.

Всегда следует стремиться к тому, чтобы ребенку было выделено (найдено) место, где он будет гулять. В принципе идеален балкон, если вы живете в городе, или определенное место во дворе, если вы имеете свой дом. Наиболее сложна ситуация, когда нет ни того ни другого: любая прогулка требует постоянного присутствия возле ребенка взрослых, которые имеют и другие дела (стирка, уборка, сон, приготовление еды и т. п.).

Для начала давайте рассмотрим наиболее стандартную, а значит, наиболее часто встречающуюся ситуацию[1].

Итак, ребенок живет с родителями в обычной квартире многоэтажного жилого дома. Еще до прихода из роддома балкон должен быть подготовлен к гулянию — очищен от хлама, неплохо, если застеклен, но это совсем не обязательно. На балконе мы поставим коляску, в ней дитя и будет спать[2].

Совершенно не рациональна ситуация, когда при наличии балкона совершаются героические усилия по вытаскиванию коляски на улицу, а потом затаскиванию ее обратно.

Прогулки мамы, заключающиеся в перекатывании коляски с одной улицы на другую, ребенку не нужны. Я прекрасно понимаю, что вам очень хочется продемонстрировать соседкам и подругам новомодный домик на колесиках, но младенцу этого не понять. У мамы всегда есть куча дел, и не будет ничего хорошего в том, что вы вдоволь нагуляетесь, а пришедший с работы папа будет рыскать по кухне в поисках съестного. К тому же совсем не обязательно, чтобы на ребенка чихали прохожие и летела грязь из-под колес.

Любое катание по улицам должно быть обусловлено необходимостью: нет помощников, а надобно посетить магазин или молочную кухню, пришло время побывать в поликлинике, вечером хочется погулять вместе с мужем и отдохнуть от домашней суеты, нет балкона, в конце концов.

Чем раньше вы начнете приучать ребенка к пребыванию на свежем воздухе, тем лучше. Уже на десятый день жизни можно посидеть с ним на балконе минут 15—20. На следующий день — два раза по полчаса и, постепенно увеличивая частоту и длительность гуляний, к месячному возрасту сделать так, чтобы ребенок проводил на балконе весь день.

Проснулся, покормили — гулять. Занесли, покормили — гулять, и так далее. На балконе ребенок всегда лучше спит и ест после этого с большим аппетитом. И совершенно непонятно, почему гулять надо один или два раза в день.

1 Я уверен, что любой здравомыслящий родитель, зная, как поступить в стандартной ситуации, сможет использовать эту информацию применительно к реальным условиям существования его семьи.

2 И здесь, и далее, говоря о балконе, автор подразумевает второй вариант стандартной ситуации — определенное место во дворе при условии, что вы имеете свой дворик. Очень важно, чтобы ребенка можно было увидеть, не выбегая во двор, и услышать, когда он заплачет.

Особый вопрос — погодные условия. При нормальной одежде и защите ребенка от ветра здоровый малыш вполне прилично себя чувствует и при отрицательной температуре. Вот правило, удобное для запоминания: на каждый месяц жизни — минус 5 °С, но не ниже 15 °С. Перевожу: в возрасте 1—2 месяца температура не должна быть ниже минус 5 °С, в 2—3 месяца — ниже минус 10 °С и т. д.

Все приведенные цифры и сроки очень и очень условны. При адекватной одежде диапазон температур чрезвычайно широк, а время просто не ограничено.

По большому счету, холод создает заметно меньшее количество проблем с гулянием, в сравнении с теплом (помните, мы еще в главе «Беременность» ратовали за то, чтобы ребенок родился осенью). Летом, в жару, особенно если балкон на солнечной стороне, гулять вообще невозможно и следует искать наиболее прохладное место в доме или во дворе.

Родителей всегда волнует, как одевать малыша, собирающегося на прогулку. Ответить на этот вопрос можно только после того, как вы вернетесь. Если ребенок потный и красный, обязательно уменьшите в следующий раз количество одежды. Каждое дитя по-своему реагирует на гуляние, и дать универсальные рекомендации практически невозможно. Будет вполне объяснимо, если в первый раз вы переусердствуете с одеждой. Главное, чтобы потом вы сделали правильные выводы. Обычно, если ребенку жарко, он капризничает, и его быстро приходится заносить в дом. Холодно бывает исключительно редко — взрослые холодом настолько запуганы, что не допускают этого никогда. Я, по крайней мере, ни разу не сталкивался с замерзшим ребенком. Но детей, удивительно напоминавших вареных раков, видел многократно.

На балконе ребенок, как правило, спит на боку. Важно при этом так расположить коляску, чтобы вы видели его личико через оконное стекло, не выскакивая на балкон.

В описанном режиме гуляния заинтересован не только ребенок, но и его родители. Никогда больше такого «золотого» времени у вас не будет. Первые 3—4 месяца жизни младенец спокойно спит на балконе большую часть дня, позволяя матери нормально отдохнуть и привести в порядок детские вещи, квартиру и себя.

Само собой разумеется, что по мере роста ребенка гуляние будет представлять все большую проблему, требуя времени и внимания. Но **главные принципы гуляния** останутся пожизненными:

- *соответствие одежды и температуры;*
- *ребенку легче согреться двигаясь, а не одеваясь!*
- *если говорит, что жарко, — поверьте и помогите.*

1.4.9. МАНИПУЛЯЦИИ С МЛАДЕНЦЕМ

В большинстве случаев обращение с ребенком (особенно новорожденным) напоминает обращение с фарфоровой чашкой древнекитайского производства. Боязнь чего-нибудь там поломать, вывихнуть, растянуть (варианты — искалечить, разбить, повредить) настолько сильна, что многие мужчины к детям не прикасаются вообще, а матери, особенно молодые, испытывают подколенную дрожь при необходимости перенести ребенка из кроватки на пеленальный столик.

В целом, единственное, чего с ребенком делать нельзя категорически, так это его ронять. Почти все другие манипуляции он выдерживает вполне спокойно. Но заниматься этими манипуляциями необходимо начиная с периода новорожденности, а не перед школой.

Родители должны четко осознавать тот факт, что падения и ушибы встречаются в детской жизни не реже, чем простудные заболевания. И руки, и ноги, и шея, и... все остальное нуждаются в тренировке.

Точнее, не столько в тренировке, сколько в небездействии. Природа (опять она, родимая) вполне подготовила ваше дитя к тому, чтобы вы скакали по деревьям, а оно при этом держалось за вашу шкуру. Мы уже упоминали, что с момента рождения у ребенка прекрасно выражен так называемый хватательный рефлекс: вложите в ладошку малыша ваш палец, и он схватится за него. Нередко можно поднять руки, и дитя будет само висеть. Совсем не держать вы, разумеется, побоитесь, поэтому используйте указательный и большой пальцы (сначала большой в обе ручки, а когда схватится, придерживайте указательным). Это не «фокусы» и не «издевательство». Именно так можно и нужно переносить ребенка, вначале, желательно, на небольшие расстояния, а затем сами увидите, как это ему нравится. Заплакал. Необходимо перепеленать.

МАНИПУЛЯЦИИ С МЛАДЕНЦЕМ

Приготовьте все на столике, разденьте ребенка в кроватке, дайте ему схватить ваши руки и спокойно перенесите. Новорожденного можно взять за ножки и перевернуть вниз головой — тоже ничего страшного. Некоторые варианты действий показаны на рисунках.

Поверьте доктору, пожалуйста!

Глупо недооценивать ребенка, а вот с собственным страхом бороться надо. Бороться со страхом, чтобы потом бояться меньше, хотя поводов, скорее всего, будет больше.

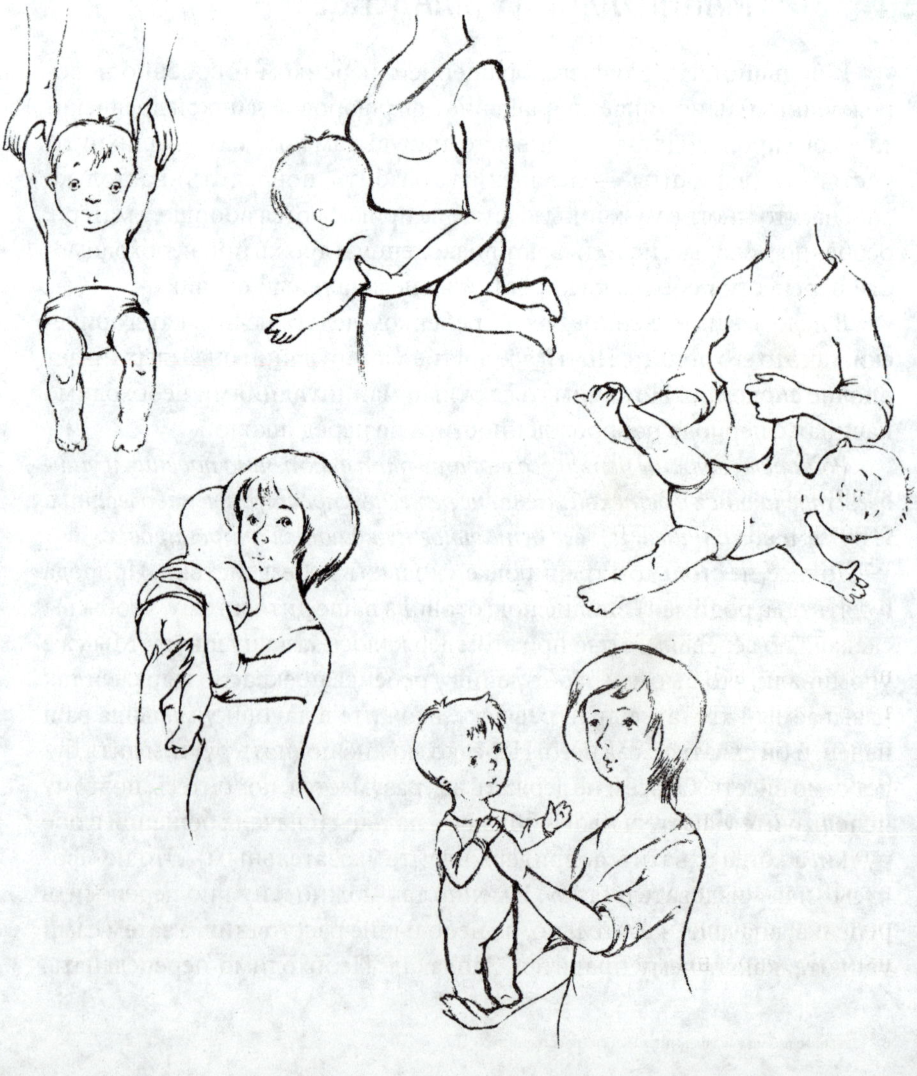

1.5. КОРМЛЕНИЕ

Человек живет не тем, что он съедает, а тем, что переваривает. Положение это одинаково справедливо относится к уму, как и к телу.

Бенджамин Франклин

Актуальность этой главы вполне очевидна и не требует, по-видимому, подробной аргументации. Кормлению придается настолько огромное значение, что нет в жизни ребенка процесса, даже приблизительно сравнимого с едой по количеству рекомендаций, предрассудков и, разумеется, ошибок.

С точки зрения законов Природы, еда должна обеспечить организм необходимыми питательными веществами. Если взрослому питательные вещества нужны для того, чтобы поддерживать нормальное существование, то ребенку нормального существования мало. Он (ребенок) должен расти и развиваться, а следовательно, правильное питание для него заметно важнее, в сравнении, например, с питанием его родителей. Абсолютно все взрослые это понимают. И реализуют в своих семьях принцип «все лучшее — детям», но... То, что любящие родители считают лучшим, очень часто оказывается не только не нужным, но и вредным.

Поэтому давайте придерживаться здравого смысла, чтобы не вредить и разобраться с терминами «лучше», «хуже», «хорошо», «плохо», «полезно», «вредно» и т. п.

Ребенок должен питаться теми продуктами, которые являются для него наиболее естественными в соответствующем возрасте.

И наверняка отсутствует надобность доказывать кому-либо, что ***нет и не может быть для новорожденного ребенка продукта более ценного (естественного), чем материнское молоко.*** Неудивительно, что вскармливание младенца молоком матери так и называется — естественным.

Следует заметить, что сотни страниц, посвященных преимуществам естественного вскармливания, в целом не приводят к каким-либо существенным результатам и некоторым образом напоминают борьбу с курением — все знают о вреде курения, но курят миллионы. Тем не менее, приведем самые главные аргументы, доказывающие, что естественное вскармливание — это хорошо.

1. Молоко матери всегда:
   - оптимальная температура еды;
   - идеальная чистота еды;
   - дополнительные вещества, помогающие ребенку переваривать пищу;
   - вещества, помогающие ребенку бороться с инфекциями и защищающие его от них.
2. Материнское молоко — это значительная экономия финансовых ресурсов семьи: молочные смеси, особенно хорошие, обходятся совсем недешево.
3. Естественное вскармливание — экономия времени. Покормить грудью легче и быстрее, чем купить, прокипятить, насыпать, нагреть, перемешать, остудить, помыть, прокипятить, насыпать и т. д. по замкнутому кругу почти до бесконечности[1].
4. При кормлении материнским молоком практически невозможно заболеть кишечной инфекцией (ребенку, разумеется). А вот обеспечить идеальную чистоту во время приготовления и хранения молочных смесей, особенно в жаркое время года, не всегда удается. О прелестях инфекционной больницы надо ли рассказывать?

[1] Правды ради необходимо отметить, что в первый месяц кормления грудью очень редко на этом удается сэкономить время. Приготовить смесь легче, чем активно сцеживаться и вообще за грудью следить. Но мать и дитя довольно быстро друг к другу приспосабливаются, и чем старше ребеночек, тем меньше времени и хлопот требует кормление грудью.

5 Еда для ребенка всегда с собой, где бы вы ни были.

6 Состав молока изменяется с течением времени, идеально удовлетворяя потребности младенца в соответствующем возрасте.

7 Скептически относясь к преимуществам естественного вскармливания, вы даже приблизительно не представляете себе, какое количество проблем может возникнуть, если у ребенка будет непереносимость коровьего молока. О том, сколько стоит вырастить такое дитя (денег, прежде всего, о нервах я уже и не говорю), просто страшно подумать.

8 Ребенок, которого вы кормите грудью, очень быстро докажет вам, что вы настоящая женщина. Ни один мужчина, каким бы Казановой он ни был, этого сделать не в состоянии.

Отсутствие у матери молока давно уже перестало быть трагедией. Миллионы детей благополучно выросли и узнали, что такое женская грудь, будучи уже взрослыми. С одной стороны, это хорошо, с другой — очень плохо. Плохо потому, что молодая мама не воспринимает отсутствие или нехватку молока как несчастье, совсем этого не боится и не прикладывает серьезных усилий для того, чтобы молоко сохранить. Опять-таки потому, что знает — миллионы благополучно выросли...

Необходимо, тем не менее, помнить и понимать: *сохранить ребенку здоровье при естественном вскармливании гораздо легче. Из этого, конечно, не следует, что без материнского молока малыш непременно будет болеть. Но дополнительные сложности возникнут обязательно.*

1.5.1. ЕСТЕСТВЕННОЕ ВСКАРМЛИВАНИЕ

Вопрос о том, будет у мамы молоко или не будет, как правило, не стоит. Молоко есть всегда и у всех, но вот его количество не всех детей устраивает.

К сожалению, существует фактор, определяющий количество молока и совершенно не поддающийся влиянию лекарств, диет и образа жизни, — генетическая предрасположенность. Т. е. количество образующихся в организме матери гормонов[1], стимулирующих продукцию молока, зависит от наследственности. Но если ваша мама выкормила

1 Гормон — вещество, выделяемое в кровь железами внутренней секреции.

вас грудью, то вы просто обязаны своего ребенка кормить, поскольку оправдать собственную лень ссылками на плохую наследственность в этом случае вам не удастся.

На количество молока, помимо генетической предрасположенности, влияют: собственно ребенок, точнее, раздражение соска в процессе сосания, состояние нервной системы матери, точнее, количество отрицательных эмоций, образ жизни (сон, двигательная активность, усталость от домашних дел) и характер питания.

Не нервничать матери, по вполне понятным причинам, очень трудно. Но образом жизни вполне можно управлять. Он должен быть организован так, чтобы свести к минимуму количество ненужных и неприятных действий — чем меньше времени вы будете проводить на кухне, за стиркой и возле гладильной доски, тем лучше будет вам, а значит, вашему ребенку.

Женщина не может нормально кормить грудью, если не имеет возможности высыпаться, отдыхать и заниматься еще какими-нибудь делами, непосредственно с ребенком не связанными (папой[1], например).

В целом, содержимое предыдущего абзаца является ключевым для понимания основного принципа адекватного воспитания:

ребенок с момента рождения — член семьи. И ни в коем случае нельзя внимание, заботу и любовь к ребенку доводить до такой степени, чтобы от этого другим членам семьи было плохо.

Необходимо искать золотую середину. Потому что вскакивая по ночам к любимому и долгожданному малышу каждые пять минут, вы, в конце концов, лишите его молока. А менее любимый и менее долгожданный (на первый взгляд) будет еще долго получать удовольствие от наиболее естественной близости любимой мамочки — ведь именно таковой и является кормление грудью.

1 Кстати, про папу. Замечено, что сексуальное общение усиливает лактацию. А еще замечено, что кормление грудью усиливает интенсивность женского оргазма. И это «усиление» сохраняется «на потом» — можете рассматривать в качестве еще одного аргумента в пользу естественного вскармливания.

В дальнейшем мы попытаемся более подробно рассказать о том, как сделать режим семьи оптимальным, чтобы всем было хорошо. А сейчас остановимся на вопросах, непосредственно связанных с естественным вскармливанием.

1.5.1.1. ПИТАНИЕ КОРМЯЩЕЙ МАТЕРИ

Прежде всего посоветуем внимательно перечитать рекомендации по питанию в главе, посвященной беременности. Поверьте, количество объектов еды, абсолютно безопасных и для матери и для ребенка, достаточно велико. Поэтому искренне призываю вас поменьше экспериментировать. Чем меньше вы употребите цитрусовых, какао (шоколада), кофе, клубники и других продуктов, принципиально опасных в плане аллергии, тем лучше будет младенцу. Вы же сами потом и пожалеете, когда после съеденной в двухлетнем возрасте шоколадки ребенок покроется сыпью и будет всю ночь чесаться.

Вы должны знать: практически все, что ест мама, в том или ином виде присутствует в молоке. Следует избегать продуктов, которые могут ухудшить вкусовые качества молока (соленое, кислое, острое) и его запах (чеснок). Некоторые съеденные мамой продукты, например, бобовые и белокочанная капуста, плохо действуют на кишечник ребенка — повышают газообразование, иногда вызывают понос.

Чем выше жирность молока, тем больших усилий потребует его переваривание, тем тяжелее будет ребенку сосать, а матери сцеживать. Поэтому сознательно повышать жирность молока, поглощая в больших количествах жиры (сметану, свинину, масляные кремы и т. п.), не надо. Растительные жиры (подсолнечное, оливковое и кукурузное масло) предпочтительнее в сравнении с животными[1].

Если у вас нет существенных проблем с собственным весом, то очень хорошо съесть вечером тарелку манной каши. Нужны овощи и фрукты (не менее 500 г в сутки), разнообразные и, желательно, в свежем, а не в консервированном виде. Вообще, чем меньше консервов съест кормящая мать, тем лучше.

1 Подчеркиваю: речь идет не об исключении жирной пищи, а об употреблении ее в меньших количествах. Полностью исключать жиры, например, борясь за свою фигуру, вообще недопустимо, хотя бы потому, что многие витамины растворяются исключительно в жирах.

Всегда следите за реакциями ребенка. Если сомневаетесь — можно съесть или нельзя, — съешьте немножко. С ребенком все в порядке — не появилась сыпь, не изменились сон и стул — ешьте на здоровье.

Вопрос о том, надо ли много пить кормящей матери, до настоящего времени остается спорным. Огромное количество ученых утверждает, что увеличение объема выпитой жидкости не увеличивает количество молока, но не менее огромное количество матерей настаивает на обратном.

В конце концов, если молока хватает или оно остается, то вы ничего не должны пить специально, против желания. Но в ситуации, когда количество молока ребенка не удовлетворяет, каждое кормление должно заканчиваться тем, что вы, уложив малыша спать, отправляетесь на кухню, где вас поджидает «сиротская» кружка объемом эдак в 0,3—0,5 л. Кстати, ночное кормление не должно представлять исключение, поэтому желательно приготовить заранее чай (компот) в термосе, дабы спросонок не суетиться понапрасну.

Оптимальные напитки:

- чай (зеленый лучше черного) с молоком, достаточно сладкий;
- компот из сухофруктов (курага, яблоки, изюм);
- соки (яблочный, виноградный, морковный), но в меру;
- коровье молоко и кисломолочные продукты. Молоко обязательно кипяченое или топленое; оптимально, чтоб его жирность не превышала 2,5%.

Существует множество рекомендаций в отношении продуктов, увеличивающих количество молока (орехи, дрожжи, отвар крапивы, пиво и т. д.), а также лекарственных препаратов, обладающих аналогичным эффектом (никотиновая и глутаминовая кислоты, апилак, пирроксан). Но вы ни в коем случае не должны переоценивать их значимости.

Поверьте, здоровый ребенок и спящая ночью мама, которая не нервничает и не дергается по мелочам, способствуют выработке достаточного количества молока в заметно большей степени, чем все продукты питания и медикаменты вместе взятые.

1.5.1.2. ОТДЕЛЬНО О ЖЕНСКОЙ ГРУДИ

Как кормить грудью? Удивительно интересный вопрос, ответ на который не менее удивительно прост.

Прежде всего, следует довести до сведения всех женщин, этим вопросом интересующихся, что в человеческой жизни существуют процессы, регулируемые инстинктом[1]. Ребенка ведь никто не учил сосать — он это и так умеет. Природа предусмотрела некоторые инстинктивные действия, требующие для своей реализации двух участников, — кормление грудью и половой акт.

Можете ли вы себе представить первую брачную ночь в окружении толпы наставников? С трудом, правда? Однако большинство людей вполне благополучно справляются с задачей, руководствуясь инстинктом продолжения рода.

С кормлением грудью ситуация аналогичная, но мало кому удается свои инстинкты спокойно реализовать. И неудивительно. Когда вам подробнейшим образом расскажут о том, как кормить ребенка правильно: как сидеть (лежать), как поддерживать грудь, как вложить сосок в рот малыша, как следить за его носом, то, смею заверить, хоть что-нибудь вы обязательно сделаете не так. А учителя будут вас терпеливо на путь истинный наставлять, давая десятки ценных указаний. И очень вероятно, что, в конце концов, вы убедитесь в собственной неполноценности, и кормление грудью превратится в пытку и для вас, и для ребенка.

Поэтому *первое и главное правило кормления грудью*, особенно актуальное в первые недели жизни малыша: ***во время кормления будьте вдвоем.***

Постарайтесь сделать так, чтобы вам обоим было хорошо: хотите — лежите, хотите — сидите. Все и так получится, вы только поменьше думайте о том, как правильно, а как — нет.

Есть, тем не менее, вещи, которые необходимо знать обязательно — на одних инстинктах далеко не уедешь. Человеческий организм устроен таким образом, что очень редко позволяет себе образовывать что-нибудь лишнее. Если в молочной железе[2] после кормления ребенка остается молоко, то, по логике Природы, его много. Реакция организма, как правило, соответствующая — молоко вырабатывается в меньших количествах. А мы еще имеем привычку ставить Природу

1 Инстинкт — врожденная способность совершать целесообразные действия.

2 Удивительно, но женская грудь и молочная железа — это одно и то же.

в тупик, не подпуская ребенка к материнской груди по два-три дня после рождения.

Поэтому следует начинать заниматься собственной грудью еще в роддоме, если вы не имеете возможности заставить ребенка ею заниматься. Массаж железы и сцеживание молока — пути решения проблемы.

Не имеют значения размеры груди и ее плотность. Грудь может быть мягкой и небольшой, но молока будет вполне достаточно.

Не имеет значения форма соска, хотя и не все с этим согласятся. Каким бы плоским ни был сосок, при достаточно активном и продолжительном кормлении он приобретает нужную форму.

Не имеет значения внешний вид молока — не должно оно по цвету соответствовать коровьему!

Очень многое не имеет значения — не ищите в себе болячек и недостатков.

Теперь подробнее про сцеживание и массаж. И первым, и вторым, как правило, приходится заниматься недолго — три-четыре недели после родов, а потом все нормализуется само собой.

Еще раз подчеркнем: массаж и сцеживание **необходимы**, если по каким-то причинам ребенка не приносят кормить после родов и всегда после кормления. И будет очень хорошо, если еще в роддоме медработники или соседки по палате покажут вам, как это надо делать.

В любом случае и сцеживанию, и массажу, и кормлению должна предшествовать гигиеническая обработка рук и груди. Забудьте, пожалуйста, про всякие спирты и будьте уверены: обычное «Детское мыло» — достаточно надежный антисептик[1]. Только не надо мыло, во-первых, экономить, а во-вторых, оставлять на груди — какое бы оно ни было детское, его вкус все-таки не особенно приятен. Само собой разумеется, что вначале следует мыть руки, а затем уже приниматься за грудь. Не только не нужно, но и опасно использовать мыло (тем более, спиртовые дезинфицирующие растворы) для мытья груди перед каждым кормлением — мыло нейтрализует жир, а покрывающая кожу тонкая жировая пленка выполняет защитные функции. Поэтому мойте грудь с мылом максимум один раз в сутки, а в остальных случаях достаточно обмывания теплой водой.

1 Антисептик — вещество, обладающее противомикробной активностью.

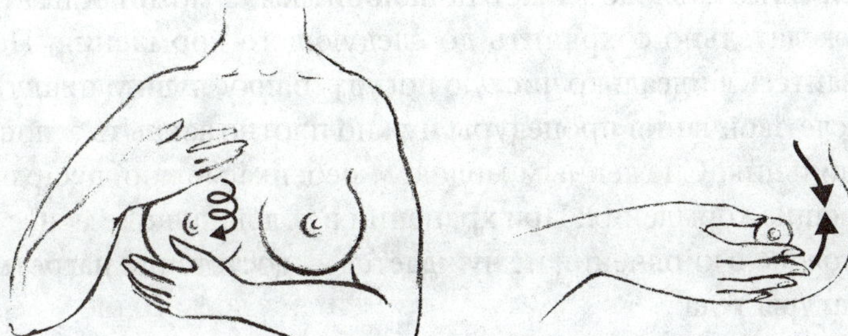

Массаж груди несложен. Прежде всего обратите внимание на то, что ткань железы должна быть одинаковой плотности. Если вы нащупали участки уплотнения, то именно в этих местах массаж должен быть более интенсивным. Одной рукой поддерживайте грудь снизу, а четырьмя пальцами (кроме большого) другой руки круговыми движениями массируйте грудь, смещаясь от ребер к соску. Та рука, что снизу, тоже не должна бездействовать — техника аналогичная.

При наличии уплотнений делать акцент не на увеличение силы, а на удлинение времени массажа.

Массаж всегда предшествует сцеживанию. Очень полезно перед началом кормления провести непродолжительный массаж. Кстати, если вам кажется, что молоко у вас есть, а ребенку оно не достается (нередко так и бывает), прервите кормление, помассируйте грудь и продолжайте.

Высокоэффективным устройством для осуществления массажа является папа, особенно если мама в состоянии его научить, а он испытывает желание учиться и умеет регулировать свою силу.

Занятия массажем и сцеживанием нужны даже тогда, когда молока в избытке. Не допустить появления уплотнений в железе — значит избежать ее воспаления (мастита).

В *сцеживании* участвуют, как правило, всего два пальца — большой и указательный. Осуществляя его, нежелательно сдавливать непосредственно сосок и очень важно правильно направлять усилия — от ткани железы к соску. Тем не менее самый эффективный способ быстрого и беспроблемного сцеживания состоит в использовании технического устройства под названием «молокоотсос». Выбор последних просто огромен — на любой вкус и кошелек.

Сцеженное молоко может понадобиться, а может и нет. Но его всегда желательно сохранить до следующего кормления. Поэтому сцеживайтесь в идеально чистую посуду (банку, чашку, пиалу), которую после окончания процедуры нужно плотно закрыть и поставить в холодильник. Сцеженным молоком ребенка можно докармливать в следующие кормления. При хранении в холодильнике менее 10—12 часов молоко в кипячении не нуждается — достаточно нагреть его до температуры тела[1].

Множество неудобств и неприятных ощущений могут доставить **трещины и ссадины сосков**, появление которых зависит от:

- особенностей кожи кормящей матери;
- гигиены;
- активности ребенка.

Принципы профилактики:

- чистота груди;
- короткие ногти (сами поцарапаетесь во время сцеживания или массажа, а потом будете жаловаться подругам, что младенец вас покусал);
- сосок должен быть сухим — остатки молока после кормления промокнуть ватой (марлей) или вытереть, но очень осторожно. Если молоко вытекает в промежутках между кормлениями, подложите в бюстгальтер чистую марлевую салфетку или специальную впитывающую молоко прокладку, старайтесь поменьше сдавливать грудь;
- никакой синтетики, контактирующей с соском;
- не позволяйте ребенку хватать только сосок, без околососкового кружка, и не тащите с силой, если хотите прекратить кормление. Всегда можно улучить момент, когда дитя расслабится и отдаст грудь без боя.

При появлении трещины принципы профилактики остаются неизменными, но к ним добавляются **принципы лечения:**

- лечением надо заниматься сразу, пока трещины небольшие;
- нельзя доводить ребенка до такой степени голода, чтобы он набрасывался на грудь. Вполне резонно кормить чаще обычного и не держать малыша возле груди больше 10 минут;

1 Принципиальный момент: нельзя нагревать грудное молоко в микроволновой печи. В этом случае нагревание молока происходит при неравномерной температуре и многие ценные компоненты разрушаются.

- поврежденная грудь больше, чем здоровая, нуждается в массаже и сцеживании;
- стараться побольше держать грудь открытой, в непосредственном контакте с воздухом (летом неплохо и на балкон выйти — но лучше все-таки, когда стемнеет)[1].

Для обработки трещин и ссадин можно использовать масляный раствор витамина А (умное название — ретинол), облепиховое масло, аэрозоли, применяемые для лечения ожогов и не содержащие антибиотиков (ливиан, пантенол, винизоль), мази и желе, ускоряющие процессы заживления (солкосерил, актавегин, бепантен).

Выбор препарата лучше осуществлять вместе с врачом; зависит он и от того, продолжаете ли вы кормить поврежденной грудью или нет (каково на вкус то, что вы наносите на грудь, и можно ли отмыть, чтобы ребенку в рот оно не попадало).

Если появились признаки нагноения[2] — бегом к врачу, и без его санкции никаких таблеток!

В отношении необходимости массажа и сцеживания могут возникнуть вполне резонные, на первый взгляд, возражения. Ведь автор, с одной стороны, постоянно ссылается на мудрость Природы. С другой же стороны, близкие человеческие родственники — те же обезьяны, например, — ни сцеживанием, ни массажем не занимаются, а трещин сосков и других неприятностей, как правило, не имеют.

Процесс образования молока с точки зрения естественной — как в отношении человека, так и в отношении все тех же обезьян — исключительно сложен и имеет тесную связь с гормонами, состоянием психики и взаимоотношениями мать-дитя. По Природе ребенок и мать всегда(!) вместе. Нет никакой речи о стимуляции родов лекарственными препаратами (гормонами), о позднем прикладывании к груди. Нельзя забывать и о том, что современная женская грудь постоянно обрабатывается самыми разнообразными гигиеническими средствами, довольно редко бывает открытой, как правило, фиксируется некоторыми предметами одежды. Сие, разумеется, весьма эротично, но неминуемо приводит к тому, что кровообращение в груди изменяется, кожа и самой груди вообще

[1] Вполне возможно, что температура воздуха в помещении не позволит вам ходить с раскрытой грудью. В подобной ситуации некоторые женщины демонстрируют чудеса изобретательности, придумывая различные способы закутывания и обматывания груди, при которых остается открытым только сосок, а все остальное находится в тепле.

[2] Признаки нагноения местные — гнойное отделяемое из трещин, постоянная краснота вокруг них. Признаки нагноения в самой железе — постоянная боль, часто пульсирующая, уменьшающаяся при контакте с холодным, отчетливое повышение температуры кожи груди плюс краснота или синюшность, болезненные участки уплотнения, гнойные выделения из соска.

и соска в частности становится очень нежной. Ясно ведь, что предусмотрела Природа для предотвращения трещин сосков — с рождения соски открыты всем ветрам, и звери не носят бюстгальтеров.

Именно потому, что мы и без того во многом Природе мешаем, следует быть готовыми и к трещинам, и к тому, что при оставшемся в груди небольшом количестве молока сигнал головному мозгу на прекращение его (молока) образования может быть неоправданно сильным.

В то же время про логику и здравый смысл забывать нельзя. Если у женщины с грудью нет проблем — так и сцеживаться не надо. Следует лишь поздравить мужа этой женщины, поскольку ему досталась жена, гормоны которой находятся в состоянии весьма устойчивого равновесия.

1.5.1.3. ВАРИАНТЫ ЕСТЕСТВЕННОГО ВСКАРМЛИВАНИЯ

Прежде чем приступить к разговору о правилах и особенностях естественного вскармливания, надобно отметить, что единого мнения по вопросу «как, когда и с какими интервалами кормить» до сих пор не сложилось. Автор лишь расскажет о возможных вариантах, а уж выбирать, руководствуясь собственным здравым смыслом, читателям придется самим.

Хотелось бы заметить, что все эти варианты, подробно описанные учеными мужами, на самом деле присутствуют лишь в головах этих самых ученых мужей, ибо конкретные мамы, в течение миллионов лет вскармливавшие детей грудью, очень мало задумывались над тем, что своими действиями они реализуют некую, кем-то придуманную методику.

Тем не менее все разнообразие материнских действий в отношении кормления грудью можно с определенной долей условности свести к трем вариантам.

КОРМЛЕНИЕ ПО ЧАСАМ

Упоминается нами, скорее, в историческом аспекте. Этот способ, широко распространенный ранее (особенно на территории бывшего Советского Союза), ныне существенно утратил свою актуальность.

Суть его заключается в кормлении младенца с определенными, строго установленными интервалами и обязательным перерывом на ночь. Классическая схема выглядит так: в течение дня кормим строго с интервалом в 3 часа, на ночь делаем перерыв 6 часов, через 2 месяца увеличиваем интервал до 3,5 часов, а ночной перерыв до 7 часов и т. д.

Теоретически основной плюс кормления по часам состоит в том, чтобы дисциплинировать ребенка с самого раннего возраста и упорядочить жизнь его родственников. На практике все оказывается многократно сложнее, поскольку и дитя, и организм мамы в большинстве случаев отказываются жить по режиму.

С учетом не совсем утешительного опыта наших дисциплинированных бабушек, автор хотел бы всячески предостеречь современных мам от попыток вскармливания ребенка с оглядкой на часы. Ну *а рекомендации про обязательный ночной перерыв в кормлении представляют собой один из наиболее радикальных способов борьбы с естественным вскармливанием.*

В течение двух-трех ночей вы, вместо сна, будете мужественно выслушивать детские вопли, в глубине души чувствуя себя образованной и дисциплинированной. После этого вы, скорее всего, поймете, что садизм не к лицу нормальной женщине. А если не поймете, то, скорее всего, лишитесь молока. Я уже не говорю о том, что у вашего невыспавшегося мужа могут возникнуть неприятности на работе[1].

1 Сонный мужчина вял и зол. Лучше добрый и активный муж, чем якобы дисциплинированный ребенок.

Еще раз подчеркнем: на сегодняшний день кормление по часам не является актуальным, мало кто из врачей его рекомендует, и наше упоминание о нем — не более чем экскурс в прошлое педиатрической науки.

КОРМЛЕНИЕ ПО ТРЕБОВАНИЮ

В последнее время активно пропагандируется в обозримом автору географическом пространстве как единственно правильная методика вскармливания и важный показатель родительской прогрессивности.

Идеологической основой кормления по требованию является неведомо кем провозглашенный постулат о том, что роды — это тяжелейший стресс для ребенка. После столь чудовищного потрясения бедный младенец якобы испытывает постоянный дискомфорт, страх и ужас, а единственным способом избавления от этого неприятного «набора» ощущений является материнская грудь. Отсюда вполне логично проистекает идея о том, что одна из главных потребностей ребенка — постоянный телесный контакт с мамой.

Мамина грудь, таким образом, рассматривается не только как источник питания, но и как средство успокоения, а сосание — в первую очередь как общение с мамой, а уж потом — как путь к насыщению.

Исходя из этого, предлагается и методика вскармливания, которая, по сути, является не кормлением, а общением по требованию. Главное в ней — обеспечить столь необходимый телесный контакт с любимой мамой. Прикладывать дитя к груди рекомендуется при первых же признаках беспокойства, при любом сосательном движении или намеке на выпячивание губ, при малейшем крике, чихе и сопении носом. Чем чаще, тем лучше. Количество таких прикладываний может достигать 30 и более раз в сутки. Сплошь и рядом для реализации описанной методики маме предлагается поменьше гулять и обязательно спать вместе с ребенком, дабы дитя могло ночью общаться с грудью сколько пожелает. Сосание во сне объявляется самым продуктивным.

Основной плюс описанной методики вскармливания заключается в том, что частое прикладывание к груди является высокоэффективным средством поддержания лактации, ибо раздражение соска во время сосания и есть самый мощный и наиболее естественный стимулятор[1]. Именно кормление по требованию является весьма уместным (а иногда — и единственно целесообразным) при наличии проблем с количеством молока. В первые две-три недели жизни ребенка, когда лактация у мамы только устанавливается, разумное кормление по требованию в принципе можно рассматривать как наиболее приемлемый вариант естественного вскармливания[2].

На этом объективные плюсы данного вида вскармливания и показания к нему заканчиваются.

Следует, однако, отметить, что некоторые женщины находят в кормлении по требованию и другие преимущества. Большинству мам сам процесс кормления грудью доставляет удовольствие. И если женщина готова испытывать это удовольствие 24 часа в сутки, пренебрегая социальными функциями, общением с мужем и другими делами, то это ее право.

1 Из основного плюса очень часто следует и существенный минус — не ограниченное по времени сосание резко повышает вероятность травматизации сосков.

2 Разумное кормление по требованию — это когда дитя прикладывают к груди часто, но без фанатизма: каждый час, например.

Сторонники кормления по требованию назовут вам еще массу плюсов, но все они будут из разряда гипотетических — т. е. вам *пообещают* много-много хорошего *в будущем*. Это и небывалая духовная близость с ребенком, и защищенность дитяти от жизненных стрессов. И самое главное — стопроцентная вероятность того, что дети, вскормленные по требованию, обеспечат и защитят вашу старость, дружно выстроившись в очередь со стаканами воды... Однако аргументированно доказать связь вышеперечисленного с кормлением по требованию не представляется возможным.

Здесь исключительно важно определиться: в каком качестве мы воспринимаем женщину? Как биологический объект (самку, вскармливающую детеныша) или как объект социальный? Если существо биологическое — так нет вопросов! Кормление по требованию — лучший вариант при таком подходе к проблеме, да и проблемы никакой нет. Когда мама жила в пещере и кормила по требованию, это было очень хорошо и для нее, и для ребенка. Если мама до сих пор живет в пещере — так это неплохо и сейчас.

Между тем, автор остается убежденным сторонником того факта, что женщина — человек, а не самка. Кормление по требованию, когда дитя часами висит на маме, уподобляя последнюю обезьяне, значительно сокращает время на выполнение социальных функций. Одновременно кормить и при этом стирать, убирать в доме, готовить обед, водить старшего ребенка на танцы, посещать магазины и парикмахерские — очень сложно. Отсюда вывод, который для автора неоспорим: для успешной реализации кормления по требованию необходим совершенно определенный социальный статус. Либо жизнь в первобытных условиях, либо — довольно высокий материальный уровень, наличие помощников (нянь, гувернанток, кухарок), абсолютное взаимопонимания с мужем и другими членами семьи[1].

Помимо нехватки времени на выполнение социальных функций, мамы, реализующие данную методику, могут столкнуться и с другими трудностями. К примеру, если дитя по каким-то причинам не может встретиться с маминой грудью (маме внезапно пришлось уехать, лечь в больницу или пропить курс лекарств), то накормить его чем-то другим становится большой проблемой. Не меньшую проблему представляет и отказ ребенка, кормящегося по требованию, от питья, когда это жизненно необходимо.

1 Далеко не каждый папа с энтузиазмом воспримет тот факт, что в супружеской постели мама будет заниматься кем-то третьим.

В своей практике автор видел несколько детей, кормившихся по требованию, которые заболели тяжелой кишечной инфекцией, но от питья отказывались категорически, только на грудь соглашались. И ехали в больницу, ибо только капельницами можно было восполнить дефицит жидкости. А сотни других, знакомых не только с мамой, но и с бутылочкой, пили и вылечивались дома, без капельниц и больничных стрессов.

Еще неоднократно видел детей, которые при любом внешнем нестандартном факторе — конфликт в песочнице, например, тут же все бросали и бежали к маме, ибо только возле груди чувствовали себя спокойно. А несколько мам жаловались на то, что зимой не могут с детьми гулять — каждое падение сопровождается попыткой залезть маме под шубу...

Для многих семей и без этих дополнительных трудностей кормление по требованию превращается в одну большую проблему, когда мама обессилена морально и физически, когда папе нет места в супружеской постели, когда семья на грани распада, а все ее члены на грани или уже за гранью нервного срыва.

Однако здравый смысл, мера терпимости и страсть к преодолению трудностей у каждого свои. И коль семье удается реализовать данную методику вскармливания, коль в результате все довольны — что ж тут скажешь против!

Стоит, тем не менее, обратить внимание читателей на один важный нюанс: пропагандисты обсуждаемой методики однозначно утверждают, что кормлению по требованию обязательно нужно учиться, т. е. без посторонней помощи у вас вряд ли получится правильно кормить собственного ребенка грудью. Для этого, оказывается, необходимо окончить специальные курсы, приобрести ряд учебных пособий, обратиться к консультантам по грудному вскармливанию. Разумеется, не бесплатно.

Категоричность подобных высказываний, мягко говоря, смущает. Коммерческий аспект этой якобы передовой методики очевиден, а ее активно-агрессивная пропаганда наводит на грустную мысль: кому, собственно, такое вскармливание нужно больше — детям, мамам или консультантам?

И еще. Если кормление по часам воспринимается как печальное «достижение» медицинской науки, то кормление по требованию провозглашается его сторонниками вершиной педагогической и психологической мысли и рассматривается чуть ли не как путь к спасению всего человечества.

Здравый смысл, как, впрочем, и всегда, находится где-то посредине. И не стоит, наверное, бросаться из одной крайности в другую. Кормление не должно становиться испытанием на выносливость для мамы и других членов семьи. А наша основная задача — превратить уход за ребенком в удовольствие, сделать так, чтобы и дитя было довольно, и мама, и все окружающие родственники.

Именно поэтому автор является убежденным сторонником методики ***свободного вскармливания.***

Свободное вскармливание — это когда ребенок кормится по аппетиту, в том числе и ночью, но все-таки не чаще, чем раз в два часа, когда время пребывания у груди в подавляющем большинстве ситуаций ограничено 15—25 минутами, когда мама имеет возможность и время для реализации социальных функций и общения с другими членами семьи.

Поскольку автор рекомендует этот вариант вскармливания, поговорим о нем подробнее. Итак,

1.5.1.4. ОСНОВНЫЕ ПРАВИЛА СВОБОДНОГО ВСКАРМЛИВАНИЯ

Правила эти очень просты. Для того чтобы их понять и реализовать на практике, совсем не обязательно иметь медицинское образование и огромный опыт, связанный, например, с выкармливанием пятерых детей. Вполне достаточно наличия хотя бы зачатков логического мышления.

ЗДОРОВЫЙ РЕБЕНОК САМ ЗНАЕТ, КОГДА ЕМУ ПОРА ЕСТЬ.

С точки зрения Природы, малыш, находящийся на естественном вскармливании, не отделим от матери во времени и пространстве. Поэтому грудному ребенку совершенно несвойственно испытывать чувство голода. Следовательно, если, по вашим расчетам, его пора кормить в 15.00, а он начал орать в 14.30, то не надо нервничать самой и заставлять нервничать малыша. Дайте ему грудь, и оба успокойтесь.

Среди ночи грудной ребенок захотел есть. Это нормально. И всей семье будет лучше, если мама потратит 30 минут на кормление, после чего все члены семьи мирно продолжат сон.

Никогда не будите ребенка только потому, что ему, с вашей точки зрения, пора принимать пищу.

Из этого правила есть ***исключения:***

- *не ему пора кормиться, а вам пора кормить (убегаете в институт сдавать экзамены, надо идти в поликлинику, назначена встреча в парикмахерской и т. д.);*
- *дети с малым весом или плохо в весе набирающие, которым врач рекомендовал сокращение интервала между кормлениями;*
- *трещины соска у матери (нельзя доводить младенца до чувства дикого голода).*

Для ребенка первого месяца жизни оптимальный интервал между кормлениями ориентировочно равен трем часам. В дальнейшем это время увеличивается, причем увеличивает его сам ребенок — дольше спит. И не надо заучивать таблицы и вешать на стенку расписание кормлений. Здоровый малыш сам разберется. Нет ничего страшного в том, что в субботу он ел шесть раз, а в воскресенье восемь. Но нельзя все-таки кормить ребенка с интервалом менее двух часов. Если он проголодался раньше, значит, вы ошиблись в предыдущее кормление (недокормили).

Для того чтобы решить, **сколько времени необходимо держать ребенка возле груди**, следует ответить на достаточно простой вопрос: для чего он находится возле груди?

Если для того, чтобы есть, то *15—20 минут ему более чем достаточно.* Если для того, чтобы сосать, то и трех часов может оказаться мало. Решите сами для себя эту задачку, и все станет понятно. Только не морочьте голову окружающим. Коль скоро вам очень приятен сам процесс якобы «кормления», то не надо рассказывать всем остальным про то, что он вяленький и слабенький. Но знайте: ваши удовольствия закончатся тем, что ребенок будет чувствовать себя нормально исключительно на руках, благополучно сделав вяленькими и слабенькими всех членов семьи.

В конце концов, понаблюдайте: всегда видно — ребенок глотает или только сосет. Если не глотает, отправьте его спать в кровать.

Необходимо очень стараться, чтобы в течение одного кормления ребенок имел дело только с одной грудью.

Это пожелание, но не закон. Количество различных вариантов огромно. В одной груди мало молока, в другой много. Одна грудь здорова, на соске другой трещины. Один ребенок активен, другой лентяй. Если явно не наелся, то делать нечего — приходится давать вторую грудь. Но после кормления тщательно сцеживаться! Чтоб была такою же пустой, как и первая. После следующего кормления докормим сцеженным молоком, вполне возможно, что одной груди хватит.

Если наедается только из двух грудей и в обеих после этого молока не остается, то вполне резонно каждый раз использовать все имеющиеся источники еды. По мере того, как количество молока будет увеличиваться, рано или поздно сможете обходиться только одной грудью[1].

Очень и очень часто ребенок кричит при попытке забрать грудь не потому, что голодный, а потому, что возле мамочки теплее и уютнее. По крайней мере, если молоко в груди осталось, ребенок перестал глотать, но после отлучения от мамы разорался, то это уж точно «фокусы». Сразу же решите, кого вы собираетесь воспитывать — нормального человека или фокусника[2].

Организм и поведение ребенка удивительно целесообразны. Ребенок никогда и ничего не будет делать вредного для себя (кричать, например). Но если в результате крика он сделает свое существование более комфортным, привычка решать проблемы голосом может сохраниться на всю жизнь.

Ну подумайте сами — может ли боль или чувство голода пройти только оттого, что вы взяли ребенка на руки?!

1 Это обязательно произойдет, если молоко действительно не будет оставаться в груди.

2 Автор совсем ничего плохого не хочет сказать про фокусников, выступающих в цирке. Но морочить людям голову за пределами арены совсем не обязательно.

Тем не менее **любые связанные с криком и продолжительные эксперименты, направленные на воспитание младенца, желательно осуществлять в светлое время суток**[1].

1.5.1.5. ПУСТЫШКА

Очень интересная штука, позволяющая ребенку удовлетворять свой сосательный рефлекс и не мешать при этом маме. Штука интересная, но совсем не обязательная — не хочет, и не надо, можно даже сказать так: не хочет, ну и очень хорошо.

Правила использования:

- содержать в чистоте, стерилизовать и хранить в специальной баночке;
- самим не облизывать и не рассказывать сказки про зверей, которые лижут своих детенышей и всю грязь слюной убивают. Звери, между прочим, не лежат в больницах, не курят, не глотают антибиотики, не жуют жвачек и не имеют дырок в зубах;
- пустышка, как правило, состоит из трех частей: резиновой соски без дырочки, кружочка, ограничивающего глубину погружения соски в рот, и пластмассового фиксатора. Внутренний конец фиксатора иногда выступает за кружочек и часто травмирует ребенку десны. Настоятельно рекомендую вам фиксатор удалять.

Большинство современных педиатров не рекомендуют использование пустышек, и в этом есть изрядная доля здравого смысла. В конце концов, суть сосания — поглощение материнского молока. Сознательно направляя с помощью пустышки силы ребенка в другом направлении, мы, невольно, уменьшаем интенсивность детских воздействий на сосок мамы. И это может оказаться решающим фактором в уменьшении количества молока. В то же время пустышка — и это имеет место довольно часто — не оказывает никаких отрицательных воздействий ни на ребенка, ни на маму в целом, ни на количество молока в частности. Напротив, выраженность сосательного рефлекса

1. Ночью ребенку редко удается покричать в одиночку — минут через 20 к нему подключаются бабушки, которые в ярких и образных народных выражениях сообщают родителям про их педагогическую несостоятельность. Недели через две все члены семьи имеют возможность спать (кроме мамы, разумеется, которая выполняет функции детской кроватки).

у ребенка иногда бывает настолько сильной, что пустышка является единственным (кроме маминой груди, разумеется) средством обеспечения тишины в помещении. Вышеизложенное, тем не менее, позволяет сформулировать весьма **важное правило**:

при любых проблемах с количеством материнского молока применение пустышки нежелательно.

1.5.1.6. СÓСКИ

Дать младенцу что-либо, кроме материнского молока, или дать молока при невозможности сосать грудь можно разными способами: из ложечки, поильничка, устройства, напоминающего шприц[1] (или, собственно, из самого шприца). Все упомянутые «устройства» объединяет один отрицательный момент: не ребенок пьет жидкость, а взрослый заливает эту жидкость в младенческий рот. Дитя первых месяцев жизни не в состоянии сделать вывод о том, что находящаяся перед ним ложка вот прямо сейчас прольется живительной влагой, поэтому может быть не готов к глотанию, отсюда риск поперхивания.

1 Да простят меня читатели, но обращаю внимание на очевидный факт: на шприце или устройстве шприц напоминающем никаких игл быть не должно.

Понятно в этой связи, что соска, надеваемая на бутылочку с едой или питьем, остается наиболее рациональным и наиболее востребованным объектом во всем арсенале средств, предназначенных для вскармливания малышей.

Главное достоинство соски — поглощение еды или питья происходит наиболее естественным, а следовательно, и наиболее безопасным способом, поскольку сосательные движения приводят в состояние «боевой готовности» глотательный рефлекс.

В то же время физиологические механизмы сосания из соски и из материнской груди различны[2]. А главное и наиболее принципиальное различие состоит в том, что добыча молока из соски требует в подавляющем большинстве случаев меньших усилий, чем аналогичное действие при сосании маминой груди. А грудной младенец — такой же человек, как мы все, и, естественно, предпочитает избегать трудностей. Посему после знакомства с бутылочкой многие дети с большой неохотой переключаются обратно на грудь.

2 Сосание соски создает нагрузку, прежде всего, на мышцы щек, а общение с материнской грудью — на язык.

Эта упомянутая нами «неохота» является главной идеологической основой множества страхов. Кормление из соски ребенка, находящегося на естественном вскармливании, необоснованно превращают в трагедию, утверждая, что достаточно младенцу несколько раз поесть из бутылочки, и он наверняка бросит грудь.

Тут важно не устраивать истерик и не обвинять во всех грехах соску, важно не идти у дитяти на поводу и определить, кто командует парадом. Возникшие трудности преодолеваются довольно просто — педагогическими методами, посредством чувства голода. По-настоящему голодный младенец не станет отвергать грудь.

Тем не менее возникновению проблем можно воспрепятствовать: подобрать соску таким образом, чтоб сосание из нее требовало физических усилий, сравнимых с сосанием груди.

Алгоритм выбора:

Идеальный вариант такой: из перевернутой бутылочки жидкость не вытекает никак — ни мелкими каплями, ни крупными, ни струйкой, никак — и все. При надавливании на расширяющуюся часть соски содержимое бутылочки начинает вытекать частыми каплями.

Приемлемый вариант: жидкость капает редкими каплями — не чаще, чем одна капля в секунду.

Частые капли или струйка — не годится.

Шансов, что первая же купленная соска удовлетворит и вас, и дитя, — немного. Поэтому купите сразу несколько — из разных материалов, разных форм и размеров, разных производителей.

Само собой разумеется, что и пустышки, и бутылочки, и соски требуют за собой ухода — регулярно мыть; перед тем, как давать, наливать и надевать, желательно ополаскивать кипятком.

* * *

В завершение раздела, посвященного естественному вскармливанию, не могу не привести официальную информацию. Делаю это для того, чтобы, приступая к выяснению отношений с врачами, бабушками и соседями, вы могли сослаться не на какого-то там врача Комаровского, а на официальное мнение Всемирной организации здравоохранения.

10 ПРИНЦИПОВ УСПЕШНОГО ГРУДНОГО ВСКАРМЛИВАНИЯ [1]

1 Строго придерживаться установленных правил грудного вскармливания и регулярно доводить эти правила до сведения медицинского персонала и рожениц.

2 Обучать медицинский персонал необходимым навыкам для осуществления практики грудного вскармливания.

3 Информировать всех беременных женщин о преимуществах и технике грудного вскармливания.

4 Помогать матерям начинать грудное вскармливание в течение первого получаса после родов.

5 Показывать матерям, как кормить грудью и как сохранить выработку молока, даже если они временно отделены от своих детей.

6 Не давать новорожденным никакой другой пищи или питья, кроме грудного молока, за исключением случаев, обусловленных медицинскими показаниями.

7 Практиковать круглосуточное нахождение матери и новорожденного рядом в одной палате.

8 Поощрять грудное вскармливание по требованию младенца, а не по расписанию.

9 Не давать новорожденным, находящимся на грудном вскармливании, никаких успокаивающих средств и устройств, имитирующих материнскую грудь (соски и др.).

10 Поощрять организацию групп поддержки грудного вскармливания и направлять матерей в эти группы после выписки из родильного дома или больницы.

1.5.2. СМЕШАННОЕ И ИСКУССТВЕННОЕ ВСКАРМЛИВАНИЕ

Если грудного молока, несмотря на все ваши усилия, не хватает, волей-неволей приходится давать ребенку что-то еще. Такое питание и называется **смешанным**. Если же молока у матери нет вообще, речь идет об **искусственном** вскармливании.

[1] Совместная декларация ВОЗ/ЮНИСЕФ, принятая в 1989 г. и адресованная медицинскому персоналу больниц, роддомов, поликлиник, организациям социальной защиты материнства и детства. Обращаю, тем не менее, внимание читателей: сформулированные принципы ориентированы не на детей вообще, а на младенцев в периоде новорожденности.

Для начала цитата:

***«...всякая попытка вскармливания ребенка молоком другого биологического вида является, по существу, экологической катастрофой для этого ребенка...»*[1].**

Современная промышленность и современная медицина позволяют если не устранить, то существенно уменьшить интенсивность катастрофических последствий. Как это осуществить на практике?

1.5.2.1. ЧТО ДАВАТЬ?

По логике вещей, ребенок должен получать продукт, который по своим свойствам будет максимально приближаться к женскому молоку. Такие продукты выпускаются в достаточном количестве (тысячи наименований и вариантов) и поступают в продажу под общим названием «адаптированные молочные смеси»[2]. Следует знать, что создатели любой молочной смеси пытаются, более или менее успешно, решить главную задачу: максимально приблизить ее (смеси) состав к грудному молоку.

В зависимости от того, насколько успешно решается эта задача, все выпускаемые смеси делятся на три основные категории: высокоадаптированные, менее адаптированные и частично адаптированные.

Совершенно неверным будет вывод о том, что высокоадаптированная смесь всегда лучше, в сравнении с частично или менее адаптированной. Мы ведь уже упоминали о том, что состав грудного молока меняется со временем, идеально соответствуя потребностям ребенка в определенном возрасте. Изменяя адаптированность смесей, производители пытаются по мере сил следовать Природе, определенным образом изменяя состав продуктов питания. Так, высокоадаптированные смеси идеально подходят для вскармливания детей от рождения до шести месяцев, а менее адаптированные смеси предназначены, как правило, для детей второго полугодия жизни.

Следует также знать, что имеются специальные смеси, для особых ситуаций. Особые ситуации — это нарушения в состоянии здоровья ребенка, требующие придания смеси определенных свойств. Такие смеси назначают только врачи — например, для кормления недоношенных детей или детей с малым весом при рождении, для детей с аллергией,

1 Справочник по детской диететике / Под ред. И. М. Воронцова, А. В. Мазурина. — Л.: Медицина, 1980. Стр. 25.

2 Суть слова «адаптированная» — приспособленная, соответствующая потребностям ребенка.

для детей со склонностью к срыгиваниям, для кормления детей с некоторыми врожденными нарушениями обмена веществ и т. д.

Тактика и принципы выбора молочной смеси состоят в следующем:

- Ребенок, как мы уже не раз подчеркивали, обладает просто удивительной способностью ко всему приспосабливаться. В этом смысле питание не является исключением, а основные неприятности — боли в животе, поносы, аллергические реакции и т. п. — возникают, как правило, при переводе с одного вида питания на другой или при включении в пищу нового продукта. Исходя из этого, и мы с вами, и ребенок совершенно не заинтересованы в том, чтобы часто менять смеси.

  Поэтому **оптимальны два варианта действий:**

  1. адаптированная молочная смесь, на упаковке которой написано: «*Предназначена для вскармливания детей от рождения до 12 месяцев*»;
  2. вариант еще более предпочтительный, когда *одна смесь является логическим продолжением другой и обе смеси имеют сходные условия производства.* К примеру, конкретные фирмы выпускают высокоадаптированные смеси «Нутрилон», «Хипп», «Нан» и *те же самые фирмы* выпускают менее адаптированные смеси, их еще называют «последующими формулами», — «Нутрилон-2», «Хипп-2», «Нан-2». Очевидно, что состав смесей с цифрой 2 по количеству основных составляющих (белков, жиров, углеводов, кислот, минеральных солей, витаминов) соответствует именно потребностям ребенка начиная с пяти-шестимесячного возраста.

- Переходить от одной смеси к другой необходимо только в том случае, когда возникает повод для серьезного беспокойства — ребенок не прибавляет в весе, например. Но вероятность вины смеси невелика — скорее всего, что-то не так с самим ребенком, и надо вместе с педиатром думать и принимать соответствующие решения. Очень редко возникают ситуации, когда, допустим, от смеси «Симилак» ребенку было очень плохо, а стоило дать ему «Малыш» — и стало очень хорошо. Подавляющее большинство случаев непереносимости молочных смесей связано с непереносимостью коровьего молока, лежащего в основе их изготовления. Подчеркиваю: если вскармливание адаптированной молочной смесью превратилось в проблему, не пытайтесь решать ее самостоятельно[1].

- Покупая адаптированную молочную смесь, вы должны быть уверены в том, что сможете еще раз купить *точно такую же*! Прогуляйтесь по магазинам и купите то, чего много. И если в течение недели выяснится, что все в порядке (т. е. выбранная смесь ребенка устраивает), — сделайте запасы, обращая при этом внимание на сроки годности, целостность упаковки и фирму-изготовитель[2].
- С современных позиций любые разведения цельного коровьего молока явно уступают адаптированным смесям и по качеству, и по чистоте, и по количеству витаминов[3].
- ГЛАВНЫЙ ВЫВОД: ОТ ДОБРА ДОБРА НЕ ИЩУТ. Ребенок здоров, нормально развивается, прибавляет в весе. Ну и не надо ничего менять только потому, что соседка покупает своему каждую неделю разное и одна коробочка красивее другой.

1 Дабы избежать ненужных материнских истерик, сообщаю, что непереносимость коровьего молока — не трагедия, а неприятность. Разработаны смеси, не содержащие белков коровьего молока (соевое, миндальное молоко).

Как давать молочные смеси?

Прежде всего, строго соблюдать инструкцию в отношении хранения и разведения.

При смешанном вскармливании возможны два варианта:

- сначала грудь и только потом докормить смесью;
- полностью заменить смесью одно из кормлений.

Выбирать надо тот вариант, при котором смесь расходуется в меньшем количестве (материнское молоко, соответственно, — в большем).

Оптимальная температура смеси должна быть равна температуре тела ребенка.

2 Типичный пример. Смеси «Малютка» и «Малыш» могут быть произведены: МКК Хорол, Украина; МКК Истра, Россия, МКК Выяко-высск, Беларусь.

3 Тем не менее, существует вероятность, что читатель этой книги живет в отрыве от цивилизации, имея корову, но не имея магазина, продающего адаптированную молочную смесь. С учетом этого, коровье молоко можно использовать следующим образом: 120 мл молока (кипяченого!) + 80 мл кипяченой воды + 1,5 чайных ложки сахара. В течение месяца ребенка без всяких опасений за его здоровье можно кормить разведенным коровьим молоком. Но очень желательно попытаться за этот месяц вступить в контакт с цивилизацией и все-таки купить адаптированную молочную смесь. Еще раз подчеркиваю: любая сухая смесь лучше коровьего молока — чище, стабильна по составу, содержит витамины.

1.5.2.2. ОТДЕЛЬНО О ДОНОРСКОМ МОЛОКЕ

Донорское молоко — это женское молоко, но не молоко матери. Почти все **преимущества**, связанные с естественным вскармливанием, **теряются** при кипячении молока — вещества, защищающие ребенка от инфекций (так называемые иммуноглобулины), разрушаются. Почти все **недостатки** искусственного вскармливания **сохраняются** — надо покупать, кипятить, доводить до нужной температуры. Вы никогда не можете быть на сто процентов уверены в женщине-доноре: что она ела, не начался ли у нее мастит, не приняла ли она на ночь какую-нибудь таблетку и т. д.

По мнению автора, использование донорского молока имеет смысл лишь при непереносимости коровьего и (или) при отсутствии материальных возможностей для приобретения качественных молочных смесей.

Обратите внимание! *Адаптированные молочные смеси однозначно удобнее и безопаснее.*

Только не вспоминайте, пожалуйста, дам высшего света, отдававших своих детей на откорм другим женщинам. Между донором и кормилицей дистанция огромного размера.

1.5.3. ОБЩИЕ ПРИНЦИПЫ ПИТАНИЯ РЕБЕНКА

Автор не имеет своей целью строго регламентировать действия мамы и папы. При всей заинтересованности читателей они не найдут в этой книге указаний типа: «В месячном возрасте *обязательно* начинаем давать то, а в пятимесячном — это». *Наша цель — максимально упростить задачу и позволить родителям самим принимать правильные решения, руководствуясь логикой и здравым смыслом.*

Сразу же отметим, что не имеет принципиального значения акцент на определенный возраст. Каждый ребенок индивидуален, индивидуальны его потребности (помните, «на вкус и цвет товарищей нет»). Давайте, уже в который раз, обратимся за советом к Природе. Можете ли вы представить себе женщину, которая 1—2 тысячи лет назад варила своему пятимесячному младенцу овощной суп? Если можете, отложите поскорее эту книгу и займитесь написанием историко-фантастического романа. Если же не можете, ответьте вместе с автором еще на некоторые вопросы. Подчеркиваю — для того, чтобы на эти вопросы ответить, не надо иметь медицинского образования (оно, скорее всего, только помешает).

Итак, представляем себе человека *в отрыве от цивилизации* и отвечаем (напоминаю — ключи к ответу: 1) логика; 2) здравый смысл):

Вопрос: чем должен питаться родившийся ребенок?

Ответ: молоком матери.

Вопрос: а если нет у мамы молока?

Ответ: молоком соседки по пещере или погибнуть.

Вопрос: как долго необходимо кушать мамино молоко?

Ответ: до тех пор, пока не появится возможность съесть что-нибудь еще.

Вопрос: а когда такая возможность появится?

Ответ: когда еще что-нибудь дадут и когда то, что дадут, можно будет проглотить.

Вопрос: что-нибудь дать можно и в один месяц. А вот когда сможет проглотить?

Ответ: проглотить сможет тогда, когда сможет обработать во рту.

Вопрос: а когда сможет?

Ответ: когда будет, чем жевать.

Игру в логические цепочки можно продолжать до бесконечности. Но выводы напрашиваются сами собой.

С точки зрения Природы, человеческий детеныш, вне всякого сомнения, рассчитан на материнское молоко и только на него. После появления зубов ребенок имеет возможность есть то, что папа принес с охоты или нашла мама, занимающаяся собирательством. Малышу, конечно, могут помочь родители — пережевать в собственном рту мясо или вкусный корешок и дать не твердое, а кашицу. Но вряд ли кто-то будет этим заниматься, пока нет зубов у ребенка и есть молоко у матери.

Допустить, что Природа не права, автор не может! Это противоречит разуму, а последствия противоречий в огромном количестве находятся вокруг нас, жертв цивилизации. Некоторые вещи, абсолютно бессмысленные с точки зрения Природы, воспринимаются людьми как не менее абсолютные истины.

Не все матери, но абсолютно все бабушки прекрасно знают, что ребенку с месячного возраста необходимо давать фруктовые соки.

Спорят только по поводу того, какие соки лучше (яблочный, морковный, персиковый, апельсиновый и т. п.) и сколько их надо (одна капля, две капли, стакан и т. д.). Люди дорогие! Зачем? Подумайте сами, хотя я понимаю, что очень тяжело пересмотреть взгляд на вещи, в абсолютной правильности которого вы были много лет убеждены.

Ребенку не хватает витаминов? Ну так пусть кормящая мать съест яблоко. Бесконечно трудно объяснить: почему морковка, съеденная матерью, хуже, чем капля морковного сока, полученного ребенком.

Не рассчитан организм ребенка первого полугодия жизни на овощи и фрукты, и на мясо не рассчитан, и на яичный желток. Это мы, взрослые, никак не можем смириться с тем, что он, «несчастненький», на одном молоке...

Будь эти соки, овощные супы, печенки и желтки просто не нужны — все было бы не так уж и страшно. Вполне возможно, что умные дяди и тети в Институте питания точно знают об огромной полезности этих продуктов. Но практикующие врачи и обычные люди реальной полезности увидеть не могут! Вредность — могут. Ее все, в общем-то, видят, но боятся в этом себе признаться.

- До месячного возраста все было в порядке, потом появился «диатез»[1]... (пришла пора получать соки)
- Только дали желток — на следующий день понос. Попали в больницу...
- Не спит по ночам, плачет — животик болит. Так мается, бедненький. А мы же для него и печеночку, и икорочку, дедушка давеча манго купил...
- Нашему прививки делать нельзя, у него жуткий диатез. Мы ему даже апельсиновый сок кипятим...

«Жизненных» примеров, по-видимому, хватит. Иногда просто диву даешься — насколько «достижения» цивилизации отучили людей от логического мышления. И величайшее человеческое заблуждение

1 Слово «диатез» автор взял в кавычки совершенно сознательно. Дело в том, что широкие народные массы понимают под диатезом самые разнообразные, чаще всего аллергические, изменения на коже малыша — красные щеки, сыпи и т. п. На самом деле это совершенно не так, истинное значение понятия «диатез» практически не знакомо среднему обывателю без специального образования. В соответствующей главе этой книги мы подробно поговорим о диатезе — сейчас еще рано. Кавычки я больше ставить не буду, дабы раньше времени не морочить читателям голову.

заключается в постоянных попытках рассматривать ребенка в отрыве от его естественных корней.

Не может конкретный возраст быть критерием того, что пора разнообразить пищу. И нужен, и существует другой критерий — биологический (появление зубов). А мы, благодаря этому, можем сформулировать одно из важнейших правил вскармливания детей: **до появления у ребенка зубов — только молочные продукты.**

Это правило позволяет:

- не растрачивать силы на изучение трактатов, посвященных рациональному кормлению детей;
- не тратить деньги на покупку ненужных ребенку продуктов;
- не тратить время на их приготовление;
- не лечить последствия «рационального питания».

Если это правило понятно, то не составит труда запомнить и **принципы кормления детей.**

Принципы мы изложим довольно кратко, без претензий на полноту и всеохватность — необходимости такой нет.

* * *

С момента рождения и до появления зубов в основе питания младенца лежит:

1. материнское молоко при естественном вскармливании;
2. адаптированная молочная смесь при искусственном вскармливании;
3. сочетание первого и второго при смешанном вскармливании.

* * *

Обеспечение ребенка необходимыми питательными веществами и витаминами базируется на:

1. полноценном питании его матери при естественном вскармливании;
2. приобретении качественных адаптированных молочных смесей при искусственном вскармливании;
3. сочетании первого и второго при смешанном вскармливании.

* * *

До шести месяцев ничего, кроме:

1. материнского молока (естественное вскармливание);
2. адаптированной молочной смеси (искусственное вскармливание);
3. материнского молока и адаптированной молочной смеси (смешанное вскармливание).

1.5.3.1. ДОКОРМ И ПРИКОРМ

Два очень часто употребляемых слова, требующих объяснения, поскольку это совсем не одно и то же.

Если материнского молока не хватает, ребенок докармливается либо молочной смесью, либо донорским молоком, либо молоком сельскохозяйственных животных (коровьим, козьим). Все эти продукты и являются ***докормом***. Принципиальное положение: докорм — это когда маминого молока не хватает, т. е. докорм имеет место только при смешанном вскармливании.

Все, что ребенок первого года жизни получает в дополнение к молоку и молочным смесям, — это и есть ***прикорм***. Т. е. ребенка сознательно *прикармливают,* готовят к взрослой жизни и к взрослой еде.

С учетом приведенных выше определений тему докорма можно считать исчерпанной. С тем, что давать, мы уже разобрались.

* * *

Теперь подробнее про прикорм. Итак, истинная суть прикорма состоит в том, что одной мамкиной сиськой всю жизнь сыт не будешь.

КОГДА НАЧИНАТЬ ПРИКОРМ?

Родители, как мы уже упоминали, неоднократно (и от медицинских работников, и от друзей-соседей, и от бабушек-дедушек) будут выслушивать советы касательно того, что, дескать, уже пора — пора давать сок, пюре, желточек... Услышат они эти советы и в месячном возрасте, и в двухмесячном и т. д. Чем старше будет ребенок, тем большее число окружающих будут высказывать свое возмущение и указывать родителям на их жадность, леность и педагогическую несостоятельность. Окружающие не виноваты — все они хотят как лучше. Просто следует знать, что сама практика кормления грудных детей соками и желтками зародилась именно в те времена, когда без этого невозможно было обеспечить ребенка полноценным питанием.

В недалеком прошлом (какие-то 30—40 лет назад!) при отсутствии или нехватке материнского молока ребенок получал различные разведения молока коровьего или донорское молоко. И первое, и второе нуждалось в обработке — прежде всего, в кипячении. Большая часть витаминов при этом разрушалась. Неудивительно, что в этих условиях недостаток витаминов, железа, минеральных солей очень быстро проявлялся в виде различных болезней — гиповитаминозах[1], снижении гемоглобина, плохой прибавке в весе, рахите, отставании в развитии. И в ответ на это возникли грамотные и разумные *по тем временам* рекомендации — и про соки, и про овощные пюре, и про желток, и про рыбий жир.

1 Гиповитаминоз — заболевание, причиной которого является недостаточное поступление в организм какого-либо витамина.

Нельзя забывать и о том, что особенности питания жителей страны победившего социализма не всегда позволяли обеспечить кормящую мать полноценными, качественными и разнообразными продуктами. В подобной ситуации — когда материнское молоко просто не могло удовлетворить всех детских потребностей — раннее назначение ребенку соков, пюре и желтков было вполне логичным и вполне оправданным.

Еще раз повторимся:

если кормящая мать может позволить себе полноценное и разнообразное питание (т. е. и овощи, и фрукты, и мясо, и хлеб, и рыбу), *если родители в состоянии приобрести для своего ребенка качественную адаптированную молочную смесь*, так вот при соблюдении всех этих условий

до достижения младенцем возраста шести месяцев ничем прикармливать не надо.

По поводу сроков начала прикорма еще несколько дополнительных абзацев в качестве информации к размышлению.

Мнение автора вполне может показаться спорным, особенно с учетом того факта, что уже процитированное нами «Руководство по детской диететике» указывает: с месячного возраста следует давать яблочный сок, а с четырех месяцев — овощной отвар.

Изучая подобные инструкции, постоянно испытываешь глубочайшие сомнения. Совершенно непонятно, как ухитряются до настоящего времени существовать другие млекопитающие? Нет, можно, конечно, допустить, что мать-волчица употребляет какую-то неведомую траву, дабы помочь волчатам встать на ноги (точнее, на лапы). Начитавшись научной фантастики, можно даже представить, как двухнедельному волчонку папа-волк приносит с охоты ценные витаминосодержащие овощи. Но даже при максимальном напряжении умственной деятельности не удается понять — где «достает» витамины белая медведица? За что умная Природа так наказала человеческих детенышей, откуда эта неполноценность? Почему все остальные звери могут жить без овощных супов, а наши дети не могут? Но допустить, что ошибся Создатель, автор не может.

И еще.

- Наука о витаминах, их нехватке и необходимости коррекции естественного вскармливания возникла много лет назад, когда никто и слыхом не слыхивал про адаптированные молочные смеси.
- Переделывать существующие инструкции и оспаривать мнения академиков от питания всегда было делом нелегким.
- Помните: соки, овощные пюре, фруктовые каши — это не просто прикорм. Это очень серьезный бизнес.
- В несчастной развивающейся стране, когда кормящая мать голодает и (или) однообразно питается (например, только рисом, или только финиками, или только рыбой, или только хлебом), давать ребенку витамины — вполне целесообразно.
- Если на зарплату можно купить в неделю одно куриное яйцо — вполне логично дать четырехмесячной крохе четвертушку желтка. Но если можно купить десяток яиц — тогда лучше кормящей маме съесть глазунью из трех глаз.
- Увидеть пользу от раннего прикорма нельзя. По большому счету, родители просто ставят на собственной совести жирную галочку, мол, мы сделали все как надо. Но вред видят тысячи — появление или усиление аллергических реакций, расстройства стула. Короче говоря, все при деле: *академики пишут инструкции, промышленность выпускает соки, педиатры рекомендуют соки, мамы соки дают, дети соки пьют, педиатры лечат поносы и аллергию, мамы покупают лекарства и другие соки — «главное, ребята, сердцем не стареть»...*

КАК НАЧИНАТЬ ПРИКОРМ?

Любая новая пища включается в рацион постепенно и с осторожностью. Вначале несколько ложек (вариант — несколько глотков) и докормить привычной едой (материнским молоком, смесью). Оценить реакцию — поведение, сыпь на коже, сон, стул. Если все нормально, то увеличиваем дозу. Что-то не так — повремените с этим продуктом и не начинайте новых экспериментов до исчезновения болезненных проявлений. Никогда не кормите малыша ничем новым, если он заболел, а также в течение трех дней до и трех дней после любой профилактической прививки.

Если ребенок отказывается от какого-либо прикорма, не настаивайте! Его организм сам и лучше вас знает, надо или нет. Хотя обмануть Природу несложно. После мандаринового сока (например) малыш наверняка будет улыбаться. Вот только слишком вероятен тот факт, что спустя некоторое время всем членам семьи будет не до улыбок.

Следует также учесть, что прикорм это не только изменение состава пищи, но и изменение ее физических характеристик — т. е. от исключительно жидкой еды мы переходим к более плотной и часто неоднородной — со всякими там комочками и другими включениями. Отсюда потребность в ложечках, «слюнявчиках», чашечках, тарелочках и т. п.

ПРОДУКТЫ ДЛЯ ПРИКОРМА: С ЧЕГО НАЧАТЬ И КАК ПРОДОЛЖИТЬ?

Ни педиатры, ни ученые-диетологи не имеют на этот счет единого, согласованного мнения, хотя состав и возможные варианты продуктов в целом определены и общепризнаны.

Это:

1. овощные пюре;
2. творог и кисломолочные продукты;
3. молочно-крупяные каши;
4. мясные (рыбные) блюда и яичный желток.

Каждый конкретный автор любых «питательных» рекомендаций вполне убедительно обосновывает правильность именно своей схемы. Рассмотрим следующий пример. По количеству железа, минеральных солей и витаминов овощные пюре заметно лучше, чем, к примеру, кисломолочные продукты. Напрашивается вывод — начинать с овощных пюре. С другой стороны, ребенок очень плохо переносит резкое изменение состава продуктов питания. Понятно, что между молоком и кисломолочными продуктами разница заметно меньше, чем между молоком и овощами. Следовательно, овощные пюре *теоретически* более полезны и более целесообразны, но *практически* вероятность кишечных расстройств, в свою очередь, будет заметно выше. Автор, будучи врачом практикующим, предлагает читателям определенный вариант действий. Главный, опять-таки практический, плюс именно этого варианта — наименьшая вероятность возникновения нежелательных реакций.

Итак, ***стратегия и тактика прикорма*** или, проще говоря, конкретная *последовательность действий с пояснениями и комментариями.*

- Еще раз подчеркнем (да простят меня читатели за многократные повторения, но в силу важности вопроса иначе просто не получается): до шести месяцев темы прикорма не существует. Ничего! Нисколько! Кормим маму — качественно и разнообразно. Нет или не хватает молока — напрягаем материальные ресурсы семьи и покупаем хорошую адаптированную молочную смесь. Неважно, как эта смесь называется и не имеет значения, это смесь, так сказать, стандартная, или специальная смесь для проблемного ребенка — соевая, низколактозная[1], гипоаллергенная, для недоношенных и т. п. Если у ребенка до шести месяцев возникли проблемы, требующие использования специальных смесей, — значит, выбор останавливаем на них (тех смесях, которые подошли) и никаких экспериментов не проводим.
- Начнем с кисломолочных продуктов: оптимально — нежирный кефир или кефир с детской молочной кухни. Наилучшее время — второе кормление (интервал, ориентировочно, с 9 до 11 часов дня). Почему именно кисломолочные продукты? Потому, что нет принципиальной разницы по составу в сравнении с просто молочными продуктами. Потому, и это уже принципиально, что любые кисломолочные продукты вообще и кефир в частности содержат в себе

1 Соевая смесь, как мы уже знаем, используется при непереносимости белка коровьего молока. Не часто, но чаще, чем хотелось бы, встречается другой вариант непереносимости — непереносимость молочного сахара (лактозы). Для подобных ситуаций и созданы низколактозные и безлактозные смеси.

кисломолочные бактерии. Кисломолочные бактерии, во-первых, антагонисты (проще говоря, враги) многих вредных микробов, способных вызывать кишечные инфекции, во-вторых, они образовывают вещества, активно участвующие в процессе пищеварения и как следствие его (пищеварение) улучшающие; в-третьих, они уменьшают нагрузку на самый слабый и незрелый орган ребенка — на печень.

- Первый раз дадим совсем немного — две-три чайные ложки (и давать будем именно из ложки). Затем докормим привычным продуктом — маминым молоком из груди или смесью из бутылочки. В течение дня будем иметь возможность понаблюдать. При условии, что все в порядке, на следующий день увеличиваем дозу в два раза и так далее. Сие, как вы помните из курса школьной математики, называется геометрическая прогрессия. Ее особенность — все увеличивается довольно быстро: первый день — 10—15 мл, второй — 20—30 мл, третий — 40—60 мл, четвертый — 80—120 мл. Стоп. Если в любой день возникли любые проблемы или подозрения на проблемы — пауза. Дозу не увеличивать, может быть, даже уменьшить, ну а если проблемы реально беспокоят — так и вообще прекратить.
- На четвертый-пятый день применения кефира прямо в него добавляем творог и хорошо размешиваем. Творог можно сделать самим (невелика наука), можно купить. Главное: уверенность в качестве — чистоте и сроках хранения. Первый день — одна ложка, второй — две и т. д., общее количество в возрасте шести-восьми месяцев — 30 г, после восьми месяцев — 50 г. И в кефир, и в смесь творога с кефиром можно добавить немного сахара. Решение — добавлять или нет — зависит от вкуса самого кефира и от того, согласен ли ребенок есть неподслащенный кефир.

Любые запреты на использование творога (наиболее частая мотивация — быстрое зарастание родничка, нельзя много кальция, а в твороге его много) не имеют под собой никакой логической основы. В 30 г творога количество кальция ориентировочно 47 мг, а в 50 г, соответственно, 78 мг. Сравните сами: в 100 г коровьего молока — 120 мг, в 100 г женского молока — 35—50 мг.

- Таким образом, необходимо в среднем семь-десять дней для того, чтобы одно кормление было полностью заменено — 150 г кефира + 30 г творога. А все остальные кормления — по-прежнему основной продукт: молоко мамы или адаптированная молочная смесь. И в таком режиме, не дергаясь и упорно отбивая атаки советчиков, желательно провести три-четыре недели.
- Начинаем заменять еще одно кормление — желательно самое последнее, перед ночным сном. Используем молочно-крупяные каши. Три вида наиболее рациональны — гречневая, овсяная, рисовая. Каши можно покупать — в продаже имеется преогромное количество молочных каш для детского питания, но можно готовить и самим. При самостоятельном приготовлении используем муку (рисовую, гречневую, овсяную); если же муки не купили — изготавливаем сами с помощью обычной кофемолки. В качестве основного растворителя чаще всего применяют обычное коровье молоко. В молоко добавляют муку и сахар. Следует отметить, *что вместо коровьего молока **многократно лучше** использовать молочные смеси, предназначенные для детей старше шести месяцев* (те самые «последующие формулы» с номером 2, про которые мы уже писали).

РЕЦЕПТ: КАШИ

10 г (приблизительно 1,5 чайные ложки) соответствующей муки (гречневой, рисовой, овсяной) и 1/2 чайной ложки сахара растворяем в 20—30 мл кипяченой воды комнатной температуры. Полученный раствор при постоянном помешивании вливаем в кипящее молоко (количество молока — 100 мл). Варим 3 минуты. Готово. Поскольку сахар штука не стандартная, может быть, придется еще немного добавить.

Касательно приготовления каши на основе смеси. Варим кашу из соответствующей муки на воде, а когда остынет — добавляем смесь в половинной пропорции: т. е. если на 100 г воды необходимо 3 ложки смеси, то на 100 г каши на воде — 1,5 ложки. Вот и вся премудрость.

Читатели, скорее всего, удивятся, не обнаружив в списке рекомендуемых продуктов манной каши. А ведь именно каша из манной крупы и раньше, да и, пожалуй, сейчас, используется чаще всего и остается самой любимой, истинно народной детской кашей. Все в ней хорошо:

цена, легкость приготовления, консистенция, вкус. И дети ее любят. Одна маленькая проблема: манная крупа богата клейковиной. Белок клейковины — на умном медицинском языке он называется глиадин — иногда провоцирует возникновение довольно серьезных болезней кишечника. Это происходит в ситуациях, когда имеется непереносимость глиадина. Имея в виду эту информацию, не следует, тем не менее, отрицать манную кашу. Просто безопаснее прикармливать кашами другими, а манную использовать чуть попозже — после восьми месяцев.

- Итак, нам уже восемь месяцев. Мы едим четыре-пять раз в день: один раз кефир, один раз кашу и два-три раза основную еду — смесь или материнское молоко. Пришло долгожданное время овощей и фруктов. Прийти-то пришло, но мы ведь еще не выяснили — есть у нас зубы или нет. Если есть хоть один — нет вопросов, начинаем овощи. Если нет, что бывает нечасто, давайте еще чуть-чуть подождем. Для начала пробное кормление — как наше дитя вообще будет на овощи реагировать. Готовим овощной отвар. В первый день предлагаем 30—50 г, на второй — в два раза больше. Если все нормально, переходим на овощной суп или на овощное пюре и, постепенно увеличивая дозу, полностью заменяем овощами одно из кормлений.

РЕЦЕПТ: ОВОЩНОЙ ОТВАР

Картофель + морковь + лук + капуста: мелко-мелко порезали, залили кипящей водой, закрыли крышкой и кипятим до полного разваривания. Процеживаем через марлю, еще раз доводим до кипения и наливаем в бутылочку. Пропорция, ориентировочно, такова: на 50 г овощей 100 мл воды.

РЕЦЕПТ: ОВОЩНОЕ ПЮРЕ

Разные овощи порезали, добавили немного кипящей воды и тушим; по мере выкипания воды добавляем кипяток. Готовые к употреблению горячие овощи протираем через сито, добавляем горячее молоко и щепотку соли. Хорошо взбиваем и доводим до кипения. В готовое блюдо добавляем растительное масло. Овощей — 100 г (картофель — не менее 20 г); молоко — 25 г; растительное масло — 3 г.

- Две-три недели кормим овощным блюдом (суп или пюре, не принципиально), затем, по аналогии с овощами, осуществляем пробу на мясо — варим суп не на воде, а на мясном бульоне (идеально — курица). Ежели проблем не возникло — непосредственно в суп добавляем протертое мясо, еще через пару дней, опять-таки непосредственно в суп, — круто сваренный желток куриного яйца — вначале 1/5 часть, затем побольше. В любом случае, до годовалого возраста больше половинки желтка не надо.

- Теперь про фрукты. Мы дадим их в тот день, когда увидим первый «проклюнувшийся» зуб. А если этот зуб обнаружится до шести месяцев — потерпим. Начинать именно с соков вовсе не обязательно — совсем не хуже фруктовые пюре или мякоть печеного яблока. Соки и фруктовые пюре не заменяют основную еду, их дают в дополнение, после того, как покормили грудью или молочной смесью.
- В девятимесячном возрасте три кормления полностью заменены прикормом. Повторим: один раз кефир + творог, один раз каша, один раз суп. Каши — самые разнообразные. Супы — самые разнообразные: и по составу овощей, и по виду мяса, лишь бы не очень жирное. Мы уже едим и желток, и растительное масло. Пьем соки — 30—50 г.
- Что можно еще? В кефир и творог добавить толченое печенье. Картофельное пюре с молоком и с протертым мясом. Печеное яблоко. Хлебный мякиш в суп, а хлебную корочку и кусочек яблока можно дать в руку — пососать (погрызть). С 10 месяцев можно приготовить суп не на мясном, а на рыбном бульоне.
- Как быть с основной едой, которая к 9—10 месяцам вроде бы и перестала уже быть основной? Понятно, что мы имеем в виду адаптированные молочные смеси и (или) материнское молоко. Если молоко у мамы есть, желательно до года хотя бы один раз в день ребенка кормить. После года это уже не имеет особого биологического смысла[1]. Качественные молочные смеси, которые по составу уж точно не хуже коровьего молока, вполне можно давать и до двух, и до трех лет.

1 Отсутствие биологического смысла отражает тот факт, что прекращение кормления материнским молоком никоим образом не отражается на росте и развитии ребенка. Тем не менее, многие мамы с огромным удовольствием продолжают детей кормить в течение довольно длительного времени, находя в этом множество удобств и плюсов (все удобства и плюсы описаны в разделе о кормлении по требованию).

* * *

Осуществляя любые «питательные» пробы и нововведения, помните:

наша главная задача — сохранить малышу здоровье, а чем ребенок старше — тем менее опасны для него эксперименты, связанные с питанием.

Но всегда будьте очень осторожны с генетически неродными продуктами (помните, в главе «Беременность» — чего не ела прапрабабушка, и нам не надо). Дети в малообеспеченных семьях реже болеют прежде всего потому, что не хватает средств на заморские деликатесы.

Детская печень — один из наиболее слабых органов и даже у абсолютно здорового и нормально развивающегося ребенка окончательно «дозревает» и становится, как у взрослого, где-то к 12-ти годам. Любые недопереваренные частицы (те самые, что вызывают аллергию) должны быть нейтрализованы и выведены из организма. И печени отводится в этом процессе первостепенная роль. По мере роста ребенка многие продукты, вызывавшие ранее сильнейшую аллергию, начинают вполне нормально переноситься — дозревает печень. Бабушки говорят: «перерос». Правильно говорят. Поэтому, если от шоколада, клубники или апельсинового сока у ребенка возникли признаки аллергии (сыпь, зуд, расстройство кишечника при нормальной температуре тела), это не значит, что малыш обречен на разлуку с шоколадом до конца своих дней. Потерпите. И не надо смотреть по сторонам, причитая: «Почему всем можно, а моему нельзя?»

Любой педиатр знает: по понедельникам дети болеют чаще. А знаете почему? Потому что в воскресенье ходят в гости к бабушкам, а мерилом любви у нас, к сожалению, принято считать еду.

1.5.4. ДЕЙСТВИЯ ПОСЛЕ КОРМЛЕНИЯ

У большинства детей (чем ребенок младше, тем чаще) к концу кормления появляется непреодолимое желание спать. Ну и хорошо. Днем — на балкон, ночью — в кроватку: будем дружно отдыхать. Если поел, но спать не хочет, пусть бодрствует. После еды у ребенка, как правило, хорошее настроение, и он не будет капризничать. Пусть полежит в собственной кровати: оптимально — в голом виде, и не надо его пеленать, пока не заметите, что он начал «скучать».

Мы уже отмечали, что грудные дети склонны к срыгиваниям. Если это происходит часто, следует после каждого кормления поносить ребенка в вертикальном положении 10—20 минут.

1.5.5. О ВИТАМИНЕ D

При недостатке витамина D развивается ***рахит***[1]. «Рахит» всеми воспринимается как очень страшное слово, почти равное по смыслу слову «идиот».

Достаточно врачу «обозвать» ребенка рахитом, как родители начинают предпринимать решительные меры для скорейшего спасения. А на самом деле очень многие ученые вообще не рассматривают рахит (легкие его проявления, разумеется) в качестве болезни. Ну что это за болезнь, которая в той или иной форме есть у всех детей?

Витамин D (эргокальциферол) регулирует в организме обмен кальция и фосфора. Вырабатывается он в коже под действием ультрафиолетовых лучей. Лучей этих ребенку очень часто не хватает — климатические условия (живем за полярным кругом, родились зимой), недостаточное пребывание на свежем воздухе и т. д. Поскольку профилактика рахита не представляет особых сложностей и не требует значительных капиталовложений, ею непременно следует заниматься хотя бы потому, что вашей дочери совсем не обязательно иметь кривые ноги.

Наиболее рационален метод постоянной профилактики. До тех пор, пока ребенок кормится материнским молоком, витамин D принимает мама в составе комплексных витаминов. С того момента, как другая пища (кефир, каши) начинает превышать 1/3 общего суточного количества еды, витамин D начинают давать ребенку, но доза зависит от того, какое время года за окном и что за каши используются: в состав многих готовых каш витамин D уже включен; опять-таки, если каша готовится на смеси, так в любой нормальной смеси тоже есть витамин D. Для ребенка, находящегося на искусственном вскармливании адаптированными молочными смесями, дополнительный витамин D, как правило, не нужен (еще раз напомню — он входит в состав *всех без исключения* смесей). Если ребенок (или кормящая мама) хотя бы

1 Рахит (гиповитаминоз D) проявляется нарушением образования и развития костей, а в некоторых случаях — различными нарушениями со стороны нервной системы и внутренних органов.

полчаса в день находится на солнышке, никакого витамина D не надо в принципе[1]. Поэтому активная профилактика рахита актуальна, прежде всего, с октября по март.

1.5.6. ЧЕМ, КАК И В КАКИХ КОЛИЧЕСТВАХ ПОИТЬ?

Здорового ребенка не имеет смысла заставлять пить воду. Т. е., если врач сказал вам, что малыш обязательно должен выпивать в день 100 мл воды, а он отказывается, то это совсем не трагедия — ваше дело предлагать, а пить или не пить — ребенок решит сам.

Общеприняты рекомендации относительно того, что ребенок должен пить кипяченую воду. Вы должны знать, что кипяченая вода не имеет ничего общего с биологическими потребностями человека, поскольку ни одно нормальное живое существо не пьет кипяченой воды.

Кипячение ставит своей целью уничтожение болезнетворных микроорганизмов, но при этом выпадают в осадок растворенные в воде соли, которые организму ребенка тоже нужны.

Таким образом, необходимо убить двух зайцев — обеспечить чистоту воды и сохранить при этом ее естественный состав. Решение поставленной задачи несложно, а сделать это можно следующими способами:

1. Принести *воды из родничка или артезианского колодца*: трехлитровой банки, которая в закрытом виде будет стоять в холодильнике, на 1—2 месяца вам вполне хватит, еще и останется.
2. Купить бутылку *минеральной воды* нейтрального вкуса (не нарзан, и не боржоми, и не «Миргородскую», разумеется). Если вода газирована, удалить газ (открыть, поболтать, помешать, подождать).
3. При невозможности использования этих путей обеспечить чистоту и приличный минеральный состав жидкости можно, приготовив *отвар изюма.* Делается это следующим образом: хорошо промытый в холодной воде изюм заваривается, как чай, или запаривается в термосе — на 1 столовую ложку изюма — 1 стакан кипятка. Через час напиток доводится до нужной температуры, и пейте на здоровье.

[1] Говоря о пребывании на солнышке, автор имеет в виду попадание на кожу ультрафиолетовых лучей. Следовательно, если вы в шубе, а ребенок в закрытой коляске, то лучше выпить витамин D.

Количество необходимой ребенку жидкости определяется тем, сколько жидкости он теряет. Основные пути потери организмом воды — увлажнение вдыхаемого воздуха и потоотделение.

Чем теплее и суше в помещении и чем теплее одет ребенок, тем больше жидкости он теряет, тем актуальнее для него питье.

При температуре воздуха в комнате, не превышающей 20 °С, заставить младенца пить очень сложно. При 24 °С потребность в воде равна, ориентировочно, 30 мл на 1 кг веса в сутки, т. е. для новорожденного около 100 мл.

Само собой разумеется, что давать ребенку воду необходимо в промежутках между кормлениями, если проснулся, например, через час после еды. Поверьте, здоровый малыш, которому жидкости не хватает, спокойно спать от кормления до кормления не будет никогда. При нехватке жидкости кишечные соки становятся густыми и не справляются со своими обязанностями по переработке пищи. И у ребенка болит животик. Поэтому врачи придумали замечательный способ лечить боли в животе — назначают ***укропную*** воду. Ребенка не поили, и он плакал. Потом начали давать укропную ***воду*** и все прошло. Только укроп здесь ни при чем. С таким же успехом можно пить петрушечную, сельдерейную и салатную воду. Главное в другом: **если избежать потерь жидкости не удается — очень жарко, — обеспечению ребенка водой помимо материнского молока должно уделяться первостепенное внимание.**

В отличие от молочных смесей, температура которых должна быть 36—37 °С, вода может быть прохладнее — 26—30 °С в первые один-два месяца жизни и около 20 °С — детям более старшего возраста.

В любом случае проблема питья вторична. Ее просто не существует, если в помещении обеспечен режим должной температуры (18—19 °С) и влажности воздуха (50—70%). Именно поэтому **желание или нежелание пить воду является исключительно удобным критерием, позволяющим ответить на вопрос: присутствует перегрев или его нет.** Здоров, но жадно пьет, — значит, перегрели. Быстренько принимайте меры. Отказывается от питья — ну и ладно (напоминаю: наше дело предлагать).

1.6. КУПАНИЕ

Купание! Купание!
Полон дом народу!
Целая компания
В кухне греет воду.

А. Барто

Очень многие взрослые дяди и тети не видят принципиальной разницы между купанием и мытьем. Автор, разумеется, уважительно относится к гигиене. Но купать малыша необходимо совсем не для того, точнее, не только для того, чтобы он был чистым.

И автор очень вам советует прислушаться к его рекомендациям, дабы избежать впоследствии множества проблем.

* * *

Итак, правильно организованное купание дает возможность:

- обеспечить закаливание;
- заставить ребенка двигаться и тратить энергию, а следовательно, лучше развиваться, лучше есть, лучше спать;
- сделать ребенка чистым;
- предотвратить очень большое число заболеваний — прежде всего кожных, инфекционных и аллергических;

- родителям и ребенку получать ежедневное удовольствие;
- и многое другое (подробности ниже).

Вы, наверное, слышали о том, что существуют многочисленные методики, позволяющие научить грудного ребенка плавать. Автор не имеет против этого никаких серьезных доводов (их, собственно говоря, и не существует), но должен подчеркнуть, что человеческий детеныш, опять-таки, с точки зрения Природы, не совсем рассчитан на ныряние и плавание. Тюлень, разумеется, рассчитан, а человек нет. Поэтому задачу обучения плаванию в качестве *обязательной* я не рассматриваю.

Сразу же отметим: хорошо плавать и нырять можно научиться только в бассейне. Вполне возможно, что я ошибаюсь, но у подавляющего большинства читателей этой книги собственного бассейна, по-видимому, еще нет. И дабы плавать научиться, вы с ребенком будете посещать специальный бассейн при детской поликлинике или нечто подобное. Ваши сложности, особенно зимой, вполне понятны и предсказуемы. К тому же поликлиника в принципе не самое лучшее место для прогулок. И вряд ли вы лично будете допущены к мытью бассейна и мытью других детей...

Со всей ответственностью заявляю: все (абсолютно все!) положительные эффекты купания могут быть получены в обычной домашней ванне при минимальных затратах времени и материальных ресурсов!

Домашняя ванна — всегда ваша и только ваша. Вы и только вы следите за чистотой и порядком, купаете малыша не в назначенное кем-то время, а тогда, когда это удобно вашей семье. И очень-очень хочется надеяться на то, что упомянутая ванна в вашей квартире имеется. Но, к сожалению, всякое может быть... Поэтому договоримся следующим образом: опишем, что и как необходимо делать в стандартной ситуации (когда ванна есть), а после этого решим, как обойтись без ванны с минимальными потерями для детского здоровья.

1.6.1. ГДЕ И В ЧЕМ КУПАТЬ

В обыденной жизни и в большинстве семей этот вопрос решается так: выбирается одна из комнат квартиры, в которой с помощью обогревателя сознательно создается невыносимо душная атмосфера. Очень часто этой комнатой становится кухня, где включаются газовые горелки. На стол или стулья устанавливается специальная детская ванночка, на донышко ее стелется пеленочка, ребеночек с величайшими предосторожностями опускается в воду, затем его быстренько моют с последующим тщательным высушиванием и закутыванием. Купание в таких условиях лишний раз доказывает, что младенец способен выдержать любые издевательства.

Запомните:

- *оптимальная комната для купания — ванная комната;*
- *оптимальное место для купания — большая ванна (обычная, взрослая, чугунная и т. п.).*

1.6.2. ПОЧЕМУ БОЛЬШАЯ ВАННА?

Большая ванна позволяет ребенку шевелить руками, ногами и головой, совершенно не ограничивая движений, — логично подразумевается, что ванна при этом будет полностью наполнена водой.

В большой ванне вода медленнее остывает, позволяя родителям не дергаться по этому поводу и не стоять с чайником в руках, каждые 30 секунд поглядывая на термометр.

Вы прекрасно знаете, что многие вещи в воде делать легче — купаетесь ведь в морях и речках. Взять большой камень, к примеру. На суше вы его и от земли не оторвете, а в воде — запросто. Это происходит из-за очень древнего грека Архимеда, который «придумал» закон о том, как на тело, погруженное в воду, что-то там давит и выталкивает. В воде легче не только поднимать тяжести, но и дышать — в том случае, разумеется, когда под водой все, кроме головы. Дыхательные мышцы работают в своем обычном режиме, но их сила увеличивается. Легкие, таким образом, лучше расправляются, а пыль и грязь, осевшие в бронхах в течение дня, из организма удаляются[1]. И это просто замечательно. Ведь живете вы, скорее всего, не в лесу — значит, с пылью и грязью, которая в воздухе, дитя целый день контактирует.

Активно двигаясь в большой ванне, малыш имеет возможность тратить энергию и уставать, следовательно, улучшаются его сон и аппетит. К тому же тренируются мышцы и сердце. А если ребенок хорошо спит, то хорошо спит его мама, имея при этом, во-первых, молоко, во-вторых, силы для разных домашних дел и, в-третьих, желание эти дела делать.

По-моему, перечисленного вполне достаточно для того, чтобы убедить сомневавшихся в преимуществах большой ванны. Поэтому перейдем от теории к практике.

1 Происходит это не мгновенно. Для очистки легких требуется хотя бы 15 минут.

1.6.3. ПОДГОТОВКА ВАННЫ И ВАННОЙ КОМНАТЫ

Прежде всего, обратим внимание на пол. Если скользко (кафель, мрамор), очень нужен резиновый коврик. В ванную комнату необходимо поместить невысокий стульчик, на котором будет сидеть главный «купатель». Кроме этого, желательно иметь полочку — на ней мы поставим часы, чтобы ориентироваться в продолжительности купания. Особое внимание следует уделить двери, но не в том смысле, о котором вы наверняка подумали, — дескать, чтоб плотно закрывалась. Ситуация совершенно иная. Для человеческого организма неестественно резкое изменение влажности воздуха. Когда из распаренной ванны вы понесете ребенка в сухой воздух жилой комнаты, могут возникнуть проблемы (например с ушами). Поэтому **очень важно во время купания не закрывать дверь в ванную комнату[2]!** И ее (дверь) надо соответствующим образом подготовить, чтобы она самопроизвольно не закрывалась. Это не очень большая сложность (не получится отрегулировать петли — подставьте стульчик или привяжите ручку к чему-нибудь в коридоре).

Само́й ванной следует основательно подзаняться — тщательно вычистить. Самое лучшее и самое безопасное средство для этого — *обычная пищевая сода* (никаких других чистящих средств я вам применять не советую). После чистки — хорошенько сполоснуть, в первый раз

2 Нельзя забывать и о том, что вода хлорируется с целью дезинфекции, а концентрация паров хлора в воздухе ванной комнаты может быть довольно значительной. Взрослых хлором не удивишь, однако новорожденному это совсем ни к чему.

неплохо вылить пару ведер кипятка. Впоследствии активно чистить ванну достаточно раз в неделю, а если в течение дня она не использовалась никем из взрослых для мытья или стирки, то достаточно сполоснуть проточной водой из душа.

Совмещать купание с сушкой одежды совсем не обязательно.

Вот и все.

1.6.4. ПОДГОТОВКА ВОДЫ

Кипятить воду нет никакой необходимости. Совершенно никакой! И ничего страшного, если во время купания ребенок несколько раз хлебнет. Сами, небось, и из речки хлебаете.

Нет особого смысла добавлять в воду перманганат калия (марганцовку). Реальной дезинфекции почти никакой, а при попадании в глазки возможны химические ожоги.

Наиболее оптимальный вариант — *настой череды* (трава такая). Продается она в аптеках. Нужно ее много, а подсчитать сколько, довольно легко. Во-первых, подчеркнем, что по достижении ребенком двухмесячного возраста в воду вообще ничего не надо добавлять. Череда, в принципе, помешать не может, но зачем делать то, без чего можно обойтись? Хотя раз в неделю — вполне резонно. Во-вторых, на одну среднеразмерную ванну в день необходим один стакан травы. Далее подсчитаете сами.

Заваривается череда следующим образом: в обычную литровую банку засыпается стакан травы и заливается крутым кипятком. Банка закрывается крышкой и через 3—4 часа продукт готов. Но делать это лучше всего утром, часов за 10—12 до вечернего купания.

После того как ванна наполнена, вылейте настой через марлю; можете еще пару раз залить в банку воду и так же, через марлю, вылить.

Следует, тем не менее, заметить, что качество бегущей из крана воды очень часто оставляет желать лучшего (и это мягко говоря). В подобной ситуации оптимальное решение состоит в приобретении специальных фильтров, которые могут здорово выручить.

1.6.5. ТЕМПЕРАТУРА ВОДЫ

Вопрос особый, волнующий всех, без исключения. Решение его требует преодоления некоторых психологических барьеров, но здравый смысл поможет и в этом случае.

Прежде всего не следует забывать о том, что регуляция температуры тела у ребенка отлична от таковой у взрослого. Поэтому **руководствоваться надо не собственными ощущениями, а реакциями младенца**[1]. Короче говоря, если у вас мерзнут руки, то это не означает, что мерзнет ребенок.

Измерять температуру воды лучше всего спиртовым термометром, который помещен в защитный пластмассовый корпус. Такой термометр может находиться в ванне в течение всего времени купания, позволяя постоянно контролировать температуру воды.

Температура первой ванны обязана удовлетворять следующим требованиям:

1 *может быть перенесена ребенком без вреда для его собственного здоровья;*

2 *может без нервного стресса быть перенесена родителями и без валидола — бабушками;*

3 *должна доставлять удовольствие всем участвующим в процессе купания.*

Легче всего в этом списке решить первую задачу. Ребенок без особого риска (точнее, вообще без риска) может быть погружен в ванну с температурой воды от 26 °C до 37 °C[2]. Таким образом, за ребенка особенно бояться нечего. Но прежде чем решать другие задачи, надо все-таки определиться, какая же температура воды идеальна для купания?

Вода не должна позволить ребенку расслабиться. Холодовое воздействие на кожу резко усиливает кровоток в мышцах, увеличивает их тонус. Активнее работает сердце, в кровь выбрасываются биологически активные вещества, стимулирующие обмен и повышающие сопротивляемость инфекциям.

Ребенок в воде с температурой *выше 35 °C* не имеет никаких стимулов к шевелению и развитию. Заставить его подрыгать руками и ногами

1 Самый известный народный способ измерения температуры без всяких термометров — опустить в воду локоть. Это действительно позволяет ребенка не ошпарить. Но вода, которая вам покажется нормальной (теплой), для ребенка наверняка будет не самой лучшей. Поэтому не отвергайте достижения цивилизации и потратьтесь на термометр.

2 На самом деле, по мнению некоторых весьма авторитетных физиологов, температура воды может быть значительно ниже. Но я еще в самом начале книги честно признался, что никакого отношения к экстремизму не имею.

ТЕМПЕРАТУРА ВОДЫ

довольно трудно. Но такая ванна, как правило, не вызывает у младенца никаких неприятных ощущений — он ведь хоть и детеныш, но человеческий, и по натуре своей лентяй. А в воде он всем своим видом демонстрирует блаженство, вызывая ответное блаженство у толпы присутствующих родственников.

Но купание в теплой воде совершенно ничего не дает здоровью! Мыть (смывать грязь), может быть, в такой воде и лучше, но *купаться для здоровья* в указанных температурных условиях нельзя!

В то же время при погружении в воду с температурой ниже 30 °С у ребенка очень часто возникают отрицательные эмоции: не то чтобы ему было холодно, вовсе нет. Но шевелить руками и ногами, чтобы согреться, он не хочет и начинает возмущаться. А вместе с ним возмущаются бабушки... Ну и не надо начало купания превращать в испытание для всех членов семьи — это может очень быстро выработать у ребенка отрицательный рефлекс на один только вид ванной комнаты. А кричащий в ванне ребенок приводит к повышению давления у бабушек, которых тоже надо любить и беречь.

Оптимальная температура для начала купания составляет 33—34 °С.

Эта температура малополезна, но приятна. Она дает возможность полюбить процедуру купания. Важно только одно: не задерживаться долго на таком температурном режиме.

Существует множество книг, подробно описывающих, как надо снижать температуру воды и увеличивать время купания. Если вам очень хочется — ищите, читайте, конспектируйте. Но все таблицы и графики, как правило, могут быть сведены к нескольким простым правилам, а мы как раз к простоте и стремимся.

Таких правил всего три:

1. **никакого насилия — удовольствие для всех** *(это вообще самое главное правило);*
2. *чем ниже температура воды — тем лучше;*
3. *чем дольше в воде — тем лучше, но более 40 минут смысла не имеет.*

О том, как реализовать эти правила, мы поговорим чуть позже.

1.6.6. ОРГАНИЗАЦИЯ ПРОЦЕДУРЫ И ПОДГОТОВКА РЕБЕНКА

Первое купание в большой ванне проводится после заживления пупочной ранки в возрасте 10—14 дней.

Купание должно осуществляться ежедневно!

Каких бы усилий это вам ни стоило. Поверьте, лучше потратить один час в день на купание, нежели месяцы на скитания по больницам. Понятно, что в доме может исчезнуть горячая вода, может воды вообще не быть — «у нас чего только может не быть»[1]. Но надо очень-очень постараться — принести, нагреть, может быть, не на совсем полную ванну, хотя бы наполовину.

[1] Выражение не мое, а М. М. Жванецкого.

Особый вопрос: когда (в какое время суток) купать? Следует отметить, что некоторые дети — их немного (не более 10%) — после ванны возбуждаются: не хотят спать, капризничают, скулят, дрыгают ногами и т. д. и т. п. Купать их необходимо утром или днем, чтобы не устраивали свои концерты по ночам. К счастью, таких «артистов» мало, а если честно, нет вообще. Просто вода, которую родители считают хорошей, для ребенка теплая — он во время купания отдохнул, расслабился, а потом начал петь.

Идеальное время для купания — перед последним кормлением, т. е. с 23 до 24 часов. Ежели вы все будете делать правильно, ребенок очень устанет, малость подмерзнет, очень проголодается, после ванны с аппетитом поест и будет спать не просыпаясь(!) 5—6 часов, хотя мне встречались дети, которые в месячном возрасте спали ночью 6—8 часов без какого-либо желания общаться с мамой.

Можете ли вы представить себе мамочку, которая первые месяцы жизни ребенка по 5—8 часов подряд спит ночью? Не можете. Ну так станьте сами такой[2]... Надо ли еще раз объяснять значение спокойного ночного сна для женщины, кормящей грудью?!

[2] Я могу, конечно, допустить, что существуют люди, получающие удовольствие от ночного общения с ребенком каждые полчаса. Добиться этого легко: включите в комнате обогреватель, наденьте на ребенка две шапочки и две распашонки, заверните в две пеленки, сверху накройте одеялом. Поите кипяченой водой, а с месячного возраста давайте побольше фруктовых соков. Купайте в теплой воде (37 °С) не более 5 минут. Его регулярные ночные вопли и ваши, не менее регулярные, ночные бдения гарантированы. Напоминаю, что, с медицинских позиций, человек, причиняющий страдания сам себе, называется мазохистом, а причиняющий страдания другим (собственному ребенку, например) — садистом.

ОРГАНИЗАЦИЯ ПРОЦЕДУРЫ И ПОДГОТОВКА РЕБЕНКА

Подготовка младенца к купанию заключается в проведении ему массажа и гимнастики. Ясно ведь, что купание — это нагрузка на организм[1]. И неплохо до того провести небольшую разминку. Сразу же сообщаю, что оканчивать курсы массажистов совсем не обязательно. Поймите принципы, и все будет замечательно. А если что-нибудь перепутаете, обойдется: **не очень хороший массаж лучше, чем отсутствие очень хорошего массажа.**

1 Для перенесшего инфаркт дедушки нагрузка, может быть, и плохо, но для ребенка — очень хорошо.

По времени массаж и гимнастика вместе длятся около 20—30 минут (по 10—15 минут на каждую процедуру). Строгая последовательность: **сначала массаж, потом гимнастика.**

Место проведения процедур — пеленальный столик. Укладываем голого ребенка на спинку и *начинаем массаж*, который состоит из двух этапов — ***поглаживание и разминание***. Вначале гладим. Т. е. просто проводим своей рукой по коже ребенка без особого давления. Последовательность такая: ноги (стопа, голень, бедро), руки (кисть, предплечье, плечо); перевернули на живот, затем ягодицы (попа), спина; опять перевернули животом кверху, массаж живота, грудной клетки, шеи, головы. После того как всего погладили, *в той же последовательности* повторяем, но теперь уже разминаем мышцы.

Особо следует отметить *массаж живота*. Он, скорее всего, понадобится нам не только перед купанием, поскольку малышей, никогда не страдающих от боли в животе, не бывает, а массаж в этом случае очень быстро приносит облегчение. Основание кисти ставится ребенку на лобок, после чего живот массируется круговыми движениями четырех пальцев правой руки (кроме большого) в направлении *по часовой стрелке*, т. е. по ходу толстого кишечника.

После окончания массажа принимаемся за гимнастику. Суть ее состоит в ненасильственных попытках гнуть все, что гнется.

Последовательность соответствует вышеописанной, но нас интересуют, главным образом, суставы. Одной рукой берем за голень, другой — за большой палец ножки и потихонечку крутим, наклоняем, сгибаем в разные стороны. Закончили с голеностопными суставами (не забывайте, что их два), принимаемся за коленные. Действия аналогичны — одной рукой берем за бедро, второй за голень и сгибаем (крутить, разумеется, не получится), затем тазобедренные суставы — держим обеими руками за голени ребенка и совершаем сгибательные

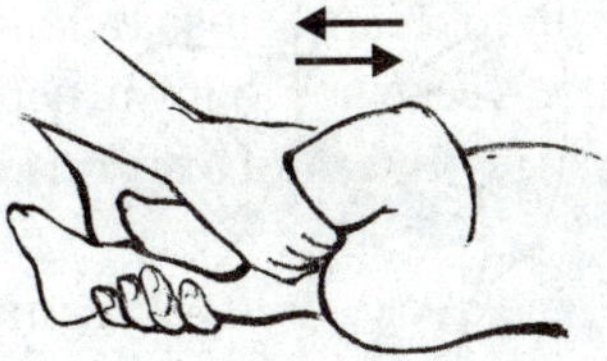

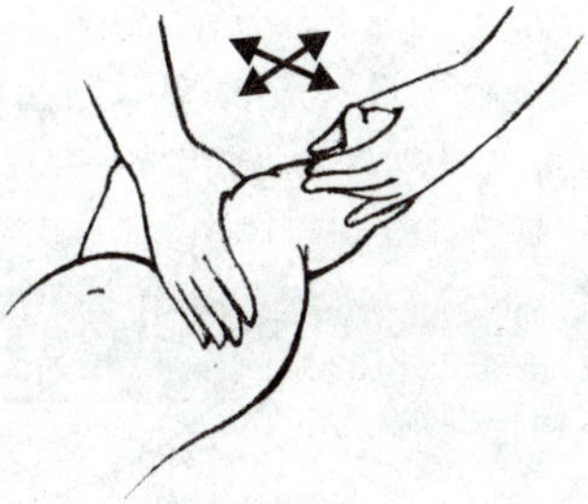

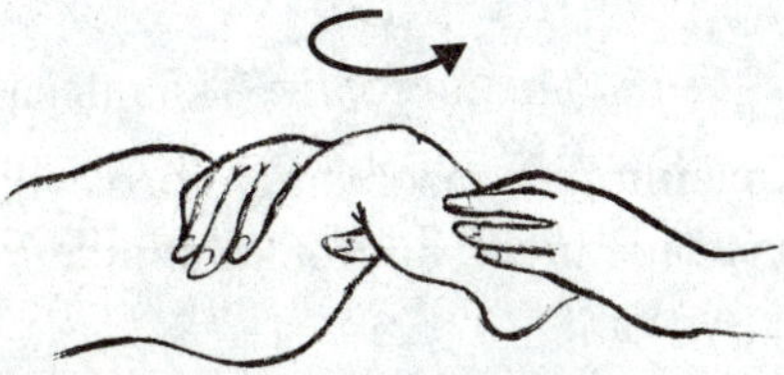

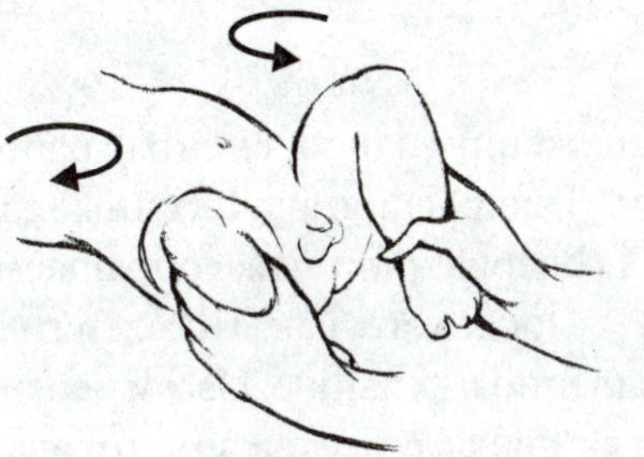

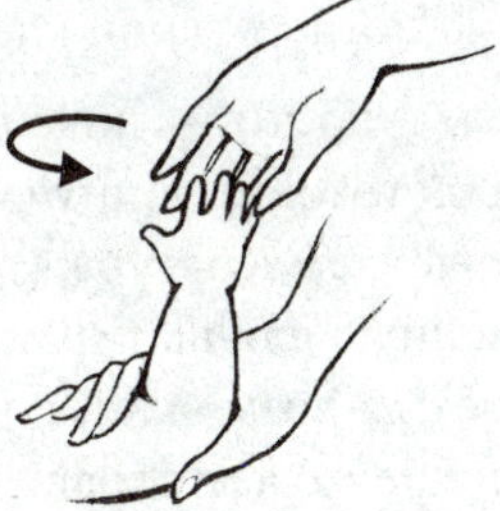

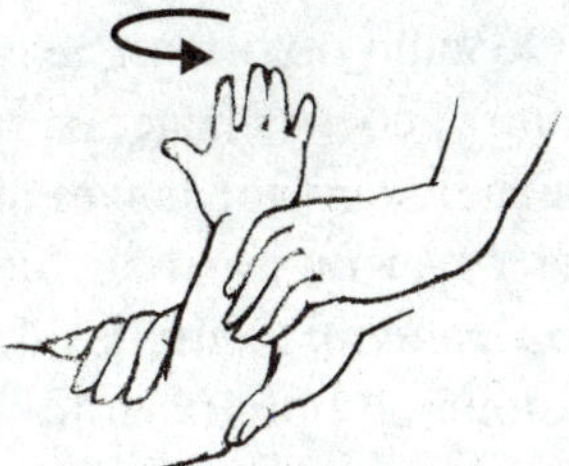

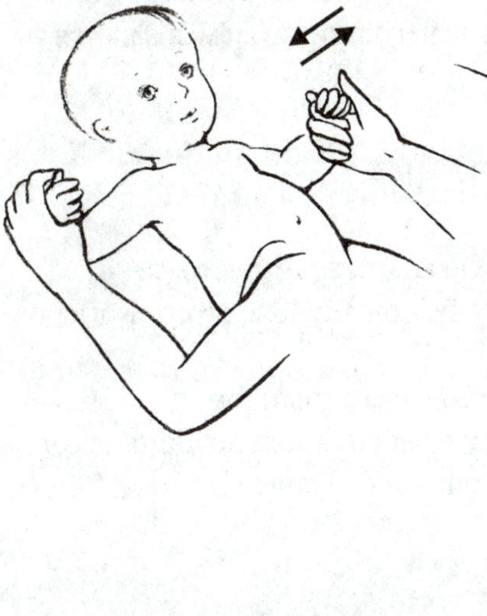

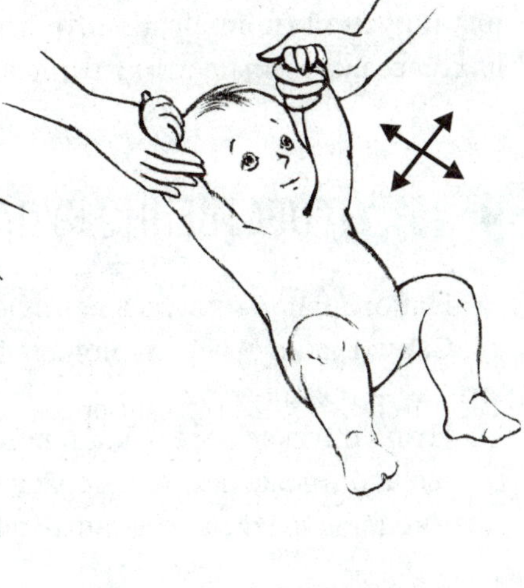

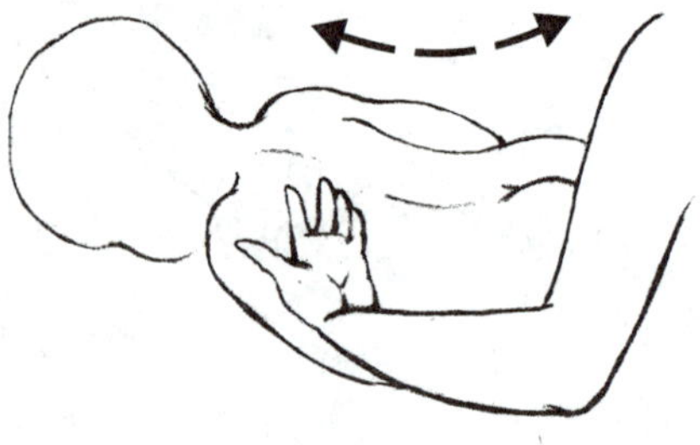

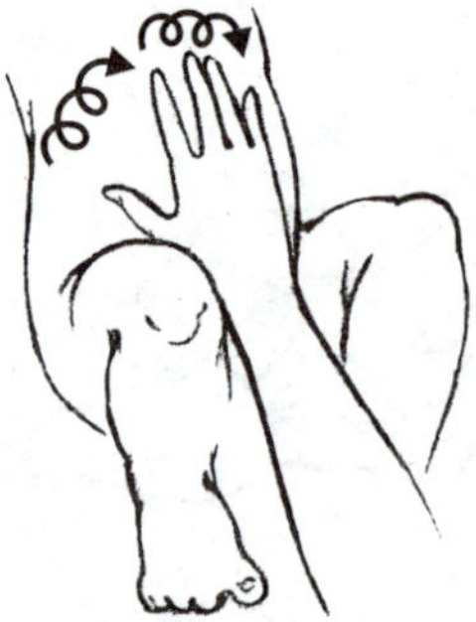

движения (одновременная работа коленного и тазобедренного суставов), движения, аналогичные езде на велосипеде, круговые движения. И совершенно так же обращаемся с руками.

После того, как массаж и гимнастика завершены, приступаем собственно к купанию. Несем ребеночка в ванную, он при этом голенький, а ванна, разумеется, уже готова.

Обычно родители делят между собой обязанности — пока один готовит ребенка (массаж и гимнастика), второй готовит ванну (моет, наливает воду, добавляет настой череды, измеряет температуру, ставит часы, стульчик, готовит пеленку, предназначенную для вытирания)[1]. К сожалению, наличие обоих родителей не всегда возможно, но при правильной организации и один человек вполне может справиться. Сначала готовим ванну — температура воды на один-два градуса выше планируемой (поправка на то, что остынет за полчаса, необходимые для массажа и гимнастики), после чего принимаемся за дитя.

1 И в этом вопросе виден убедительный плюс позднего купания — в 23—24 часа. Нормальный отец, каким бы крупным и ответственным работником он ни был, все-таки должен явиться с работы к 23.00.

1.6.7. СОБСТВЕННО КУПАНИЕ

Напоминаю — дверь в ванную комнату открыта.

Садиться на стульчик поначалу, пожалуй, не стоит. Когда приловчитесь — пожалуйста.

Итак, опускаем малыша в воду, всего целиком, чтоб из воды выглядывало только личико. Держать ребенка можно лишь за головку — мизинец под шеей, а остальные пальцы — под затылком. Чем больше

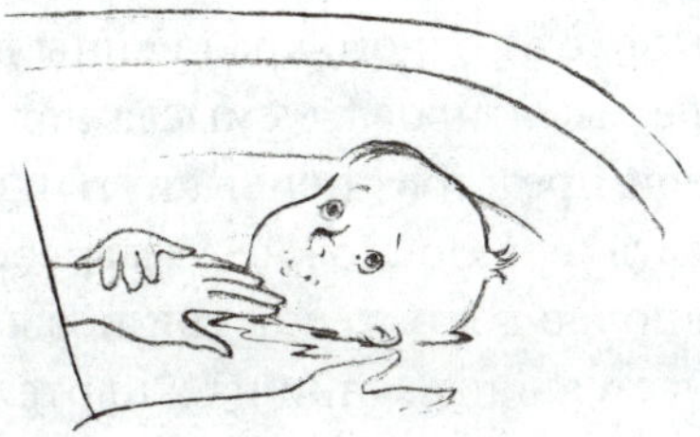

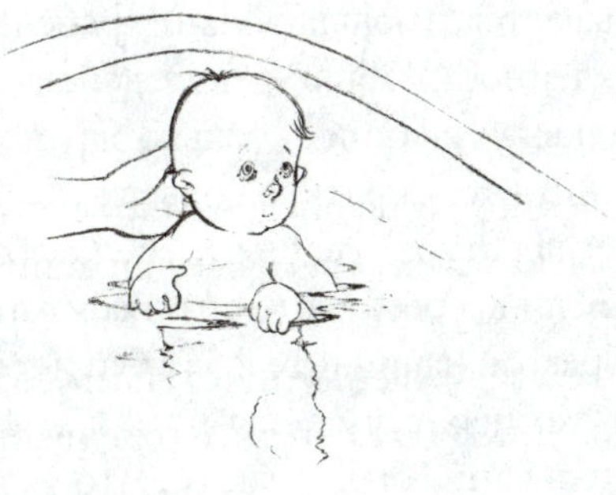

погружена голова, тем лучше, и ничего страшного, если вода попадает в глаза, лишь бы нос и рот были на поверхности. Сразу же можно заметить следующее: туловище, которое вы совсем не держите, ко дну не опускается, а, напротив, всплывает. При этом грудная клетка и живот, как правило, торчат из воды. Поэтому второй рукой необходимо регулировать погружение туловища, чтобы и грудная клетка и живот полностью были под водой. **Обращаю внимание — никакой опасности в том, что вода попадает в уши, нет[1]!**

После того как малыш окажется в большой ванне, вы незамедлительно поймете принципиальную разницу между этим вариантом купания, и замачиванием в детской ванночке. Вы увидите, как легко ребенку двигаться без всякого риска удариться о стенки ванны.

Внимательно наблюдайте за поведением ребенка — если он не активен, спокойно лежит, зевает, значит, *эта* вода для него теплая,

1 Лишнюю воду мы после купания удалим, а регулярный контакт с водой для ушей не опасен, в том случае, разумеется, если начало контакта и привычка к нему приходится на период новорожденности. Кроме этого, необходимо знать, что в слуховом проходе постоянно вырабатывается ушная сера, роль которой сводится к очистке уха от пыли и грязи. Увлажняя серу, мы предотвращаем излишнее ее накопление и поддерживаем должную чистоту.

а следовательно, плохая. Поддерживая за головку, поводите малыша в воде от одного края ванны до другого. В первый раз особенно экспериментировать смысла нет — всем участникам процесса купания еще предстоит привыкнуть и приспособиться, но родителям это сделать гораздо сложнее, чем ребенку. В принципе, для домашней ванны вполне достаточны три позы — одна описана выше, другая заключается в плавании на животе (перевернули ребенка, его подбородок находится между разведенными в стороны большим и указательным пальцами), а третья — сидячая. Оказывается, в большой ванне ребенок может сидеть уже в периоде новорожденности! Дальнейшие действия родителей не требуют никаких специальных знаний — только здравый смысл. Ведь очевидно, что через 15 минут температура воды в ванной снизится на один-два градуса, и эта температура будет для ребенка уже знакомой при следующем купании. Если вы боитесь быстро снижать температуру, делайте следующим образом: начинайте с 34 °С и через два-три дня уменьшайте стартовую температуру воды на 1 °С. Мы должны добиться того, чтобы малыш в ванне был активен. Что у вас получится, зависит не только от вас, но и в немалой степени от ребенка. Каждый младенец имеет присущие только ему особенности регуляции температуры тела, и предсказать минимальную температуру воды просто невозможно: один улыбается при 23 °С, другой кричит при 30 °С.

Временные и температурные ориентиры следующие:

- в начале купания — 34 °С, 15 минут;
- к месячному возрасту — 30—32 °С, 20—25 минут;
- в два месяца — 28—30 °С, 30 минут.

Подчеркиваю — *это ориентиры.* Если малыш в два месяца спокойно плавает при 24 °С — очень хорошо и совсем не страшно. Но это не значит, что он такой уж особенный. В том-то и дело, что это может любой! Просто этому ребенку повезло с родителями. Последние лишены предрассудков, а уровень здравого смысла имеют выше среднестатистического. В удлинении же времени купания и максимально возможном снижении температуры воды заинтересованы все. Чем больше устанет ребенок, тем более спокойная ночь обеспечена его родителям.

И еще некоторая информация и некоторые рекомендации. В очень многих книжках, посвященных купанию и плаванию детей, подробно описывается процедура *ныряния*. Настолько подробно, что многие родители рассматривают ее в качестве обязательной. А поскольку преодолеть собственный страх не могут, то предпочитают ребенка в большой ванне не купать вообще. Если очень боитесь — не ныряйте. Но лучше купать без ныряний, чем издеваться над собой и младенцем, ополаскивая его в маленькой ванночке.

На самом же деле в нырянии ничего страшного нет — ***у новорожденного очень сильно выражен рефлекс, препятствующий попаданию воды в дыхательные пути.*** Если в течение двух-трех месяцев не нырять, этот рефлекс угасает, и можно захлебнуться. Но, к счастью, сама процедура купания в большой ванне невозможна без того, чтобы в какой-то момент ребенок не соскользнул с вашей руки и не погрузился полностью под воду. Не бойтесь! Это даже хорошо — подхватите, посадите, дайте ему покричать, покашлять, почихать. Заодно выкашляет и вычихает всю пыль, что накопилась за день в верхних дыхательных путях. Успокоится — продолжайте купание. Тем не менее ситуация, когда родители сознательно организуют ныряние, более предпочтительна. Делать это следует в положении ребенка на животе. Громко произнесите слово «ныряй» и проведите ребенка несколько секунд под водой. У него очень быстро выработается условный рефлекс, и одного только слова «ныряй» будет достаточно для того, чтобы малыш самостоятельно задержал дыхание.

Я совершенно сознательно не пытаюсь морочить вам голову подробностями относительно техники купания: как обязательно надо держать ребенка, как поворачивать, как сажать и т. п. Всему этому вы быстро научитесь сами, если будете руководствоваться описанными выше принципами.

Единственное, что вам, скорее всего, понадобится, так это поддерживающая головку ребенка ***шапочка.*** Для чего она нужна? Прежде всего, для того, чтобы сделать процедуру купания более приятной для родителей. Очевидно ведь: сидеть или стоять полусогнутым в течение 30—40 минут очень тяжело. И нельзя делать ребенка здоровым за счет появления радикулита у его папы. Поэтому в возрасте около двух месяцев надобно изготовить специальную шапочку, а как это делается, мы сейчас расскажем.

СОБСТВЕННО КУПАНИЕ

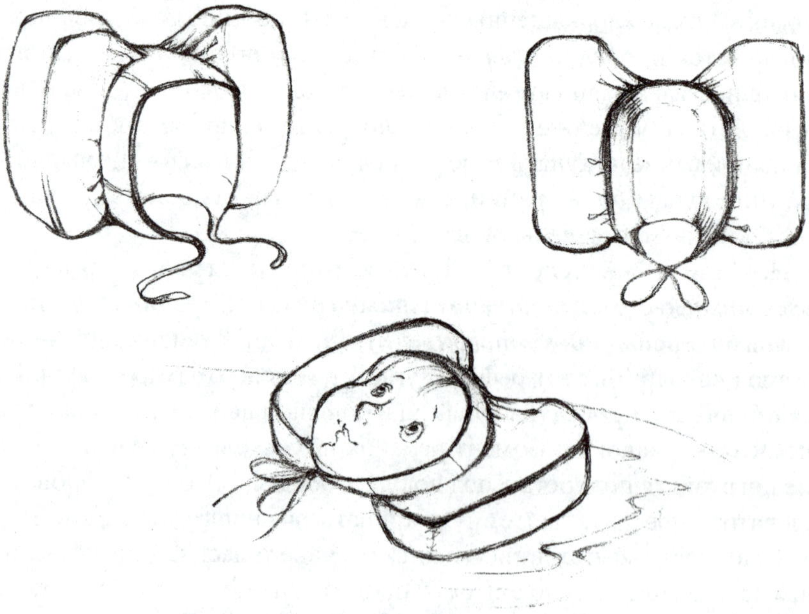

Необходимо иметь:

- обычную тонкую хлопчатобумажную шапочку (чепчик);
- кусок тонкой ткани размером с половину пеленки;
- два брусочка пенопласта, оптимальный размер которых соответствует размерам обычной пачки сигарет[1].

Вначале пенопласт обшивается тканью, а затем фиксируется на шапочке, как это показано на рисунке. Обращаю внимание — верхний край брусочков должен возвышаться над головкой ребенка. Младенец в такой шапочке вызывает чувство умиления, напоминая нежного и благородного Чебурашку.

Процедура купания в шапочке ничем не отличается от той, что описана выше для положения ребенка на спине. В течение недели, постепенно убирая поддерживающую ребенка руку, вы научите его держаться на воде и сможете во время купания спокойно читать газету. Плавая самостоятельно, дети часто отталкиваются ножками от края ванны и стремительно плывут в ее противоположный конец, ударя-

1 Размеры кусочков пенопласта могут быть разными — чем меньше, тем более естественным образом ребенок держится на воде, чем больше, тем легче и проще всем — и младенцу, и родителям.

ясь головой. Поэтому я и обратил ваше внимание на то, что брусочки пенопласта должны возвышаться над головой, защищая ребенка от ударов сверху и сбоку. Вполне возможно, что вы придумаете более оригинальную конструкцию. На здоровье.

Начиная с двухмесячного возраста очень хорошо повесить над ванной игрушки на тонких веревочках, чтобы ребенок, плавая, смотрел на них, чуть позже он сам будет трогать их ручками.

Месяца купания в шапочке вполне достаточно для того, чтобы снимать и ее: ребенок уже научился правильно держать головку, вполне сможет плавать сам. Не получается — не надо.

Мы не ставим своей целью научить его плавать. Нам необходимо только одно — чтобы ежедневно в течение определенного времени малыш находился в прохладной воде, потому что регулярное холодовое воздействие наиболее эффективно для стимуляции жизненных сил ребенка и его способности противостоять инфекционным болезням.

Конечно, будет очень хорошо, если ребенок научится плавать. Выныривающий с улыбкой на мордашке полугодовалый младенец — зрелище незабываемое. Но родителей, способных обеспечить своим детям постоянное плавание, очень мало. В домашней ванне всякие ныряния заканчивается после того, как ребенок начинает сидеть. Бассейн при поликлинике — другое дело, но, как только вы перестанете его посещать, навыки быстро угаснут. Поэтому повторяю: уметь или не уметь в грудном возрасте плавать — вопрос не принципиальный. Он определяется наличием свободного времени у родителей и благосостоянием семьи. Решайте его сами, лишь бы вам было удобно.

Скорее всего, ваша семья — обычная семья. И не имеет средств на индивидуальный бассейн и инструктора по плаванию. До шести-семи месяцев вам и вашему ребенку домашней ванны вполне хватит. А после этого мы просто изменим методику купания — наберем в ванну немного прохладной воды, на дно постелем резиновый коврик, набросаем красивых игрушек, и ребенок будет ими играться сидя или ползая, получая при этом закаливающий контакт с водой.

В любом случае и вне зависимости от возраста необходимо эпизодически совмещать купание с мытьем. Для грудного младенца одного раза в две-три недели вполне достаточно, ну а для ползающего по квартире, может быть, придется и через день.

СОБСТВЕННО КУПАНИЕ

Мытье ребенка, который купается в полной ванне, осуществляется следующим образом. Перед окончанием купания необходимо взять пластмассовое ведро и наполнить его водой — проще всего прямо из ванны зачерпнуть. Затем при помощи детского мыла (шампуня) ребенок намыливается прямо в воде, можно несколько раз и совсем не обязательны мочалки (мамины руки гораздо приятнее). Вот и все. Один родитель поднимает ребенка, удерживая его под мышками, а второй выливает сверху ведро воды.

Коль уж мы заговорили о конце купания, следует отметить: необходимо всячески стремиться к тому, чтобы продолжительность процедуры была не менее 15 минут. Вполне возможно, что малыш будет капризничать, и вы не сможете определить, чего он хочет. Пробуйте, экспериментируйте. Меняйте температуру воды и положение ребенка в воде, более активно перемещайте его в ванне, может быть, он проголодался и надо в следующий раз изменить время купания (купать не за час до еды, а через час после еды).

Поверьте: предвидеть все возможные проблемы нельзя. Но для решения подавляющего большинства этих проблем специального образования иметь не надо.

Так, например, сын моих приятелей в возрасте четырех месяцев взял себе за правило какать в ванне[1]. А было это зимой, и горячей воды не было. Поэтому готовились заранее, активно грея воду всеми возможными способами. А он через минуту после погружения... Ну и ничего, выкрутились — надели на него трусы с резинками и держали наготове ведро с теплой водой, чтоб сполоснуть.

[1] Простите за нелитературное слово «какать», но выражение «совершать акт дефекации», по-моему, тоже не очень подходит к четырехмесячному ребенку.

Отметим, что если ребенку «положено» купаться 20 минут, а он продолжает вести себя прилично — не плачет, дрыгается и т. д., — то не надо торопиться. Но коль скоро кому-то из участников процесса очень надоело — заканчиваем.

По поводу детского крика в ванне позволю себе, тем не менее, два практических совета.

1 Ситуация с температурой воды нередко складывается таким образом, что конкретная температура — например 28 °С — переносится ребенком неплохо и с удовольствием. Но непосредственно после погружения в воду резкий контраст температур вызывает отрицательные эмоции и минут пять приходится успокаивать. Можно

поступить следующим образом: приготовить ванну с температурой для ребенка приемлемой, допустим, 32 °C, а после благополучного и спокойного погружения *форсировать скорость остывания воды*. Например, сделать так, чтобы в ванну постоянно тонкой струйкой бежала холодная вода. Этот прием можно использовать и просто так, как компонент закаливающих процедур — для активизации холодовых воздействий.

2 Без видимых причин ребенок в ванне *систематически* орет. До ванны не орал, а в ванной орет! Почему? Однозначного ответа нет. Действия родителей должны быть направлены на поиск оптимальных для конкретного ребенка условий, сопутствующих процессу купания. Варианты:

- *изменить время суток.* Купать, например, не поздним вечером, а вечером ранним, или утром, или днем;
- *изменить время по отношению к еде.* Купать, например, не за час до еды, а через час после еды;
- *изменить температуру воды* — как правило, речь идет о том, чтобы сделать воду более теплой;
- *попробовать купаться вместе с мамой* — т. е. предварительно вымытую маму погружают в ванну, после чего туда же добавляют дитя...

1.6.8. ДЕЙСТВИЯ ПОСЛЕ КУПАНИЯ

Под мышки вынимаем ребенка из воды и накидываем ему на голову большую пеленку — достаточно большую, чтобы завернуть малыша целиком. И в таком виде, ***не вытирая его в ванной***, отправляемся к нашему родному пеленальному столику. Ребенку весьма не жарко, еще бы — мокрый, в прохладной комнате! И это очень хорошо — еще одна закаливающая процедура. На столике доводим кожу до сухого состояния (промокать, а не вытирать!), особенно торопиться и нервничать по поводу того, что замерзнет, не надо. Высушили? Теперь будем обрабатывать. Для начала возьмем растительное масло — лучше всего специальное детское (оливковое), но прокипяченное на водяной бане подсолнечное тоже вполне сгодится. Намочим вату и протрем все

ДЕЙСТВИЯ ПОСЛЕ КУПАНИЯ

имеющиеся у ребенка складки кожи, в том, разумеется, случае, если там нет повреждений[1]. А их никогда не будет(!) — ежедневно купайте, не кутайте и следите за температурным режимом детской комнаты. При наличии опрелостей — используем присыпки. Особое внимание при обработке уделите половым органам. Мальчикам не забудьте смазать складку кожи под мошонкой, а девочкам — протрите ватой, смоченной водой (лучше кипяченой), половую щель. Направление движений — от лобка к попе — и не иначе! Если пришла пора, подстригите ногти.

1 Обращаю внимание: ежедневная обработка ребенка маслом не является обязательной. Если проблем с кожей нет, то профилактического смазывания складок один-два раза в неделю вполне достаточно.

Теперь можно и запеленать (или надеть распашонку и ползунки). Осталась голова. Главное (после купания, разумеется) — уши. Берем спичку, туго наматываем на ее конец ватку, после чего ее со спички снимаем. Получается плотная турунда конусообразной формы; ее тонкий конец мы засовываем в ушко. Гигроскопичная вата впитает в себя остатки воды. Удалять ватку не надо до полного высыхания головки ребенка (часа два-три можно не трогать). Если вата выпадает — наденьте тонкую шапочку, которая после ванны наверняка не повредит малышу и очень поможет вам быть еще спокойнее. Если во время купания малыш хоть несколько раз нырнул и после этого чихал, — ничего с носом делать не надо. Если не нырял и не чихал — все равно в носу (детском) не ковыряйтесь. Лучше сделайте так, чтобы на следующий день он в ванне несколько раз чихнул (нырните).

А теперь попробуйте поставить себя на место вашего ребенка. Вы купались в холодной воде, очень устали, а после процедуры малость продрогли в прохладном воздухе комнаты. Но зато вас насухо вытерли, тепло одели... Эх, сейчас бы перекусить и на боковую... Так оно и будет. Однако до еды желательно поносить малыша минут 15—20 в вертикальном положении, чтобы скорее освободить желудок от воды, которую он в ванной глотнул.

Кормите и — спокойной ночи.

Бывают, правда, настолько активные «пловцы», что после ванны не имеют сил даже на еду — скорее бы спать. Пусть уснет, не переживайте. В этом случае ребенок, как правило, через 1,5—2 часа проснется со зверским аппетитом, после утоления которого уснет крепко и надолго. Понятно, что такого ребенка лучше купать часов в 9—10 вечера, как раз к полуночи вы всей семьей и выйдете на режим спокойного ночного сна.

Летом, помимо закаливания, ванна имеет еще одно положительное значение — купание спасает ребенка от перегрева. И если малыш страдает от жары, то поверьте: после непродолжительного пребывания в прохладной воде (10—15 минут) он будет хорошо спать и заметно лучше есть. Я несколько раз сталкивался с ситуацией, когда грудных детей купали 3—4 раза в день, спасая от жары. Только не забудьте перед летним плаванием хорошо ребенка напоить (чтобы поменьше пил из ванны).

В заключение давайте рассмотрим печальную и, к сожалению, вполне реальную ситуацию, характеризующуюся тем, что собственной ванны у вас нет. В этом случае придется все же покупать специальную детскую ванночку, лучше пластмассовую — она и легче, и дешевле. Комната для купания значения не имеет, лишь бы был чистый и прохладный воздух. Но постарайтесь набрать в ванночку побольше воды, чтобы грудная клетка была погружена полностью. Главное, что мы теряем, — это возможность активных движений ребенка, поэтому он не может вырабатывать тепло, и долго держать его в воде не получается. Принципы и правила не меняются — кипятить воду не надо, уши мочить надо, если доволен и хорошо себя ведет — не торопитесь вынимать. Нет никакой надобности доливать теплую воду. Вполне можно и перевернуть на животик, и «нечаянно» нырнуть. Правила вынимания из ванны и дальнейшей гигиенической обработки прежние. В конце концов, зная, как надо купать в ванне большой, вы всегда сможете сообразить, как применить эту информацию к ванне маленькой.

И еще один момент. Бабушки, конечно же, расскажут вам, что на дно ванны обязательно надо положить пеленку, но не смогут объяснить почему. Объясняю: в те времена, когда жили и мыли ребятишек бабушки ваших бабушек, детей купали в деревянных корытцах (похожих на то, что просил дед у золотой рыбки). И, чтоб не поранить ребенка (щепки, занозы), на дно надо было постелить кусок ткани. Правда, просто? А зачем в пластмассовой ванночке пеленка, я не знаю. И никто не знает. Так можно договориться до того, что на дно большой ванны будем укладывать простыню.

1.7. РОСТ И РАЗВИТИЕ, А ТАКЖЕ НЕКОТОРЫЕ «МЕЛОЧИ», НЕДОСТОЙНЫЕ ОТДЕЛЬНОЙ ГЛАВЫ

Следуй своей дорогой, и пусть люди говорят что угодно.

Данте Алигьери

По мере того как ребенок растет и развивается, родителей все в большей степени волнует вопрос — а такой ли наш, как все? Ужасно, если у маминой подружки имеется младенец аналогичного возраста, который чего-то там делает такое, что наш еще не делает. Сразу возникает непреодолимое желание мчаться к врачам в целях окончательного искоренения имеющихся «недостатков».

В этой связи ***первый совет:***

не тратьте время и нервы на постоянное выискивание «неправильностей» у собственного ребенка.

Поверьте: действительно серьезные болезни, при которых малыш не сможет научиться ползать, сидеть или ходить, встречаются довольно редко.

Очень маловероятно, чтобы у вашего ребенка вообще не появились зубы, чтобы он всю жизнь предпочитал есть из соски, чтобы процесс ползания доставлял ему больше радости, чем ходьба. Не суетитесь — всему свое время. Но время это в каждом конкретном случае индивидуально. И не надо торопить события — все научились, и ваш научится.

*Вы лишь поймите главное — **родители обязаны сделать все реально зависящее от них**, чтобы оказать должное влияние на рост и развитие малыша.* А это — правильный уход, рациональное вскармливание, массаж, гимнастика, закаливание, свежий воздух.

*И если у ребенка с рождения «что-то не так» (врожденные или наследственные болезни, родовая травма, малый вес, аллергия и т. п.), то это говорит только об одном — **мероприятия, очень желательные для ребенка абсолютно нормального, при проблемах со здоровьем становятся*** **обязательными**. *Потому что для слабого и болезненного ребенка нарушение описанных выше принципов ухода не просто вредно, а весьма опасно.*

Слабому и болезненному невозможно прожить в условиях перегрева, без постоянного пребывания на свежем воздухе, а купание для него — мощный стимулятор, позволяющий стать таким же, как все. И витамин D для него нужнее, и цитрусовые с шоколадом опаснее, и ковры в комнате еще более вредны.

Мне бы очень не хотелось рассказывать в этой книге про то, что и когда должно с ребенком произойти. Психика родителей, особенно начинающих, — штука очень хрупкая, и я искренне боюсь, что вы потратите свои последние нервы на изучение так называемых «норм».

Поэтому добросовестно делайте то, что зависит от вас. А все остальное: заметить недостатки, своевременно поставить диагноз, направить на обследование или консультацию, назначить соответствующее лечение — вы сделать не в состоянии. Это вторая половина пути, которую может пройти только врач, но при условии, что вы преодолеете половину первую — будете являться в поликлинику не тогда, когда захочется, а тогда, когда вам будет назначено прийти (в месячном возрасте, в три месяца, в шесть и т. д.). Еще раз обращаю внимание: если чуть-чуть «не норма» — само пройдет. Если совсем «не норма» — это не родители должны заметить, а врач. И он заметит обязательно, вы только предоставьте ему такую возможность.

Если же по причине болезненной любознательности вы все-таки пытаетесь самостоятельно определить «правильность», «своевременность» и «нормальность» малыша, помните, что нельзя подходить к ребенку с позиций математика. Не может быть однозначных норм — сколько обязательно должен съедать, сколько обязательно должен весить, какой обязательно должен быть длины и т. д. Все перечисленное важно, но не принципиально. Гораздо важнее другое: реакции на окружающее, аппетит, сон, здоровье.

Очень многие сроки (когда начнет держать головку, сидеть, стоять, ползать) зависят от системы воспитания, т. е. от родителей. Если, например, ребенок спит на животе, то головку он держит раньше в сравнении с малышом, спящим на спине. Чем активнее проводятся массаж и гимнастика, чем прохладнее вода при купании, чем меньше в ребенке лишних килограммов (или граммов — неважно) — тем лучше развивается мускулатура, тем больше возможностей для того, чтобы своевременно сесть, поползти, встать, пойти.

Есть вещи, про которые, тем не менее, надобно кое-что знать, и мы поступим довольно просто — назовем эти вещи своими именами, обращая внимание на моменты, принципиально важные для здоровья ребенка и душевного покоя его родителей.

В целом интенсивность развития детских мозгов зависит от количества раздражителей, в них поступающих: чем больше можно увидеть и услышать, чем больше можно ощутить кожей, тем лучше. Про чувство меры вы, естественно, не забудете.

1.7.1. ЗРЕНИЕ

Видеть так, как взрослые, новорожденный, разумеется, не может. Все его реакции ограничиваются тем, что от очень яркого света он жмурится и иногда поворачивает к источнику света глаза. Уже к месячному возрасту малыш может ненадолго задерживать на чем-либо взгляд и также недолго за этим «чем-то» следить (речь идет о секундах). В течение последующих двух-трех месяцев возможность сопровождать взглядом движущийся предмет заметно улучшается. Вначале ребенок может следить лишь за игрушкой, которая движется в горизонтальной плоскости, но в четыре месяца уже свободно смотрит куда угодно — и вверх, и вниз, и в стороны. Ну а после этого возраста зрение начинает совершенствоваться очень быстро.

Советы и рекомендации:

1 *нельзя допускать, чтобы в детской комнате была слабая освещенность. Это приводит к задержке способности различать цвета;*

2 *игрушки должны быть большими и яркими. Цвет их тоже имеет значение: в первом полугодии жизни — оптимально желтый и зеленый, а затем чем разнообразнее цвета, тем лучше;*

3 *для того, чтобы ребенок научился правильно видеть, не стоит в первые три-четыре месяца вешать перед ним игрушки на близком расстоянии (менее 40 см) — толком разглядеть он ничего не сможет, но есть риск развития косоглазия.*

1.7.2. СЛУХ

Новорожденный может лишь вздрогнуть при громком звуке, но способность слушать развивается очень быстро. Уже в месячном возрасте малыш отчетливо реагирует на звуки изменением поведения, перестает плакать, например. К двум-трем месяцам ребенок поворачивает голову к источнику шума, к пяти — реагирует на интонации и легко различает голоса.

Необходимо помнить, что дети очень быстро привыкают к определенному звуковому режиму. Если с момента рождения вы будете ходить по дому на цыпочках и разговаривать исключительно шепотом, у вас появится шанс так всю жизнь и проходить.

Это положение особенно актуально для семей, не имеющих большого числа комнат. Продолжайте жить нормально. Слушайте музыку, смотрите телевизор, разговаривайте по телефону. И ваш малыш в течение всей своей жизни сможет спать, не просыпаясь от кашля соседа за стеной.

1.7.3. ВАШИ БЕСЕДЫ С РЕБЕНКОМ И «БЕСЕДЫ» РЕБЕНКА С ВАМИ

Разговаривать с младенцем надо побольше, но ***мама должна помнить, что нельзя целый день беседовать только с ребенком — иногда неплохо пообщаться и с мужем.***

ПРИЧИНЫ ПЛАЧА

Малыш тоже «разговаривает» с вами и сам с собой. Эти «беседы» будут поначалу носить характер криков и воплей, которые в первые месяцы жизни воспринимаются родителями однозначно — ребенку плохо. На самом же деле это не всегда так — просто другого способа «пообщаться» у ребенка нет. Месяцев с двух в крике уже прослеживаются интонации, а в три месяца младенец начинает гулить — чего-то себе под нос бормотать, агукать, поскуливать.

Важно с первых месяцев жизни выработать правильные реакции на детские вопли, потому что очень легко приучить ребенка к жизни на руках у родителей. Не надо при первом же писке бросаться к нему, переворачивая стулья. Нет ничего страшного в том, чтобы человек с начала жизни привык к тому, что всего хорошего надобно добиваться собственным трудом. Поверьте — ничего он себе не надорвет. А вот таская его на руках, надорветесь вы. И если пришла пора кормить, то вполне резонно, чтобы он попищал, пока мама спокойно приготовит грудь или молочную смесь.

1.7.4. ПРИЧИНЫ ПЛАЧА

Основные причины плача — неудовлетворенные физиологические потребности: хочет поесть, попить, помочиться, покакать, поспать. Хочет, но не может.

Подтвердить голод или жажду нетрудно — предложите дитю поесть или попить. Сложности с тем, чтобы помочиться, бывают только у мальчиков, когда имеется воспаление крайней плоти. Проявляется это пронзительным криком, который проходит после мочеиспускания. Помощь в домашних условиях заключается в двух возможных действиях родителей: 1) теплые ванночки с раствором антисептика (фурацилин, например) — четыре-пять раз в день по 10—15 минут; 2) оттянуть крайнюю плоть вверх и из пипетки капнуть в щель две-три капли чистого масляного раствора — идеально масляный раствор витамина Е или А из ампулы (стерильный), можно использовать эктерицид. Если очень кричит во время мочеиспускания, если после отхождения мочи совсем не успокаивается, если явно не может помочиться, если покраснела (посинела) или опухла головка полового члена — к врачу, и, чтоб не терять время понапрасну, лучше сразу к хирургу.

ПРИЧИНЫ ПЛАЧА

Мысли о плаче, возникающем в связи с болями в животе, появляются тогда, когда у ребенка в течение длительного времени не было стула (часов 8—10).

Действия: массаж живота рукой[1] и симметричное сгибание обеих ножек в коленном и тазобедренном суставах (прижимать ножки к животу). Если эффекта нет — газоотводная трубочка, можно использовать пластмассовый наконечник клизмы; обязательно смазать вазелином, глубина погружения в задний проход 2—3 см. Вводить в положении ребенка на боку с поджатыми к животу ножками и продолжать при этом массаж. Ну и последнее средство — клизма. Если после введения жидкости самостоятельно не покакал, обязательно вновь поставьте газоотводную трубку, чтоб вышла вода. Дальнейшие действия, включая использование препаратов, уменьшающих спазмы в кишечнике, согласовывайте с врачом.

[1] Если забыли как — смотрите в предыдущей главе.

Основной причиной невозможности спать и плача из-за этого является боль или ощущение дискомфорта. Наиболее частый источник боли — кишечник (помогают массаж и тепло — лучше всего тело мамы), а также кожа — опрелости, трещины. Обеспечьте должный температурный режим, ведь, как мы уже неоднократно упоминали, и боли в животе, и нарушение целостности кожи, и жажда являются постоянными спутниками перегрева.

Если перед тем как заснуть, малыш долго капризничает, дрыгается, «распеленывается», значит, вы просто торопитесь укладывать его спать. Пусть лучше перед сном некоторое время подрыгается и попищит голеньким.

Очень часто родители жалуются на то, что «ребенок перепутал день с ночью» — днем спокойно спит, а ночью рта не закрывает. Вполне возможно, что ночью у вас в комнате душно, но чаще всего малыш просто за день высыпается, а ночью желает развлекаться. К тому же днем у матери ведь нет возможности только ребенком заниматься (стирка, уборка, еда), а ночью чего ж еще делать, как не носить его на руках? Если в детской комнате не жарко и никаких других поводов для плача нет (еда, вода, кожа, живот и т. д.), т. е. кричит по ночам именно потому, что выспался днем, следует собрать волю в кулак и сделать следующее. В течение одного дня сознательно (!) мешать ребенку спать. Уложили. Заснул. Через час-полтора — разбудите и развлекайте до кормления. И так целый день, как бы ни скулил и пищал. Если за день наорется и устанет — ночью будет спать как миленький. Лучше потерпеть один день, чем десятки ночей не высыпаться и бросаться после этого на своих близких.

1.7.5. СИДЕНИЕ, ПОЛЗАНИЕ, СТОЯНИЕ, ХОЖДЕНИЕ

Все вышеперечисленное ребенок захочет сделать сам, и сам сделает, без особой вашей помощи. Роль родителей лишь в одном — так воспитывать, чтобы сидение, ползание, стояние и хождение не превращались в тяжелый и опасный труд: закалять, развивать мускулатуру, предпринимать меры для профилактики рахита.

Любые стояния и хождения по полу очень желательны босиком, никакой обуви ребенку в доме не нужно. Действуя таким образом, вы на всю жизнь устраните проблему мокрых ног[1].

1 Не надо бояться плоскостопия. Ведь на улице ребенок будет ходить в обуви, а босиком — только в доме.

Предмет особой гордости очень многих мам и пап нередко отражается следующей фразой: «А наш (наша), между прочим, в пять месяцев сел, а в десять месяцев уже пошел (пошла)». В этой связи хотелось бы обратить внимание на следующий момент. Прямохождение, т. е. хождение именно на двух лапах, а не на четырех, создало человеку, как биологическому виду, немало проблем, связанных, прежде всего, с достаточно серьезной нагрузкой на позвоночник. Ранняя нагрузка на этот самый позвоночник может привести в дальнейшем к самым разнообразным проблемам (искривлениям, радикулитам и т. п.).

Еще раз обращаю внимание: ***сидеть и ходить ребенок должен захотеть сам.*** По крайней мере, в возрасте до года не надо его сознательно тренировать и «учить». Ничего страшного, если малыш лишний месяц полежит и поползает.

Кстати, обратите внимание на такой интересный факт: подавляющее большинство стройных и длинноногих девушек в раннем детстве были пухлыми, толстенькими и поздно начали ходить. Может быть, для стройности ног так и надо?

1.7.6. СЛЮНИ И ЗУБЫ

Существует народная примета: если у ребенка активно побежали слюни — значит, скоро полезут зубы. Мой личный опыт эту мудрость не подтверждает. С двух-трех месяцев слюни бегут у всех, а зубы появляются, как правило, после шести.

Время появления зубов (при нормальном питании и уходе) зависит, главным образом, от наследственности — разумеется, в определенных пределах. Нет никаких оснований для беспокойства, если все абсолютно нормально, ребенку девять месяцев, а зубов нет.

И еще один момент. Медицинская наука считает, что прорезывание зубов очень редко сопровождается развитием болезненного состояния. Но и практикующие врачи (автор в том числе), и подавляющее большинство родителей сплошь и рядом наблюдают, как у, казалось бы, здорового ребенка вдруг ни с того ни с сего портится настроение, повышается температура, иногда начинается понос. А через два-три дня прорезывается зуб, и все проходит.

1.8. ГЛАВНАЯ ЗАДАЧА НАЧАЛА ЖИЗНИ

Мы вечно то, чем нам быть в свете суждено.
Гони природу в дверь, она влетит в окно.

Н. М. Карамзин

Появившийся на свет младенец (человеческий детеныш) — такой же биологический объект, как волчонок, поросенок или медвежонок.

Природа заложила в ребенка способность жить по своим законам, которые вовсе не предусматривают идеальную чистоту, строгий режим сна и отдыха, регулярный прием пищи, отсутствие сквозняков, кипяченую воду, теплые носки и т. д. И не надо сознательно ставить Природу в тупик. Ведь когда не действуют законы Природы, действуют законы другие — законы Любви и Страха. Которые, мягко говоря, совсем не лучше.

Решиться следовать Природе, выбирая принципы воспитания, родители должны сами. И не требовать, и не ждать, и не надеяться на то, что хоть кто-нибудь добровольно согласится делить с ними ответственность. И постараться обойтись своими силами, подумать и найти, в конце концов, золотую середину между мудростью Природы и прелестями Цивилизации.

В каждом человеке заложены с момента рождения две половинки — биологическая и социальная. Биологическая — это как раз и есть природные корни, именно о них мы все время говорили. Социальная половинка больше относится к педагогике, и осталась она нами почти нетронутой. Наверное, так и надо было. Когда ребенок из болезней не вылезает, самое замечательное воспитание не в радость.

Поэтому **самая главная задача на этапе начала жизни — не растерять биологическое, дабы иметь потом возможность развивать социальное.**

Вот и не теряйте! Ведь это здоровье!

Вашего ребенка здоровье!

Решайте сами.

*Ведь это **ваш** ребенок...*

ЧАСТЬ ВТОРАЯ

ОБРАЗ ЖИЗНИ ВАШЕГО РЕБЕНКА

Нам кажется недостаточным оставить тело и душу детей в таком состоянии, в каком они даны природой, — мы заботимся об их воспитании и обучении, чтобы хорошее стало много лучшим, а плохое изменилось и стало хорошим.

Лукиан

2.1. ЧЛЕНЫ СЕМЬИ: ТАКТИКА РАЦИОНАЛЬНЫХ ДЕЙСТВИЙ

Когда в товарищах согласья нет,
На лад их дело не пойдет,
И выйдет из него не дело, только мука.

И. А. Крылов

Изложенная в предыдущих главах информация позволяет подвести некоторые предварительные итоги. Вы ведь знаете уже, как гулять, как кормить, как купать, как одевать. Осталось только свести полученные сведения вместе и выработать тактику действий, позволяющую без особых усилий вырастить здорового ребенка, сохранив при этом мир и покой семьи.

Я по-прежнему имею в виду стандартную семью — изолированная квартира, мама, папа, дитя. Наличие еще одного ребенка, бабушек, дедушек и т. п. ни на что существенно не влияет и не является отклонением от стандарта. Представьте себе, что помощи вам ждать не от кого. А коль скоро вы научитесь воспитывать детей без помощников, то с помощниками — уж сами придумаете, что делать.

В то же время сразу следует признать, что появление новорожденного в неодинаковой степени отражается на образе жизни членов семьи. И дело даже не в распределении обязанностей: папа, к примеру, при всем желании не может сделать некоторых вещей. Кроме того, люди разных поколений и разного воспитания по-разному представляют себе, что все-таки делать надо, и весь воспитательный процесс напоминает дискуссионный клуб с шараханьями в разные стороны и опасными экспериментами, которые плохо отражаются не только на здоровье ребенка, но и на благополучии семьи в целом. Я неоднократно сталкивался с ситуацией, когда зять с тещей (вариант — невестка со свекровью), жившие *до* появления ребенка душа в душу, становились *после* того злейшими врагами.

Поэтому процесс ухода за ребенком и его воспитания мы рассмотрим с разных точек зрения. Логично предвидеть, что если каждый из членов семьи будет совершать наиболее осмысленные и наиболее рациональные действия, то и семья в целом будет благополучной.

2.1.1. МАМА

Мать — это имя Бога на устах и в сердцах маленьких детей.

Уильям Теккерей

Итак, очень многое уже позади: смогли забеременеть, выносили, родили, наконец-то добрались до дома. Впереди еще больше — вырастить, желательно здоровым, и, желательно, с наименьшими затратами сил.

Самое главное — очень постарайтесь ни на кого не рассчитывать. Даже на мужа, каким бы он ни был любимым и замечательным. Без помощи других вам, конечно же, будет тяжело, но вы обязаны сделать все, чтобы эта помощь не стала необходимостью и не превратилась, в конце концов, в одолжение. Я вас уверяю, что, правильно организовав режим (прежде всего свой), вы справитесь сами, а идя на поводу у других, создадите себе и ребенку проблемы — помните знаменитое «у семи нянек дитя без глазу»? Вот и надо стать нянькой — главной, единственной и, что самое главное, незаменимой. Ребенок может обойтись и без папы, и без бабушек, и без дедушек. Без мамы обойтись нельзя — выжить можно, но нормальной такую жизнь назвать сложно. Внушите это себе раз и навсегда.

Начнем с утра. Главная ваша цель — поскорее остаться наедине с малышом, оградив себя от забот о других членах семьи: папу — на работу, старшего ребенка — в школу и т. д.

Обычно младенец просыпается в пять-семь часов, т. е. в этом промежутке времени обязательно присутствует кормление. Мы, конечно, можем допустить, что, пока мама занимается ребенком, папа готовит завтрак, но я ведь предупредил: мы имеем дело со стандартной семьей, а не с особо благополучной. Для вас ребенок прежде всего.

Покормите (грудь или смесь — не принципиально). Если к концу кормления он начал дремать, сразу же отправьте его спать на балкон, если же нет — пусть полежит немножко в кроватке голеньким. Но через полчаса в любом случае — гулять. Теперь нейтрализуем остальных членов семьи. Кормим папу. Если поел сам — замечательно, если же не умеет включать кухонную плиту — нечего возмущаться. Учить и воспитывать мужа надо было до беременности. Очень неплохо во время кормления папы и самой поесть.

Ну вот мы и одни. Пусть в доме беспорядок: на кухне немытая посуда, старший сын опять забыл убрать свою постель и т. п. Быстренько делаем два дела — наливаем в бутылочку воду, которую ребенок будет пить в течение дня, и завариваем череду к вечернему купанию. Все. Теперь самой спать — желательно в той комнате, что рядом с балконом. Часов в девять-десять ребенок вас позовет. Занесите, покормите и далее по прежней схеме — немножко побыл в доме и отправляется гулять. Если вы еще не выспались — опять спать. Пока полностью не отдохнете — никакой домашней работы.

Уверяю, что к полудню вы почувствуете себя вполне созревшей для других дел. У вас имеется от четырех до семи часов, пока вернется со службы муж, и за это время вполне можно убрать в доме, приготовить еду, простирнуть пеленки и привести себя в порядок. Последнее действие ни в коем случае нельзя недооценивать. Если вы чего-то там не успеваете, найдите, тем не менее, время для себя. Внешний вид женщины имеет для семейного благополучия не меньшее значение, чем своевременно приготовленный обед. И грудной ребенок не повод для того, чтобы от вас шарахались домашние и соседи. Вы ведь прекрасно понимаете, что отсутствие у мужа возможности или, что хуже, желания помогать вам, не может быть изменено постоянными напоминаниями о вашей усталости и плохом самочувствии. Мужчина, прежде всего, должен стремиться вернуться в дом, где его ждет улыбающаяся и привлекательная жена, семейный обед и покой. Только такой дом стимулирует у него желание что-либо в этом доме делать.

Это правда, какой бы она ни казалась противной и несправедливой с женской точки зрения.

Еще раз обращаю внимание: необходимо очень стараться хотя бы иногда (чем чаще, тем лучше!) напоминать мужу и отцу, что ваше отношение к нему ничуть не изменилось. Семья не заинтересована в смещении акцентов — мол, сначала дитя, потом уже все остальные. Ребенок заинтересован, а семья нет. И будет очень обидно, если, усердно занимаясь только младенцем, вы, в конце концов, разрушите семью. А потом начнете активно следить за своей внешностью, дабы новую семью создать. Удивительная логика, не правда ли? Но ведь примеров таких тысячи...

Семейный вечер должен быть свободен от дел, не имеющих обязательной надобности. Если пришедший с работы папа вынужден гладить пеленки, значит, мама не может свой день нормально организовать. И этому есть только два оправдания — болезнь ребенка или болезнь матери. Но если вы полдня проходили с ребенком на руках, потому что, оставшись в кроватке один, он плачет, то все это хорошим не закончится — ребенок, может, и замолчит, однако плакать будут другие...

Малыш по-прежнему спит на балконе, и занести его оттуда в последний раз необходимо часов в восемь-девять вечера (но лучше всего совершить вечерний семейный моцион — погулять всем вместе. Вам ведь тоже не помешает свежим воздухом подышать). После еды не стремитесь укладывать спать, а ежели заснул, то примерно в 22.30 начинайте потихоньку будить. Это единственный случай, когда здорового ребенка надобно будить специально. Но лучше разбудить сейчас, чем не спать полночи. Проснулся — массаж, гимнастика, ванна. Затем кормление. Спокойной ночи.

Обратите внимание на мудрость Природы! Именно тогда, когда у вас меньше всего сил (первый месяц после родов), ребенок спит большую часть времени. Все условия для того, чтобы восстановиться и вернуться к нормальной, с точки зрения собственного здоровья, жизни у вас есть. И вы имеете практически стопроцентную возможность эти условия реализовать, если не будете мешать ребенку развиваться в соответствии с законами Природы (не кутать, не греть, выносить гулять, не ограничивать активность тугим пеленанием, не кормить соками, не купать в теплой воде, не беречь от сквозняков и т. п.).

По мере роста малыша количества свободного времени и возможностей для отдыха будет меньше. Но вы ведь уже не настолько замучены беременностью и родами, как раньше. Так что справитесь.

Вы уже стали для своего ребенка единственной и незаменимой — МАМОЙ. Но все же не стремитесь принципиальные решения принимать самостоятельно и самостоятельно их выполнять. С точки зрения ООН, эмансипация — это хорошо, а с точки зрения врача-педиатра — плохо.

Дайте возможность отцу проявить инициативу, пусть и он отвечает за своего ребенка. *Очень важно при этом понять:*

- в современном мире добиться чего-либо путного можно только совершая осмысленные действия. Чувства и эмоции хороши в любви, но мешают адаптироваться к жестокому окружающему миру. Если ваши взгляды на то, как надобно с ребенком общаться, не совпадают со взглядами вашего мужа, то в 90% случаев не правы именно вы;
- в любом мужчине присутствует преогромное честолюбие, и все, им совершаемое, требует одобрения окружающих. Женщина обязана (!) всячески поощрять общение мужчины с ребенком, каким бы это общение ни было с ее *женской точки зрения* неправильным;
- женщина никогда не должна переоценивать собственные педагогические способности. И даже если ваша семья распадается, абсолютно недопустимы, глупы и нелогичны запреты на общение отца и ребенка;
- поменьше «воюйте» с мужчинами в доме. Отсутствием инициативы и присутствием лени они во многом обязаны женщинам. Ну и что с того, что не получилось? Подумаешь, запеленал, а у малыша нога вылезла! Подумаешь, каша пригорела! Подумаешь, опоздал на молочную кухню! Переживем! Лишь бы было желание — пеленать, варить, ходить и т. д. Любую более или менее разумную инициативу, со стороны мужчины исходящую, следует поддерживать. Но сплошь и рядом, по М. М. Жванецкому: «Сам же придумаешь, сам же и будешь делать, тебя же и накажут, что плохо сделал». Описанная классиком ситуация была типичной для социалистической системы производства, но советские женщины успешно перенесли ее в семью.

2.1.2. ПАПА

Не надобно другого образца,
Когда в глазах пример отца.

А. С. Грибоедов

Большинству читателей по книгам и статьям прекрасно знакомо знаменитое словосочетание «мать и дитя». Похожая по звучанию фраза — «отец и дитя» — вызывает ехидные усмешки, что вполне объяснимо особенностями наших семейных взаимоотношений в частности и нашим отношением к жизни вообще.

Поклонники социалистического реализма прекрасно помнят цитаты из многочисленных романов, где, став уже взрослым, герой (героиня) вспоминает о своем детстве... «Почерневшие от угольной пыли могучие руки отца», «вернулся из похода отец» и т. д. Таким образом, роль отца в воспитании сводилась к тому, чтобы, придя с работы, прижать к могучей груди ребенка и, выполнив тем самым родительский долг, мирно отойти ко сну, дабы, отдохнув, с новыми силами вернуться к построению коммунизма. До революции (1917 г.) отцы были поактивнее — они нередко принимали на себя важные педагогические решения: «Я тебя породил, я тебя и убью», «Зла на тебя не держу, помню, как носил на руках», ну а затем воспитывали как положено.

Воспитывали! Но об этом чуть позже. А сейчас, когда он только что родился, вполне резонно и даже естественно, что вы не испытываете к ребенку тех чувств, которые видите постоянно на лице супруги. Если вам еще нет 30 лет, это вообще абсолютная норма. Вы в глубине души очень ждете того часа, когда сможете с ребенком общаться: разговаривать, ходить вместе в цирк или зоопарк, рассказывать ему про всякие приключения из вашей жизни. До этого не так уж много времени осталось, и не волнуйтесь, не находя в себе особых чувств. Делиться с женой сомнениями не следует, однако знайте: для мамы младенец близок биологически, вне зависимости от того, какой он — здоровый, больной, спокойный, крикливый и т. п. А для папы малыш интересен как существо социальное — не как детеныш, а как человек. И неудивительно: чем старше будет ребенок, тем больший интерес и большую любовь вы будете к нему испытывать, а его чувства будут совершенно такими же.

Поэтому главная точка приложения ваших усилий — мама ребенка, которая, хотите вы или не хотите, должна быть и будет сначала мамой и только потом уже вашей женой. И надо смириться с тем, что материнский инстинкт сильнее любви к вам. Но чем меньше времени будет уходить на потребности младенца, тем больше времени останется на вас (на вашу еду, вашу одежду и т. п.). И хотя бы из эгоистических соображений вы более, чем кто бы то ни было, заинтересованы в нормальном воспитании ребенка. Вот тут и пригодится ваше мужское здравомыслие — ведь многое из того, о чем в этой книге написано, с точки зрения мужчины — очевидно, а с точки зрения женщины — страшно. И вероятность того, что супруга колеблется, а вы нет, очень велика.

Поверьте: ваша любимая женщина (мать вашего родившегося или будущего ребенка) только делает вид, что она знает, как его кормить, одевать, купать и лечить, что купить, где поставить кроватку, когда гулять, сколько спать и т. д. и т. п. Да, материнский инстинкт в несколько раз сильнее отцовского. Да, вам не дано испытать, каково это, когда там внутри ножкой дрыг... Какая это неземная легкость, какое блаженство, когда после нескольких часов боли он закричит, а значит, стала мамой, стала настоящей Женщиной... Как это кормить грудью... Но трудность биологической роли (забеременеть, выносить, родить и выкормить намного сложнее, чем уговорить и смочь) вовсе не свидетельствует о большем знании и большем умении ориентироваться в функциях социальных.

Еще раз подчеркиваю: *знаний о том, что с ребенком делать, у состоявшихся папы и мамы* абсолютно одинаково — *т. е. практически их нет*. Кому принимать решения? Кто прав — женские чувства, эмоции, инстинкты или мужские рассудительность, логика, здравый смысл?

Вероятность того, что неправильное решение будет принято мужчиной, многократно меньше. Но главное в другом! Только бы сами мужчины это, во-первых, поняли, а во-вторых, захотели — захотели принимать эти самые решения.

Конечно, всегда будут вопросы спорные — когда без специальных знаний, без помощи специалиста (врача, педагога) правильное решение принять трудно, почти невозможно. Но огромное число проблем, «по размышленьи зрелом», оказываются вполне и благополучно разрешимыми.

Помогите жене преодолеть сомнения — малыш ваш общий, а одно решение на двоих принимать легче. Сделайте все, чтобы оградить ее от стрессов, принять на себя огонь старших товарищей и самому не устраивать истерик по пустякам. Конечно, вас беременность и роды тоже утомили, но не до такой же степени...

Стереотипы — женская работа, мужская работа — преодолеваются легко. Стоит только захотеть, и у самого мужика весьма быстро появляется уверенность в своих силах, убежденность в том, что он лучше кого бы то ни было знает, что нужно его ребенку!

Нет никаких дискуссий по поводу того, что вам делать можно, а чего нельзя. Можно все, и ваша тяга к ребенку — бальзам на душу его матери. Постарайтесь, очень постарайтесь проявлять инициативу самостоятельно, не дожидаясь просьб и не доводя дело до понуканий.

Очень хорошо с самого начала взвалить на свои плечи тяжкий груз каких-либо конкретных действий. Например, купание ребенка в ванне у мужчины всегда (!) получается лучше. Разного рода манипуляции с младенцем — тоже ваша прямая задача, у мамы может просто сил не хватить. Ну, а если вы изъявите желание чего-нибудь постирать, погладить или приготовить, то благополучию вашей семьи можно будет только позавидовать. А переложить на себя бремя магазинов и прачечных — было бы совсем славненько.

Совершенно очевидно, что продолжение рода, с любой точки зрения — биологической, экономической, социальной, — является одним из наиглавнейших предназначений Человека. И если здоровье позволяет вам иметь детей, то это счастье. Еще важнее для мужчины — обеспечить материальное благополучие своей семьи, своего ребенка. Вполне логично предположить, что, коль скоро вы нашли в себе силы малыша заиметь, то подразумевается ваша возможность его прокормить.

И здесь приходится с грустью констатировать: в подавляющем большинстве случаев роль отца — совсем не из главных, так, эпизод. Автор книги, будучи врачом-педиатром, в течение многих лет имеет возможность просматривать так называемую паспортную часть историй болезни. В графе «место работы и возраст родителей» сплошь и рядом читаешь: «21 год, студент» или «24 года, временно не работает». И начинаешь невольно представлять себе такую ситуацию. Некий студент, 21 года от роду, решил завести себе аквариумных рыбок. Сначала этот молодой человек подсчитает, сколько на это надобно денег потратить. Потом подумает, какой купить аквариум и где его поставить, посоветуется, каких запустить туда рыбок, определится с вопросом кто, когда и чем их будет кормить.

Рыбки — прелесть! Они, как это ни жестоко звучит, даже умирают молча...

Но вот тот же самый студент, которому надоело целоваться в подъездах и арендовать квартиры у приятелей, решает обзавестись семьей. Его воображение рисует радужные перспективы тепла, уюта, а также никем и ничем не ограниченной половой жизни. Но через некоторое время оказывается, что от этой самой жизни случаются дети. А еще месяцев через девять выясняется: кроватку ставить негде, денег, уюта, покоя нет, а половой жизни не очень-то и хочется. Но дело сделано.

Именно в такой ситуации и возникает настоятельная необходимость пересмотра наших традиционных представлений о роли отца.

И последнее, но очень важное: социальный долг отца — сделать своего ребенка счастливым. Прежде всего помнить и понимать: счастье ваших детей определяется их способностью думать, обучаться и принимать самостоятельные решения. Развить эти способности может именно мужчина — отец. Прекрасно известно, что великие педагоги (Макаренко, Сухомлинский, Корчак и т. д.) были мужчинами. В обычной средней школе учитель и учительница — совсем не одно и то же: вспомните свои школьные годы, поговорите с вашими детьми. Ну и кто был лучше, кто больше запомнился? Короче говоря, общепринято, что мужчина, занимающийся воспитанием ребенка, способен добиться гораздо больших успехов, нежели женщина.

Глубоко все равно, когда дитя ваше научится читать, но общечеловеческие ценности должны быть привиты, и это однозначно, но реально возможно лишь тогда, когда эти ценности являются ценностями для вашей семьи. Пообещал — сделай, не ври, не опаздывай, больно — терпи, не скули, не просись на ручки, мама тоже устала, политика — грязь, деньги — временное, музыка, живопись, литература — вечны, семья — святое, религия — личное дело каждого. Если для вас все это так, то и будет ваш ребенок — Человеком!

2.1.3. БАБУШКИ И ДЕДУШКИ

Тут же бабушка хлопочет,
Дать совет полезный хочет —
Как лечили в старину.

С. В. Михалков

Для начала отмечу, что, говоря о бабушках и дедушках, автор обращается главным образом и прежде всего именно к бабушкам. Ведь бабушка, в сравнении с дедушкой, почти всегда более эмоциональна, менее управляема и, как это ни парадоксально, заметно более активна. Опыт автора показывает: переговоры с врачом бабушки осуществляют в 20 раз чаще, чем дедушки. Этот факт сам по себе символичен и показателен.

* * *

Отрицать огромную роль бабушек в деле воспитания подрастающего поколения просто бессмысленно. В нашей стране это бессмысленно вдвойне, поскольку подавляющее большинство молодых семей вообще не в состоянии без помощи бабушек обеспечить ребенку нормальный уход и воспитание. Перечислим для начала факторы, обусловливающие именно такое положение вещей.

1. Наша семья часто не является полноценной ячейкой общества — она не самодостаточна, вступившие в брак молодые люди не могут выжить без постоянной помощи «старших товарищей». Дети, как правило, появляются на свет не потому, что этого очень хотелось родителям, а потому, что «так получилось». Сами виновники происшествия не имеют ни отдельного жилья, ни средств к полноценному существованию — владеют жильем как раз бабушки и финансовую помощь оказывают тоже бабушки, которые, как правило, совсем не старушки, а, наоборот, женщины в расцвете сил и материальных возможностей.

2. У мамы и папы отсутствует какой-либо опыт, какие-либо знания касательно того, что с дитем надобно делать. Под рукой всегда есть их собственные родители, такой опыт имеющие.
3. Процесс ухода за ребенком постоянно требует принятия весьма ответственных решений. Молодые папа и мама очень часто боятся, да и просто не хотят принимать не только ответственных, но и вообще никаких решений — весьма удобная позиция, особенно с учетом того факта, что под рукой имеются лица (все те же бабушки), готовые эти решения принимать.
4. К моменту появления в семье детей папы-мамы часто сами еще не становятся взрослыми и им (папам-мамам) очень хочется гулять, танцевать и играть. Ребенок мешает радоваться жизни, а помощь бабушек позволяет быть мамой-папой и в то же время не грустить по поводу того, что пропадают молодые годы.

С учетом перечисленных выше пунктов становится очевидным следующий факт: само понятие «бабушка» вполне может рассматриваться не в качестве конкретного человека, а в качестве очень значимого социального феномена, требующего отдельного изучения.

В течение многих лет автору приходится контактировать с бабушками самым тесным образом. Выводы однозначны — без учета этого явления почти невозможно организовать нормальный уход и воспитание детей.

Главной проблемой участия бабушек в воспитательном процессе является проблема собственности — собственности на дитя.

Чувствуя в себе силы и желание помогать, пребывая в полной уверенности, что хорошо знает, как это надо делать, бабушка, тем не менее, на уровне подсознания чувствует, что это не ее ребенок! Не своей вещью нормальный человек пользуется с особой осторожностью — тут главное не навредить. Ну а представления о том, что для ребенка вредно, опасно и нежелательно, у бабушек совершенно конкретны — вредно не есть, вредно мерзнуть, вредно плакать, вредно мочить уши, вредно ходить босиком и т. п. — таких вредностей сотни. Неудивительно, что бабушкино воспитание отличается повышенной заботливостью, граничащей с патологией. Ни о каких закаливаниях, сквозняках и холодных пятках даже речи быть не может. Отдельный вопрос — болезни. Если можно лечить, а можно подождать, бабушка всегда предпочтет лечить — как бы чего не вышло.

Одновременное участие представителей двух поколений в воспитательном процессе часто порождает множество проблем, которые не менее часто переходят в серьезные конфликты. Любимый зять становится врагом номер один, очаровательная невестка превращается в ленивую неумеху. Словосочетание «твоя мать» (в различных падежах) все чаще употребляется супругами в процессе выяснения отношений друг с другом. Фраза «ты такой же (такая же), как твоя мать, а я с твоей матерью жить не хочу» иногда становится финальным аккордом, извещающим о распаде очередной семьи.

Предотвратить возможные конфликты можно. Для этого всем участникам воспитательного процесса следует расставить точки над i и определиться с понятиями ответственности и собственности. Приоритетную роль в выяснении отношений просто обязаны сыграть именно бабушки, как люди более опытные и, по крайней мере, теоретически, более мудрые и более уравновешенные.

Способность любить вообще и особенно способность любить детей имеют теснейшую связь с возрастом человека. Не в состоянии, биологически не в состоянии двадцатилетние девчонки и мальчишки испытывать те же чувства, что и зрелая женщина — мать этих мальчишек-девчонок, которые «доигрались» и стали сильно взрослыми...

* * *

Дорогие бабушки! Очень-очень вас прошу найти мужество дочитать эту главу до конца, а там будь что будет.

Ваше главное отличие от «молодых» — опыт. Им многое еще предстоит, а вы своего ребенка уже благополучно вырастили и поженили (выдали замуж). Оглядываясь на пройденный путь, вы убеждены в том, что точно знаете, как надобно поступать с ребенком. Но был ли ваш путь легким? Вспомните, всегда ли вы были согласны с родной мамой? Абсолютно ли вы уверены в вашей правоте и вашем праве советовать или, что еще хуже, принимать решения?

Воспитание ребенка окружено огромным количеством традиций, заблуждений и предрассудков, а многие вещи, однозначно воспринимаемые как правильные, на самом деле таковыми не являются. Вас учили, что ребенка необходимо туго пеленать. И вы пеленали, уверенные: так надо. Почему надо? Что, есть хоть одно живое существо, не дающее своему детенышу пошевельнуться? Вас учили не кормить ребенка по ночам. Почему? Где это видано, чтоб у матери было молоко, а ребенок кричал от голода?! Вы привыкли листать журнал «Здоровье», издаваемый такими же бабушками и дедушками. Неудивительно, что идеалом красоты стал пухлый младенец с явными признаками ожирения и красными от аллергии щечками.

Вы готовы на все, лишь бы оградить внука от опасностей, поскольку убеждены в его слабости, болезненности и неподготовленности к жизни. Но ведь это совершенно не так — болезненными дети, как правило, не рождаются, а становятся.

Жизнь очень и очень изменилась... И многое из того, что было правильно в прошлом, стало бессмысленным сейчас. В условиях голода вполне логично дать ребенку желток единственного на всю семью яйца. Но при нормальной жизни, не лучше ли накормить должным образом маму? Если ребенка кормили коровьим молоком, приходилось давать соки для восполнения потребностей в витаминах — это в прошлом. Но зачем в месячном возрасте давать сок, когда есть возможность купить молочную смесь, в состав которой все нужные витамины уже включены?

Все вышеизложенное я пишу с одной-единственной целью: убедить вас в том, что вы не являетесь носителями абсолютной истины, как, впрочем, и я сам. Но, в силу профессии, мне постоянно приходится сталкиваться с таким количеством несуразностей, главным образом, педагогических, что волосы встают дыбом. И хотите верьте, хотите нет, но дети из семей, где бабушки не живут вместе с внуками, попадают в больницы заметно реже. Там, где некому или некогда кормить ребенка, отказывающегося от еды, заставлять ходить по дому обязательно в носочках, не выскакивать раздетым в коридор, не пить сырую воду и т. п. — так вот, в таких семьях дети гораздо здоровее. И это очевидный факт, говорящий о том, что обильная еда и тепло не имеют никакого отношения к любви, скорее, наоборот.

Самое главное правило, *обязательное для исполнения дедушками и бабушками:*

никогда и ни при каких обстоятельствах не принимать никаких решений, касающихся образа жизни ребенка, а тем более навязывать эти решения его родителям.

Ответственность за счастье и здоровье малыша несут только мама и папа. Вы должны с этим смириться и, как бы вам этого ни хотелось, никакой ответственности на себя не брать!

Пусть делают со ***своим*** *ребенком, что хотят, самостоятельно отвечая за все!*

И это не бездействие, не закрывание глаз — это единственный и самый верный путь к миру и покою в семье, к нормальным взаимоотношениям между поколениями. И раз уж вас просят чего-то не делать (не кормить, не одевать, не греть, не покупать), то и не делайте.

Если вы имеете время и желание помочь, то постарайтесь помогать пассивно, осуществляя лишь действия, не требующие принятия принципиальных решений. Вы готовы одеть ребенка — пусть скажут, во что. Вы готовы покормить — пусть скажут когда, чем, какой температуры, в каком количестве. Вполне возможно, что в подобной ситуации мама и папа захотят или просто будут вынуждены хоть что-нибудь почитать. А ведь вполне закономерно положение вещей, при котором книги типа «Ваш ребенок» бабушки читают чаще и более внимательно, чем мамы.

Но вы ведь можете очень-очень помочь, вообще ребенка не касаясь, — погладить, постирать, убрать в доме, приготовить еду, сходить в магазин или на молочную кухню.

Ваша помощь — это подарок. И никогда, никогда не вспоминайте и не напоминайте о своих добрых делах! Лучше уж ничего не делайте...

Я вполне допускаю, что ваша «молодежь» может занять пассивную позицию, добровольно передав в руки бабушек и дедушек воспитательный процесс. Но в этом случае вы становитесь мамой и папой, поскольку, приняв на себя ответственность, вы автоматически перестаете быть дедушкой и бабушкой.

* * *

Вы, конечно, помните народную мудрость о том, что муж голова, а жена шея. Вы ведь прекрасно понимаете, что мудрая женщина никогда не даст супругу понять тот факт, что как раз она и есть в доме хозяин. С конфликтами поколений на почве воспитания детей ситуация аналогичная.

Искусство быть настоящей и полноценной бабушкой как раз и состоит в том, чтобы создать у биологических мамы и папы полную иллюзию того, что именно они являются настоящими и полноценными родителями.

2.2. ПИТАНИЕ

Войдем в положение человека, много лет подряд принимающего пищу не потому, что это нужно ЕМУ, а потому, что это нужно кому-то другому. Как он впоследствии сможет отличить истинные, СВОИ желания от чьих-то посторонних, навязанных?..

В. Леви

Проблем, связанных с питанием, множество. Проблемы эти совсем не просты, а поиск правильных решений весьма затруднителен — уж слишком велико количество специалистов, точно знающих, как надобно питаться.

Очень трудно быть советчиком в вопросах брака — личный человеческий опыт, как правило, исчерпывается одной-двумя попытками. Чуть легче решить сексуальные проблемы — у нормального взрослого человека опыта побольше: хоть раз в десять дней каждый пытается свои познания в этом вопросе если не расширить, то, по крайней мере, убедиться в том, что есть еще порох в пороховницах... Но коли речь зашла о еде — тут уж каждый три раза в день проводит над своим организмом эксперименты. А поскольку практический опыт большой, то как им не поделиться — вот и появляются на свет многочисленные трактаты о правилах питания, о совместимости продуктов, о том, как отдавать врагам ужин, о пользе сыроедения, о спасительности голодания и т. д. и т. п.

Многочисленные «теории еды» — вегетарианство, раздельное питание и др. — удивительным образом напоминают религиозные трактаты, в которых ангелы, грешники и праведники заменены белками, жирами, углеводами, шлаками и калориями.

1 Цитата из песни В. С. Высоцкого. Сохранена авторская орфография (согласно христианской религии, имя сына Божия – Иисус).

«Кто верит в Магомета, кто — в Аллаха, кто — в Исуса...»[1], а кто в ферменты, кишечные соки и вышеупомянутые белки с углеводами — тут уж ничего не поделаешь. Человек — существо внушаемое, и если очень внушить себе, что надобно именно так — то поможет обязательно и жить станет веселей.

Принципиально важно, тем не менее, другое — *любые взрослые дяди и тети вправе сами, с учетом своих личных взглядов и материальных возможностей, решать — что, кого, когда, вместе с чем, вместо чего и в каких количествах следует употреблять в пищу*.

Но дети! Как быть с ними? Ребенок ведь не виноват в том, что его отец решил на досуге овладеть правилами «рационального питания», он (ребенок) не может питаться самостоятельно — жевать и глотать может, но добывать продукты — никак.

Отсюда **важный вывод**:

любые эксперименты с питанием следует проводить на себе.
Использовать собственных детей в качестве подопытных кроликов — жестоко и неэтично.

Но кто носитель Истины? Кто *точно* знает — когда, что, в каких количествах? Наверное, никто. Никто не может быть однозначно убежден в своей правоте, но есть вполне определенный резон в том, чтобы попытаться ввести некоторые рамки, сузить диапазон экспериментов, если уж не научить «правильности», то подсказать — чего уж точно делать нельзя.

Было бы неплохо попытаться найти некоторые критерии, позволяющие ответить на вопросы про хорошо и плохо. Поэтому предпримем некоторые рассуждения. Итак, человек как *биологический вид* существует многие тысячелетия. За эти тысячелетия он не только выжил, но и стал «царем природы» — скорее всего потому, что следовал законам Природы. Логично предположить следующее — *если питание человека как биологического вида сопровождается возникновением определенных проблем, то такие проблемы являются для человека естественными, а значит, существуют природные механизмы, позволяющие эти проблемы решать*. Проиллюстрируем это положение двумя простенькими примерами.

- Приходилось ли человеку *голодать*? Конечно да, как, впрочем, и любому другому биологическому виду (зайцу, волку, карасю, оленю) из тех, что существуют в живой природе в настоящее время. Вывод — голодание для человека естественно. Можно рассуждать о чувстве меры, можно обосновывать рациональность голодания рассуждениями о выведении шлаков, но природная целесообразность явно существует.
- *Вегетарианство*. Ели или не ели рыбу и мясо наши предки? С точки зрения автора книги, очень даже ели. А некоторые народы вообще не ели ничего кроме рыбы и мяса — например эскимосы. Вывод — вегетарианство, может быть, и хорошо, но, с точки зрения Природы, оно естественным не является.

Становится понятным, что если по каким-то причинам ребенок останется без еды, то естественные (эволюционные, физиологические) механизмы адаптации не дадут ему пропасть. Но отсутствие в рационе белков животного происхождения неминуемо приведет к нарушениям роста и развития, поскольку вышеупомянутых механизмов адаптации к такому варианту питания не существует.

Приступая, наконец, к конкретным рекомендациям, подчеркнем, что в необъятной теме следует, во-первых, выделить три основных направления: а) питание детей раннего возраста; б) питание здоровых детей и в) взаимосвязь питания и болезней. Во-вторых, отметим, что наша задача вовсе не состоит в том, чтобы дать ответы на частные, *тактические* вопросы — как варить овсяную кашу и как кормить ребенка, заболевшего вирусным гепатитом. Наша цель — *общая стратегия*, формулировка принципов: чего нельзя, что хорошо, что плохо, а что и вовсе не имеет значения.

* * *

К теме питания детей раннего возраста мы возвращаться не будем — адресуем читателей к главе «Кормление» в первой части этой книги и считаем тему исчерпанной. Поговорим о детях, вышедших из младенчества и дошедших до «общего стола», о тех, кто ест все или почти все из того, что едят взрослые.

Принципиально важный момент:

питание ребенка ни при каких обстоятельствах не должно стать смыслом жизни взрослых.
Мудрый совет «не делать культа из еды» применительно к детям актуален, как никогда.

2.2.1. АППЕТИТ

Это, пожалуй, наиболее «волнующая» тема, имеющая, тем не менее, самую прямую и самую тесную связь с достатком семьи.

По большому счету, **аппетит — стремление к приему пищи — является эквивалентом затраченной ребенком энергии**. На что тратит энергию ребенок? На рост и развитие, на двигательную активность, на поддержание температуры тела. Много ли может потратить энергии умный, начитанный и всегда тепло одетый ребенок, который вместо активных игр на свежем воздухе изучает иностранный язык? Вопрос риторический, да вот только очевидность ответа не способствует почему-то принятию адекватных решений. Сплошь и рядом отсутствие у ребенка аппетита — признак лени или занятости его родителей. В любом случае мобилизовать всю семью и с песнями, танцами, уговорами и обещаниями подарков накормить несчастное голодающее дитя гораздо легче и проще, чем провести полдня на свежем воздухе.

В целом, наличие аппетита — свидетельство готовности организма к тому, чтобы принятую пищу должным образом усвоить, а следовательно, еда помимо воли не имеет особого смысла.

2.2.2. КОРМЛЕНИЕ ПО ЧАСАМ

В основе рекомендаций — учение знаменитого физиолога Павлова. Суть такова: если принимать пищу в одно и то же время, то к этому моменту начинают вырабатываться желудочный и кишечный соки, а это очень полезно, поскольку улучшается процесс пищеварения. Не учитывается, однако, тот факт, что у человека не всегда имеется возможность есть в одно и то же время. Опыты Павлов проводил на собаках, а образ жизни собаки слегка отличен от образа жизни наших детей. Павлов не надевал на собак носочки и шапочки, его звери не нервничали в связи с полученной двойкой и не имели возможности смотреть телевизор. Короче говоря, на нормального современного ребенка воздействует множество факторов, каждый из которых может повлиять на аппетит. Похоже, вывод однозначен — *кормление не по часам, а по аппетиту*, но все не так просто, как может показаться на первый взгляд.

Не просто, прежде всего, потому, что произнесенная ребенком фраза «кушать хочу» в тысячах семей однозначно воспринимается как призыв к немедленному действию — дитя голодное!!! Но кормление по аппетиту никоим образом не должно превращать родителей и всяких других бабушек в жертв. Проблемы здесь больше педагогические, чем медицинские. Если ребенок отказался от еды, то еду он должен получить не тогда, когда захочет, а тогда, когда у мамы появится время для кормления. И нет ничего страшного в том, что дитя подождет. Пришел со школы и есть отказался, а через час захотел — ну что ж, подождет еще часик, пока папа придет с работы. Короче говоря, проблемы кормления в определенное время не существует. Есть лишь два принципиально значимых фактора: 1) аппетит; 2) наличие готовой еды. И если еда есть, а аппетита нет, то не следует насиловать ребенка. Главное вовремя ему объяснить, что наличие аппетита вовсе не повод для того, чтобы взрослые, забыв про все дела, бросались на кухню. Кстати, совпадение пунктов 1 и 2 вполне может рассматриваться как основной критерий отсутствия в семье проблем с питанием ребенка.

2.2.3. ЭТО ХОЧУ, ЭТО НЕ ХОЧУ

Обозначенная тема в 99% случаев имеет в своей основе педагогические проблемы. Голодный человек ест то, что дают. Да, для большинства людей жареная картошка лучше, чем перловая каша. Но когда с раннего возраста родители положительно реагируют на детские требования — ситуация очень быстро заходит в тупик. Если с помощью криков и воплей ребенок может получить не то, что дают, а то, что хочется именно ему, то это вовсе не медицинская проблема.

Любовь к детям никоим образом не должна способствовать формированию эгоизма и чувства собственной исключительности. Абсолютно недопустимо такое положение вещей, когда глупые папа и мама глотают суп, а умный Петя ест куриные котлеты.

Интересно, что сама мама, комментируя сложившуюся ситуацию, говорит сыночку: «Бедная твоя жена, и как она будет тебя кормить?» Так может быть, есть определенная логика в том, чтобы не создавать детям проблем в будущем?

2.2.4. КОРМЛЕНИЕ В ПРОМЕЖУТКАХ МЕЖДУ КОРМЛЕНИЯМИ

Явление удивительно частое. Яблочко, конфетка, печеньице и т. д. С медицинских позиций вредно, хотя бы потому, что слюна — основной нейтрализатор микробов, попадающих в полость рта. Постоянно не прекращающийся процесс поглощения пищи не только уподобляет ребенка жвачным животным, но и может способствовать возникновению таких болезней, как, например, хронический тонзиллит. Речь, кстати, идет вовсе не о жевательных резинках, которые к еде никакого отношения не имеют.

Таким образом, ***еда в промежутках между кормлениями является недопустимой в двух случаях:***

1 *наличие проблем с аппетитом;*
2 *присутствие хронических инфекций в ротоглотке.*

2.2.5. СЛАДОСТИ

Источник удовольствия, во-первых, и источник легкодоступной энергии, во-вторых. Вполне резонно отметить, что легкодоступную энергию надобно иметь возможность тратить (достаточная двигательная активность). Если нет проблем с лишним весом и аппетитом, то почему бы и не получить удовольствие? Но помнить про частые аллергические реакции на шоколад и заморские фрукты: ежели подобные проблемы имеются — с детским здоровьем не играться, не давать по чуть-чуть, а не давать вообще, по крайней мере, год, а там попробовать.

2.2.6. ПЕРВОЕ БЛЮДО

Мнение «раз в день надобно горяченькое и жидкое» довольно популярно. Ежедневное употребление супов и борщей абсолютно не принято в десятках стран мира. Первое блюдо — с медицинских позиций — вовсе не обязательно. Употреблять или нет — дело вкусов и привычек вашей семьи; немаловажную роль играет при этом материальное положение и наличие свободного времени — наварить на три дня суп не очень сложно и не очень дорого.

2.2.7. ПИТАНИЕ И БОЛЕЗНИ

Для начала следует заметить, что, предпринимая любые рассуждения о том, как надобно питаться при том или ином заболевании, мы просто обязаны выделить два аспекта этого вопроса.

1 Специфические болезни, требующие определенной диеты, и эта диета очень часто является чуть ли не решающим условием выздоровления. Примеров сколько угодно, два самых типичных — ограничение соли при болезнях почек и ограничение сахара при сахарном диабете. Воспалительные процессы в кишечнике, печени, желудке, поджелудочной железе, пищевые отравления, язвы желудка, запоры и т. д. — все эти состояния требуют особого питания, определенной диеты.

2 Универсальная ситуация, когда любое острое заболевание или обострение хронического заболевания приводят к снижению аппетита, и у детей это особенно выражено.

Диетотерапия нашей темой не является. Нас интересуют вопросы наиболее общие, наиболее типичные. А наиболее типичная ситуация состоит в том, что у девочки Светы начался насморк и она категорически отказывается от еды. И именно отказ от еды воспринимается родителями как симптом трагический, представляющий собой заметно большую опасность, чем пресловутый насморк, с которого все это началось.

Что же делать? Вопрос этот только на первый взгляд кажется сложным — общие рекомендации достаточно просты.

ПИТАНИЕ И БОЛЕЗНИ

Снижение аппетита — типичный признак почти любого заболевания. С точки зрения логики, действия родителей очевидны: ведь если ребенок от еды отказывается, то значит его организм не испытывает потребности в пище, а следовательно, и ребенка, и организм надобно оставить в покое. Но действовать таким образом очень тяжело, поскольку количество здоровья принято связывать с количеством съеденной каши (помните поговорку — «мало каши ел»). Ну а поскольку при болезнях здоровья стало меньше, то напрашивается вывод о том, что еды надо больше.

На самом же деле заболевшему ребенку часто бывает не до еды. Один из важнейших органов, обеспечивающих процесс пищеварения, — печень. И она же, во-первых, синтезирует вещества, нейтрализующие вирусы и бактерии, а во-вторых, обезвреживает яды (токсины бактерий, распавшиеся клетки), образующиеся в организме. Естественно, что нормальный организм стремится освободить печень от дел, с которыми можно подождать (процесс пищеварения), и нагрузить ее работой более неотложной (борьба с возбудителями инфекций).

Отсюда важнейший вывод: чем больше еды напихают[1] в больного ребенка любящие родственники, тем дольше и тем тяжелее он будет болеть.

1 Извините, но другого слова (более приличного) мне подобрать не удалось.

Кстати, отношение родителей к тому, как надо ребенка кормить, во многом помогает ответить на вопрос: почему любимые дети болеют чаще?

Пришел мальчик Петя из детского сада и говорит: «Я кушать не хочу». Скорее всего, в организм попал какой-то микроб и «умная» печень попросила центр аппетита в головном мозге оставить ее в покое, чтоб спокойно инфекцию нейтрализовать. Если бы к Пете не приставали, он бы утром опять пошел в детский садик. Но массовый героизм семьи (чтение, пение, танцы, «за маму», «за соседа дядю Васю») позволили не дать несчастному мальчику умереть от голода. Утром сопливый и кашляющий Петя остается дома, а мама вызывает участкового педиатра.

Универсальные правила кормления заболевшего ребенка:

1. *руководствоваться, прежде всего, аппетитом;*
2. *попытки насильственного кормления абсолютно недопустимы;*
3. *кормить чаще, но давать меньше;*
4. *во время болезни избегать экспериментов — никаких новых продуктов не использовать;*
5. *отдавать предпочтение легкоусвояемой, нежирной, теплой, жидкой пище.*

2.3. ГУЛЯНИЕ

Гулял по улице щенок —
Не то Пушок, не то Дружок.
Гулял в метель и солнцепек,
И под дождем гулял и мок,
И если даже шел снежок,
Гулял по улице щенок.
Гулял в жару, в мороз и в сырость,
Гулял, гулял, гулял
И вырос.

В. А. Левин

Человеку свойственно жить под крышей. Под этой самой крышей люди-человеки реализуют большую часть своих жизненных потребностей — спят, едят, учатся, болеют, занимаются любовью и рожают детей. Взрослые человеческие особи, утомленные борьбой за свое место под солнцем цивилизации, нередко забывают о том, что кроме крыши (вариант — потолка) есть еще небо, тучи, звезды и тому подобные Прелести Природы. Иногда природные корни берут верх и людей тянет просто погулять. Просто так, без всяких дел — пройтись ножками, подышать свежим воздухом. Ужасно, конечно, что словосочетание «выйти на улицу» стало синонимом слова «погулять», но у городского жителя других вариантов просто нет.

В отличие от взрослых, человеческие детеныши заметно ближе к Природе и, соответственно, заметно дальше от Цивилизации. Детские природные корни, инстинкты и потребности требуют значительно более естественного образа жизни, а постоянную жизнь под крышей, с чисто биологических позиций, естественной назвать нельзя.

Таким образом, ребенок должен гулять. Это аксиома. Банальная фраза, с которой согласны все. Но практическое воплощение бесспорного теоретического положения вызывает, тем не менее, множество вопросов. Как гулять? Сколько времени? При какой погоде и что при этом на него надеть? А какова связь прогулок и болезней? И если заболел, то когда можно выйти?

Итак, гулянию, оказывается, надобно учиться. Поэтому, для начала, определимся с термином — какое значение мы вкладываем в само слово «гулять».

Так уж принято, что гуляние детей и гуляние взрослых трактуется несколько по-разному. Когда говорят про гуляние взрослых, то часто подразумевают некоторое вольное времяпровождение, главным образом сексуальной ориентации. Классические примеры: «у Иванова жена гуляет» или «Сергей Петрович гуляет с умом».

Допустить, что взрослый человек пошел гулять *просто так*, общественное мнение не может — другое дело, когда с собакой или с ребенком. Исключение — пенсионеры. Им позволяется гулять просто так, как, впрочем, и детям (опять-таки — подтверждение народной мудрости «что старый, что малый»). Именно для вышеуказанных категорий (повторяю — дети всех возрастных групп и пенсионеры) *под гулянием подразумевается пребывание вне помещения, не ставящее своей целью выполнение каких-либо других человеческих функций.* Т. е. ***главный смысл гуляний — контакт с факторами природы с параллельной попыткой оторваться от факторов цивилизации.*** Важно, тем не менее, отметить, что близость пенсионеров и детей делает исключительно целесообразным использование первых для активного выгуливания вторых.

Теперь попытаемся перечислить *преимущества гуляния, которые вытекают из недостатков помещения.*

Любое человеческое жилье — это:

- накопитель бактерий, в том числе и болезнетворных;
- источник повышенной концентрации пыли, факторов бытовой химии и аллергенов (ковры, мягкая мебель, шерсть, лаки, красители, хлор и т. д.);
- полное отсутствие контакта с ультрафиолетовым излучением, что не особенно важно для взрослых, но весьма значимо для детей —

именно под действием УФ лучей в коже вырабатывается витамин D;

- любое замкнутое пространство приводит к резкому ограничению двигательной активности.

Пребывание на свежем воздухе позволяет, прежде всего, очистить легкие от накопившейся в них бытовой пыли и улучшить функционирование слизистых оболочек верхних дыхательных путей. Повышение энергозатрат — на поддержание температуры тела, на двигательную активность — оказывает стимулирующие влияние на все жизненно важные системы организма, особенно на сердечно-сосудистую и иммунную.

2.3.1. ПРОГУЛКИ ЗДОРОВЫХ ДЕТЕЙ

Пребывание на свежем воздухе никогда не может быть лишним. Важно только, чтобы вся жизнь не превратилась в сплошное гуляние. Но время, свободное от обучения, сна и еды, должно быть посвящено прогулкам. И очень важно не переусердствовать в еде и учебе: школа + музыкальная школа + английский язык + компьютерные курсы и достаточное пребывание на свежем воздухе — несовместимы. Поэтому родителям всегда следует разобраться с приоритетами и найти золотую середину. Что все-таки нужнее (важнее) для счастья — здоровье или уровень знаний?

Самое главное, что надо понять: обмен веществ сопровождается выделением тепла. Обмен веществ у детей протекает в несколько раз интенсивнее, чем у взрослых. Следовательно, *в единицу времени ребенок вырабатывает тепла больше, чем взрослый.* Выводы: там, где взрослому прохладно, — ребенку нормально. Там, где взрослому нормально, — ребенку тепло. Там, где взрослому тепло, — ребенку жарко.

Одежда: главные правила.

1. Достаточный минимум! Если без какой-либо «телогреечки» можно обойтись — обойдитесь. Выработайте у ребенка привычку одеваться самостоятельно — самому выбирать количество вещей. Простуды чаще возникают не от переохлаждения, а от повышенной потливости, обусловленной избытком одежды.

2 «От хождения без шапки развивается менингит» — типичный пример народной сказки. Менингит — острая инфекционная болезнь. В 100% случаев она вызывается совершенно определенными вирусами и бактериями. Вероятность встречи с любым микроорганизмом не зависит от того, что у вас в это время на голове.

3 В подавляющем большинстве случаев ребенок говорит: «Мне холодно» по вине родителей. Ведь надеть на него три шубы и болтать с подружками (друзьями) заметно проще, чем гулять активно (побегать, поиграть).

4 Не имеет особого смысла завязывать рот шарфиком. Ни один шарфик даже близко не может сравниться со слизистыми оболочками и пазухами носа по способности к обогреву вдыхаемого воздуха.

5 Главное в детской одежде — ее функциональность. Удобство, легкость, отсутствие проблем с осуществлением неотложных физиологических потребностей — все это гораздо важнее, чем мнение тети Клавы, утверждающей, что шубка теплее и красивее, чем комбинезон. Недопустима любая одежда, не позволяющая ребенку нормально двигаться — бегать, прыгать, поворачивать голову, самостоятельно вставать после падений.

Погода, плохая для прогулки с ребенком, бывает исключительно редко (ливень, ураган, метель, +40 °С, -30 °С). И следует честно признать, что под понятием «плохая погода» часто скрыта откровенная родительская лень. Хотя, по большому счету, не только лень или занятость родителей виноваты. Достижения цивилизации — телевизор, компьютер, игрушки — все чаще и чаще приводят к тому, что пребывание в помещении самим ребенком рассматривается как более предпочтительное.

Потребность в прогулках должна быть заложена с младенчества и восприниматься ребенком как норма, как обязательное условие разумного образа жизни. Понятно, что добиться этого можно лишь тогда, когда привлекательность пребывания на свежем воздухе выше, чем просмотр мультиков. Активные игры, лес, грибы, рыбалка, лыжи, санки и горки — здорово, особенно если это нравится взрослым. Ведь трудно себе представить мальчишку, который предпочтет очередной киношный боевичок совместной поездке с отцом на рыбалку. Но действия взрослых часто противоположны: «Куда это ты собрался! Чтоб через час явился!», «Посмотрите — в курточку вырядился, немедленно надень шубу» и т. д. и т. п. В следующий раз ребенок и сам десять раз подумает: а стоит ли вообще с вами связываться и не проще ли поберечь нервы и спокойно посмотреть телевизор?

Бытовые заботы и профессиональная загруженность родителей не должны ограничивать детей. *Обучение самостоятельному гулянию не менее важно, чем правила хорошего тона.* С самого раннего возраста следует стремиться к тому, чтобы предоставить ребенку максимальную самостоятельность — быть рядом, но не мешать познавать мир и не устраивать истерик по поводу мокрых ног и падений. Всегда желательны совместные игры с другими детьми. В младенчестве эти другие дети, как правило, имеют при себе родственников, что дает вам шанс подобрать своему отпрыску достойную компанию на будущее.

2.3.2. ПРОГУЛКИ И БОЛЕЗНИ

Подавляющее большинство взрослого родительского населения желает услышать от детского врача конкретные инструкции — конкретно, когда и сколько можно и, соответственно, когда и чего нельзя. Сразу же приходится вас разочаровать — универсальных рекомендаций не может быть. Но главный фактор, определяющий рекомендации, — вовсе не погода, не здоровье, не готовность бабушек к самопожертвованию, а принятая с младенчества система воспитания.

Элементарный пример. На человеческом теле имеются две важнейшие рефлексогенные зоны — ухо и стопа. Если носочки и шапочки были и являются обязательным условием образа жизни ребенка, то холодовое воздействие на эти самые зоны быстро приведет к простуде. Казалось бы, ну чего ж тут непонятного? Если с раннего возраста ребенок бегает босиком (хотя бы по квартире), а в три года залезает в ноябрьскую лужу, то в этом нет совершенно ничего опасного для здоровья. Но эта же лужа может представлять собой реальную угрозу, если, опять-таки с раннего возраста, толпа чадолюбивых родственников бегала за младенцем с носочками и тапочками в руках.

Очень многие, прочитав предыдущий абзац, пожалеют, что поезд ушел. Но гулять все-таки надо. Поэтому приступим к рекомендациям.

ПРОГУЛКИ И БОЛЕЗНИ

Главная опасность прогулок связана с переохлаждением и перегревом. И то и другое у детей возникает значительно легче, чем у взрослых, — в этом особенность растущего организма (несовершенство систем терморегуляции и быстрое истощение энергетических запасов). Основной критерий — поведение самого ребенка. Ни переохлаждение, ни перегрев не возникают внезапно (шел, шел и вдруг замерз). Если дитя ни на что не жалуется, нет жажды (первый признак перегрева) — не суетитесь и гуляйте спокойно. Чем экстремальнее погодные условия, тем менее желательны самостоятельные (без взрослых) прогулки детей — хотя бы потому, что сопровождающее лицо всегда может ориентироваться на собственные ощущения.

Теперь несколько конкретных слов о ПРОСТУДЕ. Простуда — это болезнь, возникшая в связи с переохлаждением. Представьте себе, что у вас или у вашего ребенка в горле (на миндалинах) живет микроб, который называется стафилококк (а он действительно живет почти у 100% людей). Размножение этого микроба постоянно сдерживается иммунной системой, и вы в течение многих десятилетий мирно сосуществуете со стафилококком. Под действием переохлаждения защитные силы ослабевают, микроб начинает быстро размножаться и вызывает болезнь. Понятно, что простуда — это не инфекционная, не заразная болезнь, а личная проблема конкретного замерзшего индивидуума[1].

1 О простуде читайте также в третьей части — глава про острые респираторные вирусные инфекции.

А дальше? Микроб размножается, организм вырабатывает защитные антитела и болезнь отступает. Что же произойдет, если через короткое время вы опять переохладитесь? Стафилококк начнет размножаться, но, поскольку выработанные в прошлый раз антитела еще сохранились, болезнь либо не начнется, либо будет протекать значительно легче. В этом и состоит суть закаливания — сознательно активизируя наших собственных микробов, мы, в конце концов, доводим иммунитет до столь высокого уровня, что холод уже не может вызвать заболевание.

Вывод — если малейшее переохлаждение вызывает у ребенка простуду, ни в коем случае не держите его дома после нормализации температуры и исчезновения симптомов болезни.

По большому счету, болезнь и прогулки несовместимы лишь по следующим соображениям. Во-первых, при повышении температуры тела холодный воздух вызывает спазм сосудов кожи, уменьшает потери тепла и повышает температуру внутренних органов, что не желательно (пороговое значение — 37,5 °С; если выше — гулять однозначно не стоит). Во-вторых, двигательная активность и поддержание температуры тела требуют существенных энергозатрат, а энергия больше нужна для борьбы с болезнью.

Таким образом, ***ситуации, когда гулять нельзя, встречаются в сотни раз реже, чем ситуации, когда гулять необходимо.***

Нельзя в остром периоде инфекционных болезней — когда действительно плохо: высокая температура, слабость, боль.

Нельзя при некоторых, довольно редких болезнях, когда необходим строгий постельный режим (типичный пример — дифтерия).

Нельзя, когда болезнь заразна, да и то не всегда (если ребенок — сын лесника, то корь не мешает прогулкам по лесу, но если это дочь инженера, то неправильно гулять по улицам и подвергать риску заражения других детей).

Свежий воздух способствует выздоровлению, и этот фактор особенно актуален при болезнях дыхательных путей (воспаления легких, бронхиты, трахеиты, ларингиты). Само собой разумеется, что приходится учитывать множество факторов. Например, у ребенка воспаление легких. Начали лечиться, нормализовалась температура, улучшилось самочувствие. Понятно, что если вы живете на десятом этаже, а лифт не работает, то погулять сложно (хотя если сможете дотащить дитя на руках, то почему бы и нет). Но гулять надо, правда, осторожно — здесь важнее не возможность двигаться, а возможность дышать воздухом, свободным от домашней пыли. Поэтому теплее одеться и избегать беганья-прыганья. Если сложно, то можно просто постоять на балконе — подышать.

Помните! При вдыхании прохладного (холодного) воздуха, значительно усиливается кровоснабжение слизистой оболочки бронхов, активизируется работа секреторных желез, увлажняется мокрота. Если во время гуляния у ребенка появился влажный кашель, которого в доме не было, то это очень (!!!) положительный признак, свидетельствующий о том, что у дитяти имеется реальный шанс выкашлять слизь, накопившуюся в легких. Но действия родственников часто противоположны — стоит малышу на улице кашлянуть, как его тут же затаскивают в дом.

А при этом происходит вот что: слизь увлажнилась, следовательно, увеличилась в объеме — если гуляние прекратить, ребенку будет тяжелее дышать и родители сделают вполне «логичный» вывод — вышли погулять и стало хуже. Поэтому либо доводите начатое дело до конца, либо не начинайте.

При многих болезнях, сопровождающихся повышенным образованием в дыхательных путях слизи (коклюш, круп, обструктивный бронхит), чистый прохладный воздух является более важным фактором в лечении, чем все лекарства вместе взятые. Но еще важнее другое: прохладный воздух — эффективный способ оказания неотложной помощи при любых проблемах со здоровьем, характеризующихся жалобой «тяжело дышать». До прибытия врача — бегом на улицу (во двор, на балкон).

* * *

Подводя итоги, следует заметить:

любые действия по направлению к Природе полезны для здоровья хотя бы потому, что запускают наши естественные механизмы адаптации.

Двигаться к Природе (земля без асфальта, небо над головой, ветер, вода, трава и т. п.) сложнее, потому что надо расставаться с прелестями Цивилизации (родной диван, любимый телевизор, теплый унитаз и т. п.). Все аргументы против гуляний (за очень редкими исключениями, которые описаны выше) не выдерживают никакой критики и обосновываются страхом, занятостью и ленью.

Поэтому давайте гулять!

Несмотря ни на что!

2.4. СОН

Мы созданы из вещества того же,
Что наши сны. И сном окружена
Вся наша маленькая жизнь.

Уильям Шекспир

Начнем с хорошо известного факта: треть жизни человек спит. Это обычный человек, взрослый. Дети спят больше. Новорожденные так те вообще только тем и занимаются, что спят, устраивая лишь небольшие перерывы на перекус («когда не спят — они едят, когда едят — они не спят»).

Неудивительно, что сон как глобальное явление играет важную роль в человеческом бытии. И как всякое глобальное явление, процесс сна окружен множеством самых разнообразных проблем.

Что такое сон, для чего он нужен вообще? В течение многих лет ученые придерживались довольно наглядной, логичной и убедительной теории, согласно которой бодрствование сопровождается накоплением в организме человека определенных веществ (факторов сна), вызывающих «усталость мозга». Для нейтрализации этих самых веществ и нужен сон, во время которого «факторы сна» разрушаются, отдохнувший мозг получает возможность бодрствовать, а владелец мозга — вести активный образ жизни.

Приведенная выше теория подкупает своей абсолютной понятностью даже для неспециалистов. Со специалистами сложнее — стараясь доказать абсолютно понятные вещи, они десятилетиями пытались и пытаются обнаружить «факторы сна», но ничего не получается. *Чем больше люди исследуют сон, тем меньше понимают смысл этого явления — нет убедительных ответов на вопрос: зачем человеку следует 1/3 жизни тратить на непродуктивное пребывание в кровати?*

Но какими бы сложными ни были современные теории сна, элементарный жизненный опыт человечества в целом и отдельного человека в частности показывает: сон жизненно необходим. Ну вот так природой заведено — нормальная жизнедеятельность животных (человек здесь рассматривается как частный случай особо умного животного) невозможна без особой формы работы головного мозга, которая носит название сна.

2.4.1. СОН ЗДОРОВЫХ ДЕТЕЙ

Ни одно руководство по воспитанию детей не обходится без конкретной таблицы, в коей указано, сколько в соответствующем возрасте ребенок должен спать — сколько раз и сколько часов.

Весьма скептически относясь к попыткам строгой математической регламентации образа жизни, автор, тем не менее, считает своим долгом привести некие средние значения рекомендуемых параметров.

От 1 до 1,5 лет: количество периодов дневного сна — 2 (1-й — 2—2,5 ч, 2-й — 1,5 ч); ночной сон — 10—11 ч.

От 1,5 до 2 лет: количество периодов дневного сна — 1, его продолжительность — 2,5—3 ч; ночной сон — 10—11 ч.

2—3 года: 1 дневной сон продолжительностью 2—2,5 ч; ночной сон — 10—11 ч;

В дальнейшем — до 7 лет — рекомендуется 1 дневной сон (около 2 ч) ночной сон — 10 ч. После 7 лет днем разрешают не спать, ну а ночью — не менее 8—9 ч.

Отдав долг «нормам», рассмотрим конкретные проблемы.

Все, что мы уже писали раньше про **детскую комнату**[1], не имеет возрастной специфики. Напомним ***требования:***

[1] Необходимое уточнение: употребляя словосочетание «детская комната», автор имеет в виду место, где ребенок спит. Логичнее, конечно, было бы говорить о «детской спальне», но рядовому нашему соотечественнику трудно представить себе настолько странную жизнь, когда у ребенка есть не только своя спальня, но и своя детская комната, где можно играть и учиться. Настоящее уточнение приводится для особо везучих товарищей, успешно решивших проблемы жилой площади.

- *оптимальная температура — 18—20 °С;*
- *лучше 16 °С, чем 22 °С;*
- *оптимальная влажность — 50—70%;*
- *лучше пижама потеплее, чем наимоднейший обогреватель;*
- *в детской комнате нежелательны никакие накопители пыли — ковры, мягкая мебель, мягкие игрушки; любые предметы, недоступные влажной уборке.*

С точки зрения врача, главное требование, предъявляемое ко сну, кажется достаточно простым — сон должен создавать условия для адекватного бодрствования после пробуждения. Практическая реализация этого весьма незамысловатого положения окружена проблемами, больше относящимися к другим наукам (педагогике, социологии). Ведь это естественно, когда человек спит не потому, что спать пора, а потому, что спать хочется, и просыпаться естественно не потому, что так надо, а потому, что выспался. Но правила человеческого общежития не могут (именно *не могут, а не не хотят*) учитывать эти биологические «фокусы».

Организм человека, и ребенок любого возраста не исключение, живет по особым ритмам (суточным, сезонным, годовым), определяющим потребность и соотношение периодов сна и бодрствования. На желание спать, на время, необходимое для полноценного отдыха, на глубину сна влияет множество факторов — упомянутые биоритмы, метеорологические условия, состояние здоровья, образ жизни.

Любому человеку известно, что желание спать во многом связано с интенсивностью физических нагрузок, в то же время излишние эмоциональные нагрузки сну препятствуют.

Основная родительская проблема — «**не хочу спать**». Подход к ее решению во многом определяется утренним пробуждением и позволяет сформулировать простое **правило**:

если подъем по утрам происходит естественно и без негативных эмоций, время отхода ко сну никакого значения не имеет.

Отмечу, что родительский лозунг «пора спать» может быть продиктован интересами самих родителей — папа хочет спать или, как вариант, папа хочет маму, а комната всего одна. Указанная проблема не может быть решена посредством советов врача-педиатра.

Особая и весьма частая ситуация может быть охарактеризована фразой «**не уложишь — не поднимешь**». Влияющие на нее факторы во многом поддаются контролю. Но ряд моментов никаким педагогическим влияниям не подвластны, поскольку определяются индивидуальными биоритмами (знаменитое и не вызывающее сомнения деление человеческих особей на «жаворонков» и «сов»).

Рациональных способов борьбы с детским «спать не хочу» три.

- Способ первый. ***Увеличение физических нагрузок*** — спорт, максимальное пребывание на свежем воздухе, работа по дому.
- Способ второй. ***Ограничение нагрузок эмоциональных***, особенно по вечерам, — по крайней мере, нежелательно дарить долгожданную игрушку в 20.00, а проверка дневника в 21.00 должна рассматриваться как педагогическое преступление.
- Способ третий. ***Не создавать проблему там, где она отсутствует в принципе.*** Учитывать стремление детей к копированию взрослых. Тема «пора спать» вообще не должна подниматься. Или ребенок захочет спать сам, или будет укладываться в постель, подражая папе и маме. Чем больше внимания уделяется в семье времени отхода ко сну, чем чаще родители смотрят на часы, чем громче и строже звучит распоряжение «отправляйся в постель», тем больше возникает проблем.

Теперь рассмотрим некоторые нарушения сна, имеющие место у практически здоровых детей.

2.4.1.1. ЧАСТОЕ ПРОБУЖДЕНИЕ С ЧУВСТВОМ ЖАЖДЫ

Основные причины две:

- нарушение главного правила детского сна — чистая прохладная детская комната. Пересыхают слизистые оболочки, причины понятны (тепло, сухо, обогреватели, ковры, пыль);

- в связи с некоторыми хроническими болезнями носоглотки (типичный пример — аденоиды) нарушено носовое дыхание, соответственно — пересыхает во рту.

Если вовремя не изменить физические параметры, т. е. не создать оптимальный режим влажности и температуры детской комнаты или не оказать лечебную помощь при болезнях, «ночное питье» закрепляется в виде рефлекса.

2.4.1.2. СКРЕЖЕТАНИЕ ЗУБАМИ ВО СНЕ

В народных массах нет расхождений при ответе на вопрос о причине этого явления. Абсолютно всем хорошо известно: «коль дитя скрипит зубами — значит, мается глистами». Сие положение не находит, однако, подтверждения. У скрипящих зубами глисты, конечно, встречаются, но не чаще, чем у других, зубами не скрипящих. Ни врачи, ни ученые-физиологи, много лет изучающие сон, не знают, из-за чего это происходят, но в одном убеждены точно — это не болезнь, это со временем проходит, хотя два отрицательных момента есть: не слишком приятно с эстетический точки зрения и вполне реальная возможность повреждения зубов.

Существует теория, согласно которой причина скрежетания во сне зубами — рудиментарный (т. е. недоразвитый, остаточный) рефлекс, аналогичный рефлексам животных, которые таким образом точат себе зубы.

2.4.1.3. НОЧНОЕ НЕДЕРЖАНИЕ МОЧИ, ИЛИ ЭНУРЕЗ

Это весьма неприятное явление имеет место у 10% детей. Существуют десятки способов фармакологической и психотерапевтической коррекции этого явления. Ни один из этих способов не является абсолютно эффективным, хотя отдельные методики у отдельных детей приводят к прекрасным результатам. Врачам причины энуреза до сих пор не известны. Предполагают, что в *созревающем* мозге иногда формируется особый очаг, который в определенной фазе сна запускает рефлекс опорожнения мочевого пузыря. Поскольку речь идет именно о созревающем мозге, энурез рано или поздно прекращается.

2.4.1.4. НОЧНЫЕ СТРАХИ

Наиболее часто имеют место в возрасте трех-восьми лет и в периоде полового созревания. Особой опасности не представляют, но их частота и выраженность во многом зависят от психологической атмосферы в семье и от элементарного здравого смысла родителей. Страшные сказочки перед сном, телевизионные ужастики, рассказы про деда Бабая и про непослушного мальчика, которого утащил злой пес Барбос... Индивидуальная детская комната увеличивает вероятность ночных страхов — вместе с родителями спать поспокойнее.

В то же время страхи на этапе отхода ко сну (боязнь темноты, тишины, шума ветра за окном) требуют уважительного к себе отношения. Ни в коем случае не высмеивать, может быть, и посидеть рядышком, пока не уснет.

Важнейшим правилом, регламентирующим отношение родителей к любым детским ночным проблемам, является максимально возможная доброжелательность.

Что бы ни делал ребенок во сне — скрипел зубами, мочился в постель, ходил, разговаривал, храпел-сопел, — **он этого не делал.** Это был не он, думающая часть детских мозгов не имела никакого отношения ко всем вышеописанным процессам. Еще раз напомню: самыепресамые специалисты до сих пор не могут понять, что такое сон и для чего надо спать. Все во сне происходящее во многом остается тайной за семью печатями, и ругать ребенка за мокрую постель, по меньшей мере, неразумно.

2.4.2. СОН И БОЛЕЗНИ

Сон ребенка любого возраста является одним из важнейших критериев состояния его здоровья.

Любые существенные отклонения от режима сна — внезапное пробуждение в необычное время и особенно (!) желание спать в необычное время — являются весьма тревожным признаком и требуют особой бдительности со стороны родителей: измерить температуру тела, порасспрашивать (болит — не болит), лишний раз проснуться ночью — посмотреть, потрогать лобик.

Следует помнить, что *сонливость — типичное проявление высокой температуры тела и критического дефицита жидкости в организме*.

Если врачебные назначения не могут быть выполнены из-за сонливости (не пьет жидкость, не хочет глотать лекарства) — это однозначное показание к немедленной госпитализации.

Во время любой болезни, но особенно при острых респираторных заболеваниях, первостепенное внимание должно уделяться детской комнате. Факторы, рассматриваемые нами в качестве *желательных* для ребенка здорового, становятся *обязательными* при развитии болезней.

Любая респираторная вирусная инфекция сопровождается повышенным образованием слизи на всем протяжении дыхательных путей — от слизистой оболочки носа до бронхов. Высыхание этой слизи — важнейший фактор риска, многократно повышающий риск бактериальных осложнений. Скопление и высыхание слизи во время сна — более вероятно (в комнате душно, ребенок не двигается и не пьет). Отсюда — обязательное условие сна больного ребенка: теплая одежда, но чистый, прохладный и влажный воздух. В течение дня многократная влажная уборка.

Некоторые, хотя и вполне очевидные моменты, касаются ночных действий родителей при детских болезнях: не закрывать дверь в детскую комнату, быть рядом, напоить, переодеть, успокоить, лишний раз измерить температуру.

В целом режим сна больного ребенка может меняться самым существенным образом — смещаются привычные часы сна, изменяется (как правило, удлиняется) их продолжительность. Это вполне естественно, но важнее другое — восстановление обычного режима сна является убедительным признаком выздоровления.

2.5. ЛЕТНИЙ ОТДЫХ

Приятно детям в зной горячий
Уехать за город на дачи,
Плескаться в море и в реке
И строить замки на песке.

Дж. Родари

Как провести лето, чтобы извлечь из этого максимум пользы для детского здоровья? Поставленный вопрос — постоянная головная боль миллионов родителей, и его (вопроса) актуальность усиливается с каждым минувшим зимним и весенним месяцем. Замученный школой и тремя ОРЗ, бледный и грустный, постоянно шмыгающий носом ребенок без аппетита — типичное весеннее зрелище. Личные перспективы родителей начинают отступать на второй план, а вот с ребенком что-то серьезное делать надо. И понятие «летний отдых» становится главным и очень волнительным предметом домашних дискуссий.

Окружающая жизнь, мягко говоря, не способствует тому, чтобы упростить решение этого вопроса. И любые врачебные рекомендации могут быть просто невыполнимы по совершенно банальной, но весьма распространенной причине — отсутствие материальных возможностей для отдыха. Конечно, можно поговорить о канувших в лету бесплатных или символически платных пионерских лагерях, о детских садах, выезжавших на дачу, можно вспомнить о том, как мама с папой, получив отпускные и прихватив несовершеннолетних отпрысков, отправлялись на море, резонно рассчитывая отдохнуть пару недель. Однако ностальгические всхлипывания вряд ли помогут — ведь, по большому счету, не только советы относительно детского отдыха, но и многие другие медицинские и педагогические проблемы уходят своими корнями в самые обыкновенные, но не всем доступные рубли, доллары, гривны и всякие другие тугрики.

Оставив в стороне грустные и порой неразрешимые материальные проблемы, попытаемся, тем не менее, разобраться в том, как все-таки надо отдыхать. Но акцентируя внимание прежде всего на отдыхе детском, отметим, что

основные принципы «отдыхания» не имеют четкой детской специфики — нет и не может быть ничего, очень полезного для ребенка и в то же время вредного для его родителей.

Итак, **главная цель отдыха — в полной мере приобщиться к тем, безусловно, полезным для здоровья факторам, которых ребенок был лишен в течение года.**

О чем идет речь? Да прежде всего о том, что для ребенка не является естественным, о том, чего он лишен, будучи вынужденным жить по законам человеческого общества. Понятно, что речь идет не об уголовном кодексе, а о неких обязательных атрибутах цивилизации, с коими ребенку приходится сталкиваться и которые вполне можно перечислить:

1 посещение школ и детских садов — и все это происходит именно в те времена года, когда максимально интенсивно циркулируют респираторные (т. е. поражающие органы дыхания) вирусы и создаются идеальные условия для обмена инфекциями внутри детских коллективов;

2 постоянное ограничение двигательной активности ребенка — занятия детей и занятость родителей; замкнутое и весьма ограниченное пространство наших квартир; избыток малоподвижных способов приятного времяпровождения (телевизор, компьютерные игры); «плохая погода», просто лень опять-таки — и детская, и родительская;

3 как следствие п. 2 несоответствие количества потребляемой энергии (пища) возможностям ребенка потратить эту самую энергию (все та же двигательная активность);

4 глобальная проблема отсутствия чистого воздуха — экология городов, спертый домашний воздух, избыток бытовой химии, отсутствие нормальных вентиляционных систем в детских учреждениях;

5 постоянная нехватка естественных и очень нужных для детского организма солнечных лучей и вообще чистого неба над головой (именно неба, а не потолка).

Перечень «вредностей» далеко не полный, но и этого, по-видимому, хватит для того, чтобы окончательно убедиться в том, в чем мы и без того уверены — отдыхать надо.

Ведь именно детскому организму свойственна ***очень важная особенность***. *Абсолютно лишенный естественных и обязательных для здоровья факторов (солнце, воздух, вода, физические нагрузки), он (детский организм) за какие-то 2-3 месяца способен практически полностью нейтрализовать десятимесячное влияние факторов цивилизации и восстановить нормальную физическую форму.*

Остается малость — предоставить ребенку эту самую возможность.

Таким образом, организация детского отдыха ставит своей целью максимальное приобщение ребенка к факторам природы, ибо, и это особенно следует подчеркнуть, главная, стратегическая цель отдыха — укрепление здоровья.

С этой позиции поездка в Москву (варианты — Киев, Амстердам, Париж и т. д.) с посещением музеев и обзорной экскурсией по местным магазинам не имеет к отдыху никакого отношения — можно говорить о познавательной ценности, о расширении кругозора, но для здоровья гораздо полезнее нечто другое.

Итак, сформулируем **главные «отдыхательные принципы»**, попытаемся обозначить факторы и условия, реализация которых действительно позволит ребенку нормально отдохнуть.

1 Дать ***отдых мозгам*** — перестать учиться, сменить обстановку. Важно подчеркнуть, что фраза «перестать учиться» подразумевает прекращение *насильственного* приобщения ребенка к «обогащению памяти всеми теми богатствами, которые выработало человечество». Учиться ведь можно совсем другим вещам, на которые раньше (до отдыха) времени не хватало: как называется этот цветок, как под дождем развести костер, как насадить на крючок червяка и т. п.

2 Максимально возможная ***двигательная активность***. Гулять, бегать, прыгать, купаться. Пешком, на лодках, на велосипеде.

3 ***Кормление по аппетиту*** (хочешь — на, не хочешь — иди отсюда), подразумевающее возможность удовлетворить этот аппетит.

4 ***Свежий воздух*** — любой ценой за пределы городов, подальше от машин, заводов, толпы, магазинов, бытовой химии.

Реализация принципов отдыха требует учета некоторых весьма актуальных, чисто организационных факторов.

Отдых ребенка ни в коем случае не должен превратиться в испытание для его родителей и в подрыв материального благосостояния семьи, ибо ***неотдохнувшие мама с папой плохо влияют на отдохнувшее дитя.***

Совершенно очевидно, что прокормить ребенка на море гораздо дороже, чем в деревне у бабушки. Мы уже не говорим о том, что отдых «на морях» (наших морях) нередко превращается в постоянную борьбу за существование — место под солнцем на пляже и в воде, добыча продуктов и проблемы с их приготовлением, антисанитария «диких» пляжей, аренда жилья, транспорт до моря и др. Конечно, путевка в приморский отель (санаторий, пансионат, здравницу) — штука хорошая, но, мягко говоря, не всем доступная.

Следует отметить, что любые поездки на отдых, будь это деревня в окрестностях родного городка, наш или заморский курорт (неважно и непринципиально — Ялта, Сочи или Гавайи), должны подразумевать ваши возможности для организации нормального жилья, нормального питания и (очень значимый фактор!) нормального оказания медицинской помощи при возникновении проблем.

Всегда следует помнить о том, что глобальная и принципиальная смена места жительства (высота над уровнем моря, атмосферное давление, влажность и температура воздуха) часто приводят к возникновению так называемого ***акклиматизационного синдрома*** — общего недомогания и повышенной склонности к болезням в связи с адаптацией организма к новым условиям существования.

Акклиматизация и проблемы, с ней связанные, тем актуальнее, чем дальше от дома, чем младше ребенок, чем чаще он болеет, чем больше вредных факторов цивилизации его окружает. Поэтому если ваше дитя целый год болело, не гуляло и страдало, поездка на дачу (деревня в 30 км от города, лес, река) может оказаться значительно более полезной, чем отдых на побережье Средиземного моря, пусть даже и в пятизвездочном отеле.

В отдыхе, как, впрочем, и в жизни нет ничего однозначно хорошего и однозначно плохого. Солнце — хорошо, но невозможность от него спрятаться — плохо, хождение босиком — хорошо, но не по асфальту, морской воздух и вода — хорошо, но три человека на квадратный метр пляжа и два ныряльщика на кубический метр воды — плохо.

Очень важна золотая середина, четкое понимание того факта, что чистый воздух соснового леса и берег реки так же прекрасны, как прозрачная морская вода и золотой песок пляжа. А полезность того и другого примерно одинаковы.

* * *

Все вышеизложенное — попытка формулировки *стратегии отдыха*. Тактические вопросы не менее сложны, но высшего медицинского образования не требуют (при условии, что ясны стратегические цели). Остается малость — разложить все по полочкам, учесть плюсы и минусы, договорится с начальством об отпуске, достать сэкономленные средства и отдыхать.

Но... Существует один аспект детского отдыха — самый, пожалуй, волнительный. Речь идет о водных процедурах. Сколько, где и в чем, как и когда?

Очевидно, что пламенный призыв классика: «Давайте же мыться, плескаться, купаться, нырять, кувыркаться...» — требует пояснений и уточнений. Так как же все-таки мыть, купать, плескать и нырять?

2.5.1. КУПАНИЕ

Для начала заметим, что с физиологической точки зрения купание взрослых и купание детей заметно отличны друг от друга. Обусловлено это принципиальной особенностью растущего организма — обмен веществ у ребенка заметно активнее по сравнению с взрослым человеком. Отсюда следует, что в единицу времени ребенок вырабатывает на единицу массы тела больше тепла, чем его родители. Именно поэтому вода, холодная и неприятная для мамы и папы, оказывается для ребенка вполне подходящей. Таким образом, *разрешая или запрещая купание, нельзя ориентироваться на ваши личные ощущения*. В принципе, сам ребенок и есть главный критерий: если хочет в воду — пусть купается, какой бы ни была температура. Но если ходит по берегу, пробует воду кончиком пальца и озирается по сторонам, ища поддержки и сочувствия, тогда купаться, наверное, не стоит. Но действия родителей должны заключаться не в том, чтобы купание запретить, а в том, чтобы упомянутых сочувствия и поддержки ребенок не нашел.

Кстати, раз уж речь зашла о запретах, остановимся на этом вопросе поподробнее. Библейская истина о сладости запретного плода является прекрасной иллюстрацией к внутрисемейным конфликтам по поводу родительских запретов на детское пребывание в воде. Странная ситуация возникает во многих семьях. Казалось бы, купание — действие однозначно полезное, благотворно влияющее на здоровье, стимулирующее иммунитет, укрепляющее мышцы, развивающее легкие, сердце, сосуды. По логике и с учетом вышеизложенного, купание надобно поощрять. Но сплошь и рядом сам факт пребывания ребенка в воде превращается в некий приз за хорошее поведение.

Придумывается огромное число всевозможных запретов и ограничений. Мотивация запрещений настолько разнообразна, что остается лишь удивляться родительской находчивости. Здесь и традиционно холодная вода, и слишком сильный ветер, и уже поздно (вариант — еще рано), ты еще не поел (вариант — уже поел), там купались собаки (вариант — пили воду коровы), у тебя двойка по химии, ты не слушался бабушку, у тебя и так нос холодный и т. д. Неудивительно, что купание превращается для ребенка в очень-очень сладкий и очень-очень запретный плод. Отсюда свои сложности, главная — «из воды не выгонишь». Да как же тут выйдешь, если неизвестно, когда в следующий раз разрешат!

Понятно, что проблему купания (в том случае, если купание действительно превращается в проблему) лучше не создавать, а радикально решать (предотвращать) в самом раннем детстве, тогда, когда ваше совместное с ребенком пребывание на природе предусматривает купание в водоемах.

Абсолютной нормой должно стать такое положение вещей, когда купание является процедурой приятной, доставляющей радость и удовольствие, но совершенно обычной и не возводимой в культ.

И было бы очень даже неплохо, если бы отказывая и запрещая, родители хотя бы иногда задумывались над истинными причинами этих самых запретов. Ведь ребенка, особенно маленького и не умеющего плавать, нельзя оставить в воде одного, а следовательно, купание детей требует постоянного присутствия и контроля со стороны взрослых. Такое положение вещей нередко приводит к тому, что мама стоит над керосинкой, папу ждут товарищи по преферансу, а маленькому Пете, видите ли, загорелось купаться. В таких сложных семейных обстоятельствах нормальный взрослый человек легко сумеет заморочить ребенку голову и придумать «убедительный» запрет (варианты мы перечислили выше).

Описанные ситуации встречаются, к сожалению, слишком часто. Все это позволяет выделить в рассматриваемой теме две группы вопросов — медицинские и педагогические. Автору, как врачу-педиатру, медицинские вопросы, разумеется, ближе, но недооценивать проблемы педагогические нельзя — уж слишком они друг с другом переплетаются. Так, например, **педагогически необоснованные запреты приводят к медицински вредным купаниям до посинения.**

Медицинские проблемы купания не позволяют дать универсальные рекомендации, поскольку во многом определяются исходным состоянием здоровья конкретного ребенка. Еще раз подчеркнем, что сам факт купания в открытом водоеме (т. е. ответ на вопрос «разрешить или не разрешить купаться?») меньше всего связан с температурой воды и определяется желаниями самого ребенка. Другое дело — санитарное состояние водоема, наличие оборудованных мест для купания, состояние дна, ваша уверенность в том, что дитя эту воду не будет глотать. Тут уж решение целиком определяется здравым смыслом родителей.

К вопросу о продолжительности купания следует заметить следующее. Упомянутые нами особенности детского организма (более активная выработка тепла) имеют и свою обратную (негативную) сторону. Дело в том, что энергетические запасы организма ребенка заметно ниже, чем у взрослого, их истощение, разумеется, происходит быстрее, отсюда заметно больший риск переохлаждения.

Отсюда **важное правило**:

лучше купаться часто (вполне допустимо — очень часто), но продолжительность водных процедур ограничивать, дабы упредить посинение и клацанье зубами.

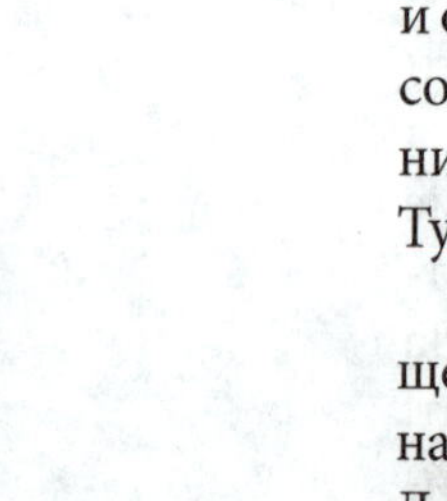

Сие не составит педагогической проблемы, если ребенок будет твердо уверен в том, что следующего купания не придется ждать несколько часов.

Тем не менее и сам факт возможного переохлаждения, и попадание воды (очень часто не очень чистой воды) в нос и уши заметно повышает риск активизации хронических воспалительных процессов в носоглотке и ушах (хронические тонзиллиты, аденоиды, отиты, гаймориты). Собственно говоря, перечисленными болячками, пожалуй, и ограничивается список хворей, требующих осторожности во время купания. Для болезней бронхов и легких, костей и суставов купание — фактор лечебный. В то же время если у вашего ребенка имеется конкретное заболевание, то будет совсем не лишним посоветоваться с вашим лечащим врачом именно по проблеме купания. Например, повышение внутричерепного давления не является противопоказанием к купанию, но является противопоказанием к нырянию. То же можно сказать и про многие воспалительные процессы в ушах. Короче, не поленившись и посетив невропатолога или отоларинголога перед выездом «на моря», можно уменьшить вероятность возникновения ряда проблем.

Но что можно с уверенностью сказать прямо сейчас: если у вашего ребенка имеются хронические воспалительные процессы в носоглотке или если часто болеет ангинами — пресная вода нередко оказывает повреждающее (раздражающее) действие на воспаленные ткани, а соленая (морская) напротив — лечебное. Выводы очевидны.

И последнее, которое на самом деле является первым.

Купание ребенка в открытом водоеме является опасным (вполне возможно, самым опасным) для детской жизни удовольствием.

Риск купания детей прямо связан со здравомыслием взрослых.

Мы не будем читать лекции о правилах поведения на воде, но напомнить о некоторых очень важных «нельзя» все-таки надо. Предварительно, однако, подчеркнем, что ***имеются два основных пути профилактики водных неприятностей — своевременное обучение детей плаванью и элементарная дисциплина***. Итак:

- *нельзя, чтобы дети купались без присмотра, даже если они умеют плавать. Очень важно при этом, чтобы присматривающий взрослый не боялся воды и не находился под воздействием горячительных напитков;*
- *следует категорически запрещать ребенку нырять, если он не умеет плавать;*
- *необходимо строго наказывать за игры с криками «тону!»;*
- *каким бы свободным ни был режим купания, любое движение ребенка по направлению к воде должно быть согласовано со взрослыми.*

2.6. ДЕТСКИЙ САД

Человек по своей природе есть существо общественное.

Аристотель

Проблема детского сада — хорошо это или плохо, отдавать ребенка или не отдавать — рано или поздно возникает в каждой семье. Актуальность этого вопроса почти не зависит от уровня благосостояния семьи и от занятости родителей, каждый из которых имеет свой собственный опыт и свое личное мнение о достоинствах и недостатках детских дошкольных учреждений — именно так официально называются разнообразные ясли и детские сады.

Вне всякого сомнения, родительское решение во многом определяется вышеупомянутым личным опытом. Тем не менее в посещении детского сада существуют некие совершенно определенные плюсы и минусы — определенные не с точки зрения конкретных папы и мамы, а с точки зрения науки, точнее наук — педагогики, медицины, психологии, социологии.

Сразу же отметим, что с точки зрения науки в целом, ***детский сад однозначно рассматривается как фактор положительный, весьма желательный для полноценного воспитания***. И с этим нельзя не согласиться: человек с незапамятных времен — животное коллективное. Искусство общения с другими членами сообщества во многом определяет всю человеческую жизнь — начиная со знакомства с лицами противоположного пола с последующим созданием семьи и заканчивая производственными отношениями (трудоустройство, карьера, контакты с начальством и т. п.). Искусству общения, особенно со сверстниками, несомненно, стоит учиться с детства — никакая семья, никакие няньки-гувернантки, никакие неработающие бабушки не в состоянии заменить детский сад.

Педагогические и психологические аспекты посещения детских дошкольных учреждений даже перечислить сложно. Адаптация ребенка, контакты с другими детьми и воспитателями, обучение навыкам, игры, занятия, режим, подготовка праздников — вот только беглый перечень возможных тем для дискуссий. Мы же ограничим круг рассматриваемых вопросов проблемами медицинскими: что-что, но эта тема, пожалуй, самая волнующая.

Итак, *главный минус посещения детского сада — ребенок чаще болеет*. С этим не может никто спорить, это подтверждают и родители, и медицинские работники, и этот факт совершенно очевиден. Большинство болезней — острые инфекции, чаще всего респираторные. Вероятность заболеть инфекционной болезнью теснейшим образом связана с кругом общения — чем он шире, тем заболеть легче. Понятно, что «домашний» ребенок меньше общается с другими людьми.

Очевидный *факт увеличения частоты болезней вовсе не является абсолютно отрицательным, как может показаться на первый взгляд*.

Начнем с того, что целый ряд инфекционных болезней, более или менее легко протекающих в детском возрасте (ветряная оспа, краснуха, корь), представляют собой реальную угрозу здоровью и даже жизни взрослого человека. И этими болезнями в обязательном порядке следует болеть своевременно. «Найти» краснуху или ветрянку вне детского коллектива очень сложно. Что же касается простуд и ОРЗ, то частота болезней не имеет определяющего значения. Дело в том, что количество циркулирующих вирусов, а именно с вирусами связаны 99% респираторных инфекций, не бесконечно. *Каждое перенесенное ОРЗ заканчивается формированием противовирусного иммунитета, уменьшая вероятность следующего заболевания.* Эпидемии, например, гриппа и вероятность заболеть с самим понятием «детский сад» не очень связаны — не «подхватим» болезнь от детей, так папа «принесет» грипп с работы. Вирусные инфекции, которыми ребенок «недоболеет» в детском саду, обязательно дадут о себе знать в школе. Трудно спорить с тем, что не ходить неделю в детский сад совсем не то же самое, что пропустить неделю школьных занятий.

Принципиально как раз совсем другое — не частота, с которой ребенок болеет вирусными инфекциями, а то, как они протекают. *Если течение ОРЗ постоянно сопровождается возникновением осложнений, то детский сад здесь совершенно ни при чем.* Иммунитет самого ребенка, бытовые условия, тактика лечения — это важно, но вероятность того, возникнет или не возникнет на фоне простуды воспаление легких, абсолютно не связана с фактом посещения или непосещения ребенком детского сада.

Резюмируя тему «повышенной детсадовской заболеваемости», отметим следующее. Многие родители склонны связывать болезни собственных детей с тем, что в детском саду нарушаются «важнейшие» правила ухода — не так одели, ребенок сидел на холодном полу, в комнате был сквозняк и т. п. С подобной точки зрения **детский сад очень удобная штука — на него всегда можно списать собственную несостоятельность как воспитателя.** Создание ребенку тепличных условий — норма, поддерживаемая многочисленными инструкциями о том, как правильно одевать, купать, кормить и гулять. В результате сквозняк, хождение босиком, холодная вода, отсутствие шапочки и т. п. — «недопустимые явления». Но неужели возмущенные родители надеялись на то, что со всем этим ребенок никогда в жизни не встретится?

Выводы очевидны — во-первых, «нечего на зеркало пенять...», и, вытекающее из во-первых, во-вторых: готовить ребенка к детскому саду следует заранее — адекватным воспитанием с момента рождения.

Уже сам факт того, что ребенок пойдет в детский сад, делает обязательным проведение всего комплекса необходимых *профилактических прививок* — без этого малыша в детский сад могут и не взять. В дальнейшем контроль за сроками проведения прививок осуществляется медсестрой детского сада, детей регулярно в профилактических целях осматривают врачи-специалисты, что, несомненно, явление положительное, ведь родителям, за редкими исключением, не свойственно обращаться в детскую поликлинику до того, как ребенок заболеет.

***Возраст**, в котором ребенок впервые пойдет в детский сад,* — особая проблема. Оставим педагогам споры на тему, когда это лучше сделать (в год или в три). Врача в подобной ситуации больше волнует вопрос — *где будет мама в то время, когда ребенок пойдет в детский сад?*

Абсолютно типична следующая ситуация: первого сентября ребенок впервые идет в детский сад и в тот же день мама выходит на работу после декретного отпуска. Через неделю, что вполне закономерно, малыш «зарабатывает» свое первое детсадовское ОРЗ, а мама — первый отпуск по уходу за больным ребенком. В результате мама имеет неприятности на работе, поскольку работник из нее никакой.

Однозначно следующее: каким бы замечательным ни был детский сад, каким бы отличным ни было здоровье ребенка, он все равно будет чаще болеть первое время. Уточнить понятие «первое время» очень трудно — может быть, три-четыре месяца, а может быть, и год. И очень желательно, чтобы, отправляя ребенка в детский сад, мама оставалась при этом дома. Очень важно иметь возможность при малейшем недомогании (небольшом насморке, кашле) оставить ребенка дома, не дожидаясь прогрессирования болезни и не подвергая риску заражения других детей. И как хорошо не думать при этом о больничном листе и предстоящих беседах с начальством.

Весьма существенный момент — ***время года***, когда предполагается начинать посещение детского сада. Очевидно, что с октября по апрель этого лучше не делать — активная циркуляция респираторных вирусов заметно увеличивает риск заболеваний и, соответственно, удлиняет время адаптации.

Целый ряд медицинских вопросов имеет непосредственную связь с работниками детских дошкольных учреждений. Воспитательницы имеют свои взгляды на то, как надо детей кормить, одевать и закаливать. Взгляды эти по большей части соответствуют представлениям нашего общества о том, что́ для детей хорошо — накормить любой ценой и, главное, не дать замерзнуть. Нельзя забывать и о том, что оплата труда сотрудников детских садов не способствует особому энтузиазму и делает абсолютно нежелательными конфликты с родителями в связи с разницей во взглядах на принципы питания и одевания. Если вы, родители, отдаете себе отчет в том, что ребенка нельзя заставлять есть, если вы понимаете, что перегрев и потливость скорее приведут к простуде, чем переохлаждение, — потрудитесь довести это до сведения воспитательницы. Очень важно, чтобы Мария Ивановна не чувствовала себя виноватой в связи с тем, что Петя отказался есть суп.

От травм и внезапных заболеваний никто не застрахован. С учетом этого работники детского сада в обязательном порядке должны владеть информацией о том, какими болезнями ребенок болел, обо всех случаях лекарственной и пищевой аллергии. Очень желательно иметь возможность при необходимости экстренно связаться с родителями.

Здание, в котором расположен детский сад, качество и своевременность ремонтных работ, спальня и столовая, место для прогулок, количество детей в группе, профессионализм и добросовестность сотрудников — все это очень важно и очень влияет на заболеваемость. Воздействие родителей на эти факторы прямо связано с самой возможностью выбора детского сада, которая определяется материальным благополучием и местом жительства семьи — советы врача тут вряд ли помогут.

Остается лишь надеяться на то, что и с местом жительства, и с материальным благополучием вам и вашим детям повезло.

2.7. ВЗАИМООТНОШЕНИЯ С УЧАСТКОВЫМ ПЕДИАТРОМ

Всех лечил доктор Айболит, но денег не брал ни у кого, потому что какие же деньги у черепах и орлов!

К. И. Чуковский

...встретил на улице знакомого врача и, желая получить бесплатный совет, спросил:
— Доктор, что ты делаешь, когда простынешь?
— Чихаю, — ответил врач...

Анекдот

В любой стране, претендующей на принадлежность к современной цивилизации, развитие ребенка проходит в постоянном контакте с системой здравоохранения.

Систем этих существует множество, но и автору этой книги (изнутри), и большинству читателей (снаружи) хорошо знакома лишь одна — Государственная Система Бесплатного Здравоохранения[1].

1 В дальнейшем просто Система.

У вашего малыша с момента его рождения есть врач, несущий за него ответственность. Поскольку здравоохранение бесплатное, то ответственность эту он несет не перед вами и не перед ребенком, а перед своим начальством — я не имею в виду этику, я имею в виду фактическое положение вещей. И вы никогда не поймете врача-педиатра, пока не представите себе его взаимоотношений с Системой. А не понимая врача, никогда не сможете благоразумно прислушиваться к его рекомендациям. Поэтому давайте знакомиться — и с Системой, и с педиатром.

Итак, вскоре после появления ребенка на свет он будет осмотрен педиатром-неонатологом. Вы можете чего-то хотеть или не хотеть, но практически все действия неонатолога строжайшим образом регламентированы соответствующими указаниями Министерства охраны здоровья. Выполнив свои функции в рамках отведенных ему полномочий и инструкций, неонатолог передает вахту участковому педиатру — сообщает о вас по телефону в детскую поликлинику накануне выписки из роддома. И участковый врач обязательно посетит новорожденного независимо от того, сделаете вы вызов на дом или нет.

14 лет[1] участковый педиатр будет рядом с ребенком. Он даст вам советы по правилам ухода и кормления, окажет помощь при болезнях, организует профилактические осмотры ребенка врачами-специалистами и проведение прививок, без его заключения вас (точнее, ваше дитя) не примут ни в детский сад, ни в летний лагерь, ни в бассейн, ни в школу. Во время болезни ребенка только участковый педиатр оформит матери оправдательный документ для предоставления по месту ее работы. И будет очень благоразумно, если вы всегда будете соблюдать **первое золотое правило:**

1 14 лет — это минимум. В различных странах (даже на территории СНГ) нет однозначной договоренности — до какого возраста считать дитя пациентом педиатра. Вполне возможно, что общение продлится и до 18 лет.

С УЧАСТКОВЫМ ПЕДИАТРОМ НАДО ДРУЖИТЬ.

Даже если вы считаете себя очень большим специалистом, а врача таковым не считаете, то не стоит демонстрировать это на каждом шагу. Потому что педиатр без вас обойдется, а вы без него — нет.

Мы, тем не менее, будем рассматривать стандартную ситуацию, которая характеризуется вполне нормальными человеческими отношениями между вами и врачом.

Участковый педиатр постоянно будет помогать вам. И элементарная порядочность требует от родителей сделать все, чтобы у врача из-за вас не возникли неприятности. А для этого необходимо совсем немного: в назначенные сроки посещать поликлинику для осуществления осмотров, проведения прививок и взятия анализов. И все! Врачу от вас больше не надо ничего. Во всех остальных случаях он нужен вам.

Теперь подробнее о вашем враче. Каким бы замечательным человеком, добрым семьянином и прекрасным специалистом он ни был, но, заходя в ваш дом или принимая вас в поликлинике, он представляет Систему. Это не значит, что врачу хочется ее представлять. Однако

Система дает ему возможность существования — о нормальной жизни речь, разумеется, не идет, но вероятность голодной смерти не очень велика. И в этом состоит особенность Нашей Системы, лишний раз доказывающей тот факт, что человеческие существа способны самые блестящие идеи довести до абсурда. Лучше бесплатности и доступности ничего быть не может, но Система организована таким образом, что, декларируя бесплатность, пытается сделать бесплатным все, включая труд медицинских работников. Ну а широкие народные массы пытаются с Системой бороться, постоянно подкармливая врачей...

Систему не интересует — устраивает вашу семью врач или нет.

Системе необходимо, чтобы врач устраивал ее. Для этого к каждому «просто врачу» приставлены: заведующий отделением, заместитель главного врача по лечебной работе, главный врач, райздрав, горздрав, облздрав, минздрав, институт усовершенствования врачей, кафедры и консультанты, контрольно-ревизионное управление и т. п. И в обязанности любого врача входит составление огромного числа документов, которые позволяют, во-первых, в любой момент доказать, что они составлены плохо, а значит, врач плохой, и, во-вторых, обеспечить существование самой Системы, как раз на этой самой документации и построенной. А для того, чтобы на верхушку Системы забраться, нельзя долго внизу задерживаться — что-то я не припомню министра здравоохранения, который бы лет десять поработал участковым врачом. Понятно, что чем ближе к верхушке, тем труднее разглядеть копошащихся внизу врачей и больных.

Мы с вами Систему поменять не можем. Наша задача — к ней приспособиться.

Поэтому вы должны знать, что прием в поликлинике и хождение по домам — лишь малая часть работы врача, меркнущая в сравнении со временем, которое он проводит за письменным столом.

Вы должны знать: заработная плата врача от количества больных не зависит. Хоть 2 человека на приеме, хоть 52. Хоть 3 вызова на дом, хоть 23.

Несмотря на то что подавляющее большинство детских болезней может быть излечено в домашних условиях, врач этого себе позволить не может. Он не имеет возможности ежедневно вас посещать, организовать соответствующее обследование и т. п. Его заработная плата не зависит от того, направил он в стационар 5 больных за год или 100.

Врач не может порекомендовать вам метод лечения или систему воспитания, которые отличаются от официально рекомендуемых.

Как мы уже говорили, при первом же посещении новорожденного врач подробно перечислит вам все его дефекты. Нет, он прекрасно знает — вам нельзя нервничать, но вы же сами будете потом возмущаться, что вам вовремя не сказали. Ах, сколько возмущений приходится выслушивать врачам, если бы вы только знали! И это нормально. Ведь пока государство не начнет своих врачей уважать, вряд ли будет возможно требовать уважения к ним от значительной части населения, которое удивительно спокойно воспринимает тот факт, что, к примеру, ремонт и диагностика автомобиля намного более доходный вид деятельности, чем диагностика и лечение детских болезней.

Врач — такой же человек, как и мы все. Он не хочет сознательно рисковать, сознательно искать себе неприятности и сознательно брать на себя ответственность в ситуациях, когда ответственность должна быть возложена на другого. А те, кто рискует, ищет и берет на себя, — не спят ночами, не видят собственной семьи, не знают выходных. Но про них говорят, им звонят, их благодарят. Люди, а не Система.

Ну а с чем врачу бороться труднее всего, так это с заблуждениями, традициями и предрассудками. Если ребенок живет в тепле, чистый, ухоженный, самая лучшая еда и т. п., но при этом болеет — к врачу никаких претензий. Но скажет врач: перестаньте кутать, а через неделю дитя простудится — так это ж всем понятно, кто виноват. Да кому это надобно, при его уровне зарплаты и постоянных конфликтах с Системой, искать на свою голову приключений еще и со стороны родителей! Да делайте, что хотите, лучше уж я вас буду потом лечить...

И если врач говорит вам, что с месячного возраста ребенку надобно давать соки, а с пяти месяцев — овощной суп, то это не значит, что необходимо вступать в дискуссию, доказывая обратное. Врач поносы и аллергии видит больше вашего. Но он сообщает вам точку зрения Системы.

И я еще раз повторяю:

ЗА ЗДОРОВЬЕ РЕБЕНКА НЕСУТ ОТВЕТСТВЕННОСТЬ ТОЛЬКО ЕГО РОДИТЕЛИ — И ПЕРЕД БОГОМ, И ПЕРЕД ОБЩЕСТВОМ, И ПЕРЕД СОБСТВЕННОЙ СОВЕСТЬЮ.

Это **второе золотое правило**, и чем раньше вы сообщите педиатру о том, что оно (это правило) вами усвоено, тем более человеческими, открытыми и откровенными будут ваши взаимоотношения.

Из всего вышеизложенного вытекает и **третье золотое правило**:

В ОСНОВЕ ПРИНИМАЕМЫХ РЕШЕНИЙ ДОЛЖНЫ ЛЕЖАТЬ СОВЕТЫ ПЕДИАТРА И ЗДРАВЫЙ СМЫСЛ РОДИТЕЛЕЙ.

Следует упомянуть и о том, что надобно проявить инициативу и узнать все-таки фамилию, имя и отчество вашего врача. Не очень корректно говорить: «Скажите, доктор...», потому что ни кандидаты, ни тем более доктора участковыми педиатрами почему-то не работают. При первом же посещении поликлиники узнайте и перепишите часы его приема. Очевидно, что если прием в поликлинике утром, то прийти к вам на дом врач сможет лишь во второй половине дня. И это надо знать — хотя бы для того, чтобы решить, в случае чего, дожидаться врача или сразу вызывать «скорую помощь».

Если врач вызван вами на дом — осуществите некоторые ***обязательные предварительные действия***, дабы не суетиться в тот момент, когда прозвучит звонок в дверь:

- по возможности наведите в доме порядок;
- приготовьте тапочки;
- повесьте в ванной чистое полотенце и проследите, чтобы не пришлось искать мыло;
- на всякий случай пусть будет под рукой ложка, которая понадобится для осмотра полости рта. Ложка должна быть средних размеров и без всяких финтифлюшек;
- если у вас имеются конкретные вопросы к врачу — заранее запишите их на бумаге, поскольку, с высокой степенью вероятности, все, что вы хотели спросить, вы забудете в самый ответственный момент. Опять-таки желательно иметь под рукой бумагу и пишущие принадлежности, чтобы иметь возможность быстренько записать полученные советы и рекомендации.

2.8. ПРОФИЛАКТИЧЕСКИЕ ПРИВИВКИ

Прививка — это ответственная биологическая операция.

П. Ф. Здродовский

Как человек, достаточно много времени проработавший в инфекционной больнице, с уверенностью заявляю: в отношении всех болезней, против которых прививки делаются, вероятность заболевания остается весьма реальной. Дети этими болезнями болеют, а исходы бывают, мягко говоря, разные.

Поэтому ***для нормальных, здравомыслящих и благоразумных родителей нет и не может быть никакой дискуссии по поводу того, надо прививки делать или не надо.***

ДЕЛАТЬ ОБЯЗАТЕЛЬНО!

Совершенно другой вопрос состоит в том, что ответные реакции на прививки самым существенным образом зависят от состояния организма ребенка. И если вы очень боитесь, то логика не в том, чтобы прививки не делать. Логика — в целенаправленной подготовке организма: нормальном образе жизни, естественном вскармливании, закаливании, устранении контактов с источниками аллергии и т. п.

Прививки необходимо проводить в назначенные педиатром сроки, и чем более вы точны, тем выше профилактическая эффективность. Это обязательно следует учитывать при планировании, например, летнего отпуска; неплохо бы и самим поинтересоваться, когда и какую прививку необходимо делать.

Каждая страна мира имеет свой, утвержденный соответствующим государственным органом календарь профилактических прививок. Этот календарь учитывает возраст ребенка, интервал между прививками и перечень конкретных болезней, для предупреждения которых прививки, собственно говоря, и делают.

В чем же состоит суть профилактических прививок?

В организм вводится медицинский препарат — ***вакцина.*** В ответ на введение вакцины организм вырабатывает особые клетки — специфические антитела, которые и защищают человека от соответствующей болезни.

Каждая из вакцин имеет свои строго определенные показания, противопоказания и сроки применения, свою схему и свои пути введения (через рот, внутримышечно, подкожно, внутрикожно).

На каждую вакцину организм реагирует по-разному. В некоторых случаях одной прививки вполне достаточно для выработки длительного иммунитета. В других — необходимы многократные введения. Отсюда возникли два медицинских слова — ***вакцинация*** и ***ревакцинация***. Суть вакцинации — добиться выработки специфических антител в количестве, достаточном для профилактики конкретной болезни. Но этот стартовый (защитный) уровень антител постепенно снижается, и необходимы повторные введения для поддержания их (антител) нужного количества. Вот эти повторные введения вакцины и есть ревакцинация.

Упомянутое нами выражение «реагирует по-разному» относится не только к качеству и срокам формирования иммунитета, но и непосредственно к ответным реакциям организма ребенка. К реакциям, которые и врачи, и родители могут непосредственно наблюдать (нарушение общего состояния, повышение температуры тела и т. д.). ***Выраженность и вероятность этих реакций определяются тремя факторами***.

Первый — о нем мы уже говорили — *состояние здоровья конкретного прививаемого дитяти.*

Второй — качество и свойства конкретной вакцины. Все вакцины, разрешенные к применению (сертифицированные) Всемирной организацией здравоохранения (а в нашей стране применяются только такие вакцины), обладают высокой профилактической эффективностью, и нет среди них ни одной заведомо плохой и некачественной. Тем не менее вакцины разных производителей могут вмещать разные дозы антигенов, отличаться по степени очистки, по виду используемых консервирующих субстанций. Кроме этого, вакцины, даже предназначенные для профилактики одной и той же болезни, могут отличаться одна от другой самым принципиальным образом — например, могут представлять собой препарат, созданный на основе живого, но ослабленного микроба, или препарат на основе микроба убитого (или даже части этого убитого микроба). Понятно, что если микроб хоть и ослабленный, но живой, всегда есть вероятность развития болезни (той самой болезни, от которой прививку делали), а с убитым микробом такой вероятности нет.

Третий фактор — действия медицинских работников. Вакцинация — это не рядовой стандартный процесс, по принципу «в три месяца всех уколоть», а индивидуальные, совершенно конкретные и очень ответственные действия, которые конкретный врач осуществляет в отношении конкретного дитя. И действия эти вовсе не так просты, как может показаться на первый взгляд. Необходимо оценить состояние здоровья ребенка, подобрать вакцинный препарат, дать родственникам малыша четкие и доступные рекомендации касательно того, как подготовить дитя к прививке и как обращаться с ним после нее (питание, питье, воздух, гуляние, купание, лекарства). А еще очень важно скрупулезно соблюсти множество прививочных тонкостей: как вакцину правильно хранить, как перед использованием нагреть, в какое место сделать укол и т. п.

* * *

Теперь несколько слов про конкретные прививки от конкретных болезней.

Самая первая прививка — это прививка против туберкулеза[1]. Она, как правило, делается непосредственно в роддоме в первые дни после рождения, однократно. В дальнейшем, теоретически, ревакцинация осуществляется в 7 и в 14 лет. Почему теоретически? Да потому, что

1 Знаменитая вакцина против туберкулеза называется БЦЖ.

вопрос о том, делать или не делать ревакцинацию против туберкулеза, во многом зависит от **пробы Манту.** Пробу, или реакцию, Манту детям ставят довольно часто, но подавляющее большинство родителей понятия не имеют, что это и для чего это.

Дело в том, что практически каждый человек рано или поздно инфицируется бактерией туберкулеза, т. е. микроб попадает в человеческий организм. Но сам факт инфицирования вовсе не свидетельствует о том, что человек заболел туберкулезом. Допустим, микроб попал, а организм, благодаря все той же прививке, имеет защитное количество антител — вот болезнь и не развивается, хотя туберкулезная бактерия присутствует. *Реакция Манту — это не прививка, это проба на инфицирование туберкулезом*[1]. Т. е. если в организме туберкулезных бактерий нет — проба отрицательная, а после инфицирования она становится положительной.

Как же все это осуществляется на практике? Ребенку ежегодно делают реакцию Манту, и она, как правило, положительная (ведь ребенок получил туберкулезную палочку при вакцинации), т. е. после пробы возникает небольшое покраснение кожи. Иногда проба отрицательная — если вакцинация не проводилась или оказалась не эффективной. Но вот в один не очень прекрасный момент из отрицательной проба становится положительной или из положительной — резко положительной. Медики называют это *виражом туберкулиновой пробы*, и этот самый вираж рано или поздно имеет место практически у всех людей, но у одного — в 3 года, а у другого — в 6 лет или в 12. И вот тут-то возникает весьма ответственная ситуация. Необходимо получить ответ на очень принципиальный вопрос: человек инфицировался, но не заболел потому, что имел (имеет) иммунитет, или заражение привело к возникновению заболевания — защитных антител не хватило.

Отвечают на этот вопрос врачи, специалисты по туберкулезу (фтизиатры). Для этого ребенка осматривают, берут определенные анализы, проводят рентгенографию органов грудной клетки. В зависимости от результатов врач делает соответствующее заключение. Выявлен туберкулез — лечим туберкулез, сомнительные результаты — курс профилактического лечения особыми противотуберкулезными антибиотиками, все в порядке — все в порядке, но ревакцинацию теперь делать не надо: противотуберкулезный иммунитет будет поддерживаться уже не вакциной, а непосредственно попавшим в организм микробом. А за-

1 Выражение «не прививка, а проба» весьма принципиально. После проб не бывает общих реакций — не повышается температура, не изменяется самочувствие. Местная реакция, т. е. непосредственно в том месте, куда укололи, вполне может быть — собственно, для этого проба и делается.

дача медиков — не упускать такого ребенка из поля зрения, поставить на учет и регулярно осматривать, дабы вовремя выявить ситуацию, когда организм не справится и таки придется лечить.

В роддоме может быть начата и вакцинация от гепатита В с последующими ревакцинациями в один и шесть месяцев.

В возрасте около трех месяцев начинаются прививки непосредственно в поликлинике. За три введения с интервалом в 1—1,5 месяца осуществляют вакцинацию сразу от нескольких болезней — от полиомиелита, коклюша, дифтерии, столбняка, гемофильной инфекции. На втором году жизни проводится ревакцинация от всех этих заболеваний.

В годовалом возрасте делаются прививки от кори, краснухи и паротита (свинки)[1].

1 Календарь профилактических прививок постоянно пересматривается. Это зависит от эпидемической ситуации, появления новых вакцин, наличия средств у государства. Конкретно сроки прививок вы всегда можете уточнить у вашего педиатра, а я эти сроки сознательно приводить не буду.

* * *

После любой прививки (любой!) может иметь место реакция организма — повышение температуры тела, отказ от еды, вялость. Это нормально: организм вырабатывает иммунитет (защиту) к конкретной болезни. Одни вакцины переносятся очень легко и почти никогда не дают серьезных реакций, типичный пример — вакцина против полиомиелита. Введение других препаратов, напротив, часто сопровождается выраженным повышением температуры и существенным нарушением общего состояния ребенка, опять-таки типичный пример — коклюшный компонент вакцины АКДС[2].

*Для родителей очень важно осознавать принципиальную разницу между **реакцией** на прививку и **осложнением** после прививки.*

Реакции на вакцинацию, в той или иной степени выраженности, просто обязаны быть, и это, как мы уже отметили, абсолютно нормально.

Что же такое осложнения? Вот это как раз то, чего быть не должно, то, что бывает крайне редко. Не должно быть ни судорог, ни потери сознания, ни температуры выше 40 °C. Не должен ребенок покрываться

2 АКДС — знаменитая вакцина от трех болезней — коклюша, дифтерии и столбняка. Неудивительно, что частота серьезных реакций на вакцину против коклюша приводит к ограничениям на ее применение. Так, ослабленным детям или детям с болезнями нервной системы, для которых очень опасна высокая температура тела, либо вводят вакцину АДС — не содержащую коклюшного компонента, — либо используют современные, но многократно более дорогие вакцины, в которых коклюшный компонент особым образом расщеплен, и эта обработка существенно уменьшает риск побочных явлений.

с ног до головы сыпью, а в том месте, куда укололи, не должно быть никаких нагноений.

Осложнения после прививок — это всегда серьезно. Каждый такой случай подробно анализируется, целая врачебная комиссия решает: почему так получилось и что же делать дальше? Прививать или нет, если да, то каким препаратом и от каких болезней.

2.8.1. КОГДА МОЖНО И КОГДА НЕЛЬЗЯ ДЕЛАТЬ ПРИВИВКИ?

Прежде всего помнить, что любая прививка делается ребенку, у которого в этот момент нет никакой острой инфекционной болезни — ни насморка, ни поноса, ни сыпи, ни повышения температуры тела. Почему важно именно отсутствие инфекционной болезни? Да потому, что любая вакцина — это нагрузка на иммунитет. Для того чтобы отреагировать на прививку правильно и выработать достаточное количество антител, организм должен быть более или менее свободен от других дел, в свою очередь связанных с выработкой иммунитета. Отсюда два вывода: если у ребенка нога в гипсе, то это не противопоказание к прививке. Если любая, пусть даже инфекционная болезнь, протекает с нормальной температурой и с ненарушенным общим состоянием — понятно, что такая болезнь не несет в себе существенной нагрузки на иммунитет и не является противопоказанием к вакцинации.

Из приведенного правила есть исключения. Некоторые инфекционные болезни специфически поражают именно те клетки человеческого организма, которые ответственны за выработку иммунитета. Это, к примеру, ветряная оспа и инфекционный мононуклеоз. Т. е. если у ребенка ветрянка, то нормальная температура и удовлетворительное общее состояние все равно не являются поводом к тому, чтобы делать прививки. Но исключения лишь подтверждают правила — умеренное шмыганье носом при общем бодром состоянии вполне позволяет прививки делать.

Некоторые перенесенные ребенком инфекционные болезни вызывают длительное ослабление защитных сил организма, и это в свою очередь является противопоказанием к проведению прививок на определенный срок (около шести месяцев после выздоровления). К таким болезням относят менингит, вирусный гепатит, уже упомянутый нами инфекционный мононуклеоз.

В то же время *делать или не делать прививку — вопрос, относящийся исключительно к компетенции врача.* Для каждой болезни — аллергической, врожденной, неврологической и т. п. — разработаны соответствующие правила: как, когда и чем прививать.

2.8.2. КАК ПОДГОТОВИТЬСЯ К ПРИВИВКЕ?

Специально ничего делать не надо. Ну разве что всячески избегать экспериментов в отношении еды — никаких новых продуктов не давать.

Помните: ***подготовить здорового ребенка к вакцинации какими бы то ни было лекарствами невозможно***. Любые препараты, якобы облегчающие переносимость прививки: «витаминчики», гомеопатические средства, травки «для сосудов», полезные бактерии, капельки «для иммунитета» и т. д. и т. п. — все это популярные способы психотерапии мамы и папы, попытка реализации распространенного ментального принципа «ну надо же что-то делать» и бизнес производителей (распространителей) этих лекарств.

И еще несколько советов:

- ***чем меньше нагрузка на систему пищеварения, тем легче переносится прививка.*** Ни в коем случае не заставляйте ребенка есть. Не предлагайте еду, пока не попросит. За сутки до вакцинации по возможности ограничивайте объем и концентрацию съедаемой пищи;
- ***не кормите*** (ничем) минимум час до прививки;
- собираясь в поликлинику на прививку, очень-очень ***постарайтесь не переусердствовать с одеждой***. Будет крайне нежелательно, если прививку сделают сильно пропотевшему малышу с дефицитом жидкости в организме. Если в поликлинику все-таки попали потные, подождите, переоденьте, хорошо напоите;

- 3—4 дня перед прививкой ***максимально ограничьте общение ребенка с людьми*** (детьми). Не ищите инфекций: по возможности избегайте многолюдных мероприятий, магазинов, общественного транспорта и т. д.;
- находясь в поликлинике, ***сдерживайте свою общительность***. Постойте (посидите) в сторонке, сократите контакты. В идеале посадите в очередь папу, а сами погуляйте с малышом на свежем воздухе.

2.8.3. ДЕЙСТВИЯ ПОСЛЕ ПРИВИВКИ

1. Гулять!!!
2. Стараться немного недокармливать (при наличии аппетита) или кормить только по аппетиту (если аппетит снижен или отсутствует).
3. Побольше пить — минеральная вода, компот из сухофруктов, зеленый, фруктовый, ягодный чай.
4. Чистый, прохладный, влажный воздух.
5. Максимально ограничить общение с людьми — ребенок вырабатывает иммунитет, его организм занят. Другие микробы нам сейчас нежелательны. А источник этих других микробов — другие люди.
6. При повышении температуры тела и существенном нарушении общего состояния — осмотр врача, но парацетамол в любом виде (свечи, таблетки, сироп) вполне можно дать. Чем выше температура тела, тем актуальнее правила, изложенные в пунктах 2, 3 и 4.

2.8.4. ЕСЛИ РЕБЕНОК ПОСЛЕ ПРИВИВКИ ЗАБОЛЕЛ

В пятницу Пете сделали прививку, в понедельник он начал кашлять, а в среду врач поставил диагноз «воспаление легких». Вечные вопросы: почему это произошло и, разумеется, кто виноват?

ЕСЛИ РЕБЕНОК ПОСЛЕ ПРИВИВКИ ЗАБОЛЕЛ

С точки зрения родителей, виновата прививка — этот факт очевиден и лежит на поверхности, углубляться не очень-то и хочется. На самом деле вероятных причины три:

1. неправильные действия непосредственно после прививки;
2. дополнительное инфицирование, чаще всего, острая респираторная вирусная инфекция на фоне «занятого» иммунитета;
3. снижение иммунитета вообще — «благодаря» соответствующему воспитанию.

Так кто виноват и что делать, дабы этого не произошло? Вопрос риторический, ведь очевидно, что способность ребенка нормально реагировать на прививки во многом зависит от системы ухода и воспитания. А это уже полностью в компетенции родителей.

2.9. ЗАКАЛИВАНИЕ

Как не стыдно человеку
Чуть чего бежать в аптеку!
Ты прими хоть сто пилюль,
Все равно здоровья — нуль!
Зато у матушки-природы
Полным-полно других даров.
Прими леса, поля и воды,
И гор хребты, и неба своды —
И ты практически здоров!

Ю. С. Энтин

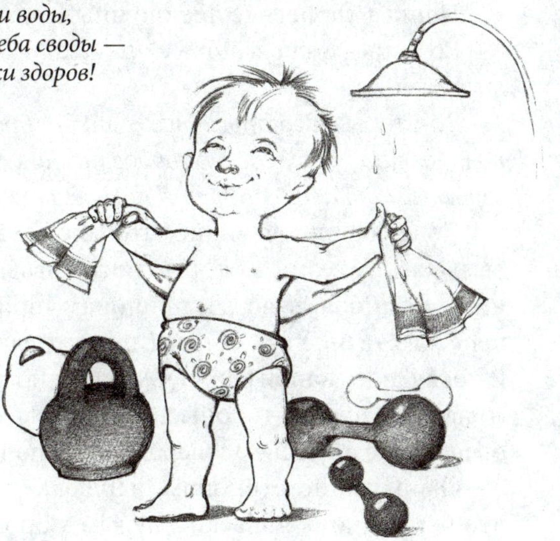

Состояние здоровья ребенка довольно часто совершенно не устраивает его родителей. Нет, он не то чтобы все время больной, но уж больно часто болеет. Приходит участковый врач, в очередной раз диагностирует очередное ОРЗ, назначает лечение. Лечим. Помогает. Через пару недель — опять шмыгает носом.

Условия почти идеальные — своя детская комната, игрушки, сыт, одет, обут, в доме тепло и никаких сквозняков, прекрасный детский сад... Все равно болеет. Отрицательные родительские эмоции постепенно накапливаются. Мама конфликтует с начальством в связи с получением очередного больничного по уходу за ребенком. Папе все это тоже надоело; до чего дошло — его уже в аптеке, что по соседству с домом, знают в лицо! Надо что-то делать!

А что делать? Ответ кажется очевидным — закаливать. А как? С чего начать? Что это вообще за штука такая, закаливание?

Начнем с определения термина.

Итак, ***ЗАКАЛИВАНИЕ — повышение устойчивости организма к неблагоприятному действию ряда физических факторов окружающей среды*** *(например, пониженной или повышенной температуры, воды и др.) путем систематического дозированного воздействия этими факторами.*

Наши задачи совершенно иные.

Во-первых, *объяснить суть закаливания*, его цели и способы их достижения.

Во-вторых, *добиться того, чтобы, проводя над детьми эксперименты, носящие условное, но гордое название «закаливающие процедуры», взрослые отдавали отчет своим действиям.*

Совершенно очевидно, что многие внешние факторы способны вызывать болезни, которые носят название «простудные заболевания». К наиболее частым причинам «простуд» относят, прежде всего, переохлаждение как общее (плохо оделись, холодно в квартире), так и локальное (например, промочили ноги или выпили холодного лимонада). С одной стороны, взаимосвязь «холод-болезнь» совершенно очевидна, с другой — совершенно непонятна.

Озираясь по сторонам, наблюдая за животными — собаками, что бегают по ноябрьским лужам, воронами, что сидят на проводах в лютый январский мороз, — невольно начинаешь ощущать некую человеческую неполноценность, некоторую оторванность от природы. Неужели за более развитые мозги приходится расплачиваться абсолютной неспособностью жить по законам Природы? Нет, вполне можно объяснить связь простуды и экстремальных физических воздействий — провалились в прорубь, например. Но почему болезнь возникает лишь потому, что дунуло из открытого окна, лишь потому, что в ботинки попал снег, лишь потому, что в школе потерял шапку и пятиминутную дорогу домой шел с непокрытой головой? Почему?

Ответы на поставленные вопросы следует искать в самом раннем детстве. Ведь новорожденный человеческий детеныш обладает врожденной способностью адаптироваться к условиям окружающей среды. Стабильность этих условий — например, постоянная и отнюдь не низкая температура воздуха, теплая вода, стерильная пища, тщательное устранение контактов с движущимся воздухом (ветер) — приводит к тому, что врожденные механизмы адаптации отключаются за ненадобностью. К огромному-преогромному сожалению, именно стабильность внешних физических факторов является чуть ли не главным проявлением родительской любви. К чему это приводит? К тому, что физические факторы, для человека вовсе не экстремальные — движущийся воздух, именуемый страшным словом «сквозняк», или температура в комнате +17 °С, — становятся источником повышенной опасности.

Таким образом, следует сделать очень важное заключение: ***новорожденный ребенок в закаливании не нуждается***. Он закален самой Природой, тысячелетиями естественного отбора. Следует всего-навсего так организовать уход за младенцем, чтобы не угасли природные адаптационные механизмы. Не только не избегать, но сознательно создавать контрасты температур как воздуха, так и воды, использовать все возможности для максимального по продолжительности контакта с естественными факторами Природы, проще говоря, побольше гулять и в любую погоду. Только не надо экстремизма! Не надо окунать детей в прорубь, не надо часами держать их на солнце и совершенно не обязательно бегать по снегу босиком.

Тем не менее естественное воспитание, основанное на поддержании природных способностей, вступает в глубокие противоречия как с отечественной педиатрией, так и с отечественным менталитетом. Ситуация близка к тупиковой хотя бы потому, что 99% мам и пап благополучно заболевают после того, как посидят на сквозняке или промочат ноги. Неудивительно, что эти факторы однозначно расцениваются как опасные, и ребенка от подобных угроз будут всячески оберегать.

Сама проблема закаливания возникает, как правило, именно в тех семьях, где дети желанны и любимы, где родители готовы на всяческие жертвы и личные ограничения, лишь бы ребенку было хорошо.

Закаливание всегда должно рассматриваться как попытка вернуть утраченное, попытка вскочить в уходящий поезд, попытка пересмотреть традиционные родительские представления о том, что для ребенка плохо и что хорошо.

Вышеизложенное следует рассматривать в качестве некой теоретической базы, позволяющей понять, что **главная задача родителей не в том, чтобы ребенка закалять. Главное — сделать так, чтобы ребенок в закаливании не нуждался.**

* * *

Но это все теория. Имеем факт: постоянные простуды. Признаем: были не правы. Готовы исправляться.

С чего начать?

Начать с того, что понять: на любого человека — неважно, взрослый это или ребенок, — постоянно оказывает воздействие совершенно определенная совокупность внешних воздействий. Воздействия эти условно могут быть разделены на две группы. Первая — факторы естественные (природные): знаменитые, воспетые в песнях и сказках солнце, воздух и вода. Вторая — факторы цивилизации: место жительства, бытовая химия, учеба в школе, телевизор, одежда, транспорт и т. д. и т. п.

Возникшее вследствие неадекватного воспитания угнетение врожденной устойчивости к совершенно обычным для человеческого организма природным воздействиям вполне может быть устранено. Для этого надо совсем немного — принципиально изменить образ жизни, сделать его естественным.

Естественный образ жизни предусматривает приоритетный контакт с вышеупомянутыми естественными факторами и максимальное ограничение контактов с «вредностями цивилизации». Именно такой способ существования пробуждает заложенные в человеке адаптационные механизмы. Логичное следствие — многократное повышение устойчивости организма, снижение как частоты, так и тяжести болезней.

Образ жизни наших детей, особенно жителей городов, в подавляющем большинстве случаев естественным не является. Малоподвижность. Почти постоянное пребывание в помещении — школа, домашние задания, многочасовые бдения возле телевизора или компьютера, детская комната с кучей игрушек. Кормление, несопоставимое с реальными энергетическими затратами, избыток бытовой химии.

Читатели, разумеется, вполне могут возразить: дескать, совсем не у каждого ребенка есть своя комната с кучей игрушек, и не каждые родители могут позволить себе избыток еды, и не все дети часами делают уроки. Так-то оно так. Но весь парадокс как раз и заключается в том, что ***не имеющие лишнего веса двоечники из малообеспеченных семей в закаливании, как правило, не нуждаются!***

Рассмотрим теперь основные составляющие естественного образа жизни, весьма желательные для взрослых и абсолютно обязательные для детей, особенно в тех житейских ситуациях, когда на семейном совете рассматривается вопрос о том, что ребенка пора закалять.

1 **Двигательная активность.** В школу пешком или, может, одну остановку подъехать на автобусе? Посмотреть кино или поиграть в футбол? Что вообще полезнее для здоровья — шахматы или теннис? В воскресенье всей семьей делаем генеральную уборку, формируя трудовые навыки, или в воскресенье всей семьей отправляемся на природу, а генеральную уборку совершаем за два вечера в будни? Надо ли отвечать на эти вопросы? Надо ли объяснять, что проявлять двигательную активность лучше под открытым небом, а не между полом и потолком?

2 **Одежда.** Не мешает двигаться. Количество умеренное, поскольку потливость вызывает простуды чаще, чем переохлаждение.

3 **Питание.** Аппетит — как главный критерий целесообразности приема пищи вообще и как эквивалент энергозатрат в частности. Не хочет есть — значит, не потратил должного количества энергии (на поддержание температуры тела, на уже упомянутую нами двигательную активность).

Совершенно особый вопрос — посещение детских коллективов (школа, детский сад). Понятно, что воспитательнице детского сада сослаться на «плохую погоду» и не выходить из помещения проще, чем, во-первых, всех одевать-раздевать и, во-вторых, выслушивать потом от Сережиной мамы претензии — мальчик заболел потому, что было сыро.

Школа — это вообще отдельная тема. Мы все дружно смирились с тем, что школа — источник знаний. А со здоровьем как? Ведь благосостояние нашего народа не настолько велико, что у всех есть дома тренажеры, бассейны и площадки для тенниса. Остается лишь на школу надеяться. Но не тут-то было...

Почему математика четыре раза в неделю, а физкультура — два? Нищие спортзалы с осыпающимися потолками, какие тренажеры, нам бы хоть пару новых волейбольных мячей! 90 минут в неделю на двигательную активность и 20 минут из этих 90 — перекличка, «равняйся», «смирно», «на первый-второй рассчитайся». Ботаника, природоведение и география, не выходя из класса! Дополнительные занятия. Количество домашних заданий таково, что добросовестное отношение к учебе способно подорвать самое крепкое здоровье.

Минуточку, воскликнет нетерпеливый читатель, у нас ведь тема «закаливание»! А закаливание тут при чем?

Очень даже при чем, поскольку ***именно закаливание сплошь и рядом пытаются сделать заменителем естественного образа жизни.***

Классическая ситуация: славная девочка Леночка — отличница. Она много читает и любит мультики, помогает маме мыть посуду, дополнительно занимается английским языком, а по воскресеньям в дом приходит учительница музыки (в прошлом году дедушка на сэкономленную двухлетнюю пенсию купил пианино). У Леночки много игрушек и книг, три почетные грамоты, хронический тонзиллит, аденоиды, низкий гемоглобин, аллергия на апельсины и шоколад. За зиму она пять раз болела ОРЗ и один раз — бронхитом. Леночкин папа первым сделал вывод о том, что ребенка надо закаливать, и был поддержан на семейном совете (пять голосов «за», теща воздержалась). В доме даже нашлась изданная массовым тиражом брошюра «Закаливание». Начать решили с обливаний. В книжечке была таблица — с какой температуры начать и как температуру снижать. Каждый день (перед сном) Леночку обливали — начали с 34 °C, каждую неделю температуру воды снижали на 1 °C, дошли до 30 °C, но в классе у всех был грипп, а в книге написано: в случае заболевания температуру повысить, опять вернулись к 34 °C... В принципе, закаливать оказалось очень даже просто — каких-то десять минут в день потратить на дополнительные водные процедуры.

Описанный вариант действий весьма типичен и, что самое главное, — с одной стороны, абсолютно безвреден для ребенка, а с другой — очень удобен для родителей. Ничего не меняя в целом и тратя максимум 15—20 минут в день на закаливающие процедуры, взрослые и, на первый взгляд, вполне разумные люди пребывают в глубоком убеждении касательно того, что они ребенка закаляют.

Давайте еще раз вернемся к теоретической основе закаливания. Некий физический фактор, например сквозняк, вызывает простудные заболевания. Если же этот фактор будет постоянным, вначале кратковременным (дозированным), а затем более длительным, то организм к нему (сквозняку) привыкнет и не будет болезненно реагировать. Из теории — практический способ закаливания: сегодня посидим 20 секунд возле открытого окна, завтра — минуту, послезавтра —

две минуты, в идеале — через три месяца будем спать с открытой форточкой. Промокшие ноги — болезнь. Нальем в ванну тепленькой водички и попрыгаем перед сном две-три минуты. На следующий день сделаем воду чуть холоднее, а прыгать будем чуть дольше. В идеале через полгода будем бегать по лужам в тапочках.

Ребенок неделями не выходит гулять, не снимает шапочек и шерстяных носков, ест с уговорами, часами сидит возле телевизора, но перед сном его обливают (обтирают) водой и с чувством глубокого удовлетворения ложатся спать.

Именно такой теорией и именно такими практическими действиями внедряется закаливание в нашу повседневную жизнь.

В подавляющем большинстве случаев «закаливающие процедуры» не приносят ребенку ни пользы, ни вреда, но оказывают огромную пользу нервной системе родителей.

Закаливание является большим жирным крестиком на совести мамы и папы — мол, мы сделали все, что могли.

Так что, не закаливать? Закаливать, но правильно и ***понимать под закаливанием следует не кратковременные дозированные воздействия солнцем, воздухом и водой, а принципиальную коррекцию образа жизни.*** Начинать не с обтираний и обливаний, не с открывания форточки на 20 секунд. Начинать с решения глобальных вопросов: распорядок дня, интенсивность обучения, еда, сон, детская комната, одежда, спорт.

Раз и навсегда определить некие правила, обязательные для исполнения: гулять в любую погоду и всячески поощрять двигательную активность, никогда не заставлять есть, свести до минимума контакты с бытовой химией, предоставить возможность одеваться самому (самому выбирать количество вещей). Если ребенок не вылезает из болезней, определиться с дополнительными учебными нагрузками (музыка, иностранные языки). *Лишние знания при дефиците здоровья не делают человека счастливым.* Привести в порядок детскую комнату, выкинуть накопители пыли, каждый день — влажная уборка. Не свежий воздух дозировать, а дозировать телевизор, дозировать уроки, дозировать шашки-шахматы и крестики-нолики. Дарить не игрушки и шоколадки, дарить свежий воздух — не из окна, а в лесу, цветы — не в вазе, а в поле, воду — в реке, а не из водопровода.

Только такой образ жизни может сделать ребенка счастливым. А практическая реализация подобных действий требует от родителей не только желания, но и времени. Это гораздо сложнее и хлопотнее, чем обтирать теплой водичкой пять минут в день.

Прямая связь здоровья ребенка и возможностей родителей находить время для укрепления этого самого здоровья представляется очевидной. Но имеем, что имеем — печальную окружающую среду, низкий уровень материального благосостояния, постоянный поиск средств к существованию, дефицит здоровья у самих родителей. Легко сказать: «все свободное время — гулять». Надо ведь иметь свободное время. Легко сказать: «прохладный душ по утрам». Надо ведь иметь горячую воду — без горячей воды трудно сделать прохладную, только холодная получается. Рука не поднимается проветривать комнату, в которой и без проветривания +15 °C.

Перечень причин, мешающих закаливанию, можно продолжать, но сил мириться с детскими болезнями уже не осталось, а желание делать хоть что-нибудь усиливается с каждым днем. Важный аргумент в пользу необходимости действий — болезнь ребенка сама по себе требует времени и немалых средств (лекарства, диета, финансовые потери в связи с невозможностью ходить на работу). Итак, конкретные рекомендации, долгожданные ответы на извечный вопрос «что делать?».

Понять, что имеется два варианта действий. Первый вариант — относительно пассивный — коррекция образа жизни. Что, как и в каком направлении корректировать, мы уже определили. Сразу же заметим — подобных перемен совершенно достаточно для постепенного возврата утраченного здоровья. Второй вариант — активный. Перемены образа жизни плюс некие дополнительные мероприятия (те самые закаливающие процедуры), позволяющие вернуть утраченное заметно быстрее.

Рекомендуемая схема активного варианта действий примерно такова.

Начать с физических нагрузок. Проснуться на час раньше обычного и в любую погоду устроить пробежку. Не бег на месте в комнате, а на свежий воздух! Пробежались 5—10 минут (никуда не торопимся, спокойно, никаких рекордов на скорость и дальность), остановились, еще 5—10 минут — комплекс элементарных гимнастических упражнений (помахали руками, покрутили тазом, попрыгали, поприседали) и побежали домой. Итого — максимум 30 минут. Дома — водные процедуры, душ или из ковшика облились теплой водичкой (пока папа бегал, мама подогрела воду), почистили зубы. Позавтракали. Пошли в школу (детский сад). Постепенно увеличиваем дальность и время пробежек, усложняем гимнастические упражнения, уменьшаем количество одежды.

Описанному варианту действий *помешать может только лень*. Никаких других оправдательных мотивов просто не существует. Можно допустить (хотя и не очень хочется), что родители не могут позволить себе выходной на природе и прогулки с ребенком после работы. Но час в день по утрам выкроить можно и нужно. За этот час ребенок получит *гармоничный комплекс воздействий: собственная двигательная активность + вода и свежий воздух + общение с любимым родителем*. Автор гарантирует, что, найдя в себе силу воли ежедневно просыпаться на час раньше, вы уже через месяц почувствуете перемены к лучшему — не только в отношении здоровья ребенка, но и в отношении своего собственного здоровья!

При осуществлении любых закаливающих мероприятий следует неукоснительно соблюдать ***три главных принципа***:

1. ***систематичность*** — раз уж начали, не идите на попятную, не ищите повода сегодня пропустить;
2. ***постепенность*** — плавное увеличение интенсивности и продолжительности воздействий;
3. ***учет индивидуальных особенностей*** — возраста, психологической настроенности самого ребенка, сопутствующих болезней, бытовых факторов.

Закаливающие процедуры должны доставлять ребенку удовольствие. Всегда имеет смысл делать акцент именно на те варианты действий, к которым стремится сам ребенок. Нравится ему, например, ходить босиком. Очень хороший вариант закаливания — родителям лишь остается не забывать о постепенности и систематичности.

Обращаю внимание: закаливание помогает предотвратить лишь те болезни, которые связаны с неблагоприятным воздействием именно физических факторов окружающей среды. Закаливание никоим образом не может уменьшить частоту инфекционных болезней: если в детском саду ветрянка или началась эпидемия гриппа — «благополучно» заболеет, как и остальные, «незакаленные». Но именно закаливание позволяет многократно уменьшить тяжесть и продолжительность болезней, частоту и вероятность осложнений.

Еще раз подчеркиваю **главное**.

РЕБЕНОК НЕ НУЖДАЕТСЯ В ЗАКАЛИВАНИИ. РЕБЕНОК НУЖДАЕТСЯ В ЕСТЕСТВЕННОМ, ГАРМОНИЧНОМ ОБРАЗЕ ЖИЗНИ.

Максимальная двигательная активность, максимально возможное пребывание на свежем воздухе, достаточный минимум одежды, чистая прохладная детская комната в десятки раз важнее и целесообразнее любых гимнастик, обливаний и обтираний. Справедливость именно такого положения вещей нередко постигается родителями слишком поздно, когда якобы любовь, якобы уход и якобы забота приносят плоды в виде целого букета болезней.

2.10. ДОРОГА К ГОРШКУ

Жизнь — это ряд усилий. Мы видим цель,
но не всегда видим дорогу.

В. Шкловский

Питая к простоте вражду,
подвергнув каждый шаг учету,
мы даже малую нужду
справляем по большому счету.

И. Губерман

Наблюдая за ребенком, сравнивая его с другими детьми, общаясь с друзьями-подругами, нормальные любящие родители постоянно ищут доказательства того факта, что «наш не хуже других». И именно поэтому жизнь нормальных любящих родителей состоит из огромного количества переживаний.

Проблемы и поводы для волнений поэтапно сменяют друг друга. Будет ли держать головку? Вылезут ли зубы? Закроется ли родничок? Когда же, наконец, он сядет, встанет, поползет, пойдет? Неужели он так и будет отталкивать ложку? Неужели он так и не заговорит — уже ведь год исполнился, а кроме «мама» и «дай» никаких осмысленных звуков не наблюдается?

Принципиальной особенностью именно нашего образа жизни является постоянное обсуждение волнующих проблем не только в кругу семьи, но и вынос их (проблем) на всеобщее обозрение в процессе общения с друзьями, подругами, соседями и сослуживцами.

Как только (на каком-нибудь дне рождения) вы гордо заявите о том, что, дескать, «наш Петя в 10 месяцев сам пошел», как пренепременно среди присутствующих обнаружится более «удачливый» родитель, чей Вася пошел в 9,5. Детальное изучение вопроса наверняка приведет к расширению списка обсуждаемых родственников и знакомых. Главным итогом вечера станет не вызывающее сомнения заявление соседки тети Клавы касательно того, что ее внучатый племянник Артурчик ходил самостоятельно в 8 месяцев.

Оставшись наедине с собой, вы невольно удивитесь трансформации собственных мыслей. В течение какого-то часа ваш самый любимый, самый талантливый и самый развитый мальчик Петя из объекта непоколебимой родительской гордости трансформировался в самое обычное и совсем невыдающееся дитя. То ли дело Артурчик!

Наутро, успокоившись, вы поймете, что восьмимесячный племенник тети Клавы ходил самостоятельно, главным образом, под себя...

И это предмет отдельного разговора.

Тема «хождения под себя», к которой мы пришли «простым логическим путем», во всем спектре детских проблем стоит особняком.

* * *

Умение самостоятельно, без помощи родственников, справлять нужду является настолько очевидным атрибутом «взрослости», что желание поскорее увидеть своего ребенка гордо сидящим на горшке и не менее гордо натягивающим после этого абсолютно сухие трусы становится просто нестерпимым.

Масла в огонь добавит опять-таки уличная информация. Несложно будет узнать о выдающихся достижениях молодой мамы Оксаны из третьего подъезда: ее дочка с трех месяцев мочится по команде «пись-пись». Вряд ли вам сообщат о том, что словосочетание «пись-пись» Оксана произносит по 30—40 минут подряд, но дело сделано. Зерно сомнения запало в ранимую родительскую душу. И снимая с сухого и веселого Пети тяжелый утренний подгузник, вы твердо решите: хватит быть маленьким!

С этого момента начнется дорога вашего ребенка к горшку (вариант — унитазу). Но, отправляясь в путь, следует четко уяснить: сам малыш не скоро придет к намеченной цели. Вам обязательно следует быть рядом с ним. Готовы ли вы к этому путешествию?

Поэтому давайте перед дорогой присядем и подумаем.

И прежде всего — вот о чем.

Много ли вы знаете детей, которые пошли в школу, не умея при этом самостоятельно справлять нужду?

Ответ однозначен — не много, а если точнее, — вообще не знаете. По крайней мере, если речь идет о ребенке, который отправился в обычную среднюю школу.

Вы твердо должны отдавать себе отчет в том, что если у ребенка нет тяжелой врожденной или приобретенной патологии, то рано или поздно он научится контролировать свои потребности и станет полноправным членом общества.

Но что в данном контексте означает словосочетание «рано или поздно»?

Рано — это когда: в полгода или в год? Поздно — это когда: в три года или в четыре?

И ответа однозначного здесь нет и быть не может.

Ибо все определяется, по крайней мере, должно определяться, именно **вашими личными** представлениями о своевременности и целесообразности. Еще раз подчеркиваю — **лично вашими**!

Не мнением прабабушки, которая однозначно заявляет, что все ее пятеро детей с годовалого возраста сами вытирали себе попу и не были избалованы вредными и никому не нужными памперсами.

Не высказываниями настойчивой соседки Оксаны, подсчитавшей, что за последние полгода ей удалось сэкономить на памперсах сумму, равную 20 упаковкам стирального порошка.

Не категорическими утверждениями крупных «специалистов» о том, что подгузники вредны и «вам должно быть стыдно и вообще уже пора».

Вы четко должны определиться с непреложным правилом: ***это ваш ребенок, это именно вы тратите деньги на его одежду и подгузники, это именно вас должно в вашем ребенке что-либо устраивать или не устраивать. Когда и каким образом ваш ребенок будет справлять нужду, является внутренним делом именно вашей семьи.***

Из приведенного правила есть очевидное исключение. Процессы отправления физиологических потребностей являются внутренним делом вашей семьи лишь при условии, что это не затрагивает существования других семей. Ситуация, при которой дитя мочится под дверью у соседей, нормальной не является. Но упомянутое исключение лишь подтверждает общее правило.

Итак, вы решили, что действительно пора.

Первое, что вы должны знать: что-либо знать вам совсем не обязательно. Если вы никогда не знакомились с правилами приучения к горшку, если вы никогда не открывали книг с мудрыми инструкциями, если без теории вы сразу же решили стать практиком — успех придет к вам пренепременно. Да, возникнут проблемы, разочарования в себе и в ребенке, несколько скандалов и истерик, но конечный результат предопределен.

Ограничить количество практических неудач и недоразумений можно с помощью вовремя полученной теоретической информации.

Этим мы и займемся, пожалуй.

* * *

С момента рождения — и это очевидный факт — процессы мочеиспускания и дефекации ребенком не контролируются. Т. е. эти процессы подчиняются безусловным рефлексам — действиям, не требующим участия коры головного мозга. *Элементарная задача приучения к горшку, в переводе на умную терминологию, состоит в том, чтобы данный от природы безусловный рефлекс сделать условным — подчинить его воле конкретного юного индивидуума.*

Успешность переучивания определяется тремя факторами:

1. состоянием (развитием) органов, принимающих непосредственное участие в процессах мочеиспускания и дефекации: мочевого пузыря, мочеиспускательного канала, прямой кишки, мышц брюшного пресса, сфинктеров[1] прямой кишки и мочевого пузыря;
2. состоянием (развитием) нервной системы, прежде всего, коры головного мозга;
3. интенсивностью внешних воздействий или, проще говоря, педагогической активностью родственников.

Три перечисленных составляющих тесно взаимосвязаны, но уже на этом этапе можно сделать очень существенные выводы, которые, впрочем, вполне очевидны:

1 Сфинктер — это особая круговая мышца, сжимающая полый орган или замыкающая выход из него.

Чем раньше вы начнете процесс приучения к горшку, тем больших усилий это от вас потребует.

Приучение к горшку тем успешнее, безболезненнее и проще, чем выше уровень физиологического развития ребенка.

Практический опыт подтверждает вышесказанное: ***дорога к горшку полна слез, детских воплей, труда и разочарований, но только тогда, когда вы отправились в путь слишком рано***.

Очень многим терпеливым и активным родителям удается добиться прекрасных результатов уже на первом году жизни. Сплошь и рядом произносятся гордые заявления о том, что ребенок в 10, 9, 8, даже в 7 месяцев опорожняет мочевой пузырь по команде «пи-пи», а ходит по-большому исключительно после «а-а». И в этом нет совершенно ничего удивительного. Многократным пи-пиканьем и а-аканьем несложно добиться возникновения условного рефлекса, только рефлекс этот не совсем то, что нам требуется.

Почему? Да потому, что это связь между процессом опорожнения мочевого пузыря и звуком «пи-пи». И если этот звук произносится часто и подолгу, и если все равно не отцепятся, пока не помочишься, так связь эта установится рано или поздно.

Но цепочка должна быть другой: не «пи-пи» — наполнение пузыря — мочеиспускание, а наполнение пузыря — горшок — мочеиспускание. Т. е. побудительным мотивом к горшку должен стать физиологический процесс (наполнение пузыря), а не звуковой раздражитель («пи-пи»).

Расплата за ранние успехи приходит на втором году жизни. Якобы способный и развитый ребенок, с девяти месяцев сидящий на горшке, вдруг, по каким-то «непонятным» соображениям, перестает это делать и активно воюет за свою свободу с озабоченными родственниками. А соображения очень даже понятные — наступает время формирования того самого нормального, естественного контроля над выделениями, о котором мы уже говорили. Мочевой пузырь пустой, а они тут лезут со своими «пи-пи»...

Каких бы «поразительных успехов» вы ни добились, до 1,5 лет успехи эти будут временными, а эпизоды промашек — частыми. И к этому надобно относиться весьма философски. Нет совсем ничего плохого в том, что вам удастся сэкономить энное количество подгузников и познакомить ребенка с такой интересной штукой, как горшок. Но знакомство это, по крайней мере, с точки зрения медицинской науки, будет поверхностным, а выработанные навыки — нестойкими.

Впрочем, сроки формирования рефлексов индивидуальны, осознанное общение с горшком может иметь место и в годовалом возрасте, но ситуация, когда до трех лет «ну ничего не получается» — тоже совсем не редкость.

В этом-то и кроется серьезная проблема. Озабоченные тем, что не получается, родители пытаются активно влиять на процесс. Возможные воздействия непременно включают в себя элементы насилия — заставить сесть, не дать встать, наказать за лужу в коридоре. Следствие — истерики, антипатия ребенка к процессу в целом, к горшку и родственникам — в частности.

Отсюда важное правило: ***если не получается — подождите***. Закройте тему на один-два месяца, вернитесь к привычным для всей семьи подгузникам, не тревожьте понапрасну свою и детскую психику.

Существуют установленные специалистами физиологические нормы.

1. Естественный переход к контролю над выделениями начинается после года и активно «дозревает» в течение второго года жизни.
2. Средний возраст выработки более или менее устойчивых «горшочных» навыков колеблется в интервале от 22-х до 30-ти месяцев.
3. Стойкие условные рефлексы формируются к трехлетнему возрасту.

Все вышеизложенное — теория, предшествующая последующим практическим рекомендациям. Но перед тем как перейти к конкретным советам, хочется еще раз подчеркнуть: *попытки приучения к горшку ребенка в возрасте до года могут привести лишь к экономии подгузников (что немаловажно), но никакого отношения к формированию осознанного контроля над выделительными функциями эти попытки не имеют.*

Таким образом, рекомендуемое время приучения ребенка к горшку колеблется в достаточно широком возрастном интервале — от одного года до трех лет.

Для того чтобы процесс прошел максимально гладко, следует знать некоторые признаки, указывающие на психическую и физиологическую готовность организма ребенка к познанию туалетной науки.

К таким признакам относятся:

- установление более или менее стабильного режима дефекации;
- способность более 1,5—2 часов сохранять подгузники в сухом состоянии;
- знание частей тела и названий предметов одежды;
- знание или понимание слов «пописал» и «покакал»;
- демонстрация отрицательных эмоций как следствие пребывания в грязных (мокрых) подгузниках;
- стремление (умение) самостоятельно раздеваться;
- стремление (умение) самостоятельно входить-выходить из туалета.

И наконец, самый достоверный признак: способность любым способом — словом, кривлянием, конкретными звуками, жестами — передать родителям слово «хочу».

* * *

Итак, все предварительные условия присутствуют. Желание есть. Начинаем.

1 Помимо готовности ребенка должна быть и готовность взрослых. Очевидно, что на этапе перехода от подгузника к горшку затраты времени на непосредственное общение с малышом заметно увеличиваются. Нельзя вырабатывать туалетные навыки лишь по воскресеньям или только в те дни, когда ожидается официальный визит бабушки.

2 Ребенок, как, впрочем, и всякий взрослый человек, склонен к переменам в настроении. Ранний этап туалетного обучения лучше проводить тогда, когда все члены семьи здоровы и жизнерадостны.

3 Лучшее время — лето. Легче освободиться от одежды, меньше количество предметов, подлежащих стирке в случае промашки. Да и сохнет все заметно быстрее.

4 Знакомимся с горшком. Предлагаем его ребенку тогда, когда вероятность «процесса» максимальна — после сна, после еды, когда по поведению поняли — пора.

5 В случае успеха — очень-очень хвалим. В случае неудачи — изо всех сил стараемся не огорчаться, а если огорчаемся — огорчения не показываем.

6 Фиксируем внимание не только на самом горшке, но и на действиях, непосредственно предшествующих общению с горшком и расставанию с ним: как горшок достать, как его открыть, как снять трусы, как надеть трусы, как и куда вылить содержимое из горшка, как помыть горшок, как закрыть горшок и поставить его на место. Реализация всего перечисленного с легкостью превращается в интересную игру. Замечательно, если после каждого удачно осуществленного действия родители не скупятся на похвалы — весь процесс в таком случае сопровождают положительные эмоции, а это, пожалуй, главное на переходном этапе.

7 Постепенно организовываем встречи с горшком не только тогда, когда пора ребенку, а тогда, когда этого требует распорядок дня. Например, в обязательном порядке усаживаемся перед сном, перед прогулкой.

8 Расставаться с подгузниками окончательно и бесповоротно не следует. Они вполне пригодятся для поездок в транспорте, ночью, на прогулке в прохладное время года, поначалу и во время дневного сна. Но всякий раз, когда проснулись сухие и быстренько уселись на горшок — обращаем внимание на то, какие мы молодцы, и в подтверждение этого очевидного факта демонстрируем сухой подгузник.

9 Форма горшка, его цвет и количество «прибамбасов» (музыкального сопровождения, откручивающихся частей, нарисованных глаз и выступающих ушей) не имеют принципиального значения. Важно все-таки, чтобы горшок воспринимался не как игрушка, а в качестве предмета совершенно определенного назначения. И в этой связи не стоит поощрять просто игры с горшком. «Вот это стул. На нем сидят» — и, по аналогии, — «это горшок, в него писают и какают». Желательно, тем не менее, чтобы горшок был сделан из экологически чистой пластмассы, был удобным — размеры соответствовали попе, не был холодным. Наличие спинки (горшок в виде кресла) совсем не помешает.

10 Не принципиально: горшок или унитаз (подразумевается наличие специального детского сиденья). Тут уж как вам удобнее. С учетом того, что, особенно на первых порах, процесс может затягиваться, горшок сподручнее, поскольку общаться в комнате приятнее, чем в тесном туалетном пространстве. Совмещать горшок с унитазом — вполне приемлемый вариант, особенно для мальчиков. Специальная табуреточка в туалете, а с нее помочиться — это ж просто удовольствие и осознанное приобщение к миру взрослых. А если еще папа найдет время показать, как это делается...

* * *

Итоговое наблюдение из практики.

Честное слово, за два десятка лет работы педиатром я ни разу не сталкивался с ситуацией, когда родители нормального четырехлетнего ребенка обращаются к врачу по поводу того, что дитя не умеет пользоваться горшком.

Но рыдания мамы, чей двухлетний отпрыск писает в штаны, — явление довольно типичное. При этом главный повод к огорчениям не тот факт, что наш штаны намочил, а то, что все остальные давно ходят на горшок.

— А с чего вы взяли, что все остальные ходят?

— Так сами говорят!

По этому поводу вспоминается замечательный анекдот о том, как пенсионер Иван Иванович жалуется сексопатологу: «Соседу Петру Петровичу, как и мне, 70, он говорит, что может три раза, а я вообще не могу!» А доктор советует: «Так и вы говорите»...

Надеюсь, аналогия понятна.

ЧАСТЬ ТРЕТЬЯ

БОЛЕЗНИ ВАШЕГО РЕБЕНКА

«Что такое? Неужели
Ваши дети заболели?»
«Да-да-да! У них ангина,
Скарлатина, холерина,
Дифтерит, аппендицит,
Малярия и бронхит!
Приходите же скорее,
Добрый доктор Айболит!»

К. И. Чуковский

3.1 ОЧЕНЬ НЕОБХОДИМОЕ ПРЕДИСЛОВИЕ

Боже, помоги мне смириться с тем, что я не в силах уразуметь.
Боже, помоги мне уразуметь то, с чем я не в силах смириться.
Упаси меня, Боже, перепутать одно с другим.

Старинная испанская молитва

Не вызывает никакого сомнения, что диагностировать болезни и проводить лечение должны люди, специально этому обученные, — врачи. И никакая книга, ориентированная на широкую читательскую аудиторию, не сможет врача заменить. А у самих врачей (у очень многих, по крайней мере) подобные книги вызывают реакции далеко не однозначные и, как правило, негативные.

Ведь рядовой представитель все той же широкой читательской аудитории часто теряет самоконтроль и пытается в индивидуальном порядке решить вопросы, которые, с точки зрения личной безопасности, решать все-таки должен специалист. *А когда последствия самолечения становятся более опасными, чем само заболевание, — вот тут уже и есть где развернуться специалисту, ну а в результате никому не бывает скучно. Врачи лечат последствия лечения, а особо умные и внимательные читатели продолжают проводить эксперименты на себе и делятся опытом с соседями, читая им лекции на тему «Как не надо лечить воспаление легких».*

Поскольку автор этой книги — самый обыкновенный практикующий врач, то неудивительно, что ему очень часто приходилось и приходится сталкиваться с последствиями самолечения, «полулечения» или «ускоренного лечения»[1]. И незлым словом поминать неуемную страсть нашего народа к активному лечению красивыми таблетками. Но вот с чем совершенно нет сил мириться, так это с постоянным стремлением взрослых постоянно лечить собственных детей. А коль скоро сил мириться нет, надо бороться. Но бороться не на уровне крика «нельзя!», а на уровне хотя бы попытки *объяснить людям, во-первых, что с ними происходит, во-вторых, что при этом делать желательно и, в-третьих, чего нельзя делать ни в коем случае.*

1 Под полулечением я понимаю ситуацию, когда из четырех назначенных врачом препаратов пациенты выбирают два по своему личному усмотрению. Ускоренное лечение — это когда опять-таки к четырем препаратам опять-таки по личному усмотрению приплюсовываются еще четыре.

Главные аргументы в пользу именно такого подхода состоят в следующем:

- Основы медицинских знаний, как это ни печально, приобретаются людьми не в школе, а на собственном, часто горьком опыте. Этот факт уложить в голове довольно трудно. Ведь для получения среднего образования в обязательном порядке следует усвоить разницу между синусом и косинусом, постичь последствия контакта кислоты со щелочью и накрепко запомнить, что крепостное право было отменено в 1861 г. Совсем не обязательно при этом знать, от чего бывает насморк, как помочь ребенку при повышении температуры тела, почему перестали делать прививки от оспы и какая разница между дифтерией и дизентерией.
- Лозунги типа «не занимайтесь самолечением!» хороши лишь теоретически, поскольку уровень здоровья самого обыкновенного среднего человека, будь то взрослый или ребенок, оставляет желать лучшего, а при любом чихе обращаться к врачу — врачей не хватит. Так что хотим мы того или не хотим, но рядовые человеки часто лечатся сами и все равно будут сами лечиться, оставляя докторов и больницы в резерве — на крайний случай. Ну, а коли лечиться будут все равно, то не помешают конкретные и доступные знания.
- В целом, антипатия врачей к популярной медицинской литературе вполне понятна: имея за плечами большой опыт работы, а под рукой огромное количество специальной литературы, данные лабораторных и инструментальных исследований, — так вот при всех этих условиях и то не всегда удается поставить правильный

диагноз. Легко объяснить при этом пессимизм, возникающий при попытках научить кого-либо чему-либо на уровне бытовом, да еще и без использования специальной терминологии.

- Но ведь пишут популярные книжки про зверушек — про бабочек, хомячков и морских котиков: как они живут, как размножаются, как кормят детенышей, что едят. Народу любопытно, народ читает. Конечно, интересно знать, что гепард бегает быстро — со скоростью 120 км в час, но недалеко. Однако не менее интересна и, главное, более близка к телу популярная информация о человеческих болезнях. Ну разве не любопытно узнать, для чего ребенка с ветрянкой мажут зеленкой? А кто такие аденоиды? А какая разница между ОРЗ и простудой? И еще сотни таких почему, как, для чего.
- После того, как доктор сообщит, что ваш ребенок заболел, например, скарлатиной, вы, что вполне понятно, потребуете ответа на вопрос: что такое скарлатина? А поскольку времени у врача не очень-то и много, весьма велика вероятность того, что вас не удовлетворит ответ. Если эта книга вам поможет — будет просто здорово, тем более что популярную народную мудрость — «доверяй, но проверяй» — врачи испытывают на себе весьма регулярно.

Практический опыт однозначно свидетельствует — вначале необходимо понимание и только потом уже — руководство к действию. В этом состоит, как это ни банально, принципиальная разница между профессионалом (врачом), который понимает и принимает решения, и дилетантом (простым гражданином, начитавшимся мудрых книг), который действует, подтверждая всем своим существованием мудрое изречение Кромвеля: «Дальше всех зайдет тот, кто не знает, куда идти».

Автор предлагает искать дорогу вместе.

3.2. ИММУНИТЕТ: ЧТО ЭТО ТАКОЕ

О мир, как дивно круг ты совершаешь —
ломаешь то, а это исправляешь.

Фирдоуси

Взрослые, и это, к сожалению, типично, задумываются о детском иммунитете после того, как ребенок начинает часто болеть (по крайней мере, очень и очень маловероятно, чтобы, приступая к процессу зачатия, будущие родители думали именно об этом). Остается лишь надеяться на то, что изложенная ниже информация будет получена вами вовремя...

Никакими закаливаниями и образами жизни полностью предотвратить детские хвори нельзя. Каждый человек встречается в своей жизни с огромным количеством микробов. А до тех пор, пока к большинству из них в организме не будет выработан иммунитет, инфекционные болезни — неизбежность. Но всегда найдется микроорганизм, к которому защиты нет. Поэтому *болеют все — и дети, и взрослые.*

И совершенно не принципиально — болеть или не болеть. Важно, как болеть — насколько часто и насколько тяжело.

Значение слова «***иммунитет***» с чисто теоретических, медицинских позиций объяснить довольно трудно. Но для нашего с вами взаимопонимания достаточно следующего: **иммунитет — это способность**

организма защищать себя. Защищать от всего, что для организма естественным не является: от вирусов и бактерий, от ядов, от некоторых лекарств, от образующихся в самом организме ненормальностей (раковых клеток, например)[1].

Каждой человеческой клетке присуща своя генетическая информация. Это сложное на первый взгляд положение прямо-таки вызывает желание либо перестать читать, либо схватить школьный учебник по биологии, дабы срочно восполнить пробелы в образовании. Но тонкости нам не нужны. Принципиально другое: *система иммунитета способна анализировать — отличать своих от чужих*. А в основе этого анализа — именно генетическая информация. Что-то попало в организм: генетическая информация совпадает — значит, свой, не совпадает — чужой. *Любое вещество, имеющее чужеродную генетическую информацию, называется* ***антигеном***.

Система иммунитета вначале обнаруживает антиген, а затем делает все, чтобы этот антиген уничтожить. *Для уничтожения конкретного антигена организм вырабатывает совершенно определенные клетки — они называются* ***антитела***. Определенное антитело подходит к определенному антигену как ключ к замку, разве что вероятность повторить или подобрать в миллионы раз меньше.

Пример. В организм попал вирус кори. Иммунитет определил, что этот вирус генетически отличается от любой другой клетки человека. Следовательно, это антиген. Началась выработка антител, не просто каких-то там антител, а именно антител к вирусу кори. Антитела нейтрализовали вирус и болезнь закончилась. А иммунитет к конкретной болезни, в нашем примере к кори, остался.

Следует знать, что сроки болезни у каждого конкретного ребенка во многом будут определяться скоростью образования и количеством выработанных антител.

Иммунитет к определенным болезням может быть врожденным — часть уже готовых антител достается ребенку от матери, и, соответственно, приобретенным — т. е. таким, который организм выработал самостоятельно.

И еще очень важная теоретическая информация.

Мы уже поняли, что иммунитет — явление специфическое (четкое соответствие конкретного антигена конкретному антителу). Но это не всегда так, поскольку система иммунитета имеет на своем вооруже-

1 В специальной медицинской литературе можно найти десятки самых разнообразных определений понятия «иммунитет». Самое короткое, и, с точки зрения автора, самое удачное звучит так: «Иммунитет — система поддержания генетического гомеостаза». Поясню, что гомеостаз — это постоянство внутренней среды организма.

нии не только антитела. Типичный пример: повышение температуры тела приводит к тому, что в организме начинает вырабатываться особый белок — *интерферон*. Интерферон уничтожает любые вирусы (и гриппа, и кори, и краснухи), т. е. его (интерферона) действие неспецифично. Система неспецифического иммунитета представлена не только интерфероном — еще пару десятков веществ способен вырабатывать организм.

Главное в этой информации следующее. Если иммунитет постоянно тренируется, то на проникновение антигена он может быстро и сильно ответить, мгновенно выработать все тот же интерферон, и болезнь закончится за 2—3 дня. А если интерферона не хватило — придется ждать выработки антител, а на это уже потребуется неделя.

* * *

У новорожденного почти такая же кровь, как у его матери. Т. е. он уже имеет врожденный иммунитет к тем инфекционным болезням, что перенесла мама. Однако это ненадолго, месяца на 3—4, в лучшем случае — на 6 (при естественном вскармливании, разумеется). Поэтому правильно воспитывать ребенка очень желательно с момента рождения, чтобы к 3—6 месяцам сделать его способным бороться с инфекционными болезнями.

На сам процесс формирования иммунитета влияет целый ряд врожденных факторов, зависящих как от состояния здоровья мамы и папы, так и от течения беременности, особенно от перенесенных в это время инфекций. В то же время образ жизни уже родившегося ребенка, в свою очередь, существенно влияет на уровень иммунитета.

Становится понятным, что недостаточность иммунитета может быть врожденной и приобретенной. И первая, и вторая проявляется частыми болезнями, что, вполне резонно, порождает у родителей желание этот самый иммунитет улучшить — желание вполне естественное, особенно если уже успели растерять все то, что новорожденному дала Природа. В конце концов, ну растеряли, ну ушел поезд! Но надо же что-то делать!

Делать надо. А для начала знать, что *стимуляторы иммунитета делятся на фармакологические и физиологические.* Фармакологические — это конкретные лекарства, физиологические — это некоторые формы нормального (естественного, физиологического) образа жизни, позволяющие усилить иммунитет.

Общий жизненный тонус, общий уровень здоровья во многом определяется уровнем энергозатрат организма, нагрузкой на все основные системы: и легкие, и сердце, и сосуды и суставы и т. д. и т. п.— все это должно работать

Короче говоря, иммунитет — это не отвлеченное понятие. Это конкретная система организма, конкретные органы, синтезирующие совершенно определенные защитные вещества. И работа этих самых органов во многом зависит от того, как и с какой нагрузкой трудятся другие системы, про которые мы знаем, которые видим, которые чувствуем.

А теперь давайте задумаемся. **На что ребенок тратит энергию?**

- *на рост и развитие;*
- *на двигательную активность;*
- *на поддержание температуры тела.*

Ну, что касается роста и развития — на это мы особенно повлиять не можем (здесь больше гены, гормоны). Но двигательная активность! Почитать или погулять? А поддержание температуры тела — одеть или не одеть? А от души накормить и загнать в постель — это как?

Вот и получается, что ***естественных стимуляторов иммунитета всего три: голод, холод и физическая активность.*** Ни в одном из трех указанных направлений недопустим экстремизм — не надо сознательно морить ребенка голодом, заставлять бегать по 30 км в день и выгонять раздетым на мороз[1].

Но более важное другое:

противоположные действия (избыточные еда и тепло, ограничение двигательной активности) очень быстро приводят к угнетению иммунитета (частые инфекционные болезни) или к неправильности иммунитета, т. е. вроде бы реагирует, но не так, как надо (аллергические или инфекционно-аллергические болезни).

1 Кстати, все, о чем мы говорили в первой части нашей книги, как раз и ставило своей целью организацию именно такого образа жизни ребенка, при котором иммунитет развивается естественно — мы не рекомендовали ничего особенного для его (иммунитета) избыточной стимуляции и очень просили не мешать его (иммунитета) нормальному развитию.

ИНФЕКЦИОННЫЕ БОЛЕЗНИ: ОБЩАЯ И ОБЯЗАТЕЛЬНАЯ ИНФОРМАЦИЯ

Дело умных — предвидеть беду, пока она не пришла.

Питтак

Преогромное число окружающих нас микроорганизмов люди именуют просто микробами. Для среднего человека, не имеющего к медицине и биологии особого отношения, все микробы вместе — нечто загадочное и, как правило, весьма вредное. Кое-кто знает о том, что микробы бывают полезными. Типичные примеры знаний о полезности микробов ограничиваются информацией о том, что они (микробы) превращают молоко в кефир, что дрожжи — это тоже микробы и что в кишечнике есть какие-то палочки, помогающие переваривать пищу.

Но всем хорошо известен тот факт, что инфекционные болезни вызываются именно микробами. Правда, в одном случае микроб, вызвавший заболевание, легко переходит от одного человека к другому, в другом — это происходит редко, в третьем — не происходит почти никогда. Проще говоря, одни инфекционные болезни заразные, а другие — нет. И медицинские работники почти повсеместно договорились о том, чтобы называть *инфекционными болезнями* именно болезни *заразные*.

Примеры? Пожалуйста. Воспаление легких или язва желудка. В 99% случаев в основе заболевания — особые микроорганизмы. Но поразив одного человека, они становятся индивидуальной проблемой этого конкретного человека, не представляя угрозы окружающим.

Принципиален еще один факт. Упоминая словосочетание «инфекционная болезнь», врачи всегда имеют в виду следующий факт: ***каждой инфекционной болезни соответствует только один, конкретный микроорганизм***, вызывающий именно это заболевание[1]. Дизентерию вызывает только дизентерийная палочка, грипп — только вирус гриппа, а СПИД — только вирус иммунодефицита человека[2].

Успешное лечение любой инфекционной болезни невозможно без четкой и достоверной информации об особенностях конкретного микроба, вызвавшего именно эту болезнь. Что же надо знать?

1 ***Источник инфекции***. Кто или что? Кого бояться (избегать)? Это может быть (и, кстати, чаще всего бывает) человек, а также кошки, собаки, птицы, насекомые и т. д.

2 ***Пути передачи болезни***. Каким образом микроб из одного организма попадает в другой? Наиболее «популярны» — воздушно-капельный путь (микроб вдохнули) и пищевой путь (микроб съели). Но можно «заработать» болезнь при укусах насекомых (комары — малярия, вши — тиф, клещи — энцефалит), при контакте с зараженной кровью (переливание, половой контакт). Наконец, новорожденный уже может быть болен инфекционной болезнью, заразившись от больной матери: некоторые микробы проникают через плаценту и заражают плод.

3 ***Восприимчивость к болезни***. При контакте с больным ветряной оспой или краснухой заражаются практически все, кто раньше не болел. При дифтерии может заболеть 1 из 10, при скарлатине — 1 из 5, при кори — 2 из 3.

1 Теперь понятно, что воспаление легких — болезнь не инфекционная, и не только потому, что она не заразна. Нет четкой взаимосвязи — «болезнь-микроб». Ведь воспаление легких может быть вызвано сотнями, если не тысячами самых разнообразных микроорганизмов.

2 Специалисты, конечно, могут придраться и сообщить, что ту же дизентерию вызывают несколько разных микробов. Это действительно так, но все эти разные микробы — лишь варианты одного микроорганизма — дизентерийной палочки, точно так же как вирус гриппа имеет свои варианты — грипп A, B, C и т. д. В то же время сам факт наличия вариантов больше интересен медикам, чем среднестатистическим папам, мамам и их детям.

4 ***Иммунитет.*** Имеется ли у человека врожденный иммунитет к конкретной болезни. Если заразились — сколько надо времени для выработки иммунитета; если переболели — можно ли заболеть еще раз.

И источник инфекции, и пути передачи, и восприимчивость, и иммунитет и самое, пожалуй, главное, — ***способы лечения*** — все это самым тесным образом связано с биологическими особенностями конкретного микроорганизма.

Что же имеется в виду под этими самыми *биологическими особенностями*?

Прежде всего, тот факт, что под объединяющим словом «микробы» подразумеваются самые разнообразные микроорганизмы. Разнообразные и по способам размножения, и по особенностям жизнедеятельности и по тем болезням, что они способны вызывать.

Наиболее важно — деление микробов на вирусы и бактерии. Этот факт весьма принципиален и без четкого понимания разницы между вирусами (вирусными инфекциями) и бактериями (бактериальными инфекциями) любые рассуждения, советы, объяснения и рекомендации касательно инфекционных заболеваний просто не имеют никакого смысла.

3.4. ВИРУСЫ

Извечной и зловещей мечтой вирусов является абсолютное мировое господство, и, как ни ужасны методы, коими они в настоящее время пользуются, им нельзя отказать в настойчивости, изобретательности и способности к самопожертвованию во имя великой цели.

А. и Б. Стругацкие

Увидеть вирус можно только с помощью электронного микроскопа. Подавляющему большинству врачей и сами вирусы, и электронные микроскопы знакомы лишь по фотографиям в умных медицинских книгах. Но болезни, вызываемые вирусами, имеют настолько характерные симптомы, что ни микроскопов, ни фотографий не надо — все и так ясно.

Принципиальной и наиболее существенной биологической особенностью любого вируса является следующая: вирусы не способны размножаться без помощи клеток других организмов.

Вирус проникает внутрь ***совершенно определенной клетки***, и именно эта зараженная клетка превращается как бы в завод по производству вирусов. Вполне понятно, что работать на два фронта (и на вирус, и на организм) клетка не может, а следовательно, не может выполнять свое основное предназначение — отсюда и возникают совершенно конкретные симптомы болезни.

Мы не зря выделили слова «совершенно определенная клетка». Дело в том, что *главной чертой любого вируса является его избирательность* или, проще говоря, разборчивость. Вирусы не могут жить в любой клетке — им подавай свою, именно ту, которую данный вирус может заставить работать на себя.

Так, например, вирус инфекционного гепатита может существовать и размножаться *только* в клетках печени и больше нигде. Вирус эпидемического паротита (свинки) предпочитает клетки слюнных желез, вирус гриппа — клетки слизистой оболочки трахеи и бронхов, вирус энцефалита — клетки головного мозга и т. д.— в отношении каждого вируса можно перечислить определенные клетки и ткани человеческого организма, которые он (вирус) поражает или может поразить.

Избирательность вирусов прослеживается не только в поражении определенных клеток, но и в способности вызывать конкретные болезни у конкретных биологических видов. Вирус кори может найти нужные ему клетки только в организме человека и не представляет никакой угрозы для любимца семьи кота Васьки. Вирус собачьей чумки не опасен для человека. Но это не общее правило. Ведь определенные клетки разных млекопитающих очень похожи друг на друга, и некоторые вирусы вызывают одну и ту же болезнь у самых разнообразных животных; типичный пример — вирус бешенства.

В то же время способность некоторых вирусов к тому, чтобы поражать только определенный биологический вид, имеет исключительно большое значение. В весьма недалеком прошлом одной из самых страшных болезней была натуральная оспа, вирус которой может существовать только в организме человека. Еще раз акцентирую внимание: биологический вид «вирус натуральной оспы» может существовать исключительно в организме биологического вида «человек разумный». Если в течение двух десятков лет на земном шаре не зарегистрировано ни одного случая заболевания человека натуральной оспой, логично сделать вывод о прекращении существования в живой природе вируса, вызывающего эту болезнь. Указанный факт и лег в основу прекращения абсолютно обязательных в прошлом прививок против оспы[1].

Любая клетка организма выполняет целый ряд специфических, только этой клетке присущих функций. После заражения вирусом рано или поздно начинают возникать проблемы. Вирус поразил клетки печени — возникла желтуха и другие признаки печеночной недостаточности. Вирус поразил слизистую оболочку бронхов — появился кашель, в легких хрипы, учащенное дыхание. Вирус проник в клетки головного мозга — возникли расстройства сознания, судороги, параличи.

1 До 1958 г. в мире ежегодно диагноз «натуральная оспа» ставился, в среднем, 250 тысяч раз. В 1958 г. ВОЗ начала кампанию по полной ликвидации оспы. В 1980 г. было объявлено, что планета Земля свободна от натуральной оспы.

Избирательность вирусов приводит к тому, что *каждой вирусной инфекции присущи свои, совершенно конкретные симптомы*, а симптомы, как теперь становится понятно, будут определяться именно неспособностью группы клеток, поврежденных вирусом, выполнять свои функции.

Тяжесть вирусной инфекции зависит от того, какие клетки и в каком количестве поражены. Понятно, что поражение головного мозга приведет к более серьезной и значительно более опасной болезни, чем поражение клеток слизистой оболочки носа.

И еще ***два момента***, касательно избирательности вирусов и тяжести болезни.

1 *Любые клетки человеческого организма определенным образом изменяются в процессе роста и развития.* Проще говоря, клетка, например, печени трехлетнего мальчика Сережи совсем не то же самое, что клетка печени взрослого дяди Сережи. Гепатоцит (именно так называется основная клетка печени) ребенка еще не дозрел, и вирусам, например гепатита А, размножаться в таких незрелых клетках затруднительно. Поэтому ребенок первого года жизни почти никогда не может заболеть гепатитом А, дети постарше болеют очень легко, подростки — потяжелее, а взрослые — тяжело. Поэтому более или менее легкие детские инфекции (корь, краснуха, ветрянка) могут у взрослых протекать очень и очень тяжело.

2 *Тяжесть болезни во многом определяется состоянием или, проще говоря, степенью здоровья конкретной клетки.* Все тот же гепатоцит пьющего дяди Сережи слабее, чем у непьющего подростка Саши. А клетки слизистой оболочки бронхов у курящего десятиклассника Пети слабее, чем у его некурящей одноклассницы Наташи. И существует реальная вероятность того, что гепатит у дяди Сережи будет протекать тяжелее, чем у Саши, а грипп у Пети тяжелее, чем у Наташи.

* * *

Как же реагирует организм человека на проникновение любого вируса? Естественно, начинает с ним бороться — вначале на уровне неспецифического иммунитета (интерферон и т. д.), затем появляются антитела. Антитела нейтрализуют вирус, и болезнь заканчивается. Но все совсем не так просто, как может показаться на первый взгляд.

В одних случаях за то время, что необходимо для выработки антител, вирус успевает натворить такое, что неминуемы тяжелейшие последствия или человека вообще невозможно спасти. Бывает и так, что вирус в организм человека проникает, определенные клетки заражает и на этом свое «гнусное дело» прекращает. Т. е. вирус вроде как бы и есть, и он действительно находится внутри определенных клеток, но болезни нет — вирус по каким-то своим «соображениям» не размножается, он как бы спит внутри, коварно дожидаясь определенного момента, когда ослабнет иммунитет.

Если вирус способен активно размножаться, он быстро приводит к гибели и разрушению захваченную им клетку. Из распавшейся клетки вирусы попадают в кровь, а там их уже поджидают антитела... Вот и получается, что активные вирусы (т. е. вирусы-погубители клеток), вызывают острые инфекционные болезни (краснуху, корь, свинку, грипп и т. п.), которые длятся ровно столько, сколько надо организму для синтеза антител. А сроки выработки антител совершенно определенны и, как правило, невелики — около 5—10 дней. Поэтому всегда можно сказать, сколько будет заразен больной корью и когда исчезнет сыпь. Поэтому врач, поставив диагноз краснухи, точно знает, через сколько дней наверняка станет лучше. Поэтому если грипп длится 3 недели, то это уже не грипп.

* * *

Тот конкретный факт, что вирусы находятся именно внутри клеток человеческого организма, обуславливает главнейшие сложности в лечении любых вирусных инфекций.

Очень трудно уничтожить вирус и оставить при этом в живых саму клетку. Неудивительно, что эффективных противовирусных лекарственных препаратов очень мало и все они, как правило, весьма специфичны — т. е. действуют на строго определенный вирус (например *ремантадин* — только на вирус гриппа А) или на строго определенную группу вирусов (например *ацикловир* — на вирусы группы герпеса).

Становится понятным, что ***главный принцип лечения вирусных инфекций — помочь организму самому победить вирус.***

В чем же состоят принципы помощи?

Прежде всего в том, чтобы **создать условия, при которых борьба вируса с организмом ребенка наиболее вероятно закончится**

победой именно ребенка. Эти условия включают в себя и режим, и диету, и определенные лекарственные препараты.

Суть лечения:

1 *Воздействие на конкретные симптомы болезни*. Например, обработка высыпаний на коже, или смягчение кашля, или определенные капли в нос, или воздействие на высокую температуру тела.

2 *Улучшение функционирования или уменьшение естественной нагрузки на пораженные вирусом клетки*. Например, противовоспалительные средства, или препараты, улучшающие работу клеток печени, или лекарства, активизирующие кровоснабжение клеток головного мозга.

Существенные сложности и существенные ограничения, возникающие при выборе *способов лечения* вирусных инфекций, во многом определяют тот факт, что первостепенное внимание должно уделяться именно *способам профилактики*.

В чем же состоят **принципы профилактики вирусных инфекций**?

1 ***Прививки***. Введение в организм ослабленного вируса приводит к выработке вполне полноценных антител, защищающих человека от конкретной вирусной инфекции (кори, краснухи, полиомиелита, гепатита В, гриппа, клещевого энцефалита и т. д.).

2 ***Предотвращение или ограничение контактов с вероятным источником инфекции*** (отдельная комната для больного острой респираторной инфекцией и маски для его родственников, «разборчивая» и аккуратная половая жизнь для предотвращения СПИДа и т. д.).

3 ***Образ жизни и система воспитания, формирующие нормальный иммунитет*** (без комментариев).

* * *

Изложенная выше информация позволяет заключить, что родители имеют возможности как для предотвращения конкретных болезней, так и для оказания помощи больному ребенку.

Последовательность, актуальность, нужность или, соответственно, ненужность определенных действий уходит своими корнями в наличие у тех, кто ребенку помогает, реальных знаний.

Правильно помочь можно лишь:

- *знаяя, что это болезнь действительно вирусная;*
- *зная, как этот вирус передается;*
- *зная сроки болезни;*
- *зная, какие клетки и органы поражаются;*
- *зная способы помощи;*
- *зная подстерегающие опасности;*
- ***желая все это узнать...***

Последующие главы — именно для желающих.

3.5. ОСТРЫЕ РЕСПИРАТОРНЫЕ ВИРУСНЫЕ ИНФЕКЦИИ(ОРВИ)

У меня печальный вид —
Голова моя болит,
Я чихаю, я охрип.
Что такое?
Это — грипп!

С. В. Михалков

ОРВИ — это самые распространенные человеческие болезни: до 90% всех случаев инфекционных заболеваний. Ими болеют все — одни чаще, другие реже, но все. Зимой — чаще (вирусы в это время намного активнее), летом — реже, но все равно болеют.

Вызывающие ОРВИ вирусы поражают так называемые *эпителиальные клетки* — клетки, покрывающие дыхательные пути от носа и горла до легких. Вирусов этих существует превеликое множество, самый известный — грипп, но есть и другие — менее знаменитые, но не менее противные (парагрипп, аденовирус, риновирус, реовирус и т. д.). Особую грусть вызывает тот факт, что каждый из этих вирусов имеет определенное количество вариантов (парагрипп — всего 4, грипп — несколько десятков), поэтому у человека имеется теоретическая, а нередко и реальная практическая возможность болеть ОРВИ весьма часто.

Во внешней среде вирусы гибнут довольно быстро[1], но от человека к человеку передаются очень легко — *воздушно-капельным путем.*

1 Выражение «гибнут довольно быстро» весьма условно. Вирус, например, гриппа в воздушной среде может существовать максимум 4 часа. В осевших во время кашля и высохших на постельном белье каплях слизи он живет 10—14 дней, а в комнатной пыли — до 5 недель!

От момента заражения до появления первых признаков болезни (этот промежуток называется инкубационным периодом) необходимо совсем немного времени — иногда несколько часов, но в большинстве случаев — не более четырех дней.

Любой респираторный вирус поражает, как правило, не все дыхательные пути, а какой-то определенный участок. Даже на этом уровне прослеживается избирательность вирусов. Риновирус — слизистая оболочка носа, парагрипп — гортань и трахея, грипп — трахея и бронхи и т. д.

Симптомы ОРВИ всем прекрасно известны, хотя бы потому, что человека, который ни разу ОРВИ не болел, просто не существует. Вначале недомогание, ну а повышение температуры тела, насморк и кашель долго себя ждать не заставляют.

Но конкретные, индивидуальные симптомы ОРВИ в каждом случае зависят, прежде всего, от того, где, на каком участке дыхательных путей вирус вызвал наиболее сильный воспалительный процесс. Для обозначения этого места существует множество страшных медицинских слов. РИНИТ — поражение слизистой оболочки носа, ФАРИНГИТ — поражение слизистой оболочки глотки, НАЗОФАРИНГИТ (нос и глотка одновременно), ТОНЗИЛЛИТ (миндалины), ЛАРИНГИТ (гортань), ТРАХЕИТ (трахея), БРОНХИТ (бронхи), БРОНХИОЛИТ (самые мелкие бронхи — бронхиолы).

Объединяя эти слова (тонзилофарингит, ларинготрахеит, трахеобронхит и т. п.), читатели вполне могут не только приобщиться к медицинской терминологии, но и использовать полученную информацию в корыстных целях. Одно дело сказать начальнику на работе, что у вашего ребенка была ОРВИ, а совсем другое — что дитя болело назофаринготонзиллитом. С учетом всеобщей убежденности в том, что тяжесть болезни имеет прямую связь с непонятностью диагноза, сочувствие начальства вам обеспечено.

Зная признаки поражения того или иного участка дыхательных путей, врач может не только поставить точный диагноз (т. е. сказать не просто «ОРВИ», а конкретно «ОРВИ, бронхит» или «ОРВИ, ларинготрахеит»), но и предположить, какой именно вирус вызвал настоящую болезнь.

Обильный насморк при мало нарушенном общем состоянии — ринит, скорее всего риновирус; осипший или охриплый голос, грубый болезненный кашель — ларингит, скорее всего парагрипп; очень высокая температура, выраженное нарушение общего состояния, незначительный насморк, частый сухой кашель — бронхит, скорее всего грипп и т. д.

Способы профилактики и принципы лечения ОРВИ не зависят от того, как точно данный вирус называется. Это, кстати, во многом определяет тот факт, что практикующие врачи-педиатры предпочитают не морочить своим пациентам головы и редко называют болезни их точными именами, например, аденовирусная инфекция, или парагрипп. Слово «ОРВИ» и родителей и врачей по большому счету устраивает, им и пользуются.

Исключение составляет **ГРИПП — *самое, пожалуй, известное заболевание из всех ОРВИ.***

В чем же состоят **особенности гриппа**?

Главная — способность к изменчивости. Т. е. вирус может самым принципиальным образом изменять свой антигенный состав. И это приводит к тому, что у очень большого количества людей полностью отсутствует какой-либо иммунитет, но не иммунитет «вообще», а именно иммунитет к данному, новому, не известному ранее варианту вируса гриппа.

Ученые выделяют три основных разновидности вируса гриппа — A, B и C. Наиболее принципиальные различия как раз и состоят в способности изменяться.

Так, вирус гриппа C практически стабилен. И один раз переболев, человек почти на всю жизнь имеет иммунитет, т. е. заболеть гриппом C можно лишь при первой с ним встрече. Ну а поскольку вирус широко распространен, становится понятным, что взрослые гриппом C почти никогда не болеют. Это удел именно детей.

Вирус гриппа B изменяется, но умеренно. Если грипп C — болезнь исключительно детей, то грипп B — преимущественно детей.

Грипп A — самый коварный, именно он, постоянно меняясь, вызывает эпидемии.

Принципиальный момент: тяжесть самого заболевания мало связана с тем, как этот вирус называется: грипп A или грипп B, хотя грипп C протекает, как правило, легче. Средства массовой информации эпизодически рассказывают о приближении «страшной эпидемии гриппа», но это вовсе не свидетельствует о том, что данный вирус вызывает заболевание более тяжелое или более опасное. «Страшная эпидемия» — значит, приближается существенно изменившийся вирус, вирус, к которому у большинства населения нет иммунитета. Значит, число заболевших будет очень большим. В этом, еще раз подчеркиваю, суть страшных эпидемий — именно в количестве больных, а не в тяжести конкретной болезни.

Симптомы гриппа по большому счету похожи на симптомы других ОРВИ. Но склонность вируса к преимущественному поражению именно слизистых оболочек трахеи и бронхов приводит к тому, что тяжесть заболевания при гриппе, как правило, выше, чем при других ОРВИ[1]. Но *нет ни одного симптома, возможного при гриппе и невозможного при другой респираторной вирусной инфекции.* Понятно, что предположить грипп на основании осмотра больного можно лишь с той или иной степенью вероятности.

Тем не менее ***принципиальная особенность именно гриппа может быть выражена фразой «плохо вообще»***. Т. е. больше всего беспокоит не что-то конкретное — насморк, кашель, боли в горле, а именно общие симптомы: очень высокая температура, очень сильный озноб, очень выражены и сонливость, и общая слабость, и полное отсутствие аппетита.

* * *

Теперь настало время для того, чтобы рассмотреть еще два очень распространенных слова и постараться уяснить их значение.

3.5.1. ПРОСТУДА

ОРВИ, как мы уже поняли, болезнь заразная. Обнаружив у себя или у ребенка недомогание, насморк, кашель и повышение температуры тела, среднестатистический житель нашей страны никогда не произнесет слово «ОРВИ», но на вопрос: «что случилось?» ответит однозначно и убежденно — *простудился*. Именно в этой связи очень хотелось бы объяснить разницу между такими понятиями, как «про-

1 Просто сказать, что грипп самая тяжелая из всех ОРВИ, нельзя. Бывает и потяжелее, и поопаснее. Есть такой довольно распространенный вирус, который носит весьма сложное название «респираторно-синцитиальный», или РС-вирус. Это микроб поражает слизистую оболочку самых мелких бронхов (бронхиол), вызывая бронхиолит — самый тяжелый вариант ОРВИ, поражающий маленьких детей — как правило, первого года жизни.

студился» и «заразился», поскольку значение часто употребляемого слова «простуда» на самом деле не всем известно.

Итак, заглянем в толковый словарь:

ПРОСТУДА *1. Охлаждение, которому подвергся организм. 2. Болезнь, вызванная таким охлаждением* (разг.).

Главный вывод из этого определения состоит в том, что *простуда, как правило, не имеет никакого отношения к ОРВИ*. И в носу, и в глотке, и в бронхах имеется достаточное количество микробов (не вирусов, а бактерий), которые вызывают заболевания (все те же фарингиты и тонзиллиты) при ослаблении защитных сил организма, чему и способствуют переохлаждения, повышенная потливость, хождение босиком, избыточные физические нагрузки, сквозняки, холодная вода. А заболеть ОРВИ — это значит заразиться от уже больного человека.

Очевидно, что третий пункт описанных выше принципов профилактики вирусных инфекций[1] связан с простудой самым тесным образом. Ведь избежать простуд можно либо радикально (адекватным воспитанием), либо тщательно оберегая ребенка от нормальной жизни.

1 Повторяю-напоминаю — это образ жизни и система воспитания, формирующие нормальный иммунитет.

3.5.2. ОРЗ

Еще одно медицинское слово, которое у всех на слуху, — ОРЗ, что расшифровывается как острое респираторное заболевание.

Если врач убежден в том, что насморк, кашель и повышение температуры вызваны вирусом, то он (врач) употребляет уже известное нам понятие ОРВИ. Однако причина все тех же кашля и насморка бывает не совсем понятна или просто некогда разбираться (50 человек в день на приеме в поликлинике и 30 вызовов на дом). В этой ситуации очень удобно говорить про ОРЗ, поскольку понятие «острое респираторное заболевание» объединяет в себе и ОРВИ, и простуды, и обострение хронических инфекций носоглотки, и бактериальные осложнения ОРВИ.

*Таким образом, **ОРЗ это не болезнь и не диагноз, это специальный термин**, который употребляется медицинскими работниками в трех случаях:*

1 *Когда непонятно.*

2 *Когда некогда.*

3 *Когда не требуется конкретной информации* («в городе N существенно выросла заболеваемость ОРЗ», «употребление лука и чеснока — прекрасное средство для профилактики ОРЗ»).

* * *

Определившись с причинами ОРВИ, рассмотрим поподробнее их основные проявления и основные способы лечения, делая при этом акцент на тактике действий родителей.

Но предварительно необходимо отметить следующее.

В подавляющем большинстве случаев организм нормального ребенка, который нормально (естественно) воспитывается, вполне способен к тому, чтобы без всякой посторонней помощи справиться с острой респираторной вирусной инфекцией.

И ГЛАВНАЯ НАША ЗАДАЧА — ОРГАНИЗМУ НЕ МЕШАТЬ!

Почти все проявления болезни — повышение температуры, насморк, кашель, отказ от еды — представляют собой способы борьбы организма с возбудителем инфекции. А современные лекарства могут творить чудеса — мгновенно снизить температуру, «отключить» насморк и кашель и т. д., к сожалению, многие такие лекарства в вашей домашней аптечке есть. Поэтому вы, кое-что зная, попытаетесь облегчить жизнь малышу и себе... А в результате вместо трех дней насморка получите три недели в больнице с воспалением легких. Это я говорю к тому, что, читая написанные ниже рекомендации, особое внимание обращайте на те ваши действия, которые ни в коем случае осуществлять не надо.

3.5.3. ПОВЫШЕНИЕ ТЕМПЕРАТУРЫ ТЕЛА[1]

Повышение температуры тела — наиболее типичное проявление не только ОРВИ, но и любой инфекционной болезни. Организм таким образом сам себя стимулирует, вырабатывая при этом вещества, которые будут бороться с возбудителем.

1 Для того чтобы вам было легче воспринять эту информацию, настоятельно советую перечитать раздел «Температурный режим детской комнаты» в главе «Принципы ухода за ребенком и их воплощение в жизнь».

Главное из этих веществ — интерферон. Про него многие слышали, хотя бы потому, что в виде капель в нос он довольно часто назначается врачами. Интерферон — это особый белок, обладающий способностью нейтрализовать вирусы, а его количество имеет прямую связь с температурой тела — т. е. чем выше температура, тем больше интерферона. Количество интерферона достигает своего максимума на второй-третий день после повышения температуры и именно поэтому большинство ОРВИ благополучно заканчиваются на третий день болезни. Ежели интерферона мало — ребенок слабенький (не может отреагировать на инфекцию высокой температурой), или родители «сильно умные»: быстренько температуру «сбили», — то шансов на окончание болезни за три дня почти не остается. В этом случае вся надежда на антитела, которые покончат с вирусами обязательно, но вот сроки болезни будут совсем другими — около семи дней. Кстати, приведенная информация во многом объясняет два факта: отвечает на вопрос, почему «нелюбимые» дети болеют три дня, а «любимые» — неделю, и на научном уровне объясняет народную мудрость касательно того, что леченый грипп проходит за 7 дней, а нелеченый — за неделю.

Каждый ребенок индивидуален и по-разному переносит повышение температуры. Встречаются малыши, спокойно продолжающие играть при 39 градусах, но бывает всего 37,5 °С, а он чуть ли не теряет сознание. Поэтому не может быть универсальных рекомендаций в отношении того, до каких пор надобно ждать и после какой цифры на шкале градусника начинать спасать.

Главное для нас следующее.

При повышении температуры тела необходимо сделать все для того, чтобы организм имел возможность терять тепло. Тепло теряется двумя путями — при испарении пота и при согревании вдыхаемого воздуха.

Два обязательных действия:

1. *Обильное питье — чтобы было чем потеть.*
2. *Прохладный воздух в комнате (оптимально 16—18 градусов).*

Если эти условия выполнены, вероятность того, что организм сам не справится с температурой, очень невелика.

ПОВЫШЕНИЕ ТЕМПЕРАТУРЫ ТЕЛА

Внимание!

При контакте тела с холодом происходит спазм сосудов кожи. В ней замедляется кровоток, уменьшается образование пота и отдача тепла. Температура кожи уменьшается, но температура внутренних органов увеличивается. И это исключительно опасно!

Нельзя использовать в домашних условиях так называемые «физические методы охлаждения»: грелки со льдом, влажные холодные простыни, холодные клизмы и т. п. В больницах или после визита врача можно, потому что до того (до физических методов охлаждения) врачи назначают специальные лекарства, которые устраняют спазм сосудов кожи. Дома необходимо сделать все для того, чтобы спазма сосудов кожи не допустить. Поэтому

**ПРОХЛАДНЫЙ ВОЗДУХ,
НО ДОСТАТОЧНО ТЕПЛАЯ ОДЕЖДА.**

Частички тепла уносятся из организма при испарении пота и таким образом понижается температура тела. Были придуманы несколько способов, позволяющих ускорить испарение. Например, поставить рядом с голеньким ребенком вентилятор; растереть его спиртом или уксусом (после растирания уменьшается поверхностное натяжение пота и он испаряется быстрее).

Люди! Вы даже представить себе не можете, какое количество детей поплатилось жизнью за эти растирания! Если уж ребенок пропотел, то температура тела снизится сама. А если вы растираете сухую кожу — это безумие, потому что через нежную детскую кожу то, чем вы растираете, всасывается в кровь. Растерли спиртом (водкой, самогоном) — добавили к болезни отравление алкоголем. Растерли уксусом — добавили отравление кислотой.

Вывод очевиден — **никогда и ничем не растирайте**. И вентиляторы тоже не нужны — поток прохладного воздуха опять-таки вызовет спазм сосудов кожи. Поэтому, если пропотел — переоденьте (перепеленайте) в сухое и теплое, после чего успокойтесь.

Чем выше температура тела, чем сильнее потеет, чем теплее в помещении — тем активнее необходимо поить. Оптимальный напиток для ребенка первого года жизни — отвар изюма. После года —

ПОВЫШЕНИЕ ТЕМПЕРАТУРЫ ТЕЛА

компот из сухофруктов. Чай с малиной резко усиливает образование пота[1]. Поэтому вы должны быть уверены в том, что есть чем потеть а значит, *до малины* надо бы выпить еще чего-нибудь (того же компота). Но в любом случае малину детям до года давать не следует.

Если перебирает — это буду, а это не буду, — то ***пусть уж лучше пьет что угодно*** (минеральную воду, отвары трав, чай, калину, шиповник, смородину и т. д.), ***чем не пьет вообще***.

Помните — жидкость нужна для того, чтобы не допустить сгущения крови. А любой напиток попадет из желудка в кровь только после того, как температура жидкости будет равна температуре желудка: дали холодное — не всосется, пока не нагреется, дали теплое — не всосется, пока не остынет.

Вывод: ***необходимо стремиться к тому, чтобы температура жидкости, используемой для питья, была равна температуре тела*** (плюс-минус 5 градусов не считается).

Бывают, и совсем нередко, ситуации, когда повышение температуры тела ребенком плохо переносится. Иногда повышение температуры тела для ребенка опасно потому, что у него есть какие-либо болезни нервной системы, и высокая температура тела может спровоцировать судороги. Да и, по большому счету, *температура выше 39 градусов, которая держится больше часа, имеет отрицательных эффектов не меньше, чем положительных.*

Таким образом, можно выделить три ситуации, когда имеет смысл *применение лекарственных препаратов*. Еще раз повторю:

1 *Плохая переносимость температуры.*

2 *Сопутствующие болезни нервной системы.*

3 *Температура тела выше 39 градусов.*

Сразу же отметим: **эффективность любых лекарств снижается, а вероятность побочных реакций значительно увеличивается, если не решены указанные выше две главные задачи — не обеспечен должный режим питья и не снижена температура воздуха в помещении.**

Для использования в домашних условиях оптимален **парацетамол** (синонимы — *дофалган, панадол, калпол, мексален, доломол, эффералган, тайленол;* хоть что-нибудь из перечисленного желательно иметь

1 Для любознательных замечу: ни одно фармакологическое средство даже приблизительно не может сравниться с отваром малины по способности активизировать потообразование.

в свечах). Парацетамол — лекарство уникальное по своей безопасности, даже превышение дозы в 2—3 раза, как правило, не приводит к сколько-нибудь серьезным последствиям, хотя сознательно этого делать не надо. Мало найдется препаратов, сравнимых с ним и по удобству применения — таблетки, жевательные таблетки, капсулы, свечи, растворимые порошки, сиропы, капли — выбирай, что душе угодно.

Некоторая полезная информация по поводу парацетамола.

1 Самое главное: **эффективность парацетамола очень высока именно при ОРВИ.** *При бактериальных инфекциях, при возникновении осложнений все тех же ОРВИ парацетамол помогает ненадолго или вообще не помогает. Короче говоря, ни при одной серьезной инфекции добиться с его помощью существенного снижения температуры тела не удается. Именно поэтому парацетамол всегда должен быть в доме, поскольку помогает родителям правильно оценить серьезность болезни: если после приема температура тела быстро снизилась, значит с высокой степенью вероятности можно заключить, что ничего страшного (более страшного, чем ОРВИ) у ребенка нет. А вот* ***если эффект от приема парацетамола отсутствует*** *— тут уже самое время подсуетиться и* ***не откладывать в долгий ящик обращение к врачу****.*

2 Парацетамол выпускается сотнями фирм под сотнями самых различных наименований в десятках форм. Эффективность препарата определяется прежде всего дозой, а не формой выпуска, красотой упаковки и коммерческим наименованием. Разница в цене — нередко десятикратная.

3 Поскольку парацетамол относится к препаратам, которые наиболее часто используются без помощи врача, следует знать способы его (парацетамола) применения. Дозы, как правило, указаны на упаковке.

4 Парацетамолом не лечат. Парацетамолом уменьшают выраженность конкретного симптома — повышенной температуры тела.

5 Парацетамол не используют планово, т. е. строго по часам, например, «по 1 чайной ложке сиропа 3 раза в день». Парацетамол дают лишь тогда, когда есть повод дать. Высокая температура — дали, нормализовалась — не дали.

6 Нельзя давать парацетамол более 4-х раз в сутки и более 3-х суток подряд.

В любом случае, родители должны отдавать себе отчет в том, что ***самостоятельное использование парацетамола — лишь временная мера, позволяющая спокойно дождаться врача***.

3.5.4. НАСМОРК

Насморк чаще всего является проявлением именно вирусного заболевания. Во-первых, организм таким образом пытается остановить инфекцию в носу (не пустить ее дальше — в горло, в легкие), а во-вторых, слизистая оболочка носа выделяет слизь[1], которая в огромных количествах содержит вещества, нейтрализующие вирусы.

1 На человеческом языке вытекающая из носа слизь называется «сопли».

Главная задача родителей — не допустить высыхания слизи.

Для этого необходим опять-таки чистый прохладный влажный воздух и достаточное количество жидкости, употребляемой внутрь. Если слизь высохнет — ребенок будет дышать ртом, и тогда начнет сгущаться и засыхать слизь в просвете бронхов, создавая все условия для развития бронхитов и пневмоний.

При температуре в комнате выше 22 градусов слизь высыхает очень быстро. Выводы очевидны.

Помочь ребенку можно, увлажняя носовые ходы каплями, которые делают слизь более жидкой. Самое простое и всем доступное средство — физиологический раствор (есть во всех аптеках, распространенный синоним — «изотонический раствор натрия хлорида»). Это обычная вода с добавлением небольшого количества соли. Передозировать его (физраствор) невозможно, поэтому капайте совершенно спокойно хоть каждые полчаса по 3—4 капли в каждую ноздрю[2]. Очень хороший препарат — эктерицид. Эта маслянистая жидкость обладает слабыми дезинфицирующими свойствами, а масло, покрывая тонким слоем слизистые оболочки, предотвращает их высыхание. С этой же целью вполне резонно применять вазелиновое или оливковое масло, масляные растворы витаминов Е или А (токоферол и ретинол). И эктерицид, и масляные растворы нет смысла капать чаще одного раза

2 В случае, когда аптека далеко или бежать туда нет времени, можете сделать некоторое подобие физиологического раствора сами: — на 1 литр кипяченой воды добавьте 1 чайную ложку соли, если же быть более точным — 9 граммов.

в 2 часа (по 2—3 капли), логично сочетать их с физраствором, побочных эффектов нет[1]. Еще раз подчеркиваю — если в комнате теплый и сухой воздух, предотвратить высыхание слизи очень и очень трудно, что бы вы ни делали. Поэтому при любом ОРЗ необходимо вначале ответить на вопрос: «чем дышать?» и только потом уже: «чем лечить?».

Никогда и ни при каких обстоятельствах не капайте в нос растворы антибиотиков!

Недопустимо использование при обычном (вирусном) насморке сосудосуживающих капель[2] (нафтизин, галазолин, санорин, назол). Вначале становится очень хорошо — исчезает слизь, а потом очень плохо — начинается отек слизистой оболочки носа. Проявляется это так: сопли бежать перестали, однако носовое дыхание не только не восстанавливается, но еще и ухудшается («не продохнешь»). А чтоб снова стало хорошо, опять приходится капать. И так до бесконечности. Повторяю: насморк — это защита. Он сам пройдет, если не мешать, а помогать. Придуманы указанные лекарства для лечения совсем другого насморка — не инфекционного, а аллергического. Пришла, например, соседка — похвастаться своим персидским котом, а у вас сопли потекли (это не от восторга, а от аллергии на котов). Вот тут нафтизин в самый раз, хотя лучше все-таки выгнать кота (соседку можете оставить).

3.5.5. КАШЕЛЬ

Любой нормальный человек должен хотя бы иногда кашлять. Организм таким образом очищает легкие от слизи, которая в них накапливается. Иначе быть не может, потому что дышит человек не самым чистым воздухом. При любых болезнях легких и верхних дыхательных путей количество слизи увеличивается — надо чистить бронхи

1 Ну разве что растворы витаминов не надо использовать чаще 2 раз в день и по 1—2 капли (дабы не было передозировки витамина).

2 Тем не менее сосудосуживающие капли обязательно должны быть в доме, поскольку являются средством неотложной помощи при частом осложнении ОРВИ — воспалении среднего уха (отите). Подробности — в соответствующей главе.

и нейтрализовать вирусы и бактерии. А накапливающуюся слизь (она называется мокротой) организм удаляет посредством кашля.

Как и в отношении носа, главное — предотвратить высыхание мокроты: все тот же прохладный влажный воздух и питье. Категорически недопустимо без указания врача давать лекарственные средства, угнетающие кашель (либексин, пакселадин, синекод, бронхолитин)! Эти препараты хороши при одной-единственной детской инфекции — коклюше, да и то под постоянным врачебным контролем. Во всех остальных случаях следует, если уж невмоготу, использовать лекарства, воздействующие на мокроту (делающие ее менее густой) и усиливающие сокращение бронхов. Кашель, каким бы он ни был, всегда позволяет дождаться участкового педиатра и посоветоваться. Вполне безвредны и довольно эффективны мукалтин, нашатырно-анисовые капли, калия иодид, бромгексин, ацетилцистеин, амброксол. Их неплохо иметь в доме, но дозы и целесообразность применения в каждом конкретном случае уточнять (не у соседки, разумеется, а у врача).

3.5.6. ЗАТРУДНЕННОЕ ДЫХАНИЕ

Начнем с того, что ***во всех случаях, когда у ребенка имеет место затрудненное дыхание, реагировать надо немедленно и с обязательным (!) привлечением медицинских работников.***

Наиболее частой причиной затрудненного дыхания у детей является ВИРУСНЫЙ КРУП (ложный круп). Что же это такое — круп? При многих инфекциях — как вирусных (ОРВИ, корь, краснуха, ветряная оспа), так и бактериальных (дифтерия, скарлатина) — возбудитель заболевания вызывает воспаление слизистой оболочки гортани и трахеи. Просвет дыхательных путей суживается и возникает затрудненное дыхание. Такое состояние называется крупом (воспалительное сужение гортани и трахеи при инфекционных болезнях). Более чем в 99,9% всех случаев крупа его причиной в настоящее время является именно ОРВИ. Но уже сам факт, что у одного ребенка из тысячи причиной крупа может быть дифтерия или скарлатина, еще раз подтверждает однозначную необходимость незамедлительного привлечения врача для уточнения диагноза.

Симптомы крупа довольно характерны:

- шумное дыхание с *затрудненным вдохом*;
- изменения голоса (осиплость, охриплость);
- грубый («лающий») кашель.

До прибытия врача побыстрее дайте малышу подышать прохладным воздухом (к окну, на балкон). Теплое питье и теплая одежда. Еще раз фиксирую внимание: ***самое опасное для ребенка с крупом — теплый и сухой воздух***[1].

Затрудненный выдох возникает при спазме (сокращении и, соответственно, сужении) бронхов. Причиной этого может быть не только вирусная инфекция, но и аллергия (бытовая химия, новая мебель, боролись с тараканами, красили полы и т. п.). Если затрудненный выдох есть, а других признаков инфекции нет (нет повышения температуры, не красное горло) — вопрос об аллергии весьма актуален, а неотложная помощь до прибытия врача заключается в прекращении контакта с возможным источником аллергии — опять-таки на улицу, на балкон.

1 Вирусный круп представляет собой очень серьезную проблему для многих семей. Желающих получить от автора более подробную информацию мы адресуем к монографии «Вирусный круп у детей», выпущенной в 1993 г. харьковским издательством «Фолио».

3.5.7. ПОСТЕЛЬНЫЙ РЕЖИМ

Действительно больной ребенок постельный режим выберет себе сам. Если же постоянное пребывание в постели сопровождается постоянными криками и воплями в связи с желанием из кровати выбраться, то следует знать, что энергии на крики и вопли тратится не меньше, чем на ходьбу.

3.5.8. ОТВЛЕКАЮЩИЕ ПРОЦЕДУРЫ

Каждый взрослый человек хоть раз испытал отвлекающие процедуры на себе и ближайших родственниках — всем ведь известны знаменитые горчичники (банки, припарки, йодные сеточки, горячие ножные ванны и т. п.).

Сразу же следует отметить — ***эффективность этих процедур ни доказать, ни опровергнуть нельзя.*** Болезни, при которых горчичники якобы помогают, благополучно проходят и без горчичников. Серьезные заболевания опять-таки горчичниками не вылечиваются.

Так для чего же они нужны? Прежде всего для родителей. У мамы и папы заболевшего ребенка просто чешутся руки сделать для малыша «хоть что-нибудь». А когда горчичники снимают, малышу действительно становится гораздо легче — оттого, что сняли.

***Главный вывод:* отвлекающие процедуры нужны для того, чтобы развлекать родителей.**

Убежден, что развлечения путем издевательства над больным младенцем — не самый лучший способ лечения.

Если уж вы никак не можете воздержаться от «самых решительных действий», то не делайте ничего, что доставляет ребенку неприятные ощущения. Хотите — поставьте ему согревающий компресс на шею. В некоторых книжках написано, что подобное тепловое воздействие благотворно влияет на работу бронхов. На самом деле вам, в лучшем случае, удастся нагреть кожу шеи, но ребенку хуже не станет — это точно.

3.6. ЛЕТУЧИЕ ВИРУСНЫЕ ИНФЕКЦИИ

Медицина — искусство обманывать пациента на период, пока природа сама справится с болезнью[1].

Эван Эзар

Летучие вирусные инфекции среди всех заразных болезней стоят особняком. Во-первых, они очень распространены, а во-вторых, удивительно заразны. Если для возникновения любого гриппа, гепатита, коклюша или менингита необходим довольно тесный контакт с больным — по крайней мере, 1—2 метра, — то заболеть ветрянкой вполне можно, находясь от заболевшего в 50 метрах. Связано это с тем, что вирусы, возбудители летучих инфекций, легко распространяются с потоками воздуха. Именно поэтому подавляющее большинство людей переносят эти инфекции в детском возрасте. Отсюда — актуальность конкретных знаний о самих болезнях и ваших реально возможных практических действиях.

3.6.1. КОРЬ

Корь — типичная вирусная инфекция, а вызывающий ее вирус имеет целый ряд удивительных особенностей. Прежде всего, для этой

1 Автор, конечно же, не согласен с приведенным эпиграфом «вообще». Но применительно к вирусным инфекциям, о которых пойдет речь ниже, эта цитата вполне справедлива.

инфекции характерна почти 100% восприимчивость — т. е. если человек ранее корью не болевший будет контактировать с больным корью (разумеется, в то время, когда больной заразен) — вероятность заболеть самому чрезвычайно высока. Корь передается воздушно-капельным путем, а вокруг больного находится огромное количество вирусов, которые с потоками воздуха могут распространяться на довольно-таки приличные расстояния — в соседние комнаты, на другие этажи. Именно поэтому (1. Высокая восприимчивость и 2. Летучесть вируса) каждый человек в течение жизни имеет возможность многократно встречаться с вирусом кори. Неудивительно, что всего лишь несколько десятков лет назад (до прививок) встретить не болевшего корью было очень трудно.

Меры профилактики основываются на здравом смысле и вполне очевидны.

Вирус кори проникает в организм человека через слизистые оболочки глаз и верхних дыхательных путей. Он (вирус) испытывает особое пристрастие к клеткам центральной нервной системы, слизистым оболочкам кишечника и дыхательных путей. От момента заражения до появления первых признаков болезни проходит обычно 8—10 дней, иногда инкубационный период удлиняется до трех недель, но короче 7 дней он не бывает никогда.

Начинается корь с повышения температуры, головной боли, кашля, насморка. Весьма типично поражение глаз — слезотечение, конъюнктивит (воспаление слизистой оболочки век). Описанные симптомы, весьма напоминающие ОРЗ, сохраняются 2—3 дня (иногда 5—6 дней), после чего появляется сыпь — розовые пятнышки, которые, сливаясь друг с другом, превращаются в пятна и, появившись вначале на голове (за ушами, на лице), медленно опускаются вниз и в течение двух-трех дней добираются до ног.

Корь, мягко выражаясь, не самая легкая из вирусных инфекций (до начала прививок умирали 2—3% больных), поэтому каждый здравомыслящий родитель обязан сделать все от него зависящее, чтобы ребенок не заболел. Вывод очевиден — прививки делать надо своевременно и в обязательном порядке!

Что желательно знать:

- Корь вызывает существенное снижение иммунитета. Т. е. на фоне кори очень легко подхватить еще какую-нибудь инфекцию (как правило, бактериальную). Поэтому чистоте и ограничению контактов с другими людьми должно уделяться первостепенное внимание.

- При кори отмечается резкое снижение содержания в организме ребенка витаминов А и С, что может способствовать возникновению осложнений. Употребление этих витаминов во время болезни обязательно, а начать лучше уже тогда, когда только возникла угроза заболеть — например, в детском садике у кого-то из детей корь.
- Заболевший корью ребенок заразен уже за 1—2 дня до возникновения первых признаков болезни и перестает быть таковым через 5 дней после появления сыпи.
- Прививка от кори — это, по своей сути, искусственное заражение ребенка вирусом, но очень ослабленным. Приблизительно у 10% детей с 6 по 20 день после прививки могут отмечаться слабые реакции в виде повышения температуры, а иногда появления конъюнктивита и необильной сыпи. Эти симптомы сохраняются 2—3 дня, после чего все благополучно проходит — упрощенно говоря, ребенок переносит очень легкую форму кори. Принципиально важен тот факт, что при возникновении любых признаков кори после прививки, ребенок абсолютно (!) не заразен и может совершенно спокойно посещать детский коллектив.
- Шансы заболеть корью повторно весьма невелики и не превышают 0,5—1%.

3.6.2. КРАСНУХА

Лет 150 назад ее вообще считали легкой корью. И этим почти все сказано — тоже заразная, тоже появляются и сыпь, и насморк, и повышение температуры. Но все как-то не по-настоящему: температура тела не очень высокая, сыпь бледная и необильная, глазки покраснели чуть-чуть, насморк — так себе, голова болит не сильно, а еще чаще не болит вообще.

Как и корь, передается краснушный вирус воздушно-капельным путем, а попадая в организм человека, поражает так называемую лимфоидную систему (лимфоузлы, селезенка). С этим связано появление наиболее типичного (кроме сыпи, разумеется) признака краснухи — увеличения лимфоузлов, которое наиболее выражено на задней поверхности шеи и на затылке. Сыпь при краснухе розовая, пятнышки значительно мельче, чем при кори, и почти никогда не сливаются. Появляется сыпь в первую очередь на лице, но затем быстро распространяется по всему телу (не как при кори — за 2—3 дня, а всего за несколько часов). Держится сыпь не более трех дней и исчезает, не оставляя следов.

Больной ребенок заразен за день до и в течение 5 дней после появления сыпи.

В подавляющем большинстве случаев краснуха протекает легко, не дает осложнений и, что вполне естественно, не требует никакого лечения.

Что необходимо знать:

Вирус краснухи исключительно опасен для беременных женщин, поскольку, помимо пристрастия к лимфоидной системе, способен весьма серьезно поражать эмбриональные ткани. Угрозу представляет не только заболевание краснухой будущей матери, но даже просто контакт с больным. Опасность рождения ребенка с серьезными пороками развития особенно велика при заражении плода в первые 14 недель беременности, после этого срока и риск заражения, и вероятность тяжелых последствий снижается. Даже если женщина ранее болела краснухой, риск существует все равно! Поэтому при любом контакте с больным краснухой немедленно обратитесь к вашему врачу, в том, разумеется, случае, если вы беременны.

3.6.3. ВЕТРЯНАЯ ОСПА

Все, что было написано ранее в отношении восприимчивости и летучести вируса кори, в равной степени относится и к ветряной оспе, которую широкие народные массы называют ласковым словом «ветрянка». Прививки от этой болезни уже разработаны, но у нас они обязательными не являются, поэтому почти все дети рано или поздно ветрянкой болеют.

Наиболее часто заражаются ребятишки до 12 лет и именно в этом возрасте (т. е. до 12 лет) болезнь почти всегда протекает легко. У детей постарше тяжесть ветряной оспы заметно увеличивается, а уж взрослые болеют исключительно тяжело. Отсюда следует довольно важный вывод о пользе посещения детских дошкольных учреждений, где весьма высока вероятность подхватить ветрянку «своевременно», дабы не маяться потом. Кстати, в некоторых весьма цивилизованных странах при возникновении ветрянки в детском коллективе никакого шума не поднимают и никаких карантинов не накладывают — чтобы все своевременно переболели.

Ветряночный вирус поражает клетки эпителия кожи, образуя на ней характерные изменения. Вначале — красные пятнышки, которые через несколько часов превращаются в пузырьки, наполненные прозрачной жидкостью. «Жизнь» пузырька недолгая: уже на второй день его содержимое мутнеет, поверхность сморщивается и начинает покрываться корочкой. Дней через 7—8 корочки подсыхают и отпадают, как правило, не оставляя следов.

Появление ветряночной сыпи обычно совпадает с ухудшением общего состояния ребенка (слабость, отказ от еды, головная боль, повышение температуры тела). Новые пузырьки обнаруживаются в течение нескольких дней (от двух до пяти).

Подавляющему большинству взрослого населения хорошо известен главный способ лечения ветряной оспы. Способ этот заключается в тщательном замазывании пузырьков прекрасным «сильнодействующим» лекарством, которое, по-видимому, по аналогии со словом «ветрянка», называется не менее ласковым словом «зеленка». И хотя ветряная оспа — болезнь легкая, вид ребенка, покрытого зелеными пятнами, весьма тяжелый, что невольно вызывает повышенную любовь и повышенное сочувствие окружающих.

Лечение ветрянки зеленкой настолько широко распространено, что некоторые молодые врачи убеждены: пятнистая сыпь зеленого цвета является характерным симптомом ветряной оспы (шутка).

Исходя из вышеизложенного, хотелось бы, тем не менее, объяснить, для чего все-таки ребенка мажут зеленкой. Так вот, *больного ветряной оспой считают заразным за сутки до образования первых пузырьков и в течение пяти дней от момента появления* ***последнего*** *элемента* *сыпи*. Таким образом, любящая мать каждое утро выполняет ритуал: осматривает кожу и замазывает все, ранее не замазанное. В один прекрасный день выясняется, что замазывать больше нечего. Легко заключить, что ровно через 5 дней ребенок уже ни для кого не будет представлять опасности.

В то же время логика и здравый смысл позволяют резонно предположить, что зеленка никого и ничего не лечит, а всего-навсего играет роль краски для уточнения сроков заразности больного. Но врачи знают, что через 7—8 дней после начала высыпаний (когда все пузырьки покроются корочками) ребенок опять-таки уже не заразен. И что интересно, образуются корочки вне зависимости от того, мазать зеленкой или нет.

Вывод же заключается в том, что *разукрашивание ребенка зеленкой является личным делом его родителей, определяется их любовью к живописи и не имеет никакого отношения к лечению.*

Что желательно знать:

- При высокой температуре тела, именно при ветряной оспе, ни в коем случае нельзя давать в качестве жаропонижающего средства аспирин (ацетилсалициловую кислоту) — высока вероятность осложнений со стороны печени. Подчеркиваю: не аспирин — плохое лекарство, а сочетание ветрянки и аспирина.
- При ветрянке ребенка часто беспокоит кожный зуд, а расчесывание пузырьков многократно увеличивает, во-первых, риск бактериального инфицирования и, во-вторых, вероятность того, что на месте пузырьков останутся следы (на всю жизнь). Для борьбы с зудом врачи назначают успокаивающие средства, а родители должны:
  - **а** отвлекать и развлекать;
  - **б** самым тщательным образом следить за ногтями (стричь, разумеется), а маленьким (т. е. совсем неразумным) надевать рукавички;
  - **в** ежедневно менять белье и, вполне возможно, организовывать ванну.

После ванны, естественно, промокать, а не вытирать. Попутно заметим, что в отношении ванн мнения врачей расходятся — американские педиатры считают их весьма желательными, отечественные — категорически против купаний. Истина, по-видимому, где-то посередине. С точки зрения автора, чем сильнее зуд и чем теплее в комнате, тем нужнее ванны.

Опять-таки, с учетом зуда, настоятельно советую всячески избегать перегрева: чем больше будет потеть — тем больше будет зудеть, что бы вы ни делали.

3.7. ЭПИДЕМИЧЕСКИЙ ПАРОТИТ

Если ты нездоров,
Позовем мы к тебе докторов.
Пропишут они тебе валерьянки,
Поставят банки,
Обложат ватой,
Накормят мятой,
Уложат в постель
На семь недель.

С. Я. Маршак

Сложное медицинское имя болезни — эпидемический паротит — в быту почти не применяется. Большинство родителей и множество врачей традиционно используют другое название — **свинка**. Больные дети, и особенно переболевшие, это слово не очень любят: легко себе представить ехидные шуточки одноклассников, получивших информацию о том, что у Пети была свинка...

Восприимчивость к «свинскому» вирусу заметно ниже, чем таковая при кори и ветрянке, но довольно велика — около 50%. Размножается вирус в железистой ткани и поражает, таким образом, почти все железы организма — половые, слюнные, поджелудочную, щитовидную. Изменения в работе большинства желез редко достигают того уровня, при котором начинают возникать конкретные жалобы и симптомы, но слюнные железы поражаются в первую очередь и сильнее всего, причем не только околоушные, но и подчелюстные[1].

Началу заболевания редко предшествуют какие-либо жалобы. Первыми признаками болезни почти всегда являются боли и припухлость в области околоушной слюной железы, которые нарастают

1 Околоушная слюнная железа по-латыни называется glandula parotis, а ее воспаление — паротит, отсюда и название болезни.

в течение не более трех дней. Далее и боли, и припухлость начинают уменьшаться. В результате за период от трех до семи дней наступает выздоровление.

Что желательно знать:

- у 30—40% заразившихся вирусом никаких признаков болезни не возникает (бессимптомные формы). Поэтому избежать свинки прячась от больных — не всегда удается. Единственно приемлемый путь профилактики — прививки;
- эпидемический паротит практически не нуждается в лечении, а при сильных болях и высокой температуре необходимости в приеме лекарств более сильных, чем ибупрофен или парацетамол, как правило, не возникает. Реальная помощь родителей может проявиться лишь в том, что ребенку будет предлагаться пища, которую легко жевать (при свинке жевать больно);
- болезнь наиболее опасна у мальчиков в периоде полового созревания (поражение яичек); но в любом случае, даже если родители не сомневаются в диагнозе, даже если не нужна справка в школу или детский сад, даже если ребенок неплохо себя чувствует — **в обязательном порядке необходимо наблюдение врача**, поскольку проявления болезни могут быть весьма серьезными, вплоть до панкреатита, нефрита, менингоэнцефалита, артритов и глухоты из-за поражения слухового нерва (к счастью, все это бывает редко)[1];
- больной свинкой заразен за 1—2 дня до появления первых признаков болезни и в течение 9 дней после ее начала (максимальное выделение вируса — с третьего по пятый день).

1 Панкреатит — воспаление поджелудочной железы; менингоэнцефалит — воспаление головного мозга и его оболочек, нефрит — воспаление почек, артрит — воспаление суставов.

ВИРУСНЫЙ ГЕПАТИТ

Природу легче всего подчинить, повинуясь ей.

Фрэнсис Бэкон

Словосочетание «вирусный гепатит» с медицинского языка на человеческий переводится довольно просто: воспаление печени, вызванное вирусами. В то же время название болезни «вирусный гепатит» подразумевает совершенно определенное заболевание, и такое положение вещей требует некоторого уточнения. Дело в том, что воспаление печени может возникать при очень многих вирусных инфекционных болезнях — при ветряной оспе, при инфекционном мононуклеозе, при герпетической инфекции, при СПИДе, в конце концов. Но во всех перечисленных случаях (а список далеко не полный) поражение печени является лишь ***одним из многих*** других проявлений болезни.

Называя же болезнь «вирусный гепатит» и описывая ее различных возбудителей, врачи имеют в виду совершенно конкретную вирусную инфекцию, при которой именно поражение печени является ***главным*** и определяющим признаком болезни.

В настоящее время изучено и описано уже несколько вирусов, способных вызывать вирусный гепатит. Различные вирусы и, соответственно, вызываемые ими гепатиты принято обозначать буквами

(А, В, С и т. д.). Понятно, что вирус гепатита А будет вызывать болезнь, которая так и называется — вирусный гепатит А. За каждой буковкой кроется совершенно конкретный вирус и совершенно конкретная болезнь, имеющая свои многочисленные особенности — и в распространенности среди населения, и в путях передачи инфекции, и в сроках инкубационного периода, и в тяжести самого заболевания, и в количестве осложнений.

Попадая в организм человека, любой вирус вообще и вирусы гепатита в частности поражают совершенно определенные клетки, именно те, которые он (вирус) может заставить работать на себя. Очевидно, что конкретная клетка не в состоянии выполнять свои основные функции и с этим связаны конкретные симптомы конкретной болезни. При вирусных гепатитах такой клеткой является ***гепатоцит*** — основная клетка печени. Чем больше гепатоцитов поразил вирус, тем меньше способности человеческой печени к выполнению своих функций, тем тяжелее и опаснее болезнь.

Все изученные к настоящему времени вирусные гепатиты можно с уверенностью разделить на *две основные группы, отличающиеся друг от друга по способу заражения*.

Первая группа — *типичные кишечные инфекции*, имеющие так называемый «фекально-оральный» путь передачи; к ним относятся вирусный гепатит А и вирусный гепатит Е.

Вторая группа — *типичные кровяные инфекции;* пути передачи — кровь и другие жидкие среды организма (слюна, сперма, грудное молоко). Представители этой группы — вирусный гепатит В, вирусный гепатит С и вирусный гепатит Δ (дельта).

Теперь несколько слов про каждый из перечисленных гепатитов.

3.8.1. ВИРУСНЫЙ ГЕПАТИТ А

Одна из самых распространенных кишечных инфекций, уровень заболеваемости которой теснейшим образом связан с санитарно-гигиеническим состоянием конкретной территории, особенно (!!!) с качеством питьевой воды. Восприимчивость к этому вирусу всеобщая, т. е. любой человек имеет реальные шансы заразиться; перенесенная болезнь оставляет очень длительный, практически пожизненный иммунитет, а дети до 14 лет болеют в три раза чаще, чем взрослые. С учетом особенностей заражения (водный путь) понятно, что чем больше потребление воды, тем больше шансов инфицироваться. Неудивительно, что в конце лета и в начале осени имеет место подъем заболеваемости — летом воды надо много, и именно летом легче всего заразиться. Ну а поскольку инкубационный период при гепатите А, как правило, составляет от 4 до 6 недель, то вполне понятно, что минимальная заболеваемость имеет место в начале лета, ну а к осени все, кто выпил не то, что надо было, как раз и заболеют.

3.8.2. ВИРУСНЫЙ ГЕПАТИТ Е

Тоже кишечная инфекция, идентичная почти по всем параметрам гепатиту А, но распространенная больше в странах Азии и Африки. Если для того, чтобы заразиться гепатитом А, теоретически достаточно проглотить один-единственный вирус, то при гепатите Е инфицирующая доза (т. е. количество вирусов, необходимых для заражения) должна быть довольно большой. Именно поэтому гепатитом Е редко заражаются бытовым путем (через грязные руки), но часто (естественно, там, где вирус распространен) через системы водоснабжения.

Эпидемиологи считают, что высокая заболеваемость гепатитом А — следствие *плохого* санитарного состояния систем водоснабжения, а заболеваемость гепатитом Е — свидетельство *очень плохого* состояния указанных систем. Неудивительны в этой связи эпидемии гепатита Е в азиатских странах, когда количество заболевших исчисляется десятками тысяч человек.

Отрадно заметить, что у нас гепатит Е встречается довольно-таки редко, и это вселяет оптимизм и веру в светлое будущее отечественных систем водоснабжения.

3.8.3. ВИРУСНЫЙ ГЕПАТИТ В

Относится к инфекциям, наиболее значимым в социальном и экономическом отношении. По данным ВОЗ, *более 1 млрд. людей инфицированы вирусом гепатита В, при этом заболевают ежегодно более 50 млн, а более 2 млн., — умирают!* Как мы уже отметили, вирус гепатита В передается через зараженную кровь и (реже) половым путем. Не следует заблуждаться касательно того, что если вы не обращались за медицинской помощью и тщательно выбирали половых партнеров, то болезнь вам не грозит.

Для заражения достаточно мельчайшей капельки крови, и порой источником заражения является общая зубная щетка или страстные поцелуи.

Нередки случаи инфицирования при проведении косметических процедур, прокалывании ушей, нанесении татуировок, использовании общих бритв, хотя на первом месте, и это однозначно, лечебно-диагностические медицинские процедуры — операции, инъекции, переливания крови, стоматологические вмешательства и т. п.

Инкубационный период при гепатите В заметно более длительный, чем при гепатите А, — от 2-х до 6-ти месяцев. В целом, гепатит В отличается наибольшей из всех вирусных гепатитов тяжестью болезни — у 10% больных после перенесенного острого гепатита развивается хронический гепатит, нередко заканчивающийся циррозом печени. Очень важным моментом в распространении заболевания является тот факт, что от 5 до 10% людей, перенесших гепатит В, становятся хроническими носителями (и распространителями) вируса.

Если заболевание беременной женщины гепатитом А для плода не опасно, то при гепатите В риск заражения и плода и новорожденного очень высок.

3.8.4. ВИРУСНЫЙ ГЕПАТИТ С

Распространяется так же, как гепатит В, но протекает несколько легче. Вовсе не является редкостью — до 15% всех вирусных гепатитов связаны именно с гепатитом С. Принципиальная и самая печальная особенность этого вируса — у 60—75% заболевших развивается хронический гепатит.

3.8.5. ВИРУСНЫЙ ГЕПАТИТ Δ

Очень (!) страшный вариант вирусного гепатита. Особенностью дельта-вируса является тот факт, что размножаться и вызывать болезнь он способен только в присутствии вируса гепатита В. Таким образом, печень поражают одновременно два вируса, и, упрощенно говоря, дельта-вирус как бы усиливает поражающий эффект вируса гепатита В с самыми неблагоприятными последствиями.

* * *

Отличить по симптомам болезни один вирусный гепатит от другого почти невозможно (для этого проводятся довольно сложные лабораторные исследования). В то же время не очень сложные исследования позволяют с уверенностью ответить на вопрос, есть вирусный гепатит или нет.

Существует ***три типичных симптома***, характерных для любого вирусного гепатита:

1. желтуха (желтушное окрашивание кожи и слизистых оболочек);
2. темная моча;
3. светлый кал;

Другие проявления болезни могут быть весьма разнообразными — повышение температуры, рвота, тошнота, понос, боли в животе, головная боль.

Нередки относительно легкие, безжелтушные формы болезни, когда только анализы могут позволить врачу правильно поставить диагноз.

Ни один врач, даже самый опытный, и даже располагающий результатами самого наилучшего обследования, не может прогнозировать течение болезни — и сроки выздоровления, и тяжесть заболевания, и вероятность осложнений, вплоть до развития цирроза печени, в очень малой степени зависят от усилий медицинских работников и определяются всего лишь тремя факторами:

- активностью вируса;
- способностью организма «постоять за себя»;
- точностью, с которой больной выполняет врачебные назначения.

К огромному сожалению, возможности медицины в лечении вирусных гепатитов очень невелики. Больные с тяжелыми формами заболевания и с выраженной печеночной недостаточностью лечатся в реанимационных отделениях инфекционных стационаров. Лечение это очень сложное, очень дорогое и, как это ни печально, часто не очень эффективное.

Способов борьбы непосредственно с вирусами еще не придумали, поэтому цель лечения — уменьшение нагрузки на печень и коррекция тех расстройств, которые имеют место при печеночной недостаточности (токсикоз, нарушения свертывания крови, расстройства пищеварения и т. д.).

При легких и среднетяжелых формах вирусных гепатитов главные и практически единственные способы лечения — это соблюдение диеты и покой (однако американские врачи не считают доказанным тот факт, что ограничение двигательной активности ускоряет выздоровление).

Суть диеты — легкоусвояемые продукты. Категорическое исключение жиров. Достаточное количество жидкости.

Подробности касательно диеты.

- Продолжительность — не менее 6 мес. О том, когда следует перестать страдать и начать есть по-человечески, можно узнать только у врача, и только после того, как будут взяты специальные анализы.
- Лучше есть часто, но малыми порциями.
- Оптимальна специальная обработка продуктов, улучшающая и облегчающая усвоение и переваривание. Все, что можно, максимально размягчать (перекручивать, рубить, тереть, нарезать, перетирать).
- Не жарить! Варить, парить, печь.
- Все желательно в теплом виде. Горячее нельзя.
- Нельзя:
  1. газированные напитки;
  2. стимуляторы аппетита: острые приправы, соусы (кетчупы, майонез), копчености, соленья, маринады;
  3. грибы, консервы, кофе, какао, шоколад;

4 жевательные резинки;

5 сдобу, мороженое;

- В остром периоде болезни (когда очень плохо) главное — обильное питье (5% глюкоза, чай с сахаром или медом, компот из сухофруктов, отвар шиповника). Сладкие фрукты — лучше протертые. Арбуз. Как только станет чуть получше — овощные супы, кисель, фруктовые соки, жидкие протертые каши на воде.
- После исчезновения желтухи — нежирные сорта мяса и рыбы, несвежий хлеб (вчерашний), нежирный творог, неострый сыр, супы (снимать жир!), овощные пюре. Печеные яблоки.

Поскольку диета сложна и принципиально влияет на исход болезни, начало лечения именно в условиях стационара представляется более предпочтительным, поскольку меньше вероятность того, что кто-нибудь из любвеобильных родственников «пожалеет» и даст чего-нибудь вкусненького.

Кроме этого преимущество стационара заключается в том, что:

- можно вовремя помочь при нарастании тяжести заболевания, к примеру, ввести внутривенно достаточное количество жидкости, когда из-за рвоты ребенок не может пить[1];
- легче ограничить двигательную активность.

Конечно же, врачи при вирусных гепатитах лекарства назначают — витамины, препараты, улучшающие обменные процессы в печени, вводят побольше жидкости внутривенно — такое лечение способно удовлетворить подавляющее большинство наших соотечественников. Но *наиболее сложным психологическим моментом лечения вирусного гепатита является тот факт, что средний взрослый человек, как правило, склонен переоценивать значимость капельниц и витаминов, недооценивая при этом важность элементарной диеты — и это прослеживается как в отношении себя любимого, так и по отношению к детям.*

Вся польза всех вместе взятых наимоднейших лекарств может быть с легкостью нейтрализована кусочком сала, маринованным грибком или тарелкой жареной картошки[2]!

1 При вирусном гепатите врачи стараются не назначать противорвотные лекарства, поскольку большинство из них разрушается в печени, что может только ухудшить состояние больного.

2 Про алкоголь сознательно не упоминаю: с одной стороны, это вроде как само собой разумеющееся, с другой — книга наша вроде как про детей.

3.9. ВНЕЗАПНАЯ ЭКЗАНТЕМА (РОЗЕОЛА)[1]

Долго ломал голову, какую бы болезнь придумать.

М. А. Булгаков

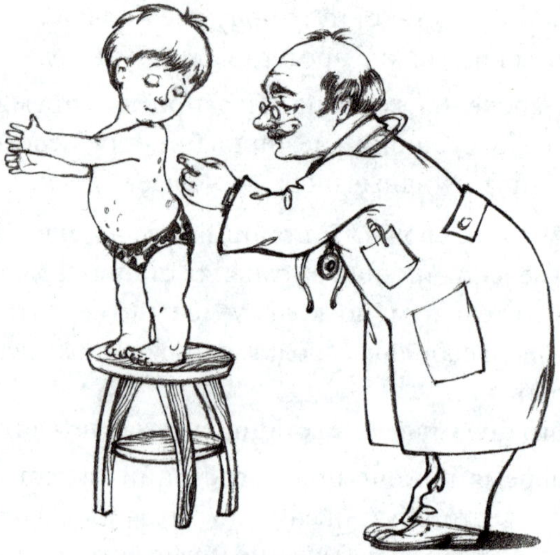

Очень «интересная» инфекция с удивительно характерными признаками. Вначале повышается температура тела и всё — т. е. всё остальное уже связано с высокой температурой — вялость, сонливость, отказ от еды. Но больше нет ничего — ни кашля, ни насморка, ни поноса, ни болей. И это неопределенное состояние продолжается около трех, иногда даже пяти дней, после чего температура очень быстро нормализуется, активный ребенок бегает по дому и просит поесть. Все домашние испытывают чувство глубокого удовлетворения в связи с выздоровлением от непонятной болезни, но *через 10—20 часов после нормализации температуры, когда ребенок кажется абсолютно здоровым, по всему телу* ***внезапно*** *появляются элементы точечной или мелкопятнистой розовой сыпи*. Состояние при этом не ухудшается, а сыпь сама исчезает через несколько дней (от 4 до 7). Это и есть розеола. Она не опасна, не дает осложнений, не требует лечения.

1 Экзантема — специальный медицинский термин, общее название сыпей на коже.

Розеола — уникальная болезнь!

Болезнь достаточно распространенная и в то же время болезнь, которой не существует, поскольку диагноз «внезапная экзантема» врачи не ставят почти никогда!

Дело в том, что за три-пять дней непонятного и необъяснимого повышения температуры тела очень немногие родители не успеют «всунуть» в дитя 3—4 лекарства. Неудивительно, что появление, в конце концов, сыпи и сами мамы-папы-бабы, а нередко и врачи, рассматривают как признак лекарственной аллергии. Вполне понятно, что назначаются дополнительно противоаллергические лекарства, которые и дают «эффект» в сроки, за которые сыпь обычно проходит сама (т. е. от 4 до 7 дней).

3.10. СТРАШНЫЕ ВИРУСНЫЕ ИНФЕКЦИИ

Мудрец будет скорее избегать болезней, чем выбирать средство против них.

Томас Мор

Мы совершенно сознательно не будем подробно рассказывать об этих болезнях, запугивая и без того запуганных мам и пап.

Про СПИД (синдром приобретенного иммунодефицита) все многократно слышали, а человек, до настоящего времени незнакомый с путями заражения и мерами профилактики, вряд ли будет читать и эту книгу. Но присутствие на Земле вируса иммунодефицита человека (именно так называется вирус, приводящий к развитию болезни СПИД) еще раз наводит на мысль о необходимости естественного воспитания. Сделать все, чтобы ребенку не понадобились лекарственные препараты из человеческой крови (плазма, альбумин, гаммаглобулины и т. п.), чтобы не нужны были уколы, чтобы пореже возникала необходимость в обследованиях.

Страшных вирусных инфекций много, но почти все они встречаются не часто, и будет лучше, если их имена мы сохраним в тайне.

Но про две болезни рассказать надо — родители никогда не будут лечить их сами, но именно *у родителей имеется почти стопроцентная возможность для того, чтобы не допустить заболевания у ребенка.*

3.10.1. ПОЛИОМИЕЛИТ

Вирус полиомиелита особым образом поражает нервную систему и частым следствием заболевания являются не поддающиеся лечению параличи[1]. Профилактические прививки исключительно надежны и это проявляется повсеместным и весьма значительным снижением как частоты болезни, так и ее тяжести.

Именно с многолетней вакцинацией связан тот очевидный факт, что подавляющее большинство врачей полиомиелита не видели в глаза. Вероятность того, что диагноз будет поставлен своевременно, не очень велика, а возможности лечения (даже при своевременно поставленном диагнозе) тоже не очень велики. Вывод о том, что пренебрегать вакцинацией не стоит — абсолютно очевиден, тем более, что противопоказаний к осуществлению прививок от полиомиелита практически нет.

1 Паралич — полное отсутствие произвольных движений мышц в связи с тем, что невозможно проведение сигнала по соответствующим нервным стволам.

3.10.2. БЕШЕНСТВО

Одна из самых страшных вирусных инфекций. ***За всю историю существования человечества отмечено всего три случая, когда после возникновения симптомов заболевания отмечалось бы выздоровление!***

Источник инфекции — больные животные (млекопитающие) и, разумеется, больной человек. Из места укуса вирус распространяется по нервным стволам и, добираясь до спинного и головного мозга, вызывает гибель человека.

Главный вывод из вышеизложенного — **ни в коем случае не рисковать, не принимать самостоятельных решений и при любых, даже мало-мальских, сомнениях обращаться за медицинской помощью.**

От момента заражения до развития необратимых изменений имеется достаточный промежуток времени, чтобы успеть защитить организм. Достигается это двумя способами: введением вакцины, которая стимулирует быструю выработку антител, и введением специального гаммаглобулина, содержащего уже готовые антитела, нейтрализующие вирус и позволяющие дождаться появления собственных антител.

Первая помощь при любом укусе — промывание раны большим количеством воды с мылом, обработка краев раны йодным раствором, ну а после того — немедленно к врачу-хирургу, который, при необходимости, направит вас к специалистам[1]. Особое внимание — *неспровоцированные* укусы домашних животных, любые укусы диких животных, особенно (!) лис и летучих мышей.

Помните: вирус в слюне собаки обнаруживается уже за 10 дней до того, как у самого животного возникнут признаки болезни.

1 Специалист по профилактике бешенства и лечению вакциной называется рабиолог (бешенство по-латыни — rabies). Кстати, именно рабиологи в полной мере владеют информацией о том, насколько распространено бешенство в районе вашего проживания, какие животные наиболее опасны и т. д.

3.11. ИНФЕКЦИОННЫЙ МОНОНУКЛЕОЗ

— Что это за болезнь? — спросила синьора графиня Старшая. Она очень любила лечиться, и стоило ей услышать название какой-нибудь новой, неизвестной болезни, как она сейчас же находила ее у себя. Ведь графиня была так богата, что расходы на докторов и лекарства ее ничуть не пугали.

Дж. Родари

Вирус инфекционного мононуклеоза распространен довольно широко. Эта болезнь совсем не редкая, но протекающая, как правило, в легких формах, а эти самые легкие формы весьма трудны для диагностики.

Принципиальная особенность вируса — «любовь» его к так называемой лимфоидной ткани[1]. Что такое лимфоидная ткань и где она находится? Да почти везде! Это все (!) лимфоузлы, миндалины, печень, селезенка. И все эти органы поражаются при мононуклеозе.

Дети в возрасте до 2-х лет нечасто болеют мононуклеозом, а если все-таки болеют, то, как правило, легко. Излюбленные «жертвы» мононуклеоза — дети старше 3-х лет и не очень старые взрослые (до 40).

Вирус выделяется во внешнюю среду со слюной больного. Заразиться легче всего при поцелуях или через игрушки, но можно и воздушно-капельным путем. Вирус не очень заразен и заболевания почти никогда не носят характер эпидемий — все больше единичные случаи. Зато у мальчиков эти «единичные случаи» почему-то встречаются чаще.

1 Про лимфоидную ткань читайте также в главах «Ангина» и «Аденоиды».

Инкубационный период весьма изменчив и во многом определяется состоянием иммунитета зараженного: ориентировочный интервал — от 5 дней до 2 месяцев.

Симптомы мононуклеоза определяются воспалительными процессами в тех органах, которые поражает вирус: увеличиваются все группы лимфоузлов, одни больше, другие меньше, но увеличиваются все — больше всего шейные. В свою очередь, увеличиваются печень и селезенка. Появляется воспаление миндалин (ангина), отек аденоидной ткани (в носу) приводит к тому, что ребенок, во-первых, дышит ртом, а во-вторых, начинает просто-таки жутко храпеть. Помимо всех этих конкретных мононуклеозных признаков, имеются и общие не специфические признаки — и температура повышается, и есть не хочется, и глотать больно, и вялость и т. п.

Установить диагноз инфекционного мононуклеоза во многом помогает клинический анализ крови. Дело в том, что мононуклеозный вирус специфически поражает клетки крови и при ее (крови) исследовании врачи обнаруживают особые клетки, которых в норме нет. Клетки эти называются «атипичные мононуклеары» — от слова «мононуклеары» и пошло, кстати, название самой болезни.

Таким образом, типичный мононуклеоз выглядит так: ангина + храп по ночам с затрудненным дыханием днем + увеличение печени, селезенки и лимфоузлов + изменения в крови.

Что необходимо знать:

- Острый период заболевания длится, в среднем, 2—3 недели и, как бы плохо ни было, *все выздоравливают*.
- Лимфоидная система — одно из важнейших звеньев системы иммунитета. Неудивительно, что ее поражение делает человека весьма уязвимым к другим инфекциям. Короче говоря, на фоне мононуклеоза «подцепить» другую болячку очень и очень легко. Отсюда частота осложнений, вызванных уже не вирусами, а бактериями — возможны и высоко вероятны ангина, отит, воспаление легких.
- Осложнения мононуклеоза лечатся, как правило, антибиотиками, при этом имеет место совершенно удивительный факт, не находящий до настоящего времени точного объяснения. Суть этого явления в том, что применение заслуженно популярных антибиотиков *ампициллина и амоксициллина* именно при мононуклеозе в 95%

случаев сопровождается появлением сыпи. Еще раз подчеркну, почему это происходит, никто толком не знает.

- После острого периода болезни, когда все основные симптомы исчезают, ребенок остается весьма ослабленным — необходимо время для полного восстановления системы иммунитета. Такому ребенку на 6—12 месяцев прекращают прививки, следует, по возможности, максимально ограничивать контакты с людьми. Противопоказано пребывание на солнце, да и вообще любые дальние поездки на моря нежелательны.
- Само лечение мононуклеоза большей частью симптоматическое. В очень тяжелых случаях назначают гормональные противовоспалительные препараты, но, как правило, дело до этого не доходит. А так все по «стандартам» вирусных инфекций — покой, диета, свежий воздух, обильное питье, витамины, пополоскать горло, промывать нос, принимать парацетамол.
- При выявлении инфекционного мононуклеоза в детском коллективе никаких карантинов и особых дезинфекций не устраивают. Тщательной влажной уборки более чем достаточно.
- Вирус мононуклеоза, как это ни печально, обладает онкогенной[1] активностью. Все это встречается не особенно часто, просто следует знать, что если после перенесенного мононуклеоза долго не восстанавливается нормальная кровь (имеется в виду — не исчезают атипичные мононуклеары, да и другие изменения могут присутствовать), то такие дети в обязательном порядке должны состоять на учете и регулярно осматриваться врачом-гематологом[2].

1. Онкогенный — значит способствующий возникновению онкологических (раковых) заболеваний.

2. Гематолог — специалист по болезням крови.

3.12. ГЕРПЕТИЧЕСКАЯ ИНФЕКЦИЯ

Ты чавой-то не в себе!
Вон и прыщик на губе!

Л. Филатов

Герпетическая инфекция — это не какое-то конкретное заболевание. Это термин, объединяющий целую группу болезней и нуждающийся в определенных разъяснениях.

Вирусы, как и все другие организмы, подразделяются учеными на семейства, роды, отдельные виды. В настоящее время в живой природе обнаружено уже около 80 похожих друг на друга представителей семейства вирусов герпеса, при этом 7 из них выделены от человека.

Вирусы эти, хоть и похожи друг на друга, но вызывают заболевания весьма различные и по срокам, и по клиническим проявлениям, и по опасности для организма человека. Кстати, мы уже познакомились с тремя болезнями – совсем не похожими, но все они вызваны именно вирусами группы герпеса. Это ветряная оспа, внезапная экзантема и только что рассмотренный инфекционный мононуклеоз.

Настало время рассказать о вирусе особом, самом, пожалуй, распространенном, способном вызывать весьма разнообразные болезни, иногда смертельно опасные. Называется он «вирус простого герпеса».

По данным многочисленных исследований, вирусом простого герпеса заражены от 65 до 90% всех жителей планеты Земля! Инфицирование происходит в детском возрасте, контактным или воздушно-капельным путем и к 6 годам около 80% детей уже имеют в своем организме вирус герпеса.

Вирус, как ему и положено, проникает внутрь клеток и там в неактивном состоянии находится *пожизненно* — т. е. если заражение вирусом произошло, никакими лекарствами полностью от него избавиться не получится. Но в этом, вроде бы, и нет ничего страшного — неактивный вирус никакого особого вреда не приносит. В то же время при возникновении определенных сопутствующих условий, сопровождающихся снижением иммунитета (простуда, другая инфекционная болезнь, стресс, физическое утомление, недоедание, нехватка витаминов, травма и т. п.), вирус как бы просыпается, начинает свое черное дело и вызывает болезнь.

Одно из наиболее типичных проявлений простого герпеса — высыпания на губах, точнее на границе кожи и самой губы. В народе эти зудящие пузырьки называют просто «лихорадкой». Легко заметить, что у одних людей (детей) эти самые лихорадки встречаются часто, у других — очень часто, у третьих — не бывают никогда. Тут уж все зависит от иммунитета, от общего уровня здоровья конкретного человека.

Мы уже несколько раз писали о главном неспецифическом противовирусном белке — интерфероне. Дело в том, что на каждый вирус организм реагирует по-разному, вырабатывая определенное количество интерферона. Говоря языком ученых, каждый вирус обладает «индивидуальной интерфероногенной активностью», да простят меня читатели за сильно умные слова. Особая «вредность» вируса простого герпеса как раз и состоит в том, что он почти не стимулирует или в очень малой степени стимулирует выработку естественного интерферона. Отсюда — нестойкость и недостаточность иммунитета, частые повторы (рецидивы) заболевания.

«Лихорадка» на губах — это еще цветочки вируса простого герпеса. Проявления болезни могут быть гораздо серьезнее — поражение глаз, распространенные поражения кожи и слизистой оболочки полости рта (стоматиты), обширные высыпания на половых органах (так называемый генитальный герпес), воспаление легких и самое страшное проявление инфекции — герпетический энцефалит — тяжелейшее воспаление головного мозга с непредсказуемыми, но, как правило, весьма печальными последствиями.

1 *Тяжесть любых проявлений герпетической инфекции определяется, прежде всего, состоянием иммунитета!* В который раз приходится обращать внимание на тот факт, что главный способ профилактики — естественный образ жизни, обеспечивающий нормальное функционирование иммунной системы.

2 В настоящее время имеются препараты, способные избирательно подавлять размножение в человеческом организме вирусов герпеса. Самый знаменитый — *ацикловир* (синонимы — герпевир, виролекс, зовиракс), а его появление — такая же революция в медицине, как открытие в свое время пенициллина. Ацикловир применяют местно, для обработки высыпаний (мази, кремы, желе), проводят курсы лечения (иногда очень длительные) таблетками, при герпетических энцефалитах и других особо тяжелых вариантах болезни препарат вводят внутривенно.

3 Лечение герпетической инфекции, как правило, предусматривает использование интерферона. Не тех хорошо нам знакомых и относительно дешевых капель в нос, а дорогих и по-настоящему эффективных форм интерферона, которые вводятся в виде инъекций. Кроме этого применяют особые лекарства, многократно увеличивающие в организме выработку интерферона (циклоферон, неовир).

4 Герпетическая инфекция, и это очевидно, лечится. Полностью извести вирус, как мы уже поняли, невозможно, но забыть о его существовании — вполне реально. *Главный недостаток всех без исключения способов лечения герпетической инфекции — несоответствие доходов наших соотечественников стоимости эффективных лекарственных средств.*

5 Сложность лечения герпетической инфекции не только в стоимости лекарств. Лечение длительное, проводится по определенным схемам, которые учитывают и состояние иммунитета, и сопутствующие болезни, и вариант инфекции. Родителям лишь следует знать главное: «герпетические мелочи» — вроде пузырьков на губах — могут рано или поздно превратится в более серьезную проблему, а герпес не та болячка, когда самолечение может привести к успеху. Отсюда настоятельная необходимость консультации у грамотного специалиста и полноценного обследования.

3.13. ЦИТОМЕГАЛОВИРУСНАЯ ИНФЕКЦИЯ

Всякая вещь в природе является либо причиной, направленной на нас, либо следствием, идущим от нас.

М. Фичино

Цитомегаловирус — еще один представитель уже знакомого нам семейства вирусов группы герпеса. По распространенности в живой природе он почти не отличается от вируса простого герпеса. По крайней мере, исследователи этой инфекции убеждены в том, что к 50 годам все люди инфицируются цитомегаловирусом.

Вот и первый интересный факт: *100% населения земного шара инфицированы цитомегаловирусом, но с высокой степенью вероятности можно заключить, что большинство читателей этой книги впервые слышат (читают) про эту болезнь.*

Очень многое из того, что мы рассказывали про вирус герпеса, в равной мере относится и к цитомегаловирусу — такое же проникновение внутрь клеток и такое же более-менее длительное «мирное» сосуществование без всяких попыток вызвать болезнь.

Нормальный человеческий иммунитет вполне благополучно справляется с цитомегаловирусом. Но... Развитие человеческой цивилизации постоянно приводит к росту, часто стремительному, факторов, отрицательно влияющих на иммунитет.

Это и многочисленные способы лечения (гормоны, лучевая терапия, иммунодепрессанты[1] при пересадках органов, химиотерапия онкологических больных, антибиотики широкого спектра действия), и болезни (все тот же СПИД), и экология. Мы уже не говорим о стрессах, нехватке витаминов, недоедании, избытке бытовой химии. Все эти факторы приводят к тому, что человеческий иммунитет перестает справляться с цитомегаловирусом, а вызванные им болезни встречаются все чаще и чаще.

1 Иммунодепрессанты — особые лекарственные препараты, угнетающие иммунитет и препятствующие процессу отторжения пересаженного органа.

Вирус передается от человека к человеку при очень тесных контактах. Дело в том, что вирус содержится во всех выделениях и во всех средах человеческого организма — слюне, мокроте, крови, кале, моче, сперме, молоке. Контакт с любой из этих сред приводит к заражению. Но сам факт заражения взрослого человека не проявляется никакими симптомами.

Актуальность цитомегаловирусной инфекции состоит, прежде всего, в том, что вирус передается от беременной женщины плоду и способен вызывать внутриутробное поражение ребенка с возникновением в дальнейшем некоторых пороков развития, серьезных нарушений со стороны нервной системы, органов слуха и зрения. Уцелевший плод может заразиться во время родов (контакт со слизью родовых путей) или сразу после родов (материнское молоко). В этом случае может возникнуть болезнь, похожая по своим симптомам на инфекционный мононуклеоз.

Таким образом, болезнь может быть *врожденной* — это всегда очень серьезно — и *приобретенной* — это, как правило, неприятность, которую удается миновать без особо грозных последствий.

Главное, что надо знать о врожденной цитомегаловирусной инфекции: основной, зависящий от конкретного человека способ ее профилактики — наличие нормального иммунитета у беременной женщины.

У женщины:

- *не находящейся в постоянном страхе за свое будущее и будущее своих детей;*
- *следящей за своим здоровьем;*
- *имеющей возможность полноценно питаться;*
- *не дергающейся по поводу неизвестно где загулявшего мужа;*

- *существующей в нормальной благополучной стране* — ***у такой женщины хватит иммунитета для того, чтобы выработать антитела к цитомегаловирусу, которые обеспечат защиту и самой женщине, и ее будущему ребенку***.

Тактика лечения цитомегаловирусной инфекции почти аналогична таковой при инфекции герпетической. Разве что препараты, активно действующие именно на цитомегаловирус (ганцикловир, цитовен), — еще дороже, чем ацикловир.

3.14. БАКТЕРИИ И БАКТЕРИАЛЬНЫЕ ИНФЕКЦИИ

Человек заболевает по многим причинам: некоторые заболевают от простуды, некоторые — от усталости и горя. Если из ста ворот закрыть лишь одни, то разве можно на этом основании считать, что грабитель не сможет пробраться в дом.

Конфуций

Бактерии существенно отличаются от вирусов. Во-первых, они значительно крупнее, во-вторых, представляют собой вполне законченный живой организм, который может сам себя обеспечивать и сам себя воспроизводить при наличии соответствующих условий окружающей среды (обнаружение еды, присутствие или отсутствие кислорода, подходящая температура). Попадая в организм человека, некоторые бактерии находят вышеупомянутые условия вполне пригодными для размножения и питания — вот так и возникает определенная болезнь.

До XX века борьба врачей с бактериальными инфекциями ничем не отличалась от борьбы с инфекциями вирусными — все усилия сводились к тому, чтобы помочь организму выстоять и справиться с болезнью самому. К счастью, возможности современной медицины заметно увеличились. Произошло это благодаря созданию нескольких групп лекарственных препаратов, позволяющих убить микроб и не нанести при этом существенного вреда человеку. Про эти лекарства вы, конечно же, слышали — антибиотики (пенициллин, тетрациклин, гентамицин), сульфаниламиды (стрептоцид, этазол, бисептол) и кое-что еще.

По прочтении этих строк у читателей может возникнуть весьма ложное представление в отношении того, что бактериальные инфекции лечить значительно легче, в сравнении с инфекциями вирусными. Это, к сожалению, не так. Не так, во-первых, потому, что бактерии демонстрируют чудеса приспособляемости, и по мере того как ученые придумывают все новые и новые антибиотики, появляются все новые и новые мутации[1] всем известных бактерий, на которых эти антибиотики не действуют (или действуют недолго, или действует не так сильно, как хотелось бы). Во-вторых, одни и те же бактериальные болезни — допустим, воспаление легких или менингит — могут быть вызваны сотнями самых разнообразных микробов, и врачу иногда бывает очень трудно ответить на вопрос: «кто виноват?» и, соответственно, правильно наказать виновного, назначив нужный антибиотик.

* * *

Мир бактерий удивительно разнообразен, как разнообразно и велико количество вызываемых ими болезней. Бактерии отличаются друг от друга размерами, особенностями строения, размножения и питания, весьма различны условия, при которых они могут нормально существовать. Одни бактерии имеют круглую форму — их называют *кокками* (стафилококк, пневмококк, стрептококк, менингококк, гонококк), другие — удлиненную, их называют *палочками* (дизентерийная палочка, коклюшная, кишечная). Бактерии часто имеют не ровную поверхность, а всякие там выросты, жгутики, реснички.

В отличие от вирусов, бактериям не присуща строгая избирательность в поражении определенных органов человеческого организма. Но свои «предпочтения» есть у каждого микроба. Так, дизентерийная палочка находит оптимальные для себя условия в определенном отделе толстого кишечника, возбудитель коклюша — в клетках эпителия

1 Мутация — особое свойство, присущее всем живым организмам, суть которого состоит во внезапном изменении генотипа (что такое генотип, смотри в главе «1.1 Беременность»). Понятно, что мутации бывают полезные и вредные, хотя это с какой стороны смотреть. Со стороны бактерии — внезапно появившаяся способность не реагировать, к примеру, на пенициллин — это очень хорошо, ну а со стороны человека — очень плохо.

дыхательных путей, менингококк (возбудитель менингита) — в оболочках головного мозга. В то же время стафилококк не отличается особой разборчивостью и может вызвать воспалительный процесс где угодно — и на коже, и в костях, и в легких, и в кишечнике и т. д.

Теперь самое, пожалуй, главное.

Бактерия, какой бы противной и страшной она ни казалась, как правило, не приносит человеческому организму особого вреда.

Но, **будучи полноценными живыми существами, бактерии образуют продукты своей жизнедеятельности, которые, в свою очередь, не что иное, как самые настоящие яды. Называются эти ядовитые вещества *токсинами*. Каждой бактерии присущи свои токсины, и именно токсинами, точнее их специфическим воздействием на организм человека, определяются симптомы конкретной болезни.**

И количество токсинов, и опасность каждого отдельно взятого токсина у каждой бактерии свои, индивидуальные. И на токсины, и на саму бактериальную клетку организм реагирует примерно так, как на вирусы. Т. е. и токсин сам по себе, и оболочка бактерии, и ее выросты (реснички, жгутики) — это конкретные антигены, против которых вырабатываются соответствующие антитела, устраняющие вредное воздействие на человеческий организм. А сами бактерии еще и перевариваются особыми клетками-пожирателями — фагоцитами.

В подавляющем большинстве случаев токсины образуются во время гибели бактерии — т. е. находятся они в самой бактериальной клетке и выделяются при ее разрушении. Бактерии в организме человека постоянно разрушаются — во-первых, они и сами по себе живут недолго, во-вторых, на то и иммунитет, чтоб с бактериями бороться, и в-третьих, бактерии разрушаются во время лечения, все теми же антибиотиками, например.

Токсины, которые образуются при гибели бактерий, называются эндотоксинами («эндо-» — значит внутри).

Существует очень небольшое число бактерий, жизнедеятельность которых сопровождается постоянным выделением токсинов — т. е. ***бактерии способны выделять токсин, но не погибать при этом!***

Такие **токсины, образующиеся в процессе жизнедеятельности бактерий, называются экзотоксинами** («экзо-» — извне, снаружи).

Экзотоксины — самые (!) опасные яды из всех обнаруженных или придуманных к настоящему времени.

Болезни, возбудители которых вырабатывают экзотоксин, называются экзотоксическими. Какие это болезни? Дифтерия, столбняк, ботулизм, газовая гангрена, сибирская язва — все эти названия вы слышали неоднократно, т. е. они (болезни), хоть и экзотоксические, но, к сожалению, не экзотические (вот такой каламбур).

При некоторых инфекциях бактерии способны вырабатывать одновременно и экзо-, и эндотоксины. Тут свои сложности в лечении. Примеры таких болезней — коклюш, холера, некоторые варианты дизентерии.

Опасность экзотоксических инфекций состоит в том, что антибиотики помочь не могут — за то время, что пройдет, пока их назначат (сначала ведь необходимо диагноз поставить), да пока они убьют микроб, может быть уже поздно. Антибиотики свое дело сделали, бактерий нет, но токсины остались. Они-то организм и погубят, если вовремя не ввести лекарство, нейтрализующее токсины (антитоксическую сыворотку).

Именно потому, что при лечении экзотоксических инфекций на антибиотики надежд мало, а с сывороткой не всегда можно успеть, главное — профилактика!

Она не для всех инфекций разработана, но ее (профилактики) принципы вполне понятны: если существует токсин, то необходимо, чтобы в организме человека постоянно (!) циркулировал антитоксин, т. е. противоядие. Именно поэтому детям делают прививки (прежде всего против дифтерии и столбняка) — вводят очень сильно ослабленные токсины[1], а в результате организм ребенка формирует вполне приличный иммунитет, поскольку вырабатывается антитоксин.

1 Ослабленный токсин, используемый для создания иммунитета при проведении профилактических прививок, носит название анатоксина.

ДИФТЕРИЯ

Даже когда рот закрыт, вопрос остается открытым.

С. Е. Лец

Заражаются дифтерией воздушно-капельным путем. Дифтерийная палочка вызывает воспалительный процесс, который чаще всего (более 90% всех случаев дифтерии) локализуется в зеве[1].

Начинается болезнь с недомогания, повышения температуры, болей в горле. Вот тут-то и проявляется особая «подлость» дифтерийного токсина — поражая нервные окончания, он, во-первых, вызывает состояние, похожее на местную анестезию (т. е. вроде бы горло болит, но не очень-то и сильно), а во-вторых, *воздействие экзотоксина на организм не сопровождается значительным повышением температуры* (выше 38 °С — довольно редко[2]). Таким образом, начало дифтерии

1 Помимо дифтерии зева, встречаются и более редкие формы болезни — дифтерия носа, дифтерия глаза, дифтерия половых органов. Редкие формы обычно протекают легче, чем классическая дифтерия зева. Особый случай — дифтерия гортани, но об этом подробнее в тексте.

2 Эта особенность — отсутствие высокой температуры тела — является общей для всех экзотоксических инфекций — и для дифтерии, и для ботулизма, и для столбняка. Но если уж температура тела повысилась до высоких цифр (39 °С и выше), то это однозначно свидетельствует о значительной тяжести заболевания.

очень часто имитирует не просто обычное ОРЗ, а как бы легкое ОРЗ: и температура тела невысокая, и горло болит не сильно, и даже насморка нет (кстати, отсутствие насморка — один из наиболее типичных симптомов дифтерии). Все это и приводит к тому, что диагностировать болезнь в первые сутки после ее начала, как правило, никому не удается. Но уже на второй день в горле (обычно на миндалинах) начинают появляться налеты. Сначала они тонкие и светлые — как паутина, но постепенно сереют и становятся плотными, образуя пленки (по-латыни пленка — «diftera», отсюда и название болезни).

Нетрудно себе представить, насколько тяжело будет протекать болезнь, если пленки будут образовываться не на миндалинах, а в гортани. ***Поражение гортани сопровождается развитием дифтерийного крупа***[1]***,*** который, в отличие от крупа вирусного, характеризуется:

- медленным развитием симптомов и постепенным нарастанием тяжести состояния;
- очень выраженными изменениями голоса;
- отсутствием проявлений ОРВИ — насморка, высокой температуры тела.

1 Дифтерийный круп еще называют «истинным крупом», а круп при ОРВИ — «ложным крупом».

Что необходимо знать:

- Изменения в горле (воспаление, дифтерийные пленки, боль) представляют собой лишь временные трудности, которые, рано или поздно, но проходят сами по себе, даже без лечения. Однако токсин, который выделяет размножающийся микроб, очень быстро всасывается в кровь и оседает в сердце, почках и нервных стволах, вызывая специфические осложнения дифтерии (соответственно миокардит, нефроз, полиневрит). Следует знать, что *именно осложнения чаще всего определяют тяжесть болезни* и, как это ни печально, иногда становятся причиной смерти.
- Противодифтерийная сыворотка может нейтрализовать только тот токсин, который циркулирует в крови, но совершенно не влияет на уже «связавшийся» с клетками сердца, почек, нервной системы. Приведенная информация логично объясняет тот факт, что ***успех лечения дифтерии зависит, прежде всего, от того, в какие сроки от начала заболевания введена сыворотка***. Если, например,

сыворотка вводится на пятый день болезни, а не на второй, вероятность очень серьезных последствий и даже гибели человека повышается в 20 раз! Отсюда следует, что благоразумные родители ни при каких обстоятельствах не должны проявлять особой смелости, и при любых (!) болях в горле, любых изменениях голоса, любом затруднении дыхания обязаны показать ребенка врачу. Нельзя забывать и о том, что дифтерия в настоящее время встречается не так уж часто — многие врачи ее просто никогда в глаза не видели. Поэтому если вашего участкового педиатра одолевают сомнения в диагнозе, которые могут быть вполне закономерными, то не следует игнорировать направление в стационар — не та это болезнь, дифтерия, чтобы рисковать.

- Как уже вполне понятно, единственно реальным способом профилактики являются прививки. Дифтерийный анатоксин входит в состав знаменитой вакцины АКДС (против коклюша, дифтерии и столбняка). Стопроцентной гарантии не заболеть вакцина не дает, но практически полностью исключает возможность развития тяжелых форм дифтерии.
- Легкие формы дифтерии достаточно трудны для диагностики, даже для очень опытного инфекциониста. Именно поэтому абсолютно всем больным с любой ангиной, с любым крупом медицинские работники в обязательном порядке берут из зева мазки. Выделить в этих мазках дифтерийную палочку совсем не трудно, а в связи с массовыми исследованиями нередко возникают две довольно типичные ситуации.

1. У ребенка заболело горло, на второй день болезни родители вызвали педиатра, который поставил диагноз «ангина», назначил лечение и взял мазок. Через 3—4 дня состояние ребенка просто замечательное, он хорошо себя чувствует, ни на что не жалуется. И на фоне этого благополучия раздается звонок в дверь, появляется педиатр и траурным голосом сообщает родителям «радостное» известие — в мазке обнаружена дифтерийная палочка. Описанная ситуация в подавляющем большинстве случаев свидетельствует о том, что ребенок, скорее всего, правильно привитой, перенес легкую форму дифтерии. Введение противодифтерийной сыворотки при таких формах совсем не обязательно, а обязательно следующее: во-первых,

тщательное наблюдение в течение 10—20 дней, для того чтобы своевременно выявить и пролечить возможные осложнения со стороны сердца, почек или нервной системы, и во-вторых, необходимо лечение антибиотиками, для того чтобы погубить дифтерийную палочку. И первое, и второе желательно делать в больнице, хотя бы потому, что наиболее эффективным способом профилактики осложнений является соблюдение строго постельного режима.

2 После того, как кому-нибудь врачи поставят диагноз «дифтерия», начнут активно работать санитарные службы — обследовать (брать мазки) у всех, кто контактировал с заболевшим, а это могут быть сотни людей — весь подъезд, весь класс, весь детский сад и т. д. Даром такая работа не проходит: на одного заболевшего дифтерией, как правило, обнаруживается 5—10 абсолютно (!) здоровых людей, у которых в горле или в носу «живет» дифтерийная палочка. Что же это за люди и почему они дифтерией не заболели? Дело том, что у правильно привитого человека, будь то взрослый или ребенок, в крови имеется достаточное количество антител, предохраняющих его от болезни: дифтерийная палочка в горле живет, но токсин, который она вырабатывает, своевременно нейтрализуется и болезни не возникает. Таких людей, абсолютно здоровых, но с бактерией в горле, называют *носителями дифтерийной палочки*. Именно носители, сами того не ведая, разносят инфекцию, подвергая постоянной угрозе тех, кто с ними контактирует. И именно поэтому носителей лечат и нередко изолируют в инфекционную больницу. Это как раз тот случай, когда человек страдает не ради себя, а ради общества. Но деваться тут некуда — все равно с этой палочкой ни вас, ни вашего ребенка никуда не пустят — ни в детский сад, ни в школу, ни на работу.

Как лечат дифтерию?

Прежде всего, разумеется, вводят сыворотку. Обязательно назначают антибиотики (чаще всего обычный эритромицин) — чем быстрее будет погублена дифтерийная палочка, тем меньше она успеет выработать токсина это, во-первых, и во-вторых, именно антибиотики делают больного дифтерией и носителей дифтерийной полочки безопасными для окружающих.

При дифтерийном крупе, если больной не в состоянии сам откашлять пленки, их убирают — под наркозом, с помощью специального прибора осматривают гортань и щипцами или электроотсосом удаляют пленки. В тяжелых случая приходится делать интубацию или трахеостомию[1].

При развитии осложнений способов помочь больному имеется множество, но, к сожалению, эффективность этой помощи оставляет желать лучшего. Лечить приходится довольно долго (несколько месяцев), однако утешает тот факт, что дифтерийные осложнения редко оставляют пожизненные следы — т. е. если уж дело пошло на поправку, выздоровление будет полным, без особых последствий и инвалидностей.

1 Интубация — введение в гортань и трахею (через рот или через нос) специальной гибкой пластиковой трубки, через которую больной будет дышать. Трахеостомия — название операции. «Почти» то же самое, что интубация, только трубка, естественно, значительно более короткая, вводится непосредственно в трахею, после того, как будет произведен разрез на шее.

3.16. КОКЛЮШ

...в конце концов, каждая болезнь затрагивает нервную систему.
Лечение должно быть как телесное, так и духовное.
Нужно спокойное повторение Соломонова изречения:
«И это пройдет».

Е. Рерих

Коклюш, по большому счету, — одна из самых распространенных детских инфекций. Болезнь передается воздушно-капельным путем, а ее главным проявлением является приступообразный кашель, который почти не поддается лечению.

Коклюш относят к управляемым инфекциям, поскольку частота возникновения этой болезни во многом зависит от того, как организовано проведение профилактических прививок. Прививки от коклюша начинают делать с трехмесячного возраста вместе с дифтерией и столбняком — используется, как правило, вакцина АКДС[1]. Правды ради следует отметить, что из трех компонентов этой вакцины коклюшный переносится наиболее тяжело — т. е. именно с ним чаще всего бывают связаны все те неприятные ощущения, которые испытывает ребенок после вакцинации (недомогание, повышение температуры, снижение аппетита). И нередко бывает так, что ослабленным детям или детям, у которых ранее отмечались выраженные реакции на прививку, вакцинацию делают препаратом АДС — не содержащим коклюшного

1 АКДС — один вакцинный препарат и сразу от трех заболеваний (К — коклюш, Д — дифтерия, С — столбняк).

компонента. Вот такие дети — толком не привитые — и болеют чаще всего тяжелыми формами коклюша. Хотя привитые тоже болеют, но несравнимо легче. Легче настолько, что диагноз «коклюш» устанавливается в десятки раз реже, чем это заболевание встречается на самом деле.

Удивительной особенностью коклюша является полное отсутствие к нему врожденного иммунитета: заболеть этой болезнью может даже новорожденный. Зато после перенесенного заболевания иммунитет вырабатывается стойкий и сохраняется в течение всей жизни.

Микроб, вызывающий коклюш, называется коклюшной палочкой. Она быстро (очень быстро) погибает во внешней среде, поэтому единственным источником инфекции является больной человек и только больной человек. Люди — и дети, и взрослые — очень восприимчивы к коклюшу и, при отсутствии иммунитета, вероятность заболеть после контакта с больным достигает 100%. Палочка распространяется и, соответственно, может вызвать заражение здорового, главным образом, при кашле больного. Следует в то же время отметить, что «подцепить» коклюш можно лишь при весьма тесном общении с больным — даже при кашле более чем на два, максимум на три метра палочка не рассеивается. Инкубационный период в среднем составляет 5—9 дней, но может колебаться от 3-х до 20-ти.

Как мы уже заметили, главным проявлением болезни является своеобразный, ни с чем не сравнимый кашель. Причина его возникновения в очень и очень упрощенном виде выглядит следующим образом.

Итак, для начала заметим, что все функции человеческого организма управляются определенными клетками головного мозга. Т. е. имеется ряд клеток, выполняющих общую функцию, которые образуют так называемый управляющий центр — центр дыхания, центр кровообращения, центр терморегуляции и т. д. Не обойден вниманием и кашель — имеется кашлевой центр, который активно функционирует в течение всей жизни, поскольку кашель, и довольно часто, жизненно необходим вполне здоровому человеку.

Следует также знать, что дыхательные пути — трахея, бронхи — покрыты изнутри так называемыми эпителиальными клетками[1], ко-

1 *Эпителий* — общее название особого вида тканей, которые покрывают все поверхности человеческого организма: поверхность тела (эпителий кожи), поверхность внутренних полостей — полость желудка, полость мочевого пузыря и т. п., поверхность всех трубок и трубочек — эпителий сосудов, эпителий желчевыводящих протоков и, разумеется, эпителий дыхательных путей.

торые, в свою очередь, имеют ворсинки — эдакие выросты, похожие на реснички, — недаром *внутреннюю поверхность трахеи и бронхов называют реснитчатым эпителием.* Назначение ворсинок — обеспечить движение слизи (мокроты), а любое их раздражение вызывает появление кашля. Оболочка коклюшной палочки тоже имеет ворсинки, с помощью которых бактерии плотно прикрепляются к ресничкам эпителия — это раз. А два состоит в том, что размножаться возбудитель коклюша может только в реснитчатом эпителии и больше нигде! Вот и происходит постоянное раздражение эпителия, что, в свою очередь приводит, с одной стороны, к постоянному раздражению кашлевого центра и с другой — к не менее постоянному выделению клетками дыхательных путей большого количества густой и вязкой слизи. При этом возбуждение клеток кашлевого центра оказывается настолько сильным, что даже после того, как в организме не остается ни одной коклюшной палочки, кашель все равно продолжается. А кроме того, предполагают, что коклюшная палочка выделяет токсин, к которому особенно чувствительны именно клетки кашлевого центра. Таким образом, главная причина кашля при коклюше, по крайней мере, после двух-трех недель болезни, находится уже не в бронхах и легких, а, как это ни парадоксально, в голове.

* * *

Начинается коклюш постепенно — появляется сухой частый кашель, иногда — небольшой насморк, температура тела повышается незначительно — максимум 37,5—37,7 °С, но гораздо чаще она вообще остается нормальной. Заподозрить коклюш на этом этапе болезни (он называется катаральным периодом и длится от трех дней до двух недель) практически невозможно — ну разве что заведомо известно о контакте с больным. Описанные симптомы служат поводом для диагностики всяких-разных ОРЗ и бронхитов, а поскольку температуры особой нет, то, разумеется, предполагаются ОРЗ и легкие бронхиты. В подобной ситуации ребенок нередко продолжает ходить в школу или в детский сад, что весьма печально, ибо коклюш максимально заразен именно в катаральном периоде. Кстати, раз уж речь зашла о заразности, отметим, что больной человек выделяет микробы во внешнюю среду около месяца, но количество коклюшных палочек существенно уменьшается с каждым днем начиная со второй недели болезни и становится очень незначительным дней эдак через 20.

К сожалению, катаральным периодом болезнь не ограничивается: кашель становится приступообразным — вот на этом этапе (период спазматического кашля), как правило, и ставится диагноз «коклюш». Коклюшный кашель настолько специфичен, что врачу необходимо лишь услышать его — после этого уже не требуется никаких дополнительных анализов, все и так ясно.

Так что же представляет собой коклюшный кашель? Если честно, то описывать его — занятие безнадежное: легче было бы самому покашлять. Но попробуем. *Типичный коклюшный кашель — это **приступ**, состоящий из нескольких кашлевых толчков, которые без остановки следуют друг за другом, не давая больному возможности передохнуть.* Если вы попробуете сейчас покашлять, то поймете, что каждый кашлевой толчок — это выдох. А если таких толчков множество, то ведь надо же когда-нибудь совершить вдох. И действительно, после окончания приступа кашля больной делает глубокий вдох, который очень часто сопровождается специфическим свистящим звуком. Причина возникновения этого звука, а он называется *репризом*, состоит в том, что непосредственно во время кашля происходит спазм голосовой щели (того места в гортани, где находятся голосовые связки).

Во время приступа очень часто отмечается покраснение или даже посинение лица, а после его (приступа) окончания — рвота или просто выделение слизи, которую ребенок выплевывает или глотает.

Подводим итоги. Для коклюшного кашля типичны: приступ + реприз + последующее отхождение слизи или рвота.

С учетом описанного нами кашля становится понятным, что *тяжесть болезни определяется, прежде всего, частотой и длительностью приступов.* Весьма характерно, что вне приступа кашля состояние ребенка почти не нарушено.

Продолжительность периода спазматического кашля весьма вариабельна и может достигать двух-трех месяцев даже несмотря на лечение! Тем не менее частота приступов нарастает дней десять, после чего положение недели на две стабилизируется и только потом количество и продолжительность приступов медленно (к сожалению, очень медленно) начинает уменьшаться.

Очень тяжело протекает коклюш у детей первого года, особенно первых шести месяцев жизни. В этом возрасте после кашля часто бывают остановки дыхания, которые длятся от нескольких секунд до минуты и даже дольше! Неудивительно, что в связи с нехваткой кислорода у младенцев появляются нарушения со стороны нервной системы и другие осложнения.

В целом — и это особенность коклюша — проявления болезни хоть и очень неприятны, но не особенно страшные. А чего действительно приходится опасаться — так это осложнений, наиболее частым из которых является воспаление легких (пневмония). Кстати, вызывают его вовсе не коклюшные палочки, а другие микробы — стафилококки, стрептококки и т. п.

Убить коклюшную палочку несложно, хотя и не все антибиотики на нее действуют. Так, например, пенициллин не действует вообще. Но, к счастью, бактерия практически не способна вырабатывать устойчивость к антибиотикам. Т. е. если уж какой-либо препарат против микроба эффективен, то он и будет эффективен. Наиболее часто врачи используют эритромицин — после трех-четырех дней его употребления от коклюшной палочки, в подавляющем большинстве случаев, не остается и следа. Но в периоде спазматического кашля никакого эффекта — в виде уменьшения частоты и длительности приступов — заметить не удается. И мы уже понимаем почему — ведь кашель не из-за микроба, а из-за поражения клеток кашлевого центра. Главная цель приема антибиотиков в этом периоде — сделать больного не заразным. А вот если тот же эритромицин назначается в катаральном периоде — в первые дни болезни, когда еще нет перевозбуждения кашлевого центра, — так вот, в этом периоде лекарство вполне может прервать болезнь и не довести человека до приступов.

Но угадать не всегда получается — не пичкать же детей антибиотиками при любом покашливании. А ведь все вышеописанное — это типичный коклюш. Который бывает совсем не часто — спасибо прививкам. Сплошь и рядом встречаются абсолютно нетипичные формы болезни — редкий кашель, без всяких температур, с прекрасным самочувствием. И очень часто болеют папы и мамы, которые, в свою очередь, заражают детей (при опросе регулярно выясняется, что в семье заболевшего ребенка длительно кашлял кто-то из взрослых).

Додуматься до нетипичного коклюша бывает очень и очень трудно, но, в конце концов, нетипичный коклюш — легкий коклюш. Поэтому давайте поговорим о том, как помочь ребенку при настоящем коклюше: если будем об этом знать — с легкими формами справимся и подавно.

Итак, *что же надо делать и что необходимо знать?*

- Помнить о других людях — о тех, кто был в контакте с вашим ребенком, и о тех, кто в этом контакте может оказаться: дитя изолировать, сообщить друзьям, что визиты нежелательны.
- Убить микроб: выбор антибиотика (возможных вариантов десятки), а также доза лекарства — это дело врача. Задача родителей — добиться попадания препарата внутрь больного, соблюдать назначенные дозы, кратность и сроки приема[1].
- Относиться к болезни философски и отдавать себе отчет в том, что коклюш управляем лишь на этапе профилактики. Но ежели заболели — время оказывается одним из главных факторов на пути к выздоровлению. Короче говоря, пока свое не откашляет — ни на какие таблетки и ни на каких чудо-докторов особо надеяться не стоит[2].
- Следует знать, что приступы кашля могут провоцировать физическая нагрузка, чихание, жевание, глотание, отрицательные эмоции. Выводы из этих знаний вполне логичны:

1. не устраивать активных игр с беганьем, прыганьем и скаканием;
2. всячески избегать пыли, удалять ребенка из комнаты на время уборки;
3. стараться, чтобы предлагаемая ребенку пища не требовала особого жевания и, уж по крайней мере, на время болезни, забыть о жевательных резинках.

- С учетом предыдущего пункта, следует осознать, что кормление ребенка с коклюшем составляет особую проблему. Для некото-

1 Обращаю внимание на тот факт, что эритромицин — препарат, который используется при коклюше наиболее часто, — принимается ДО еды, оптимально минут за 30.

2 Замечательный писатель В. В. Вересаев в написанных более века назад «Записках врача» заметил по этому поводу: «...врач, которого в первый раз пригласят в семью для лечения коклюша, может быть уверен, что в эту семью его никогда уж больше не позовут: нужно громадное, испытанное доверие к врачу или полное понимание дела, чтобы примириться с ролью врача в этом случае — следить за гигиеничностью обстановки и принимать меры против появляющихся осложнений». Своей актуальности эти слова не утратили и по сей день.

рых детей сам процесс поглощения пищи становится настолько страшным, что даже упоминание о еде (например произнесенная мамой фраза: «Пойдем кушать») вызывает приступ кашля. К счастью, это бывает редко, но вот кашель после еды и рвота всем, что съел, — явление довольно распространенное. Не следует давать сразу много еды — даже если хочет есть много. Чем дольше будет жевать и чем больше съест — тем больше вероятность и приступа кашля, и рвоты. Поэтому лучше кормить чаще, но понемногу. В принципе, кашель с рвотой после него редко бывает дважды подряд — т. е. если после приступа рвота была, то следующие 2—3 приступа будут легче.

Одно из наиглавнейших условий, обеспечивающих адекватную помощь ребенку с коклюшем, — правильный ответ на вопрос «чем дышать?»

Чем суше воздух и чем теплее в комнате, где находится ребенок, тем гуще мокрота, тем больше вероятность и увеличения частоты приступов, и развития осложнений. Но ведь традиционные действия при появлении кашля у ребенка заключаются в том, чтобы подержать его, родимого, дома. И неудивительно, что после месяца кашляня взаперти, без прогулок и свежего воздуха, якобы «бронхит», который на самом деле был легким коклюшем, заканчивается воспалением легких.

Поэтому необходимо помнить и понимать, что свежий воздух является обязательным условием правильной помощи ребенку не только при коклюше, но и при других болезнях, сопровождающихся кашлем и при бронхите, и при трахеите, и при аллергических поражениях дыхательных путей, и при воспалении легких. Но поскольку упомянутые нами «другие болезни» проходят несравнимо быстрее, чем коклюш, то и отрицательные последствия домашнего режима проявляются не так часто.

Таким образом, *если уж диагностирован коклюш, то все родственники больного должны быть мобилизованы для того, чтобы по очереди с ребенком гулять*. В летнее время, конечно же, нецелесообразно быть там, где сухо и тепло, — необходимо вставать пораньше, пока влажно и прохладно, и в обязательном порядке подольше гулять перед сном.

Важно только не забывать о том, что во время гуляний следует избегать общения с другими детьми.

Очень хорошо прогуливаться возле водоемов, ежели таковые имеются поблизости. А если не имеются, то вообще неплохо было бы уехать туда, где они есть, — в деревню к бабушке, на дачу и т. п.[1]

Еще раз обращаю внимание на тот факт, что в современных условиях, когда большинство детей привиты, типичный и тяжелый коклюш встречается не так уж и часто. При длительном, но нетипичном кашле могут помочь дополнительные (лабораторные) методы исследования. В некоторых случаях в обычном клиническом анализе крови выявляют изменения, вполне закономерные для коклюша. Но единственным, стопроцентным доказательством болезни является выделение коклюшной палочки — у ребенка берут из горла мазок или предлагают ему покашлять на специальную чашку с питательной средой, ну а потом, в бактериологической лаборатории, смотрят, что там вырастет. Хотя и здесь не все так гладко, как хотелось бы: уж очень привередливый микроб, эта самая коклюшная палочка. Сплошь и рядом бывают ситуации, когда, судя по кашлю, у ребенка — типичнейший коклюш, а микроб вырастить не удается — никакая самая наилучшая питательная среда не может сравниться с реснитчатым эпителием дыхательных путей. Достаточно пару раз принять антибиотик, достаточно поесть или почистить зубы перед сдачей анализа — и шансов выделить коклюшную палочку практически нет. Я уже не говорю о том, что после третьей недели болезни микроб в принципе практически не выделяется.

Столь подробный рассказ о трудностях, которые сопровождают врачей-лаборантов при попытке обнаружения коклюшной палочки, автор предпринял с одной-единственной целью: убедить читателей в том, что если лаборатория дала заключение про отсутствие возбудителя коклюша, то это вовсе не говорит о том, что коклюша у ребенка нет.

Диагностика легких и нетипичных случаев коклюша даже для врача очень высокой квалификации всегда затруднительна. Наблюдательность родителей может очень и очень помочь, а принципиально важные моменты, позволяющие заподозрить коклюш, состоят в следующем:

1 Кстати, зимний коклюш (т. е. коклюш, который начался зимой) протекает значительно легче, в сравнении с летним, что вполне объяснимо и разницей в количестве пыли и температурой воздуха. Раз уж речь зашла о временах года, заметим, что коклюш относится к болезням, при которых совершенно отсутствует сезонность — т. е. вероятность заболеть в течение года постоянна.

- Длительный кашель при отсутствии катаральных явлений (насморка, повышения температуры) или катаральные явления за 2—3 дня прошли, а кашель остался.
- Хорошее общее самочувствие — приличный аппетит, ребенок активен; когда не кашляет — так и вовсе кажется вполне здоровым.
- Полное отсутствие какого-либо облегчения, а иногда даже ухудшение от лечения отхаркивающими средствами.

Любая простуда, любое ОРЗ у ребенка с коклюшем многократно усиливает проявления самого коклюша и многократно увеличивает риск осложнений — все той же пневмонии. Меры профилактики достаточно стандартны — максимально сократить общение с другими людьми, даже если ребенок уже не заразен, не допускать переохлаждений, простудившихся взрослых изолировать.

В принципе, никогда нельзя забывать о возможности развития воспаления легких, а мысль о том, что таки началось, должна появиться при:

а повышении температуры тела на второй-третьей неделе болезни, особенно когда температура повысилась, а насморк при этом не появился;

б внезапном учащении кашля и увеличении длительности приступов после того, как в течение нескольких дней становилось лучше или, по крайней мере, не становилось хуже;

в изменении общего самочувствия — слабость, учащенное дыхание — в промежутках между приступами.

Само собой разумеется, что диагноз воспаления легких поставит врач, если его вызвать, но коклюш ведь длится несколько месяцев, и лечится, чаще всего, в домашних условиях. Нередко бывает так, что родителям не очень-то и удобно часто беспокоить врача, особенно когда диагноз вполне ясен, и не менее ясно, что для выздоровления нужно время и немалое. Перечисленные выше признаки (а, б, в) помогут родителям преодолеть стеснительность и своевременно обратиться за помощью.

Мы же отметили тот факт, что в подавляющем большинстве случаев коклюш вполне благополучно лечится (или проходит сам по себе) в домашних условиях. Но иногда без больницы все же не обойтись.

Так когда же?

а коклюш у детей первого года жизни и особенно (!) первого полугодия: очень высок риск осложнений, да и заболевание в этом возрасте почти всегда протекает весьма тяжело;

б вне зависимости от возраста, когда имеет место развитие осложнений или когда на фоне кашля появляются остановки дыхания.

Вполне логично заметить следующее: никто и никогда не будет держать малыша в больнице до полного выздоровления. Но и врач больницы, и родители ребенка, прежде чем попрощаться друг с другом должны быть уверены, что болезнь свой пик миновала (нет остановок дыхания, прошли осложнения, в течение нескольких дней количество приступов кашля стало уменьшаться).

Антибиотиками и свежим воздухом лечение коклюша, разумеется, не ограничивается. Хотя из огромного арсенала лекарственных препаратов, помогающих при кашле, нет ни одного, способного существенно облегчить течение болезни. Выбор конкретного лекарства — дело врача, но родители должны знать следующее: даже если, с вашей точки зрения, назначенное лекарство, например, амброксол, не помогает вообще, это вовсе не говорит о нецелесообразности его приема. Дело в том, что механизм действия большинства отхаркивающих средств (и упомянутого нами амброксола в том числе) основан на разжижении мокроты. Кашлять ребенок реже не станет, но вероятность осложнений уменьшится в несколько раз, поскольку именно густая слизь, нарушая проходимость бронхов, и является главной причиной развития воспаления легких.

* * *

И последнее, о чем хотелось бы рассказать в этой главе.

Впервые столкнувшись с коклюшем в больнице, автор испытал потрясение в связи с тем, как достижения цивилизации способны влиять на «народные» способы лечения. Сейчас объясню.

Представьте себе такую ситуацию. Сережке 8 лет. У него тяжелый коклюш, было приличное воспаление легких, в последнее время стало чуть полегче, хотя кашляет по-прежнему часто и долго — по 15—20 приступов в сутки. И вот появляется его прабабушка (заметьте, не бабушка, а именно прабабушка) — эдакая древняя беззубая старушка с палочкой — и говорит, что, мол, хватит вам тут в больнице глупостями заниматься, а надо срочно покатать ребенка на самолете. В дальнейшем мне неоднократно приходилось слышать от пожилых (именно от пожилых) людей, что нет лучшего способа быстро вылечить коклюш, чем воздушные путешествия. И самое удивительное: действительно многим помогает! Но не всем и не всегда.

Объяснение же состоит в следующем. Как мы уже отметили, главная причина кашля в поздние сроки болезни — очаг возбуждения кашлевого центра в голове. И если нам удается создать другой очаг, более активный, то возбудимость кашлевого центра снижается. И чем активнее, чем длительнее это новое возбуждение, тем более выражен лечебный эффект.

Поэтому любые сильные и положительные эмоциональные нагрузки могут способствовать быстрому выздоровлению. Неудивительно, что самолет помогает! Как помогает и новая кукла, и поездка с папой на рыбалку, и поход всей семьей в зоопарк, и покупка щенка или котенка... И вполне понятно, что чем эмоциональней ребенок, тем эффективнее такое лечение. Как, впрочем, понятно и полное отсутствие эффекта от воздушных путешествий у детей первого года жизни. Кстати, Сережке очень даже помогло: папа забрал его на один день из больницы, и они полетели на самолете (местная авиалиния — до какого-то там райцентра и обратно). Через три дня после этого выписали домой. Вот вам и народная медицина!

3.17. КИШЕЧНЫЕ ИНФЕКЦИИ

Предосторожность проста, а раскаяние многосложно.

Гете

Продукты питания и вода, потребляемые человеком, весьма далеки от стерильности. Миллиарды самых разнообразных бактерий ежедневно и ежечасно попадают к нам в организм, и совершенно ничего страшного от этого не происходит — уж слишком много способов нейтрализации микробов выдумала природа. Обладающая бактерицидными свойствами слюна, ядовитый желудочный сок, множество своих, «хороших» бактерий в кишечнике — все это не дает чужакам возможности прижиться и сделать свое черное дело.

Тем не менее человека, ни разу не болевшего кишечной инфекцией, просто не существует. Не существует хотя бы потому, что имеется множество способов нейтрализации всех многочисленных защитных сил — глотать, не пережевывая, чтобы слюна не успела до микробов добраться, переедать, нейтрализовать щелочными напитками кислый желудочный сок, убивать собственных микробов антибиотиками и т. д.

Но

наиглавнейшей причиной кишечных инфекций было, есть и будет несоблюдение элементарных гигиенических норм —

неправильное хранение пищевых продуктов, немытые руки, снующие между обеденным столом и туалетом мухи. В конце концов, какими бы замечательными защитными силами человеческий организм ни обладал, всегда найдется такое количество микробов, нейтрализовать которое просто невозможно.

Возбудителями кишечных инфекций могут быть бактерии (дизентерийная палочка, сальмонелла, стафилококк, палочка брюшного тифа, вибрион холеры) и некоторые вирусы.

Конкретное имя конкретного возбудителя конкретной кишечной инфекции интересует, прежде всего, медицинских работников. Объем, направленность и интенсивность противоэпидемических мероприятий во многом определяется именно видом возбудителя.

Одни бактерии распространяются через воду, другие — через продукты питания, причем продукты эти не какие угодно, а совершенно определенные. В одном случае — овощи, в другом — яйца, в третьем — молочные продукты и т. д.

Одни бактерии очень(!) заразны (например возбудитель холеры), другие — поменьше.

В одном случае заболевание развивается стремительно и представляет собой реальную угрозу человеческой жизни, в другом — симптомы развиваются медленно, а сама болезнь не особенно опасна.

Микробы, возбудители кишечных инфекций, могут (как правило, так оно и происходит) поражать не весь желудочно-кишечный тракт, а определенные его отделы. Воспалительный процесс в каждом таком отделе имеет свое медицинское название: воспаление желудка — ГАСТРИТ, двенадцатиперстной кишки — ДУОДЕНИТ, тонкого кишечника — ЭНТЕРИТ, толстого кишечника — КОЛИТ.

Помните — мы уже приводили похожие слова, когда писали о поражении органов дыхания: ринит, фарингит, ларингит, трахеит, бронхит... С желудочно-кишечным трактом ситуация аналогичная, а одновременное поражение нескольких его отделов порождает использование сложных и страшных слов: гастродуоденит, гастроэнтерит, энтероколит, гастроэнтероколит. Становится понятным, что медицинский термин «энтероколит» не является именем болезни — он лишь характеризует поражение определенного участка желудочно-кишечного тракта. Этот самый «определенный участок» врачи выявляют довольно легко — по симптомам болезни и по внешнему виду каловых масс. А вот установить точное имя болезни по симптомам довольно сложно. Хотя многие кишечные инфекции имеют весьма характерные симптомы. По крайней мере, дизентерию, брюшной тиф, холеру часто удается диагностировать без дополнительных анализов.

Тем не менее как бы очевидны ни были симптомы, окончательный диагноз ставится только после микробиологического обследования (исследуют кал, рвотные массы, воду, которую собирают после промывания желудка, кровь, «подозрительные» продукты питания и напитки). Обнаружили дизентерийную палочку — значит, точно дизентерия. Обнаружили сальмонеллу — значит, точно сальмонеллез и т. д.

Но все не так однозначно. Для того чтобы поставить диагноз, следует не просто обнаружить микроб. Необходимо, чтобы обнаружение микроба сопровождалось конкретными симптомами кишечной инфекции — рвотой, поносом и т. д. При самых разнообразных профилактических обследованиях (перед тем, например, как ребенок пойдет в детский сад или школу, перед поездкой в санаторий) сплошь и рядом в кале обнаруживают нечто плохое — опасную кишечную палочку, или сальмонеллу, или палочку дизентерии. Если микроб есть, а проявлений кишечной инфекции нет, такая ситуация свидетельствует о том, что данный человек (взрослый или ребенок, не принципиально) — «жертва бактериологического обследования» — является здоровым носителем определенной бактерии. Т. е. этот человек имеет к данному возбудителю иммунитет; иными словами, заболеть он не может, но все же для общества представляет угрозу, поскольку распространяет заразу. И таким человеком медики пренепременно займутся вплотную.

* * *

После проникновения в человеческий организм возбудители кишечных инфекций начинают активно размножаться, что приводит, во-первых, *к нарушениям процесса пищеварения* и, во-вторых, *к воспалению клеток слизистой оболочки кишечника*. Типичным и наиболее характерным следствием двух указанных процессов является основной симптом любой кишечной инфекции — понос[1]. Другие признаки болезни — тошнота, рвота, боли в животе, повышение температуры тела, отсутствие аппетита, общая слабость — встречаются часто, но обязательными спутниками кишечной инфекции не являются.

Кстати, следует отметить, что на бытовом и на медицинском уровне понятия кишечной инфекции весьма разнятся. Для обычного человека ясно: раз есть понос, значит, и кишечная инфекция есть, а для врача главное не симптомы, а путь заражения. С медицинских позиций, любая болезнь, передающаяся через рот (с пищей, водой, немытыми руками — так называемый фекально-оральный путь инфицирования), является типичной кишечной инфекцией. Наиболее показательный пример — вирусный гепатит А (болезнь Боткина). Заражение вирусом всегда происходит при его попадании в желудочно-кишечный тракт, но поражается печень, а никакого поноса в большинстве случаев нет.

Пути профилактики кишечных инфекций достаточно очевидны и сводятся к соблюдению элементарных гигиенических норм: мытью рук, особенно тщательно после посещения туалета, термической обработке пищи и воды, выполнению правил хранения пищевых продуктов, изоляции больных и, как минимум, обязательному выделению им отдельной посуды.

Всегда следует помнить, что **наиболее страшным и опасным последствием любого поноса является потеря организмом жидкости и солей**. Без пищи человеческий организм более или менее благополучно может просуществовать пару недель, но без адекватного обеспечения водой и солями калия, натрия, кальция человек жить не может: в этом случае счет идет на часы.

Запасы воды и солей особенно невелики в организме ребенка, и именно для детей кишечные инфекции представляют собой реальную угрозу здоровью и жизни.

Таким образом, истинная тяжесть кишечной инфекции зачастую определяется не частотой стула, не запахом и цветом испражнений, а именно степенью обезвоживания. Определить тяжесть кишечной инфекции может только врач, но вероятность того, что по поводу каждого поноса люди будут обращаться за медицинской помощью, очень невелика. Поэтому подчеркнем, что *вне зависимости от того, как называется конкретная кишечная инфекция, существуют совершенно определенные* ***правила поведения больного и его родственников.***

[1] Понос (синоним — диарея) — учащенная дефекация, при которой кал имеет жидкую консистенцию (определение из «Энциклопедического словаря медицинских терминов», М.: Советская энциклопедия, 1983).

1 Всегда следует задуматься над тем, что это вы такое съели или чем накормили ребенка. Полбеды, если это ваш личный кулинарный шедевр, но если это пирожное из близлежащего магазина, то следует проявить сознательность и подумать о тех, кто может пойти по вашим следам. Узнать телефон районной санитарной станции совсем не трудно.

2 Кишечная инфекция у любого члена семьи — сигнал тревоги для всех остальных. Больному — отдельная посуда, всем остальным — организовать идеальную чистоту, тщательно мыть руки, убрать от греха подальше подозрительные продукты, всю посуду перекипятить, не жалеть дезинфицирующих средств.

3 И понос, и рвота являются способами защиты организма. В упрощенном варианте это выглядит так: в желудочно-кишечный тракт попало что-то не то, и организм всеми возможными способами пытается эту гадость удалить. Поэтому в первые часы кишечной инфекции мы вовсе не заинтересованы в том, чтобы понос и рвота прекратились. Наоборот, в обоих направлениях организму следует помогать — пить и рвать (а если не хочется — сознательно вызывать рвоту, промывая тем самым желудок), очистить толстый кишечник с помощью клизмы. Для клизмы используется обычная кипяченая вода, ни в коем случае не теплая (оптимальная температура около 20 °C), обязательно следить за тем, чтобы вышла вся введенная жидкость.

4 **Главный принцип помощи — восполнение потерь жидкости и солей.** Для этой цели идеально подходят лекарственные средства, имеющиеся в любой аптеке и представляющие собой заранее приготовленную смесь различных солей, которую перед употреблением разводят кипяченой водой. Если же аптека далеко, вполне подойдут минеральные воды, отвары изюма, трав, шиповника, компот из сухофруктов, можно чай, лучше зеленый, чем черный. В конце концов, лучше пить то, что есть под рукой, чем не пить ничего.

5 Температура напитков ориентировочно должна быть равна температуре тела — при этом всасывание жидкости из желудка в кровь будет максимально быстрым.

6 ***При упорно повторяющейся рвоте*** помните, что ***надо пить чаще, но малыми порциями***, чтобы не растягивался желудок, а использование любых противорвотных препаратов всегда согласовывать с врачом.

7 По большому счету, **существует лишь два абсолютно безопасных способа самостоятельного лечения кишечных инфекций — голод и обильное питье.** Любые лекарственные препараты могут привести к самым неожиданным последствиям, ну разве что кишечные сорбенты[1] целесообразны и показаны практически всегда.

8 Интенсивность ваших волнений должна быть теснейшим образом связана с общим состоянием ребенка, а не с тем, сколько раз он запачкал пеленки (попросился на горшок, сбегал в туалет). Следите за цветом мочи: если она светлая — дефицита жидкости нет.

9 **Обращение к врачу *обязательно* при поносе у детей первого года жизни и, вне зависимости от возраста, при отсутствии тенденции к улучшению в течение суток.**

10 ***Немедленно обращайтесь за медицинской помощью, если***:

- *наиболее волнующим симптомом кишечной инфекции является боль в животе;*
- *из-за упорной рвоты вы не можете ребенка напоить;*
- *более 6 часов нет мочи;*
- *сухой язык, запавшие глаза, кожа приобрела сероватый оттенок;*
- *в кале имеется примесь крови;*
- *понос прекратился, но при этом усилилась рвота, и (или) резко поднялась температура тела, и (или) появились боли в животе.*

11 При улучшении состояния не торопитесь скармливать детенышу все подряд. Чай с нежирным творожком, рисовая и овсяная кашки — пусть потерпит-поголодает сутки-двое, здоровее будет.

[1] Кишечные сорбенты — многочисленная группа лекарственных препаратов, способных связывать (сорбировать) и обезвреживать яды (токсины), находящиеся в просвете кишечника. Самым известным кишечным сорбентом является знаменитый активированный уголь, хотя есть и другие препараты, в десятки и сотни раз более активные.

* * *

Следует отметить: современная терапия кишечных инфекций вовсе не предусматривает глотание всеми любимых фталазола и левомицетина хотя бы потому, что причиной каждого второго поноса являются вирусы[1], на которых упомянутые антибактериальные препараты не действуют вообще. Но даже если это бактерия, отношение к использованию антибактериальных препаратов неоднозначно. Так, при дизентерии антибиотики используются практически всегда, а при сальмонеллезе — значительно реже.

Парадоксальность лечения кишечных инфекций состоит прежде всего в том, что ***строгая диета, восполнение потерь жидкости и солей да плюс время и терпение — это почти всегда достаточные условия для выздоровления*** (соблюдение при этом правил гигиены подразумевается).

Что же здесь такого парадоксального? — спросите вы. Прежде всего то, что пить и голодать, в представлении наших соотечественников крайне недостаточно для «полноценного» лечения, надобно еще таблеточек, да побольше...

Потребность в вышеупомянутом «полноценном» лечении небезуспешно пытается удовлетворить медицинская наука, которая активно разрабатывает новые методы помощи кишечно пострадавшим.

Так, в качестве альтернативы антибиотикам предлагают использовать так называемые ***эубиотики*** — полезные кишечные бактерии, которых следует «запустить» в кишечник, рассчитывая на то, что они сами «выгонят» непрошеного гостя.

Еще один предлагаемый способ лечения кишечных инфекций основан на том, что почти у всех бактерий имеются естественные враги — особые вирусы, которые поражают именно бактерии. Такие вирусы называются ***бактериофагами***, или просто фагами. Уже разработаны, активно выпускаются и используются препараты, содержащие в своем составе определенные фаги: «сальмонеллезный бактериофаг» — для лечения сальмонеллеза, «дизентерийный бактериофаг» для лечения дизентерии и т. д.

1 Самым известным вирусом, вызывающим у детей тяжелейшие кишечные инфекции, является так называемый *ротавирус*, чаще всего поражающий малышей первых двух лет жизни. Неудивительно в этой связи, что вакцинация от ротавирусной инфекции присутствует в календаре прививок многих стран мира.

Тем не менее с грустью приходится признавать, что, *несмотря на теоретическую логичность и привлекательность, практическое применение и эубиотиков, и бактериофагов вовсе не приводит к выздоровлению быстрее, нежели все те же диета да питье.*

Неудивительно, что в подавляющем большинстве стран мира эти лекарственные средства не применяются (и не выпускаются, и не регистрируются), поскольку доказать их эффективность медицинская наука пока еще не в состоянии[1].

1 В то же время и бактериофаги, и эубиотики — это лекарства однозначно безопасные. Безопасность в сочетании с теоретической целесообразностью, плюс способность удовлетворять потребность родителей в «полноценном» лечении — все это факторы, которые и определяют массовое использование этих препаратов в нашей стране.

* * *

В стационаре основным способом оказания неотложной помощи при кишечных инфекциях является ***инфузионная терапия***, т. е. внутривенное введение жидкости и солей для быстрого возмещения потерь.

При самой опасной кишечной инфекции — холере — инфузионная терапия вообще является наиглавнейшей. Возбудитель холеры вырабатывает экзотоксин (он называется холероген), который находится в просвете кишечника, и его в этой связи не удается нейтрализовать сывороткой. Под действием холерогена клетки слизистой оболочки кишечника как бы сморщиваются и теряют жидкость литрами! Вот и приходится в огромных количествах вводить препараты внутривенно и проводить очень активное лечение до тех пор, пока в организме не появятся антитела к токсину.

3.18. СКАРЛАТИНА

Валя, Валентина,
Что с тобой теперь?
Белая палата,
Крашеная дверь.
Тоньше паутины
Из-под кожи щек
Тлеет скарлатины
Смертный огонек.

Э. Багрицкий

Есть такое греческое слово streptos, что означает «крученный», «витой», «имеющий вид цепочки». И есть такой микроб — ***стрептококк***: если разглядывать его под микроскопом, то хорошо видны самые настоящие цепочки, состоящие из неподвижных шариков.

Стрептококки — весьма распространенные микробы, способные вызывать у человека множество самых разнообразных болезней. Скарлатина — одна из них, пожалуй, самая известная, но, к сожалению, далеко не единственная.

Скарлатина известна людям с древности, и отношение к ней довольно серьезное, что, впрочем, вполне логично и обоснованно. Хотя древние врачи (Гиппократ и компания) все время путали скарлатину — то с корью, то с краснухой, то еще с чем-нибудь. Правда, хуже от этого никому не было. Это ведь мы сейчас умные — знаем, что корь и краснуха инфекции вирусные, а скарлатина — инфекция бактериальная. Следовательно, корь и краснуха пройдут сами, а при скарлатине очень помогут антибиотики. Но Гиппократ про антибиотики ничего не знал, поэтому имел моральное право путать скарлатину и корь,

чем, впрочем, человечество благополучно занималось почти 2000 лет после Гиппократа. И только в 1675 г. врач Томас Сиденхем подробно описал симптомы скарлатины и назвал ее scarlet fever — пурпурная лихорадка. От слова scarlet — «пурпурный», «ярко-красный» — и пошло современное название болезни.

О том, что скарлатина — болезнь серьезная и смертельно опасная, определенная часть читателей этой книги, особенно те, кто учился в советской школе, узнали еще в детстве из знаменитого стихотворения Эдуарда Багрицкого «Смерть пионерки» (см. эпиграф). От скарлатины погибла бедная пионерка Валя, и именно так, весьма трагично, представлялась судьба заболевшего ребенка до появления антибиотиков — ведь очень коварный и очень опасный микроб, этот стрептококк.

Следует заметить, что скарлатина — далеко не единственная болезнь, обязанная своим существованием стрептококку. Большинство ангин, ревматизм, гломерулонефрит, рожистое воспаление — все это варианты стрептококковой инфекции.

Но скарлатина — болезнь особенная. И да простят меня читатели за попытку объяснить ее суть, поскольку сделать это простыми словами очень сложно. Однако попытаемся. Итак...

Стрептококк — понятие растяжимое. Под этим словом подразумевают десятки, если не сотни бактерий, с одной стороны, похожих друг на друга, с другой — имеющих существенные различия в своей структуре. Каждый конкретный вид стрептококка способен вырабатывать совершенно определенные токсины. Переболев одним вариантом стрептококка и выработав к этому варианту иммунитет, человек может не вполне благополучно встретиться уже с другим стрептококком, который, в свою очередь, вырабатывает свои токсины и вызывает потребность опять болеть и опять вырабатывать очередные антитоксические антитела.

В то же время некоторым стрептококкам (подчеркиваю, далеко не всем, только некоторым) присуща способность вырабатывать определенное ядовитое вещество, которое называется ***эритротоксин***.

У эритротоксина имеются две особенности. Во-первых, он вызывает в организме совершенно определенные изменения, и эти изменения проявляются в виде совершенно определенных симптомов, присущих именно действию эритротоксина; во-вторых, выработав иммунитет к эритротоксину одного стрептококка, организм перестает реагировать на эритротоксин любого другого стрептококка, поскольку в крови постоянно циркулируют антитела к эритротоксину.

Теперь уже можно сказать, что же такое скарлатина.

Скарлатина — это особый вариант стрептококковой инфекции с выраженной реакцией организма в ответ на действие эритротоксина. Таким образом, скарлатина может быть один раз в жизни, а вот стрептококковой инфекцией — другими ее формами, разумеется, можно болеть сколько угодно.

Термин «эритротоксин» в дословном переводе с греческого означает «красный токсин». В этом переводе — суть уже упомянутых нами, «совершенно определенных симптомов».

Но давайте начнем с начала — как же все происходит. Стрептококк попадает в организм человека воздушно-капельным путем, хотя возможно заражение и через продукты питания, и через грязные игрушки, и через одежду. Источником инфекции может быть больной любым вариантом стрептококковой инфекции или здоровый носитель стрептококка. 90% всех, кто заболел, — дети до 16 лет, но дети первого года жизни почти не болеют, поскольку имеют врожденный, доставшийся от мамы антитоксический иммунитет.

Инкубационный период — от 1 до 12 дней. Очутившись в человеческом организме, стрептококк оседает на слизистых оболочках, главным образом в горле (на миндалинах) и начинает размножаться, выделяя при этом эритротоксин. Болезнь начинается остро — высокая температура + боли в горле. А уже через несколько часов появляется сыпь — это и есть ответная реакция на эритротоксин. Общий цвет кожи — красноватый, и на этом красном фоне можно видеть многочисленные очень мелкие красные точки (краснее, чем общий фон). Сыпь быстро покрывает все тело, особенно она выражена на боковой поверхности туловища, на сгибательных участках рук и ног. Кожа сухая, если провести рукой — напоминает наждачную бумагу. Особенно характерен вид лица — ярко-красные щеки и бледный, свободный от сыпи треугольник между носом и губами. Язык тоже яркий, малиновый, а на его поверхности — резко увеличенные сосочки. Ну а в горле, на миндалинах, — самая настоящая ангина: очень все красное и воспаленное, на миндалинах — гнойные налеты.

Всеми этими симптомами ребенок обязан эритротоксину стрептококка, который особым образом поражает кожу и слизистые оболочки. Это поражение приводит к массовой гибели клеток самого наружного слоя кожи (эпидермиса), и кожа начинает шелушиться. Шелушение появляется на лице уже к концу 1-й недели болезни, затем на туловище, кистях и стопах.

Что необходимо знать:

1 *Стрептококк, к счастью, высокочувствителен к антибиотикам*, в частности к пенициллину. Уже через 12—24 часа после начала лечения пенициллином в состоянии больного ребенка наблюдается отчетливое улучшение. Непереносимость пенициллина — не проблема, поскольку выбор антибиотиков, активно действующих на стрептококк, достаточно велик.

2 В любом случае, *скарлатина относится к болезням, которые при своевременном лечении антибиотиками почти всегда заканчиваются благополучно, а без лечения — почти всегда заканчиваются тяжелыми осложнениями*. Осложнения скарлатины — прежде всего, поражение сердца (ревматизм) и поражение почек (гломерулонефрит).

3 *Очень опасно прекращать лечение сразу после улучшения состояния.* Антибиотики должны применяться строго определенное время, в противном случае осложнения весьма вероятны.

4 Своевременное использование активных антибиотиков иногда (очень редко) приводит к тому, что организм не успевает выработать достаточный иммунитет к эритротоксину — очень быстро погибает стрептококк. Следствие этого — возможность повторно заболеть скарлатиной. Эти повторные случаи, тем не менее, протекают довольно легко.

5 Горло и миндалины — не единственный путь проникновения стрептококка в человеческий организм. Заражение может произойти и через любую рану на коже (ссадина, порез, операция). В таком случае будут иметь место все симптомы скарлатины, кроме ангины. Принципы лечения от этого не меняются.

6 Легкие, а иногда и среднетяжелые формы скарлатины благополучно лечатся на дому, без всяких больниц. Ребенка, как правило,

полностью изолируют на 10 дней, после чего — если состояние хорошее — вполне можно гулять. Но!!! Для перенесшего скарлатину серьезную опасность представляет повторный контакт со стрептококком — это может привести к аллергическим заболеваниям и осложнениям. Поэтому жить нормально и гулять можно, но общение с другими людьми, особенно детьми, следует свести до минимума. По крайней мере, *от момента начала заболевания до похода в школу или детский сад должно пройти 3 недели, не меньше.*

3.19. АНГИНА

— Здравствуйте. Врача вызывали? Алло, здесь есть кто живой? Врач еще нужен? Ой, маленький, ты один? А где мама? На работе... А папа? Уехал в командировку... Два года назад. Открой рот и скажи: «А-а-а...» Господи, какое горло.

М. М. Жванецкий

Начнем с печальной статистики: около 50% всего нашего населения знакомы с ангиной не теоретически, а на личном опыте, т.е. ангиной лично болели. Предвижу возражения — дескать, статистика не печальная, а слишком оптимистичная и лживая, поскольку красное горло, которое болит, рано или поздно бывает у всех. В ответ на возражения замечу: 99% населения понятия не имеет, что такое ангина, поэтому спорить не будем, а будем разбираться.

Итак, теория. Иммунитет — способность организма распознавать «чужаков» и с ними бороться. «Чужаки» — раковые клетки и возбудители инфекций. В организме имеются группы клеток, выполняющих некие общие и схожие функции, эти клетки носят название *ткани*. Примеры тканей — костная, мышечная, нервная, железистая. Есть клетки, ответственные за выработку иммунитета и формирующие так называемую *лимфоидную ткань*. Лимфоидная ткань имеется в кишечнике (и в тонком, и в толстом), в костном мозге, из нее полностью состоит вилочковая железа. Увидеть лимфоидную ткань не сложно.

Для этого надо подойти к зеркалу и широко открыть рот. В глубине полости рта за дужками, что ограничивают вход в глотку, находятся полукруглые образования — *миндалины.*

Миндалины состоят из лимфоидной ткани, являются одним из главных органов лимфоидной системы, участвуют в выработке иммунитета и очень часто воспаляются. Почему часто? Да потому, что все вещества, попадающие в наш организм — и воздух, и пища, — контактируют, прежде всего, с миндалинами. Здесь, в полости рта, до пищевода и желудка, до гортани и легких — миндалины — передовой отряд иммунитета. Неудивительно, что отряду этому здорово и часто достается[1].

1 Достается действительно здорово — вплоть до полного уничтожения. Полное уничтожение миндалин называется, по-народному, «удалить гланды».

Воспаление миндалин носит название *тонзиллита* (по-латыни миндалина — tonsilla). Наиболее распространенная причина тонзиллита — всем известные острые респираторные вирусные инфекции, частыми симптомами которых, помимо повышения температуры, кашля и насморка, являются «красное» горло и боли при глотании.

Количество микроорганизмов, способных вызвать в миндалинах воспалительный процесс, исчисляется десятками. Неудивительно, что тонзиллит является частым симптомом множества инфекционных болезней.

В то же время имеются два микроорганизма — стрептококк и стафилококк, поражающие миндалины особенно часто и особенным образом. Болезнь начинается очень быстро, с высокой температуры, резких болей в горле, на поверхности миндалин появляются гнойнички (налеты). Это и есть ангина. Частота, с которой два указанных микроба ее вызывают, примерно такова: 80% — стрептококк, 10% — стафилококк и 10% — стафилококк + стрептококк.

Еще раз симптомы ангины:

- острое начало, повышение температуры;
- общая интоксикация (слабость, ознобы, потливость, потеря аппетита, головная боль);
- воспаление миндалин — увеличение в размерах, покраснение, налеты, боль в зеве, резко усиливающаяся при глотании;
- увеличение и болезненность лимфоузлов — переднешейных (книзу от уха), возле угла и под нижней челюстью.

Во всех органах и тканях помимо кровеносных сосудов (вен и артерий) имеются сосуды лимфатические, которые собирают особую межтканевую жидкость — лимфу. Ни один участок человеческого тела не может даже приблизительно сравниться с миндалинами по количеству лимфатических сосудов. Неудивительно, что гнойный воспалительный процесс сразу же сопровождается выраженной реакцией тех лимфоузлов, которые собирают лимфу, оттекающую от миндалин.

Само слово «ангина» обязано своим происхождением древнегреческим врачам (ango — душить, сжимать). Древние греки не имели понятия про вирусы и бактерии, под словом «ангина» они понимали все болезни, сопровождающиеся воспалением тканей глотки и сопровождающиеся нарушением глотания и дыхания. Современный врач по-разному лечит вирусные и бактериальные инфекции. Каждое конкретное заболевание, сопровождающееся тонзиллитом, имеет свои специфические способы терапии.

Именно поэтому *абсолютно неграмотно называть ангиной всякую болезнь, при которой имеет место покраснение горла и боли при глотании.*

АНГИНА — *это острая инфекционная (заразная!) болезнь*. Именно поражение миндалин определяет при ангине тяжесть заболевания.

Ангина представляет собой некий комплекс симптомов, и этот комплекс мы описали выше. И краснота в зеве, и боль, и налеты на поверхности миндалин, и реакция лимфоузлов, т. е. все симптомы, типичные для ангины, могут иметь место при ***дифтерии***. Эти же симптомы могут иметь место при совсем не редкой вирусной болезни — ***инфекционном мононуклеозе***. Но кроме описанных симптомов, при дифтерии поражаются сердце, почки, нервная система; при инфекционном мононуклеозе — все лимфоузлы, печень, селезенка. Ангину лечат антибиотиками, дифтерию — противодифтерийной сывороткой, при инфекционном мононуклеозе ни антибиотики, ни сыворотка не эффективны.

Значение приведенной информации в том, чтобы еще раз подчеркнуть: ангина — это не куча всяких-разных болезней, ангина — это конкретное заболевание, имеющее конкретные признаки и вызванное конкретным микробом (как правило, стрептококком).

Очень важно отметить, что ангина — болезнь острая. Она не может длиться месяцами, ею нельзя болеть каждый месяц. Ангиной *заражаются* — от больного ангиной или от носителя стрептококка. Нельзя заболеть ангиной, только промочив ноги. Надо сначала промочить ноги, а потом найти человека, от которого можно заразиться (разумеется, заразиться после переохлаждения легче).

Миндалины довольно часто являются источником хронической инфекции (причины — снижение иммунитета, отрицательное воздействие бытовых факторов — пыль, химия и т. п.). Если они (миндалины) постоянно увеличены в размерах, очень часто воспаляются — в такой ситуации врачи говорят о ***хроническом тонзиллите.*** Любая дополнительная инфекция (легкое ОРЗ, например), любое переохлаждение, любой стресс вызывают обострение воспалительного процесса, которое может сопровождаться всеми симптомами ангины. Но это не ангина — никто никого не заразил, просто свои, постоянно живущие на миндалинах микробы, начали размножаться. Это не ангина, не острое воспаление, а обострение хронического воспаления — болезнь так и называется: ***обострение хронического тонзиллита***. Понятно, что подходы к лечению хронического тонзиллита совсем не такие, как при ангине. Да, антибиотики помогут, но главное в другом — укрепить иммунитет, устранить бытовые вредности.

Ангина, как любая острая стрептококковая инфекция, имеет ***две важнейшие особенности:***

- *ангина очень успешно и довольно быстро лечится при правильном и своевременном назначении антибиотиков;*
- *ангина, которую не лечат вообще или которую лечат неправильно, очень часто дает осложнения, поскольку именно стрептококк поражает сердце, суставы и почки.*

Еще раз обращаю внимание: **почти 100% всех ревматических болезней и гломерулонефритов — следствие «обычной» ангины!**

* * *

Так как же все-таки лечат ангину?

В остром периоде (до нормализации температуры тела) желателен постельный режим — двигательная активность увеличивает вероятность поражения сердца.

Еда — по аппетиту, важно, чтобы пища не травмировала миндалины — бульоны, пюре и т. п. Характер пищи в принципе очевиден — больного ангиной трудно заставить есть сухари.

Важнейшее правило: обильное теплое питье — минеральная вода, компот из сухофруктов, чай.

Антибиотики. При ангине никаких экзотических и дорогих препаратов не требуется — обычные пенициллин, ампициллин, эритромицин по-прежнему высокоэффективны ***в нормальных дозах***. Попутно замечу: самостоятельное население, имеющее склонность к приему любого препарата «по 1 таблетке 3 раза в день после еды», не имеет ни малейшего представления о том, что такое «нормальная доза». Важно, как, впрочем, и всегда при лечении антибиотиками, не прекращать лечение сразу после того, как станет полегче. При ангине это особенно актуально — курс лечения менее 7 дней многократно увеличивает риск осложнений.

Местное лечение — различные полоскания горла — не оказывает влияния на сроки болезни и вероятность осложнений — естественно, в ситуации, когда проводится правильная антибиотикотерапия. Но самочувствие на фоне полосканий заметно улучшается — уменьшаются боли, легче глотать. В домашних условиях вполне можно использовать отвары шалфея и ромашки, содовые и солевые растворы (1 чайная ложка пищевой соды на стакан воды, 1 чайная ложка обычной поваренной соли на 0,5 л воды). Оптимальная температура растворов для полоскания — 40—50 °С, полоскать 4—6 раз в день. Во время полосканий старайтесь не переусердствовать — *слишком частая и слишком интенсивная вибрация миндалин замедляет восстановительные процессы*. Но после любой еды прополоскать горло следует обязательно.

При высокой температуре и сильных болях симптоматически используют жаропонижающие и обезболивающие препараты (парацетамол и т. п.).

ИТОГИ

Ангину в обязательном порядке должен лечить врач.

Во-первых, потому, что диагноз ангины не так прост, как может показаться на первый взгляд.

Во-вторых, потому, что лечение не так просто, как может показаться на первый взгляд.

Острый тонзиллит с налетами на миндалинах — симптом не только ангины, но и лейкоза, скарлатины, дифтерии, инфекционного мононуклеоза, сифилиса, гонореи (секс бывает разным) и т. д.

Любое «больное горло» следует показывать врачу хотя бы потому, что обычная ангина может оказаться дифтерией, а несвоевременное введение сыворотки может обойтись слишком дорого.

С очень большой осторожностью относитесь к весьма распространенным газетным, журнальным и телевизионным рецептам, повествующим о народных способах лечения ангины. Речь, как правило, идет либо о полосканиях, либо о различных способах согревания шеи. Лечение ангины только полосканиями — прямой путь к бесплатному пользованию городским электротранспортом (в том смысле, что станете инвалидом).

Существует преогромное количество лекарственных препаратов для рассасывания в полости рта или для орошения полости рта, содержащих противовоспалительные и антимикробные компоненты (ингалипт, камфомен, фарингосепт, анти-ангин, септолете, себидин и т. д. и т. п.). Все эти лекарства могут слегка помочь при некоторых фарингитах, стоматитах, ларингитах, могут уменьшить боли при ангине. Но быстро и эффективно вылечить ангину только препаратами местного действия — нельзя.

Головная боль не пройдет, если насыпать на макушку порошок анальгина — анальгин надо проглотить. Общая острая инфекционная болезнь — ангина — требует *общего*, грамотного и неотложного лечения.

3.20. МЕНИНГИТ

Нет тумана, из которого не было бы выхода.
Главное — держаться и идти вперед.

Ромен Роллан

Среди многочисленных человеческих болезней менингит — одна из самых опасных. Можно перенести «на ногах» воспаление легких, можно годами ходить с туберкулезом, можно с помощью «целителей» в течение длительного времени пытаться вылечиться от венерических болезней. С менингитом подобные «номера» не проходят — или в больницу, или...

Менингит — болезнь известная. По крайней мере, средний человек, без какого-либо специального медицинского образования, слово «менингит» знает и, хотя особенности самой болезни не очень понятны, менингита боятся все. Врач «скорой помощи» может сказать: «У вашего ребенка ангина (грипп, пневмония, энтероколит, гайморит и т. д.). Быстренько собирайтесь в больницу». В ответ он обязательно услышит: «Доктор, а дома полечиться никак нельзя?». Но если будет произнесено слово «менингит», пусть даже не категорично: «У вас менингит!», а с сомнением: «Похоже на менингит», — можно с уверенностью заявить: ни о каком лечении дома нормальный человек даже не заикнется.

Такое отношение к менингиту в целом понятно — с того времени, как появились возможности его (менингит) лечить, не прошло и 70-ти лет. Но если смертность от большинства детских болезней уменьшилась за это время в 10—20 и более раз, то при менингите — лишь в 2 раза.

Так что же это за болезнь такая, менингит?

Прежде всего, следует отметить, что менингит — болезнь инфекционная. Т. е. непосредственной причиной заболевания являются определенные микробы. Большинство человеческих инфекций позволяет установить четкую взаимосвязь между названием болезни и именем конкретного ее возбудителя. Сифилис — бледная спирохета, скарлатина — стрептококк, сальмонеллез — сальмонелла, туберкулез — палочка Коха, СПИД — вирус иммунодефицита и т. п. В то же время конкретной связи «менингит — возбудитель менингита» нет.

Под самим словом «менингит» подразумевается воспаление оболочек головного мозга, а причиной этого воспаления может быть огромное число микроорганизмов — бактерий, вирусов, грибков. Инфекционисты не без уверенности заявляют, что *при определенных условиях любой микроорганизм может вызвать менингит у человека любого возраста.* Отсюда понятно, что менингиты бывают разными — и по скорости развития, и по тяжести состояния, и по частоте возникновения, и, что особенно важно, по способам лечения. ***Объединяет все менингиты одно — реальная угроза жизни и высокая вероятность осложнений.***

Для развития менингита конкретный возбудитель должен попасть в полость черепа и вызвать воспаление оболочек головного мозга. Иногда это происходит при возникновении очагов инфекции в непосредственной близости от оболочек мозга — при гнойном отите, например, или при гайморитах. Нередко, причиной менингита является черепно-мозговая травма. Но чаще всего в полость черепа микробы попадают с током крови. Очевидно, что сам факт попадания микроба в кровь, сама возможность его «заноса» и последующего размножения на мозговых оболочках обусловлены состоянием иммунитета.

Следует заметить, что имеется целый ряд, как правило, врожденных дефектов иммунной системы, предрасполагающий к заболеванию менингитом. Неудивительно, что в некоторых семьях все дети болеют менингитом, — хотя болезнь эта не такая уж и частая, в сравнении, например, с ангиной, коклюшем, ветрянкой или краснухой. Но если роль иммунитета в целом понятна, то до настоящего времени не удается найти убедительного объяснения тому факту, что мальчики болеют менингитом в 2—4 раза чаще, чем девочки.

В зависимости от вида возбудителя менингиты бывают вирусными, бактериальными, грибковыми. Некоторые простейшие (например, амеба и токсоплазма) тоже могут вызвать менингит.

Развитие вирусного менингита может сопровождать течение широко известных инфекций — ветряной оспы, кори, краснухи, эпидемического паротита, поражение мозговых оболочек встречается при гриппе, при инфекциях, вызванных вирусами герпеса. У ослабленных больных, у стариков, у младенцев встречаются менингиты, вызванные грибками (понятно, что в этих ситуациях именно недостаточность иммунитета играет ведущую роль в возникновении болезни).

Особое значение имеют менингиты бактериальные. Любой гнойный очаг в организме — пневмония, инфицированный ожог, ангина, разнообразные абсцессы и т. п. — может стать причиной менингита, при условии, что возбудитель попадет в кровь и с током крови достигнет мозговых оболочек. Понятно, что всем известные возбудители гнойных процессов (стафилококки, стрептококки, синегнойные палочки и т. д.) и будут в этом случае возбудителем менингита. Одним из самых страшных является менингит туберкулезный — почти забытый, сегодня он встречается все чаще и чаще.

В то же время существует микроорганизм, вызывающий менингиты наиболее часто (60—70% всех бактериальных менингитов). Неудивительно, что он так и называется — *менингококк.* Заражение происходит воздушно-капельным путем, менингококк оседает на слизистых оболочках носоглотки и может вызвать состояние, очень сходное с обычной респираторной вирусной инфекцией — небольшой насморк, покраснение горла — менингококковый назофарингит. Я не зря употребил словосочетание «может вызвать» — дело в том, что попадание менингококка в организм довольно редко приводит к возникновению болезни — ведущая роль здесь принадлежит совершенно особым индивидуальным сдвигам в иммунитете. Легко объяснимы, в этой связи, два факта: первый — опасность развития менингита при контактах, например, в детских учреждениях составляет 1/1000 и второй — частое обнаружение менингококка в носоглотке у совершенно здоровых лиц (от 2 до 5% детей являются здоровыми носителями).

Неспособность организма локализовать микроб в носоглотке сопровождается проникновением менингококка через слизистую оболочку в кровь. С током крови он попадает в мозговые оболочки, глаза, уши, суставы, легкие, надпочечники, и в каждом из этих органов может возникнуть очень опасный воспалительный процесс. Очевидно, что поражение мозговых оболочек сопровождается развитием менингококкового менингита.

Иногда менингококк попадает в кровь быстро и в огромных количествах. Возникает менингококковый сепсис или ***менингококкемия*** — самая, пожалуй, страшная из всех детских инфекционных болезней. Микроб выделяет токсины, под их воздействием происходит множественная закупорка мелких сосудов, нарушается свертываемость крови, на теле появляются множественные кровоизлияния. Иногда уже через несколько часов после начала болезни происходит кровоизлияние в надпочечники, резко падает артериальное давление и человек погибает.

Существует удивительная по своему драматизму закономерность в возникновении менингококкемии, которая состоит в следующем. Дело в том, что при проникновении микроба в кровь он начинает реагировать с определенными антителами, пытающимися менингококк уничтожить. Доказано, что существует перекрестная активность ряда антител, т. е. если в большом количестве имеются антитела, например, к стрептококку, пневмококку, стафилококку, то эти антитела способны оказывать тормозящее воздействие на менингококк. Вот и получается, что дети болезненные, имеющие хронические очаги инфекций, перенесшие воспаление легких и множество других болячек, менингококкемией не болеют почти никогда. «Страшность» менингококкемии как раз и состоит в том, что в течение 10—12 часов может погибнуть абсолютно здоровый и никогда ранее не болевший ребенок!

Вся приведенная выше информация не имеет своей целью запугать читателя. Менингиты лечатся. Но результаты (продолжительность и тяжесть болезни, вероятность осложнений) теснейшим образом связаны со временем, которое будет потеряно до начала адекватной терапии.

Очевидно, что вышеупомянутые «сроки начала адекватной терапии» зависят от того, когда люди-человеки обратятся за медицинской помощью. Отсюда настоятельная необходимость конкретных знаний, чтобы потом «не было мучительно больно»...

Воспалению мозговых оболочек присущ целый ряд симптомов, но многие из них не являются специфичными, т. е. их (симптомов) возникновение возможно и при других болезнях, значительно менее опасных. Чаще всего так оно и случается, но ***малейшее подозрение на развитие менингита не позволяет рисковать, требует немедленной госпитализации и тщательного врачебного наблюдения.***

Рассмотрим теперь наиболее типичные ситуации, каждая из которых не позволяет исключить развития менингита.

1 Если на фоне любой инфекционной болезни — ОРЗ, ветрянки, кори, свинки, краснухи, «лихорадки» на губах и т. п. — возможно не в начале заболевания (даже чаще именно не в начале) появляется интенсивная головная боль, настолько сильная, что она волнует больше, чем все остальные симптомы, если головная боль сопровождается тошнотой и рвотой.

2 Во всех случаях, когда на фоне повышенной температуры тела имеются боли в спине и шее, усиливающиеся при движении головы.

3 Сонливость, спутанное сознание, тошнота, рвота.

4 Судороги любой интенсивности и любой продолжительности.

5 У детей первого года жизни: лихорадка + монотонный плач + выбухание родничка.

6 Любая (!!!) сыпь на фоне повышенной температуры.

Помимо вышеописанных симптомов совершенно определенным образом изменяются некоторые рефлексы, и это обнаружить может только врач.

Еще раз повторяю: важно помнить и понимать, что такие нередкие симптомы, как рвота, тошнота и головная боль, в обязательном порядке требуют врачебного осмотра — береженого Бог бережет.

Любая сыпь на фоне повышенной температуры может оказаться менингококкемией. Вы (или ваши умные соседи) можете пребывать в уверенности, что это краснуха, корь или «диатез». Но врач должен сыпь увидеть, и чем быстрее, тем лучше. Если же элементы сыпи имеют вид кровоизлияний, если новые высыпания появляются быстро, если это сопровождается рвотой и высокой температурой — следует использовать любой шанс для того, чтобы больной немедленно оказался в больнице, желательно сразу в инфекционной. Помните: при менингококкемии счет идет не на часы, а на минуты.

Следует отметить, что врач даже самой высочайшей квалификации может диагностировать менингит с абсолютной уверенностью только в одном случае: когда симптомы раздражения мозговых оболочек сочетаются с типичной сыпью, которая описана выше. Во всех остальных случаях диагноз можно лишь заподозрить с разной степенью вероятности.

Единственным способом подтверждения или исключения менингита является спинномозговая (поясничная) пункция. Дело в том, что в головном и спинном мозге циркулирует особая спинномозговая жидкость — ликвор. При любом воспалении мозга и (или) его оболочек в ликворе накапливаются воспалительные клетки, вид ликвора (в норме бесцветный и прозрачный) часто меняется — он становится мутным. Исследование ликвора позволяет не только установить диагноз менингита, но и ответить на вопрос о том, какой это менингит — бактериальный (гнойный) или вирусный, что имеет решающее значение в выборе варианта лечения.

К сожалению, на чисто обывательском уровне очень распространено мнение об огромных опасностях, которые таит в себе спинномозговая пункция. На самом деле эти страхи абсолютно не обоснованы — прокол спинномозгового канала проводится между поясничными позвонками на том уровне, где от спинного мозга уже не отходят никакие нервные стволы, поэтому никаких мифических параличей после этой манипуляции не бывает. С юридической точки зрения врач ***обязан*** провести спинномозговую пункцию при реальном подозрении на менингит. Следует отметить, что пункция имеет не только диагностическую, но и лечебную целесообразность. При любом менингите, как правило, имеет место повышение внутричерепного давления, следствием последнего и является сильнейшая головная боль. Взятие небольшого количества ликвора позволяет снизить давление и существенно облегчает состояние больного. Во время пункции в спинномозговой канал нередко вводят антибиотики. Так, например, при туберкулезном менингите единственный шанс спасти больного — частые (нередко ежедневные) пункции, во время которых в спинномозговой канал вводится противотуберкулезный антибиотик — особый вариант стрептомицина.

С учетом приведенной выше информации становится понятным, что лечение менингита зависит от вида возбудителя. Главное в терапии бактериальных менингитов — использование антибиотиков. Выбор конкретного лекарства зависит от чувствительности конкретной бактерии и от того, способен ли антибиотик проникать в спинномозговую жидкость. При своевременном использовании антибактериальных препаратов шансы на успех очень велики.

С вирусными менингитами ситуация принципиально иная — противовирусных препаратов практически нет, исключение — ацикловир, но используется он лишь при герпетической инфекции (напомню, что ветряная оспа — один из вариантов герпеса). К счастью, вирусные менингиты имеют более благоприятное течение в сравнении с бактериальными.

Но помощь больному не ограничивается лишь воздействием на возбудителя. Врач имеет возможность нормализовать внутричерепное давление, устранить токсикоз, улучшить работу нервных клеток и сосудов головного мозга, применить мощные противовоспалительные средства.

Своевременно начатое лечение менингита в течение двух-трех дней приводит к значительному улучшению состояния, а в дальнейшем почти всегда к полному излечению без каких-либо последствий.

Еще раз подчеркиваю: ***своевременно начатое лечение***...

3.21. ВОСПАЛЕНИЕ ЛЕГКИХ

Настанет время, когда наши потомки будут удивляться, что мы не знали таких очевидных вещей.

Сенека Старший

Словосочетание «воспаление легких» придумано врачами специально для «неврачей». Болезнь, о которой пойдет речь в этой главе, медики именуют *пневмонией*. Автору не раз приходилось слышать примерно такие рассказы: «У нашего Пети дважды было воспаление легких и один раз — пневмония». Т. е. в немедицинской среде нет однозначной уверенности в том, что воспаление легких и пневмония это одно и то же. Пишу об этом сознательно, и не в осуждение, прекрасно понимая, что основы медицинских знаний людям в школах не преподаются.

Воспаление легких — одна из наиболее распространенных человеческих болезней. Для некоторых, особенно в детском возрасте, это просто наказание какое-то, для других — редкость; третьи, таких, к сожалению, немного, сами воспалением легких не болели. Но переболевших родственников и знакомых имеют в достаточном количестве все!

Система дыхания вообще и легкие в частности весьма уязвимы для инфекционных болезней. При всем разнообразии способов заражения воздушно-капельный путь передачи встречается наиболее часто. Неудивительно, что передовым отрядом борьбы с множеством вирусов и бактерий являются верхние дыхательные пути. При определенных условиях: слабость иммунитета, высокая активность микроба, нарушения качественного состава вдыхаемого воздуха и т. п. — инфекционный процесс не локализуется лишь в верхних дыхательных путях (носоглотке, гортани, трахее), а распространяется вниз. Иногда процесс заканчивается воспалением слизистой оболочки бронхов — бронхитом, но довольно часто этим дело не ограничивается. Происходит воспаление непосредственно легочной ткани — это и есть пневмония.

Описанный путь возникновения пневмонии — наиболее частый, но не единственный. Еще в школе все мы получили ответ на вопрос о том, для чего легкие нужны человеку в принципе. Ответ конкретный и однозначный — чтоб дышать. Отличники даже могут сообщить, что в легких происходит газообмен — в кровь поступает кислород, а из крови удаляется углекислый газ. Все, в общем-то, правильно, но, оказывается, ***помимо дыхания, легкие выполняют множество других, весьма разнообразных функций.***

Легкие регулируют обмен жидкости и солей в организме (например, увлажняют вдыхаемый воздух).

Легкие защищают организм от проникновения огромного количества «нехороших» веществ, в достаточном количестве присутствующих во вдыхаемом воздухе.

Легкие регулируют температуру тела (обогрев воздуха, во-первых, «сброс» лишнего тепла учащением дыхания, во-вторых).

В легких синтезируются и разрушаются некоторые белки и жиры, а вырабатывая эти вещества, легкие регулируют, например, систему свертывания крови.

При любом воспалительном процесс в организме, при любой операции, при любом переломе костей, при любом ожоге, при любом пищевом отравлении в кровь выбрасывается или в крови образуется огромное количество вредных веществ — токсинов, тромбов, продуктов распада поврежденных тканей. Все эти частицы легкие улавливают, некоторые из них нейтрализуют (растворяют), другие удаляют посредством кашля. Упрощенно говоря, легкие — это как бы своеобразная губка, через которую постоянно происходит фильтрация крови.

С фильтрами в технике и быту мы все встречаемся постоянно. Меняем фильтры в автомобилях, включаем их на кухне, пьем фильтрованную воду. Фильтры эпизодически засоряются, их выбрасывают или промывают. С главнейшим нашим биологическим фильтром — с легкими — посложнее. *Промыть трудно, заменить нельзя.*

Неудивительно, что повышение нагрузки на легочный фильтр (упомянутые нами болезни, травмы, операции) не всегда заканчивается благополучно. И чем тяжелее любая болезнь, чем опаснее травма, чем обширнее ожог, чем сложнее операция — тем больше вероятность того, что легочный фильтр не выдержит, определенный участок фильтра «засорится» и в нем начнется воспалительный процесс.

С учетом всего вышеописанного становится легко объяснимой частота, с которой возникает воспаление легких после травм и операций. Поэтому, если Иван Иванович поломал ногу, а через три дня у него началось воспаление легких, если у девочки Наташи сильный понос, а на второй день обнаружили пневмонию — то это не в больнице простудили (вариант — заразили). Это, к сожалению, совсем не редкий и вполне естественный путь развития событий.

Практически любой микроорганизм может стать причиной возникновения пневмонии. Какой конкретно — зависит от целого ряда факторов. От возраста больного, от того места, где воспаление легких началось — дома или в больнице, если в больнице, то в каком отделении — в хирургии одни микробы, в терапии другие, в реанимации третьи. Огромную роль играет состояния здоровья организма в целом и состояние иммунитета в частности.

В то же время воспаление легких довольно редко бывает первичным, т. е. жил да был здоровый мальчик Вася, вдруг — раз — и заболел пневмонией. Воспаление легких, как правило, вторично и представляет собой осложнение другого заболевания.

Все эти «другие заболевания» можно с уверенностью разделить на две группы — острые респираторные вирусные инфекции (ОРВИ) и все остальное. При этом воспаление легких как осложнение обычной ОРВИ (насморка, фарингита, ларингита, бронхита) встречается намного чаще, чем пневмония при всех других инфекциях, травмах и операциях. Это вовсе не удивительно и объясняется не какой-то особой «страшностью» респираторных вирусных инфекций, а их широчайшей распространенностью — «подцепить» ОРВИ среднему человеку 1—2 раза в год удается наверняка, а все остальное встречается от случая к случаю.

Исключительно важно подчеркнуть следующее: вне зависимости от тяжести ОРВИ или другой инфекции, вне зависимости от объема и сложности операции (ожога, травмы и т. п.) и конкретный взрослый человек, и конкретные мамы-папы имеют реальные возможности для того, чтобы значительно уменьшить риск возникновения воспаления легких у себя любимого и у своих детей. Медики тоже многое могут. Короче говоря, на вопрос «что делать?» ответы есть. Главное — это, во-первых, ответы выслушать (вариант — прочитать), во-вторых, понять и в-третьих, реализовать на практике.

Дальнейшие разъяснения могут показаться читателю чересчур умными. Но очень все-таки хотелось бы добиться понимания! Отсюда настоятельная просьба прочитать, а при непонимании — перечитать! Актуальность знаний исключительно велика: автор видел по меньшей мере пять тысяч воспалений легких у детей и в 90% случаев своим заболеванием дети были целиком и полностью обязаны родителям, которые прекрасно знают, *как делать ребенка*, но понятия не имеют о том, *чего надо и чего не надо делать с ребенком!*

Для начала обратим внимание на очень важный физиологический механизм, присущий нормальному функционированию легких. *Слизистая оболочка бронхов постоянно выделяет слизь, которая называется **мокротой**.* Значение мокроты исключительно велико. В ней содержатся вещества, поддерживающие эластичность легочной ткани. Мокрота обволакивает пылевые частицы, попадающие в легкие. Высокая концентрация в мокроте противомикробных веществ (иммуноглобулинов, лизоцима) — один из главнейших способов борьбы с возбудителями инфекций, попадающих в дыхательные пути.

Как и любой другой жидкости, мокроте присущи определенные физико-химические характеристики — плотность, вязкость, текучесть и т. п. Совокупность всех этих параметров реализуется в таком понятии, как ***реология мокроты***, — т. е. мокрота с нормальной реологией выполняет описанные выше функции, а с ненормальной

реологией, разумеется, не выполняет. Кабы просто не выполняла — так это полбеды! Другая половина беды следующая: *потеря мокротой своих нормальных свойств приводит к тому, что густая слизь нарушает вентиляцию легких (закупориваются, перекрываются бронхи), в плохо вентилируемых участках нарушается кровообращение, оседают микробы, и, как вполне логичное следствие, начинается воспалительный процесс — та самая пневмония.*

Таким образом, основная причина пневмонии — нарушение реологии мокроты, а важность самого понятия «мокрота» становится очевидной. На повестку дня выступает потребность в четком знании факторов, влияющих на свойства мокроты.

Образование мокроты напрямую связано с циркуляцией крови в легочной ткани (т. е. с реологией самой крови: реология крови = реология мокроты). Ведущий фактор, способствующий нарушению реологии крови, — повышенная потеря организмом жидкости. Причины: перегрев, потливость, понос, рвота, недостаточное поступление воды, высокая температура тела.

Интенсивность образования и качество мокроты во многом определяются составом вдыхаемого воздуха. Чем воздух суше, чем больше в нем пылевых частиц или химических агентов (факторов бытовой химии, например), тем хуже.

Образующаяся мокрота все время удаляется, а удаление это происходит двумя путями. Первый путь общеизвестный — это кашель. Второй же состоит в следующем: внутренняя поверхность бронхов выстлана клетками, которые, в свою очередь, имеют особые выросты — реснички. Реснички все время шевелятся, проталкивая мокроту снизу вверх — к трахее и гортани, а уже там кашель свое дело сделает. Кстати, все факторы, непосредственно влияющие на реологию мокроты, в не меньшей степени влияют и на работу *реснитчатого эпителия* (так на умном медицинском языке именуют внутреннюю поверхность бронхов).

Полученные нами знания о том, что такое мокрота и для чего она нужна, позволяют сделать **два очень важных вывода**:

1. *без нормальной мокроты невозможно нормальное выполнение легкими своих функций;*
2. *вышеупомянутая нормальная мокрота должна вовремя удаляться из легких.*

Кашель — а именно кашель удаляет мокроту — бывает разным, и это каждый испытывал на себе. Кашель может быть сухим, болезненным, но может быть и влажным, когда после эпизода кашля человек испытывает облегчение, поскольку отходит мокрота и становится заметно легче. Такой кашель — влажный, с отхождением мокроты — медики называют продуктивным.

В отношении кашля заметим, что частота пневмоний после оперативных вмешательств, особенно на органах брюшной полости и грудной клетке, во многом объясняется не только нагрузкой на легочный фильтр, но и тем, что человеку очень больно кашлять, мокрота скапливается в легких и пневмония не заставляет себя ждать.

Итак, *важнейшие пути профилактики пневмонии — поддержание адекватной реологии мокроты и кашель*.

Теперь рассмотрим «классическую» ситуацию — типичную ОРВИ. Симптомы — насморк, кашель, повышение температуры тела. Воспалительный процесс в верхних дыхательных путях сопровождается повышенной выработкой мокроты.

Главные наши задачи — не дать мокроте потерять свои нормальные свойства и иметь продуктивный кашель.

Как этого добиться?

Основное правило: чистый прохладный влажный воздух в помещении, где находится больной. Оптимальная температура около 18 °С, влажность — не ниже 50%. Любые источники пыли в комнате увеличивают вероятность высыхания слизи, поскольку при обилии ковров и мягкой мебели увлажнить воздух довольно сложно, а без этих самых пылевых источников вполне достаточно 1—2 раза в день делать влажную уборку. При проведении влажной уборки ни в коем случае *не добавлять в воду хлорамин, хлорную известь и другие дезинфицирующие хлорсодержащие препараты*. Запах хлора вполне способен вызвать поражение дыхательных путей у абсолютно здорового человека (химический ожог).

Исключительно *опасны любые обогреватели*, поскольку высушивают воздух. Еще раз подчеркну: оптимально 18 °С, но лучше 15 °С, чем 20 °С.

Помимо сухого и теплого воздуха высыханию мокроты способствует высокая температура тела. С высокой температурой бороться можно, но чем активнее ее «сбивать», тем меньше вырабатывается в организме интерферона, нейтрализующего вирусы. Что же делать? Стараться как можно больше пить — помните о связи реологии крови и реологии мокроты. Много пьем, значит, «разжижаем» кровь, значит, облегчаем удаление жидкой мокроты.

Если в комнате жарко и душно (живем в общежитии, пять человек в одной комнате) или на улице лето, а больной пить отказывается (ребенок не хочет, взрослый не понимает), высокая температура тела становится исключительно опасной — однозначно следует использовать жаропонижающие средства.

Теперь о кашле. В принципе, продуктивный кашель вторичен — т. е. если имеется достаточное количество жидкой (не засохшей) мокроты, то и кашель, разумеется, будет продуктивным. Но это в принципе. Люди очень любят разнообразные лекарства «от кашля» и очень часто активно «помогают» сами себе кашлять перестать. Это, в свою очередь, способствует накоплению мокроты и развитию воспаления легких.

Следует четко понимать, что ***как кашель бывает разным, так и лекарства от кашля бывают разными.*** Многие препараты якобы «от кашля» на самом деле кашель не прекращают, а делают его продуктивным — это очень важно и очень нужно. Составные компоненты таких лекарств воздействуют либо на эпителий бронхов, способствуя образованию мокроты и улучшая работу ресничек эпителия, либо непосредственно на саму мокроту — разжижая ее. Названия этих лекарств хорошо известны. Получают их в основном из растений (типичные представители — мукалтин, бронхикум), а вариантов таблеток, сиропов и микстур — тысячи. Имеется также небольшое количество (не более 10) весьма эффективных химических веществ (нерастительного происхождения), обладающих влиянием на мокроту, например, бромгексин, амброксол, ацетилцистеин, карбоцистеин.

Упомянутые лекарства называют «отхаркивающими средствами» и их использование при ОРВИ заметно уменьшает вероятность воспаления легких, но (!) при обязательном выполнении двух предварительных условий — обильное питье и чистый прохладный воздух (один хороший обогреватель легко победит 1 кг бромгексина).

Очень важный момент применительно к тактике использования отхаркивающих средств. Все эффективные препараты не только разжижают слизь, но и стимулируют кашель. Если жидкости не хватает, препарат не может проявить свой разжижающий эффект, но кашель он усиливает (учащает). Поэтому если вы дали ребенку на ночь тот же амброксол, а напоить дитя и проветрить комнату забыли — бессонная ночь с частым и совершенно неэффективным кашлем вам почти гарантирована.

В то же время помимо отхаркивающих средств существует достаточно большая группа препаратов, способствующих исчезновению или ослаблению кашля. Действуют они по-разному, влияют, к примеру, непосредственно на кашлевой центр в головном мозге, уменьшая его активность. Их используют в ситуациях, когда кашель, по большому счету, организму не нужен, он, в силу особенностей самой болезни, не приносит облегчения, а лишь причиняет страдания больному. Какие это болезни? Например, коклюш или хронический бронхит. Какие это препараты? Например, бронхолитин, глауцин, стоптуссин, синекод, пакселадин. Используя эти лекарства при ОРВИ и уменьшая таким образом кашлевую активность, очень легко добиться скопления мокроты в легких и самых разнообразных осложнений — прежде всего все той же пневмонии.

Потеря мокротой своих свойств не является единственной причиной пневмонии. Ведь не мокрота сама по себе вызывает воспалительный процесс в легочной ткани. Необходимо еще и присутствие конкретного микроба (стрептококка, пневмококка, стафилококка и т. д.). Эти микробы у большинства людей (неважно, взрослый это или ребенок) мирно обитают в носоглотке, а их размножение сдерживается факторами местного и общего иммунитета. Любая ОРВИ приводит к активизации бактерий, а если этот фактор сочетается с потерей мокротой своих защитных свойств, то подобная ситуация является вполне достаточной для возникновения осложнений.

Информация о том, что ОРВИ сопровождается активизацией бактерий, приводит к очень неправильным действиям — к назначению антибактериальных препаратов, прежде всего антибиотиков или сульфаниламидов (называется это ***профилактическая антибиотикотерапия***). На вирусы эти препараты вообще не действуют, но ведь бактерии-то активизируются! Вот и чешутся руки эти самые бактерии задавить. Но задавить **все** не получается!

Среди десятка бактерий всегда найдутся такие, на которые проглоченный антибиотик не действует. Они и вызовут воспаление легких, и это будет не просто пневмония, а пневмония, вызванная микробом, устойчивым к антибиотикам.

Но главное даже не в этом. *Бактерии, населяющие носоглотку, образуют некое сообщество, члены которого мирно сосуществуют друг с другом и сдерживают размножение друг друга. Принимая при вирусных инфекциях антибиотики, мы способствуем тому, что одни члены микробного сообщества погибают, а другие, лишившись своих естественных соперников, начинают размножаться. Вот и получается,* **что профилактическая антибиотикотерапия при ОРВИ в 9 раз увеличивает вероятность возникновения пневмонии!**

Вы уже поняли, как «организовать» собственному ребенку воспаление легких?

Положите его в теплой сухой комнате, поближе к ковру, помойте пол с хлоркой и включите обогреватель. Если скажет, что пить не хочет, — не приставайте. Дайте бронхолитин, чтоб поменьше кашлял, и очень хорошо ампициллин! Этот антибиотик на стафилококк не действует, так что есть шанс заработать не просто пневмонию, а стафилококковую пневмонию! Да, чуть не забыл! Если увидите сопли — побыстрее закапайте нафтизин, чтоб вирус в носу долго не задерживался, а сразу в легкие попадал.

Полученная информация позволяет нам, во-первых, определиться в главных направлениях профилактики, а во-вторых, понять, что некоторые действия способствуют развитию пневмонии в большей степени, чем абсолютное бездействие.

В то же время самые правильные и самые решительные профилактические мероприятия иногда не помогают и воспаление легких все-таки возникает — снижение иммунитета, неудовлетворительные социально-бытовые факторы, особая активность возбудителя инфекции. Отсюда следует знать некоторые ***признаки, позволяющие заподозрить развитие воспаления легких:***

1. Кашель стал главным симптомом болезни.
2. Ухудшение после улучшения или любая «простудная болезнь», длящаяся более 7 дней.
3. Невозможно глубоко вдохнуть — такая попытка приводит к приступу кашля.
4. Выраженная бледность кожи на фоне других симптомов ОРВИ (температура, насморк, кашель).

5 Одышка при невысокой температуре тела.

6 При высокой температуре совсем не помогает парацетамол (панадол, эффералган, тайленол).

Подчеркну, что знание этих признаков необходимо не для того, чтобы вы ставили себе диагноз, а для того, чтобы не тянули с обращением за медицинской помощью.

У врача имеются достаточно совершенные методы выявления пневмонии. Помимо прослушивания и выстукивания, в сомнительных случаях используют клинический анализ крови и рентгенологическое обследование — это почти всегда позволяет расставить все точки над i.

Выбор места лечения — дом или больница — определяется целым рядом факторов, начиная от возраста пациента и заканчивая квалификацией врача и его желанием бегать к вам домой каждый день (притом, что зарплата от этого не изменится). Весьма существенный и наиболее принципиальный момент — реальная тяжесть самой пневмонии. Осложненные формы заболевания, протекающие с дыхательной или сердечной недостаточностью, с обструктивным синдромом (обструкция — это как раз и есть закупорка бронхов густой мокротой), с плевритом[1] — лечатся исключительно в больнице. Неосложненную пневмонию вполне можно лечить дома.

Как лечат пневмонию?

Все, что было важно на этапе профилактики, становится еще более важным при развитии пневмонии.

Без использования фармакологических средств не обойтись, а главным, и это однозначно, становится выбор антибиотика, его дозы и способа попадания в организм. Касательно способа, следует отметить, что введение антибиотика посредством «втыкания» игл в ягодицы вовсе не является абсолютно обязательным — не менее 80% всех пневмоний благополучно излечиваются при помощи таблеток и сиропов.

Помимо антибиотиков используют препараты, расширяющие бронхи, например, эуфиллин, противовоспалительные средства, витамины, ну и, разумеется, комплекс отхаркивающих средств. Как только состояние начинает улучшаться, по крайней мере, сразу же после нормализации температуры тела, активно используют разнообразные физиопроцедуры и массаж. Эти мероприятия заметно ускоряют

1 Легкие покрыты тонкой оболочкой — плеврой. Плеврит — воспаление плевры, он часто сопровождается скоплением жидкости, которую необходимо удалять с помощью прокола.

процесс выздоровления. Иногда необходимо повторное рентгенологическое обследование — дабы убедиться, что все окончательно «рассосалось».

Ни одного конкретного антибиотика я принципиально называть не буду, чтобы не возникало у широких народных масс нездорового желания лечить пневмонии самостоятельно. Да и вообще, честно говоря, рассказывать о лечении пневмонии дело не только неблагодарное, но и рискованное.

Главное для нас как раз не в лечении — пусть об этом доктора думают. Уже сам тот факт, что вы или ваш ребенок перенесли воспаление легких, является основанием для серьезных размышлений.

О чем?

О нехватке свежего воздуха, о воскресенье перед телевизором, о пачке сигарет в день, о приданом в виде двух ковров, с коими нет никаких сил расстаться, о лечении всем, что попадается под руку, о лени человеческой, в конце концов... Обидно только, что размышления эти приходят в головы наших соотечественников либо после серьезной болезни, либо не приходят вообще. Вдвойне обидна перевернутая система ценностей, когда дети систематически расплачиваются за отсутствие у родителей знаний о том, «что такое хорошо и что такое плохо?» Крошке сыну просто некуда идти...

3.22. ХЛАМИДИОЗ И ХЛАМИДИИ

Лучше вытерпеть некоторые страдания, чтобы насладиться большими удовольствиями; полезно воздерживаться от некоторых удовольствий, чтобы не терпеть более тяжких страданий.

Эпикур

В последнее время слова «хламидии» и «хламидиоз» встречаются все чаще и чаще, а словосочетания «лечу хламидиоз» и «диагностика хламидиоза» являются непременными атрибутами странички объявлений в любой газете.

Тем не менее распространенность и широкое использование указанных терминов вовсе не говорит о том, что хоть кто-нибудь из заболевших толком понимает, чем он болен, кто такие хламидии, где они были раньше и откуда эта напасть взялась теперь.

Для начала расскажем о том, что из себя хламидии представляют. Итак, это такие микроорганизмы, которые по очень многим своим свойствам похожи на бактерии (например, имеют клеточную оболочку), но по размерам весьма близки к вирусам. Еще одна очень важная особенность хламидий — в организме человека или животного они находятся внутри клеток — в точности как вирусы. Короче говоря, хламидии — уникальные микробы, это не вирусы, не бактерии; хламидии они хламидии и есть. Их важнейшая особенность — уникальный способ жизни, уникальный цикл развития, не имеющий в природе аналогов: вначале в клетке образуются крупные незрелые образования, не обладающие никакими инфекционными свойствами, но по мере своего развития они уменьшаются приблизительно в 3—4 раза, приобретают инфекционные свойства, разрушают поврежденные клетки и, выходя из них, поражают клетки здоровые — так и возникает конкретная болезнь.

Хламидии — это не один какой-то микроб; род хламидий насчитывает более 30 возбудителей, вызывающих множество самых разнообразных болезней. А болеют этими болезнями люди с незапамятных времен, просто успехи микробиологии позволили, наконец, установить их (болезней) истинную причину. Иллюстрируя древность хламидиозной инфекции, следует заметить, что типичные описания хворей, явно вызванных хламидиями, имеются в древнеегипетских папирусах XV века до нашей эры и доподлинно известно: Гораций и Цицерон страдали хламидиозом.

Какие же болезни вызывают хламидии? Разные. Например, **орнитоз** — болезнь, некоторым образом напоминающую воспаление легких, но причина которой — не всем известные стрептококки и стафилококки, а именно особый вид хламидий, обнаруженный у 132 видов птиц — диких и очень диких, домашних и внутриклеточных (которые сидят в клетках); очень часто это попугаи, голуби, утки, куры. С инфицированными экскрементами, пухом, пером хламидии попадают в человеческий организм — через рот (если не помыли руки после уборки курятника) или воздушно-пылевым путем. Так болезнь и возникает.

Еще один распространенный носитель хламидий — кошки (котята). Заражение происходит при прямом контакте человека со зверем — посредством укусов и царапин. Вначале — просто царапина на руке и все. Затем (через пару недель) увеличиваются подмышечные лимфоузлы, резко повышается температура — это и есть особая хламидиозная болезнь, которая так и называется: «**болезнь кошачьих царапин**».

И орнитоз и болезнь кошачьих царапин — это *зоонозные* хламидиозы (термин «зоо-», в принципе, понятен — звери во всем виноваты). Но есть хламидиозы антропонозные, т. е. чисто человеческие. Самой известной, самой опасной и самой распространенной болезнью является **трахома** — хроническая болезнь глаз, при которой поражаются конъюнктива и роговица. Многие читатели, возможно, и не слышали такого слова, но трахома очень широко распространена во многих странах Южной Америки, Африки, Азии. Количество больных — не менее 400 миллионов, а в некоторые годы количество ослепших из-за трахомы достигает 20 миллионов человек! Кстати, в СССР трахомы в некоторых районах было много, но как массовая болезнь она была ликвидирована к концу 60-х годов прошлого века, и сейчас встречаются лишь единичные случаи.

Три перечисленные болезни хоть и имеют место «кое-где у нас порой», но массового интереса среди широкой читательской аудитории не вызывают, потому что редкие. Хотя, если признаться честно, орнитоз встречается значительно чаще, чем диагностируется. И вот почему. К счастью, хламидии, в отличие от вирусов, чувствительны к действию антибиотиков, но далеко не всех. Так, например, наиболее распространенные антибиотики группы пенициллина (ампициллин, амоксициллин) или цефалоспорины (цефазолин, цефалексин) не действуют на хламидии вообще, а тетрациклин и эритромицин действуют, и очень неплохо. Заболела птичница тетя Маша воспалением легких, назначили пенициллин — никакого эффекта, назначили тетрациклин — поправилась. Теперь-то мы понимаем, что скорее всего это был орнитоз, но какая тете Маше разница — тетя Маша не ученый, ей не диагноз важен, а конечный результат.

Тем не менее интерес к хламидиозу стремительно возрастает, и причина тому — особый вариант болезни, получивший название **урогенитальный хламидиоз.**

Урогенитальный хламидиоз — болезнь, передающаяся половым путем, бывает она острой и хронической, а симптомы ее самые разнообразные. Понятно, что если речь идет о поражении (воспалении) органов мочеполовой сферы, то симптоматика будет соответствующей: и боли при мочеиспускании, и выделения, и зуд, и различные воспаления, обнаруживаемые при ультразвуковом исследовании (простатиты у мужчин, аднекситы у женщин и т. д.). Но!!! Симптомов, позволяющих с уверенностью сказать, что это хламидиоз, не существует. Преогромнейшее количество других микробов — от всем известного гонококка до загадочной уреаплазмы — могут вызывать болезни и симптомы, неотличимые от хламидиоза.

Урогенитального хламидиоза стало много, если не сказать очень много. Но его не стало больше, чем было. Его просто научились диагностировать. Хламидию вообще трудно обнаружить и вырастить — она не растет на обычных микробиологических средах, ей для роста подавай исключительно живые клетки. Поэтому доказывать, есть хламидия или нет, очень долго и очень дорого. Сейчас появились так называемые *диагностикумы*, способные не выращивать хламидию, а отвечать на два вопроса — есть в организме хламидия или нет и есть или нет антитела к хламидиям.

Вернемся к вопросу «стало много». В США, например, ежегодно диагноз урогенитального хламидиоза устанавливается 3 млн. раз, а в Англии — 70 000 раз. Сколько таких больных у нас — не знает никто. Диагностикумы не дешевы, отечественная промышленность их не выпускает, следовательно, диагноз хламидиоза можно установить лишь тому, кто имеет возможность и, главное, желание заплатить за обследование.

Некоторые ***принципиальные моменты***, которые, тем не менее, важно знать.

- Естественного (врожденного) иммунитета к хламидиям не существует. Любой, к кому в организм хламидия попала, имеет довольно высокий риск заболеть. Перенесенное заболевание не обеспечивает иммунитета — короче говоря, болеть можно сколько угодно раз.
- Все, что вы раньше слышали про способы заразиться венерическими болезнями, имеет самое прямое отношение к хламидиозу. Наиболее похожи — и симптомы, и пути заражения, и последствия при отсутствии правильного лечения — хламидиоз и гонорея.
- Многие ведущие специалисты по венерическим болезням считают: если есть симптомы острого уретрита (частое, болезненное мочеиспускание) и не обнаружен гонококк (возбудитель гонореи) — вероятность хламидиоза 70% и выше.
- Гонококк и хламидия сплошь и рядом живут вместе, вызывая уретриты и другие болезни мочеполовой сферы, даже заражение очень часто происходит одновременно.
- Что делать, чтобы не заболеть урогенитальным хламидиозом? Самый надежный способ — исключить половую жизнь, но многими

он рассматривается как неприемлемый. Но ограничение количества половых партнеров + презерватив — это достаточно надежные пути профилактики.

- Что делать, если заболели? Обращаться к специалистам, количество препаратов, которыми хламидиоз успешно лечится, довольно велико.
- Лечиться одному — бесполезная трата средств. Если у вас имеется постоянный половой партнер — дружно лечитесь вместе.
- Довольно часто диагностикумы указывают на наличие хламидий, но никаких клинических симптомов при этом нет. Ни в одном из медицинских руководств нет четкого ответа на вопрос: что в этом случае делать? Исследования в области хламидиозной инфекции активнейшим образом продолжаются, а изучение хламидиоза включено в программу приоритетных задач Всемирной организации здравоохранения. Скорее всего, если вы не монах (монашка), лечиться все-таки надо — отсутствие признаков болезни у конкретного человека не дает основания для того, чтобы подвергать риску заражения других.
- Нелеченый урогенитальный хламидиоз способен вызывать довольно серьезные осложнения и у мужчин, и у женщин, импотенция при этом развивается редко, но бесплодие — часто.
- Главное: хламидиоз не трагедия, а неприятность. От хламидиоза не умирают. Хламидиоз лечится. Но и к своему здоровью, и к рекомендациям врача следует относиться уважительно: и выбор антибиотика, и назначение препаратов, стимулирующих иммунитет, и сроки лечения, и профилактика повторных заражений — все это не так просто, как может показаться на первый взгляд, но и не настолько сложно, чтобы рвать на себе волосы и печально прощаться как с жизнью вообще, так и с половой жизнью в частности.

СТАФИЛОКОКК

Не перестаю удивляться тому, какое множество людей в самых разных уголках мира не имеют ни малейшего представления о животных, живущих с ними бок о бок.

Дж. Даррелл

Ребята, давайте жить дружно!

А. Хайт

Кокки — это бактерии овальной или сферической формы (греческое слово kokkos переводится как «зернышко»). Сотни самых разнообразных кокков окружают человека в течение всей его жизни, но нет, пожалуй, микроба более известного, чем стафилококк.

Микробиологический термин staphylococcus был введен в медицинскую практику в далеком 1881 г. Под микроскопом видно, что кокки собираются в группы, похожие на гроздь винограда, отсюда и название, ибо staphylos по-гречески как раз и означает «гроздь».

Слово это — «стафилококк» — известно сейчас практически всем и мало у кого вызывает положительные эмоции. Десятки болезней людей и зверей обязаны своим возникновением именно стафилококку, при лечении этих болезней врачи испытывают серьезные трудности, нет на земном шаре человека, у которого хотя бы раз в жизни не возникли проблемы со здоровьем, связанные именно со стафилококком.

Стафилококки — это целый род микроорганизмов, на сегодня известно уже 27 видов, при этом 14 видов обнаружены на коже и слизистых оболочках человека. Большинство стафилококков абсолютно безвредны: из упомянутых 14 видов только три способны вызывать болезни, но и этих трех более чем достаточно...

Опасность и болезнетворность любой бактерии, а стафилококк в данном аспекте не исключение, определяется присутствием так называемых «***факторов патогенности***» — т. е. опасен не микроб сам по себе, а совершенно конкретные вещества (либо входящие в состав микроба, либо образуемые микробом в процессе жизнедеятельности). Образно говоря, не солдата следует опасаться, а ножа в его руке. Уникальность стафилококка как раз и состоит в том, что это солдат, с ног до головы увешанный самым разнообразным оружием. Микробный спецназ, короче говоря...

Маленькое, невзрачное и неподвижное зернышко — а именно так выглядит стафилококк под микроскопом — оказывается грозным противником: каждая частица, каждый элемент его структуры, каждый биохимический процесс — источник опасности.

Окружающая стафилококк ***микрокапсула*** отражает атаки фагоцитов (клеток-пожирателей микробов), способствует проникновению бактерий в ткани организма. ***Клеточная стенка*** вызывает воспалительные и аллергические реакции, нейтрализует иммуноглобулины, обездвиживает фагоциты. Многочисленные ***ферменты*** разрушают структуры клеток, обезвреживают антибиотики. А еще образуются так называемые ***гемолизины*** — вещества, повреждающие эритроциты, лейкоциты и многие другие клетки. Гемолизинов целых четыре разновидности, одна противнее другой. И без того немалый арсенал стафилококка дополняют ***токсины*** — сильнейшие яды, каждый со своим действием, а всего их не меньше десятка.

Подробное перечисление стафилококковых «вредностей» может показаться читателю очередной и весьма злонамеренной медицинской страшилкой. Но обойтись без этих описаний невозможно, ибо подлинная сущность стафилококковых инфекций как раз и состоит в огромном количестве повреждающих факторов — удивительном и не имеющем в микробном мире аналогов.

С одной стороны, становится понятным разнообразие стафилококковых болезней. Это вам не какая-нибудь дифтерийная палочка с одним-единственным токсином и одной-единственной болезнью.

От вооруженного до зубов стафилококка ожидать можно чего угодно — и гнойника на коже, и менингита, и воспаления легких, и сепсиса, и кишечной инфекции...

С другой стороны, подлинная опасность конкретного стафилококка определяется именно наличием вышеупомянутых факторов патогенности. Ибо совсем не обязательно, что у данного микроба все эти ужасы присутствуют. Большинство стафилококков — ребята мирные. Мы ведь уже говорили о том, что из 14 видов, на человеке обитающих, только 3 способны вызывать болезни — именно потому, что только они имеют оружие (те самые факторы патогенности). Вот об этой троице и стоит поговорить подробнее.

Итак, имеются три вида болезнетворных стафилококков: золотистый стафилококк (по-латыни — staphylococcus aureus; в анализах и других медицинских документах никогда не пишут полностью название рода staphylococcus, а ограничиваются большой буквой «S» — т. е. S. aureus), эпидермальный стафилококк (S. epidermidis) и сапрофитный стафилококк (S. saprophyticus).

Сапрофитный стафилококк — самый «мирный» и очень редко поражает детей. Большой любитель женского пола — чаще всего и именно у женщин вызывает воспаления мочевого пузыря (реже почек), поскольку основное место его обитания — кожа в области гениталий и слизистая оболочка мочеиспускательного канала.

Эпидермальный стафилококк менее разборчив, жить может где угодно — на любых слизистых оболочках, на любом участке кожи — это нашло отражение и в названии микроба (эпидермис — поверхностный слой кожи). Способность S. epidermidis вызывать болезни невелика — организм здорового человека любого возраста (даже новорожденного) легко с ним справляется. Парадокс: живет эпидермальный стафилококк на коже, но никаких кожных гнойничков не вызывает практически никогда. Абсолютное большинство инфекций возникают у людей ослабленных, перенесших операции, находящихся в реанимационных отделениях. Микроб с поверхности кожи через раны, дренажи, сосудистые и мочевые катетеры проникает в организм... Может возникнуть и заражение крови, и эндокардит (воспаление внутренней оболочки сердца). Именно эпидермальный стафилококк — подлинное наказание для хирургов, занимающихся внутренним протезированием: любые искусственные клапаны, сосуды, суставы если и инфицируются, то почти всегда именно этим стафилококком.

И наконец, самый известный, печально, к сожалению, известный стафилококк — золотистый. На его фоне все остальные представители стафилококкового племени кажутся мирными домашними зверушками. ***Практически все связанные со стафилококком медицинские проблемы подразумевают присутствие именно золотистого стафилококка.***

Только золотистый стафилококк обладает полным арсеналом повреждающих факторов. Только он способен упорно и изобретательно отбиваться от антибиотиков и антисептиков. Никаких поблажек, никаких скидок на пол и возраст — и новорожденные, и взрослые, и старики: все уязвимы, чувствительны, подвержены... Нет такого органа в организме человека, куда бы не смог проникнуть золотистый стафилококк и где бы он не смог вызвать воспалительный процесс. Возникновение не менее ста опаснейших человеческих болезней прямо связано с золотистым стафилококком и только с ним.

Под микроскопом колонии золотистого стафилококка имеют оранжевый или желтый цвет — отсюда и название. Микроб удивительно устойчив во внешней среде. Такой устойчивостью обладают многие другие бактерии, но при воздействии неблагоприятных факторов они образуют споры — микробы погибают, споры остаются. После того как внешние условия улучшатся — споры превращаются в бактерии, а те уже атакуют организм человека. Стафилококк спор не образует. И, тем не менее, устойчив. И всегда готов.

Золотистый стафилококк не теряет активности при высушивании. 12 часов живет под воздействием прямых солнечных лучей. В течение 10 минут выдерживает температуру в 150 °C! Не погибает в чистом этиловом спирте. Не боится перекиси водорода, мало того — вырабатывает особый фермент каталазу, которая разрушает перекись водорода, а сам микроб усваивает образующийся при этом кислород.

Уникальная особенность именно стафилококка — выживать в растворах натрия хлорида, т. е. поваренной соли. 3 чайных ложки соли на стакан воды — выдержит легко. Почему это так важно? Да потому, что только стафилококк может выжить в потовой железе — соленый человеческий пот ему нипочем! А еще микроб вырабатывает фермент липазу, которая разрушает жиры вообще и сальную пробку в устье волосяного мешочка в частности. Очевидное и печальное следствие: практически 100% кожных гнойников (чирей, ячменей, фурункулов, карбункулов и т. д.) — это золотистый стафилококк и только золотистый стафилококк. Уже само знание этого факта легко убедит читателя в том, что нет на земном шаре человека, никогда не имевшего стафилококковой болезни — жизнь прожить и ни разу не обнаружить на себе какого-нибудь прыща практически невозможно.

Но есть у стафилококка и своя, правда очень-очень маленькая, ахиллесова пята: совершенно странная, толком непонятная, но очень высокая чувствительность к некоторым красителям, прежде всего к раствору бриллиантового зеленого — той самой обычной зеленке, что есть в каждом доме.

Упомянутые кожные проблемы — пример типичных для золотистого стафилококка местных инфекций. Воистину это цветочки, в сравнении с ягодками — инфекциями общими, или системными. Микроб вырабатывает особый фермент — коагулазу (этот фермент в принципе есть только у золотистого стафилококка). Когда с поверхности кожи стафилококк попадает в сосудистое русло, то, под действием коагулазы, начинается свертывание крови и бактерии оказываются внутри микротромбов — надежно спрятанные от защитных факторов иммунитета. С одной стороны, так может возникнуть стафилококковый сепсис (т. е. заражение крови, вызванное стафилококком), с другой стороны — стафилококк может попасть в любой орган и, соответственно, в любом органе вызвать гнойный воспалительный процесс.

Чаще всего возникают стафилококковая пневмония, поражение клапанов сердца, гнойники могут обнаруживаться где угодно — и в печени, и в головном мозге, и в почках. Одна из самых частых проблем — остеомиелит (воспаление костной ткани). Парадоксально, но при открытых переломах костей остеомиелит далеко не всегда стафилококковый, а вот когда он возникает «ни с того ни с сего» — виновником «торжества» почти всегда оказывается золотистый стафилококк.

С поверхности кожи стафилококк может проникать в грудную железу (именно он главная причина гнойных маститов), а со слизистых оболочек верхних дыхательных путей — в полость уха, придаточные пазухи носа, опускаться вниз в легкие (еще один вариант развития стафилококковой пневмонии).

И это еще не все!! Стафилококки вырабатывают сильнейшие яды (токсины), которые сами по себе способны вызывать очень тяжелые заболевания.

Один из таких токсинов (эксфолиатин) поражает новорожденных. Яд действует на кожу, вызывая образование пузырей, как при ожогах. Эта болезнь даже получила название «синдром ошпаренных младенцев». Со стафилококковыми токсинами связан и синдром токсического шока, описанный в 1980 г. на заре применения женщинами сорбирующих тампонов в период менструаций.

Самая распространенная токсическая стафилококковая болезнь — пищевое отравление. Почти 50% всех золотистых стафилококков выделяют энтеротоксин — яд, вызывающий сильнейший понос, рвоту, боли в животе. Стафилококки прекрасно размножаются во многих пищевых продуктах, особенно любят масляные кремы, овощные и мясные салаты, консервы. В процессе размножения в пище накапливается токсин, и именно с токсином, а не с самим микробом, связаны симптомы заболевания у неосторожного едока. Немалую роль играет устойчивость и микробов, и токсинов к консервирующим концентрациям соли, а также способность выдерживать кипячение.

Вот какое зловредное существо стафилококк! Самое же интересное состоит в том, что,

несмотря на многочисленные ферменты и опаснейшие токсины, несмотря на поразительную устойчивость во внешней среде, микроб ничего не может поделать с иммунной защитой здорового человека: против каждого яда имеется противоядие, системы общего и местного иммунитета способны нейтрализовать факторы патогенности, сдерживать размножение стафилококков, предотвращать возникновение болезней!

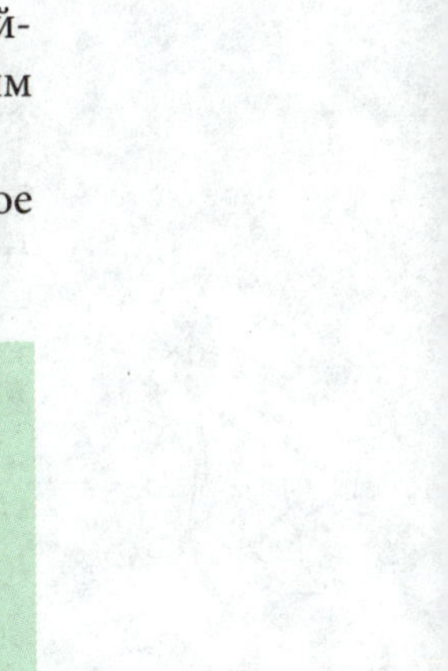

На поверхности кожи, на слизистых оболочках носоглотки и влагалища, в кишечнике, наконец, стафилококки могут жить годами, мирно сосуществуя с человеком и не причиняя ему никакого вреда. Знакомство со стафилококком начинается сразу же после рождения —

инфицируются практически все новорожденные, но большинство в течение нескольких дней или недель от микроба избавляются. В носоглотке стафилококк постоянно живет у 20% людей, у 60% — эпизодически, и лишь каждый пятый обладает настолько сильной защитой, что носительство микроба оказывается невозможным.

Таким образом, стафилококк сплошь и рядом оказывается абсолютно нормальным и естественным представителем опять-таки абсолютно нормальной и естественной микрофлоры человека. Но, поскольку потенциальная вредность такого соседства очевидна, неудивительно, что ***стафилококк относят к условно-патогенным бактериям — т. е. микробам, способным вызывать болезни, но лишь при определенных обстоятельствах.***

Любые обусловленные стафилококком медицинские проблемы предусматривают возникновение факторов, снижающих иммунную защиту человека. Повреждения кожи (травмы, занозы, трение об одежду, нарушение правил гигиены, аллергические дерматиты, термические и химические ожоги) — предпосылка к местным гнойным инфекциям, снижение иммунитета вследствие других болезней, расстройства питания, стрессы, гиповитаминозы — предпосылки к общим инфекциям, нарушение правил приготовления и хранения продуктов питания — предпосылки к пищевым отравлениям.

Но — и это ***очень (!) важно — всегда следует разграничивать такие понятия, как стафилококк и стафилококковая инфекция.***

Обнаружение стафилококка при отсутствии реальных симптомов болезни — вовсе не повод к незамедлительному спасению и глотанию лекарств.

При всей однозначной теоретической справедливости приведенного выше правила практические действия... На практике все очень часто происходит с точностью до наоборот. В молоке здоровой кормящей женщины обнаруживается стафилококк (как правило, вообще попавший туда с поверхности кожи), и это служит поводом для прекращения кормления! В анализе кала на дисбактериоз или в мазке из зева выявлено присутствие стафилококка, и при отсутствии даже намеков на инфекционную болезнь, при нормальной температуре тела и ненарушенном общем состоянии дитя кормят антибиотиками! Более того, стафилококку часто приписывают болезни, в принципе ему не свойственные, обвиняя его то в запоре, то в аллергическом дерматите, объясняя его присутствием повышенное газообразование в кишечнике, срыгивания, икоту, дрожание подбородка, избыточное образование слюны, хрюканье носом и т. д. и т. п.

Повторимся, учитывая важность вопроса:

ЛЕЧАТ ЛЮДЕЙ, А НЕ АНАЛИЗЫ (ВООБЩЕ); ЛЕЧАТ СТАФИЛОКОККОВУЮ ИНФЕКЦИЮ, А НЕ СТАФИЛОКОКК (В ЧАСТНОСТИ).

Лечение стафилококковых болезней — удивительно сложная задача, ибо нет микроба, способного сравниться со стафилококком по способности вырабатывать устойчивость к антибиотикам и другим антибактериальным средствам. Опыт первого применения пенициллина показал его эффективность именно по отношению к стафилококкам. Прошло около 70 лет, и сейчас о таких стафилококках можно только мечтать. Фармакологи синтезируют все новые и новые антимикробные средства, а микробиологи, с не меньшей частотой, обнаруживают стафилококки к этим средствам не чувствительные.

Главная причина этого явления не только сам стафилококк, но и неоправданно широкое применение антибиотиков в ситуациях, когда без этого вполне можно обойтись. Парадокс, но даже некоторые стафилококковые болезни в лечении антибиотиками не нуждаются — например, пищевые отравления, связанные, как мы уже говорили, не с самим микробом, а с его токсинами.

Стафилококк стафилококку рознь. Самые опасные и устойчивые ко многим лекарствам обитают в больницах. Жизнь там нелегкая (и для бактерий в том числе), но стафилококки, выжившие в условиях постоянного применения дезинфицирующих средств и массового использования антибиотиков — серьезнейший фактор риска, основа так называемой госпитальной инфекции.

Повторимся: *лечение стафилококковых болезней — задача сложная, путь к ее решению долог и дорог, но вполне реален*. Конкретный стафилококк, устойчивый ко всем антибактериальным средствам, — явление очень редкое. Бактериологические методы позволяют не только обнаружить виновника болезни, но и определить его чувствительность к лекарствам, после чего провести курс эффективной терапии. Гнойные очаги в соответствующих органах устраняются оперативными вмешательствами, используются также антистафилококковые плазма и иммуноглобулины, посредством которых в организм вводятся уже готовые антитела. Огромное значение имеет устранение упомянутых нами провоцирующих факторов, тех, что снижают иммунную защиту и определяют принципиальную возможность возникновение болезни.

Печально, но перенесенная стафилококковая инфекция не оставляет после себя длительного иммунитета. Уж слишком велико количество возможных факторов патогенности. К токсинам одного стафилококка в крови появились антитела, но итог встречи с другим микробом не предсказуем, ибо он может обладать другими токсинами, организму еще не знакомыми.

Человечество обречено жить в соседстве со стафилококком. Соседство это не самое приятное, но терпимое. Все, что мы можем в этой ситуации, — избегать конфликтов. Поддерживать в порядке, укреплять и вовремя латать забор (т. е. систему иммунитета) и строго соблюдать пакт о ненападении — не бросать в соседа камни (антибиотики), до тех пор, пока он нас не трогает.

3.24. ПЕДИКУЛЕЗ

А бедный принц, безумьем одержим,
Во всем винит сегодняшний режим!..

Он говорит, что в нынешней эпохе
Из-под контроля вышли даже блохи!..

Л. Филатов

Не очень прилично звучащее русское слово «вшивость» в переводе на медицинский язык и есть педикулез, что, в свою очередь, тоже не слишком ласкает слух (pediculus — по-латыни это и есть вошь).

Вши — это особый отряд кровососущих насекомых, которые выбирают для своего существования строго определенные виды животных, проще говоря, у вшей узкая специализация. Свиная вошь обожает домашних свиней, бычья — крупный рогатый скот. Представители вшивого семейства не обошли вниманием и человека.

Наиболее известны три вида вшей — лобковая, головная и платяная. Вши передаются от человека к человеку бытовым путем через загрязненные вещи и при особо тесном контакте (например половом). Попадая на кожу, вши сосут кровь и лимфу, чем и питаются. Неудивительно, что в местах укусов появляется зуд. Тщательное расчесывание нередко приводит к инфицированию бактериями и гнойничковой сыпи.

Самки вшей ежедневно откладывают от 5 до 15 яиц, которые называют гнидами (звучит опять-таки неприлично). Взрослая мамавошь приклеивает гнид к волосам или к белью, а через 15—17 дней появляются юные вошки.

Вшивость — болезнь социальная, отражает состояние общества в целом и напрямую связана с соблюдением правил личной и общественной гигиены: вовремя мыться-умываться, менять белье, следить за порядком в банях и парикмахерских и т. д.

Вшивость опасна не столько зудом, который представляет собой всего лишь индивидуальную неприятность отдельно взятого чухающегося субъекта, сколько тем печальным фактом, что вши являются переносчиками целого ряда исключительно опасных инфекционных заболеваний — сыпного и возвратного тифа, волынской лихорадки.

В основе профилактики вышеуказанных инфекций и лежит борьба с педикулезом, ибо без вшей сыпного тифа не бывает.

Суть борьбы с педикулезом — осмотры, особенно в детских коллективах (обнаружение самих вшей и гнид), ну и, разумеется, соблюдение совершенно очевидных гигиенических правил.

Установление факта педикулеза требует незамедлительного лечения.

Лечение не требует глотания никаких таблеток, применяются исключительно наружные средства, выбор последних довольно велик, и в любой аптеке вам хоть что-нибудь да предложат. Эффективность противопедикулезных средств высока, а цена конкретного лекарства определяется страной-производителем и эстетическими требованиями покупателя. Имеются препараты с запахом, неприятным не только для вшей, но и для человека, но при желании несложно купить заморское чудо, ничем не отличимое от обычного шампуня.

Вполне очевидно, что, обнаружив на себе или на своем ребенке вшей или гнид, несчастный страдалец, скорее всего, к врачу не побежит. Нет, если побежит, то врач, разумеется, и диагноз поставит, и надлежащее средство порекомендует. Но поскольку так бывает далеко не всегда, приведем перечень препаратов, ибо педикулез относится к тем человеческим болезням, когда уж лучше самолечение, чем распространение вшей.

БЕНЗИЛБЕНЗОАТ — 20% эмульсия для взрослых и 10% эмульсия для детей. Эмульсию взбалтывают, ватным тампоном наносят на волосы, слегка втирая в кожу. После процедуры голову неплохо замотать косынкой. Через 30 минут моются проточной водой с шампунем, а волосы расчесывают для удаления погибших вшей.

НИТТИФОР — раствор во флаконе. Обильно смачивают не разведенным раствором (все, как и в случае с бензилбензоатом, — марлевый тампон, косынка). Шампунь и проточная вода — через 40 минут.

Другие препараты (везде есть инструкции, разобраться несложно):

ПЕДИЛИН, он же МАЛАТИОН, АНТИ-БИТ, РИД, ИТАКС, СИФАКС — шампуни.

ПАРА ПЛЮС — аэрозоль для лечения педикулеза волосистой части головы.

СПРЕЙ-ПАКС — аэрозоль для лечения лобкового педикулеза.

НОК — крем-шампунь.

Приведенный перечень вполне достаточен для победы над вшивостью, чего всем пострадавшим очень хочется пожелать.

3.25. ТОКСОПЛАЗМОЗ

Как это исстари ведется
И в жизни происходит сплошь,
Он незаметно подкрадется,
Когда его совсем не ждешь.

И. Иртеньев

Токсоплазмоз — болезнь, возбудитель которой не относится ни к вирусам, ни к бактериям. Вызывает его токсоплазма — широко распространенный в природе «зверь», представитель типа простейших.

Осведомленность населения о том, кто такие простейшие, исчерпывается, как правило, информацией, полученной в средней школе. Безвредная и занимательная инфузория-туфелька — проста, мило шевелит ресничками и не вызывает ничего, кроме симпатии (особенно если не надо объяснять учителю, что там у нее внутри).

Токсоплазма под микроскопом тоже вполне симпатична, напоминает, правда, не туфельку, а дольку апельсина, но на этом все положительные сравнения заканчиваются. По-латыни она называется Toxoplasma gondii — в честь живущего то ли в Тунисе, то ли в Алжире грызуна гонди, у которого токсоплазма впервые была обнаружена аж в 1908 г.

С того времени удалось узнать про токсоплазму почти все — как размножается, как происходит передача инфекции, как развивается болезнь. Известны симптомы, способы лечения и профилактики. Но больных токсоплазмозом меньше не становится — может быть, потому, что владеют информацией очень немногие. Давайте же вместе присоединимся к узкому кругу посвященных.

* * *

Токсоплазма способна размножаться двумя путями — половым и бесполым. В обоих случаях образуется несколько промежуточных форм, и каждая форма имеет свое собственное название. Эти названия даже произносить жутко — невольно создается впечатление, что их (эти названия) специально придумали для издевательства над студентами-медиками, которые седеют, дергают конечностями и впадают в депрессию при одной только мысли о том, что на экзамене по микробиологии вытянут билетик со словом «токсоплазмоз».

Не верите — убедитесь сами. Всего две цитаты из учебника микробиологии:

«...часть паразитов проникает в эпителиальные клетки кишечника, где происходит процесс шизогонии с образованием 4—30 мерозоитов. После нескольких циклов размножения образуются микрогаметоциты и макрогаметоциты, в результате слияния которых формируется ооциста».

«Внутри ооцисты имеются две спороцисты с четырьмя спорозоитами. В процессе множественного деления возникают мерозоиты...»

А еще в учебнике пишут про трофозоитов, тахизоитов и брадизоитов.

Ну как? Думаю, комментарии излишни — вот вам и простейшее!

Почему все-таки важно знать, что существуют два пути размножения?

Дело в том, что, размножаясь в кишечнике половым путем, токсоплазмы образуют цисты, весьма устойчивые к факторам внешней среды. Покидая кишечник, они долго сохраняют жизнеспособность, не боятся высушивания, низких и высоких температур и, как следствие, являются источником заражения других организмов. Если же размножение бесполое — болезнь возникает, но «пострадавший» практически не заразен для окружающих (устойчивые цисты не образуются).

Токсоплазмозом болеют многие животные — и дикие, и домашние. Собаки, кошки, кролики, обезьяны, свинки, мышки, суслики, куры, голуби и т. д. — всего около 300 видов млекопитающих и 60 видов птиц. Человек тоже болеет. Но!!! Половое размножение токсоплазм происходит только в кишечнике кошек и других представителей семейства кошачьих.

Это очень важно именно потому, что, ***заболев токсоплазмозом, ни человек, ни собака, ни курица, ни морская свинка не становятся заразными.*** Короче говоря, токсоплазмоз — индивидуальная проблема конкретного индивидуума. Этого индивидуума нельзя в буквальном смысле есть поедом (т. е. заниматься каннибализмом: мясо — источник инфицирования), но все остальное с ним (этим индивидуумом) проделывать можно: целоваться, обниматься, есть из одной тарелки, вступать в половой контакт, при этом вероятность заразиться токсоплазмозом практически равна нулю. Не стоит разве что кровь от него переливать да органы пересаживать — хотя и в этом случае «подцепить» болезнь весьма проблематично.

И только кошка — милая, пушистая, нежная и очаровательная — является потенциальным источником и главным распространителем инфекции. И если дитя поиграет в облюбованной кошками песочнице, токсоплазмоз ему (дитю) гарантирован почти на 100%. И если ваша мяукающая любимица хоть иногда покидает стены квартиры, если она хотя бы изредка ест сырое мясо, — токсоплазмоз у нее имеется с максимально возможной степенью вероятности.

Информация к размышлению: за 15—20 дней болезни одна кошка выделяет во внешнюю среду около 2 миллиардов цист, которые сохраняют свою заразность до двух лет!

Заполучить токсоплазмоз можно, отведав мясо, например, инфицированного кролика, барашка, свинки и т. д. Мясо, разумеется, должно быть сырым, ибо малейшая термическая обработка токсоплазму убивает. Люди нечасто едят сырое мясо, но лизнуть языком котлетный фарш — дело привычное для многих домохозяек. А в результате — кошки нет и не было, а токсоплазмоз присутствует.

Еще один способ инфицирования — употребление немытых овощей и фруктов: в садах и огородах, как известно, водится немало представителей славного семейства кошачьих.

Немедленно остановитесь! Не надо выгонять кошку из дома! Не надо вытаскивать ребенка из песочницы! Не надо протирать спиртом яблоки!

Давайте разбираться дальше.

* * *

С учетом легкости заражения (и кошек, и немытых фруктов-овощей в нашей жизни предостаточно) не встретиться с токсоплазмой в течение жизни весьма сложно, но ведь больных вокруг нас не очень-то и много. Вот и получается, что на самом деле токсоплазмоз не так страшен, как может показаться на первый взгляд.

Дело в том, что ***организм нормального человека — будь то взрослый или ребенок — довольно легко справляется с токсоплазмами***. После попадания паразита в желудочно-кишечный тракт возникает сложная ответная реакция, но *результат почти всегда предопределен — выработка антител, нейтрализующих токсоплазмы, и формирование стойкого (на всю оставшуюся жизнь) иммунитета.*

Интересен тот факт, что даже самое первое заражение, сопровождающееся довольно существенной реакцией иммунной системы, как правило, не приводит к возникновению каких-либо симптомов — человек чувствует себя совершенно здоровым и фактически так оно и есть.

Логичный вывод: токсоплазмоз не является сколько-нибудь существенной проблемой лишь при одном, но обязательном условии — наличии у человека полноценного иммунитета. Неудивительно, что у больных, например, СПИДом токсоплазмоз при инфицировании развивается почти всегда. Мирно дремавшая в организме токсоплазма может активизироваться и вызвать тяжелую болезнь на фоне любых действий (облучение, использование угнетающих иммунитет препаратов) или заболеваний (герпетическая инфекция, цитомегаловирусная инфекция, инфекционный мононуклеоз и т. п.), приводящих к снижению иммунитета.

Хотелось бы обратить внимание на то обстоятельство, что для возникновения токсоплазмоза снижение иммунитета должно быть довольно существенным. Если у дитя регулярно бегут сопли, если врачу «не очень нравится анализ крови», если после очередного ОРЗ удалось «заработать» воспаление легких и т. п. — это еще не повод убиваться, паниковать и общаться с кошкой исключительно в перчатках и противогазе.

Опять-таки, если у человека диагностирован токсоплазмоз — не просто обнаружена токсоплазма или антитела к ней, а имеются конкретные симптомы болезни, — всегда следует направить определенные усилия на поиск причинного фактора, который обусловил столь выраженное снижение иммунной защиты организма. Неудивительно, что обнаруженный токсоплазмоз является серьезным и обязательным основанием для тщательного обследования прежде всего на ВИЧ-инфекцию (вирус иммунодефицита человека — возбудитель СПИДа).

Коль скоро мы упомянули *симптомы* болезни, заметим, что они не специфичны (кроме поражения глаз). Т. е. *нет определенного клинического признака, позволяющего с уверенностью диагностировать именно токсоплазмоз*. Токсоплазма с током крови разносится из кишечника и в лимфатические узлы, и во внутренние органы, поражает нервную систему — понятно, что симптомы могут быть самыми разнообразными.

Чаще всего симптоматика ограничивается небольшим увеличением лимфоузлов (как правило, шейных). Может наблюдаться повышение температуры тела, увеличение печени и селезенки, фарингит. В более тяжелых случаях развивается воспаление легких, поражается головной мозг (энцефалит), внутренняя оболочка сердца (эндокардит), возможно специфическое поражение органа зрения — воспаление сетчатки и сосудистой оболочки глаза (токсоплазмозный хориоретинит) и (или) воспаление сосудистой оболочки глазного яблока (токсоплазмозный увеит).

При значительном снижении иммунитета проявления болезни крайне серьезные — наиболее часто развивается очень тяжелое поражение головного мозга (некротизирующий энцефалит), не редкость эндокардит и пневмония.

* * *

Подведем ***предварительные итоги***.

Токсоплазмоз — широко распространенное заболевание человека и животных. В подтверждение этого приведем тот факт, что до 70% населения может быть инфицировано токсоплазмой, а 50% — это почти норма. При этом 99,99% из числа инфицированных никогда не испытывали, не испытывают и вряд ли когда-нибудь что-либо нехорошее в этой связи испытают.

* * *

Теперь **самое главное**.

Реальную, действительно реальную, действительно вероятную и очень (!) серьезную опасность токсоплазмоз представляет тогда, когда женщина, ранее не контактировавшая с токсоплазмой, инфицируется во время беременности. Эта опасность распространяется не на беременную, а на плод. Токсоплазма способна проникать через плаценту и вызывать болезнь у еще не родившегося ребенка. Тяжесть поражения плода тесно связана со сроками беременности — чем моложе плод, тем тяжелее болезнь, которая называется *врожденным токсоплазмозом*. Тяжесть заболевания (особенно при заражении в первые три месяца беременности) бывает настолько велика, что происходит гибель плода. Но чаще ребенок рождается с очень тяжелыми поражениями нервной системы (прежде всего головного мозга), глаз, печени, селезенки.

Существенное значение имеет и тот факт, что проницаемость плаценты для токсоплазм изменяется — она (проницаемость) тем выше, чем больше срок беременности. Так, при инфицировании в первые три месяца беременности вероятность того, что плацента «не справится» и токсоплазма поразит плод, составляет около 15%. Во втором триместре риск возрастает до 25%, в третьем — почти до 70%.

Врожденный токсоплазмоз имеет разные формы, иногда его проявления после рождения ребенка отсутствуют (точнее, не обнаруживаются), а в дальнейшем нарушения зрения и умственная отсталость (часто весьма выраженная) расставляют печальные диагностические точки над i.

Если во время беременности у женщины диагностируется заражение токсоплазмой, то, разумеется, проводится экстренное лечение. Но врожденный токсоплазмоз весьма трагичен по своим последствиям. И, как это ни грустно, любое лечение лишь уменьшает вероятность крайне тяжелого поражения плода (примерно в два раза), но вовсе не гарантирует, что все будет хорошо. Шансов родить полноценного человека очень немного — руки и ноги у такого ребенка будут, но надежд на неповрежденный головной мозг и нормальные глаза почти нет.

Утешает лишь тот факт, что токсоплазмозное поражение плода может случиться лишь один раз (лишь при одной беременности). Все последующие дети уже будут надежно защищены образовавшимися антителами.

Неудивительно, что токсоплазмоз у беременных, с учетом полной бесперспективности лечения родившегося ребенка, рассматривается как прямое показание к ее (беременности) прерыванию, разумеется, с согласия самой беременной.

Природа и сама активно заботится о том, чтобы рождения не допустить: при раннем заражении почти всегда происходит выкидыш. Но сейчас при угрозе срыва врачи могут сохранить почти любую беременность, и отсюда очень важно, чтобы на фоне лечения проводилось и соответствующее **обследование**.

Обследование — это вообще отдельная тема, ибо количество стрессов и угроз срыва, возникших из-за неправильной трактовки результатов, — удивительно велико.

Но на самом деле все не так уж и сложно.

Разработано множество методов диагностики токсоплазмоза, но наиболее надежным по праву признан иммуноферментный анализ (ИФА). Суть этого метода — определение специфических антител к токсоплазме, при этом не только дается ответ на вопрос, есть они (антитела) или нет, но и определяется их (антител) количество.

Для того чтобы правильно понять результаты ИФА, следует владеть не особо сложными знаниями из области физиологии. Дело в том, что непосредственно после заражения организм начинает вырабатывать особые антитела (иммуноглобулины), которые называются IgM (или — иначе — ранними антителами). Сохраняются (и обнаруживаются) они в крови максимум в течение года, но, как правило, и того меньше, а затем исчезают, чтобы больше уже никогда не появиться. Вслед за IgM в крови появляются IgG, которые сохраняются в течение всей последующей человеческой жизни.

Нетрудно сообразить, что:

— если обнаружен IgM, то человек заразился совсем недавно;

— если обнаружен IgG, а IgM отсутствует, то речь идет о том, что человек уже выработал иммунитет к токсоплазме, поскольку заражение произошло в прошлом;

— возможны и более сложные для трактовки варианты. Например, обнаружен IgG и небольшое количество IgM. В таком случае исследование повторяют через 2 недели,

и если количество IgG увеличилось, значит, продолжается активная выработка иммунитета, если осталось на прежнем уровне — значит, болезнь уже в прошлом (просто в не очень далеком прошлом).

Трактовка результатов ИФА у новорожденных имеет свою специфику, но, в свою очередь, позволяет ответить на вопрос о наличии или отсутствии врожденного токсоплазмоза.

Теоретически в цивилизованном обществе беременность — явление планируемое. И обследование на токсоплазмоз «до того как» — очень желательно и очень целесообразно. Ибо интенсивность профилактических мероприятий очень зависит от того, в каких отношениях с токсоплазмой находится организм будущей матери.

Если обнаружен IgG, так это повод вздохнуть с облегчением, поскольку во время беременности плод будет надежно защищен. Если IgM — «свежее» инфицирование, с зачатием надобно подождать. Если антитела не обнаружены — быть осторожной, твердо усвоить мероприятия по профилактике инфицирования и неукоснительно их соблюдать.

К сожалению, в нашем географическом пространстве планирование беременности скорее исключение, нежели правило. Но знать и понимать значение описанных выше результатов обследования не помешает и во время беременности уже состоявшейся. Только вот при обнаружении IgM уже придется не ждать, а принимать очень ответственные и часто очень неприятные решения.

Упомянутые нами ***профилактические мероприятия*** в целом очевидны и логично вытекают из уже описанных выше способов заражения. В то же время их перечисление может оказаться совсем не лишним (что, по большому счету, справедливо для любой инфекции):

- исключить из пищи термически необработанное мясо;
- не пробовать сырой фарш;
- не жалея мыла и времени, мыть руки после работы с мясом, после работы в поле-огороде;
- самым тщательным образом мыть овощи-фрукты, зелень;
- обследовать и, если надобно, пролечить, а еще проще — удалить из дома кошку.

Это, так сказать, индивидуальные профилактические мероприятия, позволяющие не имеющей иммунитета женщине защитить плод в течение беременности. В то же время актуальны и действия более глобальные, ставящие своей целью уменьшение распространения токсоплазм в природе. Действия эти самым тесным образом связаны с кошками. Последние делятся на домашних и беспризорных. Домашних обследуют и лечат, уличных отлавливают и, несмотря на протесты любителей животных, пытаются (заведомо безрезультатно) ликвидировать как класс.

В отношении домашней мурки — полезно исключение из рациона сырого мяса, желательна (обязательна) регулярная дезинфекция ее песочного унитаза.

Поскольку окончательное искоренение беспризорных кошек маловероятно, неплохо обратить внимание на детские песочницы. *Теоретически* органы санитарного надзора обязаны регулярно исследовать и дезинфицировать песок, но более правильно не надеяться на тетю в белом халате, а организовать покрытие песочниц полиэтиленовой пленкой или деревянными щитами (при появлении детей и отсутствии кошек покрытие можно убрать).

Несколько слов о **лечении**. Некоторые препараты (антибиотики, сульфаниламиды и др.) обладают выраженной активностью по отношению к токсоплазмам. Количество лекарственных средств не особенно велико, но выбор, тем не менее, есть. И для человека, и для животных разработаны соответствующие схемы лечения, которое обычно длительное — используется несколько курсов и определенные комбинации препаратов.

Эффективность лечения высока лишь при остром токсоплазмозе, но оставляет желать лучшего (мягко говоря) при хронической инфекции, сопутствующем иммунодефиците, внутриутробном инфицировании.

Отсюда и вытекает настоятельная необходимость ***почаще думать о действиях профилактических. Ибо страшный по своим последствиям врожденный токсоплазмоз удивительно легко предотвратить, а надобно для этого совсем немного — захотеть получить информацию и соблюдать элементарные правила личной гигиены.***

3.26. ИНФЕКЦИОННАЯ БОЛЬНИЦА

Если твой сосед по парте
Стал источником заразы,
Обними его — и в школу
Две недели не пойдешь.

Г. Остер

Больница, какой бы замечательной она ни была, в принципе не способствует появлению положительных эмоций у рядового гражданина нашей страны. Что же касается *больницы инфекционной*, то само вышеупомянутое словосочетание нередко вызывает подколенную дрожь. А боятся все — даже те, чья нервная система каким-то чудом уцелела...

В этом нет совершенно ничего удивительного, поскольку прилагательное «инфекционный» эквивалентно на бытовом уровне существительному «зараза». Страшные ассоциации проносятся в головах человеческих при необходимости уложить собственного ребенка в инфекционную больницу или уложиться туда самому: холерные и тифозные бараки; чума, уничтожившая когда-то половину населения Европы; оспа, опустошающая города; врачи-самоубийцы в противогазах и т. д.

Автор, честно говоря, прекрасно понимает страхи населения. Помнится, еще в студенческие годы, довелось впервые попасть на занятия в кожно-венерологическую клинику. Основных ощущений два: во-первых, упорное стремление чесаться и, во-вторых, внутренняя убежденность в том, что любые попытки продолжения рода допустимы только методом почкования. Но по мере накопления информации и зуд и стремление к почкованию проходят.

С инфекционной больницей ситуация аналогичная, поскольку подавляющее большинство страхов совершенно не обоснованы и рождены всеобщим непониманием элементарных вещей.

Прежде всего, обратим внимание на главный и, по большому счету, основной страх — опасение чего-нибудь подхватить, ведь именно боязнь заразиться принципиально отличает инфекционную больницу от всех остальных.

Заметим, что количество летучих инфекций, т. е. таких, которые перемещаются по воздуху быстро и на большие расстояния, очень невелико. Это, во-первых, три знаменитые детские болезни — корь, краснуха и ветряная оспа, а во-вторых, жутко страшные чума и оспа натуральная. Довожу до сведения особо пугливых соотечественников, что натуральной оспы на земном шаре уже несколько десятилетий не наблюдается, а чума — это такая штука, что коли она появится в виде эпидемии, то не будет особой разницы между инфекционной больницей и вашей квартирой в девятиэтажке.

Теперь про корь, ветрянку и краснуху. В инфекционной больнице эти болезни лечатся довольно редко, поскольку протекают, как правило, легко, не требуют особо сложных способов терапии и вполне благополучно заканчиваются в домашних условиях. Если же больной все-таки попадает в стационар, то его помещают в специальные палаты (в инфекционных больницах палаты называются боксами). Особенность этих палат состоит в том, что каждая из них имеет отдельный выход на улицу и герметично изолирована от больничных коридоров. Таким образом, взрослый или ребенок, очутившийся в коридоре инфекционной больницы, не может контактировать с больным, у которого диагностирована одна из вышеперечисленных летучих инфекций.

Кстати, отделения инфекционной больницы имеют четкую специализацию, зависящую от способов возможного заражения, а способов таких, по большому счету, всего два — *воздушно-капельный* (т. е. через воздух; поражаются чаще всего горло, бронхи, легкие) и *кишечный*, или так называемый фекально-оральный (т. е. через рот; поражаются, как правило, желудок и кишечник).

Для заражения капельной инфекцией, а это многочисленные ОРВИ, дифтерия, коклюш, скарлатина, ангины, некоторые менингиты и кое-что еще, необходимо, прежде всего, довольно тесное общение с заболевшим (расстояние один, максимум два метра) и активный обмен мнениями, сопровождающийся обцеловыванием, обкашливанием и обрызгиванием собеседника слюной. Для заражения кишечной инфекцией — страшной холерой, чуть менее страшными, но тоже весьма противными дизентерией, сальмонеллезом, вирусным гепатитом (желтухой) — необходимо, чтобы возбудитель болезни попал к вам в рот. Добиться этого не сложно — можно опять-таки нежно поцеловать заболевшего, можно поесть с ним из одной посуды, можно забыть о существовании мыла и о необходимости мыть руки.

Еще раз обращаю внимание: мы сейчас говорим не о том, как в принципе избежать инфекционной болезни, а о вполне нормальном человеческом страхе, касающемся возможности заражения при госпитализации в инфекционную больницу или при посещении ее. Клятвенно заверяю читателей, что никогда и ни при каких обстоятельствах невозможна ситуация, при которой в одну палату медицинские работники *сознательно* поместят больных с разными инфекционными болезнями.

Заразиться в инфекционной больнице можно двумя способами:

- когда не соблюдается элементарная дисциплина и посетителей однозначно не устраивает общение через окошко;
- когда отсутствуют элементарные санитарно-гигиенические навыки, проявляющиеся в непонимании необходимости мыть руки и есть из отдельной посуды.

По большому счету, само понятие инфекционной больницы весьма условно. Оглянемся по сторонам — оказывается, основная масса больниц сплошь и рядом занимается лечением именно инфекционных болезней! Ведь это все воспаления легких, насморки и бронхиты; тонзиллиты и гаймориты, которые лечат отоларингологи; энцефалиты, от которых спасают невропатологи; гнойная хирургия; воспалительные заболевания, с которыми борются гинекологи... В основе возникновения язв и гастритов тоже лежат бактерии. Про туберкулезные и венерологические диспансеры мы вообще и не говорим.

Различие лишь в том, что многочисленные микроорганизмы (вирусы, бактерии, грибы и т. п.) при одних болезнях относительно легко передаются от человека к человеку, а при других — заразность значительно меньше.

Первые лечат в инфекционных больницах, вторые — во всех остальных. Но не бояться надо, а знать и понимать, что пути профилактики инфекционных болезней, весьма желательные в быту, становятся абсолютно обязательными при необходимости лечения в инфекционной больнице или при ее посещении.

Кстати, следует заметить, что любой страх, с точки зрения здравого смысла, должен быть реализован в конкретные действия. Уж если так страшна инфекционная больница, то давайте постараемся в нее не попадать — прививки делать, не есть что попало и где попало купленное, вовремя обращаться за медицинской помощью, помнить про безопасный секс, мыть руки, правильно хранить продукты и т. д. и т. п.

Короче говоря, ***давайте бояться правильно*** — не больницы и врачей, а собственной лени и незнания!

И еще ***очень важное***.

Некоторые инфекционные болезни встречаются в настоящее время относительно редко, и у врачей, не работающих в инфекционной больнице постоянно, совершенно отсутствует опыт их диагностики — взять, к примеру, ту же дифтерию. Нельзя забывать и о том, что основные инфекционные болезни очень динамичны — это вам не сахарный диабет или холецистит, где одна и та же симптоматика может иметь место годами. При инфекциях, особенно у детей, проявления болезни могут меняться по несколько раз в течение суток, требуя соответствующей коррекции лечебных мероприятий. И неудивительно, что участковый педиатр или терапевт просто не в состоянии проводить должную терапию в домашних условиях — не потому, что не умеет, а потому, что не может физически. Поэтому не пренебрегайте направлением в стационар для консультации или госпитализации, будьте благоразумны.

И еще раз прошу — бойтесь правильно!

3.27. СЫПЬ

В каждом человеке намешано всего понемножку, а жизнь выдавливает из этой смеси что-нибудь одно на поверхность.

А. и Б. Стругацкие

Внезапно появляющиеся разнообразные изменения на коже врачи называют сыпью. *Существует несколько десятков болезней, при которых сыпь бывает всегда, и несколько сотен, при которых она может быть.* Подавляющее большинство этих заболеваний вовсе не страшны, но встречаются и очень (!) опасные, так что с сыпью надо быть осторожным.

Для начала отметим, что ***существует три группы болезней, при которых на коже могут появляться высыпания:***

- Инфекционные болезни.
- Аллергические заболевания.
- Болезни крови и сосудов.

Рассмотрим их поподробнее.

Инфекционные болезни — наиболее частая причина сыпи, а убедиться в том, что причина сыпи именно инфекция, как правило, несложно. Ведь, помимо сыпи, обязательно должны быть и другие признаки инфекционной болезни — контакт с инфекционным больным, острое начало, повышение температуры тела, потеря аппетита, озноб, что-то болит (горло, голова, живот), или что-то напухло, или насморк, или кашель, или понос, или...

Появляется сыпь при болезнях, которые вызывают вирусы: корь, краснуха, ветряная оспа — это наиболее частые, но есть множество других со страшными названиями — герпетическая инфекция, инфекционный мононуклеоз, инфекционная эритема, внезапная экзантема и т. д. Особенностью всех этих болезней является практически полное отсутствие возможностей принципиально помочь больному, поскольку эффективных способов борьбы с вирусами пока еще не придумали. Но ничего особенно печального в этом нет: человеческий организм в течение одной-двух недель с вирусом справляется и сам.

Причиной инфекционных сыпей могут быть бактерии. С ними, с одной стороны, попроще — есть антибактериальные препараты (антибиотики, сульфаниламиды), способные заболевшему помочь. Но, с другой стороны, заболевания сами по себе могут быть довольно серьезными, когда сыпь — это так, мелочь, по сравнению со всем остальным.

Самая частая бактериальная инфекция с сыпью — скарлатина, но у всех на слуху множество других болезней, при которых бывает сыпь, — брюшной и сыпной тиф, сифилис, менингит, стафилококковая инфекция (список, к сожалению, далеко не полный).

Сыпь как проявление аллергии — совсем не редкость (мягко говоря). Мысли по поводу аллергической природы болезни вообще и сыпи в частности возникают, как правило, тогда, когда, во-первых, нет признаков инфекции — т. е. не нарушено особо общее состояние, нормальная температура, не пропал аппетит — и во-вторых, есть на что грешить — т. е. имел место контакт с чем-то (кем-то), кто мог являться источником аллергии. Это что-то могло быть съедено (цитрусовые, шоколад, таблетки), это что-то могло быть уколото (лекарство), этим можно было подышать (покрасили, побрызгали, помазали), об это можно было потереться (кошки, собаки, коврики, одежда, «хорошо» покрашенная или в чем-то «хорошем» постиранная).

Из перечисленного легко сделать вывод о наличии четырех основных вариантов аллергии — пищевой, лекарственной, дыхательной (респираторной) и контактной. Возможная причина не всегда бывает очевидной, а ее поиск часто превращает врача, больного и его родственников в истинных последователей Шерлока Холмса.

Сыпь при болезнях крови и сосудов возникает по двум основным причинам.

1 Уменьшение количества или нарушение функционирования особых кровяных клеток — тромбоцитов, которые активно участвуют в процессе свертывания крови (эти уменьшения-нарушения часто бывают врожденными).

2 Нарушение проницаемости сосудов. Сыпь при этих болезнях имеет вид крупных или мелких кровоизлияний, ее появление провоцируется травмами или другими болезнями — например, повышением температуры при обычной простуде.

Из перечисленного легко сделать вывод: однозначно выделить причину сыпи не всегда возможно. Например, заболел человек воспалением легких. Укололи пенициллин — появилась сыпь. Т. е. причина болезни — инфекция, а причина сыпи — аллергия.

Ну, а теперь итоги, выводы и еще кое-какая полезная информация.

1 Самая страшная сыпь возникает при так называемой менингококковой инфекции. Менингококк — микроб, который чаще всего вызывает менингит, но кроме менингита он способен вызвать заражение крови, это состояние врачи называют менингококкемия. При менингококкемии от момента появления сыпи до гибели человека может пройти менее суток, но при своевременном лечении шансы на спасение — 80—90%. Именно в этой связи очень, очень вас прошу: ***любую сыпь обязательно показывайте врачу, и чем быстрее, тем лучше***. Если появление сыпи сопровождается рвотой и высокой температурой, а элементы сыпи имеют вид кровоизлияний — используйте все (!) возможности для того, чтобы как можно быстрее доставить заболевшего в инфекционную (или хотя бы в ближайшую) больницу.

2 Из трех основных детских вирусных инфекций с сыпью (корь, краснуха, ветрянка) наиболее опасна корь, но у привитых детей она либо не возникает, либо протекает легко. Не игнорируйте профилактические прививки!

3 Любого больного с сыпью необходимо прятать подальше от беременных женщин, пока врач не скажет, что это не краснуха (вирус краснухи очень опасен для плода).

4 Если сыпь очень-очень чешется (особенно ночью), то у вас вполне может быть ***чесотка***. Это не вирус и не бактерия, это такой клещ, который ползает в коже, эпизодически выбираясь на поверхность и оставляя элементы парной сыпи (вход и выход). Чесотка — совсем не стыдная болезнь для конкретного человека, но стыдная для общества в целом. Подцепить ее можно и в переполненном трамвае, и на железной дороге, и... Да мало ли где и что сейчас можно подцепить? Вот только запускать ее нельзя. Поэтому, если от зуда не можете заснуть — сбегайте поутру на прием к дерматологу, авось полегчает.

5 Помните, что ***причина сыпи, как правило, внутри, а не снаружи***. Никакими синьками, зеленками, йодами и марганцовками больному помочь нельзя. Но уж если очень хочется намазаться самому или разрисовать ребеночка — пожалуйста, только покажите сначала сыпь врачу, а уж потом малярничайте.

3.28. ДИСБАКТЕРИОЗ

Невозможно решить проблему на том же уровне, на котором она возникла. Нужно стать выше этой проблемы, поднявшись на следующий уровень.

Альберт Эйнштейн

Рассмотрим для начала несколько специальных терминов, без которых в поднятой теме не разобраться. Отметим, что во всех местах человеческого организма, где микробы живут (нос, легкие, горло, кишечник, влагалище), присутствует не одна какая-нибудь бактерия, а определенная, часто очень индивидуальная комбинация микроорганизмов. Так, в кишечнике всегда есть и кишечные палочки, и кисломолочные бактерии, и бифидумбактерии, и еще пара десятков других менее известных (но не менее нужных) микроорганизмов.

Конкретная комбинация бактерий называется микрофлорой. Понятно, что бывает микрофлора носоглотки, микрофлора кишечника, микрофлора влагалища и т. п.

Нормальный (оптимальный для поддержания здоровья данного организма) количественный и качественный состав микрофлоры называется ***эубиозом.***

Изменение *нормального для данного организма* состава и количественных значений микрофлоры называется ***дисбактериозом.*** Говоря другими словами, д**исбактериоз — *это нарушение состава и свойств микрофлоры.***

Из приведенного определения вполне понятно, что возникнуть дисбактериоз может где угодно — опять-таки и в носоглотке, и в кишечнике, и во влагалище. Тем не менее в практике отечественной педиатрии, тема *дисбактериоза кишечника* поднимается и обсуждается настолько часто, что все остальные дисбактериозы как-то отходят на второй план. И если вы услышите слово «дисбактериоз», то с максимально возможной вероятностью и врачи, и пациенты, и родители пациентов имеют в виду именно дисбактериоз кишечника.

Населяющая кишечник микрофлора выполняет множество самых разнообразных функций. Некоторые из этих функций мы назовем — хотя бы для того, чтобы лишний раз подчеркнуть важность мирного сосуществования человека и бактерий, его населяющих.

Итак, микрофлора кишечника:

- участвует в синтезе витаминов — фолиевой и никотиновой кислот, витамина К, витаминов группы В;
- помогает синтезировать аминокислоты и способствует обмену различных других кислот — желчных, жирных, мочевой кислоты;
- обеспечивает нормальный газообмен в кишечнике;
- способствует нормальному делению (обновлению) клеток слизистой оболочки кишечника;
- стимулирует работу лимфоидных клеток кишечника;
- повышает активность кишечных ферментов...

Этот список можно еще долго продолжать, но лучше проиллюстрируем кое-что из перечисленного. Так, например, за умной медицинской фразой «стимулирует работу лимфоидных клеток кишечника» скрываются вполне конкретные проблемы — при дисбактериозе работа лимфоидных клеток нарушается, а именно лимфоидные клетки синтезируют очень важные для защиты от инфекций вещества — в частности иммуноглобулины и лизоцим. А ненормальное обновление клеток слизистой оболочки кишечника приводит к тому, что многие вещества, «обязанные» оставаться в кишечнике (различные яды, аллергены), начинают попадать (всасываться) в кровь.

Состав и свойства микрофлоры подвержены влиянию множества факторов и определяются возрастом, временем года, характером питания, состоянием здоровья вообще и способами лечения отдельных болезней в частности.

Все заболевания желудочно-кишечного тракта сопровождаются дисбактериозом кишечника той или иной степени выраженности, но при особом желании практически любую болезнь можно рассматривать в качестве источника дисбактериоза: коль скоро болезнь влияет на образ жизни (например на питание) и требует приема лекарств, так все это неминуемо скажется на благополучии обитателей кишечника.

Главное, что должны понять родители:

- состав и свойства микрофлоры могут меняться под воздействием множества факторов;
- огромное число болезней может сопровождаться дисбактериозом;
- дисбактериоз — всегда следствие;
- устранение дисбактериоза не влияет на причину его возникновения;
- устранение причины приводит к быстрому устранению дисбактериоза.

Теперь **самое главное**:

- ДИСБАКТЕРИОЗ — НЕ БОЛЕЗНЬ;
- у дисбактериоза нет симптомов;
- нет жалоб, типичных для дисбактериоза;
- нет лекарств, способных лечить дисбактериоз.

Дисбактериоз — это микробиологический термин, характеризующий состояние микрофлоры. В то же время для того, чтобы имеющуюся в кишечнике микрофлору охарактеризовать, ее надобно с чем-то сравнивать. Отсюда *теоретическое* понятие «нормальная микрофлора»: многочисленными исследованиями было установлено, что в кишечнике человека одних микробов столько, а других столько. И это принято за норму. Еще раз повторимся — *теоретическую* норму, ибо никакой *практической* ценности исследование на дисбактериоз не имеет.

Почему? Прежде всего потому, что для анализа на дисбактериоз используют кал, т. е. определяют качественный и количественный состав микробов, обитающих в испражнениях.

И теоретическая, и практическая бессмысленность такого исследования определятся тем очевидным фактом, что ***микробы в кишечнике и микробы в какашках — это принципиально разные понятия***, и даже самое пристальное изучение каловых масс не позволяет делать объективные выводы о микрофлоре, обитающей в кишечнике и осуществляющей очень важные и очень нужные функции, о которых мы уже написали.

Большинство ученых во всем мире считают проведение бактериологического исследования кала «на дисбактериоз» нерациональным.

Это связано с очень низкой информативностью исследования, что обусловлено:

- невозможностью определения «нормы вообще», поскольку эубиоз специфичен для каждого индивидуума и зависит от возраста, места жительства, гигиенических навыков, характера питания, времени года и др.;
- нестабильностью результатов — исследование разных порций кала в разное время суток и в разных лабораториях дает разные результаты;
- отсутствием в полученных результатах клинически значимой информации. Во-первых, потому что процесс пищеварения осуществляется пристеночно, а в анализе «на дисбактериоз» оценивается микробная флора каловых масс, т. е. микробная флора в просвете кишечника. Во-вторых, потому что процесс пищеварения осуществляется главным образом в тонком кишечнике и не может быть охарактеризован содержанием бактерий в нижних отделах толстого кишечника.

* * *

NB!

Очень хотелось бы обратить внимание читателей на тот факт, что формулировки «лечение дисбактериоза» и «диагноз дисбактериоза» по сути своей не точны. Более того — принципиально ошибочны. Ибо, еще раз фиксирую внимание: нет, не существует такой болезни — дисбактериоз[1]. Нарушение состава и свойств микрофлоры — микробиологическое понятие, которое легко подтвердить результатами анализов.

1 В принятой ВОЗ международной классификации болезней слово «дисбактериоз» отсутствует. В специальной литературе за пределами СНГ найти его (это слово) очень сложно. В подавляющем большинстве развитых стран медицинским работникам неведомы диагноз «дисбактериоз» и «анализ кала на дисбактериоз».

Дисбактериоз — всего лишь *одно из проявлений* множества болезней, а коррекция свойств микрофлоры — одно из направлений *псевдолечения*. Именно псевдолечения, ибо применяемые методы исследования (анализ кала на дисбактериоз) не дают объективной информации о состоянии микрофлоры. А как же можно корригировать что-либо при отсутствии возможности получения объективной информации?

Приходится, тем не менее, признать, что сплошь и рядом дисбактериоз является мифическим диагнозом, на который очень легко списать огромное число самых разнообразных болезней, жалоб и симптомов.

Аллергический дерматит, срыгивания, любые (!) нарушения частоты стула, запаха, цвета и консистенции кала, боли в животе, проблемы с прибавкой веса, нарушения аппетита, запах изо рта, частые ОРЗ, реакции на прививки, непереносимость отдельных продуктов питания, болезни зубов и еще десятки, если не сотни проблем не находят решения именно потому, что главным «виновником» объявляется дисбактериоз, а лечение оного — единственно возможным вариантом спасения.

В результате основные причины развития конкретной болезни не устраняются, а вся помощь больному превращается в бег по кругу между аптекой и бактериологической лабораторией. Ибо анализ на дисбактериоз, в котором было бы написано «норма», — удивительная редкость: бактерий много, и хоть какая-то да выйдет за строгие рамки, отведенные ей отечественной медицинской наукой.

Следует подчеркнуть, что популярность диагноза «дисбактериоз» именно в нашей стране — во многом дань ментальности, стремлению в обязательном порядке лечить и лечиться.

При аллергическом дерматите следует, например, не допускать перегрева (ибо потливость усиливает симптомы болезни), прекратить эксперименты с едой и контакты с бытовой химией. Но это не лечение. Ибо исключить шоколад, поставить фильтр на воду, проветрить комнату и расстаться с покрашенным неизвестно каким красителем зеленым плюшевым слоном — это, повторяю, не лечение. А вот сдать анализ на дисбактериоз, обнаружить в нем избыток какой-нибудь клебсиеллы или недостаток лактобацилл, объявить указанных микробов виновниками аллергии и активно поедать лекарства — это по-нашему, это якобы лечение...

3.29. ОТИТ

Истинно знать что-либо — значит знать его причины.

Фрэнсис Бэкон

Объяснить причины возникновения отитов и дать сколько-нибудь существенные, выполнимые и понятные рекомендации совершенно невозможно без хотя бы краткой информации о том, как наше ухо устроено. Можно, конечно, предположить, что читатели в такой информации не нуждаются, поскольку внимательно в свое время изучали школьный учебник анатомии, физиологии и гигиены. Но даже зная принципы работы любого устройства вообще, не всегда можно понять, почему это устройство ломается в частности. Это весьма философское заключение мы и положим в основу знакомства с физиологией человеческого уха, дабы понять, почему оно болит и что при этом надо предпринимать.

Отитом называется воспалительный процесс одного из отделов уха.

Приведенное определение позволяет сделать вполне логичный вывод о том, что человеческое ухо и с анатомической, и с физиологической точки зрения состоит из нескольких отделов, каждому из которых присущи свои специфические функции и свои специфические болезни.

Наружное ухо — это тот единственный отдел уха, который можно увидеть. Именно ушная раковина ассоциируется в нашем восприятии с органом слуха, хотя значение ее для самой возможности слышать — наименьшее (из всех отделов уха). Задача ушной раковины — улавливать звуковые колебания и направлять их в слуховой проход, который заканчивается барабанной перепонкой. За барабанной перепонкой начинается среднее ухо.

Среднее ухо выполняет функцию звукопроведения. Сразу же за барабанной перепонкой находится барабанная полость — некое весьма ограниченное пространство, определенным образом усиливающее и обрабатывающее звуковой сигнал. В барабанной полости расположены очень маленькие звуковые косточки. Косточки эти имеют весьма оригинальные названия — молоточек, наковальня и стремечко. Ручка молоточка очень прочно соединена с барабанной перепонкой. Последняя колеблется под действием звуковых волн, эти колебания передаются по цепочке косточек, а основание стремечка находится в особом отверстии височной кости, за которым начинается внутреннее ухо.

Внутреннее ухо — сложная система каналов; расположено оно в височной кости и формирует собственно слуховой орган, который называется улиткой. Необычное название объясняется специфической формой каналов, весьма напоминающих улитку. Каналы заполнены особой жидкостью и так называемыми волосковыми клетками. Определенная частота звука вызывает колебания совершенно определенных волосковых клеток, которые, в свою очередь, преобразуют механические колебания в нервный импульс. Импульсы воспринимаются слуховым нервом и переносятся в особые ядра головного мозга.

С учетом того факта, что анатомически и физиологически выделяют три, теперь уже знакомых нам, отдела уха (наружный, средний и внутренний), врачи, в свою очередь, диагностируют три вида отита — опять-таки наружный отит, средний отит и внутренний отит.

Наружные отиты не имеют особой «ушной» специфики — очевидно, что на коже ушной раковины могут возникнуть такие же воспалительные процессы, как и на любом другом участке кожи, — разнообразные прыщи, фурункулы, угри и т. д. Определенную сложность в плане лечения вызывают гнойники (чаще всего фурункулы), расположенные в слуховом проходе, — сложность, что легко объяснимо, связана не с какими-то особыми способами лечения, а именно с локализацией — до этого самого фурункула просто тяжело добраться.

Внутренние отиты (их еще называют *лабиринтитами* — система каналов — сложный лабиринт), к счастью, явление не очень частое, но всегда очень серьезное. Внутренний отит, как правило, не первичное заболевание, а осложнение среднего отита или тяжелой общей инфекционной болезни.

***В подавляющем большинстве случаев любые выделения из слухового прохода, боль в одном или обоих ушах и (или) понижение слуха обусловлены* средним отитом.**

Именно средний отит является одним из наиболее частых заболеваний, особенно у детей. В 99% случаев, произнося фразу: «У вашего ребенка отит», врачи подразумевают средний отит. Мы, пожалуй, не станем плыть против течения и, употребляя в дальнейшем термин «отит», будем иметь в виду именно воспаление среднего уха.

Среднее ухо, как мы уже знаем, представлено барабанной полостью, внутри которой находятся звуковые косточки. *Нормальная работа среднего уха возможна лишь тогда, когда давление в барабанной полости равно атмосферному* — только при этом условии имеют место адекватные колебания косточек и барабанной перепонки. Поддержание должного уровня давления достигается благодаря наличию особого канала — *евстахиевой трубы*, соединяющей глотку и барабанную полость. Во время глотания труба открывается, среднее ухо вентилируется и давление в нем выравнивается.

Воспаление в среднем ухе не возникает ни с того ни с сего. Его первопричина — изменение давления в барабанной полости. Отчего это может произойти? Во-первых, при резких изменениях давления на барабанную перепонку — например при нырянии или при подъеме (спуске) во время авиапутешествий. Во-вторых, и эта причина наиболее частая, — при различных воспалительных заболеваниях в носу и глотке, когда нарушается проходимость евстахиевой трубы.

Короче говоря, если отбросить в сторону всякие редкие причины отитов, станет ясным следующее:

отит почти всегда вовсе не является самостоятельным заболеванием и опять-таки почти всегда представляет собой* осложнение *воспалительных заболеваний носоглотки,* **прежде всего — острых респираторных вирусных инфекций.*

Каждому взрослому человеку прекрасно известно, что при любых простудных заболеваниях носоглотки имеет место повышенное образование слизи. Многократные шмыганья носом, особенно активные шмыганья (неважно при этом, в себя или из себя) способствуют попаданию слизи в просвет евстахиевой трубы; кроме этого, вирусы и бактерии, вызывающие ОРЗ, сами по себе нередко становятся причиной воспаления ее (евстахиевой трубы) слизистой оболочки. Оба указанных фактора вместе или по отдельности вызывают достаточно длительное нарушение вентиляции барабанной полости, и давление в ней становится отрицательным. В этих условиях клетки, выстилающие барабанную полость, начинают выделять воспалительную жидкость. Уже на этом этапе возникают совершенно конкретные симптомы отита — боль в ухе (ушах), нарушение слуха. В дальнейшем (иногда через несколько часов, но чаще через 2—3 суток) бактерии попадают в барабанную полость (все через ту же евстахиеву трубу) и начинают размножаться — отит становится гнойным. Боль нарастает, повышается температура тела, давление в барабанной полости часто возрастает настолько, что происходит разрыв барабанной перепонки и через возникшее отверстие по слуховому проходу начинает выделяться гнойная жидкость.

Приведенная выше теоретическая информация позволяет легко ответить на вопрос: «***Почему дети болеют отитом значительно чаще, чем взрослые?***» Основные способствующие факторы следующие:

1 Евстахиева труба ребенка значительно уже, чем у взрослого, следовательно, нарушения ее проходимости возникают легче.

2 Дети чаще болеют вирусными и простудными заболеваниями.

3 Дети больше плачут и активно при этом шмыгают носами.

4 У детей сплошь и рядом имеют место аденоиды[1], которые способны сдавливать евстахиеву трубу.

1 Подробности про аденоиды — в следующей главе.

Основные симптомы отита мы уже назвали — нарушения слуха, боль в ухе и (реже) выделения из уха. А если до этого еще и имела место простуда, то диагноз вообще очевиден. В то же время у детей грудного возраста отит диагностировать заметно сложнее, поскольку ни на боль, ни на понижение слуха ребенок пожаловаться не может. Но забывать про возможность отита ни в коем случае нельзя, поэтому немотивированное на первый взгляд беспокойство, раздражительность, нарушения сна, плач должны подтолкнуть родителей к мыслям об отите.

На ушной раковине, кпереди от отверстия наружного слухового прохода, имеется выступ, который называется *козелок*. Надавливание на козелок вызывает, при наличии отита, значительное усиление боли, провоцируя у ребенка пронзительный плач. Проверить наличие этого симптома может каждый родитель, а положительная ответная реакция служит поводом для немедленного обращения к врачу.

Профилактика отитов сводится к тому, чтобы не дать густой слизи закупорить евстахиеву трубу — сделать это не так просто, как может показаться на первый взгляд. Важно помнить, что ***жидкие выделения из носа не опасны***; но как не дать слизи загустеть? Следует всего-навсего знать ***факторы, способствующие высыханию слизи:***

1. Дефицит жидкости в организме (следовательно, надо побольше пить).
2. Высокая температура тела (своевременное использование жаропонижающих средств, разумеется, в соответствии с рекомендациями врача).
3. Сухой и теплый воздух в помещении (теплая одежда, но температура воздуха не выше 18—20 °С, проветривание, частая влажная уборка, удаление из комнаты накопителей пыли).

Еще один важный путь профилактики — ***умеренность при сморкании*** (кому не знакома картина — мама, в ее руке платок, под платком детский нос, и все это сопровождается понуканиями типа: «А ну-ка дунь посильнее»).

Точный диагноз отита может установить только врач при осмотре барабанной перепонки (такой осмотр на медицинском языке называется отоскопия). Отоскопия дает возможность определить вид отита, ответить на вопрос, какой он — *катаральный* (есть воспалительная жидкость, но гноя еще нет) или *гнойный*, уточнить, много ли жидкости скопилось в барабанной полости. Вся эта информация существенным образом влияет как на выбор лекарственных препаратов, так и на продолжительность лечения.

Как лечат отит? Очень часто используются ***сосудосуживающие капли в нос*** (да, да, именно в нос), позволяющие уменьшить отек слизистой оболочки евстахиевой трубы — препараты эти (нафтизин, галазолин, назол и т. п.), противопоказанные при обычном вирусном насморке, становятся просто обязательными при подозрении на возникновение отита. Местно (в слуховой проход) вводят ***растворы антисептиков***. Раньше часто использовали для этой цели раствор борной кислоты, у нас и сейчас используют, хотя на остальной территории земного шара применяют более современные и более активные препараты. Иногда, при сильных болях в ухе, применяют капли, вызывающие анестезию, нередко используют противовоспалительные гормоны. Лекарственных средств для закапывания в ухо имеется сейчас превеликое множество — отинум, софрадекс, отипакс, гаразон и еще десятки препаратов.

Особую роль в лечении отита играют ***антибактериальные препараты*** (антибиотики, сульфаниламиды и т. д.). Их использование имеет ряд особенностей — лекарство должно не только действовать на бактерии, вызвавшие отит, но и хорошо проникать в барабанную полость.

Перечисленные способы терапии ни в коем случае нельзя рассматривать как руководство к действию. Следует помнить, что при правильном и своевременном лечении острый средний отит проходит довольно быстро и практически никогда не заканчивается снижением слуха. Опоздание с началом лечения, «народная самодеятельность» (начиная от прикладывания грелок и заканчивая закапываньем в ухо мочи) чреваты тяжелейшими последствиями — в лучшем случае отит становится хроническим, в худшем — возможны тяжелейшие осложнения от полной потери слуха до гнойного менингита.

Не следует очень уж расстраиваться при гноетечении из уха — на месте разрыва барабанной перепонки при правильном лечении довольно быстро образуется небольшой рубчик, который в дальнейшем почти никогда не приводит к ухудшению слуха.

Последовательность действий при первых признаках отита или при подозрении на отит — незамедлительная консультация врача-отоларинголога. Если это невозможно (до врача далеко), можно самостоятельно использовать сосудосуживающие капли в нос, например нафтизин, в ухо оптимально закапать отинум, который, помимо противовоспалительного действия, способен также растворять ушную серу. Весьма желательно, чтобы ухо было в тепле (сухое тепло — вата, полиэтиленовая пленка, косынка или шапочка), но только не надо прикладывать горячие грелки. Эти мероприятия не дадут потерять время, необходимое для того, чтобы добраться до врача.

3.30. АДЕНОИДЫ

Без носа человек — черт знает что: птица не птица, гражданин не гражданин, — просто возьми, да и вышвырни в окошко!

Н. В. Гоголь

Совсем недавно, рассказывая про ангину, мы объясняли значение таких понятий, как *лимфоидная ткань* и *миндалины*. Без понимания значения этих слов, в свою очередь, невозможно ответить на вопрос: «Что такое аденоиды?» Так что убедительно прошу вернуться на несколько страниц назад и перечитать.

Небные миндалины — не единственные лимфоидные образование глотки. Имеется еще одна миндалина, которая называется *глоточной*. Увидеть ее при осмотре полости рта невозможно, но представить, где она находится, несложно. Опять-таки, заглянув в рот, мы можем увидеть заднюю стенку глотки, поднимаясь по ней вверх, легко достигнуть свода носоглотки. Именно там расположена *глоточная миндалина*.

Глоточная миндалина, и это уже понятно, тоже состоит из лимфоидной ткани. Глоточная миндалина может увеличиваться в размерах, и это состояние носит название «гипертрофия глоточной миндалины».

Увеличение размеров глоточной миндалины называют аденоидными разращениями, или просто аденоидами. Зная основы медицинской терминологии, несложно заключить, что воспаление глоточной миндалины врачи именуют *аденоидитом*.

Болезни небных миндалин достаточно очевидны. Воспалительные процессы (ангины, острые и хронические тонзиллиты) легко обнаруживаются уже при осмотре полости рта. С глоточной миндалиной ситуация иная. Ведь посмотреть на нее непросто — это может сделать лишь врач (отоларинголог) при помощи специального зеркала: маленькое круглое зеркальце на длинной ручке вводится глубоко в полость рта, до задней стенки глотки, и в зеркале можно увидеть глоточную миндалину. Манипуляция эта проста только теоретически, поскольку «засовывание» зеркальца очень часто вызывает «нехорошие» реакции в виде позывов на рвоту и т. п.

В то же время конкретный диагноз — «аденоиды» — можно поставить и без неприятных осмотров. Симптомы, сопровождающие появление аденоидов, весьма характерны и обусловлены, прежде всего, тем местом, где расположена глоточная миндалина. Именно там, в области свода носоглотки, находятся, во-первых, отверстия (устья) слуховых труб, соединяющих носоглотку с полостью среднего уха, и, во-вторых, там заканчиваются носовые ходы.

Увеличение размеров глоточной миндалины, с учетом описанных анатомических особенностей, формирует ***два главных симптома***, свидетельствующих о наличии аденоидов, — ***нарушения носового дыхания и нарушения слуха.***

Несложно предположить, что выраженность этих симптомов будет во многом определяться степенью увеличения глоточной миндалины (отоларингологи различают аденоиды I, II, и III степени).

Главным, наиболее существенным и наиболее опасным следствием аденоидов является постоянное нарушение носового дыхания. Ощутимое препятствие для прохождения воздушной струи приводит к дыханию через рот, а следовательно, к тому, что нос не может выполнять свои функции, которые, в свою очередь, очень важны. Следствие очевидно — в дыхательные пути попадает необработанный воздух — не очищенный, не согретый и не увлажненный. А это многократно увеличивает вероятность воспалительных процессов в глотке, в гортани, в трахее, в бронхах, в легких (ангины, ларингиты, трахеиты, бронхиты, пневмонии).

Постоянно затрудненное носовое дыхание отражается и на работе самого носа — возникают застойные явления, отек слизистой оболочки носовых ходов, непроходящие насморки, нередко возникают гаймориты, изменяется голос — становится гнусавым. Нарушение проходимости слуховых труб, в свою очередь, приводит к ухудшению слуха, к частым отитам.

Дети спят с открытым ртом, храпят, жалуются на головные боли, часто болеют респираторными вирусными инфекциями.

Внешний вид ребенка с аденоидами удручающий — постоянно открытый рот, густые сопли, раздражение под носом, платочки во всех карманах... Врачи даже придумали специальный термин - «аденоидное лицо».

Итак, аденоиды — серьезная неприятность, причем неприятность главным образом детская: своего максимального размера глоточная миндалина достигает в возрасте от 4 до 7 лет. В периоде полового созревания лимфоидная ткань значительно уменьшается в размерах, но к этому времени уже можно «заработать» очень большое количество серьезных болячек — и со стороны ушей, и со стороны носа, и со стороны легких. Таким образом, выжидательная тактика — дескать, потерпим лет до 14, а там глядишь, и рассосется — однозначно неверна. Действовать необходимо, особенно с учетом того факта, что исчезновение или уменьшение аденоидов в подростковом возрасте — процесс теоретический, а на практике бывают случаи, когда и в 40 лет приходится лечить аденоиды.

Какие факторы способствуют появлению аденоидов?

- Наследственность — по крайней мере, если родители страдали аденоидами, ребенок в той или иной степени тоже с этой проблемой столкнется.

- Воспалительные заболевания носа, горла, глотки — и респираторные вирусные инфекции, и корь, и коклюш, и скарлатина, и ангины и т. д.
- Нарушения питания — особенно перекармливание и избыток сладкого.
- Склонность к аллергическим реакциям, врожденная и приобретенная недостаточность иммунитета.

- Нарушения оптимальных свойств воздуха, которым дышит ребенок — очень тепло, очень сухо, много пыли, примесь вредных веществ (экологическая обстановка, избыток бытовой химии).

Таким образом, ***действия родителей, направленные на профилактику аденоидов, сводятся к коррекции, а еще лучше, к изначальной организации образа жизни, способствующего нормальному функционированию системы иммунитета*** — кормление по аппетиту, физические нагрузки, закаливание, ограничение контактов с пылью и бытовой химией, оптимизация физических свойств вдыхаемого воздуха.

Но если аденоиды есть, лечить надо — уж слишком опасны и непредсказуемы последствия, если не вмешиваться. В то же время главное — коррекция образа жизни и только потом лечебные мероприятия.

Все **способы лечения** аденоидов делятся на консервативные (их много) и оперативный (он один). Консервативные методы часто помогают, а частота положительных эффектов прямо связана со степенью аденоидов, что, впрочем, вполне очевидно: чем меньше глоточная миндалина, тем легче получить эффект без помощи операции.

Выбор консервативных методов велик. Это и общеукрепляющие средства (витамины, иммуностимуляторы), и промывания носа специальными растворами, и закапывания самых разнообразных средств, обладающих противовоспалительными, антиаллергическими и антимикробными свойствами.

Если консервативные методы не помогают — на повестку дня встает вопрос об операции. *Операция удаления аденоидов носит название «**аденотомия**»*. Кстати, и это принципиально важно, показания к аденотомии определяются не размерами аденоидных разращений, а конкретными симптомами. В конце концов, в силу специфических анатомических особенностей конкретного ребенка, бывает и так, что аденоиды III степени лишь умеренно препятствуют носовому дыханию, а аденоиды I степени приводят к значительному снижению слуха.

Что необходимо знать по поводу аденотомии.

Суть операции — удаление увеличенной глоточной миндалины.

Операция возможна и под местной, и под общей анестезией.

Операция по продолжительности одна из самых коротких — одна-две минуты, а сам процесс «отрезания» — несколько секунд. Специальный кольцевидный нож (аденотом) вводится в область свода носоглотки, прижимается к нему и в этот момент аденоидная ткань входит в кольцо аденотома. Одно движение руки — и аденоиды удалены.

Несложность операции не является свидетельством безопасности операции. Возможны и осложнения в связи с наркозом, и кровотечения, и повреждения неба. Но все это бывает нечасто.

Аденотомия не является неотложной операцией. К ней желательно подготовиться, пройти нормальное обследование и т. д. Нежелательна операция во время эпидемий гриппа, после перенесенных острых инфекционных болезней.

Восстановительный период после операции протекает быстро, ну разве что один-два дня желательно не очень «скакать» и не есть твердого и горячего.

Обращаю внимание на тот факт, что, *вне зависимости от квалификации хирурга, удалить глоточную миндалину полностью невозможно* — хоть что-то да останется. И всегда имеется вероятность того, что аденоиды появятся (вырастут) вновь.

Повторное появление аденоидов является поводом для серьезных родительских раздумий. И вовсе не о том, что «попался» нехороший врач. А о том, что ***все врачи, вместе взятые, не помогут, если ребенка окружают пыль, сухой и теплый воздух, если дитя кормят с уговорами, если телевизор важнее прогулок, если нет физических нагрузок, если... Если маме и папе проще отвести ребенка к отоларингологу, чем расстаться с любимым ковром, организовать закаливание, занятия спортом, достаточное пребывание на свежем воздухе.***

3.31. ДИАТЕЗ

Я удивлялся тому, какими беспомощными оказываются наш разум, наш рассудок, наше сердце, когда нам нужно произвести малейшую перемену, развязать один какой-нибудь узел, который потом сама жизнь распутывает с непостижимой легкостью.

Марсель Пруст

Активное ознакомление широких народных масс с достижениями современной медицинской науки привело к тому, что многие узкоспециальные медицинские термины стали постоянно использоваться в нашей обыденной речи. Словечки типа «инфаркт», «инсульт», «шок», «резекция» у всех на слуху, но факт этот вовсе не свидетельствует о понимании смысла указанных слов. Достойное место в ряду вышеотмеченных терминов занимает такое понятие, как «*диатез*». Слово это известно каждому, кто ребенка имеет, каждому, кто посетил детскую поликлинику, и каждому, кто переступил порог дома, где находится маленький ребенок. Будущими диатезами беременных женщин пугают, имеющиеся диатезы у детей лечат, но при этом 100% мамочек понятия не имеют, что такое диатез.

Представим себе такую ситуацию: рядовой наш соотечественник захотел ознакомиться с достижениями передовой медицинской науки и полистать учебник по педиатрии. Побежал он в книжный магазин и в соответствующем отделе обнаружил две очень толстые и очень красивые книги: «Педиатрия» — учебник национальной медицинской серии США и опять-таки «Педиатрия» — руководство, написанное коллективом детской клиники Бостона (все те же США)[1]. Но, заглянув в предметный указатель, с удивлением обнаружит любопытный наш товарищ, что ни в одной из указанных книг НЕТ ВООБЩЕ ТАКОГО СЛОВА «ДИАТЕЗ»!

Как же так?! Что же это за хворь такая, известная у нас каждому, но неведомая нашим особо передовым заморским друзьям?

Констатировав такое странное положение вещей и заинтриговав удивленных читателей, попытаемся теперь разобраться с этим самым диатезом.

Итак, заметим для начала, что целый ряд болезней, с удивительной частотой встречающихся в детском возрасте (особенно в раннем детском возрасте), практически отсутствует у взрослых. Ну скажите, много ли вы видели дядь и теть с красными щеками после употребления клубники? Короче говоря, растущий организм имеет целый ряд особенностей и в процессе переваривания пищи, и в частоте инфекционных болезней, и в реакциях на различные факторы цивилизации — особенно когда речь идет о бытовой химии и лекарственных препаратах.

Упомянутых особенностей множество, но главное в другом. Конкретный уровень здоровья (частота и тяжесть болезней, развитие психики, вес, рост, поведение, аппетит и т. п.) определяется по большому счету всего лишь двумя факторами:

- **наследственностью**, т. е. той генетической базой, что досталась ребенку от его мамы и папы, и
- **влиянием факторов внешней среды**, начиная от образа жизни мамы во время беременности и заканчивая условиями, в которых живет маленький ребенок (экология конкретной местности и жилищные условия, еда и питье, прогулки и водные процедуры, сон и игры, уровень медицинской помощи и т. д.).

Совокупность присущих человеческому организму свойств — упрощенно говоря, это внешний вид + нормальное (или ненормальное) функционирование внутренних органов + уровень психики + частота и виды болезней — обозначается в медицине таким термином, как ***конституция организма.***

1 Педиатрия: пер. с англ. доп.//гл. ред. Н. Н. Володин, науч. ред. В. П. Булатов, М. Р. Рокицкий, Э. Г. Улумбеков. — М.: ГЭОТАР, 1996. — 834 с., ил.
Педиатрия. Под ред. Дж. Грефа. Пер. с англ. — М.: Практика, 1997. — 912 с., ил.

Каждому из нас вообще и каждому нашему ребенку в частности присущ некий вариант конституции, коих описано немало (астеническая, нормостеническая, невропатическая, шизоидная, гиперстеническая и т. д.). Ориентировочно представив себе, что такое конституция, мы имеем теперь возможность добраться и до диатеза, процитировав его определение по энциклопедическому словарю медицинских терминов:

ДИАТЕЗ (*diathesis; греч.* — склонность к чему-либо, предрасположение) — **аномалия конституции, характеризующаяся предрасположенностью к некоторым болезням или неадекватным реакциям на обычные раздражители.**

Приведенное определение показывает, что

ДИАТЕЗ не является ни болезнью, ни диагнозом,* а употребляя это слово, мы лишь констатируем склонность ребенка к некоторым болезням.** *Нельзя лечить* ***диатез, *нельзя его вылечить,* **— склонности и предрасположения не лечатся! Но** *можно установить конкретный диагноз и вылечить* ***конкретное заболевание.***

Учение о диатезах — достижение нашей, отечественной, медицинской науки. Заморские врачеватели не посчитали его (учение) существенным, и отсутствие слова «диатез» в американских учебниках в этой связи вовсе не удивительно.

Как склонности и предрасположения бывают разными, так и диатезы бывают разными. Описано их около десятка, но главными являются три:

- диатез *экссудативно-катаральный*, или аллергический — предрасположенность к аллергическим и воспалительным заболеваниям;
- диатез *лимфатико-гипопластический* — склонность к инфекционным и аллергическим болезням, снижение функции вилочковой железы, патология лимфоузлов;
- диатез *нервно-артритический* — предрасположенность к ожирению, сахарному диабету, атеросклерозу, гипертонии, воспалениям суставов, повышенной нервной возбудимости.

Итак, диатез — это некая аномалия конституции и, как мы уже заметили, будет ребенок иметь склонность к конкретным болезням или нет, зависит вовсе не от ребенка, а от его окружения — от мамы и папы (от генетики) и от его образа жизни.

Кормящая грудью мама наелась апельсинов и поутру обнаружила на теле ребенка — на щечках, на туловище, на ручках — элементы бледно-розовой сыпи. С точки зрения медицинской науки это называется пищевая аллергия, проявляющаяся аллергическим дерматитом (воспалением кожи аллергической природы).

В описанной ситуации можно действовать двумя путями.

1 Путь первый — весьма, к сожалению, традиционный для нашей страны. Констатировать, что у ребенка имеет место экссудативно-катаральный (аллергический) диатез. Ну что тут поделать! Аномалия конституции, бедняжка, это все наследственность — у папы тоже после апельсинов была сыпь. Закончив всхлипывания, можно продолжать есть апельсины.

2 Путь второй — поменьше разговаривать про склонности и плохую наследственность, установить конкретный диагноз аллергического дерматита и перестать есть апельсины.

В принципе, при возникновении любой детской болезни родителей всегда волнует ответ на вопрос — почему (из-за чего) это произошло. И абсолютно любой родитель, как, впрочем, любая бабушка и любой дедушка больше всего на свете боится признать, что в болезни ребенка есть его вина.

С этой точки зрения само понятие «диатез» в частности, как и учение о диатезах в целом, удивительно соответствуют нашему менталитету и нашим привычкам винить в собственных и детских несчастьях кого угодно, только не самих себя — виноваты будут наследственность, конституция, диатез, сглаз, порча и т. д. Но отсутствие элементарных знаний о том, как вести себя во время беременности, как устроить быт новорожденного, как кормить, поить, купать, гулять, одевать, закаливать — все это остается незамеченным. Да плюс ко всему — неуемная страсть лечить и лечиться.

Ребенка не закаляют, постоянный перегрев, с месячного возраста кормят бананами, стирают пеленки порошками с биосистемами, покупают игрушки подешевле из вонючей пластмассы, лечат любой чих антибиотиками... Ребенок не вылезает из простуд, постоянно какие-нибудь прыщи и пятна на коже, за год три бронхита, то понос, то запор... Ах, ох — это все диатез, как нашему, бедненькому, не повезло...

Еще раз подчеркиваю — диатез не болезнь, а склонность к болезням. Если врач сказал, что у вашего ребенка диатез — уточните, пожалуйста, как называется болезнь, именно болезнь, склонность к которой и называется диатезом (простите за многократные повторения). Любая болезнь имеет свои причины и свои способы лечения. Найдите вместе с врачом причины. Тогда и вылечиться можно.

* * *

Итак, будем считать, что с умным словом «диатез» мы успешно разобрались. Осталась малость — разобраться с заболеваниями, про склонность к которым мы уже написали.

Наиболее частой болезнью является ***аллергический дерматит***, что, еще раз напомню, переводится с медицинского как «воспаление кожи аллергического характера».

Симптомы аллергического дерматита разнообразны — участки покраснения кожи, сыпь в виде красных точек, пятен и пятнышек, нередко зуд, шелушение и сухость кожи, трещинки, язвы и язвочки.

Аллергический дерматит у детей, особенно у детей первого года жизни, явление настолько частое, что ***само понятие «диатез» рассматривается, прежде всего, в качестве синонима всех многочисленных изменений на коже***. Вдумайтесь в смысл следующих фраз: «красные от диатеза щеки», «из-за диатеза всю ночь не спал — плакал и чесался», «я уже вообще ничего не ем, а у него все равно диатез».

Описанные симптомы соответствуют представлениям о экссудативно-катаральном, или аллергическом, диатезе, который, вне всякого сомнения, встречается наиболее часто.

Принципиальная ***особенность именно этого варианта диатеза состоит в том, что при склонности к аллергическим болезням реально помочь ребенку могут именно родители (родственники), а не медицинские работники.***

Все, что мы видим на коже, — не болезнь кожи! Это проявление того, что внутри. *Очень и очень условно* ситуация выглядит следующим образом. Некие, попадающие в организм вещества не усваиваются: не могут быть переварены в кишечнике, или не могут быть нейтрализованы печенью, или не могут быть выведены почками и легкими. Эти вещества, в результате определенных превращений, приобретают свойства антигенов и вызывают выработку антител. Комплексы антиген-антитело провоцируют появление сыпи. Еще один вариант. Беременная женщина контактировала (ела, мазалась, дышала) с некими «вредностями». Употребляла шоколад, например. Белок какао вызвал появление антител у плода. Ребенок ест шоколад, антитела реагируют, появляется сыпь.

Любая аллергическая сыпь — это ***следствие***. ***Причина*** — контакт организма с определенными веществами, которые именно для этого организма являются источниками аллергии — **аллергенами**.

Врач может уменьшить *проявления* аллергии и облегчить неприятные симптомы — т. е. может оказать влияние на *следствие*! Но не допустить *проникновения в организм аллергена*, т. е. воздействовать именно на *причину* болезни, могут только родственники ребенка.

Аллерген имеет возможность попасть в организм ребенка тремя естественными путями:

- Во время еды и питья — ***пищевая аллергия***.
- При непосредственном воздействии на кожу — ***контактная аллергия***.
- В процессе дыхания — дыхательная, или ***респираторная аллергия***.

Если причина аллергии очевидна — накормили апельсинами (пищевой путь), постирали вещи порошком (контактный путь), попользовались освежителем воздуха (респираторный путь), — то и действия родителей вполне очевидны. Тут и думать особенно не надо: не кормить апельсинами, не использовать порошок и освежитель, глядишь, аллергия и пройдет.

Совсем другое дело, когда конкретного ответа, конкретного виновного выявить не удается. Что делать в таком случае, с чего начать?

Прежде всего убедиться, желательно с помощью врача, в том, что мы имеем дело *именно с аллергическим заболеванием*. Затем приступить к конкретным действиям, но помнить: ***поскольку имеются три естественных пути проникновения аллергенов, то и усилия желательно предпринимать во всех трех направлениях***.

1 **Пищевой путь**

Перечитать главу «Кормление» в 1-й части нашей книги.

Не торопиться с прикормом.

Свести до минимума число экспериментов.

Не *уменьшать* количество, а *полностью исключить* продукты, являющиеся высоковероятным источником аллергии (любые цитрусовые, как, впрочем, и любые другие экзотические овощи-фрукты, клубнику, шоколад).

Быть проще! Поменьше думать о соседях и подругах, которые вас осудят за якобы экономию на ребенке. Помнить, что любое очень красивое и очень большое яблоко требует, в свою очередь, очень большого количества удобрений и средств защиты от насекомых-вредителей.

Приобретая любой продукт, задумываться над элементарными вопросами — кто и когда его делал (выращивал), где он хранился, каковы сроки годности и т. п.

При усилении проявлений аллергии вспоминать: что было (что ели) накануне — в течение суток. Записывать, думать, анализировать. Помнить: вы сами детективы. Давали яблоко? Еще не факт, что дерматит из-за него. А где вы яблоко купили? А какое оно, яблоко, — красное, зеленое, в крапинку, сладкое, кислое, сочное, мягкое, твердое?

Но только ли в варианте еды дело?

Любой практикующий педиатр вам подтвердит:

1. аллергический дерматит крайне редко возникает у худых и голодающих детей;
2. если ребенок, страдающий аллергическим дерматитом, заболевает кишечной инфекцией, то на фоне голода и поноса симптомы аллергического дерматита заметно уменьшаются.

Отсюда важный вывод: ограничение нагрузки на кишечник облегчает состояние дитя. В чем же здесь суть: *очень часто речь идет о том, что ребенок съедает еды больше, чем может переварить* (то самое насильственное кормление, любая еда без аппетита — «за маму», «за папу» и т. д.).

Применительно же к детям первого года жизни следует помнить об очень серьезной, если не главной проблеме как искусственного вскармливания в целом, так и любого кормления из бутылочки в частности. Суть проблемы в следующем. Между наполнением желудка и потерей чувства голода (аппетита) проходит определенное время — обычно минут 10—15. Если ребенок кормится грудью, он за 5—10 минут съедает около 90% нужного ему количества еды, а потом продолжает сосать, пока не придет чувство насыщения, т. е. не отреагирует центр голода в головном мозге. При кормлении из бутылочки ребенок наполняет желудок значительно быстрее, а чувство насыщения запаздывает, вот он и продолжает сосать. Т. е. нормальный здоровый ребенок, которого кормят смесью из бутылочки, почти *всегда* переедает.

Съеденная пища обрабатывается ферментами, а количество этих ферментов часто не соответствует объему пищи. В результате часть пищи не расщепляется полностью, условно говоря, задерживается в кишечнике, гниет, продукты распада всасываются в кровь. Эти всосавшиеся вещества частично нейтрализуются печенью, и чем здоровее печень, тем меньше проблем.

Печень у ребенка — один из самых незрелых органов, но ее активность очень индивидуальна. Именно поэтому:

1. аллергический дерматит есть не у всех;
2. взрослая печень может нейтрализовать почти все, поэтому у взрослых нет таких проблем;
3. дерматит большинство детей «перерастает», что обусловлено «дозреванием» печени.

Неудивительно, что в описанной ситуации изменение вида смеси ничего принципиально не меняет. Ведь если у ребенка имеется аллергия на белок коровьего молока, то что должно произойти, после исключения этого белка из рациона? Разумеется, немедленное выздоровление. А если этого не происходит, несмотря на то что дитя кормится соевой смесью или смесью на основе козьего молока? По логике, коровий белок здесь ни при чем. Может быть, попробовать не со смесями экспериментировать, а просто кормить поменьше?

2 Контактный путь

- Очень серьезная опасность — хлор в воде и моющих средствах; устранить любой ценой. Фильтр на воду или кипятить, или нагревать до 80—90 °С в бойлере и такой температуры наливать в ванну, после чего ждать, пока остынет.
- Только специальные детские порошки или детское мыло. Важно: после стирки последнее полоскание осуществлять в воде, в которой нет хлора, — или в фильтрованной, или в кипяченой. Самое простое — после стирки и полоскания на несколько секунд опустить в кипящую (очень горячую) воду — хлор мгновенно испарится.
- Все, с чем контактирует кожа ребенка, должно быть обработано именно таким образом: одежда взрослых, в которой его носят

на руках, простыни, наволочки, одежда, пеленки. Если хоть несколько секунд лежит в кровати у родителей — так и родительские простыни-одеяла также должны стираться. Если пришла в гости бабушка — выдать оной халат, детским порошком постиранный.

- Желательно, чтоб вся детская одежда, непосредственно контактирующая с кожей, была белого цвета (без красителей) и натуральная — 100% лен или хлопок.
- Как одевать на прогулку: рубашонка с длинными рукавами, соответствующая указанным выше требованиям, рукава выступают за курточку (шубу, пальто, свитерок) и загибаются, чтоб кроме этой рубашки никакая химия, краска, синтетика, шерсть и т. д. к коже не прикасалась. Аналогично — шапочка.
- При купании использовать мыло и шампунь (разумеется, детские) не чаще одного, максимум двух раз в неделю — любые мыла-шампуни нейтрализуют защитную жировую пленку, которой покрыта кожа.
- Устранить любые игрушки и предметы ухода, происхождение и качество которых «тайна великая есть».

3 Респираторный путь

Домашняя пыль. Аэрозоли. Средства от насекомых. Сухой корм для аквариумных рыбок. Все, что активно пахнет (не важно, хорошо или плохо). Домашние животные (к сожалению).

Типичная ситуация. В результате длительных раздумий вы пришли к выводу, что проявления аллергии у ребенка обусловлены общением с собакой (котом, хомяком). Вы отправляете животное к ближайшим родственникам, но проходит месяц, а изменений в лучшую сторону не происходит. Вы понимаете, что ошиблись, и возвращаете зверя в лоно семьи. Неправильно! Снижение уровня аллергенов животного происхождения в жилых помещениях начинается примерно через месяц, а значительно уменьшается не раньше, чем через 3—4 месяца (чаще всего — около полугода).

Еще несколько рекомендаций, отвлеченно от путей проникновения аллергенов.

Проявления аллергии теснейшим образом связаны с перегревом — чем больше ребенок потеет, тем ярче симптомы дерматита. При нехватке жидкости уменьшается выведение аллергенов с мочой.

Как уменьшить потливость?

1 Поддерживать в комнате оптимальный температурный режим — не выше 20 °С , идеально 18 °С. Закрыть батареи пенопластом, поставить регуляторы, не включать по возможности обогреватели.

2 Добиться того, чтобы влажность была не ниже 50%[1]: купить гигрометр, убрать накопители пыли, часто мыть пол, завести аквариум, поставить таз с водой, часто проветривать, максимально возможное время гулять.

3 Минимально возможное количество одежды.

Запоры у ребенка с аллергическим дерматитом не только усиливают проявления болезни, но и нередко являются ее основной причиной (аллергены не успевают вовремя покидать кишечник, всасываются в кровь и вызывают аллергию). Следить за частотой стула, если проблема существует — не запускать, а решать, желательно с помощью врача.

Легкие — важнейший фильтр человеческого организма, удаляющий множество самых разнообразных «гадостей» и аллергены в том числе. Поддерживать нормальную работу легких: чистый прохладный влажный воздух и побольше гулять.

Использование любых лекарственных препаратов у ребенка со склонностью к аллергии требует особой осторожности. Врач это, разумеется, знает. Но если вы по собственной инициативе используете, к примеру, парацетамол при повышении температуры тела, помните: фармакологические средства в форме сиропов содержат разнообразные добавки (красители, ароматизаторы), способные вызвать или усилить аллергию. Свечи в этом аспекте безопаснее.

И последнее. Не драматизируйте ситуацию.

Все, что вы будете делать, — это не на всю жизнь. Аллергический дерматит, как правило, явление временное. По мере роста ребенка совершенствуются функции печени и кишечника, иммунная система. Главное — естественный образ жизни, стимуляция иммунитета, «не залечить». Детский организм при умеренной помощи почти всегда способен восстановить саморегуляцию. Важно, тем не менее, чтобы вышеупомянутая «умеренная помощь» проявлялась организацией должного образа жизни, а не постоянным лечением наимоднейшими противоаллергическими средствами и походами к «бабкам» и целителям.

1 Самый простой и самый эффективный (но самый дорогой, к сожалению) способ решения проблемы — бытовой увлажнитель воздуха.

3.32. ЗАПОР

Жизнь может дать только одно облегчение — кишечника.
Дж. Оруэлл

Начнем с определения, взятого из «Энциклопедического словаря медицинских терминов». Итак, «**ЗАПОР** — *замедленное, затрудненное или систематически недостаточное опорожнение кишечника*». Определившись, попытаемся разобраться по существу проблемы, которая для тысяч людей всех возрастов является весьма актуальной.

Отношение к запорам — их опасность для здоровья и интенсивность способов терапии — во многом определяется возрастом человека. Принципиально важен тот факт, что серьезные причины — врожденные нарушения строения кишечника или обмена веществ — выявляются, как правило, в раннем детском возрасте. Если человеку больше трех лет и он по крайней мере внешне выглядит здоровым — не дистрофик, нет тяжелого ожирения, соответствует возрасту умственное развитие, — вероятность того, что причина запора связана с какими-либо врожденными аномалиями, крайне невелика.

Главный вывод из предыдущего абзаца состоит в том, что к запорам в раннем детском возрасте следует относиться значительно серьезнее, чем на протяжении остальной человеческой жизни, поскольку именно на этом временном отрезке следует убедиться в отсутствии серьезных причин для беспокойства.

По большому счету, у детей первого года жизни только одно заболевание является серьезной и опасной причиной запоров — это болезнь Гиршспрунга[1]. Суть болезни — не развиты нервные клетки на одном из участков кишечника. Причина — нарушение развития эмбриональной ткани, а почему это происходит, никто достоверно не знает. Понятно, что если на определенном участке кишечника неправильно функционируют нервные клетки, то и сам этот участок функционирует неправильно. При болезни Гиршспрунга «неправильность» проявляется в том, что пораженный участок кишки находится в постоянном состоянии сокращения — над ним скапливаются каловые массы и, что вполне естественно, имеет место запор. Лечение болезни Гиршспрунга — только оперативное. Смысл операции — удаление неработающего участка кишки, а сложность вмешательства очевидна, особенно с учетом того, что оперировать приходится детей первого года жизни. Но без операции ребенок обречен.

1 H. Hirschsprung, 1830—1916, датский врач, описавший это заболевание.

К счастью, болезнь Гиршспрунга встречается не так уж часто (один случай на 2—5 тысяч новорожденных). Поэтому ***99% детских запоров и практически 100% запоров у взрослых не представляют опасности для жизни, хотя и могут реально омрачать эту самую жизнь.***

Всегда следует помнить, что посредством индивидуальной трудовой деятельности, т. е. без помощи врача, установить причину запоров довольно трудно. В конце концов, запор сплошь и рядом является не самостоятельной болезнью, а лишь симптомом другого заболевания — язвенной болезни, геморроя, панкреатита, холецистита, нарушения функции щитовидной железы и т. д. В то же время, и это бывает довольно часто, самое углубленное обследование не позволяет выявить причину запора. Кстати, эта самая *причина гораздо чаще не обнаруживается, чем обнаруживается.* Но предпринимая лечебные попытки устранить запор — будь то специальная диета, клизмы или слабительные средства, — всегда стоит быть уверенным в том, что нет ничего более серьезного. Отсюда вполне логичный вывод: обращение к врачу-специалисту (гастроэнтерологу) всегда окажется не лишним.

Совершенно очевидно, что если обследование выявило конкретную болезнь, то и главные лечебные усилия должны быть направлены не на спасение от запора, а на лечение конкретной болезни. А вот ежели ничего не выявили, то тут вам вполне может пригодиться настоящая глава — уж если решили заниматься самолечением, то постарайтесь, по крайней мере, не делать глупостей и знать, как говаривал великий пролетарский поэт, «что такое хорошо и что такое плохо».

- Запор — это плохо. Не беда, не трагедия. Неприятность. Себе или своему ребенку вполне можно помочь. Но как?
- Существует два важнейших условия нормального функционирования кишечника. Обеспечение организма, во-первых, достаточным количеством жидкости и, во-вторых, достаточным уровнем калия. Если человек теряет много жидкости и солей, нарушается работа кишечных соков. Возможно это, например, при потливости, при высокой температуре тела в связи с какой-либо инфекционной болезнью или в связи с сухостью и высокой температурой окружающего воздуха. Калий для кишечника — как бензин для автомобиля. При нехватке калия сокращения кишечника (так называемая перистальтика) резко ослабевают и это вполне может быть причиной запора. Больше всего калия в изюме, кураге, черносливе, инжире.
- ***Принципы диетотерапии*** заключаются в следующем. Нежелательны продукты, богатые белком — шоколад, творог, орехи. Желательны — йогурты, однодневный кефир и простокваша. Черный хлеб лучше, чем белый. Яблочный сок лучше, чем целое яблоко. Вообще при запоре вегетарианство — очень хорошо. Кстати, употребление на ночь одного стакана простокваши + 20 штук запаренного чернослива позволяет избавиться от запора в 25% случаев без всяких других лекарств. В любом случае помните: ***не бывает при запорах категорически можно и категорически нельзя. Всегда желательно решать проблему, но не портить при этом себе или своему ребенку жизнь вечными диетами***. Поэтому если очень хочется, то можно.
- Идеальным (самым, пожалуй, безопасным) средством лечения запоров у детей первого года жизни и реальной помощи в любом возрасте является *лактулоза* (коммерческие названия — «дюфалак», «нормазе», «лизалак», «порталак»)[1].

1 Лактулоза выпускается в виде сиропов, например «дюфалак-сироп». Дается 1 раз в день. Следует знать, что в первые 2—3 дня лечения может увеличиваться количество газов, поэтому желательно:

— во-первых, использовать безопасные препараты, нейтрализующие газы в кишечнике на основе симетикона («эспумизан», «дисфлатил», «саб-симплекс»);

— во вторых, не давать ребенку сразу ту дозу, что рекомендована в инструкции, например, 5 мл для детей до года, а начать с 1 мл и постепенно увеличивать на 1 мл каждые 2—3 дня. Получив результат — не прекращать прием, поддерживать эффективную дозу 2—3 недели, а затем медленно уменьшать.

Лекарство можно без всякого вреда использовать несколько месяцев.

- Не следует забывать о том, что лечение запора, как, впрочем, и лечение любого заболевания, должно быть комплексным. Этому не учат в популярных книгах, этому учат в мединституте. Арсенал средств, которые может назначить при запоре врач, далеко выходит за рамки только приема слабительных — это и препараты, уменьшающие тонус кишечника, и ферментные средства, и многое другое.
- Нередко причиной запора является геморрой и трещины в области ануса, когда готов ходить в туалет хоть три раза на день, но так страшно, что терпишь до последнего. В этой ситуации, помимо специфического лечения, очень хороший эффект оказывают свечи с глицерином и свечи с облепиховым маслом. Кстати, *свечи с глицерином* — один из наиболее доступных и безопасных способов борьбы с запором у детей первого года жизни. По крайне мере, до того, как ставить ребенку клизму, следует использовать эти свечи.
- Помимо проблем с самим процессом, нередко возникают проблемы с местом, где этот процесс происходит. Сам туалет — его месторасположение, температура, наличие очереди, санитарные условия, запахи и многое другое — вполне может стать причиной запора, но не на уровне кишечника, а на уровне головы. Разумеется, мы не всегда имеем под рукой, точнее под ягодицами, теплый унитаз в изолированной квартире, но мы, по крайней мере, просто обязаны учитывать этот факт до того, как мчаться в аптеку за касторкой.

Суть настоящей главы состоит в следующем.

Запор — весьма распространенное патологическое состояние, обусловленное, чаще всего, не серьезными расстройствами в организме, а элементарным непониманием того, что не ходить в туалет по три дня — это неправильно и что за частотой стула надобно следить. Запор — болезнь цивилизации, его компоненты — стрессы, отсутствие в рационе грубой пищи, кипяченая вода, непривлекательного вида туалеты. Но, в отличие от многих других болезней, запор в подавляющем большинстве случаев неплохо поддается лечению, а средства, используемые для этого, вполне безопасны. Так может, попробовать?

3.33. АНТИБИОТИКИ

Любое лекарственное средство, но особенно химиопрепарат (антибиотик), если не показан, то противопоказан.

В. Г. Бочоришвили [1]

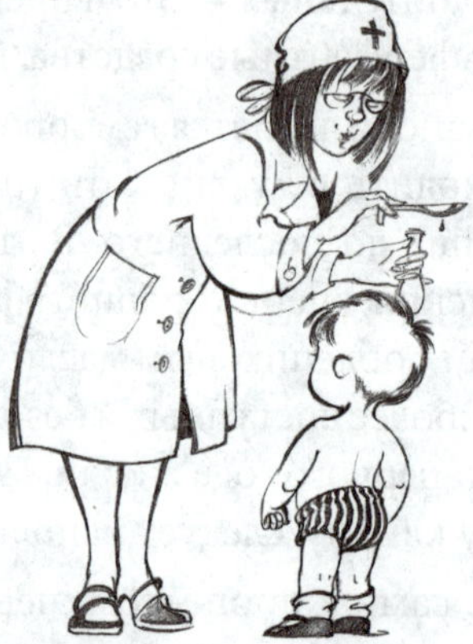

Сам термин «антибиотик» в дословном переводе выглядит весьма зловеще: «анти» — против, «био» — жизнь. Противник жизни, короче говоря. Но, к счастью, речь идет не о жизни вообще, а о жизни микроорганизмов в частности.

В 1928 г. был открыт пенициллин. Обратите внимание, не придуман, не изобретен, а именно *открыт*. Ведь все дело в том, что антибиотики существовали и существуют в живой природе столько времени, сколько существует сама природа. Определенные микроорганизмы способны вырабатывать вещества, защищающие их от повреждающего действия других микроорганизмов. Вот эти вещества и являются по своей сути антибиотиками.

Его лаборатория была маленькой и темной. Он никогда не закрывал в нее дверь — типичный проходной двор. Его звали Александр Флеминг. Потом он стал нобелевским лауреатом и сэром Александром Флемингом.

Именно склонность Флеминга к «рабочему беспорядку» привела к открытию, которое вскоре потрясло мир.

1 По достоинству оценить значение этой цитаты вы наверняка сможете лишь после знакомства с содержанием главы. Что же касается ее автора, то профессор В. Г. Бочоришвили — настоящий профессионал и специалист в области лечения антибиотиками, в недалеком прошлом директор клиники, которая занималась лечением сепсиса (заражения крови).

Флеминг был бактериологом. Как изучают бактерий? Берут некую среду, в которой предполагается наличие бактерий (этой средой может быть что угодно — почва, вода, еда, кровь и т. д.), и помещают на особую плоскую чашку с питательными веществами, где предполагаемые бактерии должны размножаться. Бактерии растут и на чашке образуются хорошо видные точки разных размеров — колонии микробов. Колонии наносят на особые стеклышки, красят особыми красителями, затем изучают под микроскопом.

Множество чашек, свое отслуживших, скапливается в лаборатории. Одна из них оказалась зараженной плесенью. Флеминг «всего-навсего» обратил внимание на то, что колонии бактерий (это были стафилококки) вокруг плесени растворились — т. е. бактерии погибли. Вывод ученого о том, что плесень вырабатывает некое вещество, способное уничтожать микробы, и привел к открытию пенициллина.

В случае с открытием пенициллина таким «производителем» антибиотика оказался особый вид плесени. Осталось «совсем немного» — позаимствовать у плесени лишь ей присущее оружие, придумать, как это оружие создавать в количествах, адекватных потребностям человечества, и научиться этим оружием пользоваться.

С 1943 г. началось промышленное производство пенициллина. И с этого времени антибиотики стали обязательным компонентом современной медицины.

Ведь как, на первый взгляд, просто и логично выглядит использование этих средств. Есть некий микроб, вызывающий болезнь. Есть лекарство, способное уничтожить микроб, вызывающий болезнь. Назначаем лекарство, уничтожаем микроб, исчезает болезнь. Очень все просто и здорово получается.

Но чем больше назначаем и чем больше уничтожаем, тем большее количество проблем появляется... Ибо антибиотики — оружие очень серьезное. А пользоваться серьезным оружием надобно умеючи.

Отсюда, казалось бы, вполне закономерный и вполне логичный вывод — применять антибиотики может только специалист, должным образом этому делу обученный, короче говоря, врач. На практике, тем не менее, это происходит не всегда так.

Принципиальная возможность бороться с инфекциями людям так понравилась, что человека, ни разу не пытавшегося какого-нибудь микроба «задавить» в себе самостоятельно, встретить почти невозможно. Любой антибиотик в любой аптеке вам продадут без всякого рецепта. В последнее время, правда, число любителей лечиться самостоятельно медленно уменьшается в связи с общим снижением платежеспособности населения, но на детей денег не жалеют, а на врачей обижаются, если те ничего серьезного не назначают.

Автор вовсе не ставит своей целью научить читателей пользоваться антибиотиками! Задача видится в том, чтобы:

- еще раз подчеркнуть сложность и небезопасность антибиотикотерапии;
- обратить внимание на очевидное: и сам факт назначения, и доза, и сроки использования, и непосредственный выбор антибиотика требуют высочайшего профессионализма — определенных и немалых знаний, опыта, интуиции, здравого смысла;
- объяснить значение некоторых особо мудрых медицинских слов, непременно сопровождающих процесс лечения антибиотиками;
- перечислить и настоять на обязательном выполнении правил применения антибиотиков. Правил, актуальных именно для того, кто антибиотиками лечится (знание этих правил тем, кто антибиотиками лечит, подразумевается).

Антибиотики — вовсе не единственное средство, способное уничтожать в организме болезнетворные микроорганизмы.

Принципиальная возможность использования любых антимикробных препаратов основана на том, что в определенной бактериальной клетке есть определенные структуры, которые не имеют аналогов в организме человека. Проще говоря, необходимо найти в микроорганизме нечто такое (белок, фермент), без чего он существовать не может, но это «нечто» должно быть свойственно именно микробу — т. е. в человеке таких ферментов или таких белков быть не должно.

Пример: клеточная оболочка некоторых бактерий по своей анатомии не имеет ничего общего с любыми клетками любого млекопитающего. Естественно, что вполне возможно (хотя совсем непросто) создание вещества, разрушающего оболочку бактерии, но не повреждающего при этом клетки человеческого организма. Кстати, именно так, разрушая оболочку бактерии, действуют знаменитые пенициллин, ампициллин, цефалексин.

Еще пример: почти у всех бактерий имеется фермент, который носит сложное название «ДНК-гираза». Без него бактерии теряют способность размножаться и быстро погибают. Созданы препараты, разрушающие ДНК-гиразу и, разумеется, обладающие выраженным антибактериальным действием на очень многие бактерии — норфлоксацин, офлоксацин и т. п.

Но перечисленные препараты, не являются антибиотиками!

Такое положение вещей не слишком понятно и требует объяснения.

Еще раз подчеркиваю: *антибиотики — это вещества, которые одни микроорганизмы вырабатывают для уничтожения других микроорганизмов.*

Некоторые грибы (пеницилиум, цефалоспориум и т. д.) производят антибиотики — например, пенициллин, цефалоспорин. Некоторые бактерии (актиномицеты) производят антибиотики — например, тетрациклин, стрептомицин.

Любой естественный антибиотик ученые пытаются модернизировать (изменить, улучшить, сделать более активным против микробов и менее опасным для человека). Так, путем изменения структуры пенициллина получены его синтетические производные — оксациллин, ампициллин; путем изменения тетрациклина — доксициклин, метациклин, и т. д. Таким образом, антибиотики бывают *естественными и синтетическими.*

В то же время антимикробное средство может не иметь ничего общего с живой природой — оно может быть продуктом исключительно человеческого разума, т. е. быть веществом, которое человек придумал сам. О многих таких препаратах вы, конечно же, слышали. Это знаменитые сульфаниламиды (стрептоцид, этазол, бисептол), нитрофураны (фуразолидон, фурагин), фторхинолоны (уже названные нами норфлоксацин, офлоксацин и т. п.).

Смысл вышеизложенного: *антибактериальные средства и антибиотики — это не одно и то же.*

Есть в медицине такой термин — «химиотерапия». *Химиотерапия — это лечение инфекционных заболеваний лекарственными препаратами.* И все перечисленные нами лекарственные препараты — и сульфаниламиды, и антибиотики, и фторхинолоны, и нитрофураны — представляют собой химиотерапевтические средства, или, что более понятно, антимикробные средства.

Приведенная информация имеет больше теоретическое, чем практическое значение, поскольку *принципы и правила применения любых антимикробных средств одинаковы.* Все, что мы расскажем про антибиотики, в равной мере будет распространяться и на почитателей бисептола и на поклонников фуразолидона, и на всех остальных любителей побороться с микробами.

Антибиотики бывают разными, и это вполне очевидно. Но, применяя в каждом конкретном случае совершенно определенный антибиотик, *врачи* (еще раз повторяю, именно врачи) исходят из совершенно определенных свойств конкретного препарата. Что же это за свойства?

СПЕКТР ДЕЙСТВИЯ АНТИБИОТИКА

Каждый антибиотик действует на строго определенные микроорганизмы. Так, например, пенициллин активно действует на так называемые кокки — стрептококк, менингококк, гонококк, пневмококк, но не действует на кишечную палочку, дизентерийную палочку, сальмонеллу. Антибиотик полимиксин, наоборот, действует на палочки, но не действует на кокки. Левомицетин и ампициллин действуют и на первых, и на вторых. Т. е. спектр действия левомицетина шире, чем спектр действия пенициллина. Отсюда очевидные понятия «***антибиотик широкого спектра действия***» и «***антибиотик узкого спектра действия***».

Хорошо это или плохо — антибиотик широкого спектра действия? С одной стороны, очень хорошо, поскольку *если возбудитель болезни не известен* (ну просто не ясно, кто вызывал конкретный менингит, или конкретное воспаление легких), использование антибиотика широкого спектра с большей вероятностью окажется эффективным. С другой стороны, такой антибиотик будет уничтожать не только возбудителя болезни, но и «мирных» кишечных микробов, что проявится в виде дисбактериоза. Отсюда очевидный вывод — антибиотики узкого спектра (пенициллин, оксациллин, эритромицин), более предпочтительны, чем антибиотики широкого спектра (ампициллин, гентамицин, тетрациклин, левомицетин). Но лечить именно препаратами узкого спектра врачу сложнее — легче не угадать, не попасть, не помочь и оказаться, в конце концов, виноватым.

МЕХАНИЗМ ДЕЙСТВИЯ АНТИБИОТИКА

Одни антибиотики полностью подавляют рост бактерий, т. е. разрушают их *необратимо*. Такие антибиотики называются ***бактерицидными***, они действуют на очень важные клеточные структуры, уничтожая микробов быстро и в огромных количествах. Пенициллин разрушает оболочку бактерии, и шансов на существование у последней не остается. Понятно, что пенициллин — бактерицидный антибиотик, как, впрочем, и ампициллин, цефалексин, гентамицин.

Некоторые антибиотики действуют совершенно иначе — они препятствуют размножению бактерий. Колония микроорганизмов не увеличивается, бактерии, с одной стороны, погибают сами по себе («от старости»), с другой — активно уничтожаются клетками иммунитета (лейкоцитами) и человек быстро выздоравливает. Такие антибиотики — они называются ***бактериостатическими*** — как бы помогают организму самому побороть инфекцию. Примеры — эритромицин, тетрациклин, левомицетин.

Если рано прекратить прием бактериостатического антибиотика — болезнь обязательно вернется. Эффект от бактерицидного препарата наступит быстрее.

РАСПРЕДЕЛЕНИЕ АНТИБИОТИКА В ОРГАНИЗМЕ

Каким бы путем ни попал антибиотик в организм, он, в конце концов, оказывается в крови и разносится по всему телу. При этом в определенном органе определенный антибиотик накапливается в совершенно определенном количестве.

Отит можно лечить и пенициллином и ампициллином, но ампициллин в полости среднего уха накапливается лучше, следовательно, будет более эффективным. Антибиотик линкомицин хорошо проникает в кости и его используют для лечения остеомиелита (гнойного воспаления костей). Проглоченный антибиотик полимиксин вообще не всасывается в кровь и действует только в кишечнике — удобно для лечения кишечных инфекций.

Распределение в организме некоторых современных препаратов вообще уникально. Так, например, антибиотик азитромицин особым образом прикрепляется к фагоцитам — иммунным клеткам, которые поглощают и переваривают бактерии. При возникновении в организме очага воспаления фагоциты двигаются именно туда и накапливаются в огромном количестве в воспалительном очаге. Азитромицин движется вместе с фагоцитами — т. е. при наличии пневмонии максимальное количество антибиотика будет именно в легких, а при пиелонефрите — именно в почках.

ПУТИ ВВЕДЕНИЯ АНТИБИОТИКА В ОРГАНИЗМ

«Направить» антибиотик в места скопления микробов можно поразному. Можно намазать мазью с антибиотиком гнойник на коже. Можно проглотить (таблетки, капли, капсулы, сиропы). Можно уколоть — в мышцу, в вену, в спинномозговой канал.

Путь введения антибиотика не имеет принципиального значения — важно лишь, чтобы антибиотик вовремя оказался в нужном месте и в нужном количестве. Это, так сказать, стратегическая цель. Но вопрос тактический — как этого добиться — не менее важен.

Очевидно, что любые таблетки явно удобнее уколов. Но... Некоторые антибиотики в желудке разрушаются, например пенициллин. Другие не всасываются или почти не всасываются из кишечника, например гентамицин. У больного может быть рвота, он вообще может быть без сознания. Эффект от лекарства проглоченного наступит позже, чем от того же лекарства, введенного внутривенно, — понятно, что чем тяжелее болезнь, тем больше оснований для неприятных уколов.

ПУТИ ВЫВЕДЕНИЯ АНТИБИОТИКА ИЗ ОРГАНИЗМА

Одни антибиотики — например пенициллин или гентамицин — в неизмененном виде выводятся из организма с мочой. Это позволяет, с одной стороны, успешно лечить болезни почек и мочевыводящих путей, но с другой — при существенном нарушении работы почек, при уменьшении количества мочи может привести к избыточному накоплению антибиотика в организме (передозировке).

Другие препараты, например тетрациклин или рифампицин, выводятся не только с мочой, но и с желчью. Опять-таки — очевидна эффективность при болезнях печени и желчевыводящих путей, но нужна особая осторожность при печеночной недостаточности.

ПОБОЧНЫЕ ЯВЛЕНИЯ

Лекарств без побочных явлений не существует. Антибиотики — не исключение, и это мягко говоря.

Возможны аллергические реакции. Одни препараты вызывают аллергию часто, например пенициллин или цефалексин, другие — редко, например эритромицин или гентамицин.

Определенные антибиотики оказывают повреждающее (токсическое) действие на некоторые органы. Гентамицин — на почки и слуховой нерв, тетрациклин — на печень, полимиксин — на нервную систему, левомицетин — на систему кроветворения и т. д. После приема эритромицина часто возникают тошнота и рвота, большие дозы левомицетина вызывают галлюцинации и снижение остроты зрения, любые антибиотики широкого спектра действия способствуют развитию дисбактериоза...

* * *

А теперь давайте задумаемся!

С одной стороны, очевидно следующее: прием любого антимикробного средства требует обязательного знания всего, что было выше перечислено. Т. е. все плюсы и все минусы должны быть хорошо известны, в противном случае — последствия лечения могут быть самыми непредсказуемыми.

Но с другой стороны — самостоятельно глотая бисептол, или, по совету соседки, засовывая в ребенка таблетку ампициллина, вы отдавали отчет своим действиям? Вы все это знали?

Конечно же, не знали. Не знали, не задумывались, не подозревали, хотели, как лучше...

Лучше — знать и задумываться...

* * *

Что необходимо знать

- **Любое антимикробное средство должно назначаться только врачом!**
- **Недопустимо применение антибактериальных препаратов при вирусных инфекциях** якобы с целью профилактики — дабы упредить развитие осложнений. Это никогда не удается, наоборот — становится только хуже. Во-первых, потому, что всегда найдется микроб, который уцелеет. Во-вторых, потому, что, уничтожая одни бактерии, мы создаем условия для размножения других, увеличивая, а не уменьшая при этом вероятность все тех же осложнений. Короче говоря, антибиотик должен назначаться тогда, когда бактериальная инфекция уже есть, а не для того, чтобы якобы ее предотвратить. Наиболее правильное отношение к профилактической антибиотикотерапии заложено в лозунге, выдвинутом гениальным философом М. М. Жванецким: «Неприятности надо переживать по мере их поступления!»[1]

Профилактическая антибиотикотерапия — не всегда зло. После многих операций, особенно на органах брюшной полости, она жизненно необходима. Во время эпидемии чумы массовый прием тетрациклина способен защитить от заражения. Важно только не путать такие понятия, как профилактическая антибиотикотерапия вообще и профилактическое использование антибиотиков при вирусных инфекциях в частности.

1 По поводу профилактической антибиотикотерапии читайте также в главе «Воспаление легких».

- **Если уж вы антибиотики даете (принимаете), ни в коем случае не прекращайте лечение сразу же после того, как станет чуточку полегче.** Необходимую продолжительность лечения может определить только врач.
- **Никогда не выпрашивайте чего-нибудь посильнее.**

Понятие о силе и слабости антибиотика во многом условно. Для среднего нашего соотечественника сила антибиотика во многом связана с его способностью опустошать карманы и кошельки. Людям очень хочется верить в тот факт, что если, например, тиенам в 1000 раз дороже, чем пенициллин, то он и в тысячу раз более эффективен. Да не тут-то было...

В антибиотикотерапии существует такое понятие, как «***антибиотик выбора***». Т. е. для каждой инфекции, для каждой конкретной бактерии рекомендуется антибиотик, который следует использовать в первую очередь, — он и называется антибиотиком выбора. Если это невозможно — например аллергия, — рекомендуются антибиотики второй очереди и т. д. Ангина — пенициллин, отит — амоксициллин, брюшной тиф — левомицетин, коклюш — эритромицин, чума — тетрациклин и т. д.

Все очень дорогие препараты используются лишь в очень серьезных и, к счастью, не очень частых ситуациях, когда конкретная болезнь вызвана микробом, устойчивым к действию большинства антибиотиков, когда имеет место выраженное снижение иммунитета.

Назначая любой антибиотик, врач не может предугадать все возможные последствия. Имеются случаи *индивидуальной непереносимости* конкретным человеком конкретного препарата. Если это произошло, и после приема одной таблетки эритромицина ребенок всю ночь рвал и жаловался на боли в животе, то врач в этом не виноват. Лечить воспаление легких можно сотней различных препаратов. И чем реже антибиотик используется, чем шире спектр его действия и, соответственно, выше цена, тем больше вероятность того, что поможет. Но тем больше вероятность токсических реакций, дисбактериозов, угнетения иммунитета. Уколы с большей вероятностью и быстрее приведут к выздоровлению. Но больно, но возможны нагноения в том месте, куда укололи. А если аллергия — после таблетки промыли желудок, а после укола — что промывать? **Родственники больного и врач в обязательном порядке должны находить общий язык**. Используя антибиотики, врач всегда имеет возможность перестраховаться — уколы вместо таблеток, 6 раз в сутки вместо 4, цефалексин вместо пенициллина, 10 дней вместо 7... Но золотая середина, соответствие риска неудачи и вероятности быстрого выздоровления во многом определяется поведением больного и его родственников. Кто виноват, если антибиотик не помог? Неужели только врач? Это что ж за организм такой, который даже с помощью сильнейших лекарств не может справиться с инфекцией! Это ж какой образ жизни надо было организовать, чтобы довести иммунитет до крайности... И я вовсе не хочу сказать, что все врачи ангелы — их ошибки, к сожалению, не редкость. Но смещать акценты необходимо, ибо для конкретного больного ничего не дает ответ на вопрос «кто виноват?». Вопрос «что делать?» — всегда актуальнее. Но сплошь и рядом:

— «Надо было уколы назначать!»;

— «Вы что, кроме пенициллина другого лекарства не знаете?»;

— «Что значит дорого, нам для Машеньки ничего не жалко!»;

— «А вы, доктор, *гарантируете*, что это поможет?»;

— «Третий раз меняете антибиотик, а все не можете обыкновенную ангину вылечить!».

- У мальчика Саши бронхит. Врач назначил ампициллин, прошло 5 дней, и стало значительно лучше. Через 2 месяца очередная болезнь, все симптомы точно такие же — опять бронхит. Имеется личный опыт: ампициллин при этой болезни помогает. Не будем беспокоить педиатра. Будем глотать проверенный и эффективный ампициллин. Описанная ситуация весьма типична. Но ее последствия непредсказуемы. Дело в том, что любой антибиотик способен соединяться с белками сыворотки крови и при определенных обстоятельствах становиться антигеном — т. е. вызывать выработку антител. После приема ампициллина (или любого другого препарата) в крови могут находиться антитела к ампициллину. В таком случае высока вероятность развития аллергических реакций, иногда очень (!) тяжелых. При этом аллергия возможна не только на ампициллин, но и на любой другой антибиотик, похожий по своей химической структуре (оксациллин, пенициллин, цефалоспорин). **Любое повторное использование антибиотика многократно увеличивает риск аллергических реакций**. Существует и еще один немаловажный аспект. Если одна и та же болезнь повторяется через непродолжительное время, то вполне логично предположить, что при своем повторном возникновении она (болезнь) связана уже с теми микробами, которые «уцелели» после первого курса антибиотикотерапии, а следовательно, применявшийся антибиотик не будет эффективен.

- Следствие предыдущего пункта. **Врач не может правильно подобрать антибиотик, если он не владеет информацией о том, когда, по поводу чего, какие препараты и в каких дозах получал ваш ребенок.** Этой информацией родители должны обязательно владеть! Записывать! Особенно обращать внимание на любые проявления аллергии.
- Не пытайтесь корректировать дозы препарата**. Антибиотики в малых дозах очень опасны, поскольку высока вероятность появления устойчивых бактерий.** И если вам кажется, что «2 таблетки 4 раза в день» это много, а «1 таблетка 3 раза в день» — в самый раз, то вполне возможно, что скоро понадобится 1 укол 4 раза в день.
- **Не расставайтесь с врачом до тех пор, пока точно не уясните правила приема конкретного препарата.** Эритромицин, оксациллин, левомицетин — до еды, прием ампициллина и цефалексина — когда угодно, тетрациклин нельзя с молоком... Доксициклин — 1 раз в сутки, бисептол — 2 раза в сутки, тетрациклин — 3 раза в сутки, цефалексин — 4 раза в сутки...

* * *

Еще раз о самом главном.

Миллионы людей обязаны антибиотикам жизнью и здоровьем. Но:

между антибиотиком и человеком в обязательном порядке должно находиться важнейшее промежуточное звено — ВРАЧ, который лечит человека антибиотиком.

3.34. Я УКОЛОВ НЕ БОЮСЬ

Я прививки не боюсь:
Если надо — уколюсь!
Ну, подумаешь, укол!
Укололи и — пошел...

С. В. Михалков

Начнем с констатации элементарного — любое лекарственное вещество, дабы определенное лечебное действие оказать, должно для начала попасть в человеческий организм. Лекарство можно нанести на кожу, его можно выпить (вариант — съесть), можно поставить клизму или ввести свечу, можно, в конце концов, уколоть. «Уколоть» — это по-нашему, по-человечески. На медицинском языке указанный процесс называется «инъекция». По большому счету, *под инъекцией понимают любое введение в организм жидкости с помощью шприца.*

Инъекции бывают разные, но наиболее часто встречаются три их разновидности — подкожные (п/к), внутримышечные (в/м) и внутривенные (в/в). Воздействие препарата на организм начинается только после того, как он (препарат) попадает в кровь. Под кожей сосудов значительно меньше, чем непосредственно в мышце, поэтому эффект от введения наступит заметно позже, а эффект от в/в инъекции — почти мгновенный.

Суть подкожной инъекции — игла и, соответственно, лекарство вводятся под кожу (между кожей и мышцей). Это необходимо в тех случаях, когда немедленный эффект от лекарства не нужен. Так, например, вводится знаменитый инсулин, именно п/к делается подавляющее большинство прививок. Наиболее удобно делать п/к инъекции в те участки человеческого тела, где кожа легко оттягивается и берется в складку — бедро, боковая поверхность живота, плечо, под лопатку.

Внутримышечные инъекции — самые распространенные. Тысячи жителей нашей страны, говорящие: «укол я и сам (сама) сделать могу», имеют в виду в/м введение лекарств. Излюбленное место для этих инъекций — ягодицы (попа), хотя возможны варианты (плечо, бедро). В/м вводят большинство вакцин, антибиотиков, витамины, спазмолитики, жаропонижающие средства. В силу своей простоты и быстроты, именно в/м введения чаще всего используют врачи и фельдшеры «скорой помощи» — снять боль, «сбить» температуру, понизить давление, успокоить.

Внутривенно — это всегда серьезно. Требуется быстрое лечебное действие, вводятся активные препараты. В/в инъекции чисто технически довольно сложны, но для квалифицированной медсестры и тысяч наркоманов они не представляют собой чего-то из ряда вон выходящего. В/в введение во временном аспекте может быть коротким (лекарства шприцем медленно вводится в вену — медики говорят «струйно»), но бывают ситуации, когда объем лекарственного средства велик или препарат лучше действует при очень медленном введении в сильно разведенном виде; тогда ставят капельницу — с помощью специальной системы для инфузий (инфузия — это, по-медицински, как раз и есть введение больших объемов жидкости).

Тремя перечисленными видами инъекций выбор не ограничивается. С диагностической целью некоторые вещества вводят внутрикожно (в/к) — так, например, ставится проба на инфицирование туберкулезом — знаменитая и всем знакомая реакция Манту; так выясняют, а нет ли повышенной чувствительности к антибиотикам; обязательную в/к пробу делают перед введением лечебных сывороток, например противодифтерийной. Бывают и другие инъекции — в полость сустава при некоторых артритах, в спинномозговой канал при менингитах, непосредственно в нервные стволы при обезболивании (например, в стоматологии).

Как-то уж так повелось, что лечение с помощью уколов общественное мнение однозначно рассматривает как более эффективное, в сравнении с микстурами и таблетками. Кстати, именно с инъекциями часто связана потребность в госпитализации: ну что это за лечение в больнице, если не поставить несколько капельниц — таблетки ведь можно и дома глотать.

В то же время с любыми уколами связан целый ряд опасностей, осложнений и неприятностей. И иглы, и шприцы, и лекарства, и инъекции делают люди. Люди могут ошибаться. От ошибок никто не застрахован, но кое-какая информация может оказаться совсем не лишней.

1 Уколы — неприятно, больно, страшно.

2 Лечиться уколами всегда дороже, чем таблетками. При этом речь идет не только о непосредственной цене конкретного лекарства, но и о резко увеличивающихся затратах на оплату труда медицинских работников (теоретически, наличие якобы бесплатного государственного здравоохранения делает этот пункт для конкретного человека не актуальным).

3 Риск заноса инфекции — если, к примеру, стафилококк может попасть в организм человека как угодно (и через рот, и воздушно-капельным путем, и при инъекциях), то целый ряд болезнетворных микроорганизмов передается только через кровь, а самые известные среди них — вирусный гепатит В и ВИЧ[1]. Понятно, что первооснова этих болезней — человеческий фактор: нарушение стерильности при проведении инъекций, недостаточное обследование доноров при производстве препаратов, которые делаются из крови.

4 «Технические» осложнения — ввели «не туда» или «не то» (нечаянно, отвлеклись, не получилось, так получилось).

5 Местные реакции тканей: от красноты и болезненности в месте инъекции до абсцессов, которые потом вскрывают.

6 Непосредственные общие реакции на введения — могут быть связаны со специфическим или побочным действием конкретного препарата (например «горячий укол» хлористого кальция) и часто бывают очень неприятными.

7 Аллергические реакции — не редкость и при приеме таблеток, но лекарство, введенное инъекционно, вызывает реакцию более сильную и более быструю, вплоть до самого страшного варианта аллергии — анафилактического шока.

[1] ВИЧ — напоминаю, — вирус иммунодефицита человека, возбудитель СПИДа.

С учетом семи перечисленных пунктов становится понятной наметившаяся во всем мире тенденция к тому, чтобы максимально ограничить количество инъекций. Лучшие фармакологи ведущих фирм видят свою задачу в том, чтобы создать препараты, быстро и эффективно действующие при приеме через рот. Полностью отказаться от инъекций вряд ли удастся, особенно при лечении неотложных состояний, но свести к минимуму количество, предельно сузить показания — это задача вполне посильная.

К огромному сожалению, главным фактором, часто не позволяющим отказаться от ненужных уколов, является общественное мнение, образ мышления конкретного рядового нашего соотечественника.

Примеры народной мудрости: «уколы лучше, чем таблетки», «врач, который не назначил уколы, лечить не умеет», «приехала «скорая» — даже ничего не укололи», «наш невропатолог очень невнимательный — пошли к нему на прием, так он даже витамины поколоть не назначил».

Врач хочет, чтоб его любили, уважали и ценили. Если для любви и уважения следует назначить капельницу — удержаться от соблазна очень тяжело.

Если врач приписал уколы и не помогло — значит, не судьба... Если врач назначил таблетки и не помогло — значит, надо было уколы назначать. Только так, и не иначе.

Бороться с общественным мнением — дело почти безнадежное. У вас болит голова? Мы вам назначим магнезию. Поверьте, после 5 уколов боли в области ягодиц будут настолько сильными, что про головную боль вы забудете автоматически. Вы хотите витаминов? B_1 и B_6 через день в/м. Ради бога.

Кому охота доказывать, что современные антибиотики позволяют 80—90% воспалений легких вылечить без инъекций; что витамины группы В прекрасно всасываются из кишечника и колоть их следует только тогда, когда кишечник не работает; что ни в одном современном зарубежном справочнике нет указаний на то, что глюконат кальция следует вводить в/м; что любимый народом гемодез уже давно нигде в мире не производят?..

Особенно остро стоит проблема инъекций применительно к детям. Именно уколами детей пугают и именно про уколы начинают говорить с врачом в тех случаях, когда назначенные внутрь лекарства не приносят мгновенного облегчения.

Благодаря детскому «не хочу» появились и появляются современные лекарства с приятным вкусом: в виде суспензий, капель, сиропов, жвачек, «сосательных» конфет — лишь бы согласились, лишь бы не причинять ребенку ненужную боль.

В то же время успехи современной фармакологии не являются достоянием широких народных масс и передающуюся от поколения к поколению веру в чудодейственные уколы очень трудно поколебать. А у замотанного писаниной, запуганного начальством и уставшего от бытовых проблем врача нет ни сил, ни времени, ни желания проводить разъяснительную работу, которая, к тому же, часто оказывается безрезультатной. Поэтому, диагностировав воспаление легких, врач с легким сердцем назначит уколы.

Нельзя не отметить, что вера больного, его убежденность в правильности лечения, его доверие к врачу — важнейшие ступеньки на пути к выздоровлению. И, как это ни парадоксально, но инъекции очень часто вызывают не только боль, но и формируют благоприятный психоэмоциональный фон, способствуя большей эффективности терапии (как тут не позавидовать американцам, у которых на каждого терапевта по психотерапевту).

Итогом же настоящей главы является вывод о том, что любые инъекции лекарственных препаратов имеют совершенно определенные показания:

1 Необходим немедленный лечебный эффект.

2 Лекарственное средство не может быть введено через рот, потому что разрушается в желудочно-кишечном тракте или не всасывается в кровь.

3 Лекарство можно выпить, но сделать это нельзя — отсутствие сознания, рвота или просто уже упомянутое нами детское «не хочу».

4 Конкретный лечебный эффект конкретного препарата более выражен или более продолжителен при инъекционном введении.

3.35. СТРАШНЫЙ ДОКТОР

Они не только стреляют из пушки по воробьям,
но и не попадают в воробьев.

Р. Фишер

Взаимоотношения ребенка и медицины базируются на теоретической подготовке в домашних условиях. Наиболее распространенный учебник на эту тему — знаменитая книга К. И. Чуковского «Доктор Айболит». Гениальный доктор — идеал врача в детском восприятии: дает шоколадки, потчует гоголем-моголем, иногда ставит градусники. Сложные оперативные вмешательства, например пришивание ножек зайке, выглядят весьма безобидно. Ничего плохого (страшного и болезненного) доктор своим пациентам не делает, что вызывает в отношении Айболита повышенную любовь детского населения и патологическую зависть практикующих врачей-педиатров.

Реальная жизнь — реальные болезни и реальные больницы — вносят свои коррективы. Милая сказочная теория уступает место практике. Большинство контактов с медициной — боль, страх, неудобства и другие маленькие и большие неприятности.

Вечный вопрос — кто виноват? Почему ребенок и врач с трудом находят взаимопонимание? Почему сплошь и рядом дети испытывают страх и антипатию по отношению к медицинским работникам? Почему доктор Айболит хороший, а наш врач Мария Ивановна плохая?

Ответы на поставленные вопросы имеют своей основой целый ряд объективных и субъективных факторов. Вначале поговорим о факторах объективных, о тех вещах, в отношении которых улучшить существующую ситуацию практически невозможно.

Итак, уже на этапе профилактики болезней (еще раз подчеркну — не лечения, а только профилактики) система наблюдения за ребенком предусматривает взятие клинического анализа крови, осмотры участкового педиатра и врачей-специалистов, а также профилактические прививки. Взять кровь безболезненно невозможно, прививки без уколов — мечта. А осмотр отоларинголога, а страшная темная комната в кабинете окулиста, а невропатолог с молотком в руках?..

Что уж говорить о болезнях! И без того плохо, а тут еще бесконечные уколы, клизмы, заглядывания в рот, щупанья живота, горькие лекарства, и все время рядом со страхом, рядом с болью, рядом с запретами и ограничениями суетятся люди в белых халатах.

Субъективных факторов значительно больше. И разговор о них будет, разумеется, более подробный, ведь имеются вполне реальные возможности воздействия на существующее положение вещей.

Ключ к пониманию: в многократно упомянутой нами системе «врач-ребенок» существует важнейшее промежуточное звено — родители и лица, приближенные к последним (дедушки-бабушки, дяди-тети, братья-сестры).

Совершенно очевидно, что до контакта с медициной осуществляется внутрисемейная подготовка, а после контакта — опять-таки внутрисемейный «разбор полетов». Исходная концепция — вполне логична. Ну какому здравомыслящему родителю придет в голову сказать ребенку: «Сейчас мы пойдем в поликлинику, где тебе сделают больно». Человеку очень важно быть или по крайней мере казаться хорошим, если не в собственных глазах, то уж наверняка в глазах окружающих. Обозначенное общее правило, применительно к собственным детям, повсеместно и неукоснительно выполняется. Плохим может быть кто угодно: противный дядя врач, нехорошая тетя, которая уколола пальчик, — но никогда не могут быть плохими мама и папа.

Отсюда **первая проблема** — ***прямое противопоставление добра (мамы, папы) и зла (врачей и медсестер).***

Вторая проблема в том, что, ***несмотря на все родительские попытки хорошими быть, быть хорошими не получается.*** Хотя бы потому, что обманывать ребенка долго не удается. Пообещали, что не больно и не страшно, а было и больно, и страшно.

Третья проблема — ***проблема непосредственного контакта врача и ребенка***. Индивидуальный подход, нахождение общего языка, выявление и учет конкретных особенностей характера — все это требует от врача «всего» трех вещей: желания, умения и времени. На первый взгляд, весьма парадоксальным выглядит тот факт, что при избытке умений и желаний фактор времени оказывается решающим. Но это только на первый взгляд. Попробуйте найти общий язык, когда за дверью кабинета очередь или когда в перспективе 20 вызовов на дом.

Добрый дедушка профессор всегда лучше «просто врача», и не просто лучше, а лучше в три раза. Почему? Да потому, что по отношению к отдельно взятому ребенку у него: 1) больше опыта; 2) больше знаний и 3) больше времени.

Банальная фраза «время — деньги» одинаково актуальна и в банковском деле, и в здравоохранении. Сумма, которую зарабатывает врач в единицу времени, настолько смехотворна, что даже мысль о необходимости в течение 20 минут уговаривать Петю открыть рот тоже кажется смешной.

Еще одна проблема, и опять связанная с материальным благополучием, как здравоохранения, так и народонаселения. ***Очень и очень многие болезненные и неприятные методы терапии могут быть абсолютно равноценно заменены приятными, безболезненными, но значительно более дорогими вариантами лечения***. Болезненные уколы антибиотиков в 70—80% случаев оказываются не нужными. Те же препараты можно назначать внутрь в виде сладких микстур. Но стоимость этих лекарств нередко оказывается в 2—3 раза выше, чем лечение уколами. Садистские манипуляции, вроде банок и горчичников, распространенные, кстати, исключительно на территории бывшего СССР, по логике должны быть заменены разнообразными физиопроцедурами, квалифицированным лечебным массажем. Мы уже не говорим о стоматологии — уникальной области медицины, в которой доброта или, наоборот, «страшность» врача напрямую зависят от кармана родителей пациента.

Особый разговор — необходимость уложить ребенка в больницу. Вот уж где есть чего бояться! То маму не пускают, то не разрешают есть любимые бананы, то кровь берут каждый день. А уколы? Какое бы место ни болело до лечения, но через 2—3 дня попа болит гораздо сильнее. А причина всему — все те же люди в белых халатах.

Где же выход? Есть ли он вообще? Как все-таки добиться того, чтобы врач и ребенок были добрыми друзьями? Позволим себе в этой связи небольшое лирическое отступление, которое касается не столько родителей, детей и врачей, сколько организаторов здравоохранения.

Врач и для ребенка, и для родителей ребенка должен быть своим, близким человеком. С которым общаются не только когда плохо, но и, хотя бы иногда, в те дни, когда хорошо.

В идеале врача ребенку не государство должно назначать (именно так и происходит, когда речь идет об участковом педиатре), а родители должны выбирать. Логично в этой связи, чтобы труд такого врача оплачивался самими родителями, а не государством. Но это все теория: 90% всех детских болезней — болезни инфекционные, а лечение инфекционных болезней в индивидуальном порядке законом запрещено. Поэтому ***теоретически*** проблемы индивидуального подхода, врача-друга, взаимосвязи умений, желаний, квалификации и оплаты труда вроде бы не сложно решить, хотя бы для той части населения, которая может оплачивать услуги врача. Но ***практически*** это невозможно потому, что пропагандируемый в последнее время институт семейных врачей на самом деле получается полусемейным, поскольку врач — человек государственный (бюджетный), а значит бедный, ограниченный во времени и думающий о том, чем кормить собственных детей. Еще раз подчеркну: негосударственным (частным) семейный врач, при существующих законах, быть не может, потому что имеет полное право лечить язву желудка у папы, невроз у мамы, но не имеет никакого права лечить ребенку понос, ветрянку или скарлатину.

Повсхлипывав по поводу несовершенства законов и глобальной бедности, вернемся к реалиям бытия.

Итак, **цели и задачи родителей**, способы реализации.

- Не только касательно медицины, но и в жизни вообще следует добиваться того, чтобы слово «надо» употреблялось редко, но при его употреблении выполнялось обязательно. ***Педагогика заканчивается там, где вопли и крики способны «надо» изменить на «не надо».***
- Очень важно помнить о том, что ***антипатия ребенка к медицинским работникам, мягко говоря, не способствует меньшей болезненности медицинских процедур***. Осмотреть полость рта при любой болезни врач просто обязан, и он это сделает

вне зависимости от того, захочет Маша открывать рот или нет. В последнем случае будет больно и неприятно.

- ***Категорически нельзя врать!*** Ни про то, что будет не больно, ни про то, что в больницу не положат. Нельзя давать обещаний, которые могут оказаться невыполнимыми, а потом сваливать на докторов собственные педагогические огрехи («завтра я тебя из больницы заберу»; «я не могу тебя забрать, врачиха не отпускает»).
- Ребенка в принципе лучше не запугивать, но одно дело пугать мифическими понятиями (Бабой Ягой, Дедом Бабаем, Сереньким волчком, который кусает за бочок, и т. п.) и совсем другое — реально существующими явлениями. Со всей определенностью заявляю, что ***запугивание врачами, больницами и уколами следует рассматривать как одну из наибольших педагогических глупостей.*** За примерами и цитатами далеко ходить не надо: ешь, а то положим в больницу; если не будешь спать, придется делать тебе уколы; сейчас вызовем врача, тогда узнаешь, как маму не слушаться...
- Разъяснительные беседы с детьми всегда должны подчеркивать тот факт (кстати, вполне очевидный), что данный, пусть даже весьма ***противный и неприятный вариант лечения обусловлен именно болезнью, а не желаниями врача быть, в свою очередь, противным и неприятным.***
- Даже если вы не считаете врача добрым, хорошим и ласковым, не надо ребенку об этом сообщать. Категорически ***недопустимо критиковать и критически обсуждать медицинских работников в присутствии детей***. Нельзя заставить ребенка полюбить врача, если аналогичной любви по отношению к врачу он не наблюдает со стороны других членов семьи.
- Возьмите на себя часть запретов, ограничений и требований — пусть необходимость постельного режима и глотания горькой таблетки, потребность в определенной (но нелюбимой пище) и визите в поликлинику исходят от вас. Постоянными ссылками на врача, из-за которого все эти неприятности возникли, улучшить ситуацию вряд ли удастся. Но разлюбить родителей невозможно, а сформировать антипатию по отношению к доктору — очень легко.

ПОМОГИТЕ ВРАЧУ БЫТЬ ХОРОШИМ!

3.36. ПЕРИНАТАЛЬНАЯ ЭНЦЕФАЛОПАТИЯ

Диагностика достигла таких успехов,
что здоровых людей практически не осталось.

Бертран Рассел

Сложное словосочетание «перинатальная энцефалопатия» встречается в лексиконе детских врачей, а следовательно, и родителей удивительно часто. По крайней мере, у половины читателей, заглянувших в амбулаторную карточку своего ребенка, есть реальные шансы обнаружить там знаменитую аббревиатуру ***ПЭП*** — что, собственно, и расшифровывается как перинатальная энцефалопатия.

Перевод на русский язык этого медицинского термина не очень прост. Но мы попробуем.

«Пери-» — (греч. *peri-*) приставка, означающая «расположение вокруг, снаружи, при чем-либо». «Натальный» — от лат. *natus* — рождение. Несложно сделать вывод, что суть понятия ***«перинатальный» — связанный с родами, имеющий место до, во время, после родов,*** есть даже такое словосочетание — «перинатальный период» и наука «перинатология». Имеет, по-видимому, смысл сразу же уточнить, что перинатология называет перинатальным периодом интервал, начиная с 28-й недели внутриутробной жизни плода и заканчивая седьмым днем после рождения[1].

1 Именно таким интервалом характеризует перинатальный период Энциклопедический словарь медицинских терминов (1983 г.). В то же время учебник «Основы перинатологии» (2002 г.) отсчитывает перинатальный период с 22-х недель.

Слово «патия-», происходящее от греческого *pathos-*, переводится как «болезнь», «страдание». Также греческое *enkefalos* — головной мозг. Ну а вместе получается ***«энцефалопатия» — болезнь мозга.***

Болезнь мозга — понятие неконкретное, неудивительно, что и энцефалопатия — не конкретная болезнь, а термин, объединяющий целый ряд самых разнообразных болезней головного мозга. Становится очевидным, что диагностировать, лечить и вылечить энцефалопатию нельзя в принципе, ибо как можно лечить неконкретное понятие.

Отсюда следует, что если уж термин «энцефалопатия» произнесен, то надобно добавлять и другие пояснительные слова. Так обычно и поступают — для уточнения имени болезни к слову «энцефалопатия» добавляется соответствующее прилагательное, указывающее на причинный фактор, вызвавший болезнь (повреждение) мозга.

Например, билирубиновая энцефалопатия (поражение мозга, связанное с высоким уровнем билирубина), гипоксическая энцефалопатия (поражение мозга, связанное с дефицитом кислорода), ишемическая энцефалопатия (поражение мозга, связанное с нарушением мозгового кровообращения). Вполне понятны и не нуждаются в подробных объяснениях такие словосочетания, как диабетическая энцефалопатия, травматическая энцефалопатия, алкогольная энцефалопатия.

Несомненно, что без уточняющего прилагательного слово «энцефалопатия» не имеет никакого смысла и означает примерно следующее: «с мозгами что-то не так». И в этом аспекте слово «перинатальный» выглядит по меньшей мере странно, ибо никоим образом не уточняет природу повреждения головного мозга. Этот термин всего лишь указывает на временной интервал, когда эти изменения произошли.

Вот и получается, что словосочетание «перинатальная энцефалопатия» вразумительно перевести на русский язык просто невозможно — ну, ориентировочно, «с мозгами что-то не так из-за повреждения перед родами, во время или непосредственно после родов». Что не так? Да кто его знает...

С учетом приведенной информации читатели, пожалуй, и не удивятся тому факту, что диагноз «перинатальная энцефалопатия» отсутствует в международной классификации болезней и не используется нигде в мире, за исключением, разумеется, стран СНГ.

Назвать болезнь конкретным именем или пусть и завуалированно, но сказать «с мозгами что-то не так» — принципиально разные вещи.

Нервная система ребенка вообще и головной мозг в частности развиваются очень быстро. В процессе развития эпизодически возникают всякие непонятности, появляются, исчезают и угасают рефлексы, стремительно меняются реакции на окружающую среду, совершенствуются органы чувств, значительные изменения претерпевает объем движений и т. д. и т. п. Медицинская наука изрядно потрудилась и постаралась все эти изменения систематизировать. Отсюда многочисленные труды с информацией о нормах, о том, что положено, а что нет, о том, что может быть, что допустимо, чего не может быть никогда. А поскольку анализируемых и подвергнутых учету факторов сотни, что-нибудь обязательно выйдет за рамки отведенных сроков и норм.

И тогда на повестку дня встанет вопрос о диагнозе...

А поставить диагноз, руководствуясь международной классификацией болезней, не удастся. Но ведь есть конкретные жалобы и проблемы: у нас подбородочек дрожит, мы плакали 30 минут без остановки, а вчера срыгнули целых четыре раза, а на прошлой неделе очень сильно дрыгали ногами и т. д.

Алгоритм взаимоотношений детского врача и родителей в рамках отечественной ментальности совершенно не предусматривает фразы типа «все нормально, оставьте дитя в покое» или «успокойтесь, перерастет». Стандартная процедура любого врачебно-родительского контакта начинается с вопроса «на что жалуетесь?» и заканчивается конкретным диагнозом. Ситуация, при которой родители всем довольны, — удивительная редкость. Врачебный осмотр, в ходе которого не будут обнаружены никакие отклонения от норм, сроков и стандартов, — явление уникальное. Сочетание редкого и уникального — это уже вне комментариев.

В то же время и жалобы, и выявленные в ходе осмотра ненормальности сплошь и рядом на диагноз, собственно говоря, не тянут. Ну не все замечательно, ну не так кое-что, ну не совсем так кое-где, но это ж не повод лечиться-спасаться-обследоваться... Но произнести, а тем более написать фразу «что-то не так» или «с мозгами что-то не так» — это ж окончательно и бесповоротно подорвать доверие к медицинской науке вообще и к конкретному врачу в частности.

И тут приходит на помощь замечательный диагноз — «перинатальная энцефалопатия». Диагноз чрезвычайно удобный в силу своей внешней учености и неопределенности.

Здесь есть еще один очень интересный нюанс. Конкретный неврологический диагноз — реальный повод для серьезного лечения, очень часто в условиях стационара. Отсюда отчетливая тенденция к тому, что чем ближе к больнице — тем больше ясности и определенности. Неудивительно в этой связи, что в роддомах, отделениях патологии новорожденных и детских неврологических стационарах диагноз «перинатальная энцефалопатия» не встречается практически никогда. Там, где есть повод серьезно лечить, нельзя без серьезного и осмысленного диагноза.

Проиллюстрируем это следующими примерами.

Наиболее распространенный вариант энцефалопатии у детей раннего возраста — так называемая *гипоксически-ишемическая энцефалопатия* — повреждение мозга из-за нехватки кислорода и нарушений мозгового кровообращения в перинатальном периоде. А теперь цифры: по данным авторитетных зарубежных медиков и отечественного учебника «Основы перинатологии», гипоксически-ишемическая энцефалопатия (ГИЭ) встречается у доношенных новорожденных с частотой 1,8—8 случаев на 1000 детей, т. е. 0,18—0,8%.

По тем же данным, на долю ГИЭ приходится примерно половина всех перинатальных повреждений нервной системы.

Здесь имеется в виду следующее. Среди выявляемых в перинатальном периоде болезней нервной системы выделяют: уже упомянутую нами гипоксически-ишемическую энцефалопатию; родовые травмы, инфекции, врожденные аномалии и нарушения обмена веществ. Так вот, примерно половина — это ГИЭ, вторая половина — все остальное.

Несложно посчитать, что если на долю ГИЭ приходится 0,8%, то все вместе — 1,6%, максимум 2%. Приведенные цифры относятся к доношенным детям. У недоношенных, а их около 10%, поражения нервной системы встречаются намного чаще, так что итоговую цифру можем смело увеличить еще в 2 раза.

Подведем итог всей этой арифметики. Конкретный диагноз перинатального поражения нервной системы может быть установлен у 4% детей, в то же время перинатальная энцефалопатия выявляется в детских поликлиниках нашей страны у 50% детей, а в некоторых лечебных учреждениях эта цифра достигает 70%!!!

Еще раз прошу вдуматься в эти фантастические цифры: конкретные, требующие лечения болезни нервной системы имеют место максимум у 4% детей, но каждая вторая мама отправляется в аптеку за лекарствами «для мозгов».

Именно эти походы в аптеку представляют собой важнейшее звено в рассматриваемой теме. Ведь что получается: половина детей имеют диагноз «у вас с мозгами что-то не так», что в переводе с русского языка на медицинский звучит как «перинатальная энцефалопатия». Казалось бы, ну и что тут такого страшного? Ну поговорили, написали, разошлись по домам в конце концов! Но ведь так не получается, ибо как из жалобы вытекает диагноз, так из диагноза вытекает лечение. Ибо, коль уж сказано «А» (перинатальная энцефалопатия), так приходится говорить «Б» (— попейте эти таблеточки). А если вышеупомянутое «Б» не сказать, так это значит быть равнодушным и невнимательным. Как же можно ничего не делать, если такой страшный диагноз!!!

Лечение перинатальных поражений нервной системы лекарствами — это вообще отдельная тема. Дело в том, что после воздействия на мозг ребенка повреждающего фактора (травма, кислородное голодание и т. д.) начинается острый период энцефалопатии, который длится 3—4 недели. Именно в остром периоде необходима активная лекарственная терапия, которая способна серьезным образом повлиять на исход болезни. Далее следует восстановительный период, когда эффективность фармакологических средств очень невелика и акцент делается на принципиально другие методы помощи — массаж, физиопроцедуры и т. п.

Несложно заключить, что визиты в детскую поликлинику никогда не происходят в остром периоде болезни, так что даже при серьезных неврологических проблемах лечение лекарствами в большинстве случаев не нужно и бесперспективно. Что уж говорить про болезни несерьезные или про не болезни в принципе...

И в этом аспекте неопределенное, умно-ученое, но ничего не требующее и ни к чему не обязывающее понятие «перинатальная энцефалопатия» представляет собой конкретное зло. Именно зло, поскольку сплошь и рядом инициирует действия и явления совершенно ненужные, иногда опасные — эксперименты с лекарствами, ограничения нормального образа жизни, хождения по медицинским учреждениям, материальные потери, эмоциональные стрессы.

Искоренить это зло практически невозможно. Можно лишь изменить к нему отношение. Изменить отношение и понять ***самое-самое главное:*** *перинатальная энцефалопатия — это не повод спасаться и грустить. Ведь если у вашего малыша обнаружили перинатальную энцефалопатию, так это значит, что нет у него серьезных, конкретных и опасных болезней. Это временно, это мелочи, это само пройдет, образуется, перерастется.*

И это повод улыбнуться и потерпеть.

3.37. ВНУТРИЧЕРЕПНОЕ ДАВЛЕНИЕ

И разве не справедливо будет считать,
что перестает быть причиной причина,
у которой нет следствий!

Симплиций

Представить себе женщину, интересующуюся вопросами детского здоровья и не слыхавшую о внутричерепном давлении (ВЧД), — просто невозможно.

Фразы типа «у нас внутричерепное» или «мы лечим внутричерепное давление» настолько прочно вошли в лексикон среднестатистического посетителя детской поликлиники, что многие просто перестали задумываться над смыслом этих слов.

Тем не менее частота разговоров, частота диагностирования и частота лечения вовсе не свидетельствуют о том, что само понятие «внутричерепное давление» или диагноз «повышение внутричерепного давления» в свою очередь понятны широким массам трудящихся.

Хотя на первый взгляд все вроде как очевидно. И суть проблем (с точки зрения обывателя) выглядит примерно так. Есть голова. Там внутри есть мозг, сосуды, в сосудах давление — это ж все знают — вон и у бабушки давление, и у дедушки. Но у бабушек-дедушек сердце поврежденное, а у дитя все иначе. Сердце-то здоровое, но беременность была неудачная, во время родов кислорода не хватало, или пуповина обмоталась, или еще какая болячка приключилась, или головой стукнулся, или лекарство плохое дали, вот сосуды и повредились, теперь давление в голове высокое, отсюда и куча проблем: голова болит, плачет, не слушается маму, плохо спит, дрожит подбородком, дергает ногой ходит на цыпочках, плохо (неправильно) говорит, дерется в песочнице, сосет палец, отказывается от еды и еще десятки, если не сотни последствий этих повреждений-повышений. А поскольку вышеперечисленные жалобы-симптомы возможны в той или иной степени практически у каждого ребенка, так становится легкообъяснимым наличие по сути эпидемии внутричерепного давления, и эта эпидемия набирает обороты. Конечно, врачи с этим активно борются и большинство детей благополучно выздоравливает — спасибо медицине, или, как говаривал классик: «Слава, слава Айболиту! Слава добрым докторам!»

Попытка врача подойти к проблеме внутричерепного давления грамотно, современно лечить, как в лучших мировых клиниках, не подлежит реализации. Ибо охватившая страны СНГ эпидемия лечения ВЧД ограничена именно этими странами. Т. е. наши заморские друзья каким-то образом от этой темы оторваны — то ли недопонимают и наплевательски относятся к неврологическому здоровью детей, то ли не диагностируют, то ли у них дети другие?

Наверное, что-то здесь не так: ну как это может существовать болезнь, которую обнаруживают детские невропатологи в наших поликлиниках как минимум у 50% детей (это самая-пресамая оптимистическая цифра) и в то же время болезнь, напрочь отсутствующая за пределами СНГ?

Нет, словосочетание ВЧД есть, его повышение рассматривается в научных статьях, более того, тактику борьбы с этим очень опасным явлением изучают, но список состояний, сопровождающихся повышением ВЧД, очень невелик, и это все больше такие жуткие страшилки-диагнозы, что можно легко сделать вывод: имея повышение ВЧД, скорей можно попасть в отделение реанимации и интенсивной терапии, чем высидеть очередь на прием к детскому невропатологу в районной поликлинике.

Т. е. глобально здесь и там подходы к ВЧД принципиально отличны: там это очень редкое, очень опасное (угрожающее жизни и здоровью) состояние, как правило, требующее госпитализации и неотложной помощи, ну а у нас — чрезвычайно распространенная болезнь, легко диагностируемая, почти всегда легко излечиваемая и почти всегда в амбулаторных условиях.

Нет, что-то тут определенно не так. И, похоже, надо разбираться: либо мы чего-то не понимаем, либо нас дружно вводят в заблуждение, либо наши дети особенные — не такие, как во всем остальном мире. Поскольку последнее утверждение представляется крайне маловероятным, а быть заблудшими и непонявшими не очень хочется, рассмотрим тему не спеша и по порядку.

Итак, что такое ВЧД и откуда оно берется? Что на что давит и как это все выходит?

В полости черепа есть мозг, есть кровь, есть особая жидкость, которая называется ликвором, синоним — спинномозговая жидкость (СМЖ). Ликвор образуется из крови в особых сосудистых сплетениях, циркулирует, омывая головной и спиной мозг, после чего опять-таки всасывается в кровь через особые венозные синусы. Ликвор выполняет ряд важнейших функций, без реализации этих функций просто невозможна нормальная работа мозга.

Ликвор не стоит на месте, а точно так же, как кровь, все время движется. Для движения крови есть сосуды. Для движения ликвора существуют особые анатомические полости — желудочки мозга и спинномозговой канал.

Это, так сказать, элементарная, если быть точнее — поверхностно-примитивная анатомо-физиологическая информация.

Но теперь можно понять, откуда внутричерепное давление берется. Итак, некая жидкость постоянно образуется и постоянно всасывается. Вы, наверное, уже вспомнили школьную математику с задачками про бассейн и две трубы — точно так и с ликвором. Из одной трубы (сосудистые сплетения) — вытекает, в другую трубу (венозные синусы) — втекает. Пока течет, давит на стенки бассейна (внутреннюю поверхность желудочков мозга и спинномозгового канала).

Вот, собственно, и все.

Теперь некоторые очевидные выводы.

Внутричерепное давление есть у всех, точно так же, как у всех есть носы, руки и попы. Фраза «у моего ребенка внутричерепное» по меньшей мере смешна и уж никак не свидетельствует о том, что у данного дитя есть нечто такое, чего у других нет.

Другой вопрос в том, что конкретная цифра, указывающая на величину ВЧД в конкретный отрезок времени, не есть понятие стабильное, что, собственно, вытекает из того факта, что и ВЧД все время меняется. И образование СМЖ, и скорость ее движения, и активность всасывания зависит от множества факторов: спит ребенок или бодрствует, лежит, сидит или стоит, молчит или кричит, нормальная температура тела или повышенная, и вообще какая температура вокруг — комфортно, или жарко, или холодно. Связь уровня ВЧД со всеми перечисленными параметрами не представляется на первый взгляд очевидной, но элементарная иллюстрация: если в комнате жарко и дитя активно потеет, происходит сгущение крови, как следствие — уменьшается скорость, с которой сосудистые сплетения будут производить ликвор. Понятно, что очень многие проявления самых разнообразных болезней будут в свою очередь влиять на уровень ВЧД — и рвота, и кашель, и длительный плач, и мучительное высиживание на горшке в связи с запором и многое-многое другое.

И в этом аспекте вполне уместной может оказаться аналогия между артериальным давлением и внутричерепным.

У абсолютно здорового ребенка, совершенно не страдающего гипертонической болезнью, уровень артериального давления может колебаться в достаточно широких пределах. Пробежался, поплакал, посмеялся, испугался — повысилось; уснул, успокоился, отдышался — понизилось. Но конкретный и очевидный физиологический факт колебания артериального давления ни у кого ведь не вызывает желания бегать за дитем с тонометром и постоянно это давление исправлять.

С ВЧД ситуация точно такая же, но логика и здравый смысл не дают ответа на элементарный вопрос: почему уровню ВЧД и его колебаниям уделяется столь большое внимание? Почему разговоры про ВЧД столь популярны, а его якобы лечение столь распространено?

Ответ мы дадим **несколько позже,** а сейчас давайте поговорим о действительно повышенном внутричерепном давлении (синоним — внутричерепная гипертензия).

С точки зрения современной, цивилизованной, доказательной медицины, повышенное внутричерепное давление — это одно из проявлений целого ряда болезней. Болезней редких и очень серьезных. Еще раз подчеркиваю: внутричерепная гипертензия не болезнь, не самостоятельное заболевание, а лишь симптом других вполне конкретных и определенных болезней. Для того чтобы ВЧД значительно повысилось, должны реализоваться некие предварительные условия, например резко возрасти продукция ликвора, что происходит при менингитах и энцефалитах. Любые поражения вещества мозга: инсульт, опухоль, абсцесс, травма — также влияют на все три фактора, определяющих уровень ВЧД — и на продукцию ликвора, и на его всасывание, и на его циркуляцию. Избыточная продукция ликвора может наблюдаться и при некоторых очень серьезных нарушениях обмена веществ, например при очень тяжелых формах сахарного диабета.

Тем не менее есть совершенно конкретная болезнь, когда повышение ВЧД вполне осязаемо, — ***гидроцефалия.*** Гидроцефалия, как правило, связана с врожденными аномалиями мозга, когда либо имеет место очень активная выработка СМЖ, либо нарушено обратное всасывание ликвора, либо в силу определенных анатомических дефектов нарушена его циркуляция, либо когда имеет место сочетание этих факторов. Иногда гидроцефалия бывает и не врожденной, а возникает как осложнение после очень тяжелых заболеваний (менингоэнцефалитов, например) и нейрохирургических вмешательств.

При гидроцефалии избыточная или не находящая выхода СМЖ давит на желудочки мозга, они серьезно расширяются, следствие всего этого — стремительный рост размеров головы, соответствующее увеличение размеров родничков, расхождение швов между костями черепа. Гидроцефалия бывает разной степени выраженности. Компенсированные формы, когда не страдает психическое развитие и симптомы проявляются умеренно, лечатся консервативно, специальными лекарствами, уменьшающими продукцию ликвора и активизирующими его отток, ну а при тяжелых вариантах болезни проводят достаточно сложные нейрохирургические операции.

Понятно, что гидроцефалия не приключается внезапно — т. е. гулял себе гулял нормальный во всех отношениях ребенок, а вдруг на тебе — на ровном месте гидроцефалия приключилась. Гидроцефалия — болезнь врожденная, и ее симптомы проявляются уже в первые месяцы жизни.

Поскольку главный симптом гидроцефалии — быстрое увеличение размеров головы, измерение окружности головы входит в стандарты любого профилактического осмотра, начиная, разумеется, с момента рождения. Здесь очень важно подчеркнуть, что значение имеет не конкретный, выраженный в сантиметрах размер, а именно *динамика* этого показателя. Т. е. констатация того факта, что у мальчика Пети в 3 месяца окружность головы равна аж 45 см — вовсе не повод впадать в депрессию и срочно этого мальчика спасать. А вот то, что окружность головы выросла за последний месяц на 7 см, — это уже и тревожно, и опасно, требует и серьезного отношения, и активного контроля. Еще раз подчеркну — не лечения незамедлительного, а именно контроля. И если сохранится тенденция, тогда уже и меры принимать.

Тем не менее гидроцефалия, которой мы посвятили целых четыре абзаца — болезнь достаточно редкая и встречается с частотой 1 случай на 2 —4 тысячи детей. А проблемы с внутричерепным давлением выявляются чуть ли не у каждого второго ребенка — парадоксальная ситуация...

Здесь еще одна проблема вырисовывается. Когда у дитя быстро увеличивается в размерах голова, так повышение ВЧД всем видно — вон как давит... А когда все вроде как нормально, а доктор посмотрел и говорит — повышенное давление, лечить надо, то как он узнал об этом? На основании каких параметров, показателей, симптомов?

Когда речь идет о повышении артериального давления у бабушки, так здесь все вроде бы понятно — достали прибор (тонометр), измерили — да, гипертония — 190 на 120. Полечили, измерили еще раз — видим однозначно стало лучше — 160 на 90 — значит, лечили не зря и правильными лекарствами... Плюс ко всему, улучшение ведь не ограничилось только изменением цифр. Бабушке реально плохо было — голова болела, даже встать не могла, а сейчас, где она, собственно? В магазин за картошкой побежала — ну это уж точно означает, что помогло...

А с ВЧД как быть — где взять волшебный прибор, чтоб показал — вот, мамочка, посмотрите какое ВЧД высокое. Вот лекарства — спасайтесь. Придете через недельку, померяем еще раз, там видно будет.

И здесь приходится с грустью признать: нет такого прибора! Ни волшебного, ни реального, ни дорогого, ни дешевого — никакого нет!

При всем удивительном прогрессе медицинской науки, при всем разнообразии специальной аппаратуры измерить ВЧД *достоверно* можно только одним способом — ввести иглу либо в спинномозговой канал (поясничная пункция), либо в желудочки мозга. После того, как из иглы начнет вытекать ликвор, подключается простейший манометр — градуированная стеклянная трубочка. Измерение осуществляется по такому же принципу, как в обычном домашнем спиртовом или ртутном термометре: уровень жидкости (ликвора) соответствует конкретной черточке и конкретной цифре на стеклянной трубочке. Давление спинномозговой жидкости принято измерять в миллиметрах водного столба. Кстати, следует заметить, что до настоящего времени среди ученых нет однозначного мнения касательно того, какое ВЧД считать нормальным. Одни утверждают, что норма — от 80 до 140 мм вод. ст., другие настаивают на том, что границы нормы намного шире и давление вполне может колебаться от 60 до 200 мм вод. ст. Приведенные нормы — для горизонтального положения тела. Если пациент сидит, нормы совсем другие.

Но главное для нас не в конкретной цифре, а в констатации того факта, что простых, доступных, удобных и в то же время достоверных способов измерения ВЧД не существует. Понятно ведь, что всякие разговоры о пункциях в условиях поликлиники просто несерьезны.

Существуют, тем не менее, методы обследования, позволяющие делать вывод о величине ВЧД по ряду *косвенных* признаков.

Один из таких методов – ультразвуковое исследование (УЗИ) головного мозга. Этот метод не используется у взрослых, поскольку ультразвук не может проникнуть через кости черепа. У детей же ситуация совершенно иная, поскольку имеется родничок: замечательное окошко для ультразвука. *Нейросонография*, а именно так называется УЗИ головного мозга, метод доступный и абсолютно безопасный. Он позволяет оценить размеры желудочков мозга, а увеличение этих размеров вполне может быть расценено как косвенный признак повышенного ВЧД. В то же время, как и в отношении окружности головы, имеет значение не столько ширина желудочков мозга, сколько динамика этого показателя.

После закрытия родничка увидеть и оценить размеры желудочков мозга можно лишь с помощью *томографии* — компьютерной (КТ) или магнитно-резонансной (МРТ). В то же время томография — метод серьезный, небезопасный, дорогой, его применяют нечасто — лишь при реальных подозрениях на серьезную внутричерепную патологию.

Еще один метод — устаревший, но все еще применяющийся достаточно широко — *эхоэнцефалография* (ЭхоЭГ). С помощью особого аппарата (эхоэнцефалографа) посредством все того же ультразвука, оценивается ряд параметров, в том числе пульсация сосудов головного мозга. При этом амплитуда колебаний ультразвукового сигнала рассматривается в качестве показателя, способного дать оценку ВЧД.

Еще раз подчеркиваем: все перечисленные методы не достоверны, они не констатируют, не утверждают, а лишь допускают возможность, предполагают, позволяют заподозрить повышение ВЧД.

Вот и получается в результате: существующие на сегодняшний день методы обследования лишь дают врачу дополнительную информацию к размышлению, но расставить точки над i не могут. Значит, полагаться приходится в основном на конкретные симптомы. Здесь свои проблемы: это вам не бабушка, которая при повышенном давлении лежит, а при нормальном — бегает по магазинам. Это дитя малолетнее, точнее маломесячное, которое неразумное и ни на что конкретно не жалующееся.

Но проблемы не только в возрасте и неспособности пальцем указать на то место, где болит. Главная проблема в том, что практически все симптомы, позволяющие заподозрить у ребенка повышение ВЧД, могут встречаться у совершенно здоровых детей.

Так, например, беспокойство ребенка, дрожание конечностей, вскрикивания могут быть проявлениями повышенного ВЧД, но вполне могут не иметь к ВЧД вообще никакого отношения. И это может любая мама подтвердить, ибо найти дитя, всегда спокойное и у которого никогда бы ничего не дрожало просто невозможно. Еще один симптом повышения ВЧД — косоглазие, но общеизвестно, что у детей первого года жизни еще не сформированы глазодвигательные мышцы, и младенческое косоглазие — сплошь и рядом явление физиологическое, т. е. абсолютно нормальное.

Следует, тем не менее, признать: такие слова, как «беспокойство», «дрожание», «вскрикивания» и «косоглазие» не способны серьезно напугать среднестатистическую отечественную мамочку, поскольку у всех на слуху и часто применяются в быту.

Совсем другое дело, когда из уст врача будут услышаны или в амбулаторной карточке обнаружены такие жуткие выражения, как «симптом Грефе» или «спонтанный рефлекс Моро» — тут уже не до шуток и не до спокойствия — понятно ведь, что ситуация серьезная.

Постараемся объяснить суть этих мудрых слов.

Суть симптома Грефе — отставание верхнего века при движении книзу глазного яблока. В дополнительном переводе на русский язык это означает, что когда ребенок смотрит вниз, пугается, то над радужной оболочкой глаз видно несколько миллиметров белка глаза. Выглядит, как выпученный глаз. Если ребенок смотрит прямо, то все нормально.

Живший в XIX веке немецкий офтальмолог Грефе описал этот симптом как типичный для больных зобом (поражение щитовидной железы). У людей, зобом не больных, симптом Грефе также может иметь место и являться конституциональной особенностью, может обнаруживаться у недоношенных младенцев.

Рефлекс Моро, или рефлекс объятия, относится к физиологическим рефлексам периода новорожденности. Возникает при ударе по столу, на котором лежит ребенок, при внезапном громком звуке, при похлопывании малыша по ягодицам или бедрам. Состоит рефлекс из двух фаз. В первой ребенок откидывается назад, разворачивает плечи, а руки разводятся в стороны. Во второй фазе он сводит руки на груди. Понятно, что спонтанный рефлекс Моро — это когда никаких особых внешних раздражителей не было, а дитя руки откидывает... Но отсутствие «особых внешних раздражителей» — понятие условное. Ибо таким вовсе не «особым», но вполне значимым раздражителем вполне может быть кабинет врача — новая обстановка, незнакомый стол, чужая тетя-доктор...

Похоже, мы совсем запутались: обещали объяснить, почему диагноз повышения ВЧД и лечение оного столь распространены, а пришли к выводам совершенно противоположным. Оказывается, дополнительные методы исследования и данные осмотра в подавляющем большинстве случаев не позволяют с уверенностью диагностировать повышение ВЧД. А в ситуациях, когда такая уверенность присутствует, речь практически всегда идет о чрезвычайно опасных болезнях (гидроцефалии, менингите, опухоли, черепно-мозговой травме) и чрезвычайно волнительных симптомах (резкое выбухание родничка, расстройства сознания, рвота, параличи).

Подведем главные итоги.

1. Повышенное ВЧД — не болезнь, а симптом некоторых болезней.
2. Повышение ВЧД — редкий и очень опасный симптом редких и очень опасных болезней.
3. Лечение повышенного ВЧД не имеет никакого отношения к амбулаторной медицине, практически всегда требует госпитализации и неотложной помощи.

* * *

В заключение статьи отвлечемся ненадолго от медицины и обратимся к ... языкознанию. Цель — любопытные особенности употребления самого слова «внутричерепное». Дело в том, что словосочетание «внутричерепное давление» в бытовом общении медицински подкованных мамочек встречается все реже и реже. Слово «давление» опускается за ненадобностью и все дружно «проверяют внутричерепное», «лечат внутричерепное» и «жалуются на внутричерепное».

Подобные штуки специалисты в области языкознания (лингвисты) называют ***конверсией***, или переходом одной части речи в другую. Явление это вовсе не уникальное. Вспомним хотя бы «мороженое», «заливное» — или ближе к медицинской тематике — «слабительное», «скорая», «новорожденный». Ну кто сейчас говорит «снотворное средство»? Да никто не говорит, ибо и так понятно, о чем речь. Вместо детская комната — просто детская, вместо булочная лавка — уже ставшая привычной булочная.

Главное, о чем свидетельствует конверсия, — о чрезвычайной распространенности определенного слова. Конверсия по отношению к многострадальному внутричерепному давлению — явление, увы, печальное, ибо подтверждает довольно неприятную тенденцию — слишком часто стали говорить о внутричерепном давлении, неоправданно часто. Этим понятием со знанием дела оперируют бабушки на лавочках. Они и диагноз поставят по окружности головы, точнее по размеру шапки, и как лечить — тоже знают. Очень хочется, чтобы таких конверсий было в нашей жизни поменьше. Чтобы словосочетание «внутричерепное давление» иногда и по делу произносили специалисты, а бабушки про внутричерепное не знали вообще, сосредоточив свое внимание на снотворном и заливном.

ЧАСТЬ ЧЕТВЕРТАЯ
ИЗБРАННЫЕ СТАТЬИ

Я предпочитаю найти одну истину, хотя бы
и в незначительных вещах, нежели долго спорить
о величайших вопросах, не достигая никакой истины.

Галилео Галилей

МАЛЕНЬКОЕ ПРЕДИСЛОВИЕ

Четвертая часть книги объединяет в себе самые разнообразные произведения, многие из которых в книжном формате ранее не публиковались. Подавляющее большинство материалов — статьи, написанные автором для популярных журналов так называемой «детской» тематики.

Упомянутые статьи условно можно разделить на две группы:

— педиатрические — материалы, посвященные различным аспектам детского здоровья, не освещенным или недостаточно освещенным в первых трех частях этой книги;

— статьи, объединенные в условную серию «Медицина и общество», — это даже не научно-популярные, а, по сути, публицистические материалы, посвященные актуальным проблемам здравоохранения.

Настоящее предисловие потребовалось для того, чтобы обратить внимание читателей на два нюанса. Во-первых, отметить тот факт, что ряд предложений и абзацев педиатрических статей повторяет материалы близких по тематике глав этой книги. Руководствуясь знаменитым принципом «повторение — мать учения», автор решил сохранить статьи в первозданном варианте. Во-вторых, обратить внимание читателей на следующее. Публицистические статьи были написаны в 1999—2000 гг. Понятно, что за прошедшие годы реалии бытия несколько изменились, но большинство положений актуальности, к сожалению, не утратило. Так что и в этом случае автор не счел возможным подвергать данные статьи правке, ну разве что добавил несколько сносок.

Помимо статей в этой части присутствует и рассказ «Экспериментальная эпидемиология» — первый из планируемой автором серии «Записки врача».

К ВОПРОСУ О ВРЕДНОСТИ ПЕЛЕНАНИЯ

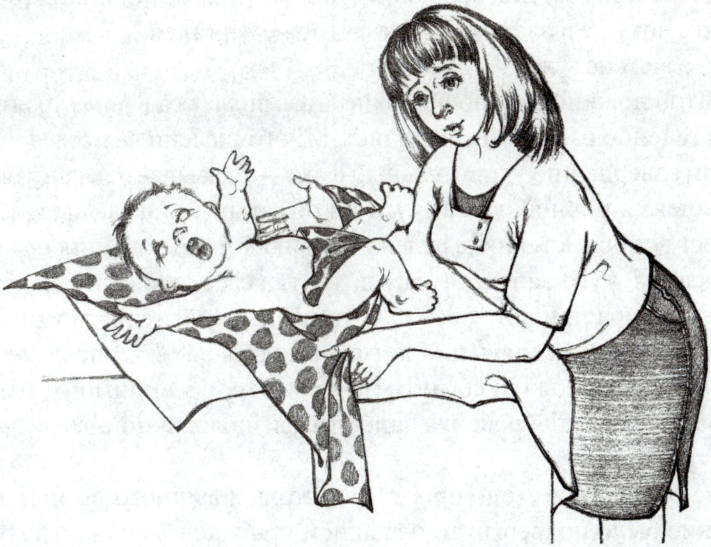

Пеленка — основной предмет младенческой одежды вот уже несколько тысяч лет. Пеленка — явление элементарное, простота конструкции не дает никаких шансов отличиться дизайнерам и стилистам. Пеленка — доступно, удобно, привычно. Но так ли все однозначно?

* * *

Исторически в основе использования пеленок лежат, по-видимому, экономические причины. Классическая человеческая одежда — с рукавами и штанинами — строго адаптирована к размерам тела. Очевидно, что коль скоро размеры этого самого тела существенно меняются в течение двух недель, то нормальной одежды не напасешься. А пеленка — при условии, что на размерах никто не будет экономить изначально — позволяет по крайней мере полгода о новой одежде не думать.

Отношение общества и медицинской науки к пеленанию в течение многих десятилетий оставалось более или менее стабильным.

— Надо ли пеленать?

— Надо!

— А как пеленать?

— Выровнять ручки, выровнять ножки, а все остальное скрутить, обмотать потуже и зафиксировать, чтоб не дергался.

— А зачем потуже?

— Чтоб ножки были ровненькие, чтоб знал, кто в доме хозяин...

Постепенно взгляды поменялись. Многочисленные исследования выявили совершенно удивительный факт — оказывается, кривая нога не становится ровной, как ее туго ни обматывай. Оказывается, ровность ног вообще к технике пеленания никакого отношения не имеет. Оказывается, туго запеленатому дитю тяжелее дышать. Более того, мудрые доктора пришли к выводу, что не надо насиловать младенца! Ибо если все без исключения дети стремятся занять определенную позу — поджать ножки, согнуть ручки, — то, по-видимому, именно эта поза является для ребенка наиболее физиологичной, т. е. удобной и естественной.

И на основании столь простого и столь логичного вывода тугое пеленание было подвергнуто нещадной критике и кануло в лету под давлением прогрессивной медицинской и родительской общественности. На смену пеленанию тугому пришло пеленание свободное — как символ демократии и уважения к правам человека.

Ребенок, запеленатый свободно, имеет возможность двигать конечностями и принимать положение, удобное именно для него. Казалось бы, достигнут консенсус. Свободное пеленание — оптимально, удобно, традиционно, удовлетворяет потребности и детей, и родителей. Да, некоторых бабушек такое пеленание не устраивает, главным образом по причинам эстетическим. Ну разве можно сравнить удивительный по красоте, изящный, правильный и ровненький валик, получающийся при тугом пеленании, и неаккуратное, дрыгающееся, мешкообразное образование, созданное посредством свободного пеленания?

Но с бабушками договориться можно. Нет, в конце концов, человека, которого нельзя убедить посредством рассуждений о свободе и правах.

И все было бы хорошо, как вдруг... Вдруг в десятках стран в сотнях средств массовой информации появились многочисленные сообщения о том, что пеленание, оказывается, в принципе очень вредно. И даже свободное пеленание — это не свобода никакая, а всего лишь свобода перемещаться в замкнутом пространстве (аналогия со свободой перемещения по территории тюрьмы). Более того, появились тысячи особых специалистов — детских психологов, аргументированно доказывающих, что пеленая детей, мы, оказывается, с рождения ограничиваем восприятие мира, нарушаем формирование осязательной функции, препятствуем гармоничному развитию человеческой личности, тормозим индивидуальность и вообще: воспитание личности, достойной жить в XXI веке, и использование пеленок — понятия несовместимые.

Миллионы родительских пар пребывают в унынии и растерянности. Бедные наши детки... По нашему преступному родительскому неведению будут они, прошедшие сквозь адовы муки пеленок, теперь отсталыми, негармоничными, недоразвитыми, безынициативными. А эти хитрюги, что в ползунках и распашонках с рождения, будут теперь нашими командовать и помыкать ими всячески.

Но что же делать? Как исправить? Понятно, что родить следующего и о пеленках забыть — самое мудрое решение, но ведь и этого, отсталого-негармоничного, жалко.

Сказать по правде, кого действительно жалко — так это бедных родителей. Создается впечатление, что родительский инстинкт способен оказывать подавляющее влияние на элементарный здравый смысл.

Обратите внимание:

- противники пеленания встречались и раньше. Типичный и, пожалуй, самый известный апологет антипеленочной пропаганды — великий писатель Лев Толстой. Парадоксально, но самого Льва Николаевича в детстве пеленали, что, с одной стороны, не помешало ему проявить собственную гениальность, а с другой — помешало все-таки убедительно доказать связь инфантилизма и вялости Пьера Безухова с тугим младенческим пеленанием;
- расцвет человеческой цивилизации и новые технологии — от одноразовых подгузников до полетов в космос — обеспечили люди, которых в детстве пеленали;
- всех, кто сейчас читает эти строки, в детстве пеленали;
- самое парадоксальное: великих детских психологов, грозящих неминуемыми бедами всем запеленатым, в детстве тоже пеленали. Возможно, несколько туже, чем требовалось...

Формирование полноценной и гармонично развитой человеческой личности действительно определяется множеством факторов: индивидуальными, генетически обусловленными особенностями темперамента, общим состоянием здоровья вообще и лечением конкретных болезней в частности, системой педагогического и религиозного воспитания, страной обитания. Особую и, пожалуй, наиболее важную роль играет психологический климат в семье, сформированная система ценностей, с учетом количества детей, наличия обоих родителей и их контактов друг с другом, с детьми, с собственными родителями. Все упомянутые факторы очень важны и их влияние на формирование ребенка доказано безоговорочно. В то же время не существует ни одного полноценного, подлинно научного исследования, доказывающего связь пеленания и проблем развития личности.

Таким образом, научной и логичной мотивации отказа от пеленания не существует, и на этом основании можно сформулировать **главное правило**:

пеленать или не пеленать ребенка —
личное дело его родителей, определяющееся их желаниями, возможностями, образом жизни.

В антипеленочной пропаганде, по крайней мере, в нашей стране, отчетливо прослеживаются экономические мотивы. Любая отечественная фабрика, любой цех, любая домохозяйка может в течение суток наладить выпуск пеленок. Но красивые штанишки, распашонки, ползунки, костюмчики, комбинезончики — разноцветные, с картинками, кружевами, завязочками-тесемочками, кнопками и карманчиками — это уже посложнее. Это дорогой и, как правило, заморский товар. И стоит такая распашоночка как пять пеленок. Не в этом ли суть «пеленочной вредности»?

Родители, тем не менее, должны отдавать себе отчет в том, что отказ от пеленок удобен по многим параметрам. Отметим некоторые из них:

- при использовании распашонок и ползунков к одеванию младенца можно привлечь мужчин, ибо отец, освоивший искусство пеленания, — явление уникальное;

- пеленки очень неудобны в жаркое время года — перегреть младенца совсем не трудно;
- при стирке распашонки и ползунки, в сравнении с пеленками, требуют меньшего количества воды и моющих средств, а при сушке не только занимают меньше места, но и высыхают быстрее;
- как бы свободно вы ребенка ни запеленали, ему все-таки может быть неудобно. Опять-таки, вне зависимости от качества пеленания, активное дитя вполне может и распеленаться (и хорошо, если в комнате тепло). Понятно, что самостоятельно избавиться от ползунков-распашонок — многократно труднее;
- распашонки и ползунки действительно никоим образом не ограничивают двигательную активность...

Но!! Все вышеперечисленное — непринципиально. И если от старшего ребенка в доме осталось два десятка пеленок, то вовсе не обязательно тратиться на распашонки только потому, что в интервале между беременностями вы познакомились с достижениями передовой психологической мысли.

Повторяю: это ваше личное дело — пеленать или не пеленать. Никто — ни девочка-консультант в магазине детской одежды, ни врач, ни психолог — никто не примет решения за вас. Только не думайте, что это решение и в самом деле способно серьезно повлиять на здоровье вашего дитя. Хотите — пеленайте, не хотите — не пеленайте. Только не нервничайте.

КАК ЖЕ МНЕ НЕ ПЛАКАТЬ...

Плачет бедненький... Не успел на свет появиться — плачет. Домой принесли — плачет. По любому поводу плачет. Несчастный, больной, слабенький, голодненький. Надобно срочно что-то предпринять! Что? Как? Надо ли вообще?

УЧИМСЯ БЫТЬ ПЕРЕВОДЧИКАМИ

Парадоксальность ситуации состоит в том, что ребенок первых месяцев жизни имеет лишь один способ обратить на себя внимание. И сделать это он может только посредством плача. А мы — взрослые дяди и тети — интуитивно воспринимаем плач как явление однозначно отрицательное. И суетимся, стараясь помочь. В то же время не так уж все драматично. Очень часто ни о каких бедах и серьезных проблемах речь не идет в принципе, остается лишь научиться — научиться понимать своего ребенка и переводить с «плачевного» языка на человеческий.

Родительские инстинкты, наблюдательность и определенное время совместного с ребенком общения в большинстве случаев — достаточные условия для того, чтобы любящие мамы-папы без всяких профессиональных переводчиков (т. е. докторов) научились угадывать желания, понимать проблемы и облегчать жизнь малыша.

Остается лишь надеяться на то, что небольшая теоретическая информация о возможных причинах плача позволит, во-первых, сократить вышеупомянутое «определенное время совместного с ребенком общения» и, во-вторых, научит побыстрее понимать, угадывать и облегчать.

ПРИЧИНЫ И СЛЕДСТВИЕ

Главное в понимании «теории плача» — осознание того факта, что плач всегда вторичен. Т. е. имеется некая причина или комплекс причин, следствием которых и является плач. Бороться именно с плачем — неразумно и нерационально. А вот устранять причины — и мудро, и эффективно. Сложность задачи понятна, ибо причин множество, а следствие, на первый взгляд, одно. Почему на первый взгляд? Да потому, что плач ведь тоже бывает разным — тихим, громким, монотонным, пронзительным (и еще десятка два эпитетов можно придумать), но это лишь усложняет задачу, ибо точных соответствий — т. е. определенная проблема = определенный плач — не существует.

Во всем многообразии причин плача можно, тем не менее, выделить три основных группы проблем:

1. инстинкт;
2. неудовлетворенные физиологические потребности;
3. боль и дискомфорт.

ИНСТИНКТ

Человеческий детеныш от Природы в одиночку не жизнеспособен. И быть одному, не чувствовать рядом тело взрослого человека (кормильца и защитника) для него (детеныша) противоестественно.

В такой ситуации Природа заложила в ребенка инстинкт — криком звать на помощь. Этот инстинкт — назовем его инстинктом страха — выражен у детей по-разному: у одних больше, у других меньше — отсюда и разница в интенсивности и продолжительности плача. Ребенок остался один — сработал инстинкт — начал кричать. Взяли на руки — инстинкт реализовался — замолчал. Уложили в кровать — плачет. Подхватили, покачали — и так до бесконечности... Точнее — не до бесконечности, а до того биологического возраста, когда данный инстинкт угаснет естественным образом. Наступит это, скорее всего, после того, как начнет ходить (ползать) и изучать мир самостоятельно. Что будет, если на руки не брать? Инстинкт, не находя реализации, начнет угасать. По крайней мере, не будет вырабатываться условный рефлекс: кричу — носят на руках, молчу — не обращают на меня внимания.

Отношения специалистов к описанному варианту плача и рекомендации нередко диаметрально противоположны. Лозунг перинатальных психологов — «создать у ребенка ощущение того, что его любят, о нем заботятся». Создать любой ценой! Петь, носить и качать — пока папа и мама еще стоят на ногах. Педиатры в большинстве своем не столь категоричны, а описанный вариант любви и заботы обозначают термином «избалованность».

Таким образом, главной отличительной особенностью инстинктивного плача является его мгновенное прекращение после того, как ребенок оказывается на руках у взрослых. Отсюда и вывод напрашивается — если не успокоился, то надобно другие причины искать.

Существует очень популярный способ «нейтрализации» инстинктивного плача. Дело в том, что пребывание на руках у матери ассоциируется у ребенка с процессом кормления. Т. е., опять-таки с точки зрения Природы, процесс сосания неотделим от успокоительного присутствия взрослых. И не удивительно, что родственники плачущих детей придумали эффективный метод борьбы с инстинктивным плачем, используя с незапамятных времен соски-пустышки.

Стоит заметить, что многие современные педиатры категорически против пустышек, особенно на этапе становления лактации и при любых проблемах с количеством материнского молока. Но в крайних ситуациях — когда молока у мамы много или когда нет вообще (т. е.

речь идет об искусственном вскармливании), — пустышка очень даже может помочь.

Плюсы, минусы и правила использования самой пустышки — тема отдельного разговора. Сейчас же главное для нас — понимание физиологического смысла ее применения и механизма действия.

НЕУДОВЛЕТВОРЕННЫЕ ФИЗИОЛОГИЧЕСКИЕ ПОТРЕБНОСТИ

Самые частые причины плача — неудовлетворенные физиологические потребности. Организму человека любого возраста присущ определенный набор обязательных физиологических (т. е. естественных) функций — еда, сон, питье, мочеиспускание, дефекация. Если потребность в реализации функции возникла — пришла пора поесть или поспать, а возможности утолить желание нет, то как же не заплакать в такой ситуации?!

Осуществить диагностику — выяснить, чему «пришла пора», — не так уж и сложно, хотя определенные трудности могут возникнуть. Поскольку физиологических потребностей мы упомянули всего пять, рассмотрим их по порядку.

ЕДА. Плач как проявление голода — явление очень частое, а для здорового ребенка желание поесть бывает нередко вообще единственной причиной плача.

Основы диагностики: сколько времени прошло от предыдущего кормления и как тогда поел, есть ли аппетит (определяется по интенсивности сосания). Главное — контакт с едой (грудь мамы, бутылка со смесью) — приводит к успокоению младенца и прекращению плача.

Основные «диагностические» проблемы связаны с популярной ныне методикой «кормления по требованию». Очень часто родители не в состоянии понять — чего все-таки ребенок требует: пребывания на руках или еды? В результате инстинктивный плач (см. выше) рассматривается как проявление чувства голода. Следствие — постоянное, круглосуточное кормление.

ПИТЬЕ. Употребление жидкости, помимо маминого молока или молочной смеси, не является обязательным, а по мнению многих педиатров, и вовсе нежелательно. В то же время специфические условия воспитания или климатические факторы часто приводят к повышенным потерям жидкости. К таким условиям и факторам относятся перегрев (погода, одежда, обогреватели), сухость воздуха, потливость.

Задумываться о том, не является ли жажда причиной плача, следует, прежде всего, в ситуациях, когда присутствуют упомянутые выше провоцирующие потери жидкости факторы, когда имеются признаки перегрева и дефицита жидкости (краснота кожи, потница, сухость языка, молочница во рту, редкое мочеиспускание, насыщенный цвет мочи, влажная кожа после прогулки).

Самое главное — понимание того факта, что способ «лечения» заключается не столько в том, чтобы дать малышу напиться, сколько в том, чтобы по возможности нормализовать его образ жизни.

Но! Следует понимать, что в ситуациях, когда есть признаки перегрева, а устранить «вредности» не получается — поить ребенка любого возраста все-таки надо. Ибо теоретическая нежелательность питья не идет ни в какое сравнение с реальной опасностью дефицита жидкости.

МОЧЕИСПУСКАНИЕ. Сложности с тем, чтобы помочиться, нередко бывают у мальчиков, когда имеется воспаление крайней плоти. Проявляется это пронзительным криком, который проходит после мочеиспускания. Дабы не «прозевать» именно эту причину, следует при возникновении подозрительного плача сделать процесс мочеиспускания видимым, т. е. распеленать или снять одноразовый подгузник. Если диагноз подтвердится (плачет, а после того, как струйка побежала, успокаивается) — тогда уже и к доктору не помешает обратиться, дабы получить конкретные советы по лечению.

ДЕФЕКАЦИЯ. Проблемы с опорожнением кишечника и плач по этому поводу — явление весьма распространенное. Основа диагностики — констатация того факта, что у ребенка в течение длительного времени не было стула (часов 8—10, не меньше) и сочетание отсутствия стула с конкретными симптомами, указывающими на проблемы с дефекацией: вздутие живота, частое отхождение газиков, плач, при котором ребенок поджимает ножки к животику. Диагноз, что, впрочем, очевидно, подтверждается прекращением плача после того, как покакать все-таки удастся.

СОН. Парадоксально, но факт — самая частая причина, по которой ребенок не может заснуть, — элементарное нежелание спать, т. е. родители просто поторопились дитя укладывать. Лучший способ лечения — распеленать и дать спокойно подрыгаться и попищать. Есть и более реальные причины, но они почти всегда вторичны. Т. е. спокойному сну мешают первичные проблемы со здоровьем или с удовлетворением других потребностей — голод, жажда, боль, дискомфорт и т. д. Возможно в то же время и влияние внешних факторов — очень шумно, очень жарко, очень светло.

БОЛЬ И ДИСКОМФОРТ

Боль как причина плача может сопровождать и, как правило, сопровождает уже описанные выше проблемы со стулом и мочеиспусканием. В то же время ощущение боли — непременный спутник множества болезней. Поэтому если плач имеется, а найти ему объяснение не удается, приходится думать о болезнях. Для начала не помешает измерить температуру тела: повышение — явный повод к тому, чтобы искать причины плача вместе с врачом... Вариантов множество, но почти всегда, помимо боли, присутствуют и другие, вполне конкретные признаки болезни. Боль в животе и понос как проявление кишечной инфекции, боль при глотании как признак фарингита, опрелости на коже, покраснение крайней плоти, увеличение лимфоузла и т. д. и т. п.

Особый случай, нередко сложный для диагностики, — боль в ухе как проявление отита. Следует помнить, что отит редко возникает «на ровном месте» — обычно ему предшествует насморк. На ушной раковине, кпереди от отверстия наружного слухового прохода, имеется выступ, который называется козелком. При наличии отита надавливание на козелок вызывает значительное усиление боли, провоцируя у ребенка пронзительный плач. Проверить наличие этого симптома может каждый родитель, а положительная ответная реакция служит поводом для немедленного обращения к врачу.

Дискомфорт — неприятные ощущения, при которых боли нет. И здесь как причин, так и специфических способов помощи десятки: жарко (сняли третью кофточку — замолчал), холодно (накрыли одеяльцем — успокоился), мокро (поменяли переполненный подгузник —

затих), запеленали или уложили неудобно... Кожа зудит, потому что аллергический дерматит или потому что комары покусали, носовое дыхание затруднено, потому что сопли, глазки чешутся, потому что аллергический конъюнктивит, и т. д. и т. п.

Понятно, что не все причины дискомфорта могут быть быстро устранены без помощи детского врача, но почти все могут быть быстро обнаружены наблюдательными родителями. Это немаловажно хотя бы потому, что позволит сэкономить время и двигаться в правильном направлении (в прямом смысле). Т. е. бежать сразу к отоларингологу, если плачет при надавливании на козелок, и занимать очередь к окулисту, если «закисли» и покраснели глазки.

ПЛАЧ — НЕ ВСЕГДА ПЛОХО

Нельзя рассматривать детский плач в качестве явления абсолютно нежелательного. С одной стороны, плач полезен хотя бы тем, что является для родителей поводом, информацией к размышлению, заставляет анализировать поведение ребенка и свое собственное. Но, с другой стороны, есть польза и физиологическая. Плач — неплохой метод дыхательной гимнастики и тренировки легких. А еще — мало кому известный, но замечательный способ профилактики острых респираторных инфекций.

Последнее положение нуждается в пояснении. Дело в том, что при плаче, как всем известно, образуются слезы. Излишек слез «уходит» по так называемому носослезному протоку в полость носа (если уж быть совсем точным анатомически — носослезный проток впадает в нижний носовой ход). Поэтому все (и взрослые, и дети) при плаче шмыгают носами. Таким образом плачущий ребенок постоянно промывает носовые ходы слезами. А в слезной жидкости в очень большой концентрации находится белок лизоцим — мощный фактор неспецифической противомикробной защиты.

Не в этом ли кроется объяснение того факта, что особо любимые дети болеют чаще, ибо толпа чадолюбивых родственников не дает им поплакать даже эпизодически, демонстрируя повышенную самоотверженность посредством круглосуточного укачивания?

РОДИТЕЛЬСКОЕ РУКОДЕЛИЕ

ГИГИЕНИЧЕСКОЕ РУКОДЕЛИЕ

Общепринято мнение: главное в уходе за ребенком — накормить и не дать замерзнуть. В обоих этих процессах — множество тонкостей и правил, сотни страниц популярных и специальных трудов посвящены «секретам» кормления и одевания. Однако есть в отношении младенца действия менее значимые, но способные поставить в тупик молодую семью. Только-только прибыли из роддома, развернули и обнаружили: у него, оказывается, ногти на пальцах растут! И эти ногти с этого так называемого пальца надобно кому-то обрезать! Дитя на руки взять страшно, того и гляди, сломаешь что-нибудь, а тут палец... Палец длиной в полсантиметра! И многочисленные умные родственники-советчики как-то поникли и не хотят самолично поучаствовать, и врач, что пришел из поликлиники, лишь ограничился указаниями: «ноготки обрезать, пупок обработать», а мы вот теперь сидим в тоске, страдаем и боимся. Боимся сломать, порезать и вообще навредить...

Дабы уменьшить интенсивность страхов, мы постараемся очень коротко осветить основные правила осуществления самых простых гигиенических процедур. Главные предварительные условия базируются на трех элементарных принципах:

- без этого не обойтись;
- этого никто за нас не сделает;
- это совсем не сложно.

Два основных правила, касающиеся проведения всех без исключения гигиенических процедур, состоят в том, что, во-первых, до того, как что-либо делать, главный «делатель» должен привести в порядок себя — помыть руки, облачится в удобную одежду. Гигиенические процедуры никогда не носят неотложного характера и не будет ничего опасного, если вы отложите их на несколько часов, но найдете лично для себя возможность поесть и поспать. Во-вторых, следует учитывать состояние младенца — не надо «приставать» к нему, если он сонный, голодный или капризный.

Первая, но обязательная манипуляция, имеющая отношение исключительно к новорожденному, — ***уход за пупочной ранкой***.

Главный парадокс заключается в том, что чем чаще вы манипулируете над пупком, чем активнее пытаетесь сделать его похожим на собственный — тем больше проблем можете создать. В принципе не нужны никакие палочки, посредством которых вы будете что-либо из пупка выковыривать. Следует иметь: пипетку, 3% раствор перекиси водорода и раствор бриллиантового зеленого (зеленку в просторечии).

Перекись водорода нужна лишь в том случае, если имеются кровянистые выделения из пупка. Смочите вату перекисью водорода и несколько раз промокните пупок (не тереть, а именно промокать!). Можно поступить еще проще: взять кожу живота в складочку (чтоб пупок был внутри этой складочки) и просто накапать в пупок перекись водорода — 3—4 капли достаточно. А через несколько секунд — ваткой промокнуть. Аналогичным образом следует поступить и с зеленкой. Понятно, что если пупочная ранка сухая, то первый этап (использование перекиси водорода) вполне можно пропустить.

Если младенцу больше двух недель от роду и в течение двух дней пупочная ранка остается сухой, тему обработки пупка можно считать закрытой.

Стрижка ногтей — это сложнее. Это на всю жизнь...

Очень желательно, чтобы у ребенка были свои, личные ножницы. Небольшие, те, что называют маникюрными, острые и с закругленными краями. Купленные ножницы очень желательно простерилизовать — на 5—10 минут опустить в кипяток. В дальнейшем достаточно сполоснуть мыльной водой. Рьяные поклонники чистоты могут обработать режущую поверхность спиртом (водкой, одеколоном). В этом нет особой потребности, но для дитя сие не вредно, а на душе спокойнее.

Стрижку ногтей лучше всего осуществлять после ванны, но и это вовсе не обязательно. Очень важно помнить, что чем короче ногти обрезаны, тем больше вероятность заусениц и образования так называемых вросших ногтей. Поэтому не увлекайтесь. На ножках ногти обрезают прямо, на ручках — по кругу.

Тщательная ***очистка ушей*** — вовсе не обязательна. Если (особенно после ванны) осторожно протереть влажной ваткой ушную раковину, то от этого никому хуже не станет, а вот интенсивные манипуляции в области слухового канала как раз таят в себя ряд опасностей. Риск использования длинных и тонких предметов сомнений не вызывает, а вот тот факт, что, пытаясь с помощью ватных турундочек удалить серу, мы не столько серу удаляем, сколько проталкиваем ее поглубже в слуховой проход — очевиден далеко не для всех.

Дело в том, что в ушном проходе есть особые микроворсинки, они колеблются, продвигая серу к выходу. Все, чем мы реально можем помочь — удалить серу, которая до выхода уже дошла... Именно поэтому следует эпизодически (один-два раза в неделю) приводить в порядок *видимую* (еще раз подчеркиваю: *видимую*) часть слухового канала. Обязательное предварительное условие — слегка оттянуть ушную раковину назад и вверх, затем плотный ватный тампон (вата, намотанная на спичку или обрезанную зубочистку), желательно смоченный физиологическим раствором, медленно вводят в ушной канал, слегка прижимают к стенке канала и быстрым движением извлекают — и так несколько раз, поскольку стенок несколько. Тампон должен быть достаточно тонким — таким, чтоб его диаметр был меньше (!) диаметра слухового канала.

Не следует смачивать тампон маслом, мотивируя это тем, что к маслу сера лучше прилипает. Прилипает она действительно лучше, но если масло затечет внутрь слухового канала, то набухшая под его (масла) воздействием сера уже никуда двигаться не будет...

Еще одна часть тела, в обязательном порядке требующая ухода, — ***нос***. В носовых ходах постоянно образуется слизь, а поскольку воздух в жилых помещениях нередко бывает теплым и сухим, упомянутая слизь превращается в плотные корочки, затрудняющие дыхание. Все, что мы уже сказали о чистке ушей, по отношению к чистке носа в еще большей степени актуально. Удалить скопившуюся сухую слизь без специальных приспособлений очень сложно, а вот активные манипуляции, в ходе которых в детские носы засовываются ватные палочки, — весьма нежелательны. Доказано, что это, во-первых, способствует проникновению в нос инфекции, а во-вторых, немалую опасность представляют собой микрочастицы ваты — они не только сами по себе усиливают выработку слизи, но и способны вызвать серьезные проблемы с дыханием, если при плаче или глубоком вдохе попадут в нижние дыхательные пути.

Из перечисленных «страшилок» следуют два вполне логичных вывода:

— ватный тампон обязательно смачивать (идеально — физиологическим раствором), чистить опять-таки только видимую часть носовых ходов, да и все остальное делать аналогично тому, как мы уже писали применительно к слуховому каналу;

— намного легче предотвратить образование в носу плотных корочек слизи, чем эту слизь потом удалить. Добиться этого несложно — поддерживать в комнате режим прохладного влажного воздуха, много гулять, в условиях сухости воздуха регулярно увлажнять нос — тем же физиологическим раствором.

Поскольку понятие «физиологический раствор» всплывает в нашем описании уже третий раз, заметим, что его несложно приготовить самостоятельно, растворив чайную ложку соли (без верха) в 1 литре кипяченой воды. Под названием «изотонический раствор натрия хлорида» физраствор продается в аптеках в стерильных флаконах емкостью 200 и 400 мл. Флакон вскрывать совсем не обязательно: одноразовым шприцем с тонкой иглой следует проколоть резиновую пробочку и набрать нужное количество жидкости, после чего иглу извлечь и хранить флакон в холодильнике.

Физиологический раствор не только предотвращает образование корочек, но и увлажняет уже образовавшиеся — это дает возможность отсосать их с помощью небольшой резиновой груши.

Обильно смоченные физраствором ватные тампоны с успехом применяются и для ***промывания глаз***. Здесь свои несложные правила: для каждого глаза отдельный тампон и в процессе промывания движение осуществляют от наружного угла глаза к внутреннему.

ЛЕЧЕБНОЕ РУКОДЕЛИЕ

К огромному сожалению, ситуации, требующие от родителей определенных «рукодельческих» навыков, не ограничиваются лишь осуществлением гигиенических процедур. Реальная помощь при конкретных проблемах с детским здоровьем очень часто требует умения сделать нечто своими руками, не дожидаясь появления людей в белых халатах.

Речь идет о достаточно простых манипуляциях, способных, тем не менее, заметно облегчить жизнь и вам, и вашему малышу.

* * *

Самая частая, не столько лечебная, сколько диагностическая процедура — ***измерение температуры тела***. К огромному счастью, благодаря достижениям цивилизации появился выбор устройств для измерения — разнообразные электронные термометры, термометры, встроенные в соски-пустышки и т. п. Тем не менее обычный максимальный ртутный термометр — непременный атрибут домашней аптечки в каждом доме. Читатели, наверное, удивятся названию «максимальный ртутный термометр», но именно так его именуют официально — достигнув *максимального* значения, ртутный столбик не возвращается в исходную позицию при изменении температуры окружающей среды. Классическая точка для измерения температуры — подмышечная впадина, на нее и всем известные нормы ориентированы. Вполне можно использовать паховую складку, измерять во рту, в прямой кишке — в двух последних «местах» температура, как правило, превышает таковую в подмышечной впадине на 0,2—0,4 градуса.

Перед измерением температуры следует протереть кожу, чтоб не была влажной, при использовании ртутного термометра обращать внимание на то, чтоб наполненный ртутью наконечник полностью был погружен в кожную складку. Общепринятое время измерения — 10 минут.

Главное достоинство электронных термометров — абсолютная безопасность (ни ртути, ни стекла) и быстрота измерения (секунды, максимум одна-две минуты), ведь не всякое дитя, да еще больное, выдержит (вылежит спокойно) 10 минут.

Хотелось бы обратить внимание: при всех достоинствах электронных термометров точность их нередко оставляет желать лучшего (речь, разумеется, идет о простых и дешевых изделиях). Неудивительно поэтому, что ртутный термометр вызывает у подавляющего родительского большинства большее уважение и доверие; кабы измерял быстрее да не разбивался — цены б ему не было... В этой связи настоятельно рекомендую родителям в плановом порядке (т. е. не дожидаясь болезней, а сразу после приобретения прибора) протестировать электронный термометр — измерить температуру им, а затем обычным ртутным; разницу, если таковая обнаружится, запомнить и учитывать в дальнейшем.

* * *

Кишечные колики у детей первого года жизни очень часто обусловлены повышенным газообразованием, а использование ***газоотводной трубки*** в течение нескольких секунд улучшает состояние ребенка и дает родителям шансы на спокойную ночь.

Газоотводные трубки продаются в аптеках, «свежекупленную» желательно прокипятить, в дальнейшем — достаточно хорошо промыть в проточной воде. Стерилизовать особого смысла нет (ибо место, куда трубку вставляют, обычно далеко от стерильности), но при одном условии — это *личная* газоотводная трубка конкретного малыша. Перед введением тонкий конец трубочки необходимо смазать — оптимально медицинским вазелином, но подойдет и любое растительное масло. Ребенка укладывают либо на спину (приподнимая ноги вверх), либо на левый бок, прижимая согнутые в коленях ноги к животу, — выбор именно левого бока обусловлен анатомическими особенностями расположения прямой и сигмовидной кишки. Глубина введения газоотводной трубки не должна превышать 3—5 см. В процессе введения, помимо поступательного, можно совершать и вращательные движения. Очень важное правило — никаких усилий!

* * *

Редко какое дитя удается вырастить, чтоб не пришлось прибегнуть к очистительной ***клизме:*** запоры у малышей — явление весьма распространенное. Всегда желательно иметь клизму со съемным наконечником. Покупка, обработка и последовательность действий, включая положение дитя и глубину введения, — аналогичны описанным выше. Используется кипяченая вода комнатной температуры (оптимально 20—22 °С). Теоретически количество воды, которое требуется новорожденному, — около 30 мл, в шесть месяцев — 80—100 мл, в год — достаточно 150 мл. В то же время понятие «количество» весьма условно. Это взрослому дяде можно спокойно ввести 1 литр, а минут через 10 отправить его пообщаться с унитазом. С грудным ребенком такой номер не проходит, и недопустима ситуация, при которой жидкость ввели, а стула не дождались: введенная жидкость нагревается до температуры тела и начинает всасываться из кишечника, а вместе с ней всасываются не очень, мягко выражаясь, полезные вещества.

Итак, вводим обработанный наконечник клизмы, подсоединяем грушу, наполненную нужным количеством воды, сжимаем грушу и извлекаем наконечник, сжав предварительно ягодицы ребенка (чтоб введенная жидкость не вышла сразу). Если через 5—10 минут после этого дождаться стула не удалось, следует повторно ввести наконечник клизмы, чтобы вышла вода. Если кал очень плотный, процедуру приходится повторять несколько раз.

Следует заметить, что введение газоотводной трубки менее травматично, опять-таки без каких-либо усилий ее можно ввести на 1—2 см дальше, чем плотный наконечник клизмы. Поэтому наиболее приемлемый и наиболее безопасный вариант — вводить жидкость через газоотводную трубку, подсоединяя клизму к ее широкому концу. Понятно, что в этом случае совсем не обязательно иметь клизму со съемным наконечником.

* * *

Особая роль в лечебном рукоделии принадлежит так называемым ***«отвлекающим процедурам»***. Наиболее типичные варианты действий — горчичники, банки, горячие ножные ванны. Хотелось бы подчеркнуть, что *указанные процедуры никогда не носят неотложного и обязательного характера*. Распространены они главным образом на территории бывшего СССР, используются для лечения разнообразных острых респираторных инфекций, в подавляющем случае безвредны, не влияют существенно на течение болезни.

Отвлекающие процедуры очень помогают родителям, ибо дают возможность реализовать на практике классический ментальный принцип «ну надо же что-то делать».

Поскольку главное в отвлекающих процедурах — отвлечение родителей от грустных мыслей, очень важно, чтоб они не доставляли ребенку неприятных ощущений и не представляли угрозу для его здоровья. Поэтому мы, прежде всего, обратим внимание на то, чего делать не надо.

Глобальный принцип — любые тепловые воздействия не следует осуществлять, если температура тела выше 38 °С. Всегда следует помнить, что ребенок вследствие более интенсивного обмена веществ вырабатывает больше тепла по сравнению со взрослым, поэтому перегреть его многократно легче. Когда папа парит себе ноги, то температура воды зависит только от терпения самого папы и может достигать 80 °С, но, по данным большинства отечественных справочников, температура воды при проведении ребенку горячей (!) ножной ванны не должна превышать 40 °С. Такая цифра может показаться многим читателям по меньшей мере странной, поскольку нередки случаи, когда грудных детей в принципе и без всякого лечения купают в сорокаградусной воде...

Готовые (аптечные) горчичники, по мнению большинства мам, «очень сильные», и с этим трудно не согласиться. Ставят их обычно либо через марлю, либо обратной стороной, стандартно рекомендуемая продолжительность экзекуции 8—10 минут. После удаления горчичников кожу обмывают теплой водой, смазывают вазелином или растительным маслом.

Техника постановки лечебных банок не очень проста. Тех, кто ею не владеет, утешим констатацией того факта, что без этих знаний вполне можно обойтись, а для овладевших навыками заметим: банки и их садистскую разновидность «баночный массаж» нельзя применять при любых кожных, аллергических или инфекционных болезнях, при склонности к кровотечениям, в ситуациях, когда ребенок получает препараты, понижающие свертываемость крови (тот же аспирин). Банки в принципе не рекомендуются детям дошкольного возраста. В любом случае продолжительность процедуры не должна превышать 10—15 минут.

* * *

При лечении ребенка в домашних условиях довольно-таки часто возникает необходимость введения лекарственных средств в нос, уши и глаза. Манипуляции эти несложные, используются практически в каждом доме. Тем не менее упомянутые варианты лечебного родительского рукоделия регламентируются рядом элементарных правил, и знать эти правила родители просто обязаны.

Предварительно подчеркнем: речь идет не о том, ***какие*** лекарства надобно использовать, а о том, ***как*** это надо делать.

ОБЩИЕ ПРАВИЛА

Выбор лекарственных форм невелик, ограничивается мазями и жидкими препаратами — чаще всего каплями, чуть реже и применительно только к носу — спреями.

Самое главное и вполне очевидное правило — чистота рук главного манипулятора. Если имеется возможность выбора, желательно чтобы процедуру осуществлял член семьи, наименее склонный к дрожанию конечностей.

Лекарства, вводимые в нос и глаза, не должны быть холодными — нагреть их хотя бы до комнатной температуры следует обязательно. Это очень актуально, ибо любимым и весьма удобным местом хранения капель для подавляющего большинства населения является домашний холодильник. Что же касается капель в ухо, то здесь ситуация посерьезнее: вводимая в наружный слуховой проход холодная жидкость часто вызывает головокружение, поэтому любой препарат перед использованием следует нагреть — оптимально до температуры тела. Для этой цели проще всего найти родственника с теплыми руками и попросить его подержать флакончик несколько минут.

Практически все современные препараты, выпускаемые в виде капель уважающими себя и пациента фирмами, имеют специальную крышечку, совмещенную с пипеткой. Здесь проблем не предвидится. Если же имеется только пузырек с жидкостью, к нему понадобится пипетка. Приобретенные пипетки желательно простерилизовать кипячением, но есть некоторые нюансы... Пипетка состоит из стеклянной трубочки и резинового баллончика. Не всякая резина благополучно выдерживает контакт с высокой температурой, поэтому резинки достаточно хорошо промыть проточной водой, а вот трубочки можно спокойно кипятить.

Набирая в пипетку лекарство, следует не увлекаться его количеством и держать трубочку вертикально, дабы лекарство не попадало в резиновую часть.

Прекрасным и очень удобным заменителем пипеток (безопасным, стерильным, недорогим) являются одноразовые шприцы малого объема — рассчитанные на 1—2 мл раствора — или так называемые инсулиновые. Более того, если капли помещены в стерильный флакончик, то мы получаем возможность не нарушать его герметичность: спиртом протираем резиновую пробочку, прокалываем иглой и набираем в шприц. Иглу вынимаем из флакончика и отсоединяем от шприца. В итоге имеем емкость со стерильным раствором. Емкость, которая не разливается и не разбивается, которую удобно греть и удобно применять.

НОС

Для того чтобы лекарственное средство оказало действие, нос предварительно неплохо очистить (в том, разумеется, случае, если имеется скопление слизи в носовых ходах). Дети сознательного возраста осуществляют это посредством сморкания, с маленькими и неразумными посложнее. Здесь надо либо отсасывать слизь специальными резиновыми грушками, либо вводить в нос нейтральные капли (различные варианты солевых растворов, чаще всего — физиологический). Эти растворы размягчают слизь, способствуют ее самостоятельному вытеканию и облегчают отсасывание.

Для удачного закапывания желательно присутствие помощника, который обеспечит ребенку полулежачее положение, подержит руки. Дети постарше могут сидеть с запрокинутой головой или лежать (без подушки). В процессе капанья надо постараться, чтоб кончик пипетки не прикасался к коже — это не закон, а пожелание. Сразу же после того, как нужное (назначенное врачом или определенное инструкцией) количество капель введено в ноздрю, следует повернуть голову ребенка в сторону именно этой половины носа. Описанная манипуляция способствует равномерному распределению лекарства по слизистой оболочке носовых ходов.

Лечебные мази вводятся в нос с помощью ватных турундочек. Если речь идет об использовании противовирусных мазей (например оксалиновой) с профилактической целью, то эффект лекарства не зависит от глубины введения препарата: не увлекайтесь, 0,5—1 см более чем достаточно. Из тюбика мазь выдавливается непосредственно на турундочку, последняя вводится в нос и совершается круговое движение. Желательно не экономить и использовать отдельные турундочки для каждой ноздри. При лечении вскочившего в носу прыща (фурункул носа) иногда используют мази с антибактериальными и противовоспалительными средствами. В этом случае с помощью ватной палочки мазь не просто намазывается на внутреннюю поверхность носовых ходов, а наносится непосредственно на видимую «болячку».

УШИ

Еще раз напомним о необходимости предварительного нагревания. Для начала желательно вспомнить о правилах гигиенической чистки ушей (о них мы уже писали) и осуществить эту процедуру. Оптимально уложить ребенка на бок или на спину (голову при этом соответственно повернуть). Далее следует по возможности выпрямить канал наружного слухового прохода. Обычно у детей первого года жизни это удается путем оттягивания ушной раковины слегка вниз, а у детей постарше — кзади и кверху. Вводится нужное количество капель, после чего очень неплохо уговорить дитя полежать спокойно 10—15 минут, а затем перейти ко второму уху. Уговоры не всегда оказываются результативными, но 10—15 секунд следует выждать обязательно, а далее ввести в слуховой проход ватный «фитилек», дабы жидкость не вытекла. Поскольку гигроскопичная вата возьмет на себя не меньше половины лекарства, следует как минимум в два раза увеличивать нужное количество капель — в том, разумеется, случае, если без ваты заведомо не обойтись.

При лечении среднего отита нередко возникает разрыв барабанной перепонки и используются специальные капли, оказывающие действие непосредственно в полости уха. Для лучшего проникновения лекарства в полость уха сразу же после введения капель следует несколько раз придавить пальцем козелок.

В уши нередко вводят ватные турунды, пропитанные лекарством. Никаких особых премудростей в этой процедуре нет, ну разве что стараться делать турундочку подлиннее — дабы изрядный кусочек ваты торчал все-таки из уха и не возникало проблем с его извлечением.

Что же касается мазей, то используются они для лечения воспалительных заболеваний наружного слухового прохода, как правило, инфекционных (грибковых, бактериальных). Алгоритм действий аналогичен тому, что описан нами в отношении носа.

ГЛАЗА

Между задней (внутренней) поверхностью века и передней поверхностью глазного яблока находится пространство, которое называют «конъюнктивальный мешок». Любое лекарство (в виде жидкости или мази — несущественно) после попадания в конъюнктивальный мешок довольно быстро и равномерно распределяется по всей наружной поверхности глаза. Этому способствуют два момента: моргание и постоянное выделение слез.

Самый простой способ ввести препарат в конъюнктивальный мешок — слегка оттянуть нижнее веко и капнуть необходимое количество лечебного раствора. Осуществлять эту процедуру лучше всего в горизонтальном положении, и понятно, что с маленькими детьми без помощника не обойтись.

Мазь вводится аналогичным образом. Все современные глазные мази выпускаются в тюбиках с длинным кончиком, поэтому никакого дополнительного инструмента для закладывания мази не требуется. Раньше для этой цели использовались специальные стеклянные палочки (один конец палочки имел утолщение в виде лопаточки).

Нередко воспаляется только один глаз, но некий препарат назначается в оба. При лечении инфекционных (вирусных или бактериальных) конъюнктивитов нельзя, чтоб кончик пипетки или тюбика с мазью касался глаза. Если вы не уверены в своих способностях, то начинать лучше с того глаза, что поздоровей, но одну и ту же пипетку или один и тот же тюбик для больного и здорового глаза использовать нельзя. Чисто вымытый палец мамы (с обрезанным ногтем, разумеется) удобно использовать для закладывания мази, ну а две пипетки — это не так уж и дорого (только не перепутайте их!).

ФОРМУЛА ЛЮБВИ: ПЛЮС ИЛИ МИНУС?

(теплопродукция минус теплоотдача плюс множество неизвестных)

В далекие советские времена телевидение, за очень редкими исключениями, вовсе не баловало нас душераздирающими ужастиками. Но одно из таких исключений я прекрасно помню. Знаменитый сериал «Семнадцать мгновений весны». Злой садист гестаповец на глазах у мужественной радистки открывает дверь на балкон и начинает раздевать ребеночка. Весенний берлинский воздух ледяным потоком обдувает нежное детское тельце, и это жуткое зрелище приводит к тому, что закаленная в борьбе с фашизмом отважная разведчица теряет сознание.

Описанная сцена глубоко символична в рамках отечественных представлений о любви к детям. Холод — злейший враг, а тепло — лучший друг детского здоровья, это известно всем, эти простые и бесспорные истины с раннего детства внушили нам наши родители и бабушки. У каждого взрослого, выросшего в нормальной семье, в атмосфере заботы и родительской любви, сохранились в памяти воспоминания о внутрисемейных дискуссиях касательно количества необходимых штанов и носочков, недопустимости босоногого хождения и страшных опасностях, подстерегающих юную человеческую голову, не покрытую головным убором.

Это то, что мы помним. Но был ведь в нашей жизни и другой период, в личных воспоминаниях отсутствующий. Когда нас, крошечное мяукающее создание принесли из роддома в теплую комнату. И в этой комнате мы провели, наверное, самый спокойный год своей жизни. Согретые теплом горячих социалистических батарей и теплом родительских сердец, никому и ничем не обязанные, окруженные едой и вниманием.

В общем, ясно: помним мы или не помним, но всегда, когда нам было хорошо, нам уж точно не было холодно. И мы не допустим, чтобы наши собственные дети страдали. Уж лучше мы сами останемся без обеда и залезем в долги, но на одежде для ребенка, на самом лучшем обогревателе, на теплом ковре в детскую комнату мы экономить не будем — это наверняка. И наши дети скажут нам спасибо!

Минуточку... А часто ли у нас самих возникает горячее желание сказать спасибо нашим родителям? Мы, выросшие в тепле, а сейчас месяцами кашляющие и шмыгающие носами, шарахающиеся от приоткрытого трамвайного окна, цепляющие в лучшем случае бронхит из-за слегка подмокшей обуви, но по-прежнему слепо убежденные в том, что так и надо любить уже наших собственных детей!

Мы приносим дитя из роддома и учим его жизни. Мы как инструкторы. Есть у инструкторов-альпинистов замечательная поговорка: «Жареных в горах не находили, а отмороженных — сколько угодно...» Этот шедевр горного фольклора, казалось бы, не слишком известен широким родительским массам, но посещение среднестатистической детской комнаты заставляет думать о противоположном.

Инструктор, между прочим, — это человек, обладающий немалым личным опытом и знаниями. Мы воспитываем наших детей, опираясь на советы бабушек, ограничивая собственный опыт одной-двумя попытками, а знания... Похоже, что даже школьный курс анатомии и физиологии человека позабыт нами окончательно. Попробуем вспомнить хоть что-нибудь.

Самое главное. В организме человека постоянно протекают два процесса — теплопродукция и теплоотдача. Обмен веществ сопровождается сложными биохимическими реакциями с выработкой тепла (это и есть теплопродукция), от указанного тепла организм избавляется самыми разнообразными способами — например с потом, с дыханием (это и есть теплоотдача). У здорового человека теплопродукция и теплоотдача находятся в состоянии равновесия, т. е. сколько тепла вырабатывается, столько и теряется. Отсюда, кстати, вытекают два очевидных следствия: нам холодно, если потери тепла превышают его выработку, а когда нам жарко — это уже и догадаться не сложно.

Обмен веществ у грудного ребенка существенно отличается от обмена веществ у его родителей. С учетом активного роста интенсивность обменных процессов у детей очень высока, следовательно, в единицу времени на единицу массы тела ребенок вырабатывает заметно больше тепла по сравнению с взрослым человеком.

Т. е. если вам, взрослым дядям или тетям, тепло, то младенцу с очень большой долей вероятности жарко. Поэтому никогда не стоит делать выводы о температуре, комфортной для малыша, на основании только собственных ощущений.

Организующие уход за ребенком родственники имеют совершенно реальные возможности воздействовать и на теплоотдачу, и на теплопродукцию.

Теплоотдача зависит от температуры, влажности и скорости движения воздуха, от качества и количества одежды. Понятно, что всеми указанными факторами взрослые вполне могут управлять.

Влиять на теплопродукцию заметно сложнее, но следует знать: количество вырабатываемого организмом тепла существенно возрастает при физических нагрузках — активных играх, массаже, гимнастике.

Самое важное, что, впрочем, очевидно — температура воздуха. Воздух, вдыхаемый человеком (грудной ребенок — не исключение), достигая легких, нагревается до температуры тела. Т. е. дитя вдыхает воздух с температурой 20 °С, а выдыхает, соответственно, 36, 6 °С. При этом, разумеется, определенное количество тепла теряется. Если температура вдыхаемого воздуха 23 °С, то очевидно, что потери тепла заметно снижаются.

При высокой температуре вдыхаемого воздуха только через легкие осуществить необходимую теплоотдачу не получается, и ребенок активизирует второй путь потерь — через кожу. Образуется пот, а в процессе его испарения организм имеет дополнительную возможность избавиться от лишнего тепла. Вот тут и следует учитывать очень важную физиологическую особенность грудного ребенка: потовые железы у младенцев первого года жизни недоразвиты, поэтому даже незначительный перегрев приводит к возникновению серьезных кожных проблем (опрелости, потница, различные виды дерматитов). Этому способствует и сухость воздуха — ведь вдыхаемый воздух не только нагревается, но и увлажняется. Чем суше в помещении, тем больше жидкости теряет ребенок, а это создает дополнительную нагрузку на потовые железы и на слизистые оболочки дыхательных путей.

Чем активнее движение воздуха (ветер, сквозняк), тем больше тепла теряет организм. Это вовсе не говорит о том, что ветер и сквозняк для младенца опасны — просто при наличии этих факторов необходимы конкретные усилия, дабы с помощью соответствующей одежды предотвратить интенсивную потерю тепла.

Есть в физиологии человека такой термин — «температурный комфорт», т. е. такие параметры окружающей среды, при которых нагрузка на систему терморегуляции минимальна. И многие родители искренне хотели бы получить четкие указания — дескать, мы любой комфорт создадим, только скажите: сколько должно быть градусов и процентов, сколько шапочек надеть на головку, во сколько пеленок завернуть и т. п.

Вот тут-то главная сложность и состоит. Ибо на температурный комфорт влияют не только факторы внешние, т. е. подвластные влиянию, но и индивидуальные особенности самого дитя: возраст, масса тела вообще и выраженность подкожно-жирового слоя в частности, интенсивность роста в данный момент времени, состояние здоровья, наследственность. Понятно ведь, что недоношенный ребенок очень чувствителен к переохлаждению, дитя с лишним весом — к перегреву, чернокожий малыш легче перенесет жару в сравнении с бледнолицым и т. д.

Наиболее принципиальные моменты состоят, тем не менее, в следующем:

- отрицательное влияние прохладного воздуха достаточно легко нейтрализовать с помощью одежды, а вот с высокой температурой организм вынужден справляться сам, напрягая физиологические механизмы терморегуляции;
- грудной ребенок обладает врожденной способностью адаптироваться к условиям окружающей среды. Чем стабильнее эти условия,

тем меньше способность приспосабливаться и жить, не болея. Если всегда тепло и всегда не дует, то первый же сквозняк и холодок — реальная угроза здоровью.

Для здоровых детей первого года жизни температура в помещении не должна превышать 22 °С. Понятно, что летом она может быть и часто бывает значительно выше, но ***сознательно*** нагревать воздух в комнате выше этой цифры — не надо. Оптимальная температура, особенно во время сна, — 18—20 °С, при влажности воздуха 50—70%.

ДЕТСКИЙ ВОПРОС: ПИТЬ ИЛИ НЕ ПИТЬ?

Начнем с банальностей: без воды организм человека способен существовать несколько суток. Это организм человека взрослого. Что же касается детей, то для них дефицит жидкости еще опасней: обмен веществ интенсивнее, двигательная активность выше, соответственно, и потери жидкости весьма существенны. Способствуют росту вышеупомянутых потерь и присущие именно нашей ментальности принципы одевания детей — где мама и папа в футболочках, там дитя в кофточке — понятно, что потливость усиливает потребность в живительной влаге.

Казалось бы, ну что тут спорить: поить ребенка надо, в жаркое время года особенно, ибо как перегрев, так и его непременный спутник — дефицит жидкости — исключительно опасны. А избыток жидкости позволяет ребенку справиться с перегревом посредством отдачи тепла при образовании и испарении пота.

Тем не менее в многочисленных руководствах по взращиванию младенцев первого года жизни часто приводится информация касательно того, что ребенок не нуждается в дополнительном питье — мол, маминого молока или современной смеси вполне достаточно для благополучного и здорового существования. Эти рекомендации часто распространяются на детей вообще, вот и терзаются бедные родители вопросом: поить или не поить? С точки зрения здравого смысла — поить, разумеется, но ведь пишут...

В этой связи хотелось бы все-таки кое-что сомневающимся родителям разъяснить — дабы понятно стало, откуда, как говорится, «растут ноги» у ценных указаний касательно того, что пить вредно.

В 1989 г. ВОЗ/ЮНИСЕФ приняли широко известную декларацию под названием «10 принципов успешного грудного вскармливания». В этой декларации есть принцип номер 6, который звучит так: «*Не давать новорожденным никакой другой пищи или питья, кроме грудного молока, за исключением случаев, обусловленных медицинскими показаниями*».

Возражать против этого вполне логичного правила невозможно. Понятно, что сосание ребенком материнской груди — самый лучший способ усилить и стабилизировать выработку молока. А если вместо мамы водичку давать, так высоковероятно, что о грудном молоке вскорости придется забыть. Т. е. имеется совершенно конкретный этап в жизни дитя, когда поить его не надо, — период новорожденности в сочетании с дефицитом молока у матери. Хочет пить — пусть сосет и стимулирует выработку молока. ВСЕ! Других противопоказаний к тому, чтобы дитя поить, не существует.

Парадокс состоит в том, что ВОЗ в своей декларации говорит именно о новорожденных, а многочисленные рекомендации, прикрываясь авторитетом этой уважаемой организации, распространяют совет «не поить» на детей вообще! Напомню, что с точки зрения все той же ВОЗ, новорожденный — это ребенок от рождения до 28 дней... Выводы очевидны — поите на здоровье!

В любом случае, здорового ребенка не надо заставлять пить воду или другие жидкости. Задача родителей — предлагать, а уж пить или не пить — дитя решит само. Особенно важно предлагать тем, кто сам попросить не в состоянии.

Актуальность питья тем выше, чем теплее, чем суше, чем больше потери жидкости (например потливость при физических нагрузках, избытке одежды).

Где бы вы ни находились — на прогулке, на пляже, в стенах родной квартиры, — под рукой всегда должен быть сосуд с жидкостью, предназначенной для питья.

Не забывайте о том, что кипяченая вода не имеет ничего общего с естественным вариантом питья — ни одно живое существо не пьет кипяченую воду. Если уж просто вода, то детям до года — минеральная, нейтрального вкуса, негазированная, а тем, кто постарше, особенно в жару и при избыточной потливости — можно и чуть солоноватую, а если просит — то и газированную.

Вариантов безопасного и полезного питья именно для детей множество. Понятно, что, используя любой напиток, следует учитывать и индивидуальные пристрастия конкретного ребенка, и материальные возможности родителей, и склонность определенной части младенцев к аллергическим реакциям. Возможные варианты — компоты из свежих или замороженных фруктов и ягод; очень удобны и полезны, с учетом большого количества калия, сухофрукты вообще, изюм и курага — в частности. Множество фирм, ориентирующихся на детское питание, выпускают многочисленные чаи на основе целебных трав, ягод и т. д. И если вы можете себе такое позволить — пейте на здоровье.

Никогда не забывайте о признаках перегрева и дефицита жидкости. Главные из них — редкое мочеиспускание, сухость кожи, языка и слизистых оболочек. Эти симптомы, особенно летом, очень опасны. Поэтому повторяю: пейте, точнее поите на здоровье!

БОЛЕЗНЬ ПЕРЕВЕРНУТОГО РЕЖИМА

Младенец, кричащий по ночам... Бессонные ночи как символ героического материнства... Отправляющийся на работу помятый и снулый папа... Как избежать всего этого? Что делать, если избежать не удалось?

И НОЧЬ КАК ДЕНЬ...

Ситуация, о которой мы будем вести разговор, удивительно стандартна и встречается очень часто. Ребенок первого года жизни в течение дня — предмет гордости и обожания родственников: тихий, мирный, веселый, хорошо спит и не капризничает. Но все эти достоинства мгновенно исчезают в тот момент, когда взрослые члены семьи принимают решение о том, что после трудов праведных хорошо бы и поспать. Сонный настрой мамы и папы явно противоречит намерениям дитя, которое открывает рот и начинает демонстрировать неуемную активность сразу же после водворения в кроватку.

В результате ночь превращается в непонятно что... Пение, качание, кормление, гуляние, питье водички, сидение на горшке — все, что угодно, только не сон. Эпизодически детские глазки все-таки закрываются, но сон не глубокий и не продолжительный, постоянно находятся поводы к пробуждению, в общем, скучать по ночам родителям не приходится...

Еще раз подчеркнем: мы вовсе не рассматриваем ситуацию, при которой дитя пищит и требует внимания (присутствия взрослых, ношения на руках и т. п.) постоянно — и днем, и ночью. Здесь уже явно приходится искать либо болезни, либо серьезные педагогические проблемы.

Наш случай — это совершенно конкретный диагноз, который устанавливают обычно бабушки, и звучит он так: «Ребенок перепутал день с ночью». И действительно: если бы днем не светило солнце и папе не надо было бы идти на работу, то все выглядело бы вполне пристойно — и спим, и не кричим, и вообще ангелочек.

ЧТО ВЛИЯЕТ НА СОН?

Описанное положение вещей не очень отражается на состоянии здоровья дитя, но совершенно не устраивает маму и папу. Поскольку ребенок все-таки весьма заинтересован в том, чтобы иметь веселых, бодрых и здоровых родителей, проблему надо решать.

Практическая реализация комплекса мероприятий, направленного на нормализацию образа жизни, требует определенных теоретических знаний.

С необходимой теории мы и начнем.

Не спать ребенок не может. Продолжительность и глубина сна зависят от многих факторов, но только на один из них — возраст ребенка — мы не можем оказать никакого практического влияния. Все остальные связанные со сном параметры поддаются и контролю, и реальным воздействиям. Тут уже все в нашей власти.

Личный опыт каждого взрослого человека свидетельствует: желание спать в конкретный момент времени зависит от трех основных параметров:

- интенсивности энергетических затрат — чем они больше, тем больше хочется спать;
- продолжительности и глубины предшествующего эпизода сна и времени, которое прошло от этого самого эпизода, — здесь все понятно без комментариев;
- соотношения сна и приема пищи — после сытного обеда и сон сладок.

Упомянутые параметры применительно к ребенку первого года жизни еще более значимы.

Можно вспомнить и о том, что на сон оказывает влияние состояние здоровья, ибо боль, повышение температуры тела, кашель, зуд, тошнота и другие «прелести» — сон явно не улучшают. Но проблема перевернутой жизни не имеет связи с конкретными болезнями, поскольку трудно представить себе определенную детскую хворь, возникающую строго в тот момент, когда родители соберутся спать.

А вот что влияет действительно — так это воздух в спальне. Понятно ведь, что если воздух свежий (т. е. прохладный и влажный), то спать легко, а если кроме дитя в комнате присутствуют мама, папа, кот Мурзик, три ковра и два обогревателя, то могут и проблемы возникнуть.

ЭТО БОЛЕЗНЬ

В большинстве случаев ребенок, нагулявшийся и вдоволь наобщавшийся с родителями, успокаивается часам к шести-семи утра. И нет ничего удивительного в том, что не только мирный утренний сон, но и все последующие эпизоды сна в дневное время используются мамой для собственного отдыха. Это, кстати, часто приводит к тому, что ситуация стабилизируется и перестает восприниматься в качестве особой неприятности — женщина учится высыпаться в течение дня и уже более или менее спокойно реагирует на бессонные ночи.

В то же время полноценному дневному отдыху очень мешает куча домашних дел в виде стирки, глажки, уборки, приготовления обеда, похода по магазинам. И если бы не вечно сонный, мятый, голодный и злой папа, с этим вообще можно бы было смириться.

Перевернутый режим дня и ночи не возникает просто так, ни с того ни с сего. А с учетом приведенной информации, причины, приводящие к подобному развитию событий, не так-то и сложно объяснить. Ведь достаточно ребенку одну ночь не выспаться, как потребность во сне будет компенсирована мирным и глубоким сном в течение дня, в результате ночь станет временем гуляния и общения.

Перевернутый режим — это болезнь. Не телесное страдание конкретного младенца, а социальная хворь конкретной семьи. Многочисленные способы мирного сосуществования с этой болезнью зависят от материального благополучия семьи и предусматривают, например, выделение папе отдельной комнаты, дабы он мог высыпаться ночью, или использование труда домработницы, дабы мама могла высыпаться днем. В то же время болезнь, которую не лечат, чревата осложнениями, и они часто дают о себе знать. Понятно ведь, что может произойти, когда у супругов систематически не совпадают место и время сна...

Парадоксальность и печальность ситуации усугубляется еще и тем, что врачи не имеют в своем арсенале практически никаких способов помощи. Т. е. нет такой замечательной таблетки, которая может вернуть на место перевернутый режим. Правды ради следует заметить: различные успокаивающие препараты (бром, пустырник, валериана и т. п.) все-таки назначаются, но подлинная суть такого лечения — психотерапия для родителей (по принципу «надо же что-то делать»), а не реальная помощь ребенку.

Главный вывод — помощи ждать не от кого. Надо самим разбираться и самим себе помогать, ибо при болезни перевернутого режима, в отличие от большинства других болезней, эффективно только самолечение.

ПРАВИЛА САМОЛЕЧЕНИЯ

1 Постараться проанализировать причины. Что могло помешать дитю спать? Если эти причины имеют отношение к состоянию здоровья (кишечные колики, повышение температуры тела, боль в ухе и т. п.) — с помощью педиатра решить, как действовать днем,

дабы неприятные ощущения не тревожили ночью. Помнить, что самая частая (!) причина нарушений ночного сна — воздух в спальне (сухой и теплый).

2 Как бы лично вам ни хотелось спать, изо всех сил потерпеть и постараться сделать так, чтобы ребенок не выспался в течение дня. У дитя первого года жизни в течение дня, т. е. в интервале с 6.00 до 22.00, присутствуют от двух до четырех эпизодов сна. В идеале, один из этих эпизодов следует исключить, но не за счет удлинения других. Т. е. если спал три раза по два часа, а вы «добились» того, что стал спать два раза, но по три часа — это ничего не изменит. Если ребенок демонстрирует желание спать — активно развлекать (петь, играть, разговаривать и т. п.), максимально оттягивая то время, когда крепко уснет. И будить через два часа. Понятно, что для нормальной женщины и любящей матери, сознательно (!) разбудить безмятежно спящего младенца — задача не из легких, но более мирных способов не существует.

3 В течение дня максимально увеличить энергозатраты. Прогулки, активные игры, гимнастика. Не забывать о том, что дитя очень много энергии тратит на поддержание температуры тела: ни в коем случае не перегревать (не злоупотреблять одеждой и обогревателями), сделать так, чтобы во время прогулки ребенок мог двигать руками, ногами и головой.

4 Заранее привести в порядок спальню. Хорошо проветрить, пропылесосить, помыть пол. Помнить, что идеальные условия для сна — температура 18—20 °С, влажность — 50—70%.

5 Отрегулировать режим кормления. Сделать так, чтоб еда присутствовала в интервале 23.00—24.00. Если введен прикорм, последнее кормление осуществлять тем, что наиболее сытно, т. е. молочно-крупяной кашей. Если кормим грудью или смесью, то постараться слегка недокормить в интервале 18.00—20.00, дабы лучше и с большим аппетитом поел перед сном.

6 Вечернее купание (перед последней едой) — в большой ванне, в прохладной воде с массажем и гимнастикой — прекрасный повод и энергию потратить, и аппетит нагулять, и с родителями перед сном наобщаться.

ИТОГИ

Главная сложность лечения болезни перевернутого режима состоит в том, что родители, но чаще все-таки мамы и бабушки, вынуждены в течение определенного времени совершать действия, в корне противоречащие общепринятым представлениям о том, как надо любить детей. Да как это можно, родное дитя!!! Не докормить... Не уложить... Разбудить... Да мы готовы еще два года ночами не спать!

Готовы не спать? Месяцами поддерживать проблему, решение которой требует максимум два-три дня? Это уже другая болезнь. Мазохизм называется. Педиатры такое не лечат...

Я КУШАТЬ НЕ ХОЧУ...

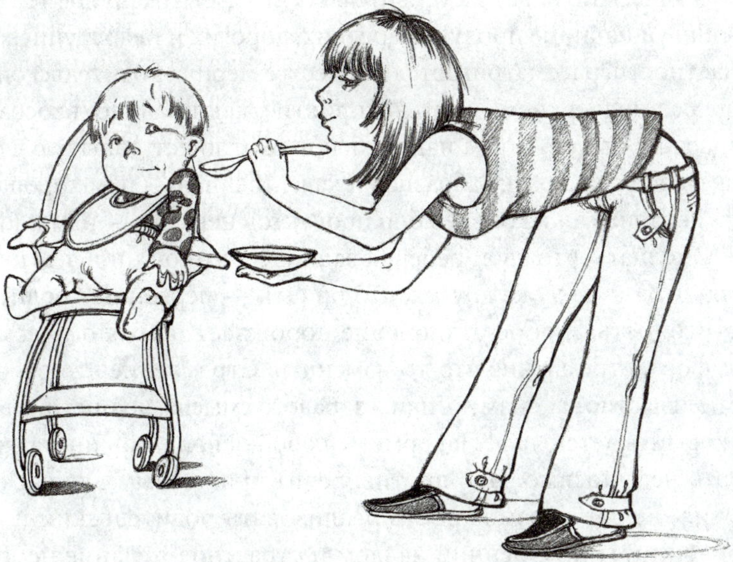

Процесс поиска и поглощения пищи — основа существования всего живого. Какой биологический вид ни возьми — и поведение, и анатомо-физиологические особенности, и среда обитания, и сезонность размножения ориентированы, прежде всего, на принципиальную возможность добывать себе пропитание.

Нет еды — и птицы улетают в теплые страны, а медведи укладываются спать. Нет еды — меньше рождается детенышей. Нет еды — нет жизни. Самые черные страницы в истории человечества, самые страшные времена ассоциируются с голодом. Страх остаться без пищи — подсознательный, инстинктивный. Наесться самому и накормить потомство — что может быть важнее!

Осознавать, что ты можешь принести в дом еду, видеть, как твой ребенок добытую пищу поглощает, — это подлинный бальзам на душу, реализация заложенной в нас генетической программы, направленной не только на размножение, но и на вскармливание детенышей.

Качественный и количественный состав еды, предназначенной для вскармливания отпрысков, определяется материальным благосостоянием семьи (и в этом принципиальная особенность человека как биологического вида). Неудивительно, что избыток продуктов питания вообще и наличие продуктов редких, дорогих и недоступных другим в частности, рассматривается в качестве мерила родительской любви. Еще раз подчеркнем — это восприятие, как правило, неосознанное, подсознательное. Когда наш ребенок охотно ест добытую еду, когда эта еда вкусная, разнообразная и качественная — нам хорошо. Когда еды нет или мало, когда выбор продуктов невелик — нам плохо.

Ощущать, что твой ребенок защищен, что он ни в чем не нуждается, что он не хуже других, что он сыт, — первейшая родительская потребность. Любое отклонение порождает психологический дискомфорт, стремление что-то изменить. Стремление это очень часто не подвластно законам логики и здравого смысла, но инстинкт требует накормить детеныша! Накормить любой ценой! А он иногда не хочет. И это невыносимо. Ибо противоречит привычным для нас основам бытия, не дает возможность реализовать родительский инстинкт, провоцирует внутренний надлом и страстное желание немедленно, срочно, любой ценой ребенка спасать. Ибо так жить нельзя: с таким трудом добытая еда оказывается невостребованной, а ведь он должен расти, как же так можно, словом, так жить нельзя...

НЕ ХОЧЕТ ИЛИ НЕ МОЖЕТ?

Это первый и важнейший вопрос. И не ответив на него, ничего решить нельзя. Понятно ведь, что нежелание есть — это одно, а невозможность есть — это принципиально иная ситуация, и родительские действия в этих ситуациях разнятся весьма существенно.

Всем своим поведением ребенок демонстрирует готовность поесть. Жадно набрасывается на материнскую грудь, хватает ручонками и тянет в рот бутылочку со смесью, охотно усаживается за стол, просит есть, в конце концов. Но непосредственно после начала процесса поглощения пищи принимается капризничать, беспокоиться и отказываться от еды.

Описанное может быть обусловлено:

- проблемами с поступлением еды: плоский сосок, «тугая» грудь, маленькая дырка в соске;
- проблемами в полости рта, когда сосание, жевание или глотание вызывает боль: молочница и другие варианты стоматита, воспаление десен в связи с прорезыванием зубов, просто зубная боль, воспалительные процессы в области глотки (тонзиллит, фарингит);
- проблемами в кишечнике: у грудных детей совсем нередкой является ситуация, при которой после начала сосания резко усиливается перистальтика (сократимость) кишечника. При повышенном газообразовании, при склонности к запорам, при наличии воспалительных процессов упомянутая активная сократимость может провоцировать боли в животе;
- нарушением дыхания: если у малыша «забит» нос, то в процессе сосания появляется весьма ощутимый дискомфорт, поскольку дыхание через рот становится невозможным;

- вкусом еды: соленая, кислая, горькая и т. п. — кормящая мама селедочки с чесночком отведала, папа лично супчик поперчил, индивидуальная непереносимость конкретного продукта — трудно ведь отрицать, что есть дети, у которых попадание в рот манной каши провоцирует рвотный рефлекс;
- физическими характеристиками пищи: горячая, холодная, кусочки крупные, а жевать еще не научились, вот и давимся.

Родителям не всегда удается определить истинную причину невозможности есть, но отличить нежелание от невозможности, с учетом вышеописанного, совсем не сложно.

Если действительно хочет, но не может — это вполне закономерный повод к тому, чтобы обратиться за медицинской помощью.

МОЖЕТ! НО НЕ ХОЧЕТ!

Исключив (самостоятельно или с помощью врача) перечисленные выше причины, затрудняющие саму возможность есть, констатируем: может. И сосать, и жевать, и глотать. Но не хочет! И здесь возникает вполне закономерный вопрос: почему? Почему наше любимое дитя отказывается от такой вкусной, такой полезной и такой необходимой ему еды?

Для начала следует немножко отвлечься и разобраться с очень важным понятием, к которому мы неоднократно будем обращаться. Речь идет о таком известном слове, как *аппетит*.

Классические определения:

Аппетит — *желание есть, позыв к еде*[1].

Аппетит (лат. appetitio — сильное стремление, желание) — *приятное ощущение, связанное с предстоящим приемом пищи*[2].

С учетом этих определений понятно, что субъективные желания и ощущения, к коим понятие «аппетит», безусловно, относится, могут иметь разную степень выраженности — от умеренного снижения до полного отсутствия аппетита, проявляющееся в реальной жизни полным отказом от какой бы то ни было еды.

Теперь, когда с терминологией разобрались, можно и к вопросу вернуться, поскольку, вопрошая: «почему же все-таки дитя отказывается от вкусной, полезной и необходимой еды?», мы можем иметь в виду не только полную потерю аппетита, но и его снижение.

1 Словарь русского языка / Сост. С. И. Ожегов, М.: Русский язык, 1984.

2 Энциклопедический словарь медицинских терминов, М.: Советская энциклопедия, 1982.

ПОЧЕМУ? ПОТОМУ, ЧТО ЗАБОЛЕЛ...

Причин отказа от еды множество, но первое, что приходит на ум обеспокоенным родственникам — болезнь. И это действительно так. Ибо снижение аппетита — типичное проявление любой острой болезни и многих хронических. Этот очевидный факт требует разъяснений.

Для начала рассмотрим **болезни острые**, т. е. внезапно начавшиеся, к которым можно отнести и большинство детских инфекций, и травмы, и отравления, и аппендицит, и многое другое. Именно в детском возрасте речь чаще всего идет об острых инфекционных, как правило, вирусных инфекциях, с которыми организм ребенка в подавляющем (!) большинстве случаев вполне способен справиться самостоятельно и без всякой посторонней помощи. Если принять указанное положение за аксиому, то станет понятным следующее: любые усилия родственников должны осуществляться в направлении, подсказываемом инстинктивными действиями, и следовательно, доказавшими свою правильность в ходе естественного отбора.

А какое действие в начале болезни наиболее естественное? Отказ от еды. Хорошо это или плохо? Это нормально, поскольку отсутствие стремления к приему пищи обусловлено, прежде всего, биологической целесообразностью, и симптом этот общий для всех млекопитающих. И больная кошка, и больная мышка есть не хотят.

На первый взгляд, что-то здесь не логично. Надо ведь с болезнью бороться, силы нужны, энергия, как же можно в такой ответственный момент без еды... Но это только на первый взгляд.

Основные проявления острых болезней (боль, стресс, повышение температуры тела, нехватка кислорода) приводят к стандартной реакции — активизируется циркуляция крови в жизненно важных органах (головной мозг, сердце, легкие), а сосуды в органах менее значимых — сужаются. Сужение сосудов и значительное уменьшение активности кровотока особо выражено в кишечнике. Снижается его перистальтика, меньше вырабатывается кишечных соков, они становятся более густыми. Понятно, что кишечнику в такой ситуации, мягко говоря, не до еды.

Расстройства кишечника (понос, боли, метеоризм) у детей могут возникнуть и часто возникают при любой болезни, даже термин специальный для этого существует — «кишечный синдром». Парадоксален, но легко объясним тот факт, что частота и выраженность кишечного синдрома прямо связаны не только с тяжестью заболевания, но и с усилиями родителей по кормлению заболевшего дитя.

Печень — важнейший орган системы пищеварения и в то же время главный «борец» с инфекциями. Именно печень — активный участник синтеза иммуноглобулинов — тех самых всем известных антител, что нейтрализуют вирусы и токсины бактерий. Опять-таки печень — мощный фильтр, который останавливает и обезвреживает яды, продукты распада тканей. Понятно, что при острой инфекции нагрузка на печень высока, а потеря аппетита — важный защитный механизм, преследующий очевидную цель: дать печени возможность сосредоточиться на функциях, более необходимых, чем переваривание пищи.

Становится понятным следующее: отсутствие или снижение аппетита у заболевшего ребенка — абсолютная норма. Чем серьезнее нагрузка на организм, тем более выражено снижение аппетита. По мере уменьшения нагрузки аппетит восстанавливается, и это один из симптомов, однозначно свидетельствующих о начале выздоровления.

С **болезнями хроническими**, длительными — ситуация не так однозначна. Растущий детский организм относительно быстро адаптируется к переменам, и аппетит сохраняется. При некоторых болезнях (например при сахарном диабете) аппетит даже повышается, но в целом прослеживается вполне четкая тенденция — если болезнь приводит к уменьшению затрат энергии (ребенок не может двигаться или двигается мало), то это отражается не столько на аппетите, сколько на количестве съедаемой еды. И только при очень тяжелых, очень длительных и очень опасных болезнях возникает резкое снижение аппетита или полный отказ ребенка от еды. И это всегда очень серьезно...

Итоговые рекомендации по питанию больного ребенка могут быть сведены к двум простым правилам:

1. главным критерием частоты и объема кормления является аппетит;
2. попытки насильственного кормления абсолютно недопустимы.

Очевидно, что качественный состав еды зависит от того, с какой конкретной болезнью мы имеем дело — понятно, что при кишечной инфекции, вирусном гепатите и переломе ноги выбор продуктов, позволительных для употребления, будет, мягко говоря, разным. Но диетотерапия конкретных болезней не является темой нашего общения. Наша задача — выработать тактику родительских действий по отношению к конкретному симптому под названием «снижение аппетита». И вывод здесь однозначный: если снижение аппетита действительно симптом, т. е. один из признаков болезни, то не надо с этим симптомом бороться. Надо помочь организму справиться с конкретной болезнью, но ***основная тактическая и психологическая проблема как раз и состоит в том, что активное кормление больного ребенка вовсе не помогает ему выздороветь — скорее наоборот.***

Совершенно особый случай — отказ от еды, обусловленный не телесными, а душевными расстройствами: когда девочка-подросток начинает бороться с полнотой и превращает эту борьбу в смысл своей жизни, когда отказ от еды является, наряду с другими расстройствами общения и поведения, одним из симптомов явной психической болезни. Понятно, что в такой ситуации все приведенные выше рассуждения касательно печени и кишечника теряют значение. Но и здесь алгоритм родительской помощи состоит не в том, чтобы любой ценой накормить, а в том, чтобы с помощью специалиста (детского психолога, врача-психиатра) устранить истинную причину болезни.

ОТ ЧЕГО ЗАВИСИТ АППЕТИТ?

Больной ребенок отказывается от еды... Такое положение вещей хоть и горестно для родственников психологически, но в целом понятно. Любой взрослый человек отдает себе отчет в том, что это временно, что болезнь виновата. Очень помогают успокоиться воспоминания из собственного «болезненного» опыта: «Я ведь, когда болею, тоже кушать не хочу».

Совершенно другие мысли посещают любящих родителей в ситуации, когда никаких признаков болезни нет, но и аппетита тоже нет. Это пугает неопределенностью, ибо самое логичное объяснение — есть все-таки болезнь, просто мы ее увидеть не можем. На самом же деле снижение аппетита очень часто имеет под собой вполне физиологическую, т. е. нормальную, естественную основу.

Для того чтобы это понять, следует знать и учитывать **факторы, способные оказывать влияние на выраженность аппетита**. Рассмотрим эти факторы поподробнее.

1. ***Индивидуальные особенности обмена веществ***, свойственные и детям, и взрослым. Это каждый может подтвердить, основываясь на многочисленных бытовых примерах. Петя и Саша едят одинаково, Петя худой, а Саша толстый. Худая Маша ест много, а толстая Лена — мало.

По большому счету, имеет ведь значение не сколько еды ребенок съел, а сколько из съеденного усвоится и на сколько хватит этого «усвоенного». Здесь может быть вполне уместна не очень корректная, но понятная техническая аналогия: один автомобиль «съедает» 20 л бензина на 100 км пути, а другой, в тех же условиях, — только 5 л.

2. ***Интенсивность выработки гормонов***. Процесс роста не равномерен. На первом году жизни, в подростковом возрасте, гормон роста, гормоны щитовидной и паращитовидной желез, половые гормоны

вырабатываются в большем количестве, ребенок активно растет, усиливается аппетит. Интенсивность роста зависит и от генетических особенностей. Если родители Васи под два метра ростом, то Вася, скорее всего, будет есть больше, чем Сережа, папа которого имеет метр шестьдесят, да и то в кепке.

Существуют и сезонные закономерности: зимой рост замедляется (меньше гормонов), летом — активизируется (больше гормонов). Понятно, что и аппетит летом получше.

3. ***Уровень энергозатрат***. Питание, по сути, преследует две глобальные цели: во-первых, обеспечить организм веществами, необходимыми для роста и нормального функционирования внутренних органов; во-вторых, покрыть текущие затраты энергии, обусловленные, прежде всего, двигательной активностью. Здесь все вполне очевидно — чем больше ребенок тратит энергии, тем лучше аппетит.

ОБРАЗ ЖИЗНИ

Из трех перечисленных факторов, определяющих выраженность аппетита у здорового ребенка, два совершенно не подвластны родительскому влиянию. При всем желании мы не можем воздействовать ни на выработку гормонов, ни на индивидуальные особенности обмена веществ. Но регулировать энергозатраты — это однозначно в компетенции родителей.

Мы уже определились: текущие затраты энергии обусловлены, прежде всего, двигательной активностью, но не только ею. Огромное значение имеет поддержание температуры тела: чем теплее и комфортнее, чем больше одежды — тем меньше энергозатраты, хуже аппетит.

Соотношение интеллектуальных и физических нагрузок, распорядок дня, температурный режим — основные элементы, характеризующие такое общеизвестное понятие, как «образ жизни». Вполне очевидно, что и потребление пищи находится в этом списке, а взаимосвязь составляющих очень велика.

Давайте со стороны и, по возможности, объективно посмотрим на классическую, в рамках нашего бытия, ситуацию, когда родители здорового ребенка крайне обеспокоены отсутствием у него аппетита. В подавляющем большинстве случаев семья не испытывает недостатка в продуктах питания, ребенку не бывает холодно — на шубку, носочки и обогреватель средства всегда находятся. Ребенок посещает детский сад или школу, тщательное выполнение уроков всячески контролируется, и времени на занятия не жалко. Не редкость — дополнительные нагрузки в виде опять-таки занятий (иностранный язык, музыкальная школа, развивающие игры и т. п.). А в свободное от учебы время мы играем на компьютере или смотрим телевизор.

Удивительно не то, что в такой ситуации у ребенка нет аппетита. Удивительно, что это удивляет его родителей!

Цивилизация очень серьезно влияет на здоровье человечества. И это особенно актуально применительно к детям, ибо в самый ответственный период жизни — когда растут и формируются внутренние органы, когда на всю жизнь закладывается здоровье, — так вот, именно в этот период ребенок растет в абсолютно неестественных условиях. Это не столько проблема родителей, сколько проблема общества в целом: вся система школьного обучения — это система противопоставления интеллекта и здоровья. А популярные в дошкольном возрасте развивающие игры сплошь и рядом — перекладывание кубиков в замкнутом пространстве в окружении ковров и мягких игрушек.

Если здоровый ребенок отказывается от еды, то первое, с чего надо начать, — осуществить коррекцию образа жизни, дабы активизировать затраты энергии. Это справедливо для любого возраста. Исключение перегрева, гимнастика, прохладная вода, активные игры, длительное пребывание на свежем воздухе — это одинаково важно и в 5 месяцев, и в 14 лет.

КЛАССИЧЕСКИЕ ОШИБКИ

Ребенок не может изменить образ жизни самостоятельно. Это требует определенных и немалых усилий со стороны родителей. Но, создав все условия для того, чтобы ребенок энергию не тратил, родственники искреннее огорчаются отсутствию у него аппетита. И, уподобив себя страусам, пытаются не замечать очевидного, действуя в трех направлениях: ищут у ребенка болезни, пытаются успокоить собственную совесть, накормив его «любой ценой», и апеллируют к нормам.

ПОИСК БОЛЕЗНЕЙ

Немножко повторимся: *резкое снижение аппетита или полный отказ ребенка от еды возникают лишь при очень тяжелых, очень длительных и очень опасных болезнях. И снижение аппетита —* ***лишь один*** *из многочисленных симптомов. Ситуация, при которой нет никаких жалоб, врач не видит никакой патологии при осмотре ребенка, нет изменений в стандартных анализах крови и мочи, но где-то таится скрытая болезнь, выраженная настолько, что это приводит к потере аппетита, — совершенно нереальна.*

Тем не менее осознать тот факт, что отказ от еды обусловлен «ненормальностями» системы воспитания, очень сложно — это равносильно тому, чтобы признать собственную родительскую несостоятельность или, что еще сложнее, пересмотреть сложившуюся в конкретной семье систему жизненных ценностей. Встать пораньше и вместе с ребенком заняться гимнастикой... Вместо просмотра очередной мелодрамы прогуляться перед сном... Провести выходной не на диване, а на природе...

Это очень (!) непросто. Этим и заниматься не очень хочется.

Это не с нами что-то не так, это с ним беда.

К врачу!!!

— Доктор, он не ест! Плюется. Вчера уговорили поесть, чуть не вырвал.

— Так, может, он не голодный?

— Он у нас никогда не голодный! Если не предложишь, сам не попросит НИКОГДА! Он наверняка болен. Очень болен!

Самое грустное в этой ситуации состоит в том, что:

1. ***не всякий врач найдет в себе силы не поддаться на уговоры и не стать союзником (заложником) родителей в очень благодарном (!) процессе поиска болезней;***
2. указания на то, что надо жить по-человечески, а не дитя насиловать, скорее приведут к поиску другого врача, чем к действительной коррекции образа жизни;
3. при отсутствии реальных жалоб вероятность обнаружения при осмотре ребенка тяжкой скрытой хвори очень мала;
4. всегда могут помочь анализы и обследования.

Это вылечиться сложно, а найти заболевание, при современном уровне развития медицины, — элементарно. Вот и появляются на свет диагнозы, с одной стороны ничего не значащие, с другой — позволяющие расставить точки над і, обозначить присутствие якобы болезни и предоставить родителям возможность отвлечься от темы аппетита в пользу искоренения обнаруженной хвори.

Проще всего сдать анализ кала — в нем обитает множество самых разнообразных бактерий (около 400 видов), количество какой-нибудь обязательно выйдет за отведенные ей медицинской наукой нормы, и тогда мы узнаем, что у дитя «страшный дисбактериоз». Можно мазок из горла взять: у 80% людей там живет стафилококк — чем не болезнь! Если сделать УЗИ печени, а перед этим настоятельно обратить внимание врача на полное отсутствие аппетита, появятся вполне реальные шансы обнаружить дискинезию желчевыводящих путей... Перечень таких болезней велик и вполне способен удовлетворить потребности самых привередливых родителей.

А можно и не искать. Можно обратить внимание на болезни реально существующие, коих у любимого современного дитя достаточно, — аллергии, хронический тонзиллит, аденоиды, частые простуды и т. д. и т. п. Другой вопрос в том, что никакой прямой связи между этими болезнями и аппетитом нет, но косвенных связей — сколько угодно. Да и как им не быть — малоподвижный образ жизни, дефицит свежего воздуха и активные интеллектуальные занятия снижают не только аппетит, но и общие запасы здоровья.

КОРМЛЕНИЕ «ЛЮБОЙ ЦЕНОЙ»

Кормление «любой ценой» — самый распространенный способ решения проблем с аппетитом; родительская фантазия способна в этом направлении творить чудеса. Стратегическая задача — сломить сопротивление не желающего есть ребенка, а тактические приемы — весьма и весьма разнообразны.

Превратить процесс еды в процесс игры: ложка — автомобиль, а рот — гараж, у-у-у-у, поехали....

Отвлечь — чтение книги, параллельный просмотр любимого мультфильма, пение бабушки, танцы дедушки.

Пообещать награду за пустую тарелку — прогулка, покупка игрушки, воскресный поход в цирк.

Пригрозить — вот не буду тебя любить, вот придет папа с работы, ты у него получишь — и т. д. во множестве вариантов.

Печальность такой ситуации состоит, прежде всего, в том, что ***аппетит — это ведь не только желание есть, это отражение самой возможности, готовности организма к перевариванию пищи***. Накопились желудочный и кишечный соки, управились с работой печень и поджелудочная железа, освободился от большей части съеденного тонкий кишечник — вот и аппетит появился. А его-то как раз и нет! Следствие очевидно — значительная часть без аппетита съеденного толком не переваривается и не усваивается. И формируется своеобразный замкнутый круг — система пищеварения перегружена лишней едой, а дитя продолжают активно кормить, жалуясь при этом на отсутствие аппетита. Как тут не вспомнить, что каких-нибудь 100 лет назад, когда ни УЗИ, ни дисбактериоз никому не были ведомы, главным лекарством для лечения большинства проблем с животом вообще и с аппетитом в частности было слабительное — касторовое масло. Знаменитая касторка прекрасно очищала кишечник и, разумеется, улучшала аппетит (сяду на горшок — съем пирожок).

НОРМЫ

Теоретической основой и поиска болезней, и стремления во что бы то ни стало дитя накормить очень часто является ложная трактовка понятия «нормы». Ребенок бодр и весел, но вот в книге написано, что в годик он должен весить 12 кг, а наш еле до 10 дотянул. «Я сама читала, что в таком возрасте дитя должно питаться пять раз в сутки, а у нас четыре с трудом получается...». «На баночке со смесью ведь ясно указано: объем порции 180 мл. Никогда больше 150 не съедал». И все перечисленное — реальные поводы для переживаний и суеты.

Следует знать, что нормы ориентированы все-таки на некоего среднестатистического ребенка. Абстрактную цифру нельзя воспринимать и анализировать изолированно, без учета индивидуальных особенностей именно вашего дитя. Признаки здоровья вполне очевидны — физическое и психическое развитие, двигательная активность, настроение, аппетит. Да-да, аппетит, но не книжными нормами обусловленный, а реальными потребностями, состоянием здоровья и образом жизни конкретного ребенка.

Еще один аспект — народные (ментальные) представления о нормальности или ненормальности ребенка. С одной стороны, соседи, знакомые, бабушки на лавочке и прохожие на улице имеют собственные мнения о том, как должно выглядеть сытое и здоровое дитя. Это было бы не так печально, если бы не другая сторона вопроса — вышеупомянутые соседи-прохожие сплошь и рядом не держат это мнение при себе, а охотно делятся им с родителями ребенка. Фразы «какой он у вас худенький» или «вы что, его не кормите?!» способны не только породить сомнения у самых здравомыслящих родителей, но и побудить их к незамедлительным действиям по откармливанию «несчастного» младенца.

ИЗБИРАТЕЛЬНЫЙ АППЕТИТ

Суть проблемы избирательного аппетита состоит в том, что ребенок предпочитает определенные продукты — их он ест с аппетитом, от других — отказывается.

На первом году жизни избирательный аппетит очень часто отражает реальную потребность организма в определенных продуктах. Многие дети в возрасте 6—10 месяцев категорически отказываются от овощных блюд, предпочитая им молочные — такая ситуация вполне естественна, может быть обусловлена повышенной потребностью организма в кальции, который нужен для роста костей и зубов и которого больше всего именно в молочных продуктах. Повторимся: это естественно, нормально и не должно служить поводом для суеты и попыток пренепременно накормить дитя овощным супом на основании того факта, что соседский ребенок этот суп ест.

Принципиальная особенность человеческой цивилизации, в отличие от животных, состоит еще и в том, что поглощение пищи из процесса биологически необходимого трансформировалось в один из самых популярных способов получения удовольствия.

Ребенок может отказаться от еды, поскольку отсутствует естественная потребность в пище, но охотно согласится съесть что-нибудь сладенькое-вкусненькое. Даже когда аппетита нет вообще, от шоколадки мало кто отказывается...

Когда же аппетит все-таки присутствует, а у дитя при этом имеется *возможность выбора* между супом, колбасой и манной кашей, то ребенок отдает предпочтение совершенно конкретным продуктам. Родители часто поощряют такое положение вещей (пусть ест, что хочет, лишь бы ел), а потом горько сетуют — дескать, наш, кроме жареной картошки и колбасы, ничего в рот не берет...

Следует заметить, что в подавляющем большинстве случаев проблема избирательного аппетита надуманна, не имеет в своей основе медицинских проблем и однозначно обусловлена педагогическими факторами.

Если вы, именно вы решили, что ребенок на обед будет есть суп, а он не хочет, то самое мудрое решение — не ругать, не причитать, а мирно отпустить нагуливать аппетит. Ибо ***единственное «лекарство», в 100% случаев решающее проблему избирательного аппетита, — это чувство голода.*** Важно только, чтоб через два-три часа ребенку был предложен тот же самый суп. Не хочет? Значит, еще не нагулялся. Единственная сложность этого лечения — состояние здоровья того, кто кормит. Сплошь и рядом после двух подряд отказов от супа кормящие мамы-бабушки нуждаются в неотложной психотерапевтической помощи и готовы согласиться на требуемую жареную картошку.

Еще одна проблема — когда избирательность аппетита состоит не в выборе самой еды, а в выборе способа поглощения пищи. Не хочет ложкой есть кашу или пить кефир из чашки — только из бутылки с соской. Охотно открывает рот, когда бабушка кормит супчиком, но самостоятельно взять в руки ложку отказывается наотрез. И в этом случае чувство голода способно помочь.

Частный случай избирательного аппетита — *еда в промежутках между едой.* Если в доме легко отыскать вкусности (конфетки, печенье, шоколадки, апельсинки и т. п.), то в интервале между обедом и ужином дитя вполне может обеспечить себе достаточный запас калорий для того, чтобы исчезла потребность не только в ужине, но и в завтраке. С одной стороны, польза такого питания весьма сомнительна. С другой — в этом нет ничего опасного, но при условии, что родители не склонны драматизировать ситуацию и совершать уже упомянутые нами классические ошибки (заставлять есть, искать болезни и т. д.).

Если отсутствие аппетита — реальная проблема, то следует сделать все, чтобы в промежутках между кормлениями еда ребенком не обнаруживалась.

ИТОГИ

Отказ ребенка от еды ни при каких обстоятельствах нельзя воспринимать как трагедию. Не волнуйтесь — человеческий организм биологически приспособлен к тому, чтобы не принимать пищу в течение нескольких дней.

Это взрослые дяди и тети превратили еду в привычку, в удовольствие. Завтрак, обед, ужин. Завтрак, обед, ужин... И так годами. Без учета реальной потребности организма, просто потому, что время пришло, потому, что с детства внушили: надо! Детский организм, еще не испорченный нормами цивилизации, живет по другим законам. Законам естественным, мудрым и целесообразным.

Главный закон — количество еды эквивалентно количеству затраченной энергии. Природа имеет универсальный механизм реализации этого закона — аппетит. Обмануть природу можно, превратив еду либо в привычку, либо в способ получения удовольствия. Но это путь однозначно ошибочный, неестественный, способный, как это ни печально, провоцировать возникновение болезней.

Нельзя руководствоваться инстинктами. Нельзя кормить ребенка только потому, что его родственники испытывают потребность кормить. Не надо искать болезни. Не надо возводить еду в культ. ***Ребенок лучше, чем его родственники, знает, когда и сколько ему надо есть.***

Не суетитесь. Оставьте в покое кастрюли, медицинские справочники и книги по детской кулинарии. Оторвитесь от телевизора. Идите гулять. Прыгайте, бегайте, дышите свежим воздухом — это и вам пойдет на пользу. Только, пожалуйста, не вспоминайте про еду. Ребенок сам вспомнит, можете не сомневаться. И все станет на свое место. И ваше инстинктивное желание насытить детеныша не будет противоречить естественным потребностям этого детеныша.

И это будет хорошо...

ЧТО ТАКОЕ «РАЗНООБРАЗНОЕ ПИТАНИЕ» И КОМУ ОНО НЕОБХОДИМО?

Так уж повелось, что разнообразное питание традиционно рассматривается в качестве пренепременного атрибута не только здорового образа жизни, но и достатка.

Есть одно и то же — «сидеть на хлебе и воде» — чем не признак бедности и несчастности? Иметь возможность три раза в день употреблять разнообразные продукты, видеть праздничный стол, заставленный тремя десятками всевозможных яств, — чем не признак сытости и благополучия?

В системе «родственники — ребенок» ментальные представления о разнообразном питании приобретают особый смысл. Кормить дитя качественной разнообразной пищей — пренепременнейшее условие *морального благополучия родителей*. Последнее предложение может показаться весьма странным. Казалось бы, ну при чем здесь «моральное благополучие родителей»! Ведь разнообразное питание и самими родителями, и подавляющим большинством врачей признается, прежде всего, в качестве обязательного условия *телесного благополучия ребенка*. В этом аспекте собственное моральное благополучие — фактор явно вторичный, лишь бы дитю было хорошо, понятно, что в этом случае и родительский долг исполнен, и на душе спокойно.

Но все далеко не так примитивно, как может показаться на первый взгляд. И, казалось бы, элементарное понятие «разнообразное питание» оказывается не таким уж простым и очевидным. Более того, уже упомянутые выше *теоретические ментальные представления* о питательном разнообразии повсеместно трансформируются в *реальные практические действия*. А действия эти зачастую оказываются далеко не безобидными, а иногда и просто опасными. Опасными именно по отношению к тому самому ребенку, благополучие которого ставится во главу угла.

Конкретных врачебных рекомендаций здесь явно недостаточно. Необходима общая философия, объективный взгляд на проблему, признание того факта, что проблема однозначно присутствует.

Начнем с того, что человек как биологический вид живет и здравствует по общим законам живой природы. Факт наличия более развитых мозгов вовсе не отвергает эти законы, а, скорее, создает сложности в их исполнении. Мы даже не будем рассматривать особенности питания какого-нибудь червяка или бедной акулы, обреченной на то, чтобы всю жизнь питаться одной рыбой.

Мы обратим внимание исключительно на класс млекопитающих, к коим небезосновательно причисляет себя гордый вид «человек разумный». И легко заметим то, чего не заметить практически невозможно. Оказывается, по окончании периода «млекопитания» рацион всех представителей этого класса удивительно, просто до неприличия однообразен!

Огромный кит, весящий более 100 тонн, ест один планктон. Корова щиплет травку. Волк ест мясо. Муравьед предпочитает муравьев. Летучие мыши ловят насекомых. И если медведь, кроме мяса, может себе иногда позволить еще пару блюд — рыбку поймать или в малиннике ягодами побаловаться, — так это вовсе не отрицает общей однообразной тенденции.

Сравнение всеядного человека с хищниками или травоядными может показаться не совсем корректным. Но другие всеядные млекопитающие (обезьяны, некоторые грызуны и т. п.) отнюдь не балуют себя особым разнообразием, а список кушаний может быть исчерпан пятью, максимум десятью позициями — и это если повезет. Более того, если некий зверь все-таки может себе позволить разнообразное питание, то оно, как правило, носит сезонный характер — когда мясо, когда жучки-червячки, когда травка, когда вообще ничего. Но три раза в день и каждый раз разное — об этом меньшие наши братья могут только мечтать.

Вывод очевидный: ***однообразное питание вовсе не мешает существованию млекопитающих и не оказывает негативного влияния на их здоровье. Парадоксально, но именно однообразное питание является абсолютно естественным для всего живого на Земле.***

История человечества подтверждает сформулированную тенденцию. Готовый съесть практически все, человек редко имел возможность реализовать на практике это свое желание. Большинство народов установило свои питательные приоритеты, определявшиеся реальными условиями бытия и средой обитания. Одни ели преимущественно рис, другие — рыбу, третьи — финики, четвертые — мясо и т. д.

Современная цивилизация привнесла не только взаимообмен знаниями, но и взаимообмен продуктами. Сегодняшний список того, что человек может съесть и что ему может предложить пищевая промышленность — пугающе огромен. Наверное, целой жизни не хватит на то, чтобы все перепробовать.

Стремление человека к познанию во многом опирается на органы чувств, а тяга к разнообразию ощущений приводит к множеству экспериментов. Анализ вкусовых качеств того или иного продукта — явление чрезвычайно занимательное. С одной стороны, это источник немалого удовольствия. С другой — источник самоутверждения. Согласитесь, сообщить приятелю о том, что вчера вами были съедены парочка омаров и суп с трюфелями, весьма приятно. При этом сама возможность сообщить зачастую оказывается намного более приятной, чем и омар, и трюфеля...

Применительно к кормлению детей распространяемая среди друзей и знакомых информация о разнообразии продуктов приобретает особый смысл, она как бы характеризует родительскую полноценность в глазах окружающих. Сообщение соседки о том, что ее Машенька ну просто обожает авокадо, способно вызвать подколенную дрожь и стремление немедленно бежать в ближайший супермаркет, дабы наш Петенька, который совсем не хуже, этот то ли овощ, то ли фрукт незамедлительно отведал.

К чему, собственно, все эти рассуждения? К тому, что необходимо четко определиться: *тема (проблема) разнообразного питания имеет два принципиальных аспекта.*

Медицинский аспект. Цель разнообразного питания — обеспечить организм человека полным комплексом веществ, необходимых для поддержания здоровья: белками, жирами, углеводами, витаминами, микро- и макроэлементами.

Психологический аспект. Разнообразное питание, реализуемое по отношению к собственным к детям или к себе любимому, доставляет человеку удовольствие, повышает его (человека) самооценку и его значимость в глазах окружающих.

Рассмотрим поближе медицинский аспект.

Ест наш ребенок некий фрукт. Самый простой и привычный фрукт — яблоко. С жирами и белками явные проблемы, но углеводов, макро- и микроэлементов, некоторых витаминов — вполне достаточно. Имеются натрий, калий, фосфор, железо, магний, витамины B_1 и B_2, PP, C, бета-каротин. Состав других фруктов отличается, но нет в составе, допустим, груши или персика ничего такого, что в яблоке отсутствует в принципе.

Ест наш ребенок куриное мясо. Сравнение с мясом других животных — с говядиной, свининой или крольчатиной — покажет по некоторым показателям серьезные различия. Но есть ли в кролике нечто такое — особо редкое и особо ценное, чего в курице нет? Ответ отрицательный.

Возьмем некую крупу. Овсянку, например. Сравним ее состав с гречкой, рисом или перловкой. Разницу выявим. Но нет в овсянке ничего настолько уникального, чтоб в рисе этого не обнаружилось.

Суть приведенных выше рассуждений сводится к следующему. Все продукты питания можно условно разделить на пять основных групп: мясное, молочное, овощи, фрукты, крупы.

Если в рационе человека присутствуют продукты, представляющие все вышеупомянутые группы, — такое питание вполне можно назвать разнообразным. Более того: кулинарные изыски взрослых человеческих особей позволяют утверждать, что даже перечисленные нами пять продуктовых групп вовсе не являются обязательными. Вегетарианцы, полностью исключив из рациона мясное и молочное, годами не испытывают никаких проблем со здоровьем.

И это лишний раз доказывает: меню, состоящее из кефира (молочное), курочки (мясное), хлеба (крупы), яблока (фрукты) и картофеля (овощи), — более чем способно обеспечить человеческий организм всем необходимым для нормальной жизнедеятельности. Но это обеспечение корректно и естественно лишь в медицинском аспекте. Психологический дискомфорт обнаружится пренепременно, а желание съесть что-нибудь еще — обязательно даст о себе знать. И чем больше возможностей к расширению рациона, тем активнее желание.

Любые рассуждения о разнообразном питании неизбежно порождают реальную проблему — проблему постоянного конфликта биологических и психологических потребностей. И в этом нет ничего плохого и противоестественного. В конце концов, список удовольствий, доступных человеку в процессе его кратковременного пребывания на этом свете, не так уж велик. Вкусная пища — одно из таких удовольствий и ограничивать себя — более чем неразумно. Но!!! Очень важно при этом расставить точки над i и не пытаться морочить голову себе и окружающим, доказывая, что если в течение недели вы, питаясь три раза в день, съели двадцать одно различное блюдо, так это чрезвычайно полезно и гарантирует вам здоровье и долголетие.

Парадоксально, но факт: в тонкости медицинского аспекта проблемы разнообразного питания посвящен очень узкий круг специалистов. С аспектом же психологическим все происходит с точностью до наоборот — специалистов миллионы, все поют гимны о полезности разнообразия, но толком объяснить его целесообразность мало кто может.

На ментальном, бытовом, подсознательном уровне разнообразное питание — всегда и при любых обстоятельствах — рассматривается однозначно (если не сказать однобоко) — как явление со знаком плюс. Спорить с тем, что разнообразие полезно, и сложно, и бессмысленно. Но ведь и минусы присутствуют! Может быть, не столь значимые в сравнении с плюсами, но присутствуют! Остается лишь преодолеть подсознательное, вооружиться здравым смыслом и попытаться эти минусы проанализировать.

Начнем, пожалуй, с питания детей до года. *Главная особенность этого периода — опасность разнообразия, и это положение тем актуальнее, чем младше ребенок.* Для детей первых шести месяцев жизни реальная опасность, реальный риск ущерба здоровью и возникновения медицинских проблем настолько превышают теоретическую пользу, что педиатры всего мира, практически единодушно, выступают под девизом: «Нет разнообразию!».

Казалось бы, ну что здесь противоестественного? Ведь нет и не может быть для младенца ничего лучше материнского молока. Молока, которое содержит все необходимое для нормального роста и развития, состав которого постоянно меняется, обеспечивая меняющиеся потребности ребенка. Т. е. в медицинском аспекте ситуация более чем однозначна: до шести месяцев только мама, маму кормить полноценно и разнообразно, а за малыша радоваться — что ему так с мамой повезло.

Но как же это оказывается сложно, прежде всего, психологически. Ведь так хочется, чтобы вырос побыстрее, а он, бедненький, на одном молоке... И тысячи научных работ, тысячи ссылок на особенности физиологии пищеварения младенцев, тысячи, казалось бы, неопровержимых аргументов, как волны о борт корабля, разбиваются о бабушкино «пора», соседское «надо», подружкино «вам что, для ребенка жалко». И миллионы мам, имея полную грудь молока, экспериментируют с соками, овощными супчиками и яичными желтками, отдают, таким образом, дань общественному мнению и собственным подсознательным чаяниям, после чего не менее активно лечат аллергии и кишечные расстройства (как правило, не прерывая экспериментов).

С искусственным вскармливанием ситуация еще более драматична. Если ценность женского молока никто оспаривать не пытается, то как можно даже сравнивать непонятный порошок под названием «адаптированная молочная смесь» и сладенькую манную кашку, на свежем жирненьком молочке замечательной коровки, да еще со сливочным маслицем!

Следует честно признать: попытки раннего и активного разнообразия при вскармливании младенцев во многом индуцированы медицинской наукой. Именно врачи оповестили мир о том, что одним молоком сыт не будешь, именно из-под пера профессоров-академиков вышли советы о яблочном соке в один месяц и овощном отваре в четыре. Другой вопрос в том, что возникли эти рекомендации в те относительно далекие времена, когда практически единственной альтернативой отсутствующему материнскому молоку было разведенное молоко коровье. Уже тогда не была проведена четкая грань между естественным и искусственным вскармливанием. Всеобщее равенство распространилось на принципы и сроки прикорма. В месяц положено сок! Всем! И никого не волновало — мама молоком кормит и сама полноценно питается или молоко коровье дитя получает. И участковый педиатр, обложенный инструкциями, как волк красными флажками, обязан был проследить за тем, чтобы этот сок в дитя был влит пренепременно...

Медицинская наука, к счастью, не стоит на месте. Появились молочные смеси, обогащенные витаминами, микро- и макроэлементами, смеси, в которых обработан коровий белок, оптимизирован минеральный состав. Но активное внедрение этих смесей вовсе не сопровождалось активным пересмотром академических рекомендаций касательно сроков прикорма. И десятилетиями, несмотря на то что коровье молоко в качестве заменителя материнского практически не использовалось, рекомендации оставались незыблемыми. И миллионы нынешних бабушек и нынешних педиатров старшего поколения до настоящего времени как аксиому воспринимают целесообразность употребления младенцами соков, желтков, кашек и супчиков.

Первой спохватилась Всемирная организация здравоохранения, заявив громогласно, что нет ничего лучше мамы, а если нет молока у мамы — так следует не экспериментировать, а использовать адаптированную молочную смесь. И не надо, не надо разнообразия! И в качестве срока, когда разнообразие признано вредным, обозначены первые шесть месяцев жизни.

Итак, собрав волю в кулак, шесть месяцев мы продержались. Что дальше? Дальше приходит осознание того, что ребенка надобно готовить к взрослой пище, к окончанию периода млекопитания. И перед родителями встает проблема прикорма.

Существует несколько схем, отличающихся друг от друга ответом на вопрос: «С чего начать?». Предлагаются кисломолочные продукты и творог, овощные блюда, молочно-крупяные каши. Речь не идет о том, что лучше и как правильнее. Речь совсем о другом. Следует отдавать себе отчет: прикорм мы начинаем вовсе не потому, что без вышеупомянутых продуктов дитя будет болеть, отставать в росте и развитии. Понятно ведь, что мамино молоко или качественная молочная смесь, предназначенная для вскармливания детей старше шести месяцев, ну никак не хуже и не вреднее, чем овсяная кашка или овощной супчик. И возникает вполне резонный вопрос: зачем в таком случае морочить себе голову? Не проще ли отодвинуть еще на несколько месяцев сроки начала экспериментов?

Проще. Но не желательно. Ведь именно второе полугодие характеризуется принципиальными переменами в работе внутренних органов и кардинальным изменением образа жизни ребенка. Возрастает активность кишечных ферментов, появляются зубы, малыш начинает самостоятельно передвигаться, ползание и хождение приводят к росту энергозатрат. ***Главная стратегическая цель разнообразия*** на этом этапе связана именно с ростом энергозатрат. Проще говоря, энергетическая ценность 200 мл молока меньше, чем энергетическая ценность 200 мл каши. Только молоко или только смесь с трудом обеспечивают потребности ребенка — он просто не в состоянии съесть такое количество жидкой пищи, чтоб его (количества) хватило и на рост, и на развитие, и на активные движения. Понятно, что более концентрированная и более густая пища энергоемка в значительно большей степени.

Ну а ***главная тактическая цель разнообразия*** — добиться того, чтобы переход к взрослой еде был плавным, чтоб вся система пищеварения получила возможность мягко адаптироваться к переменам в качественном и количественном составе пищи.

И какие бы продукты мы ни использовали на этом этапе, следует четко следовать **трем главным правилам**:

1. конкретный ребенок должен эту еду хотеть — есть ее с удовольствием и аппетитом;
2. употребление данного продукта не должно приводить к возникновению проблем со здоровьем;
3. каждый новый пищевой элемент может использоваться только тогда, когда есть четкая уверенность в том, что безболезненно «прошел» предыдущий.

В качестве иллюстрации к вышеперечисленным правилам приведем несколько практических советов.

Помните: если у малыша нет проблем со здоровьем, если он активен, весел и ест с аппетитом — значит, качественный и количественный состав пищи ребенка устраивает. И если дитя отказывается от овощей, но с удовольствием пьет кефир — значит, не надо расстраиваться по этому поводу. Просто для овощей еще время не пришло.

Если яблочный сок поглощается без проблем, апельсиновый вызывает сыпь, а сливовый — понос, так предлагайте только яблочный и не переживайте по поводу отсутствия разнообразия.

Если ребенок с удовольствием ест овсяную кашку, но отказывается от рисовой или манной — кормите овсянкой и не насилуйте дитя.

Если по материальным соображениям вы не можете позволить себе кролика или телятину, но зарабатываете на курочку — используйте только курятину: это вовсе не будет означать, что вы любите свое дитя меньше, и это никак не отразится на здоровье вашего ребенка.

Помните: рассуждения о полезности того или иного продукта всегда носят весьма условный характер, ибо само понятие «полезность» — неточное и расплывчатое. Апельсин полезнее яблока, потому что в апельсине в 4 раза больше витамина С! Нет, яблоко полезнее апельсина, ведь в яблоке в 70 раз больше железа... Перепелиное яйцо лучше куриного, потому что лучше усваивается. Минуточку! А что, у вас куриное усваивается плохо? Тогда конечно. Нормально усваивается — так кормите, каким хотите.

Хотелось бы обратить внимание: *приведенные выше правила и советы вовсе не относятся исключительно к малышам. Актуальны они для любого возраста, просто на этапе введения прикорма и перехода к взрослой еде отклонение от этих правил многократно более рискованно.*

Главное — все-таки осознать, что желательное и полезное разнообразие не должно ни при каких обстоятельствах возводиться в культ.

Не хочет мяса? Ну что ж, тогда супчик на мясном бульоне, да и в молочных продуктах достаточно столь необходимого белка животного происхождения.

Невозможно «запихнуть» ничего молочного? А мороженое? Ведь неплохой заменитель! И в омлет можно (нужно) молока добавить...

Морковку выплевывает, а цветную капусту готов есть килограммами? Да проживет он припеваючи без морковки! Только не надо нервничать по этому поводу. При том очевидном условии, что папа зарабатывает на эту капусту.

Последний момент во всей теме разнообразия стоит особняком. Мы ведь и начали с этого — констатировали, что разнообразие зачастую обходится слишком дорого. Если представления конкретных родителей о разнообразном питании не отражаются на материальном достатке семьи и не вызывают у ребенка проблем — экспериментируйте на здоровье.

Только отдавайте себе отчет в том, что, во-первых, это надобно именно вам, а не ребенку, а во-вторых, что именно на этих ваших подсознательных желаниях зарабатываются миллионы. Каким образом? Элементарным!

Заходите вы в супермаркет и стоите перед витриной с детскими кашками. А кашек этих пять десятков. И все пять десятков одной фирмы. «Овсянка с яблоком», «Овсянка со сливой и персиком», «Овсянка с яблоком, сливой и персиком», «5 злаков», «6 злаков», «7 злаков» и т. д. А у другой фирмы еще 30 разных каш. Переводим взгляд на полочку с соками. Ситуация аналогичная. Овощные пюре — то же самое. А главный принцип выбора сплошь и рядом основан на классическом для нашей ментальности аргументе — «*это мы еще не пробовали*». И как приятно рассказать подружке о том, что мы уже 33 различных каши попробовали, 25 соков и 30 пюре. А какой это ужас — узнать, что соседский ребенок перепробовал все 50 каш фирмы «ААА» и уже осваивает «ВВВ»...

Описанное может показаться преувеличением, но ситуация именно так и обстоит. Крайний вариант этой тенденции — жалоба на то, что «мы пробовали 20 разных каш, и от всех диатез». При этом вопросы «а не пробовали ли вы давать одну кашу, только в меньшем количестве?» или «а не проще ли этих каш не давать?» — встречают искреннее непонимание — пропадет, бедняжка, без разнообразного питания...

Подведем итоги.

Разнообразное питание — совсем не сложно. И вовсе не требует существенных материальных затрат. Помимо привычных всем круп, овощей, фруктов, мяса и молока, есть ведь еще рыба и морепродукты, яйца, мед, орехи, растительное масло, грибы, ягоды, чай и т. д. В приведенном перечне всегда найдется 5—10 позиций, способных удовлетворить не только индивидуальные пристрастия конкретного ребенка, но и обеспечить его организм всем необходимым.

Упомянутые нами «индивидуальные пристрастия» нельзя недооценивать. Организм человека инстинктивно осуществляет выбор наиболее рациональных продуктов (рациональных и целесообразных именно для этого организма в данный период времени). Поэтому не следует искоренять тягу ребенка к конкретной каше или конкретному овощу. Еще в большей степени не следует навязывать дитю блюда, настойчиво им отвергаемые.

Важно при этом подчеркнуть: надо все-таки дифференцировать инстинктивные желания и тягу к продукту, сам процесс потребления которого не потребность, а всего лишь способ получить удовольствие. Когда малыш двух месяцев от роду улыбается, попробовав сладенький сок, так это не демонстрация потребности в соке, а всего лишь выражение удовольствия. Когда дитя готово килограммами есть шоколад — так это уж точно не инстинкт.

Еще раз подчеркнем: подлинное питательное разнообразие — это не поедание десяти сортов мяса или двадцати видов фруктов, а разнообразие продуктовых групп. Только такой вариант полезен ребенку в медицинском аспекте. Полезен, прежде всего, потому, что практически сводит на нет вероятность недополучения какого-либо микроэлемента или какого-либо витамина. И если родители в состоянии обеспечить потомству именно такое питание — их (родителей) совесть может быть спокойна.

Конечно, все не так просто. Возможны болезни, при которых нарушен обмен веществ, затруднено всасывание или усвоение определенных витаминов. Но коррекция питания в таких случаях — это уже задача и обязанность врача. Это ведь врачей, а не родителей учили тому, например, что при гриппе возрастает потребность в аскорбиновой кислоте, а при кори — в витамине А.

Витамины — это вообще отдельный разговор. Недаром ведь ВОЗ декларирует принцип: «Предпочесть разнообразное питание использованию комплексных витаминов». Понятно, что производители витаминов с этим лозунгом могут не соглашаться, но родители, по крайней мере, должны знать: любой витаминный комплекс есть лечебно-профилактический медицинский препарат. И подбор препарата надо осуществлять не на основании телевизионной рекламы, а на основании реальных потребностей конкретного ребенка. Выявление этих потребностей — с учетом образа жизни, характера питания и состояния здоровья — это опять-таки задача врача.

РЕЗЮМЕ

Что такое разнообразное питание и кому оно необходимо?

В медицинском аспекте — питание, способное обеспечить физиологические потребности человека, и оно необходимо всем живущим на Земле, дабы быть здоровыми телесно и психологически.

Психологический аспект разнообразия не отражает необходимости последнего!

Разнообразное питание в этом аспекте — «всего лишь» позволяет человеку почувствовать себя человеком. А применительно к детям — полноценным родителем.

СТРАСТИ ПРО СЛАСТИ

МИНЗДРАВ НЕ ПРЕДУПРЕЖДАЕТ...

Совершенно очевиден тот факт, что нормальные любящие родители очень трепетно относятся к питанию детей. Кормление детенышей — одно из важнейших проявлений родительского инстинкта, а современная цивилизация с ее культом питания, могучей пищевой промышленностью и огромным ассортиментом съестного во всех его проявлениях создает прекрасные условия для того, чтобы упомянутый инстинкт реализовать в полном объеме.

Среднестатистические мамы и папы, как правило, имеют возможность приобретать еду и не склонны экономить на взращивании ненаглядных отпрысков. Поскольку кормить дитя приходится ежедневно и не реже трех раз, то нет ничего удивительного в том, что конкретное кормящее лицо (обычно женского пола) имеет немаленький личный опыт организации процесса и совершенно определенные взгляды как на сам процесс еды, так и на состав продуктов — и качественный, и количественный.

Ситуация, при которой ребенок не только ест предложенную еду, но еще и получает от этого удовольствие — целебный бальзам на душу кормящих родственников. С одной стороны, накормить дитя вкусно — не проблема, с другой — очень хочется, чтобы еда была еще и полезной. Неудивительно, что самое популярное руководство по кулинарии так и называется «Книга о вкусной и здоровой пище». Т. е. понятия «полезная» или «здоровая» еда — очень актуальны. Попытки расширить собственный кругозор и разобраться в том, что и вкусно и полезно одновременно, способны повергнуть в ужас любого здравомыслящего родителя.

Ибо самое вкусное — это сладкое.

А сладкое, по мнению тысяч врачей, диетологов и журналистов, — это вредное.

Даже поверхностное знакомство с тем, что на эту тему уже написано, может вызвать недоумение и возмущение. Ибо совершенно непонятно, почему на обертках конфет, упаковках тортов и баночках с вареньем не написано яркими и большими буквами: «Минздрав предупреждает: употребление сладкого вредит здоровью».

Перечень болезней, связанных с поглощением сладостей, устрашающе велик: ожирение, диабет, кариес, аллергия, кишечные расстройства и даже нарушение поведения!

Вот и получается, что разнообразные вкусности могут быть как источником удовольствия, так и причиной серьезных проблем со здоровьем. И первое впечатление — плата за удовольствие неоправданно велика. Так что же делать? Категорически запретить или научиться пользоваться? Вопрос риторический.

Давайте учиться.

НЕМНОГО ТЕОРИИ

Столь любимый сладкий вкус пище придают сахара. Сахара — это растворимые углеводы. В зависимости от химической структуры их делят на несколько групп. Самые простые и элементарные по строению — ***моносахариды***: глюкоза, фруктоза, галактоза. Чуть посложнее — ***дисахариды***: лактоза, мальтоза и знаменитая сахароза (тот самый сахар — песок или рафинад). Есть еще и так называемые ***полисахариды*** (клетчатка, крахмал, гликоген), но они уже относятся к группе сложных углеводов и собственно сахарами (сладостями) не являются.

Каким бы сложным строением ни обладал поглощаемый человеком углевод, в результате малого или большого количества химических реакций он превратится в моносахарид, как правило, в глюкозу. Глюкоза — главный источник энергии. Любой энергии — и для скелетных мышц, и для сердца, и для мозга. Понятно, что чем проще углевод, тем доступнее энергия, понятно также, что любой дисахарид превратится в два моносахарида: мальтоза в две глюкозы, сахароза — в глюкозу и фруктозу, лактоза — в глюкозу и галактозу.

Сладость сахаров различна, и если сладость самой известной и привычной для нас сахарозы принять за единицу, то можно получить следующие цифры: фруктоза — 1,74, глюкоза — 0,74, лактоза — 0,16.

Самый принципиальный момент: главная функция углеводов вообще и сахаров в частности — обеспечение человеческого организма энергией. Около 60% всей вырабатываемой энергии связано именно с обменом углеводов. Функция главная, но не единственная. Углеводы накапливаются в организме в виде гликогена, входят в состав всех без исключения органов и тканей, без них невозможен синтез ни ферментов, ни гормонов.

Понятно, что к сложным процессам «органостроительства», т. е. к выполнению так называемой пластической функции, сахара не имеют никакого отношения. Их роль совершенно другая — важная, но, по большому счету, примитивная — обеспечение энергией, и все. Не так уж и мало...

ОТ ТЕОРИИ К ПРАКТИКЕ

Умные химические термины и теоретические рассуждения касательно важности углеводов в питании в корне, на первый взгляд, противоречат многочисленным рассуждениям о вредности сладкого. Нужна дитю энергия? Еще как! Так что, получается, можно конфеты? Получается, можно, но...

Если ребенок съел картофель, или хлеб из цельной муки, или овсянку, то организм получил достаточное количество сложных углеводов (в виде крахмала, клетчатки, пектина), и эти углеводы рано или поздно превратятся в моносахариды и станут источником энергии. Но кроме углеводов дитя получило и витамины группы В, и аскорбиновую кислоту, и еще много необходимого — кальций, фосфор, железо и т. д. Да, потребность в энергии легко удовлетворить, заменив тарелку овсянки десятком карамелек. Но как быть со всем остальным? Похоже, овсянка полезнее.

И еще один принципиальный момент. Повторим фразу из предыдущего абзаца: «Углеводы рано или поздно превратятся в моносахариды». Насколько это важно — рано или поздно?

Полисахариды, например крахмал, превращаются в глюкозу постепенно, но относительно быстро (речь идет о часах). Образующаяся глюкоза постепенно всасывается из кишечника, а поджелудочная железа вырабатывает умеренное количество инсулина, который, собственно говоря, и регулирует дальнейший обмен глюкозы. Дисахариды (все та же сахароза, например) превращаются в глюкозу и поступают в кровь намного быстрее (речь идет о минутах). В этой ситуации поджелудочная железа работает совершенно иначе, ибо в короткое время должна выработать значительное количество инсулина. Неудивительно, что употребление сахара существенно повышает нагрузку на поджелудочную железу. Опять получается, что овсянка полезнее.

ЕСТЬ ИЛИ НЕ ЕСТЬ?

Можно ли полностью исключить сахара из питания? Теоретически нельзя хотя бы потому, что грудному ребенку больше половины всей энергии поставляет лактоза молока, да и практически никак не получится. Ибо во всех злаках, овощах, фруктах и ягодах есть глюкоза и фруктоза, а в молочных продуктах — лактоза.

Но поставим вопрос иначе: можно ли не включать в питание ребенка сахара дополнительно? Т. е. не добавлять ***сознательно*** доступную и сладкую сахарозу в продукты питания. Не есть и не пить сладости, забыть про мороженое, конфеты, торты, пирожные, варенье, шоколад и про многое другое... Ответ однозначный: можно. А нужно ли?

ТРИ ИСТОЧНИКА...

Касательно значения сладостей в жизни человека вообще и ребенка в частности, можно выделить три главных аспекта:

Сладости — это:

1 источник проблем со здоровьем;
2 источник легкоусваиваемой энергии;
3 источник удовольствия.

Рассмотрим все это по порядку.

САХАР И ЗДОРОВЬЕ

Главное, что следует подчеркнуть применительно к здоровью: малое количество углеводов порождает намного больше проблем, чем их избыток.

Энергетические запасы организма ребенка в сравнении с организмами его папы и мамы просто несопоставимы. Физическая нагрузка, эмоциональные стрессы, болезни вообще и повышение температуры в частности — все это приводит к повышенной потребности в углеводах. Собственные запасы организма невелики, потребность в постоянном углеводном питании — значительна.

Дефицит углеводов проявляется существенным изменением обмена веществ. В качестве источника энергии организм начинает использовать жир, который в достаточном количестве присутствует у очень небольшого количества детей. Кроме этого в энергетический обмен включаются многие аминокислоты, а они нужны совсем для другого — для синтеза белка, т. е. для роста.

Избыток углеводов, а чаще всего речь идет именно об избытке сахаров, приводит к образованию жировой ткани, но для того, чтобы это произошло, углеводная нагрузка должна быть весьма значительной. Крайним проявлением подобных излишеств может явиться ***ожирение.***

Самая известная болезнь, связанная с нарушением обмена углеводов, — ***сахарный диабет***. Причины развития этой болезни до настоящего времени остаются загадкой, но ни в одном учебнике нет доказательств того факта, что развитие диабета связано с употреблением сладостей.

А вот влияния сахаров на возникновение ***кариеса*** — доказано убедительно и никаких сомнений этот факт не вызывает. Глюкоза и сахароза при активном участии микробов, населяющих полость рта, образуют кислоты, способствующие разрушению зубной эмали.

Избыток сахара — один из моментов, способствующих усилению процессов брожения в кишечнике. Следствием последнего может стать нарушение расщепления и всасывания некоторых веществ, в результате — серьезный риск кожной ***аллергии***.

Некоторые врачи приводят убедительные, на первый взгляд, данные, доказывающие: сахар является одним из факторов, способствующих гиперактивности и агрессивности детей. Правды ради заметим, что не меньшее число врачей и не менее убедительно эти данные опровергают.

Предварительное резюме касательно сахара и проблем со здоровьем.

Принципиальная особенность организма ребенка состоит в том, что углеводный обмен протекает у него намного интенсивнее, чем у взрослых. Дети не только активнее усваивают углеводы, но и более выносливы к углеводным нагрузкам. Мы уже и не говорим о том, что поджелудочная железа мальчика Пети намного здоровее, чем аналогичный орган его папы... И с учетом всего перечисленного делаем вывод: лишние сладости, поглощаемые детьми, конечно же, не приносят никакой пользы. Но риск избытка сладостей для взрослых многократно выше.

САХАР И ЭНЕРГИЯ

Коль скоро сахар — источник легкоусваиваемой энергии, то главное правило относительно безопасного его поглощения — создание условий, при которых ребенок может эту энергию израсходовать. Дитя, которое не перегревается и много двигается (активные игры, занятия спортом), имеет достаточно возможностей для того, чтобы проблем с лишней энергией не возникало. Сахар несовместим с малоподвижным образом жизни, многочасовыми бдениями возле телевизора и компьютера, одеждой, не дающей возможности двигаться.

Весьма принципиальный момент. В жизни детей бывают ситуации, когда потребность в легкоусваиваемой энергии очень высока. Спортивные соревнования, мозговой штурм при подготовке к экзаменам, болезни. Говорить о полезности сахаров в указанных обстоятельствах — очень даже уместно. Недаром ведь обильное сладкое питье или капельница с раствором глюкозы — распространенный метод лечения острых инфекционных болезней. И если нет проблем с аллергией, то плитка шоколада в ночь перед экзаменом — очень даже не помешает.

САХАР И УДОВОЛЬСТВИЕ

Употребление сладостей — очевидный источник удовольствия. Если указанный процесс регулируется и не порождает проблем со здоровьем, то почему бы и не получить удовольствие?

Главное только в том, чтобы удовольствие не стало смыслом жизни и не порождало других проблем.

Упомянутые «другие проблемы» — это и аппетит, точнее, его отсутствие, и аллергические реакции на конкретные сладости, и присутствие реальных проблем со здоровьем (ожирение, например).

ИТОГИ

Способность сладостей оказывать существенное влияние на здоровье наших детей очень преувеличена. Ибо употребление сахаров — лишь фрагмент, не самая принципиальная составляющая такого глобального понятия, как образ жизни.

Утомленный борьбой за существование папа может проявить свою любовь к ребенку покупкой конфет. А может — поездкой на рыбалку. В первом случае дитя проведет выходной, поглощая конфеты перед телевизором, во втором... Что лучше? Что полезнее? Кто виноват? Неужели конфеты?

Торты и пирожные не появляются в доме просто так. Их туда приносят взрослые. Если у ребенка наблюдается лишний вес или отсутствие аппетита, если он не занимается спортом и не гуляет на свежем воздухе, то спрашивается: почему в доме появились упомянутые сладости? Может быть, сначала надобно решить проблемы педагогические, организовать нормальный образ жизни, а уже потом на лакомства тратиться?

Сладости — самый легкий, самый доступный и самый примитивный способ доставить ребенку радость. Есть способы другие. Требующие больших затрат и времени, и средств — активный совместный отдых, лыжи, велосипед, удобная, не сковывающая движений одежда, и многое другое, позволяющее тратить энергию в таком количестве, что ни конфеты, ни шоколад не будут иметь особого значения.

ДОСЬЕ НА САМОГО СЕБЯ

Посвящается моему другу,
замечательному хирургу Олегу Владимировичу, —
человеку, который так и не научился писать.

Любой вид профессиональной деятельности ассоциируется в нашей голове с совершенно определенными орудиями труда. Программист — компьютер, землекоп — лопата, официант — поднос и т. д. Подобные логические цепочки в отношении врачебного труда вполне очевидны. Врач, и это подтвердит каждый, представляется нам со стетоскопом, скальпелем, неврологическим молоточком, аппаратом для измерения давления и другими очень нужными штуками, предназначенными для того, чтобы ставить людям диагнозы и лечить после этого конкретные болезни.

Тем не менее ни один врач не подтвердит вам того, казалось бы, очевидного факта, что его главными орудиями труда являются предметы специального медицинского назначения. Ибо большую часть рабочего времени врач проводит не в операционной, не у постели больного, не в беседах с родственниками. Большую часть времени врач пишет. И шагу не может он ступить без канцелярских принадлежностей — ручек, карандашей, фломастеров, бумаги, клея, скрепок и т. д.

Вы смотрели фильмы про врачей? И много ли они там пишут? Мало пишут! Они там думают, лечат и вообще спасают — это называется «социалистический реализм». После социалистического реализма фильмы про врачей не снимают, поскольку тяжкая жизнь проституток народу более интересна. Но и раньше и сейчас врачи пишут много. Много — это мягко говоря. Одно только словосочетание «врачебный почерк» чего стоит!

Вы, и это вполне возможно, не догадываетесь, но автор уж точно знает, что ни в клятве Гиппократа, ни в Присяге Врача Советского Союза не было ни одного предложения со словами: «торжественно клянусь в образцовом порядке поддерживать медицинскую документацию».

Но загляните в кабинет вашего участкового терапевта, в ординаторскую любого отделения любого стационара, в комнатушку дежурного врача любой больницы — одно и то же зрелище предстанет перед вашими глазами: пишущий человек в белом халате. И ваши весьма несвоевременные заглядывания, ваш тихий стук в дверь и робкое «можно?», ваше непростительное любопытство очень (!) мешают. Мешают писать!

Почему же так происходит? Кому это нужно? Неужели 7, еще раз — по буквам — СЕМЬ лет следовало бесплатно, т. е. за государственный счет обучать конкретного человека для того, чтобы он только и делал, что писал?!

Приобщение будущих врачей к писательскому труду действительно начинается со студенческой скамьи. Врачей подробно учат не только выявлению какого-либо симптома, но и тому, как описать этот симптом в истории болезни. Как больного расспросить, как выяснить все, на что он жалуется, как записать все это — записать правильно, грамотно и понятно. Там, где всякие будущие инженеры пишут курсовые проекты, будущие врачи пишут истории болезни. Преподаватель каждой клинической кафедры поставит студенту зачет и допустит к экзамену только после того, как прочитает подготовленную бедолагой-студентом историю болезни. И таких историй за годы обучения надобно написать десятки.

А наивные ребята, думавшие о том, что врач лишь лечит и принимает подарки от благодарных пациентов, начинают удивляться и задавать глупые вопросы, самый частый из которых: «Для чего (для кого) это надо?»

И ребята получают ответ. Ответ, который поначалу шокирует, но постепенно перестает даже удивлять. Звучит этот ответ так: «История болезни пишется для прокурора». Приведенную фразу каждый окончивший медицинский институт слышал десятки раз и почти от каждого преподавателя. Будущим врачам подробно разъясняется тот факт, что ***главным мерилом, позволяющим оценить качество врачебного труда, является качество медицинской документации***. В любой момент эта документация может быть изъята и проанализирована, а выявленные дефекты могут послужить основой для принятия административных мер взыскания — в лучшем случае, и для судебного разбирательства — в худшем. Поэтому, дабы упредить возможные и вполне вероятные неприятности, надобно уметь писать.

* * *

Для чего нужна история болезни? С точки зрения здравого смысла, прежде всего для лечащего врача. В истории болезни описывается динамика симптомов болезни, там хранятся анализы, имеются записи и о диагнозе, и о назначенном лечении, и о проведенных операциях, и о планах врача на будущее (что сделать, что назначить, что порекомендовать).

Записать все это можно по-разному. Бытовой пример. Диагноз: перегорела лампочка на кухне. Проведено лечение: замена лампочки. В истории болезни это будет выглядеть примерно так: жалобы на темноту в кухне. Неоднократные нажатия на кнопку включателя-выключателя не приводят к появлению света. Учитывая тот факт, что в коридоре свет горит, следует сделать вывод о том, что электричество не пропало. Дотянувшись до лампочки при помощи поставленного непосредственно под ней стула и вращательными движениями лампочку выкрутив, рассматриваем ее на свет. Отчетливо видна сгоревшая спираль... И так далее — про то, как вкрутили назад, как включили и как наступило выздоровление, т. е. свет появился.

Нам всем выдали одинаковые дипломы. В них написано о том, что мы врачи, и из этого вполне логичен вывод: мы умеем и имеем право ставить диагнозы и лечить. Но те, кто нам эти дипломы выдал, и те, кто нашей непосредственной работой руководит, постоянно сомневаются: а умеем ли? А имеем ли право? И каждый наш шаг, каждый диагноз, каждое назначенное лекарство, каждое проведенное исследование мы должны не просто сформулировать. Мы должны доказать! Доказать, подробно все описав.

И взяв в руки любую историю болезни, любой профессор и любой главный врач всегда сможет сказать: а доказательств маловато! Этот анализ отсутствует, этот не описан, и совершенно зря не назначена аскорбиновая кислота! И вообще следует писать не «нога», а «нижняя конечность», не «ожог», а «термическая травма», да еще к тому же почерк неразборчив и какие-то пятна непонятные... Что это вы за врач, батенька, если даже историю болезни не можете в порядок привести!

Обманули нас профессора-учителя! Ни при чем тут прокуроры! Прокурору чем меньше написано, тем легче разобраться. Прокурору одно надо выяснить: диагноз и соответствие этому диагнозу того лечения и того обследования, что были проведены. А все остальное для кого?

Для порядка! Чтоб каждый знал свое место. Мы ведь на самих себя ведем досье, чтоб каждый руководитель знал — как мы думаем и думаем ли вообще, что мы знаем и знаем ли вообще что-нибудь. А за все, что мы пишем, нас же в любой момент очень легко можно и наказать. С медицинской документацией очень легко управлять здравоохранением. Что это вы там рот раскрыли? А ну-ка несите истории болезни на проверочку!

Каждая кафедра в обязательном порядке выпускает «Методические рекомендации по ведению истории болезни». Постоянно создаются инструкции: как писать, диагностировать и лечить. А врачей оказывается много. И на оставшихся, на тех, кто еще под сокращение не попал, не только больных остается больше, но и медицинской документации. Вот и получается, что управлять кадрами становится легче: документация хуже (меньше написано), значит, больше «дефектов» и больше возможностей наказать за выявленные недостатки.

Может быть, сначала следует не людей сокращать, а писанину? Может, попросить умных ученых мужей, чтоб научили, как писать меньше, а возле больного быть дольше, чтоб было время оторваться от бумажек и в глаза заглянуть и поговорить по-человечески? Может быть, поручить проверяльщикам, чтоб разговаривали с врачами, а не с главными врачами, чтоб не истории болезни листали, а интересовались: как и чем можно помочь, что дать, а не что забрать и сократить?

А интересная задачка: если каждую историю болезни сократить на одну страничку, то сколько компьютеров можно было бы купить за год на сэкономленной бумаге?

К сожалению, существующая система медицинской документации не просто порочна. Это конкретное социальное зло. Ибо провоцирует неестественный отбор не по способностям, не по умению лечить, диагностировать, оперировать, а по якобы порядку в якобы очень нужных бумагах. И в этом минус государственного здравоохранения, ибо в частную клинику скорее пригласят Врача, чем Писателя.

* * *

Довольно далеко от нашего областного центра, в самой обычной районной больнице вот уже скоро 20 лет работает хирургом мой друг. Человек с по-настоящему золотыми руками. И когда было плохо лично мне и близким мне людям, мы ползли к нему, чтобы получить то, чего нам всем так не хватает в нашей медицине, — доброты, участия, мастерства.

Он хирург, что называется, от Бога. Замечательный врач, умный, эрудированный. В любой стране мира ведущие клиники дрались бы за такого врача. Он может сутками стоять в операционной, но его тошнит при одной мысли о необходимости взять в руки пишущие принадлежности.

Он никто! Не заведующий отделением и не кандидат наук, просто врач, даже не высшей категории, он без категории вообще. Похоже, у него нет шансов...

1999 г.

УЗКИЙ СПЕЦИАЛИСТ

Маленький Сережка начал орать в четыре утра. С вечера вроде все было почти в порядке, ну разве что небольшие сопельки, а ночью всей семье дал прикурить. И что было особенно непонятно — температура нормальная, не кашляет, покакал нормально. Пацану семь месяцев всего, попробуй выяснить, что у него болит! Часов в 11 утра пришла вызванная Лариса Захаровна — участковый педиатр — человек пожилой, внимательный и многоопытный. Послушала, постукала, заглянула в рот, помяла животик — все в порядке, но только прикоснулась к правому уху — Сережка аж взвизгнул. Ясное дело — отит.

Выписала направление к специалисту. Ну хоть диагноз поставлен, и то хорошо. Пришлось собираться в поликлинику. Возле двери с надписью «отоларинголог» — народу!!! Но с детьми до года принимали без очереди, а Сережка еще и плакал в коридоре довольно громко. Так что минут через 25 уже попали в кабинет.

Принимали две молодые женщины — врач и медсестра. Врача с сестрой никак не перепутаешь — у него на голове большое круглое и красивое зеркало прикручено. Вся процедура заняла несколько секунд. Специальную воронку в ушко вставили, зеркалом пучок света направили — так и есть — отит. Выписали капли в ухо и зачем-то в нос, еще какие-то таблетки. Все купили, начали капать и глотать, уже к вечеру Серега успокоился, лишь изредка поскуливал, а дня через два был здоров. Опять сходили к ЛОРу (Ларису Захаровну уже и не беспокоили), там заглянули в ушко — все в порядке, вот и славненько.

Доктор с зеркалом на голове (отоларинголог) относится к узким специалистам. Он умеет делать многие вещи, совершенно недоступные даже такому опытному врачу, как Лариса Захаровна, — может, например, заглянуть в ухо.

* * *

Узких медицинских специальностей существует превеликое множество, и это неизбежно — уж слишком много стала знать медицинская наука. И быть, как каких-то 100 лет назад, просто врачом уже не получается — не получается самому и оперировать, и роды принимать, и понос лечить. А вот стать специалистом в какой-то довольно небольшой области медицины — вполне по силам, но и в этом случае всю жизнь приходится учиться и совершенствоваться.

Перечислить узких специалистов практически невозможно. Но есть знатоки отдельных человеческих органов (дерматолог — кожа, маммолог — молочная железа, проктолог — прямая кишка, вертебролог — позвоночник, кардиолог — сердце и т. д.), специалисты по целым системам организма (невропатолог — нервная система, эндокринолог — эндокринная, гастроэнтеролог — пищеварительная и т. д.). Некоторые врачи лечат отдельные виды болезней или даже вообще какую-то одну болезнь: фтизиатр — туберкулез, онколог — опухоли, гематолог — болезни крови, венеролог — понятно что и т. п. Имеются узкие специалисты по диагностике с помощью различных аппаратов, например рентгенологи, врачи ультразвуковой диагностики. Выделяют узкие специальности и по способам лечения (хирурги, терапевты), и по возрасту пациентов (педиатры, геронтологи). И внутри каждой перечисленной специальности можно обнаружить десятки еще более узких направлений.

Не вызывает никакого сомнения тот факт, что чем чаще конкретный врач лечит конкретную болезнь, тем лучше результаты, ибо больше опыт, больше знаний, выработаны соответствующие навыки, хорошо известны лекарства и т. д. И результаты операции по поводу порока сердца, назовем его (этот порок) «стеноз митрального клапана», будут наилучшими именно у хирурга из города N по фамилии K, который сделал 200 операций именно на сердце, именно на митральном клапане и именно по поводу стеноза...

Напрашивается очевидный вывод: залог успешного лечения состоит в том, чтобы больной с определенной болезнью попал на прием к соответствующему специалисту — специалисту именно по этой болезни. Остается «малость» — установить диагноз. Этим, наверное, и должны заниматься специалисты не узкие, или, как их сейчас принято называть, врачи общей практики. Типичные представители последних это, на первый взгляд, самые близкие к нашему дому врачи — участковые педиатры и терапевты. Хотя анализ изложенного выше наводит на мысль о том, что болезней для педиатров-терапевтов совсем не остается. Язва желудка — к гастроэнтерологу, диабет — к эндокринологу, инфаркт — к кардиологу, инсульт — к невропатологу, беременность — к акушеру-гинекологу и т. д. Остается разве что бронхиты да грипп лечить самому. Но при особом желании и тех больных, что останутся, можно «пристроить»: бронхит — к пульмонологу, грипп — к инфекционисту.

А как же взаимосвязь всех органов и систем, как же главное, со студенческой скамьи всем медикам внушаемое правило: лечить больного, а не болезнь?! С этим посложнее. А еще загвоздка в том, что лишь некоторых, особо здоровых счастливчиков, беспокоит что-то одно. Но если вас угораздило годам к 40 «заработать» и гастрит, и гипертонию, и хронический тонзиллит? Так что, так и бегать по кругу между гастроэнтерологом, кардиологом и отоларингологом?

Очень не хочется бегать! Хочется прийти к одному человеку, которому веришь, которого уважаешь, которого не стесняешься, и с ним одним все вопросы запросто порешать. И так теоретически вроде бы быть и должно. Но, к сожалению, лишь теоретически.

Процитируем один очень интересный документ. Называется он «Международный кодекс медицинской этики». Итак, цитата:

«Врач должен ставить во главу угла сострадание и уважение к человеческому достоинству пациента и ***полностью отвечать за все аспекты*** *медицинской помощи, вне зависимости от собственной профессиональной специализации»* (выделено мною. — *Е. К.*).

Вы внимательно прочитали? Вам не показалось, что наши походы по узким специалистам каким-то странным образом не соотносятся с Международным кодексом медицинской этики? Неужели показалось? Вы, наверное, решили, что у нас медики неграмотные и медицина неэтичная? Вы решили неправильно, и этот парадоксальный факт мы сейчас проиллюстрируем.

Итак, вы решили привести в порядок свой рот. Надоело терпеть — там болит, там холодное заходит, там зуб шатается, и после еды полчаса приходится выковыривать из дырок мясо. Вы пришли в самую обычную государственную бесплатную поликлинику. Вас осмотрит стоматолог-терапевт, сообщит, что здесь и здесь кариес, это он вылечит сам, с этим зубом к хирургу (рвать), с этим — к пародонтологу (лечить), потом к протезисту — строить мост. Про очередь к каждому специалисту мы не говорим, это тема отдельная. Если у вас много времени и устойчивая психика, в течение полугода вы вполне сможете закончить лечение.

С теми же самыми проблемами вы пришли в частный стоматологический кабинет. Один и тот же приветливый врач вылечил вам и кариес, и пародонтоз, удалил зуб и осуществил протезирование. Когда в процессе удаления зуба возникли проблемы, врач пригласил узкого специалиста — хирурга-стоматолога, который эти проблемы решил. Обратите внимание, не вас послали к хирургу, мотивируя тем, что «я за это не отвечаю», а хирург пришел к вам.

Стоматолог, которому вы доверились, в соответствии с Международным кодексом медицинской этики, взял на себя всю полноту ответственности за все аспекты лечения, а при возникновении сложностей позвал себе на помощь узкого специалиста — такого специалиста, которому он сам и доверяет.

В первом случае (государственная поликлиника) ответственность за результаты лечения разделили между собой четыре врача, во втором (частный стоматологический кабинет) — всего один. Правда, этот один получил за свой труд в пять раз больше, чем те четыре, вместе взятые (при условии, что этим четверым вовремя выдадут зарплату).

Надеюсь, это не покажется вам несущественным!

Каждый день и каждый час врач принимает ответственные решения. Решения, от которых зависят жизнь и здоровье людей! Логично предположить, что ответственные решения должны соответствующим образом вознаграждаться — в этом, пожалуй, можно усмотреть не только логику, но и этику. Может быть, Международный кодекс медицинской этики под словом «врач» подразумевает нечто другое? Совсем другого человека с другим образом жизни, который может хотя бы на работе думать о пациентах, а не о том, на какие деньги купить новую школьную форму и как вернуть долг соседу-бизнесмену.

Недостойная цивилизованного общества оценка врачебного труда привела и приводит к тому, что врач сознательно избегает ответственных решений. А для того чтобы ответственность разделить и не найти потом виноватого, необходимо много врачей. Мы по этому пути и пошли. Когда после лечения-удаления-протезирования в государственной поликлинике у вас разболится зуб, попробуйте выяснить, кто виноват?! Плохо запломбировали, плохо полечили, плохо удалили или плохой мост построили? А после частного кабинета — вот он, голубчик. Так он и не будет отпираться — сам (и бесплатно!) перелечит и переделает.

Зачем участковому терапевту возиться с вашим гастритом? Ответственности больше, а зарплата та же. Идите-ка вы к гастроэнтерологу. Или вы думаете, что терапевт гастрит лечить не умеет?

Подождите, скажите вы, зарплата зарплатой, но ведь есть еще и совесть, и этика, и врачебный долг. Ну, про врачебный долг все знают очень хорошо, а про долг общества перед врачами? Это как-то забывается. И если общество относится к врачу неэтично, трудно добиться от самого врача этой самой этики.

Но есть и еще одно обстоятельство — материальная база самой медицины. Хорошо быть стоматологом на все руки, когда в кабинете стоит заморское чудо техники, стоимостью в несколько тысяч (иногда несколько десятков тысяч) заморских и очень условных единиц. А жужжащее орудие пыток в кабинете у государственного стоматолога и 20 мазохистов в очереди к этому адскому изобретению — это из какого фильма ужасов? Так ведь не из фильма же, из нашего с вами бытия, из нашей бесплатной медицины.

Давайте вспомним, с чего начали. Пришла Лариса Захаровна и отправила ребенка к отоларингологу. Почему? Что, лечение отита такое уж сложное? Да нет, просто специалист может осмотреть барабанную перепонку и точно установить диагноз.

Есть такой инструмент, называется отоскоп — небольшой фонарик особой формы для осмотра барабанной перепонки. Если бы отоскоп был у Ларисы Захаровны, она бы и сама отиты диагностировала, и сама бы их лечила. Ни одно отечественное предприятие отоскопы не выпускает, но импортных моделей тысячи, и у каждого заморского врача отоскоп, разумеется, есть. Стоит этот фонарик около 50$.

Лариса Захаровна никогда (!) не купит себе отоскоп за 50$ потому, что в месяц зарабатывает именно эти 50$[1]. Неудивительно, что в наших местных медтехниках отоскопы не продаются — спроса нет.

Вот вам и иллюстрация к политэкономии социализма: наше главное богатство — люди: мы не будем выпускать отоскопы, мы будем выпускать врачей-отоларингологов!

* * *

Вся сложная, многоступенчатая, громоздкая и очень неудобная система узких специалистов, вне всякого сомнения, есть порождение соответствующей системы здравоохранения.

Восхищенные бесплатностью и общедоступностью, гордые конституционными гарантиями, мы забыли о том, для кого нужны узкие специалисты. Нет, широкие массы пациентов, пожалуй, не забыли — они и не знают толком, а вот врачи, врачи забыли, это уж точно.

Узкий специалист — это помощник и консультант ВАШЕГО врача, того самого, который в соответствии с врачебным долгом и этикой взял на себя ответственность за ваше здоровье. И если не повезло, если ваша болезнь имеет особо тяжелое течение, или если не ясен диагноз, если не помогают более или менее стандартные способы терапии — тогда врач обращается к узкому специалисту — за помощью и советом. Он (ваш врач) как бы преломляет советы специалиста через призму собственных знаний о вас, о вашем образе жизни, о ваших материальных возможностях, о других ваших болезнях.

1 Сейчас (2007 г.) Лариса Захаровна получает уже 120$. Но она не может позволить себе потратить на отоскоп почти половину зарплаты... Так что принципиально не изменилось ничего.

И не узкий специалист, а ваш врач вместе с вами принимает решение. Он по-прежнему полностью отвечает за вас.

Большинство болезней, к счастью, протекает стандартно, способы их лечения вовсе не являются тайною за семью печатями.

И грамотный, добросовестный, постоянно следящий за своей квалификацией, уравновешенный и материально обеспеченный врач-терапевт вполне может без помощи кого-либо лечить и язву желудка, и невроз, и стенокардию, и сахарный диабет, и простатит, и пиелонефрит ...

Мы не можем сделать врача уравновешенным и материально обеспеченным. Мы лишь можем якобы помочь всем врачам сразу: разделить тяжкий груз ответственности и привести меру этой самой ответственности в соответствие с заработной платой.

Узкие специалисты — элита медицины! Суперпрофессионалы, которые многое знают хорошо, но что-то — очень-очень хорошо. Так должно быть.

Узкий специалист — это эволюция специалиста широкого, когда врач общей практики после многих лет работы, имея опыт и знание людей, становится специалистом в небольшой области медицины. Так должно быть.

Нельзя стать узким специалистом через год после окончания медицинского института. Теоретически — нельзя.

Нельзя стать нейрохирургом или кардиохирургом, не пройдя школу общей хирургии. Теоретически — нельзя.

Нельзя стать венерологом или аллергологом, не научившись лечить инфекционные болезни, бронхиты и ОРЗ. Теоретически — нельзя.

Узких специалистов не может быть много. Уж слишком это сложно, ответственно и почетно — быть узким специалистом. Настоящим узким специалистом!

Как жаль, что это только теоретически...

1999 г.

ЧТО ТЕБЕ ПОДАРИТЬ...

С Александром Николаевичем мы вместе учились. В один год поступили в мединститут, он на лечебный факультет, а я на педиатрический. Тогда он не был никаким Александром Николаевичем, и друзья, и знакомые называли его исключительно Шуриком. С первого курса Шурик твердо знал, кем он будет, когда вырастет, то бишь когда институт закончит. Он будет гинекологом.

Свои соображения по этому поводу будущий Александр Николаевич объяснил мне в процессе поездки в троллейбусе. Мы находились в углу возле водительской кабины, этот угол украшал стандартный плакат с надписью «ТРЕБУЮТСЯ». Плакат пригашал на курсы водителей, гарантировалось трудоустройство и сообщалось, что оплата труда составляет от 180 до 220 рублей. Шурик обратил мое внимание на тот факт, что ставка врача после окончания института равна 110 рублям, а профессия гинеколога позволит ему зарабатывать не меньше, чем водитель троллейбуса. Попутно мне были высказаны искренние соболезнования в связи с будущей специальностью врача-педиатра.

...Лет десять назад, после бессонного ночного дежурства, я стоял на троллейбусной остановке и был приятно удивлен, когда рядом остановилась новенькая белая «девятка». За рулем, как вы уже, наверное, догадались, сидел Александр Николаевич. Разговорились «за жизнь», и выяснились совершенно удивительные факты, объясняющие происхождение автомобиля. Оказалось, что находчивый Александр Николаевич заключил соглашение с владельцем коммерческого киоска и в течение трех лет сбывал ему (владельцу) коньяки, кофе и конфеты, получаемые в качестве благодарности за лечение.

Рассказанная история удивительна по своей парадоксальности, но абсолютно достоверна и обыденна в рамках взаимоотношений больных и пациентов. Принципиальный момент: *наших* больных и *наших* пациентов! Среднему европейскому или американскому обывателю все это покажется, по меньшей мере, невероятным.

Кому может прийти в голову, что человек, с огромными трудностями поступивший в медицинский институт и проучившийся в нем СЕМЬ (!) лет, в результате получает за свой труд меньше, чем... Здесь, наверное, следует перечислить пару десятков, а то и сотен специальностей, но мы этого делать не будем. Все и так знают, что на зарплату врача прожить трудно.

Но мало кто задумывается над тем удивительным фактом, что на зарплату врача невозможно быть Врачом. Да-да, именно Врачом с большой буквы, высокообразованным человеком, который постоянно стремится узнать что-то новое и повысить свою квалификацию. Источники новых знаний немало стоят. Специализированные медицинские журналы, учебники и монографии невозможно приобретать, в бюджет врачебной семьи они не укладываются в принципе. Месячная оплата за услуги сети интернет ориентировочно сопоставима с месячной зарплатой врача. Не каждая государственная больница может себе это позволить, что уж тут о простом враче говорить.

И еще один вопрос. Как должен выглядеть человек, ежедневно принимающий решения, от которых зависит жизнь и здоровье других людей? Ездить на троллейбусе? Стирать по вечерам себе халат? Одалживать до зарплаты у соседа-автослесаря? Жить вчетвером в однокомнатной квартире?

Всеобщее социалистическое равенство нищеты сохранилось после окончания социализма. Правда, появилась возможность увидеть хотя бы по телевизору ненашенских врачей. Сытых, довольных, ухоженных, с улыбкой выходящих из собственного коттеджа и едущих на работу на собственном «не запорожце», названивая эпизодически по мобильному телефону: а сколько там человек записалось на прием?

Интересно, как будет реагировать вышеописанный врач, если после беседы с пациентом протянуть ему пакет с бутылкой коньяка?

Этого нам, пожалуй, не увидеть — слишком фантастично. Нам жить и общаться с нашими врачами. Нашими, которые совсем не хуже — знают и умеют не меньше, хотя не имеют никаких стимулов к тому, чтобы знать и уметь больше.

Предварительные итоги:

1 каждый житель нашей страны знает, что врач на зарплату прожить не может;

2 основы нашего мировоззрения (менталитета) с учетом любой религии, будь то православие, мусульманство или моральный кодекс строителя коммунизма, гласят: за добро надо платить добром.

С учетом пункта 1, добро, совершаемое врачами, практически бескорыстно, а следовательно, при первой возможности отблагодарить пациент это делает (еще раз повторяю — при наличии такой возможности). Если же отблагодарить не получается (отсутствует материальная база для благодарности), возникает неловкость, поскольку нарушаются основы, изложенные в пункте 2.

Может ли чувствовать себя нормально мать, вызвавшая на дом к больному ребенку участкового педиатра, зная, что врачу за 50, квартира на десятом этаже, а в доме не работает лифт? И что, сказать спасибо? Спасибо замученной, уставшей женщине, живущей в постоянном ожидании то ли пенсии, то ли сокращения штатов, разрывающейся между семьей, магазинами и постоянной, никому не нужной писаниной в родной поликлинике?..

Государство от обсуждения темы оплаты врачебного труда по возможности уклоняется. Мол, вы там сами между собой разбирайтесь, а мы просто не будем обращать на это внимания. Ибо ни давать, ни брать юридически нельзя; ибо все вы — и те, кто лечит, и те, кто лезут потом со своими пакетами, по большому счету, преступники. А решить проблему можно лишь одним способом: сделав врача состоятельным человеком, которого благосостояние пациента в принципе не интересует. Если каждый из нас будет знать о том, что наш лечащий врач человек не бедный, проблема исчезнет сама собой. Простых слов благодарности будет вполне достаточно. Но это все мечты.

Отдельно отмечу весьма принципиальный момент: когда в государственной больнице вымогают деньги, когда разработаны таксы для каждого хирурга и для каждой операции, за каждый укол, за помытый пол, за поданное судно, когда ДО лечения, ДО обследования, ДО госпитализации УЖЕ надо говорить спасибо и рассыпаться в благодарностях, а без этого самого спасибо не будет ни госпитализации, ни лечения, ни всего остального — так вот, это не имеет никакого отношения к теме нашей беседы. Это недостойно, это криминал, это никак не соотносится ни с православием, ни с мусульманством, ни с моральным кодексом строителя коммунизма.

Мы говорим не о том. Вас привезли в больницу еле живого, Сергей Иваныч оперировал семь часов, а сейчас все обошлось. У сына была пневмония, и ваш педиатр, вместо того, чтобы дать направление в больницу и забыть, бегала каждый день и искренне волновалась, переживала, была так мила и приветлива; Сережка все время спрашивал: «А тетя Валя сегодня придет?» Ночью жутко болела голова, подскочило давление, приехала «скорая» — доктор совсем молодой мальчик, его даже санитар называл Андрюшей, но провозились часа полтора, и никуда не спешили, и не уехали, пока не стало лучше...

Доктор, спасибо вам за все. Эта стандартное начало, всех устраивающее. Что сказать дальше, как выразить благодарность, не улыбкой, не тоном заискивающим, как материально, ощутимо воздать добром за добро? Протянуть конверт? А сколько стоят мастерство, доброта, золотые руки? Не низко ли это, не грязно ли, пытаться измерить все это деньгами? Не обидятся ли Сергей Иваныч, Андрюша, тетя Валя?

А если не деньги, то что? Цветы?.. Три дня памяти и грустная дорога к мусоропроводу? Выпейте за наше здоровье? И что, тетя Валя тоже пить будет? Конфеты? Кофе? Духи?

Что тебе подарить, человек мой дорогой?..

Люди дорогие, не терзайтесь. Мы не обидимся! Мы, ваши врачи, лучше ваших депутатов знаем, как вам тяжело и неловко. И жизнь мы видим с другой стороны. Мы ведь с вами из одной песочницы.

Но наша общая окружающая среда делает и цветы, и конфеты, и кофе, и духи предметами далеко не первой необходимости. Нам нужны бумага и всякие канцелярские штучки, мы ведь полжизни пишем, и, если можно, все что угодно для ремонта — цемент, краска, обои — на все это больницам сейчас денег не дают. А нет ли у вас электролампочек — они почему-то перегорают. Кстати, очень бы хотелось заполучить стиральный порошок, и совсем не обязательно «Тайд с лимоном» — обычный «Лотос» нас вполне устроит. Все это мы не домой понесем! Это все тут, в поликлинике, останется и очень даже пригодится.

Как, вы хотите вручить что-то лично для меня? Право слово, не ожидал. Коньяк, конечно, хорошо, но две бутылки водки лучше! Прекрасная валюта. Поверьте, врачи и колбасу едят, и сыр, и консервы, только не надо икры — за те же деньги три банки тушенки будет в самый раз. Это из вашего огорода огурчики? Замечательно! Ваш супруг лично поймал этого карпа! Прекрасно! Какой это мед? Нет-нет, спасибо, мои дети очень его любят, и как раз особенно цветочный!

Что это? Деньги?! Да не оправдывайтесь, в конце концов, это не нам с вами надо извиняться за то, что мы болеем, хотим кормить наших детей и сами иногда едим. И не вызывает сомнения очевидный факт: сумма в конверте не является эквивалентом врачебного труда, она всего лишь мера возможностей пациента...

Остается лишь надеяться. Надеяться на то, что лучшая жизнь станет реальностью, а теплые слова, добрая улыбка и букет роз — прекрасным и единственно возможным ответом на вопрос: «Что тебе подарить?»

1999 г.

ПРАЗДНИК ВОЛШЕБНИКОВ

У нас праздник. Наш профессиональный праздник. День медицинского работника...

Высоко наверху обязательно пройдет собрание. Руководство министерства, академики, депутаты, главные врачи и особо уважаемые пациенты поговорят о наших героических буднях, о том, как, несмотря на, мы идем вперед, развиваем, внедряем, сокращаем сроки пребывания, удачно лечим, быстро диагностируем и вообще экономим.

Широкие народные массы узнают о нашем празднике из новостей. Это будет выходной. Выходной не потому, что День медработника, а потому, что День медработника назначается на воскресенье. Особых гуляний и радостей не будет — очень мало положительных эмоций вызывает наш праздник у простого человека, не имеющего отношения к медицине, но имеющего возможность с ней соприкасаться.

Но мы отметим, это уж точно!

Многие вспомнят сериал про «скорую помощь». Там мы увидели настоящую медицину: мудрых и самоотверженных врачей, добрых и трудолюбивых медсестер, каторжный труд героев-медиков на благо простых людей, не наших людей — американских. Это другая страна, другие люди, другая медицина. Там не вручают почетных грамот, не вешают на Доску почета, там никогда не было переходящих красных знамен и победителей соцсоревнования, там нет даже заслуженных врачей США!

Именно в этом фильме мы услышали поразительный диалог. Подросток-негритенок спрашивает у медсестры:

— Сколько получают эти врачи?

— 30 тысяч в год.

— И все?!!

Действительно, подвиг! Без Дня медицинского работника, без поощрений, за нищенскую зарплату, теснясь вдвоем в пятикомнатных квартирках, работать и учиться, учиться и работать, без конца сдавать экзамены, крутиться, ругаться с начальством, биться за место под солнцем. А что взамен? Жалкие две недели на яхте? Слетать на выходные в Альпы покататься на лыжах? Подумаешь... А одна машина на двоих — это разве нормально?

Мы не в восторге от этого фильма, ибо все телезрители, волнуясь и сопереживая, невольно сравнивали ИХ и НАС, ИХ МЕДИЦИНУ и НАШУ МЕДИЦИНУ. И мы, медики, прекрасно знаем, в чью пользу было сравнение. Они лучше, они больше могут, больше знают, больше умеют.

Они лучше!

Но так будут думать все, кроме нас, все, кто не из нашей медицинской песочницы. Уж мы-то себе цену знаем.

Звуки из телевизора:

— Больной возбужден, падает уровень кислорода...

— Снимок грудной клетки, газы крови, токсикологический анализ, консультация психиатра, и быстро вызовите кого-нибудь из ортопедии...

— Падает уровень кислорода...

— Подключайте аппарат искусственного дыхания...

— Срочно в вену раствор декстрозы...

Снимок грудной клетки? А он внес деньги за рентгеновскую пленку? Газы крови! Только не смешите, пожалуйста, наш газовый анализатор поломался четыре года назад, а декстрозу[1] мы вообще в глаза не видели, а ортопеды прямо разбежались к вам сюда быстренько нестись, согласуйте сначала с главным. И вообще поторопитесь, в восемь могут выключить свет. А за эти ваши указания по поводу токсикологического анализа можно и схлопотать...

1 Сейчас ситуация изменилась: не то чтобы мы увидели декстрозу, просто узнали, что декстроза — это, оказывается, синоним глюкозы.

Эх, как бы я хотел взять с собою на обход какого-нибудь самого-пресамого американского доктора! Пусть бы он попробовал! А потом бы я с ним по американской больничке прогулялся. Это что ж за наука, ихняя медицина, это что ж за врачи такие, что шагу не могут ступить без десятков анализов, без рентгена с ног до головы, без компьютерных томографов, без консультантов (это доктор Смит, ведущий специалист по указательному пальцу левой ноги)...

Вот было бы интересно, если бы во всех случаях, когда наш больной посылает куда подальше нашего врача, мы бы срочно вызывали психиатра.

Ребята, коллеги, друзья! У нас праздник, и мы точно знаем — мы лучше!

Мы сохранили настоящую медицину, медицину, которая осталась искусством. Мы бесконечно далеки от мировых достижений, нам не знакомы даже названия тех аппаратов и тех исследований, что проводят они в своих самых захудалых больницах. Но без всех этих новомодных штучек мы умеем спасать, мы заглянем в глаза, мы поставим диагноз сердцем, интуицией и чем-то, что от Бога, и диагноз этот будет правильным. И мы будем лечить тем, что еще осталось, или тем, что он еще в состоянии себе купить, и это будет не самое лучшее и не самое качественное лечение. Но мы будем рядом, мы будем сопереживать, морщиться от боли и кусать губы, умирать и воскресать, мы будем молить Боженьку и ругаться незлым тихим словом, вспоминая наших руководителей и наше теоретически бесплатное здравоохранение. Мы вылечим, обязательно вылечим, мы ведь лечим иначе, и диагнозы мы ставим иначе.

Уметь рисовать и быть художником — разные вещи. Закончить медицинский институт и стать врачом — не одно и то же. Но это только у нас так. За морем житье не худо и огромные средства превратили медицину в техническую специальность: высочайшая оснащенность клиник и высочайший уровень обследования заметно упростили процесс принятия любых решений — и диагностических, и терапевтических, и организационных. Не надо умничать! Результаты обследования свидетельствуют о том, что... Вот вам и диагноз. А лечить эту болезнь следует так: а... б..... в.... Остается лишь получить диплом и добросовестно следовать инструкциям.

Но у нас все иначе. Какая там наука, какая там техника! Искусство, искусство и еще раз искусство. Все держится на личности, личности Врача. Врача волшебника, мастера, который чувствует, угадывает, лечит и вылечивает.

Так было и так есть. И отдавая себе в этом отчет, руководство нашей страны в течение многих десятилетий уделяло самое пристальное внимание подготовке медицинских кадров. Ох, и много же нас навыпускали-наподготовили. Но не было другого выхода. Диплом получали 100, а работать Врачом могли 10. Работали все 100, но могли 10. И в этом не было ничего страшного, поскольку система была организована просто замечательно. Огромное число должностей требовало диплома о высшем медицинском образовании, но позволяло никого не лечить и никому не ставить диагнозы. Зато эти должности позволяли, во-первых, учить, как надо лечить, и, во-вторых, решать, определять и вообще руководить.

А на одном хорошем хирурге прекрасно держится целое хирургическое отделение районной больницы, но по штату их там десять, и все получают одинаково, и все трудоустроены. А одного толкового лекаря-диагноста с головой хватит на обычную поликлинику: в сложных случаях он поможет, а с несложными мы и сами... Да и зарплаты побольше он не требует — скромный такой мужичонка попался.

Грянула перестройка, и на всех денег стало не хватать. Но ведь, с точки зрения системы, хороший врач — это врач, у которого в порядке медицинская документация. А лечить, тем более хорошо лечить, и одновременно поддерживать в должном порядке напридуманную специалистами-организаторами документацию не получается. Так что мы всегда сможем сократить нужное количество бездельников, которые не то что лечить, а даже написать толком не могут.

Все будет хорошо! Мы уже наводим порядок! Мы уже сократили, закрыли, реорганизовали, мы уже доказали, что дома лечить легче и дешевле, чем в больнице! У нас растут показатели, мы сэкономили, улучшили на благо народа!

И вообще мы, медики, сами во всех своих бедах виноваты, не умеем лечить экономно, тратим деньги направо и налево, на всякие глупости — на лекарства, на еду, на ремонт, на зарплату. Даже наш министр, вспомнить бы только какой по счету, сказал приблизительно следующую мудрую фразу: «Я убежден, что выделенных правительством средств нам хватило бы, если бы мы умели ими правильно распоряжаться». Вот какие у нас министры хорошие, самокритичные и находчивые — видно, без этих качеств министром не стать. Английским и немецким министрам не хватает, а нашему — хватило бы...

Ничего, мы уже придумали и практически реализовали новый способ навести порядок. Назывался он так: «аккредитация медицинских учреждений». Сотни тысяч медиков по всей стране с утра до ночи готовились встречать комиссию по аккредитации. На личные деньги покупали красивые папочки, туда укладывали сотни всевозможных документиков... Какие больные? Какие диагнозы? Писали, печатали, готовились, приводили в порядок. Ждали-с... Комиссия! Как принять, чем угостить, чтоб не обиделись. Не аттестуют, сократят, уволят, пустят по миру... Дома дети. Они еще гордятся тем, что мама врач. Голодные, но гордые. Вот сократят маму, тогда как? Хорошие дети, послушные. Не просили колбасы, знали: маме еще 12 папочек осталось купить, заплатить за ксерокс и сдать в фонд главного врача на встречу комиссии. Пронесло...

Ребята, мы прорвемся! Мы выживем. Все у нас будет нормально. Там, наверху, кипит жизнь. Как часовые у мавзолея, гордо и периодично сменяются министры. Идут реформы. Иногда нам выделяют средства.

Здесь, у нас, внизу, больные люди, слезы и страдания. Мы им поможем, обязательно поможем, мы ведь это умеем.

Мы умеем назначать лечение не по правилам, а по возможностям пациента.

Мы знаем, какое лекарство дешевле и где его можно купить.

Мы ограничены в получении информации, в складчину выписываем два журнала на больницу, не имеем возможности покупать специальную литературу и застенчиво улыбаемся, услышав слово «интернет».

Мы не обижаемся на больного, который не выполняет наши назначения. Мы ведь бесплатные. Интересно, а там, за бугром, может кому-нибудь прийти в голову заплатить доктору, а потом не делать того, что доктор тебе назначил?

Мы уже почти перестали обижаться. Без толку. Мы привыкли к тому, что во всех людских болезнях и страданиях именно мы и будем виноваты. А как же иначе? Ведь это именно мы не выполняем обещаний, которые дали там, наверху.

Мы живем в тревожном ожидании реформ и перемен. За последние 20 лет еще ни одна реформа не сделала нашу работу легче, лучше и эффективнее. Мы боимся реформ, но мы уже привыкли к переменам со знаком минус. Хорошее дело привычка — с годами интенсивность опасений уменьшается, мы втягиваемся в перемены, становимся спокойнее и уже не так дергаемся, как раньше.

Мы как все, как весь наш народ. Ну и что с того, что медики? Мы можем и обои поклеить, и на наших кровных шести сотках поднять такой урожай картошки, что буржуям не снилось, а еще мы вяжем, печем торты, растим детей, спокойно обходимся городским транспортом. И стиркой овладели в совершенстве, без всяких машин-автоматов — на работе тренируемся: прачечной зарплату не дали, так они взяли моду бастовать на радостях, что им по закону можно, а нам по тому же закону нельзя. И здесь привилегии!

Но мы продолжаем ждать и надеяться. Некоторые наши даже ухитряются делать супероперации, придумывать новые лекарства, писать книги и защищать диссертации. Мы делаем свое дело — очень нужное, ответственное, часто неблагодарное. Мы терпеливо ждем, мы уверены, что в один прекрасный день что-то действительно изменится к лучшему.

И мы дождемся, обязательно дождемся! Все будет хорошо. Мы заслужили это.

А наше молчаливое терпение, нелегкий и незаметный труд, растраченное здоровье, никудышные нервы и бессонные ночи — все это нам зачтется, обязательно зачтется!

Мы не стали технической специальностью, мы вместе с нашим народом, живем его жизнью, его радостями и горестями, его проблемами.

Мы действительно оставили медицину искусством. Не от хорошей жизни оставили. По бедности своей.

Но ведь диагнозы ставим! Но ведь лечим! Страна волшебников! Праздник волшебников! День медицинского работника!

2000 г.

ЭКСПЕРИМЕНТАЛЬНАЯ ЭПИДЕМИОЛОГИЯ

Начало было более-менее стандартным в рамках моего опыта многолетнего общения с семейством Полянских. Звонила Наташа, сквозь рыдания удалось выяснить, что с дитем приключился понос и очень срочно надобно спасать.

Все наши предыдущие встречи начинались примерно такими же рыданиями, а состояние нервной системы мамы Наташи всегда волновало меня больше, чем очередная простуда ее дочери Марины. Со временем интенсивность и частота Наташиных рыданий-причитаний уменьшилась — Маринке, как-никак, шел тринадцатый год, болела она не часто, уже давно не плевалась лекарствами и без воплей открывала рот...

Странно, но Семен Борисович был дома. Для такого большого государственного человека быть дома в 19.00... Еще более странным было то, что Борисыч меня не встречал. Он не вышел, даже не выглянул из кухни, и на крик Наташи: «Сеня, доктор приехал!» отреагировал лишь глухим приветственным мычанием.

Следует заметить, что большим начальником Семен Борисович был исключительно вне стен собственного дома. На немаленькой территории, ограниченной двухметровым кирпичным забором, царил жесткий матриархат. Тяжесть ситуации усугублялась тем фактом, что других особей мужского пола в обозримом пространстве не наблюдалось. Жена, дочь, теща Елизавета Захаровна, сиамская кошка Анфиса, умеренно похожая на овчарку дворняга Кука и, в довершение композиции, морская свинка Чапа.

Личная жизнь Семена Борисовича была сложна и запутанна. Традиционное следствие — теща, которая была лишь на год его старше, но именовалась исключительно на вы, Елизаветой Захаровной, а в минуты особого семейного благополучия — мамой. Теща, разумеется, возглавляла семейную иерархическую лестницу, Наташа с Мариной были на одну ступень ниже. Далее царило равноправие. Кука, Чапа, Анфиса и Сеня (Семен Борисович) были послушны, вовремя получали еду. Правда, Сеня нередко пакостил, простите, сорил в доме, и ему доставалось чаще других.

В результате тяжелой подкаблучной жизни мой приход всегда воспринимался Борисычем как праздник. Можно было найти сочувствие, можно было пожаловаться — дескать, «эти бабы», которые «только и могут, что орать» и «якобы всегда правы», опять не уберегли бедное дитя. А тут даже не вышел поприветствовать... Да, события явно разворачивались нестандартно.

Вид у Маринки действительно был неважнецкий. Тошнить начало еще в школе, после третьего урока примчалась домой, не снимая куртки, овладела унитазом, затем была рвота, потом опять унитаз. Сейчас лежала вся из себя бледная, температура 37,3, тошнит меньше, побаливает и бурчит живот. Все остальные здоровы. С диагнозом особых проблем нет — явная кишечная инфекция. Ребеночку не пять месяцев, без уколов и капельниц обойдемся, питье, диета, кое-что из лекарств, ну, честное слово, девочки, ничего страшного — спасемся пренепременно.

Странности тем временем продолжаются: Семен Борисович при осмотре не присутствует и участия в беседе не принимает.

Выяснив и разъяснив, что же все-таки надо делать, пытаюсь получить ответ на вопрос «кто (что) виноват (виновато)». На умном медицинском языке это называется эпидемиологический анамнез. Теоретически с этого положено начинать, но практически важнее было унять родственников, дабы не скулили и не рыдали, а знали, в чем дитя нуждается и что от них требуется.

Стандартный вопрос: что ели накануне? Ответ окончательно расставляет все точки над i. Более того, вносит предельную ясность и легко объясняет странное поведение Семена Борисовича.

Вчера вечером, растолковывает мне Елизавета Захаровна, этот (следует кивок в сторону кухни) приволок литровую банку черной икры. Какой-то его агент по снабжению привез из Астрахани. На весь дом чирикал, какая она свежая и замечательная. Вечером Маринка съела 3 бутерброда, больше никто и не попробовал, решили: что ж ее есть, если ребенку нравится. Теперь вот все здоровы, а дитя из-за этого (очередной кивок в направлении затаившегося Семена Борисовича) мучается.

С отравлениями икрой я, разумеется, сталкивался, и не единожды. Но все, что я видел на этот раз, как-то в икру не укладывалось. Вот если б сметанка или молочко...

Иду мыть руки, по пути заглядываю на кухню. Зрелище потрясающее: «глава семьи» в майке и трусах сидит верхом на табурете и ложкой прямо из банки ест икру. Литровая банка уже пуста наполовину. При моем появлении Семен Борисович делает судорожный глоток и недоверчиво смотрит на меня грустными глазами затравленной антилопы.

— Док, я им докажу! Парень, что привез, абы чего не возит. Икра точно свежая. Я ведь перед тем, как домой идти, сам съел немного, отметили возвращение. Так им же и сказать нельзя, разорались бы, что ребенка объедаю. Но я ж здоровый, никаких поносов...

— Семен Борисыч, не знаю, как понос, но давление ваше после такого количества соли точно подскочит, давайте эти эксперименты заканчивать. Я и сам думаю, что икра тут ни при чем.

Возвращаюсь к пострадавшему ребенку. Женщины при деле: Марина заканчивает поглощение смекты, которая без труда нашлась в огромной домашней аптечке Полянских, Наташа и Елизавета Захаровна активно участвуют в лечении, кривясь и глотая слюну одновременно с девочкой.

Вскользь интересуюсь:

— Кстати, а кроме икры ничего сомнительного не ели, на завтрак, например? А то на икру не очень похоже.

Сенина теща смотрит на меня с укоризной. Из кухни в сторону комнаты неспешно перемещается робкая тень Семена Борисовича. Тень по-прежнему держит в руках злополучную банку икры. Марина садится на кровати — пытается вспомнить. Наташа спокойна. Ей-то чего волноваться — процесс приобретения продуктов полностью на совести и под контролем Елизаветы Захаровны...

— На завтрак были чай и творожок в шоколаде, — гордо заявляет ребенок.

Семен Борисович переступает порог комнаты. С вызывающим видом и громким стуком он ставит банку с икрой на антикварный комод конца XIX века. Наташа и Марина с любопытством смотрят на маму и бабушку соответственно.

Во взгляде Елизаветы Захаровны укоризну сменяет недоумение с легким оттенком сомнения. Медленно двигаясь в моем направлении, она говорит звонким, дрожащим голосом:

— Я этот творог уже два года в одном и том же месте покупаю, и никогда, слышите, ни-ко-гда! — никаких проблем. Его, к счастью, не из Астрахани возят!

Елизавета Захаровна останавливается в двух шагах от меня, переводит взгляд на комод, незатейливо украшенный сосудом с икрой, и, всхлипнув, быстро выходит из комнаты.

Я прощаюсь. Повеселевший Семен Борисович охотно бросается провожать.

Мы проходим мимо кухни. На табурете восседает Елизавета Захаровна. Не переставая жевать, она реагирует на мое «до свидания» вялым кивком головы. Перед ней блюдечко с остатками творожка в шоколаде.

Телефонный звонок разбудил меня в половине второго. Голос Семена Борисовича звенел и переливался всеми оттенками восторга, счастья, радости:

— Доктор, дорогой! Ты себе не представляешь! У тещи понос! Уже полчаса из туалета не выходит! Спасибо тебе! Спокойной ночи! — И он повесил трубку.

2002 г.

ПОСЛЕСЛОВИЕ, ПРОСЬБЫ И КООРДИНАТЫ

Только кончая задуманное сочинение, мы уясняем себе, с чего нам следовало его начать.

Блез Паскаль

Активное общение автора с широкой родительской аудиторией началось в 1996 году, когда увидела свет книга «Начало жизни вашего ребенка».

Сотни полученных писем — с вопросами, предложениями, пожеланиями — явились главным побудительным мотивом к тому, чтобы продолжить общение.

Две главные просьбы читателей — во-первых, предоставить более подробную информацию о детских болезнях и, во-вторых, не ограничивать тематику книги первым годом жизни ребенка. Первое издание книги «Здоровье ребенка и здравый смысл его родственников» (1999 год) по возможности учло эти пожелания и включило в себя дополненный и переработанный вариант книги «Начало жизни...». Естественно, что дополнения — это, по своей сути, ответы на вопросы авторов писем, а переработка — уточнение и дополнительное «разжевывание» непонятностей.

Одновременно с книгой появился и сайт автора в интернете, что значительно расширило возможности контактов, позволило выделить наиболее волнительные темы. 62 тысячи писем (!!!) за прошедшие десять лет — предложений, вопросов и пожеланий на 100 лет вперед... Каждое новое издание, а их уже больше тридцати — это новые главы, переработка и дополнение уже написанного. И книга, которую вы держите в руках, — не исключение.

Автор прекрасно отдает себе отчет в том бесспорном факте, что произведение, с которым вы имели возможность познакомиться, ни в коей мере не является энциклопедией. Необъятность темы, особенно в отношении болезней, создает совершенно очевидные предпосылки для наших последующих встреч. Уж слишком много актуальных белых пятен осталось.

Заранее предвижу упреки читателей, которые не найдут в этой книге ответы на многие актуальные вопросы, да и сам вижу пробелы. Почему про отит и аденоиды написано, а про гайморит не написано? Почему воспаление легких есть, а бронхита нет? Почему есть хламидии, но отсутствуют глисты? А где неотложная помощь, бронхиальная астма, вегето-сосудистая дистония, дискинезия желчевыводящих путей, болезни крови, всякие неврологические проблемы, шумы в сердце? А что делать с двойней или с недоношенным ребенком? А про анализы и другие обследования? Про гемоглобин, лейкоциты, белок в моче, про мазки из горла, про ультразвуки и рентгены...

В оправдание замечу следующее. Автор не является профессиональным писателем. Автор — всего-навсего практикующий врач-педиатр. И все, что вы прочитали и, надеюсь, еще прочитаете, пишется в свободное от педиатрии время, которое, по вполне понятным причинам, ограничено. Позволить себе *только писать* невозможно, поскольку незамедлительно теряются представления об актуальности тех или иных проблем[1].

Наше с вами общество, наши с вами руководители, наше с вами здравоохранение, наш с вами образ мыслей и наши с вами семейные взаимоотношения породили некую особую, специфическую науку. В недалеком прошлом она называлась «советская педиатрия», а во что она превратилась сейчас, не знает никто. Эту науку нельзя понять вне практической медицины, именно нашей, отечественной практической медицины, — куда уж там местным министрам-академикам или импортному доктору Споку.

1 Опять-таки не могу удержаться и еще раз процитирую великого Жванецкого: «...если уволиться и сесть писать, то жить на что, а если работать и писать, то жить когда?»

Как объяснить ненашенскому врачу или ненашенскому больному значение фразы: «не могу оплатить услуги бесплатного здравоохранения»?

Как должен поступить врач, если в ответ на слова «не надо есть апельсины» кормящая грудью мамочка отвечает: «А мне очень хочется»?

Как лечить правильно, если пациент не может себе позволить правильное лечение?

Как вообще может лечить правильно замученный бытом и униженный государством врач — врач, не имеющий средств для приобретения специальной литературы, врач, знакомый с компьютером лишь теоретически, с гнетущим чувством собственной неполноценности воспринимающий всякие разговоры про интернеты и базы данных? Я уже не говорю про «съезд врачей-педиатров в Лондоне» — базар в Кржижанополе явление более актуальное!

И, с учетом всего этого, да простят меня читатели за публицистический характер многих абзацев этой книги. Иначе не получается.

* * *

Автор предвидит и нисколечко не сомневается в том, что по прочтении его «труда» у читателей могут возникнуть вопросы, замечания и возражения. И это вполне резонно, поскольку сам процесс воспитания детей относится к области человеческого знания, в которой каждый взрослый человек в той или иной степени считает себя специалистом.

Автор заранее выражает искреннюю признательность всем, кто найдет время и желание для того, чтобы высказать свои соображения, предложения и пожелания.

Автор очень надеется на то, что наше с вами общение не заканчивается. Нам еще многое необходимо обсудить. Но наиболее актуальные темы, то, о чем следует писать незамедлительно и в первую очередь, — давайте выбирать вместе.

До новых встреч и удачи нам всем!

Почтовый адрес:
61001 Украина,
г. Харьков, пр-т Гагарина, 1,
Клиника доктора Комаровского — «КЛИНИКОМ».

E-mail: *post@komarovskiy.net*
Web: *http://www.komarovskiy.net*

ПРЕДМЕТНЫЙ УКАЗАТЕЛЬ

В

Г

Й

К

О

П

Р

С

Т

У

Ф

Х

Ц

Ч

Ш

Э

Я

I

Научно-популярное издание

Серия «Библиотека доктора Комаровского»

КОМАРОВСКИЙ
Евгений Олегович

**ЗДОРОВЬЕ РЕБЕНКА
И ЗДРАВЫЙ СМЫСЛ
ЕГО РОДСТВЕННИКОВ**

Издание 2-е, переработанное и дополненное

Публикуется в авторской редакции

Ответственный редактор *Т. Решетник*
Корректор *А.С. Шуклинова*

Подписано в печать 15.09.11. Формат 70×90 $^1/_{16}$.
Бумага офсетная. Гарнитура Миньон. Печать офсетная.
Усл. печ. л. 43,17. Усл. кр.-отт. 44,04. Уч.-изд. л. 39,26.
Доп. тираж 10 000 экз. Заказ № 7606

ООО «Издательство «Эксмо»
127299, Москва, ул. Клары Цеткин, д.18/5. Тел. 411-6886, 956-39-21.
Home page: www.eksmo.ru E-mail: info@eksmo.ru

Отпечатано с готовых файлов заказчика
в ОАО «Первая Образцовая типография»,
филиал **«УЛЬЯНОВСКИЙ ДОМ ПЕЧАТИ»**
432980, г. Ульяновск, ул. Гончарова, 14

БИБЛИОТЕКА ДОКТОРА КОМАРОВСКОГО
Дневничок
Наши заметки о нашем ребенке
КЛИНИКОМ
Е. О. Комаровский
ОРЗ:
руководство для здравомыслящих родителей
Исчерпывающая информация по основным вопросам образа жизни и здоровья вашего ребенка
Е. О. Комаровский
Здоровье ребенка
и здравый смысл его родственников
КЛИНИКОМ
КЛИНИКОМ
КНИГИ, КОТОРЫЕ ДОЛЖНЫ БЫТЬ В КАЖДОМ ДОМЕ!

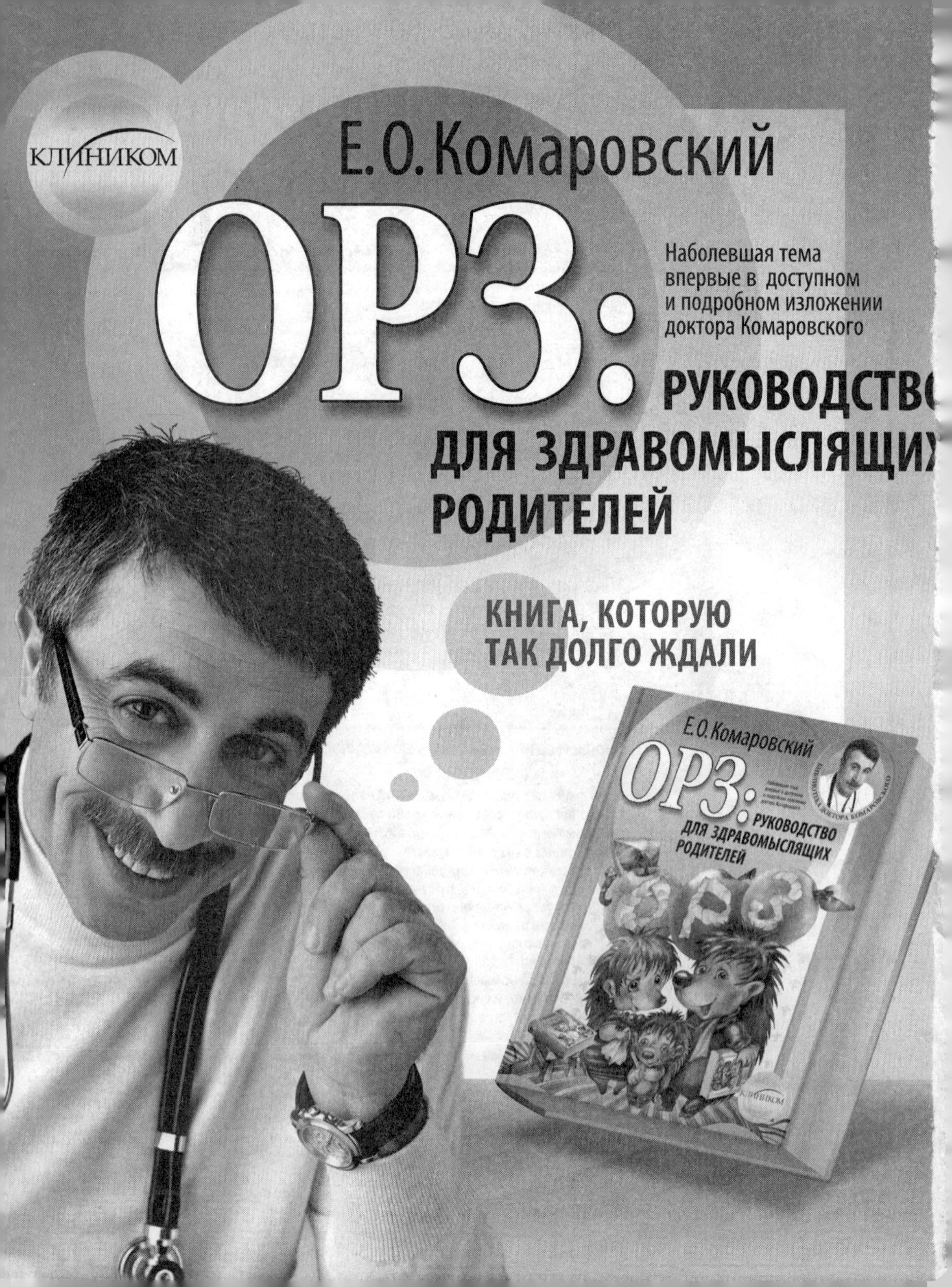
КЛИНИКОМ
Е. О. Комаровский
ОРЗ:
Наболевшая тема
впервые в доступном
и подробном изложении
доктора Комаровского
РУКОВОДСТВ
ДЛЯ ЗДРАВОМЫСЛЯЩИ
РОДИТЕЛЕЙ
КНИГА, КОТОРУЮ
ТАК ДОЛГО ЖДАЛИ
Е.О. Комаровский
ОРЗ:
РУКОВОДСТВО
ДЛЯ ЗДРАВОМЫСЛЯЩИХ
РОДИТЕЛЕЙ
КЛИНИКОМ